「天、自然與空間」國際學術研討會（2008 年 9 月 25-26 日）

臺灣大學中文系「文學典範的建立與轉化研究計畫」成員赴京都大學大學院文學研究科學術交流（2008 年 11 月）

臺灣大學中文系「文學典範的建立與轉化研究計畫」成員赴上海復旦大學中文系交流座談（2009 年 3 月）

「抒情的文學史」國際學術研討會（2009 年 4 月 24-25 日）

「文化視域的融合——第九屆唐代文化國際學術研討會」（2009 年 9 月 25-27 日，臺灣大學中文系「文學典範的建立與轉化研究計畫」與臺灣大學文學院、歷史系、中興大學文學院、中文系、唐代學會合辦）

「物質與抒情」學術研討會（2009 年 10 月 16 日）

「文學典範的建立與轉化」國際學術研討會（2010 年 9 月 24-25 日）

「文化史視野下的文學批評」學術研習會（2010 年 11 月 26 日）

文學典範的建立與轉化

鄭毓瑜 主編

臺灣學生書局印行

導　言

鄭毓瑜*

重寫「典範」

在強調國際化的今日，學術研究愈來愈強調彼此的交流與對話，所謂交流對話，一方面是學習對方的優點，一方面也必須更能深化一己的獨特性。臺灣的古典文學研究與中國及其他地區的漢學研究，一直以來有著因為史地背景所形成的差異。在海峽對岸因為文化大革命以致於古典文學研究偏向以語文學為基礎的文獻式文學研究，或者歐美地區因為必須總括所謂「東亞」或「亞洲」研究而無法投注更多人力於中國古典文學研究領域時，臺灣的古典文學研究一方面因為教育上傳承文史哲不分的國學傳統，對於古典文本的解讀與詮釋具有更大優勢，另一方面，自六、七零年代以來，對於西方思潮的大量介紹引進，也促使在地的古典文學研究具有多元開放的視野。

因此，在二十一世紀初期，古典文學研究的重點顯然是整合與跨界，因為角度多元，就必須進行「文學」內外跨界的理解，而跨越界線之後，才有更豐富具體的傳統與當代的整合。於是，如何選定一個在該領域已經累積有重要的成果主題，同時是具有未來與其他領域整合並持續發展的潛力，更重要的是具有引領國內外相關領域彼此交流互動的前瞻性，就成為構思這個研究主題的目的。在這個理想上，臺大中文系十數位同仁，於是在文學院「邁向頂尖大學」經費支援下，合作推動以

* 國立臺灣大學中國文學系特聘教授。

「文學典範的建立與轉化」為題的整合計畫，這可以說是在重寫文學史或文學批評史的潮流中，進行更後設性的反省，也照顧到解構主義盛行以來，如何由文本到文本環境乃至於話語權力等等的觀點轉移。

近十年來在中國文學研究領域，一股重寫文學史的潮流方興未艾，前有 1993 年以來由陳平原、陳國球主編，至少推出過三輯的《文學史》論文集系列（北京：北京大學，1993、1995、1996），後有孫康宜、Stephen Owen 教授主編，而已經出版的劍橋《中國文學史》。這些重寫的行動中，大抵都擺脫原有專家或專著的序列解讀，而改以文學接受史的角度，結合作者、讀者與不同的社會文化情境進行更複雜細密的詮釋。換言之，從線性序列加上並時性考量，也從所謂偉大、重要的著作或作家的單個突顯，進至於關係性的文學文化史的研究。

在這樣的脈絡底下，文學史的重寫因此不再僅僅針對所謂「文學典範」本身的標舉陳列，「如何形成」文學典範，反而成為重點；換言之，我們不是追流溯源去摩娑原初，而是在更大的自由中賦予文本新創的詮釋。而當前如復旦大學戴燕教授《文學史的權力》，香港教育學院陳國球教授的《文學史書寫形態與文化政治》一書，以及如哈佛大學王德威院士《歷史與怪獸：歷史，暴力，敘事》、《被壓抑的現代性》等，對於真實與虛構間的糾結，權力論述的生成，文學體式與象徵體系的對應，「文學準則」與「權力準則」的拉鋸，個人（私密）與集體（公共）的對話等議題，都有令人耳目一新的討論。這不只是對應新資料的論述調整，更是對應新方法的重新觀看與詮釋。本計劃主題既聚焦於「典範」，亦即對於既成典範或經典重新進行反思，因此如何形成、又如何解構與重建，就成為討論的循環。當然呈現這個「形成－解構－重建」的往復循環，同時也必須深究造成這循環的緣由，換言之，文學作品的討論必須深入「歷史」——屬於文學作品生產與接受的歷史、「文學」觀念認定與再製的歷史。所有關於經典是否本來就偉大或是否為少數人所操弄，都沒有辦法只是孤立談文本或修辭，當然也無法全然由社會權力關係來決定，而必須讓文學進入歷史文化脈絡中，接受不同時期語文表意方式以及社會整體感覺結構的挑戰，然後轉化或新創地繼續存在。

重新「脈絡化」文本

簡單來說，當前文學研究的重點在於「由後視昔」，以歷來累積的文本或新出的方法，重新詮釋文本所以存在的環境脈絡與意義。本計劃原分為兩個面向重探中國文學典範的建立與轉化：⑴知識體系與文學典範的形成⑵時空變遷、身分認同與文學典範的形成。所謂的「知識體系」，包含學術思想、日用知識或各種文人士子所必備的人文素養，乃至於物質文明所發展出的種種新知識框架、及其傳播與再製的新變；後者則包含所有虛實的時空感知與意識形態的變遷，乃至於「自我」與「他者」的概念轉換，或是社會文化脈絡下的角色扮演等可能影響「典範」形成的因素。實際執行後，這本論文集因此也大致呈現了這兩個主題的相關成果，當然也不免任何分類都會出現相重疊的部分，不過前者著重成為慣習的知識系統，後者則相應於隨時轉換的新變；而兩者都共同趨向於在不斷建構或重建的詮釋界域中，重新「脈絡化」文本的目的。

重新「脈絡化」，也往往就是文學經典所以能夠被後世反覆閱讀、歷久彌新的重要原因。以這本論文集中關於《西遊記》、《聊齋誌異》與《紅樓夢》的三篇論文為例，康韻梅教授嘗試建構《西遊記》文本演繹之系譜，透過文本漫長的演變歷程，企圖理解這建構過程對於《西遊記》經典化的重要性；而明清小說中，文本與評點之間往往相互映發，於是陳翠英教授的文章，呈現了馮鎮巒、但明倫的《聊齋》評點所構成的「次生文學」，如何與「原生文學」共同成就《聊齋誌異》的永續書寫；當然，經典的永續書寫，因此也取決於歷代讀者的「活化」功夫，歐麗娟教授針對《紅樓夢》中王夫人這個腳色，提出母性建構或母神功能的雙面性，異於一般認為代表「禮教勢力」的說法，等於試圖活化經典中可能已經僵化的閱讀方式。

文本細讀因此具有雙向性，既連接「過去」背景，也置入「現在」環境，總是在虛實離合的時空感知中，建構更細密豐富的文本場域。這樣跨越時空的文本場域又可以分為兩個面向，其一是建立在文本內部的前後對話，尤其是關於文體程式或文學美典上的對比與新出；其二是擴展為文本內外的彼我競逐，尤其是加入意識形態或物質文化領域後的相互作用。關於第一種面向，本論文集中，吳旻旻教授、何寄澎教授與謝佩芬教授關於「賦」、「史」、「贊」文體的討論——選取早晚兩期的漢賦、《史記》與《漢書》中關於李陵的書寫以及宋代自贊文為例，透過前後時代的相互對比，來分析文體的傳承或變異，可以說是具體而微的「文體」變遷史；蔡瑜教授則由王昌齡《詩格》中「身」「境」的討論，進一步看出「身境」與「聲境」的相映照，呈現在新體詩試煉成熟的唐代，詩歌美典如何有新的轉化。第二種面向，如黃奕珍教授重探陸游所謂「愛國詩人」的稱號，其實是建基於陸游筆下將歷史上所有醜陋的異族的質素，都加總在女真族上所構成的「他者」形象，換言之，文本成為「夷／夏」攻防的競技場。而曹淑娟教授借助文化地理學的概念，觀察作為地景的「滄浪亭」，如何在具體的重修過程中彷佛成為一個開放文本，讓歷史記憶的「重寫」與新的物質文化形式同步推陳出新，而成為一個與時俱進的典範「風景」。

知識體系的對話與爭逐

文學「典範」的建構、傳播與再製，因此是在不停地流動變化中，不論是必讀經典、文體程式、審美觀點、意識形態或物質文化形式，都彷佛成為時間之流中的系列界域，同時也進一步交集或聯集而成為文學文化史研究中的層層詮釋架構，或者可以稱之為支援詮釋的知識體系。這些所謂「知識體系」，一方面透過已經內化於生活的意義秩序、社會共識或已經熟悉的學術專業來為文本提供詮釋的憑藉，另一方面其實也有可能是正在建構中而尚未定位的「已知識／未知識」系列，尤其是十九世紀下半葉西學東來之際，新舊知識的交接與爭逐。

就第一個面向而言，本論文集中，陳志信教授與蕭麗華教授的論文，提供了經學與佛學的研究視角，進行了跨學科的嘗試。蕭教授認為國內學界的佛學研究之所以侷限於佛學院、哲學與宗教研究所，而無法擴大到文學研究領域，很大的原因是缺乏一部《中國佛教文學史》來提供相關視野，因此提出撰寫《中國佛教文學史》的構想，這不但有助於補充原來《中國文學史》所遺漏或刻意忽略的佛教文學，同時也與國內早有學者關注的道教文學可以形成「專題文學史」，而拓展新的文本詮釋或文學史研究範疇。陳志信教授的文章以朱熹的《詩集傳》為例，領略傳統經學詮釋活動中，所涵容的類似文藝批評的型態，不但揭示了美感體悟與生命美善境界的相互一致，同時也翻轉了當代學科分類的界限，而重新顯豁古代文史哲不分的跨學科情境。

至於第二個面向——一種正在建構中而尚未定位的「已知識／未知識」系列，那不只是跨越學科領域，同時也牽涉跨越地域區隔、族群歷史以及跨越語際之後，該如何重新置位文學作品或其他人文學媒介（如雜誌、音樂）的執行與意義。本論文集中，鄭毓瑜教授、楊芳燕教授、高嘉謙教授的三篇論文，在地域或族群上分別牽涉十九世紀下半葉以來，清朝官員出使赴日、美國傳教士在華傳教以及華人移民社會所構成的新加坡社會，語言實踐上則涉及華語、英語、日語之間的傳譯所牽涉的誤用、借用甚至反用，更根本的核心則在於所謂「在地」與「全球」化之間的文化流動與詮釋架構的建立。鄭毓瑜教授的論文以黃遵憲的《日本雜事詩》為例，探索黃遵憲如何借助已知的舊體詩傳統——孰悉上手的歷史記憶與典故成詞，作為接軌與描述明治維新後新世界的橋樑（bridge），同時在傳譯「日本」的過程中，舊體詩與舊詩語如何也成為排除與跳躍翻轉的邊界（boundary）；楊芳燕教授以《萬國公報》為例，探討傳教士如何挪借中國固有的語彙、概念，甚至當時方興未艾的富強論述，來發明自己的詮釋架構（hermeneutic framework），進而以所謂具有普世文明價值的「國族」、「理性」、「科學」、「自主的個人」等觀念來推行基督教全球化的敘事；高嘉謙教授則以梁文福的音樂和謝裕民的文學為例，探討新加坡如何在殖民地歷史背景下建立了全球城市（global city），卻又以鮮明的地方意識（place consciousness）來追尋城市身份及其歷史文化想像。

當羅蘭巴特（Roland Barthes）宣稱「作者已死」（The Death of the Author），整個文學理論的發展從結構主義轉進到解構主義的時候，其實也宣告一種新的文學詮釋模式的誕生，這個新模式，將作品由作者所有權中解脫，而開放給出品以後的歷代讀者，更重要的是還開放給各種各樣變動中的語言與文化關係網絡。因此任何文學作品的定位，不再單單依據作者本性、遭遇或特定歷史背景就足以解釋，進一步來說，文學詮釋很可能是文學作品與作品間的相互影響，更是歷代社會文化權力型式的相互角力，甚至是東、西或中、外在知識領域的彼此爭奪。所謂「文學典範」、「文學傳統」或「文學文化史」，因此是一再分衍流布的層層再詮釋，是透過回顧而對於文學經典、文體程式、美典、意識形態、物質環境、文化權力結構、主體意識、傳譯程序等等人文經驗的「現代」瞻望，任何文學書寫終究成為各方勢力的拉鋸以及曾經介入離合的「互文」軌跡。

文學典範的建立與轉化

目　次

圖　版

重新「脈絡化」文本

知識體系的對話與爭逐

從文本演繹歷程論
《西遊記》文學經典意義之形成

康韻梅

提　要

本文嘗試從文本演繹歷程去探究《西遊記》的文學經典意義之形成，既然是從文本演繹歷程去探究《西遊記》經典性的特質形成，首先必須建構《西遊記》文本演繹之系譜，故本文先標舉出在漫長的敷衍過程中，《西遊記》文本形成的系譜，並嘗試理解這樣一個過程之於《西遊記》經典化的意義。其次是去探究在每一個文本演繹階段的西遊故事文本在敘事的形式和內容的特點，而這些特點如何在承衍的過程中被區別界分、轉化演繹，成為論證《西遊記》為一文學經典文本的憑據。歷史上玄奘取經的事件，經由僧侶的宗教敘事、民間通俗故事、到文人的寄寓，每一個文本基於撰作立場、敘述形式而形成獨具的敘事特色，但不同的文本間也因在形式和內容上相互的承衍形成了互文性。大體上，《西遊記》的文本演繹歷程，呈現了敘事母題和主題的拓展、敘述形式愈益精進、以及敘事意涵更為豐富的趨勢，至《西遊記》達到一個完備的狀態，其出於虛構想像的奇幻和語言的諧謔在表現形式上，極具特色，進而開啟明代神魔小說的寫作，難得的是，《西遊記》的奇幻與諧謔容納了對人生、社會具有啟示性的智慧和人倫意義，能使讀者從文本中聯想和觸及人心與人性的廣泛性問題。此外，《西遊記》融合了三教教義，並納入哲學思維的術語，塑造了文本深邃而奧秘的言說空間，承載了令人探究不盡的寓意，是故引發了各自詮解的諸多評價與討論，一直延續至今。這些《西遊記》承繼之前文本既有形式、母題和主題所展現的互文性，以及源於自身獨自創造的藝術性所共同完成的諸多文本特質，成就了它的文學經典意義。

關鍵詞：《西遊記》　文本演繹　經典　經典化　經典性

【作者簡介】國立臺灣大學中國文學研究所博士。主要以中國古典小說為研究領域，近幾年的研究側重在唐代小說與其他時代小說的承衍關係及其敘述特色、唐代小說與唐代其他文類的交涉、中國奇書體經典小說（《三國演義》、《水滸傳》、《西遊記》）的形成與轉化等方面。著有《六朝小說變形觀之探究》、《中國古代死亡觀之探究》、《古典文學與性別研究》（合著）、《歷代短篇小說選注》（宋元明話本卷）、《唐代小說承衍的敘事研究》，以及與研究領域相關的學術論文數十篇。

從文本演繹歷程論
《西遊記》文學經典意義之形成

康韻梅*

從明末清初始，《西遊記》與《三國演義》、《水滸傳》、《金瓶梅》並列，被論者視為四大奇書，而此「四大奇書」之名的成立，❶意味著在小說史上章回小說的發展已屆成熟，所以出現了可堪稱奇的作品。而這些著作在小說藝術表現上精湛的手法，讀者的廣泛接受，在批評的場域中不斷地被互相並提援引和比較、以致相關續書的書寫，甚而其文化影響仍作用於今，由作品在接受空間的「廣泛性」和傳播時間上的「持續性」的經典意義而言，此四部書足可以經典稱之。❷

關於「四大奇書」的經典意義是如何生成的，譚帆提出了文人以新的視角和評價體系觀照，以及文人對這四部作品的廣泛修飾增訂致使文本內涵趨於完善，作品的思想性、藝術性提升，是「四大奇書」成為中國文學史上經典的外部和內部條件。❸換言之，文人的評論觀點和實際的修訂，是「四大奇書」經典意義形成的關鍵。此說實呼應了美國學者浦安迪的看法，他認為四大奇書應稱作文人小說或奇書

* 國立臺灣大學中國文學系教授。

❶ 根據李漁於康熙十八年為《三國演義》所作的序文，提到《三國》、《水滸》、《西遊》、《金瓶梅》為馮夢龍所論的「四大奇書」，顯示李漁認為是馮夢龍首創此說。詳見譚帆：〈「四大奇書」：明代小說經典之生成〉，收錄於王瓊玲、胡曉真主編：《經典轉化與明清敘事文學》（臺北：聯經出版公司，2009 年），頁 29。

❷ 同前註。

❸ 同註❶，頁 29-57。

文體小說，同時也在敘事的技巧上，尋繹出奇書文體小說的共同之處，證明這四部作品經過文人精細的構思撰作，並形成了文體上的特色。❹衡酌譚帆所陳述的文人修訂四大奇書的狀況，❺相較於毛氏父子對《三國演義》的修改、金聖嘆刪削《水滸傳》、崇禎本《金瓶梅》對《金瓶梅詞話》本的刪改，《西遊證道書》對世德堂本《西遊記》的改動，是幅度最小的，即世德堂本《西遊記》成書時，西遊故事文本已大致底定，是故探究世德堂本《西遊記》與之前西遊故事文本的差異，以呈現《西遊記》成為經典的因由，似乎更有意義。事實上，四大奇書可以讓文人介入編撰，正是因為這些文本多有一流變的演繹過程，在題材和藝術上都歷經世代的累積，❻形成文本撰作上的開放性，也開闢了文人可以一展身手的空間。

細索四大奇書中除了《金瓶梅》截取一段武松故事，而出現文本的承襲之跡外，其餘內容多為該書作者創作，而其他三部奇書都有一非常類似的文本演繹過程，即歷經歷史記載、筆記傳說、說話故事、話本敘事、戲曲劇本，直至章回小說，各個不同階段的敘事型態。這樣的文本演繹過程，何以至章回小說能達到廣泛接受和持續傳播的頂峰，自有一些值得去探索的因素。而在非常近似的敷演歷程中，三者間還有一些值得比較的差異存在，即使在平話和雜劇中，加入許多民間色彩的設想，但《三國演義》的成書是最貼近歷史的，換言之，文本演繹的過程中雖有不同的偏重，但人物和情節仍多與最初的歷史記載相符，所以章學誠對《三國演義》的評價：「七分實事，三分虛構」❼便成為了一種定論；至於《水滸傳》雖然也頂著一個具體歷史時空的外殼，搬演著曾經確實存在於大宋宣和年間人物的事蹟，但與歷史記載相符處較少，完全反映了遺事的特質，是歷史發展中傳聞軼事的發揚。無論如何，《三國演義》或《水滸傳》都是依循著歷史，融合真實與虛構的人物和情節，去敷衍故事，即使發展至章回小說的面貌，歷史的輪廓依然清晰可見，從撰作的角度思考，無論文本中具有多少背離歷史的敘事，《三國演義》和

---

❹ 詳參氏著：《中國敘事學》（北京：北京大學出版社，1996 年），頁 19-25。

❺ 同註❶，頁 48-52。

❻ 同註❶，頁 52-53。

❼ 見《章氏遺書外編卷第三·丙辰札記》，收錄於徐德明、吳平主編：《清代學術筆記叢刊 28》（北京：學苑出版社，2005 年），頁 73。

《水滸傳》基本上都是在進行一種直接與歷史的對話，對於三國鼎立、宣和年間的政治紛亂，提出一種詮釋，進而去樹立所認定的價值。而《西遊記》的原初歷史實無關乎時代政治的糾葛，而是一個宗教事件，是唐代太宗朝一名熱衷於佛學的和尚，出走天竺取經的故事。如此的中西佛教交流事件，必然涉及到宗教和西域風土文化等議題，事實上，在當代已經出現了相關的敘事文本，即由玄奘口述、弟子辯機完成記錄的《大唐西域記》，和由玄奘弟子慧立和彥悰為他所作的《大唐大慈恩寺三藏法師傳》，有關陌異的西域風土與和尚取經事蹟形成敘事核心的文本，至發展成為章回小說文本時，固然在主題意涵擴大的情況下，仍有從政治角度詮釋的空間，但與《三國演義》和《水滸傳》一貫的政治關懷是不同的，甚至到了章回小說的寫定之時，除了維持西行取經的骨幹外，人物、事件、甚至包括敘事的空間，與歷史的地理、傳記敘事，呈現了迥然不同的敘述風貌，其文本演繹過程中的變易，恐是這三部書中幅度最大者。❽故基於四大奇書在文本演繹過程的流變，開展了文人撰作、增刪的特質，導致小說文本的經典意義生發，再加上《西遊記》的流變幅度最為劇烈，本篇嘗試從《西遊記》的文本演繹過程，探究其文學經典意義之生成。

文學經典意義的生成涉及了經典化和經典性兩個概念，前者是指文學作品被持續重寫和複製，成為常識的文化過程，至於經典性是文學作品的美學質量的衡量。❾本文嘗試從文本演繹歷程去探究《西遊記》的經典意義之形成，著重的是《西遊記》的本事玄奘西行取經事件，在每一個被書寫的過程中，如何逐步敷演、精進它的敘事形式和內蘊，較為側重的是《西遊記》的藝術價值，即《西遊記》成為文學經典在美學表現上的原因，以致引發讀者和評論的關注，甚至能夠不斷地被重寫和複製，處於一個持續被經典化的狀態。既然是從文本演繹歷程去探究《西遊記》經

---

❽ 陳大康特別指出《三國演義》與《水滸傳》的創作方式，羅貫中和施耐庵所依據的材料只有一個指向，他們無須選擇，也別無選擇，但《西遊記》的作者，除了話本、雜劇及傳說中的神奇故事之外，還有大量有關玄奘取經的正式文獻。若以正規的史料為改編的依據，大概僅能完成一部以藝術作品形式出現歌頌佛教和佛教徒的「高僧傳」。見氏著：《明代小說史》（北京：人民文學出版社，2007 年），頁 377-378

❾ 李玉平著：《多元文化時代的文學經典理論》（天津：南開大學出版社，2010 年），頁 43。

典性的特質形成，首先必須建構《西遊記》文本演繹之系譜。故本文意欲先標舉出在漫長的敷演過程中《西遊記》文本形成的系譜，並嘗試理解這樣一個過程之於《西遊記》經典化的意義，更重要的是去探究在每一個文本演繹階段的西遊故事文本在敘事的形式和內容上的特點，而這些特點如何在承衍的過程中被區別界分、轉化演繹，成為論證《西遊記》為一文學經典文本的憑據。

一、擬經典化的建構

《西遊記》故事從歷史上玄奘西行取經事件的記述開始，歷經一段非常長的經由各種敘述媒材演化過程，形成了一個龐大而複雜的文本形成系統，引發了諸多學者的研究興趣，自胡適撰作〈《西遊記》考證〉一文後，此議題不斷地被關注，也得到很多豐碩的研究成果。在此，以前人的研究成果為基礎，來表述《西遊記》文本演繹的系譜。如前所述，完成於明末的章回小說，是唐僧玄奘取經故事文學經典的完成，而建構系譜的回溯起點應設置在明代萬曆二十年（1592）由南京書坊世德堂刊行的百回本《西遊記》，因為現今確實可以斷定的是之後陸續刊行了非常多的版本，但都是以世德堂本為底本，內容上無差距甚大的變化，刊行於清康熙年間的《西遊證道書》僅將江流兒的故事列於第九回中，並將世德堂本《西遊記》的九到十一回改至十到十一回。[10]以世德堂本《西遊記》為基點追溯，根據現存的文獻載記，概括地建構《西遊記》文本演繹的體系，應表述如下：

《大唐西域記》→《大唐大慈恩寺三藏法師傳》→《大唐三藏取經詩話》→《西遊記雜劇》→《西遊記》

這個簡單的系譜是以完整的記載玄奘法師西行取經事件的敘事文本為考量，但從實際發生與《西遊記》敘事有關的內容斟酌，這個系譜實有許多待填補之處。

從故事本事的觀點設想，《西遊記》最初的故事源頭應是玄奘法師依據自身西

[10] 見夏志清著，胡益民等譯：《中國古典小說導論》（合肥：安徽文藝出版社，1988 年），頁128-129。

行取經的見聞完成的《大唐西域記》，和其弟子們為玄奘法師一生體現佛法的歷程撰寫的傳記《大唐大慈恩寺三藏法師傳》，該書十卷內容的前五卷，基本上就是一部玄奘法師的西行錄，這些都是有關玄奘法師西行的紀錄。在唐代除了《大唐西域記》和《大唐大慈恩寺三藏法師傳》敘述了玄奘西行取經的事件外，在筆記小說《大唐新語》、《獨異志》、《酉陽雜俎》中亦見敘述。

此外，今殘存的敦煌寫卷的變文〈唐太宗入冥記〉記述了唐太宗入冥的歷程，世德堂本《西遊記》十一回唐太宗遊地府的故事，應從此講唱文學中的材料滲入。

後晉劉昫等修唐史完成《舊唐書》，將玄奘取經的事件記載在〈方伎傳〉中，正式地納入正史的紀錄。另一方面玄奘取經的事件，則進入民間說話的故事系統，現存的《大唐三藏取經詩話》⓫為我們證實了此點，而羅燁《醉翁談錄》〈小說開闢〉中所列名目〈巴蕉扇〉、〈八怪國〉、〈四仙鬥聖〉，可能是三藏法師西遊取經故事，⓬而此講唱形式的傳播，極易與聽聞者形成一個互動系統，必然會使故事在社會中更為普遍地流傳。劉克莊〈釋老六言十首〉之四中有「取經煩猴行者，吟詩輸鶴阿師」⓭之句，張世南《游宦紀聞》卷四記載張聖僧為鄉里建重光寺賦詩所云：「無上雄文貝葉鮮，幾生三藏往西天。行行字字為珍寶，句句言言是福田。苦海波中猴行復，沈毛江上馬馳前。長沙過了金沙灘，望岸還知到岸緣。夜叉歡喜隨心答，菩薩精虔合掌傳。半千六十餘函在，功德難量熟處圓。」⓮內容也提到三藏

⓫ 原藏於京都高山寺，有《新雕大唐三藏法師取經記》和《大唐三藏取經詩話》二書，由羅振玉收集、整理出版。兩者內容差異不大，因《大唐三藏取經詩話》缺卷較少，今校註本多以《詩話》為題。關於《詩話》的成書年代，各家討論不一，羅振玉、王國維認為是南宋刻本，魯迅主張是元代，杜德橋、張錦池斷定為宋代，李時人、蔡鏡浩則由敘述形式、語言等推論《詩話》與五代時期的變文相似。劉瓊云則參考王國維和伊維德（Wilt l L. Idema）的觀點，認為《詩話》是平話一類的文類。參見劉瓊云著：〈搬演神聖：以玄奘取經行故事為中心〉，《戲曲研究》第 4 期（2009 年 7 月），頁 134-135。若是將之歸於《五代史平話》、《京本通俗小說》、《宣和遺事》一類，《詩話》成書最有可能的年代是南宋，而從口頭文學講述的傳統來看，勢必故事的流傳比成書年代早。

⓬ 見鄭明娳著：《西遊記探源》（臺北：里仁書局，2003 年），頁 246。

⓭ 宋·劉克莊著：《後村先生大全集》卷四十三，收入《宋集珍本叢刊》（北京：線裝書局，2004 年），第 81 冊，頁 293。

⓮ 宋·張世南著：《游宦紀聞》（臺北：木鐸出版社，1982 年），卷四，頁 31。

取經和猴行者。這些詩歌不僅證明南宋之時已經出現了有猴行者存在的唐三藏取經的故事，更重要的是能作為詩歌的典故出現，意味著此故事必然為眾人所熟悉、確認。事實上，根據歐陽修在〈于役志〉提到五代周世宗入揚州毀壽寧寺壁畫，唯有玄奘取經的壁畫猶存，⓯以及安西榆林石窟有三處《唐僧取經圖》的壁畫，所繪唐僧、孫行者和白馬大致與《大唐三藏取經詩話》相符。⓰可以得知玄奘取經的事件自五代開始，已經以圖像敘事傳播，並進入群眾的宗教生活場域，顯示了它的普及性。

西遊故事在元代也同樣進入戲曲的表演機制，元代陶宗儀《輟耕錄》所載金人院本名目「和尚家門：《唐三藏》。」⓱錢南揚《宋元戲文輯佚》中收有《王母蟠桃會》、《鬼子母揭缽記》、《陳光蕊江流和尚》之戲文，⓲鍾嗣成在《錄鬼簿》列了多齣與西遊故事有關的戲曲，例如高文秀的《木叉行者鎖水母》，吳昌齡的《唐三藏西天取經》和《鬼子母揭缽記》，以及楊顯之的《劉泉進瓜》。⓳其中吳昌齡《唐三藏西天取經》顧名思義，一定是完整鋪演玄奘取經故事的劇本，但可惜今僅存兩折，無法窺得原貌。從元代的西遊故事曲目而觀，可以得知在此階段匯聚了更多的敘事內容，而明初楊景賢《西遊記雜劇》則是至今仍完整保存的西遊戲曲文本，⓴其內容與世德堂本《西遊記》多有交集。宋元之後，有關西遊故事的戲文日益豐富，顯示西遊故事深受歡迎，而互為因果地在搬演中廣泛地流傳，社會上對於西遊故事必然更為熟悉，而元代繪有唐僧、悟空、八戒、沙和尚等取經人物的磁

⓯ 見宋・歐陽修著：《歐陽文忠公集》（臺北：臺灣商務印書館，1979 年，《四部叢刊正編》），卷一二五，頁 973。

⓰ 見王靜如著：〈敦煌莫高窟和安西榆林窟中的西夏壁畫〉，《文物》1980 年第 9 期，頁 52-53。

⓱ 見元・陶宗儀著：《輟耕錄》（臺北：世界書局，1963 年），卷 25，頁 382。

⓲ 見錢南揚著：《宋元戲文輯佚》（北京：中華書局，2009 年），頁 19-20、146-147、192-200。

⓳ 見元・鍾嗣成著、王鋼校訂：《校訂錄鬼簿三種》（鄭州：中州古籍出版社，1991 年 11 月），頁 61、65、68。

⓴ 今所見的《西遊記雜劇》是明萬曆四十二年的刊本，1928 年發現於日本宮內省圖書寮所收藏的《傳奇四十種》中，原題為《楊東來先生批評西遊記》。孫楷第依據《錄鬼簿續篇》楊景賢條下記述著有《西遊記》，認為《西遊記雜劇》的作者即是元末明初的楊景賢。但亦有學者質疑孫氏之說，同註⓫，頁 141。從《西遊記雜劇》西遊故事內容的粗略，可以看出其成書必早於世德堂本《西遊記》。

州窯磁枕出土，㉑說明了此點。可見當時西遊故事廣為流傳，且為人所喜愛，才會在生活日用品上繪製。而於寧夏與宋元刻的西夏文藏經一起被發現的《銷釋真空寶卷》，㉒已經出現了四聖和西行歷經的妖魔和國度，是為西遊故事的輪廓，由寶卷為民間宣講佛教教義的性質，亦顯示了西遊故事在民間流傳的普遍性。

在西遊故事文本演繹系譜中，從小說的文類來考量，從《大唐三藏取經詩話》到世德堂本《西遊記》的完成實有一個非常大幅度的跨越，故論者從《永樂大典》和《朴通事諺解》中引述西遊故事的內容，而推定了有較為成熟完整的西遊記故事典籍的存在。完成於明成祖永樂五年（1407）的《永樂大典》為一具百科全書性質之類書，在第一三一三九卷中載有「夢斬涇河龍」，與世德堂本《西遊記》第九回和第十回的前半內容相似，更重要的是在標題「夢斬涇河龍」的五字下有「西遊記」三字，㉓表示所引之書名就是「西遊記」，小川環樹認為《永樂大典》雖是明代所編之書，但僅距元亡五十年，故可以推斷小說三藏取經被取名為《西遊記》，至遲也應從元代開始。㉔約莫與《永樂大典》同時的朝鮮學習漢語教科書《朴通事諺解》有八條有關《西遊記》內容的註解，特別值得注意的是已經出現了悟空大鬧天宮和取經所歷諸怪的過程，脫離了《西遊記雜劇》的內容，而與之後的寫定本的結構、情節相符。雖然《永樂大典》與《朴通事諺解》未必引述同一版本，但多數學者主張世德堂本之前可能存有一個與之較接近的《西遊記》，甚至有學者直接主張至遲到元末，已有一本結構定型、情節已具系統性的《西遊記平話》傳世，成為

㉑ 參見郁博文著：〈瓷枕與西遊記〉，《光明日報》（1973年10月8日）。

㉒ 鄭振鐸認為《銷釋真空寶卷》有可能是元抄本，胡適認為是明朝的寫本。蔡鐵鷹從「銷釋」、「真空」與明弘治年間興起的民間宗教羅教信仰相關，而認為是羅教的經卷。參見蔡鐵鷹編：《西遊記資料彙編上冊》（北京：中華書局，2010年6月），頁456-459。又在世德堂本《西遊記》之前，明代亦有《巍巍不動泰山深根結果寶卷》中，亦有一段文字提到西遊故事。參見劉蔭柏著：〈《西遊記》與元明清寶卷〉，收錄於《20世紀《西遊記》研究》上卷（北京：文化藝術出版社，2008年），頁253-265。

㉓ 見明·解縉等奉敕撰：《永樂大典》（北京：中華書局，1986年），第6冊，頁5688-5689。

㉔ 見氏著，胡天民譯：〈《西遊記》的原本及其改作〉，《明清小說研究》第一輯（1985年8月），頁160-161。

之後《西遊記》寫作的基礎。㉕這個佚失的文本，透過《永樂大典》與《朴通事諺解》殘存的敘事，形成了與《西遊記》寫作的直接承襲關係。㉖

《永樂大典》和《朴通事諺解》中分別引述的西遊故事內容敘事詳盡，文字的修辭也較為講究，二書分別作為類書和漢語學習的手冊，必然較為忠實的保留原書，故從引述內容研判，在世德堂本之前的確有一敘事比較成熟的西遊故事版本，見於《永樂大典》和《朴通事諺解》的西遊故事引發了這一合理的推論。除此之外，《永樂大典》和《朴通事諺解》的出現西遊故事，也有另一意涵，即西遊故事進入到類書和域外的漢語學習教科書，表示了西遊故事典籍影響的普遍性。

除了《永樂大典》和《朴通事諺解》所牽涉至少一種的元本《西遊記》小說之外，在世德堂本之前應還有一些元本，與世德堂本差不多同時，朱鼎臣編《唐三藏西遊釋厄傳》和楊致和編《三藏出身全傳》，兩個本子較為簡短，但內容與世德堂刊本相近，遂引發了三個版本孰先孰後的議題探究，但至今仍無定論。浦安迪指出討論的無功可能出於一個思考的盲點，就是無論繁本或簡本，可能都來自於一個更早的底本，而世德堂本和朱本的開頭都提到《西遊釋厄傳》此一與朱本同名的早先版本，而清初刻本汪象旭和黃太鴻編的《西遊證道書》在評注中有幾處提到一種大略堂的「古本」。㉗程毅中和程有慶更從《永樂大典》和《朴通事諺解》所引述，推論在《大唐三藏取經詩話》到世德堂百回本的《西遊記》之間，存有多種的西遊故事古本小說，才能為《永樂大典》和《朴通事諺解》所引，而從《永樂大典》和《朴通事諺解》所引的西遊故事版本到百回本之間，必然經過多次的刪改增訂，出

㉕ 見程毅中、程有慶著：〈《西遊記》版本探索〉，收錄於《20 世紀《西遊記》研究·上卷》，頁 166。陳大康著：《明代小說史》，頁 370。而章培恆在翻譯日本學者太田辰夫〈《朴通事諺解》所引《西遊記》〉一文時，指出依據太田辰夫對《朴通事諺解》引述的《西遊記》內容詳細介紹和周密的考證，該書應原無《西遊記平話》之名，而是在《朴通事》的對話中稱《西遊記》為「平話」而已，是反映《朴通事》編者的看法，與《西遊記平話》為兩回事，而「平話」為講史話本所用，若元代之原書名為《西遊記平話》，勢必會引發《西遊記》全書性質的討論。見太田辰夫著，章培恆譯：〈《朴通事諺解》所引《西遊記》〉，收錄於《20 世紀《西遊記》研究·上卷》，頁 282。

㉖ 見浦安迪著，沈亨壽譯：《明代小說四大奇書》（北京：中國和平出版社，1993 年），頁 150。

㉗ 同前註，頁 152。

現不少版本。㉘這些僅露出一些蛛絲馬跡卻無法具體展現的著作，自然在文本演繹的系譜中不能據有一席之地，但難以抹去它們曾經存在的跡象，則說明在世德堂本《西遊記》刊行之前，已有一些《西遊記》版本的刊行，換言之，西遊故事早已以通俗章回小說的形式見世。

世德堂本《西遊記》刊行之後，各種版本大體以其作為基準刊刻出版，所以在敘述內容上無甚差異，同時伴隨著出版刊行的是各種評點和見於序跋的評論，再加上見於他書的相關評論，形成了頗為可觀的《西遊記》批評論述，以及《續西遊記》、《後西遊記》、《西遊補》等續書的書寫，甚至迄今仍繼續以其他媒材的傳播，《西遊記》在這種持續被模仿、改作、評價的狀況下徹底的經典化了，㉙即《西遊記》經歷了一個成為文學經典的必要過程，即被社會不斷地接受與確認的文化熟知化（cultural familiarization）過程。㉚但當我們追溯世德堂本《西遊記》刊行之前的文本演繹歷程，由前述系譜可以得知從《大唐西域記》、《大唐大慈恩寺三藏法師傳》開始，玄奘西行取經的事件，不斷地在各種敘事的媒材被敘述，傳播媒材日益多元，包括歷史傳記、筆記小說、說話故事、詩話寫本、壁畫、生活用品、戲曲劇本和演出、寶卷、類書、域外的漢語教科書、通俗小說，涉及大／小傳統中的不同文化領域，可見世德堂本《西遊記》文本形成之前，西遊故事已經進入了一個不斷為各種媒材再製的狀態，經歷的正是一個文化熟知化過程，即在世德堂本《西遊記》的文本形成之前，西遊故事已經得到了社會的確認和接受，廣泛地藉由各種媒材方式被傳播，已經被群眾喜愛，影響層面也不斷擴充。這種對於一個故事題材不斷以各種文化形式呈現，讓社會接受和熟知的歷程，或者可以稱之為一個「擬經典化」的建構過程，何況《西遊記》的本事玄奘取經事件，很早就進入敘事的系統，即《大唐西域記》和《大唐大慈恩寺三藏法師傳》的文本，從經典是作為一個文本概念而存在的意義思考，這兩本書的完成是西遊故事本事遷移的一個非常重要的關

㉘ 程毅中、程有慶：〈《西遊記》版本探索〉，收錄於《20 世紀《西遊記》研究．上卷》，頁 176。

㉙ 同註❾，頁 47。

㉚ 此為布爾迪厄（Pierre Bourdieu）提出的文化場域理論，即「文學經典的再生產和聲譽的獲得正是依靠文化熟知化過程，而文化熟知化又得力於社會確認和更廣泛的機構化。」同註❾，頁 44。

鍵。㉛

《三國演義》和《水滸傳》與《西遊記》一般，經歷了類似的文本演繹過程，也都可以說是在成為章回小說的奇書經典之前，已經藉由各種敘事媒材的表達被社會所接受、確認，經歷了本事遷移的文化熟知化的過程，而在故事本事已廣被傳播的基礎下，經由文人加工完成藝術價值和思想內容更為精湛和深邃的文本時，同時還形成與之前完成的文本的互文性關係。尤其玄奘西行取經故事，又是宗教故事，其傳播媒介也更為多元，更容易為大眾所孰知。

二、經典性意義之形成

從以上《西遊記》的文本演繹過程可知西遊故事歷經了一段漫長敷衍歷程，延續性的書寫和傳播，致使故事被社會大眾接受和確認，文本演繹歷程也成為故事被熟知化的歷程，可以說是一種彷彿是經典化的「擬經典化」建構，當然真正的經典化是在世德堂本《西遊記》文本形成以後，尤其是得到文人評論關注後，《西遊記》的經典化才能真正成立。㉜世德堂本《西遊記》何以能夠成為一部文學經典的過程，有各種複雜的因素，從文本演繹過程去探索一部書之所以成為經典的因素，基本上是從文學的內部因素來考量，這也是經典文本敘事形式和其所指涉意涵趨於完善豐厚的過程。在《西遊記》的文本演繹歷程中，每一個標示演繹過程的文本皆具有其獨特的敘事形式和意涵，而歷經時序的推衍，這些形式和意涵屢經變異轉化，在比較之中證成《西遊記》是具有高度的藝術價值，久經驗證愉悅讀者的力量與對人類普遍關心的問題和共有價值觀的關注的文學經典之作。㉝

㉛ 本事遷移即是指特定原發性事件被其他文件所引用、轉換、擴充、改編、續寫、改寫、重寫、戲仿等。見楊春忠著：〈經典再生產與「本事遷移理論」〉，收錄於童慶炳、陶東風主編：《文學經典的建構、解構和重構》（北京：北京大學出版社，2007 年），頁 38。

㉜ 譚帆認為明代對四大奇書評判，已有別於傳統對小說的評價體系，而此評價體系的轉化，促成了明代小說經典的生成。同註❶，頁 31。

㉝ 此三點為文學經典形成的標準和規範中的一個關鍵的因素。參見 M.H. 艾布拉姆斯著，吳松江等編譯：《文學術語辭典》（北京：北京大學出版社，2009 年），頁 61。

從敘事的角度思考，《西遊記》的文本演繹大致經歷了歷史實跡的敘述至故事系統的過程，歷史上玄奘西行取經原生事件，在歷史實跡的記述中與進入故事系統呈現了非常不同的敘事風貌，而不同的故事系統隨著時間推移而撰作的文本，亦有了寄寓層次豐薄的區別，於是在每一個演繹過程的具體文本，都註記了《西遊記》終成一部文學經典的跡印。

㈠由歷史實跡敘述至故事系統

關於玄奘法師取經的事件進入敘事，大抵可以分為歷史實跡敘述和故事系統，前者意謂依循歷史發生的情況來敘述，即有確定的時空、人物、事件，玄奘取經就是發生在唐太宗貞觀三年至十九年（629-645），共經十七載春秋，中土的玄奘法師為求取經文，私自西行，歷經西域一百三十八國，[34]共得經六百五十七部，回國後翻譯佛經的事蹟。而以故事的型態敘述，則跳脫出歷史事實的框架，在時空、人物和事件上都有了虛構的成分，甚至將歷史事件完全改寫，成了傳說故事，而故事在時間的推移中，不斷地增衍，便形成各種不同內容的文本，指涉多元的意涵。

關於玄奘西行取經的事件，以歷史實跡記載的文本，按時序先後大抵有《大唐西域記》、《大唐大慈恩寺三藏法師傳》和《舊唐書·方伎傳》。《舊唐書》雖成於後晉之時，正史的記述畢竟還是有關玄奘西行天竺取經最為正式的記載，成為歷史的事實。史傳中從一個僧人的身份，非常簡扼而客觀地記述了玄奘的生平和西行的原因、經過、成就，特別是譯經的貢獻。

> 僧玄奘，姓陳氏，洛州偃師人。大業末出家，博涉經論。嘗謂翻譯者多有訛謬，故就西域，廣求異本以參驗之。貞觀初隨商人往遊西域。玄奘既辯博出群，所在必為講釋論難，蕃人遠近咸尊伏之。在西域十七年，經百餘國，悉解其國之語，仍采其山川謠俗，土地所有，撰《西域記》十二卷。貞觀十九

---

[34] 玄奘的〈進西域表〉自言：「所聞所見，百有三十八國」，敬播〈序〉則言：「親踐者一百一十國，傳聞者二十八國」。見唐·玄奘、辯機著，季羨林等校註：《大唐西域記校註》（北京：中華書局，2000年），頁1053、1055。

年，歸至京師。太宗見之，大悅，與之談論。於是詔將梵本六百五十七部於弘福寺翻譯。[35]

正史的紀錄勾勒了事件的梗概，陳述出玄奘西行取經的歷史事實，包括了具體的時間、空間、歷程和收穫。這是一個事件的骨幹，至於具體的血肉，則見於較早完成的《大唐西域記》和《大唐大慈恩寺三藏法師傳》二書。

由法師口述，門徒辯機輯錄的《西域記》本應是最能反應玄奘西行取經過程的記載，雖然全書是「實錄」，[36]但撰述立場是以大唐為本位去記述所見所聞的西域景況，嚴格說來是一種官方的立場，特別是玄奘撰作《西域記》，是出於唐太宗的要求，即玄奘歸返謁見太宗，太宗關心詢問西域的物產、風俗，玄奘對答如流，太宗便勸他著書紀錄，事實上太宗對於西域諸國的興趣遠大於佛教的興趣，玄奘認知此點，遂以一年的時間完成《西域記》，並將之上呈太宗，所以可以說玄奘是奉敕完成了《西域記》。[37]這樣的撰作立場，形成了《西域記》的敘事特色，太宗有興趣的是玄奘在西域的見聞，是故西域諸國及其人、事成為被客觀記述的對象，但見聞的感知者是隱而不彰的。這種攝影錄像式的觀照，僅能夠反應所見所聞之事物。

《西域記》以地理而敘歷史的方式羅列所經諸國，即以國敘事，而呈現了一種固定的敘述模式，全書以所經重要的國、城，或某一特殊的地域，例如山、池、泉、水域、地界、大沙蹟、地區等為骨幹，其中主要以國為主，作或詳或略的介紹，一般包括幅員、國都、土宜、氣序、人性、風俗、文字、法則、語言等等，還

---

[35] 見五代·劉昫等撰：《舊唐書》（臺北：洪氏出版社，1977 年），頁 5108-5109。

[36] 玄奘〈進西域記表〉言：「截此蕪辭，採其實錄。」同註[34]，頁 1054。

[37] 玄奘完成《西域記》不無有為他擅出西域的行為與官方關係的修補作用，雖然玄奘出行是以宗教為目的，但上呈皇帝的〈還至于闐國進表〉中言：「宣皇風之德澤，發殊俗之欽思。」（《全唐文》卷九百六），見《欽定全唐文》第十九冊（臺北：匯文書局，1961 年），頁 11921，仍表明出行不忘宣揚大唐皇恩之意。而太宗對玄奘習得的佛教教義沒有多大的興趣，但對《西域記》充滿了興趣，他在〈答玄奘法師進西域記書詔〉言：「朕學淺心拙，在物猶迷；況佛教幽微，豈能仰測？請為經題，非己所聞，新撰《西域記》者，當自披覽。」（《全唐文》卷九百六），見《欽定全唐文》第 1 冊，頁 101。這應是出於一個帝國的君王企圖瞭解鄰近疆域國度的政治反應。

有佛教信仰的情況，例如伽藍、僧徒的數量、佛教的宗派等，若詳細的記述一國則是針對國中某些特別的地域，尤其是與佛教有關事物，例如伽藍、佛像、窣堵波（佛塔）等等及其相關的事件。由此顯示《西域記》雖為地理的記述，實以與佛教相關的人事物為大宗，尤其是記述許多如來與其弟子的聖蹟，以及許多佛教的遺蹟和傳說故事，玄奘以一地志書弘揚佛法的意念，不言可喻。《西域記》在不重視歷史的印度缺乏相關所記的情形下，成為研究印度古代歷史的重要典籍，要瞭解古代和七世紀以前的印度，僅此一書，所以至今還被多國翻譯，在印度古代歷史的研究上，《西域記》便成了瑰寶奇書。[38]雖然可以從《西域記》追溯出少數幾個與《西遊記》相關的故事題材，[39]但在敘事的內容上，兩者可說是風馬牛不相及，甚至《西域記》以西域地理為本位的記述方式，連玄奘取經事件都隱沒不彰，全書的敘述主體是為西域諸國，制式化的資料羅列，實具有歷史知識的價值，卻甚難引發一般讀者的閱讀興味，唯有夾在介紹某些地物中的傳說神蹟，以故事的形態吸引著讀者的目光，然而零散、片段的特質，無法形成全書完整的有機敘事。

《西域記》的文本撰作意義自不在於精彩的故事，但對西域史料性的記載，超越了之前僧侶西行的地志敘述，同時也補足了古代印度歷史的貧乏，成為中國與西域交通史上的重要著作。《西域記》的敘事基本上可說是歷史真相的還原，但一旦訴諸敘事，必然涉及到敘事形式，於是在論及《西域記》與《西遊記》的文本關連時，除了小說敘述涉及歷史事實，形成敘事題材的沿承外，《西遊記》實承襲了《西域記》將行遊所經諸國羅列敘述的結構，包括了悟空的求道和唐僧師徒的西天取經，都是以地域承載事件的方式進行，尤其八十一難有關西行取經的部分，幾乎

---

[38] 參見季羨林著：〈玄奘與《大唐西域記》〉，收錄於玄奘、辯機著，季羨林等校註：《大唐西域記校註》，頁 123-128。

[39] 例如《西域記》卷八「摩揭陀國」有「遮日」記載，《西遊記》三十回中悟空借了真武大帝的皂旗遮天，以騙小妖自己的葫蘆可以裝天。《西域記》卷二記述迦膩色迦王奔逐白兔，而得牧童啟示釋迦佛預言有國王當於此建窣堵波事。而《西遊記》三十七回中悟空為引烏雞國太子至寶林寺，變作白兔讓太子追逐。《西域記》卷十二「瞿薩旦那國」載有河龍求夫事，《西遊記》四十七回有一金魚精要當地居民每年獻出童男女讓他食用。《西域記》卷二敘及釋迦如來化鬼子母事，卷十一則記有西女國，而《西遊記》五十三、五十四回記述三藏、八戒飲子母河水而懷孕，及進入女人國之事。

就是一地一難的形式。而《西遊記》記述唐僧師徒經歷西域諸國，由諸國的情況牽勾起的背景事件，便是以地域記載傳說的敘述轉化。在敘述形式的轉化之外，《西域記》的敘述之首便提到海中可居的四洲——東毘提訶洲、南贍部洲、西瞿陁尼洲和北拘盧洲，並特別提到南贍部洲有四主，由此抒發四主的地域與人情的關係。而《西遊記》之首也是以四大洲作為敘事空間，雖然名稱不同，但仍是佛教的宇宙空間的觀點，[40]也特別擴大四洲不同的人情世態的差異：「我觀四大部洲，眾生善惡者，各方不一：東勝神洲者，敬天禮地，心爽氣平；北俱蘆洲者，雖好殺生，祗因糊口，性拙情疎，無多作賤；我西牛賀洲者，不貪不殺，養氣潛靈，雖無上真，人人固壽；但那南贍部洲者，貪淫樂禍，多殺多爭，正所謂口舌凶場，是非惡海。」（第八回）[41]因此要把可以勸人為善的三藏真經，傳與居於南贍部洲的東土眾生。即由地域的人情風俗作為東傳佛經的原因。此外《西域記》神蹟敘述核心人物為如來佛，而《西遊記》西行取經的趨動者正是如來佛，也是導致唐僧師徒西遊歷經艱險磨難的關鍵人物。《西域記》敘事的時空背景、結構形式，對《西遊記》的敘事產生一定的影響，而《西域記》的敘事內容也提供了《西遊記》情節事件生發的因子。但從西行取經事件的角度考量，《西域記》僅見西行所見所聞，但所見所聞的主體的玄奘法師卻隱而不見，便阻斷了讀者藉由敘述去理解玄奘法師所歷所感，而這一點在《大唐大慈恩寺三藏法師傳》中，得到了充分的補償。

《大唐大慈恩寺三藏法師傳》是玄奘法師的弟子為他撰述的傳記，既以法師傳為訴求，內容主要是關於三藏法師一生修行佛法、弘揚佛學的事蹟。其中卷一至卷五，記載的就是玄奘生平最重要的事件——西行取經。玄奘作為全書的傳主，對於西行取經的記述自然是以法師的行跡為主要內容，與《西域記》中玄奘法師的主體未見，形成明顯的對比。《法師傳》雖然亦是記述三藏法師西行取經的過程，一一

---

[40] 根據《起世經》卷一的記載，在須彌山的四周，有東勝身洲、南贍部洲、西牛貨洲和北俱盧洲等四大洲。《長阿含經》卷十八、《俱舍論》卷十一和《大樓炭經》卷一，則載有各洲的地理、人情和風土等狀況。分見《大藏經》（臺北：新文豐出版公司，1983 年），第一冊，頁 311-320、114-119、277-282，和第二十九冊，頁 57-62。

[41] 見明·華陽洞天主人校：《西遊記（世德堂本）》（上海：上海古籍出版社，1994 年，《古本小說集成》），頁 172。以下引述《西遊記》文本皆同，故不另贅註。

呈現出法師行經之地，包括了各個的地理區域、國度，但相形於《西域記》非常重視的國度的幅員、出產、風土、人情，《法師傳》則側重在法師求法行旅的動機和目的上，所以特別刻畫了法師堅決西行的意志，行旅中構成威脅的地理環境，以及每一地域與佛教的關係，傳中對於艱險之境皆著意描摹，令人覽之，便覺法師行於其中的艱辛，故《法師傳》中對法師的西遊，特別強調了西行「孤遊」的艱險和出於信仰的毅力誠心所得之「神佑」。至於有關地域與佛教的記述，大致可以分為兩個部分，一是所歷各項地理建物所承載的聖跡，其中以如來的事蹟為主，另一則是關於法師於西域習經、弘法之事。

對於法師的西行取經的孤絕處境和神佛的佑護，《法師傳》有傳神生動的描寫。首先《法師傳》明述玄奘為釋經義之疑而誓往西方解惑，但「結侶陳表」[42]的結果是「有詔不許」，原本有意出行的眾人皆退卻，唯獨法師不屈其志。傳中又以兩個夢境來凸顯法師西行實早已命定，同時得到了神明的庇佑。其一是法師出生時，其母夢見法師著白衣西去，其母驚問法師：「汝是我子，今欲何去」，法師竟答：「為求法故去」，以此來作為西行求法之先兆；而在貞觀三年的秋八月，法師將啟程時，夢見己欲登大海中四寶所成的蘇迷盧山，但洪濤洶湧，無船可渡，但法師不懼，決意前行，忽見石蓮華踊於波外，應足而生，回觀卻隨足而滅，須臾便至山下，山勢峻峭難登，法師踊身自騰，竟有摶飈扶而上升，終至山頂。得此祥瑞，法師遂行。《法師傳》以夢現祥瑞的神異事件，來強調法師的西行除了人的意志之外，還有神的意旨。又於瓜州西行時，有胡僧達磨夢法師坐蓮華西去，法師心喜認為是得行之徵。而當時有一胡翁所贈瘦老赤馬，亦符合了長安出發時，術人何弘達預言法師將乘瘦老赤馬的占卜。這些敘述皆為法師西行求經增添神異色彩，甚至卷三中記載在三藏法師來到天竺的三年前，觀自在菩薩、慈氏菩薩和曼殊室利菩薩進入戒賢法師夢中，指示戒賢法師教導三藏法師學《瑜伽論》，戒賢法師的風病因而瘳除。全傳在玄奘法師堅決至西方取經釋疑的自覺意志之後，添加了玄奘法師西行重重的神授命定的背景，西行取經遂成為玄奘法師所膺負的神聖使命，所以他能夠

---

[42] 見唐·慧立、彥悰著，孫毓堂、謝方點校：《大慈恩寺三藏法師傳》（北京：中華書局，2008年），頁10。以下所引《法師傳》文本皆同，故不贅註。

排除政治的干擾、克服路程的艱辛、危難。堅決的意志和神聖的旨意兩相加成下，玄奘的形象因而異常的鮮明而巨大。例如《法師傳》卷一中一段法師行走長達八百餘里的沙河上的敘述，完全凸顯出法師一無奧援的煢獨身影，和對佛法的憑依。

> 上無飛鳥，下無走獸，復無水草。是時顧影唯一，心但念觀世音菩薩及《般若心經》。初，法師在蜀，見一病人，身瘡臭穢，衣服破污，愍將向寺施與衣服飲食之直。病者慚愧，乃授法師此《經》，因常誦習。至沙河間，逢諸餓鬼，奇狀異類，遶人前後，雖念觀音不得全去，即誦此《經》，發聲皆散，在危獲濟，實所憑焉。時行百餘里，失道，覓野馬泉不得。下水欲飲，袋重，失手覆之，千里之資一朝斯罄。又路盤迴不知所趣，乃欲東歸還第四烽。行十餘里，自念我先發願，若不至天竺終不東歸一步，今何故來？寧可就西而死，豈歸東而生！於是旋轡，專念觀音，西北而進。
>
> 是時四顧茫然，人鳥俱絕。夜則妖魅舉火，爛若繁星，晝則驚風擁沙，散如時雨。雖遇如是，心無所懼，但苦水盡，渴不能前。是時四夜五日無一滴霑喉，口腹乾燋，幾將殞絕，不復能進，遂臥沙中默念觀音，雖困不捨。啟菩薩曰：「玄奘此行不求財利，無冀名譽，但為無上正法來耳。仰惟菩薩慈念群生，以救苦為務。此為苦矣，寧不知耶？」如是告時，心心無輟。……此等危難，百千不能備敘。

這一段敘述真切而寫實地記載了法師行旅遭逢的危難，但這只是百千危難之一。文本極度刻畫法師西行所遇難堪的孤絕和多重的危難便形成了一種敘事的張力，即法師越處於孤絕和危難，越能彰顯出佛法的神聖和效能。前述沙河的歷險便在法師不斷默念觀音和《心經》下，終夢大神指引，行至水池得飲，人馬俱得蘇息，可謂志誠通神。文本中不但記述法師西行求法，同時亦記述了法師弘法的事蹟，法師求法的途中於多處開講經義，深受西域民眾的喜愛，《法師傳》亦多記載法師在西域諸國所受到的尊崇，特別是高昌國王與法師約為兄弟，故後有論者認為這是《西遊記》中唐太宗的情節所襲自。[43]

《法師傳》雖然亦與《西域記》相同，對於西域佛教聖跡有大量的載記，但時時地記述法師在每個地域的活動，即記述的重點是法師的聖跡巡禮，同時撰者以弟子身份撰述，對於法師有諸多神化之處。例如卷二中記載法師欲至瞿波羅龍王窟禮拜佛影，因路道荒阻，又多盜賊，人往又多不得見，去者甚少，唯一老人引法師前往，途遇五賊人，勸其同觀，至則誠心禮拜，終見佛影，隨行的五賊因而改過受戒。關於如來的佛影，《西域記》卷二亦記載了瞿波羅龍窟佛影，但完全側重在佛影之由來，注重的是如來的神蹟，全然不提玄奘攝賊觀佛影事。又卷三中記述法師行船往阿耶穆佉國遇船賊，群賊見法師形貌淑美，欲殺之以祭他們所信仰的突伽天神，法師竟無所懼，僅乞片刻，專心覩史多宮念慈氏菩薩，願得生彼恭敬供養，受《瑜伽師地論》，還來下生，廣宣佛法，竟然彷佛真的登上蘇迷盧山，來到了慈氏菩薩的妙寶臺，身心歡喜，忘卻了現實所處之境，同時驟起黑風，令賊生懼懺悔，進而改過受戒。同樣地《西域記》卷五亦記載了阿耶穆佉國，但僅敘風土人情，以及相關的佛教事蹟，特別是如來的經行遺跡，但完全不記法師的行跡。在《法師傳》中，玄奘的形象是巨大的，甚至可說被神格化了，從撰作的立場設想，毫不意外。此外，全傳雖然出之以傳記的形式，但以人物事蹟為主的記述，故事性隨之轉濃，甚至出現了非關佛教的傳說，例如卷四中記述獅子與南印度女生育子女的故事，解釋了西大女國的由來，便不若《西域記》只是提到西女國而已。

《法師傳》與《西域記》相仿，主要是勾勒出三藏西行取經的經過，大抵是採取以地域為經、事件為緯的敘事方式，但由於西行主體人物玄奘法師的形象顯明，致使全傳名符其實地成為玄奘法師西行取經的敘事，敘事的核心回歸至玄奘法師和西域的佛教信仰，敘事所記與《西遊記》題材內容相涉甚少，[44]但在法師取經的歷程中，每遇危難則依託佛法以及依傍佛法所產生的神奇力量，特別是一心但念觀音菩薩及《般若心經》，而《西遊記》將《心經》與觀音的救苦救難的意象，表現地

---

[43] 同註[12]，頁 240-241。

[44] 《法師傳》卷五載有玄奘換馬事，《西遊記》亦有玄奘於鷹愁澗換馬事。《法師傳》卷四記有西大女國，《西遊記》五十三、五十四回有關於女人國的劫難。《法師傳》卷五法師渡信度大河，因風波亂起，船傾經覆。《西遊記》九十九回記述三藏取經回國落水失經。

更為具體且鮮明，是全書敘事情節和意涵的重要意象。《法師傳》在記述如來、玄奘法師的神蹟，以及印度相關的傳說時，則賦予全傳神異色彩，也因此開展出之後神魔滲入的空間，又對於地域景觀的描寫所強調的自然考驗以及諸多惡鬼和奇狀異類，都是《西遊記》西行危難具象化的背景。又傳中一開始就描摹了玄奘法師的形貌「形長八尺，美眉明目」，而在卷三中法師遇到群賊的紀事，也強調了法師形貌淑美，可以用來祭祀天神，延伸到《西遊記》中唐僧的俊美成為女性喜愛的對象，若排除服唐僧可以長生之說，玄奘的形象也可說是妖魔嗜吃的因素。

前述有關玄奘法師西方取經的敘事，基本上都是記載事件發生過程以反應事件的事實，但每一個敘事文本都有其撰作立場，形成了不同的敘事形式和內容，二書所反應的事實，是對歷史原生事件不同的發現，但並不是一種建構。㊺事實上在《西域記》和《法師傳》中已經出現許多神話傳說，已非是歷史事實，只是在文本敘事上未將玄奘取經這個歷史事件完全故事化，雖然在敘述的內容中已經夾雜了一些完整的神異故事，是故在唐代的筆記小說中，可以看到擇取玄奘取經事件中有關神異色彩的敘事。關於玄奘西行的敘事見載於唐代小說，主要見於《大唐新語》、《獨異傳》和《酉陽雜俎》。較具雜史性質的《大唐新語》還有比較濃的歷史敘事特色，簡扼地敘述玄奘西行取經的事，與《舊唐書·方伎傳》的敘事非常接近，概述玄奘西行的動機、歷經時地、取經譯經、完成《西域記》著作等事蹟，㊻是為非常制式標準的歷史載記，但《大唐新語》是將此事歸於卷十三「記異」一類，文本中又特別強調玄奘攜回的佛像有瑞氣徘徊，以及異方奇物朝謁之事，突顯了玄奘西行取經的神異色彩。而具有志怪性質的《獨異志》所記，則為關於玄奘西行的兩件事，一是西行至罽賓國，遇到一滿身膿瘡的神秘老僧，玄奘對之禮拜勤求，老僧口

㊺ 海登·懷特（Hayden White）認為歷史所記述的真實事件，不是敘述者發明的事件，意味著歷史事件自行呈現給敘述者的形式是發現的而非建構的。見氏著，陳永國、張萬娟譯：《後現代歷史敘事學》（北京：中國社會科學出版社，2003 年），頁 126。

㊻ 關於玄奘的西行取經，兩書皆避開〈法師傳〉所述「結侶陳表……有詔不許」的陳述，《大唐新語》言玄奘「因疾而挺志往五天竺國。」見唐·劉肅撰，恒鶴校點：《大唐新語》，《唐五代筆記小說大觀》（上海：上海古籍出版社，2000 年），頁 332。《舊唐書》僅輕描淡寫地陳述玄奘隨商旅西行。

授《多心經》，使玄奘口誦，竟可使險峻的道路平直，虎豹避路，魔鬼藏形，唐僧順利至佛國取經；另一是玄奘將前往西域，在靈巖寺見到一棵松樹，以手摩其枝說西去求佛松樹西長，若東歸時則樹東回，使弟子知道自己將歸，之後果然應驗。[47]這個事件為《西遊記雜劇》引用，至《西遊記》時則成為玄奘取經前後的場景敘述，形成了首尾相應的效果。《獨異志》擇取了玄奘西行取經的神異事件敘述，完全出之以故事的形式。《酉陽雜俎》出現了兩則與玄奘西行取經相關的事物，[48]屬於博物性質的載錄。

玄奘西行取經在唐代已有出於親身經歷口述的行旅歷程，和出於弟子撰成的傳記紀實，但因各有撰作立場，形成敘事內容和形式的差異，所以對歷史原生事件有不同的反應，各自表達了所認為歷史事件的再現。二書的敘事結構和時空背景，實為《西遊記》敘事的基礎。此外，敘事文本所夾雜的傳說故事，也賦予了文本虛構性，因此見載於唐代筆記小說中，顯示了玄奘西行取經的事件，也進入了以「記異」為訴求的故事書寫系統，但僅止於「記異」而已，並未形成含藏寓意的完整故事文本，不過確在紀實的知識性之外，增添了虛構的故事性，這個傾向至口頭講述故事系統後，更為明顯。

㈡故事系統的敘事形式和寓意的提昇

《西遊記》文本演繹的另一重要階段是由口頭文學所展開的西遊故事系統，歷經了話本、戲曲和小說的文類展現，逐漸發展出敘述形式和內容寓意提昇的文本。

1.《大唐三藏取經詩話》——西遊故事母題和主題的開拓

玄奘西行取經事件從歷史記述變成創作的題材，應始自《大唐三藏取經詩

[47] 兩事載於《太平廣記》卷九十二。見宋・李昉等編：《太平廣記》（臺北：文史哲出版社，1981年），頁 606。然《太平廣記》註出於《獨異志》和《唐新語》，而《唐人說薈》記載《大唐新語》敘述及玄奘法師手摩靈巖寺松枝事。參見蔡鐵鷹編：《西遊記資料彙編》上冊，頁 18-19。可見此事同載於《獨異志》和《大唐新語》。又關於《心經》獲取之事，《獨異志》與《法師傳》所記不同，已將《心經》的取得置於西行取經的路途中，與《西遊記》的記述相近。

[48] 《酉陽雜俎》卷三「貝篇」記述倭國僧嘗至天竺，見到寺廟中多畫玄奘麻屩及匙箸，以綵雲乘之事。卷十六「毛篇」記述玄奘至西域至大雪山下村落有大如驢的羊。以及罽賓國出產野青羊。分見段成式著，曹中孚校點：《酉陽雜俎》，《唐五代筆記小說大觀》，頁 587、682。

話》，《大唐三藏取經詩話》可以說是今存最早的取經故事，[49]內容多與《西遊記》相關，其中最重要的就是「猴行者」的出現，而且取得了取經故事的核心地位，尤其在形象的塑造上，猴行者是九度見黃河清的「花果山紫雲洞八萬四千銅頭鐵額獮猴王」，亦是大羅神仙，他以一神通的先知之姿，揭示法師在奉唐帝勅命為東土眾生未有佛教而取經的理性理由的表相之下，實蘊含另一層命定因素，告訴法師「和尚生前兩迴去取經，中路遭難，此迴若去，千死萬死。」[50]而此處的「中路遭難」，由後文可知兩度皆為深沙神所害，而此深沙神即後來《西遊記雜劇》中沙和尚和《西遊記》沙悟淨的原型。事實上在西行的過程中，三藏雖具有宗教的實踐力，取經的宗旨因而固定，但完成西天取經之旅的主導者似乎移轉至猴行者。他是法師的重要倚靠，甚至在許多地方指導法師，例如告知法師的前生、攜法師至大梵王天宮因而得到神力的一路庇佑，重要的是在途經每一處地域，都是由猴行者說明所處之境的狀況，最後亦是猴行者教導法師以至誠燃香、地鋪坐具，面向西竺雞足山祝禱，求得佛經。因此，致使玄奘法師取經歷史事件的主體原為玄奘法師一人，至此衍生為猴行者和三藏法師兩人，而神異的猴行者似乎是三藏法師西行所蘊含命定思維的先知，並成為法師西行主要倚恃力量，故《詩話》〈行程遇猴行者處第二〉中法師答行者詩云：「此日前生有宿緣，今朝果遇大明賢。前途若到妖魔處，望顯神通鎮佛前。」正說明猴行者是克服妖魔的主力，如此法師才能真正到佛前。前述榆林石窟的壁畫，同樣顯示西行陪伴者是猴行者的事實。猴行者的神通和運用此神通幫助三藏法師取經的功能作用完全移轉至《西遊記》之中。西行的助力不再如《法師傳》所記是法師的意志與毅力，和虔誠信仰所得的神助，而是依賴神通的人物，其中最主要的就是猴行者，《詩話》實削弱了法師自身的力量，致使西行取經有神通人物加入的空間，《詩話》中神異的人物形象除了猴行者外，北方的大梵

---

[49] 胡適認為《大唐三藏取經詩話》全然脫離玄奘取經的真實故事，完全是神話化的。見氏著：〈西遊記考證〉，收錄於《20 世紀《西遊記》研究・上卷》，頁 8。余國藩認為《大唐三藏取經詩話》是「有人物，有細節，又是以獨立的形式刊佈的第一個西遊故事。見氏著，李奭學譯：〈源流、版本、史詩與寓言〉，《余國藩西遊記論集》（臺北：聯經出版公司，2003 年），頁 57。

[50] 見《大唐三藏取經詩話》（臺北：世界書局，1977 年），頁 1-2。以下文本引述皆同，故不贅註。

天王實為西行的守護神，此外還有西王母，因而呈現了佛道雜糅的色彩。

《詩話》如此的敘事，首先違逆的是歷史的事實，在歷史的記載中，三藏因一心求法釋疑，不惜違背王法西行的強大意志被消解，只成為一個奉王命行事以及受制命定的和尚，因此在《詩話》中，三藏法師的形象被扭轉了，他不似《法師傳》所述般堅毅巨大，總以無比的決心勇氣和虔誠信仰，一一克服艱險的旅途困境，而出現了凡夫俗子怖懼的意念，例如在〈入香山寺第四〉中法師與猴行者進文殊菩薩修行之所香山寺時，法師和猴行者看見寺門下左右金剛「精神猛烈，氣象生獰，古貌楞層，威風凜冽。」法師竟「遍體汗流，汗毛卓豎。」完全不似一個潛心向佛的法師反應，而入殿內「寺中都無一人。只見古殿巍峨，芳草連綿，清風颯颯。」法師則想「此中得恁寂寞！」猴行者揣得法師心意，說出：「我師莫訝西路寂寥。此中別是一天。前去路途盡是虎狼蛇兔之處，逢人不語，萬種恓惶。此去人烟都是邪法。」法師聞語，冷笑低頭。進入香山寺，法師對所見聞的種種反應，與《法師傳》中寂寥行於沙河的身影，相差不知凡幾。又在行經蛇子國時，法師見各種大蛇小蛇，竟然「退步驚惶」，猴行者告以眾蛇皆有佛性，不傷人、物，法師才敢繼續前進，等過了蛇子國，猴行者告知法師明天將會經過獅子林及樹人國，法師回答的是「未言別事。且得平安過了！」似乎法師對於西行的寂寞、艱險是無法適應的。而在入王母池時，法師甚至鼓勵猴行者去竊取西王母之蟠桃。《詩話》中三藏法師形象的特點與來自缺乏神佛授意的前生命定和皇帝飭令的外在取經動機形成因果關係。《詩話》中呈現膽怯疲弱心態的唐僧，移留至《西遊記》中，而有了更加人性化的形象特色，即唐僧雖然常表現出強烈意識受命取經的自覺，仍有時在歷經艱險時，則軟弱地頹喪了意志，在此唐僧既堅定又猶疑的形象則突顯出《西遊記》非常重要的「考驗」主題。[51]雖然有些評者認為《詩話》屬於「說經」的性質，全書貫

[51] 劉勇強指出在《西遊記》中，唐僧經常在面對種種意想不到的困難時，表現得十分軟弱，但唐僧仍是取經四眾中最虔誠悟道、持戒精進的，也因此維繫了取經隊伍。而如此的唐僧則意味著前往西天取經不僅要戰勝困難，還要戰勝自己。參見氏著：《中國古代小說史敘論》（北京：北京大學出版社，2007 年），頁 275。

穿了宗教宣傳的意圖，[52]文本中確實記述了法師開講經典、虔誠祈求佛經、勸化妖魔等情節，同時在《詩話》中也有很多神蹟的展現，特別是來自大梵天神，但已不是《心經》或觀音的護持，最重要的是《法師傳》中三藏法師在追求佛法所表現的神聖特質於《詩話》中消弭減損了。

此外，《詩話》的敘事結構仍是以三藏法師行遇之處為敘事之經，所以每一章的標題皆為「入……」或「……處」，完全是以行旅者歷經不同的地理空間的過程來進行敘述，作為全篇的敘事結構，實承襲自《西域記》和《法師傳》。不過將原來的所記百餘國改為三十六國，但在紀事中並非是對三十六國作一完整的紀錄，僅擇選了重要的際遇，然而從所經的空間而觀，《詩話》已跳脫出歷史的真實空間，例如一遇猴行者，就登入大梵天王宮，神祇天宮實為神異的空間，而入王母池前往向西方途中所經已不復皆為西域諸國，而是野獸妖魅鬼怪的所在，在《西域記》和《法師傳》中由自然險峻所擬佈的如有妖怪的氛圍，一一具象化為《詩話》敘事空間的實存，即不僅有自然野獸的虵子國、獅子林、九龍池，還有大虵嶺的白虎精、深沙神等妖魔，和鬼子母國的鬼魅，而原存於西域為《西域記》和《法師傳》都記載的西女國，變成文殊和普賢菩薩化為女王誘引法師的所在。〈入波羅國處第十三〉所記波羅國見於《西域記》卷十二，為一個普通的西域國度，但在《詩話》中完全不同，是「美女雍容，人家髣髴」的天宮，一國瑞氣，景象異常。而〈入優鉢羅國處第十四〉的優鉢羅國根本未見載於《西域記》和《法師傳》中，由「優鉢羅」為梵語「青蓮花」的意思而觀，優鉢羅極可能為一個具有象徵意義的空間，所以《詩話》中的優鉢羅國「滿國瑞氣，盡是優鉢羅樹菩提花」，是一「雪寒不到，不夜長春」、「佛天無四季，紅日不西沈。孩童顏不老，人死也無悲。壽年千二百，飯長一十圍。有人到此景，百世善緣歸。來時二十歲，歸時歲不知。祖宗數十代，眷屬不追隨。桑田變作海，山岳卻成溪。佛天住一日，千日有誰知。」的異界樂園，甚至疑似為一「仙鄉」的所在。而取經的目的地西天竺國也充盈著「香煙裊裊，花菓重重，百物皆新，世間罕有」的瑞異氣氛。又《詩話》記述如來佛住在竺

---

[52] 參見周中明著：〈論吳承恩《西遊記》對《取經詩話》的繼承和發展〉，收錄於《20世紀《西遊記》研究·上卷》，頁235。

之西的雞足山，是「靈異光明，人所不至，鳥不能飛」之地，雞足山是《西域記》卷九所記之實際地理空間，卻在《詩話》中有了靈異性。在歷史事件的記載中，玄奘去天竺所見的是如來的神聖遺跡，但在此卻是記述如來佛居於雞足山之上，而《西遊記》的靈山是居於半天中有「祥光五色，瑞靄千重」的靈鷲高峰，也是佛祖所在的聖境；又《詩話》中描述至雞足山必須度溪，所以三藏法師只好面山以至誠祈禱，在《西遊記》九十八回中唐僧師徒上靈山必須度越「凌雲渡」，而由此展演了唐僧「脫去胎胞骨肉身」成佛而得見如來的情節，由此也見出由《詩話》至《西遊記》的衍化之跡。所有在《西域記》和《法師傳》中真實的西域空間，都成為了「異類空間」。[53]

至於在取得經書的記述上，《詩話》跳脫了歷史的實際發生過程，而開展出另一套的敘事架構，致使取經的意義有了值得關注的改變，在《詩話》中法師至西天竺國福仙寺向寺僧說明奉唐帝勑令來此求取大乘佛法，寺僧竟冷笑回言：「數千餘年，經歷萬代，佛法未聞。」西天竺國的佛寺寺僧竟然未聞佛法，甚至還質問法師「法在何處？佛在何方？」原來此地之人「周歲教經，法性自通」，寄寓了以經書求佛法已落於下乘，真正體現佛法實無需憑依經書而得。[54]《西遊記》九十八回中阿難、迦葉交付唐僧的是無字之經，而後得有字之經，又落水在石上曬經，使經卷不全，顯示佛法體現無須憑依佛經的奧義，在《詩話》中已有此啟示。至於在《法師傳》中彰顯法師信仰虔敬和心性慈悲的《心經》，並未在《詩話》中成為法師西行的重要護持，即在《法師傳》中《心經》是法師在西行之前在中土蜀地所取之經，並非是西行取得的佛經，但《詩話》將之改為求取的佛經之一，且成了最重要的壓軸，取得的過程更為神異，即法師以至誠祈禱，致使佛贈予了經文五千四十八

---

[53] 《詩話》對於《西域記》和《法師傳》中所實存的地域，多將之翻轉為充滿祥瑞之氣的空間，很類似傅柯（Michel Foucault）所說的介乎真實空間與虛構空間的「異類空間」（差異地點）。參見傅柯著，陳志梧譯：〈不同空間的正文與上下文〉，收錄於夏鑄九、王志弘編譯：《空間的文化形式與社會理論讀本》（臺北：明文書局，1994 年），頁 399-409。蘇碩斌著：〈傅柯的空間化思維〉，《臺大社會學刊》第 28 期（2000 年 6 月），頁 171-172。

[54] 劉瓊云認為在佛天籠罩的竺國中，佛法乃自然與當然，無處不在，佛子聽經則法性自通，無需以經書重現佛法。同註[11]，頁 137-138。

卷，唯缺《多心經》，法師於回國途中經「盤律國」宿止於香林市內，先是神人入法師夢預告有人會贈法師《心經》，果然由雲中定光佛現身贈授《多心經》，並告訴法師「此經上達天宮，下管地府，陰陽莫測，慎勿輕傳；薄福眾生，故難承受」、「此經才開，毫光閃爍，鬼哭神號，風波自息，日月不光」強調《心經》具有威力，甚難傳授給一般民眾，只有交與皇帝，贈與《心經》的同時，與法師預約了七月十五日當返天堂，而後果然於約定之期，天宮降下採蓮舡，定光佛在雲中正果，取經七人入舡朝正西乘空上仙。這樣的敘述產生了一個完全與歷史事件不同的意義，就是取得佛經，取經者便因此得道成仙，如同猴行者對三藏法師所說的「佛法未全」，西行取經完後才能真正得全，《詩話》取經得道的意義取向，致使《西遊記》取經過程就是修行過程的微言大義才能因之鋪展，而《詩話》中取經者的歸天得道，也給予《西遊記》取經成員謫凡的生命前身，而必然的歸返，也使得西方天竺國不是旅程的目的地，而是生命的目的地。取經任務完成後終須返轉靈山。

《詩話》已脫離了歷史的敘事，在西行取經的事件上，虛構了許多人物、事件、以及時空背景，因此真正成為小說的故事，其中最值得注意的是猴行者的出現，牽動了取經事件的主軸，這是《西遊記》中悟空於西遊旅途角色扮演的起始。其次是「猴行者」揭示了西行取經是三藏生命中定數，是他必須履踐的歷程，則為《西遊記》三藏為如來佛弟子金蟾長老的前身，因無心聽經而下凡投胎以西行取經贖罪的身份設下鋪展的契機，文本中明示法師西行取經是奉唐帝敕命「為東土眾生未有佛教」而取經，並非出於尋求佛經經義的宗教動機，[55]如此的敘述賦予了《西遊記》中唐僧與太宗間關係的發揮空間，從太宗入冥去解釋為何敕命三藏西行求法，也進一步地讓唐僧西行取經有了政治的色彩，甚至背負著御弟的身份，更重要的是《詩話》或奉帝命或出於前生命定的兩項取經動機，形成了《西遊記》雙重修練的命題，而繁衍出多元而豐富的意涵。此外，〈入王母池之處第十一〉部分敘述「猴行者」八百歲時偷吃蟠桃十顆，被西王母以鐵棒處罰，因此被配在花果山紫雲洞，已經可以窺得《西遊記》第五回中悟空大鬧天宮的端倪，而疑似蟠桃落池中化為人參的敘事，則令人聯想到《西遊記》二十四回中偷吃人參果的情節。〈經過女

---

[55] 《詩話》中多處敘及唐代皇帝混淆了太宗和玄宗，更加地凸顯《詩話》對歷史的背離和忽略。

人國處第十〉不僅敘及女人國的存在，同時還敘述了女王和女眾企圖留住法師七人，以結姻緣，但法師堅持西行，由女王與女眾送法師出城時，吟詩：「此中別是一家仙，送汝前程往竺天。要識女王姓名字，便是文殊及普賢。」揭示女王實為文殊、普賢所化，至《西遊記》則演化為第二十三回中「四聖試禪心」的情節，並於文本中明白說出試煉的用意。《詩話》中猴行者顯示自己知道天上地府事，帶法師至北方大梵天王宮水晶宮齋宴講法華經，天王賜予隱形帽、金鐶錫杖、鉢盂，與《西遊記》十二回觀音贈袈裟、九環丈和唐太宗欽賜紫金鉢的情節相似。《詩話》中法師有難時遙指天宮大叫「天王」，由猴行者和天王的神力共同克服磨難，翻為《西遊記》中悟空與諸神協力制服妖魔的情節。而《詩話》中的「獅子林」化為《西遊記》八十九回、九十回的群獅精，「樹人國」則成了《西遊記》第六十四回「木仙庵三藏談詩」想像的起點，而在〈過長坑大蛇嶺處第六〉中「野火連天，大生煙焰，行去不得」的描述，則是《西遊記》火燄山意象的前身，至於敘述無數個獼猴在白虎精肚內，是為《西遊記》中悟空對付妖魔常鑽進肚內的慣用伎倆。猴行者以隱形帽作遮天陣，不禁令人思及《西遊記》三十三回中悟空以假葫蘆裝天的詭計欺騙小妖取得真葫蘆的情節。種種敘事的鋪展軌跡，都顯示了《西遊記》對《詩話》的情節承繼，甚難否定兩者之間的關連性。[56]

《詩話》敘述三藏法師取經的故事，已與原生的歷史事件漸行漸遠。在空間上已非依循唐代法師至西域取經的實際所經，沿路地理環境的險惡、野獸和鬼魅的威脅都化為一個個具象的考驗空間，而見於歷史事件的諸國，《詩話》僅保留了女人國、天竺國，前者已與神祇的考驗關涉，後者還和《詩話》所虛擬的國度一般，別具象徵的意義。此外，還發展了天界、仙界等他界空間。至於取經的時間也從歷史事件的十七年改為三年，取經的動機也非出於純粹求經釋疑的宗教因素，而是奉勅帝令和前生命定，取經的人物，除了三藏法師一人外，尚有不知其名和身份的隨行者五名，[57]和於路途中遇到的具有神異能力的「猴行者」共同組成了取經隊伍。又

---

[56] 胡士瑩認為《詩話》與《西遊記》沒有明顯的直接關係。見氏著：《話本小說概論》上冊（北京：中華書局，1980年），頁199-200。

[57] 關於隨行取經者實無相關資料可以得知他們的身份，可能的記載應出現在《詩話》散佚的首卷之中。

《詩話》對西行過程的記述，已經不是西域各國的客觀地理風情和佛教事蹟，而是在每一個境遇中的景況和人物間的互動，特別是克服所經之處遭逢的困難，而行動主體已多轉移到猴行者身上，只有至天竺國取經時，才依恃法師的力量，似乎《詩話》中取經之事已有了「猴行者」和「三藏法師」分工的傾向，「猴行者」因此也成為了西行取經的主人翁之一。此外，西行取經的目的也不限於取得經書攜至東土而已，還囊括了完成帝命，以及得道升天。所謂「東土眾生多感激，三年不見淚雙垂，大明皇，玄奘取經壯大唐。」和「法師今日上天宮，足襯蓮花步步通。滿國福田大利益，免教東土墮塵籠。」都清楚地揭示取經的意義。因此取經不再是法師個人的行徑，還牽涉到隨行的取經者、東土眾生、唐帝，東土眾生受惠於佛經，《心經》歸於唐帝，取經的目的讓不同的階等接受佛法，《詩話》實為取經增添更多現世的面向。[58]同時唐僧諸人取經之後不是譯經，而是重新歸返升天成道，西行的終點不只是佛經所在的實際地點亦是一個佛境。[59]至「西域」取經成為至「西天」取經，這是一個對歷史取經事件的巨大移轉。

《詩話》的敘事是西遊故事文本演繹過程中一個非常關鍵性的階段，歷史的敘事成為了小說的敘事，重要的是虛構的情節、人物和時空，給予之後的西遊故事非常寬廣的發揮空間。[60]佛道人物的雜糅、神異的空間加入，致使神魔的氛圍開始醞釀。同時《詩話》也在取經的神聖中添加了世情，形成一個有多重意義面向的文學文本。此外，《詩話》的敘述增加了許多的對話、吟詩等人物話語，人物的形象因之而更為鮮明，而詩歌進入文本，形成了有詩有話的形製，增加了另一層敘事意義的可能，《西遊記》的文本就非常善用詩歌的表達，以點明故事的寓意。[61]

---

[58] 同註[11]，頁 140。

[59] 同註[11]，頁 123。

[60] 余國藩指出《詩話》的母題和主題皆能導引後本，成為故事發展擴大的先聲。見氏著，李奭學譯：〈源流、版本、史詩與寓言〉，《余國藩西遊記論集》，頁 58。

[61] 捷克學者普實克（Jaroslav Prusek）認為中國短篇小說在寫實性的散文中插入抒情的詩歌，很可能為小說增添一層現實，往往能夠提昇故事，使故事具現某種哲學性的世界觀。余國藩認為這一段話語可以適用於《西遊記》中的詩歌。同前註，頁 94。浦安迪也特別敘及《西遊記》在故事鋪敘中引用詩詞別出心裁之處，例如在每一章回的開場和結尾用精彩的韻文，以及在敘述中夾用詩詞來點明故事寓意。以及改寫原有的詩詞格式，表達一種與取經性質相符的擬史詩格調。同註[26]，

2.《西遊記雜劇》——敘事邏輯的強化和主題面向的推展

如前一節所述，《大唐三藏取經詩話》至世德堂本《西遊記》間，故事必然經歷了敷衍，所以有一在推理上可能存在的《西遊記》，但無法取得完整而具體的文本狀況下，今存的《西遊記雜劇》，是在世德堂本《西遊記》刊行之前，值得注意的西遊故事文本。戲曲西遊故事對於西遊故事的流傳上，存有不容忽略的挹注之功，宋元戲文《鬼子母揭鉢記》和《陳光蕊江流和尚》都是與《西遊記》有關的故事，特別是後者尤為重要。元代吳昌齡的《唐三藏西天取經》雜劇，應是一齣有關三藏法師西天取經的全本戲曲，惜今殘存，無法窺得全貌，但從所存殘文來看，玄奘江流兒的出身和唐天子因征東殺伐太重在護國寺做水陸道場，觀世音降臨指示必須至西方取得大藏金經，才能真正的超渡亡魂，於是三藏自願前往。由此可知，在元代三藏法師取經已經跳脫出《詩話》的簡略的「勑令」和「命定」的取經動機，為皇帝的勑令添加了理由，而且跟宗教的神啟連結，致使三藏取經具有了政教雙重的使命意義，而觀音也成為法師取經的推手，如此與歷史上因佛經的疑義而毅然決然前往西方取經截然不同。從佛學的探究到超渡亡魂，這是一個信仰的俗化過程，必然引發一般群眾的認同，尤其加重觀音菩薩的角色。[62]可惜《唐三藏西天取經》雜劇所存甚少，無法追溯在《西遊記》文本演繹過程中，這個戲曲文本所具有的意義。而《西遊記雜劇》則完整地呈現出世德堂本《西遊記》成書之前，西遊記故事在戲曲上搬演的原貌。

《西遊記雜劇》雖然是一個劇本，但以取經故事的敘事文本視之，可以說相當的完整，六卷各有主題，第一卷中敷演唐僧江流兒的背景，第二卷則敘述唐僧因祈雨奏效被封三藏法師而奉聖旨前往西天取經，百官送行，得白馬，十方諸神護衛之事。第三卷主要陳述收服孫行者，而後行者降服沙和尚、銀額將軍，以及鬼子母之事。第四卷敘述豬八戒被收服事蹟，第五卷則敘述西行所遭劫難，包括女人國、火燄山、鐵扇公主。第六卷則敘述至天竺取經升天等事。雖然西行取經是雜劇故事主

頁 168。

[62] 劉勇強認為觀音進入取經故事系統由來已久，其演變過程也與觀音在民間信仰中的演變一致。他並縷述在不同的西遊故事文本中的觀音形象。參見劉勇強著：《西遊記論要》（臺北：文津出版社，1991 年），頁 220-228。

軸，但地域所經之人事更重於所經地域之風貌，換言之以「事」為敘述重點，特別是人物間的互動。事件敘寫的增衍，必然導致人物形象的分明。一開始藉由觀世音這個角色，開宗明義說明如來西天有大藏金經五千四十八卷欲傳東土，西天毘盧伽尊者托化為中國海洲弘農陳光蕊家為子，即三藏的前身為西天的毘盧尊者，膺負如來欲傳經至東土的使命而降生東土，與吳昌齡《唐三藏西天取經》不同的是玄奘是虞世南奉觀音法旨推薦於朝，在京師大旱時，結壇祈雨，因而奉聖旨至西天取經，成為國師。觀音主導了「陳光蕊全家封贈，唐三藏西天取經」之事。《西遊記雜劇》中由如來取得了玄奘西行取經事件發生的趨動角色，同時穿梭安排者為觀世音菩薩，如來和觀音的攜手，再加上唐僧的前身為西天毘盧尊者，將取經事件化為佛教神祇的意圖和實踐，宗教的神異成份更加濃重。唐僧為毘盧尊者托化，《西遊記》順應此一佛教神祇的身份，唐僧成為如來的弟子金蟬長老，開展出謫凡與歸位的命題。《詩話》雖言唐僧三世西行的命定，但是並未給予三藏前生為神佛的身份。

《西遊記雜劇》將西行取經歸於佛教神祇的旨意和擘畫，但文本中的宗教色彩更趨於多元，佛道神祇雜糅，觀音與玉帝多有打交道之處，如救南海火龍，直上九天，奏請玉帝。觀音也為唐僧西遊，奏過玉帝，差十方保官，聚於海外蓬萊三島，而十名保官亦是分屬佛道神祇，在西行取經的進程中，輪番地出面援助。加上了各地的山神、土地，《西遊記》龐大的佛道神祇系統，在《西遊記雜劇》中已現其形。其中最重要的就是觀音，形成唐僧取經的守護神，以一次次事件擴寫了《法師傳》中玄奘每遇艱險默念觀音的情景。在《西遊記雜劇》中觀音與悟空的互動較為頻繁，而後《西遊記》更是大加發揮，不過《西遊記雜劇》中的觀音是一有威嚴的老僧而非在《西遊記》中為一慈祥母親的形象。

此外，取經成員的聚合是《西遊記雜劇》的重要內容，白馬、悟空、八戒、悟淨一一登場，悟空儼然已為隨行者的核心，是西行取經克服磨難的主要角色，但不似《詩話》般是正面的角色，而是有法力之妖魔——花果山紫雲羅洞主通天大聖，所謂：「一自開天闢地，兩儀便有吾身。曾教三界費精神。四方神道怕，五嶽鬼兵嗔。六合乾坤混擾，七冥北斗難分。八方世界有誰尊。九天難捕我，十萬總魔君。」[63]顯示悟空出身不凡、神通廣大，又有許多頑行劣跡，如強取金鼎國女子為妻，偷天宮仙衣、仙帽、仙桃、仙酒予之享用，並自取玉皇殿瓊漿飲用、盜取太上老君煉就金丹，九轉煉得銅筋鐵骨，而具火眼金睛，氣力能與天齊，惱得三界聖賢不得安寧。所以玉帝勑令李天王和哪吒點天兵神將至花果山制服，觀音出面抄化胡孫壓在花果山下，待唐僧到來，隨之取經，並賦予他孫悟空之法名，給他鐵戒箍戒凡性、皂直裰遮獸身、戒刀以除恩愛，隨同唐僧西行成為孫行者，建構了唐僧與胡孫因救贖而連繫的師徒關係，與《詩話》中神通的先知角色，完全不同。《西遊記》具有近似的情節內容，但鋪演成大鬧天宮因而被如來收服壓於五行山。又《西遊記雜劇》中的悟空尚具有世俗的凡性和人倫關係，除了偷盜的頑劣習性外，還喜好女色，搶取民女為妻，雖娶了妻子，行者在女人國碰觸到女性仍起了凡心，是頭上的金箍兒禁制了他；去向鐵扇公主借芭蕉扇時，甚至還會詢問山神鐵扇公主有無丈夫，是否會招自己作女婿等等。又悟空雖生於開天闢地之時，但有弟兄姊妹五人，在《西遊記》中卻將之改為由石頭迸生，無父無母無兄弟姊妹的石猴，同時對於女色完全絕緣，是為一無姓又無性的存在，並在其身寄寓生命境界的追求。

取經成員的其餘三者，《西遊記雜劇》都將之形塑為有罪之身，西行取經遂成為彌補或是贖罪的歷程。白馬原是南海火龍三太子，因行雨差遲，玉帝要斬於臺上，觀音向玉帝求情，將火龍化為白馬，送與唐僧前往西方取經，取經完畢，又恢復了原來的身份。而沙和尚原為玉皇殿前捲簾大將軍，因帶酒思凡，罰在沙河推沙，卻成為流沙河吃人的妖怪，一位發願西行取經的僧人九世為僧，就被吃了九遭，沙和尚並將九箇骷髏掛在身上，成了專門吃求道者的妖怪。《西遊記雜劇》〈行者除妖〉所述沙和尚承衍自《詩話》中深沙神，但九世為僧的僧人並不是唐僧，唐僧卻成為度脫沙和尚的人，即如沙和尚所云：「今日見師父，度脫弟子咱。」雖然《西遊記雜劇》重點不在法師對沙和尚等人的啟悟試煉，不是標準的度脫劇，[64]但實已強調了「度脫」的主題。至於八戒原是摩利支天部下御車將軍，因

[63] 見《西遊記雜劇》第九齣〈神佛降孫〉，收錄於胡勝、趙毓龍校註：《西遊記戲曲集》（瀋陽：遼海出版社，2009年），頁100-101。以下《西遊記雜劇》文本引述皆同，則不贅註。

[64] 同註[11]，頁147-148。

盜金鈴開金鎖而潛藏在黑風洞，拐騙了裴太公女兒，後由二郎神制服，護唐僧前往西方取經。「罪謫」的身份成了取經隨行者的共同印記，參與取經是擺落執迷與罪愆，唐僧便成為了度化者，更強化了《詩話》取經是為成道歷程的意涵。這些曾患「渾世的愆、迷天之罪」人物在取得經書得正果圓寂，完成了宗教救贖的意義，並未如《西遊記》般成聖成佛。

《西遊記雜劇》中西行取經經歷的地域，亦多是出於虛構，且所述重點在於山水間的妖魅，至於西域諸國僅敘述了女人國和中天竺國。除了中天竺國是諸佛羅漢所在之地外，《西遊記雜劇》對於西行所歷空間的記述，反覆出現的是有關女色的主題，固然能以此凸顯皈依佛法的修行，特別是悟空在女人國起凡心，頭上的金箍兒緊縮，最能說明此點。但數度出現妖魔搶取民女的事件，不免有戲曲表演必須衡酌觀眾所好的設想。《西遊記雜劇》中唐僧西行所遇的妖怪都有超凡的身份和罪謫的經歷，被唐僧收服後，便馴化為取經的助力，而其他的妖魔如鬼子母被如來收於座下，鐵扇公主則是風部下祖師，掌管風神，因為帶酒與西王母相爭，離開天宮，在鐵鎈山居住，與驪山老母是姊妹兩個，角木蛟、井木犴是叔伯親，斗木獬、奎木狼是舅姑哥，可謂妖魔已與神祇連繫。在二十三齣〈送歸東土〉中，如來佛派座下弟子四人成基、惠光、思昉、敬測送唐僧回東土，唐僧擔心來時有神通的悟空和八戒，還受了諸多魔障之苦，回去時四人如何能保護，成基便說出沿途的魔障，皆世尊所化，師父心堅，才能到達西天。原來一路所遭都是世尊如來變化出來的魔王，以降服唐僧的心意，作為考驗，還以杜子春煉丹為譬，強調心誠則法力強，再次的突顯了心之試煉，同時將西行取經的過程，比喻為神仙道教煉丹術，不但具有佛道雜糅的特色，也建構出西行實為修行的意義。《詩話》已出現文殊和普賢化為女人國國王，但自然山林的妖魔與佛道神祇不相關連，《西遊記雜劇》則將妖魔與佛道神祇相連繫，使西行取經所遭妖魔實為神佛所幻化出的考驗，西行取經有了修行的內蘊，致使《詩話》中天竺國化為佛境的意涵更加完足，因為只有修行自我通過考驗，才能達至聖境。《西遊記》由此建構出更完整的妖魔與神佛的關連系統，甚至菩薩妖精連為一體，從中去突顯「心」之主題。《西遊記雜劇》所敘述西行地域空間，較《詩話》更背離歷史事件所述，幾乎僅徒留名詞，西域的色彩淡化殆盡。

關於抵達取經目的地所述，《法師傳》紀錄了玄奘法師與西域諸僧論法辯經，

《詩話》中也述及法師至大梵天講法，表現法師在佛法上的智慧，《西遊記雜劇》運用了第二十一齣〈貧婆心印〉敘述貧婆與行者和唐僧，以禪宗悟道的方式敷演「過去心不可得，未來心不可得，見在心不可得」的奧義，帶出心與性和心之有無的問題。心性之悟取代了宗教經典的論學，於《西遊記》中悟空求道於菩提禪師，充滿了禪宗悟道的機鋒，也因此開啟了全書「修心」的主題，擴大了文本意涵指涉的範疇。而禪宗語錄式的詼諧因之進入了西遊故事的敘事，至《西遊記》時則大加發揮禪宗「意在言外」的禪機，成為文本的敘事特色。[65]

《西遊記雜劇》以靈鷲山的雷音寺為佛之所在，亦為《西遊記》所承，而為唐僧引見的就是祇園的給孤長者，在《西域記》卷六記述了「逝多林給孤獨園」的建物和歷史沿革，帶出善施向逝多太子買地建精舍，太子戲言黃金遍地乃賣，善施果以金布地，得太子同心建精舍的故事，至《西遊記》九十三回則以「布金禪寺」帶出故事。《西遊記雜劇》中如來將經文法寶交予玄奘，由佛座下弟子四人護送唐僧和經寶至東土，至長安闡教，在闡教後由飛仙引入靈山。孫悟空、豬八戒、沙和尚，至西天便得正果，不再回東土，辭別師父後圓寂，脫卻是非和輪迴。和《詩話》的敘述相類，取經的終程也是人生的最終歸屬，雖然取經人不是同時飛登成仙，但弟子三人修得正果圓寂，三藏法師回到了原本的靈山。至《西遊記》中則是八大金剛將唐僧五人由長安接回，如來分封成佛，各得正果。

《西遊記雜劇》中取經除了蘊含修行的意義之外，也點染悟空、銀額將軍、豬八戒搶取民女事件，強調了唐僧取經途中的行善助人，增附了修德的意圖，而〈貧婆心印〉中維摩方丈因憂佛法、憂民而病，顯示了佛法之外，眾生亦為神佛關注重點，當然佛法存在的目的本就是惠濟眾生，從《詩話》中法師為眾生求取佛經便可得知，但特別標舉出「憂民」，則充滿了入世的情懷。《西遊記》特別在沿途取經的際遇中，添附為民除害的作用，使西行取經有更為入世的精神。《西遊記雜劇》最後結束於唐僧與佛祖會於靈山，慶祝取經功成行滿，竟祝福皇圖永固、江山太平，故有〈太平令〉云：「四海內三軍安靜，八荒中五穀豐登。西天外諸神顯聖，兆民賴一人有慶。則為老僧取經忠心來至誠。」將唐僧取經的意義放在國家之瑞的

---

[65] 參見余國藩著，李奭學譯：〈宗教與中國文學〉，《余國藩西遊記論集》，頁216-219。

脈絡下，政教因此緊密結合，也顧及了唐帝與唐僧之間的君臣倫理關係。在〈女王逼配〉一齣中提到女人國派使者至中國向曹大姑學習五經三史，知書知史，論天地陰陽綱常，認為浮屠喪盡三綱。又在「詔餞西行」中唐僧對眾官教示「為臣盡忠，為子盡孝」，對婦人強調夫婦人倫和合，則是儒家的訴求，這也是《西遊記雜劇》在世情面向的拓展。

《西遊記雜劇》亦具詼諧俚俗的基調，多於悟空和八戒形貌醜陋作文章，形成與唐僧形貌之間的對照，在《西遊記》中被大肆發揮，成為文本釀造諧謔風格的因素之一，當然也開展出美／醜與善／惡所涉及的貌／實等種種辯證關係，豐厚了文本的主題意蘊。《西遊記雜劇》中也常出現悟空極為粗鄙的語言，例如在第二十二齣〈參佛取經〉中悟空覆誦如來賜經，有《金剛經》、《心經》、《蓮花經》、《楞伽經》，最後竟然冒出「饅頭粉湯經」，以及文中多處以男女為題難登大雅的言詞，《西遊記》將淫穢之詞刪除，但在語言修辭上時時以讔語、歇後語和諧音字詞等展現幽默和諷刺。此外《西遊記雜劇》第十八齣〈迷路問仙〉中洞曉世情的採藥仙人，令人聯想到《西遊記》中常常出現的漁樵角色，作為情節過場的提點和主題意涵的代言。

《詩話》以一完整的故事文本敘述玄奘取經之事，在取經人物、空間、歷程和目的上，作了多面向的開拓，雖然這個開拓是非常具有啟示性的，即之後的西遊故事文本都繼續的承續，但這個開拓卻也是發散性的，即人物、事件之間卻較缺乏因果的連繫，這個可能與《詩話》可能僅作為說故事的參考文本有關。但《西遊記雜劇》文本敘事的因果邏輯則有長足的進步，例如建構了取經者自身與前生、取經者彼此之間、取經者與佛道人物、取經者與妖魔、佛道人物的關係，因此文本事件的發展有了因果邏輯，而能彼此綰合。此外，妖魔為神佛所化具有的修行意義和禪宗悟道思維所開展出的修心主題，和儒家人倫道德的強化，以及俚俗詼諧的風格呈現，《西遊記雜劇》文本可謂拓展了西遊故事的主題面向和風格特色。

3.《西遊記》——寓言性文本的完成

從《西遊記雜劇》可知西遊取經故事趨於更加的完整和豐富，尤其取經的隊伍已經齊整，但是在情節的安排和人物的刻畫上，仍未臻於完備。由於無法清晰地去建構從《西遊記雜劇》至世德堂本《西遊記》間的文本演繹的系譜，但從殘存的

《永樂大典》和《朴通事諺解》之文，西遊故事還是歷經在敘事上更為精進的過程，根據《朴通事諺解》有關《西遊記》的記述，可以得知其所依據的《西遊記》在取經動機上已與《西遊記雜劇》和世德堂本《西遊記》相近，是如來佛在西天靈山雷音寺撰成經律論三藏金經，須送東土解度群迷，觀音菩薩往東土化為老僧，勸說在唐太宗所設無遮大會上擔任說法壇主的玄奘法師去西天取經，導致唐僧取經實出於如來的主動。書中所列舉西行所遇自然艱險、山精水怪和國度，都出現在世德堂本的《西遊記》中。關於悟空的部分，已經敘述他大鬧天宮，玉帝先後派李天王和二郎神收拾之事，在悟空當死之際，觀音向玉帝求情，壓在花果山下，劃如來押字封著，待唐僧攜去西行取經。有關這一段敘述，《諺解》已較《西遊記雜劇》詳細，至世德堂本的《西遊記》，則將之敷衍為大鬧天宮並添加了玉帝先後封他為弼馬溫和齊天大聖之事，以及二郎神與悟空鬥法變形的精彩過程，還加上如來以手化成五指山降服悟空的神來之筆，並將之壓在五行山下。而《諺解》的記述似乎介於雜劇和世德堂本的《西遊記》之間。至於《諺解》所引述車遲國的一段，不見於《西遊記雜劇》，世德堂本的《西遊記》四十五回將《諺解》中的伯眼大仙改為虎力、鹿力、羊力大仙，甚至敷衍了一段悟空三人假扮三清教主，偷食餵尿的場景。由此看來，《諺解》已較《西遊記雜劇》故事內容更為完整，敘述更為詳盡，但世德堂本的《西遊記》則更勝一籌。至於《永樂大典》，陳大康曾以《永樂大典》中「魏徵夢斬涇河龍」的文字敘述與世德堂本《西遊記》比較，發現世德堂本《西遊記》文字方面作了更多的敷演，有許多細部的描寫，使情節更為豐滿、合理；又在表述上善於借題發揮，拓展出描述生活感受與抒發情懷的敘述空間；此外，文字雅化且具文學色彩的渲染效果，成為了標準的書面語言，而加入大量的詩詞韻文，也突顯了文字雅化和富有文學色彩的特點。[66]對一個較為晚近可能存在的西遊故事的小說文本，《西遊記》展現了多面向的敘事進展，遑論與歷來的取經故事文本相比，其在藝術形式上的精進，定為可觀。即《西遊記》的敘事形式和修辭實是一個非常大的跨越，情節結構、人物形象和語言藝術，共同經營出寓意架構，指涉出豐富多

---

[66] 同註[8]，頁 370-374。

元的意涵，致使《西遊記》完全擺脫了說話的故事系統，成為新的文學類別。[67]

從歷史上原生的玄奘至天竺取經的事件，見諸文字的記載經歷了近千年的漫長歷程，從一個單純的宗教學術事件敷衍為指涉多重領域的事件，關於取經的動機、取經人物、取經的過程、取經的目的、意義，都在不同的文本敘事中遷移變化，形成了多樣的敘事風貌和多元的內涵所指。終至世德堂本的《西遊記》將故事擬定下來，而後的記述刊行，大抵不出其右。

從《詩話》開始，取經早就不是出於個人解經疑惑的念想，而那罔顧王法禁制所展現的虔誠信仰，轉為奉敕帝命和宿命的因素，至《西遊記雜劇》則在帝命和命定這兩項因素上加添了為如來安排的實質，即法師真實身份為毘盧尊者，是膺負將佛經東傳使命的羅漢，後者為世德堂本《西遊記》中唐僧謫凡的身份作鋪墊；而在奉敕帝命方面，世德堂本的《西遊記》也從太宗入冥的生命體驗引發的強烈宗教需求發揮，法師實替代了唐太宗西行取經，其所具的御弟身份充分說明此點，由此也扭轉了唐太宗在歷史上對玄奘取經所採取的反對和輕忽態度。世德堂本的《西遊記》中法師取經是同時肩負了如來佛祖和唐代天子的使命的。唐僧的形象也因事件啟動的因素變異而有了不同。《大唐西域記》中雖然未見玄奘現身，但作為全書實際的作者，在滿足皇帝對西域風土好奇的記述外，也傳遞出西域佛教事蹟和傳說，透露其傳揚佛教的意圖。《法師傳》將玄奘法師信奉佛法的虔誠和體現程度發揮至極，將其人格作了最高的頌揚，《法師傳》的載記，讓人對玄奘產生景仰之情，認為他是一個中國佛教史上的典範人物。進入故事創作系統的《詩話》因取經的主動性被消解，所以雖保有歷史事件所傳達的虔信佛法之實，但人性化的面向卻被闡發，至世德堂本的《西遊記》中唐僧雖然對自己膺負的使命有所自覺，且虔誠修行，但也常被成見所蔽，固守佛法，不知變通，甚至因困難動搖了至西方的信心，反被悟空點醒、鼓勵。在情境、人物關係的烘托下，唐僧成為了某種象徵人物，可以指涉至非常多的情況。[68]

---

[67] 同註[26]，頁151。

[68] 余國藩認為《西遊記》中玄奘形象與歷史上的玄奘形象有很大的差異，實是精心設計的故意之舉。同註[65]，頁200。

在歷史事件中體現取經的主體人物是玄奘法師，甚至到了世德堂本的《西遊記》所謂「八十一難」的主角人物仍是唐僧。但自從《詩話》帶入了神異猴行者，是為大梵天神和法師間的媒介，對法師西行取經多所啟示、預知、陪伴、保護，甚至最後一起登仙，扮演了一個重要的角色。在《西遊記雜劇》中添附了悟空的出身背景，即悟空是具有法力的妖魔通天大聖，因偷盜仙物被懲處，故必須護持法師西行取經，最後修得正果圓寂。至世德堂本的《西遊記》則將之擴寫為與唐僧平行的人物，在唐僧西行取經之前鋪設了一段孫悟空求道的過程，作為唐僧西行取經的預先演示，並在悟空的求道過程中，敘寫如何由身命的長生、本事的練成，點出「修心」的主題。此外，這一段悟空的生命歷程的敘述，尤其是從天官的貶謫經驗，代表了其餘取經者的共同際遇，他們都因罪過被貶謫，失去了原有身份，因此開展出西行取經是他們贖罪與復歸的途徑。致使取經不僅是線性進行的歷史事件，同時也是一個神話故事的圓形回歸，西行取經的前進過程就是歸返的過程，而從《詩話》開始，佛經存於位於西天的靈山之上，取經不是直線的西行，而是在西行中上升，這是從《詩話》以來明確地說向西天取經而非向西方取經的原因。這也是為什麼《詩話》以降的文本中，取經之後必須再回到靈山聖界，取經的終點不是回到東土，而是回到西方，特別是針對唐僧原為毘盧尊者或金蟬長老的身份而言，必須回到原來的歸屬之域，取經的面向從現實層面擴大到超越界的層面，因而致使取經的意涵豐富。

在西遊故事文本演繹的過程中，悟空的角色日益吃重，到了世德堂本的《西遊記》，他成為對西行取經意義體會最深的人，特別是在前七回的求道過程，悟空已經被引導至心性的修行路徑。悟空是西行取經的團體中能力和智慧最為優異者，但卻具有唐僧徒弟的身份，尤其觀音交付唐僧的緊箍兒成為制服悟空的法寶，也具象化了唐僧和悟空之間的階級／人倫關係，因而形成了故事情節的戲劇張力，即悟空的智能受制於唐僧而無法施展，造成取經的困頓阻阨，同時這也是悟空於取經途中必須修行的功課。又世德堂本的《西遊記》在悟空與唐僧之間，填補了一個歷來文本皆未碰觸到的面向，即在無父無母的悟空身上，連結「一日為師，終身為父」的人倫關係，讓悟空有了感情歸屬和責任，在文本中鋪陳了三段唐僧因誤解放逐悟空的事件，讓悟空對唐僧的情感和責任得到至性至情的發揮，這樣的悟空形象也更具人性色彩。還可注意的是悟空與觀音的關係，自《西遊記雜劇》始，觀音逐漸成為取經事件的穿針引線的人物，在《西遊記》的文本中，觀音儼然是取經的指導者和守護者，是故對取經意義理解最深與能力最強的悟空，自然與觀音有最為密切的關係，事實上，悟空在受盡「如父」的唐僧委屈時，觀音則扮演了母親的角色聆聽與協助，在五十七回「真行者落伽山訴苦」中展現地淋漓盡致。宗教信仰中救苦救難的觀音形象，在小說中具體地人格化了。

其他的取經者八戒、悟淨、白馬都各有其特色，尤其是八戒與悟空形成對比的關係，文本屢屢以五行相剋和性別差異的金公／木母來比擬二者。取經隊伍是藉由觀音奔走組構的團體，因師徒的關係，近似一個家族，唐僧為師亦為父，悟空等則為師兄弟，取經不僅是每個成員自己的修行試煉，亦是彼此之間關係的試煉，有共修的意味，這也輝映了他們罪謫的出身背景。而唐僧以御弟身份奉勅帝命西行取經，亦使唐僧與唐太宗，形成另一層包括君臣、兄弟雙重身份的人倫關係，以擬似人倫的家庭進行一宗教取經的行為，可見出《西遊記》議題的擴大。

世德堂本的《西遊記》的時空，也逸出了現實的時空，在歷史的時空之外，架構出神話的時空，全書敘述由宇宙創生的時間開始，而悟空的求道亦非現實的時間，直至壓在五行山下，遇到唐僧才進入歷史的時間，五行山又是「兩界山」，兩界不僅指東土和西域的空間界分，亦是神話／歷史時間的界分。關於空間，在悟空求道的前七回，已經開展出四大洲的人界、天宮的天界和水晶宮和冥府的地界，貫串成垂直的空間界域，與西行的平行界域，形成了全書的空間主體，但重要的是西行的地域空間，已經多是虛構的地域空間，特別是由神佛幻化的空間，具有試煉的意義，其中女色是為重要的試煉命題。是故西行所經之地，除了沙河、火焰山、女人國之外，已不具西域的色彩，書中對所經山林的描寫可以適用於任何其他的山林之地，而在世德堂本的《西遊記》出現了許多西域的國度，幾乎皆非《西域記》或《法師傳》所載，甚至有江南城市的風光，[69]而唐僧師徒在每一個地域和國度所歷經的事件，都有某種意涵的指涉，是為《西遊記》超越之前的文本形成一個龐大言說空間的主因，而使得全書意涵豐厚，而這些看似獨立的每一個空間敘述，往往形

[69] 同註[62]，頁 203-204。

成連繫，又造就了新的言說空間，例如唐僧在不同的空間際遇三次逐出悟空，用以陳述悟空形象的轉變和其與唐僧的關係；文本又在不同的空間際遇中呈現了真假寶物、真假觀音、真假悟空、真假妖魔、真假武器等等情節，營造出之前的西遊故事文本全然無涉的真假命題。《西遊記》西行所經的空間皆非真實的空間，自然無須真實的歷經，歷史事件中非常重要的敘述主體——西域，竟可以不必實存，由此，也可以理解悟空所說：「念念回首處，即是靈山。」（二十四回）和「佛在靈山莫遠求，靈山只在汝心頭」（八十五回）的意義了。《西遊記》承繼《法師傳》，將《心經》的獲取安排在西行之前，而非如《詩話》般，將之作為最後取得的經書，因為《心經》「色即是空，空即是色」的意涵，正是對唐僧師徒的啟示，即所經一切，皆是空幻。[70]而更值得玩味的是西行其實是一種提昇，最終是歸屬於靈山，所以由平行的西行變成垂直的天界，是非常鮮明的提昇意象，而此意象使西行有了取經弘法之外的意義，即每一個成員的法性、人格的提昇，而提昇就是歸返。而這個歸返的終極就是內心，西遊的行旅便成了內化的旅行。

作為佛教僧侶不顧帝命並歷經艱險至天竺取經的原生歷史事件，進入敘事必然會涉及到宗教的神蹟，《西域記》記述如來和其他佛教人物的聖蹟，《法師傳》則加入了法師的神秘經驗，其中包括觀音和《心經》的護佑。無論是如來和觀音都是法師信仰和崇拜的神祇。至《詩話》則加入超越界的神佛，如來遂成為與取經者互動的故事人物，而非被視作被崇拜的對象而已，而自《詩話》後，西遊故事的神佛系統日益龐大且成系統，並表現出神道雜糅的特色，當然也使得原來為佛僧至天竺取佛經事件的純佛教故事，有其他的宗教哲思的成分滲入，例如文本中大量運用了《周易》之理，甚至《西遊記》還將西行取經譬喻為道教的煉丹過程，再加上人倫的修為，故呈現了「三教合一」的融會，但在闡揚三教深意之時，同時又以指摘、批判了其失，故有學者認為《西遊記》的文本將宗教轉化為敘事的修辭，[71]但文本

---

[70] 夏志清認為《多心經》是被指定送來作為唐僧取經的危險途程中保護他的精神伴侶，如果能領略它的訓誡，就能認識到一路上苦難的虛幻特徵。同註[10]，頁 138。

[71] 李志宏認為「取經故事原型經過置換變形（displacement）之後，在充滿諧謔意味的戲擬（parody）敘述行動中，已使得原有的宗教神聖意涵轉化為一種時空背景和修辭策略。」見氏著：〈失去樂園之後——孫悟空終成「鬪戰勝佛」的寓言闡釋〉，收錄於《第三屆中國小說戲曲

揭示的意涵，還是與各家宗教的精義密切相關，依違之間的辯證正是《西遊記》對宗教意涵的省思，更重要的是以之批評了社會的現實，[72]這也是全書議題的擴充與深化。另一方面在敘事策略上，《西遊記》添加了許多宗教、哲學的術語、數字，與人物、事件連結，例如五行與取經人物、九九還真與八十一難，形成一個與宗教信仰和傳統思維發生意義的網絡系統，形成了全書深奧意蘊，浦安迪提到百回本《西遊記》有別於現存的或並行的有關玄奘故事材料的現象之一是有大量寓意深邃的哲學術語覆蓋在上面，[73]他也嘗試去詮釋其後所隱喻的意義系統。[74]又《西遊記》習慣在回目、詩詞上形成一種哲思相應，例如五十八回的回目是「二心攪亂大乾坤　一體難修真寂滅」，文本中有「人有二心生禍災，天涯海角致疑猜。欲思寶馬三公位，又憶金鑾一品臺，南征北討無休歇，東擋西除未定哉。禪門須學無心訣，靜養嬰兒結聖胎」和「中道分離亂五行，降妖聚會合元明。神歸心舍禪方定，六識祛降丹自成」兩首詩，在神通的敘事中架構出哲學的玄思，凸顯出心性修為的主題，甚至有些詩句無法掌握其確切所指，[75]而有了「天書」之評，[76]《西遊記》的神秘玄思，不能僅從佛教信仰去詮釋，其所述及複雜的宗教和哲理，實打破了原生事件的詮釋界域。

至於諸神佛與西行取經的關係，《西遊記》將之緊密地連繫，其實從《西遊記雜劇》開始就明述妖魔為神佛所幻化，一切皆非真實，將西行所遇到的妖魔都與天界有關，便將妖魔／神佛縮成一個體系，試煉的意味更為強烈。神魔妖怪對歷史、

國際學術研討會論文集》（臺北：里仁書局，2008 年），頁 241。

[72] 同註[62]，頁 203。

[73] 同註[26]，頁 171-172。

[74] 參見浦安迪著，孫康宜譯：〈西遊記、紅樓夢的寓意探討〉，《中外文學》8 卷 2 期（1979 年 7 月），頁 36-49。

[75] 例如在二十二回、四十回都出現的「當倒洞當當倒洞，洞當當倒洞當山。」的韻文，浦安迪指出其令人費解，但也能有實體與虛空的互補概念，也有可能只是毫無意義的文字遊戲。同註[26]，頁 169。

[76] 清・任蛟對《西遊記》有如下之評：「《西遊記》，天書也，奧妙奇方，無般不載，泄諸經之所未泄」，見氏著〈西遊記敘言〉，朱一玄、劉毓忱編：《西遊記資料彙編》（天津：南開大學出版社，2002 年），頁 360。

佛教的偏離正是《西遊記》製造更多議題的敘事策略。此外，諸多神魔的交會，也製造了文本戲劇效果和熱鬧氛圍，這種撰作特色，被魯迅稱為「神魔小說」，換言之，在小說史的學者眼光中，《西遊記》創立了一種書寫的典型，影響了之後相關小說的創作。[77]

玄奘西行取經事件經過不同文本的敘述，呈現了一個虛構成分越濃的趨勢，原本單一的處於現實時空的宗教事件，拓展為虛構時空的神魔交會，文本演繹過程中虛構想像不斷地滲入——「幻而張之」，[78]至《西遊記》終成為奇幻的文本，而在奇幻的內容風格中，卻寄寓了可以廣泛指涉的人事、人性的真實。即使《西遊記》將《西遊記雜劇》的俚俗詼諧的特色，拓展為諧謔的書寫，都在其中寓有深意。值得注意的是，雖然《西遊記》一如《西遊記雜劇》多以容貌、男女作為調笑媒材，同時在語言層次展現俚俗，但置於奇幻事件敘述中則醞釀出令人尋思的意涵，例如在六十七回中出現了好幾處對悟空、八戒容貌醜態的描寫，並借老者口吻敘述駝羅庄請人捉妖，調侃和尚、道士拿妖不力，成為爛西瓜、落湯雞的狼狽下場，藉此展開悟空容貌雖瘦小卻紮實的辯證，所謂「吃了磨刀水的——秀氣在內裡」即運用了《西遊記》常用的歇後語的方式來表達，同時在悟空與老者的對談中，悟空運用俗語「說金子幌眼，說銀子傻白，說銅錢腥氣」，回應了謝禮的問題，也諷刺了世俗對金錢的過度重視。在制伏妖怪的過程中，文本亦以幽默的方式，描寫了八戒種種膽怯、自私、笨拙的言語和醜態，令人捧腹，至悟空被蛇怪吞進肚子，以鐵棒在蛇怪肚做出各種造型，如同表演般秀給八戒看，充滿了奇想的趣味，原本是降魔制怪的嚴肅緊張，化為滑稽輕鬆，這個事件充分展現了《西遊記》以融諧謔奇幻於一體的敘述特色，其中也達成了諷刺效果。然而此回更體現了《西遊記》此一敘述特色更為深刻的意義，即在降伏蛇怪後，唐僧師徒離莊，繼續西行，卻受阻於七絕山稀柿衕，八戒變為大豬，拱清了千年臭爛的稀柿衕，此一大豬拱臭路的滑稽意象，固

---

[77] 陳大康指出《西遊記》的創作直接影響了明萬曆後期的神魔小說崛起。同註[8]，頁 378。程國賦敘及《西遊記》的創作與刊刻為明代神魔題材小說樹立了典範。見氏著：《明代書坊與小說研究》（北京：中華書局，2008 年），頁 252-256。

[78] 見清·李海觀著，〈歧路燈序〉，同註[76]，頁 321。

然是嘲弄八戒形象，然實則象徵意味十足。[79]在三十二回中悟空對唐僧說自己對八戒巡山的冷笑是「笑中有味」，適可運用於形容《西遊記》諧謔的敘述特色。[80]《西遊記》不僅以諧謔與奇幻共同造就文本的趣味，並且將諧謔轉化為一種敘述的態度，即作者以詼諧奇幻的手法著意渲染所述事件，而這種敘述態度，致使事件具有了嚴肅的意義，並對人物性格塑造形成影響。[81]《西遊記》的諧謔不僅是在語言上層次的幽默，而是整體的風格，許多的評者已洞見了《西遊記》的撰作用意為以奇幻諧謔的文本，寫至每一個存在主體「我」來，也寫至人心來。袁于令有非常真切的評論：

> 文不幻不文，幻不極不幻。是知天下極幻之事，乃極真之事；極幻之理，乃極真之理，故言真不如言幻，言佛不如言魔。魔非他，即我也。我化為佛，未佛皆魔。……此《西遊》之所以作也。[82]

而真／幻和我／魔極端的差異與融合，形成了《西遊記》最耐人尋味之處，也造就了《西遊記》的寓言性，歷來的評論者在評論《西遊記》時，都敘及「其用意處，盡在言外」[83]的寓言特質，敘事並非僅敘述玄奘西行取經事件，而指涉了其他的意義，於是「所言者在玄奘，而意實不在玄奘。所記者在取經，而意實不在取經，特假此以喻大道耳」。[84]而「大道」則可指涉至人生每一範疇，早已溢出三教的範限。所謂「說者以為寓五行生剋之理，玄門修煉之道。余謂三教已括于一部，能讀

---

[79] 浦安迪認為此條望不到頭的爛柿衕，與 64 回中的高峻的荊棘嶺，都是指心靈的障礙。同註[26]，頁 181。在此特別讓八戒來完成拱路之舉，不僅是在形象上考量，讓最渴望世俗之慾的八戒來清除污穢之路，實具有鮮明的指涉修行的象徵意義。

[80] 劉勇強認為在此所謂「笑中有味」的「有味」，就是有緣故、有內容，是《西遊記》作者秉持「寓莊於諧」文學傳統的創作原則。同註[62]，頁 160。

[81] 同註[51]，頁 279-281。

[82] 見明・袁于令著：〈西遊記題詞〉，同註[76]，頁 223。

[83] 見清・劉一明著：〈西遊原旨讀法〉，同註[76]，頁 344。

[84] 見元・虞集（？）著：〈西遊記序〉，同註[76]，頁 64。

是書者，于其變化橫生之處引而伸之，何境不通？何通不治？」[85]《西遊記》詮釋空間的龐大，正是它可以大量承載各種不同評論的因由。

經過漫長的文本演繹過程，玄奘取經的歷史事件真正成了寓言故事了，此後西遊故事再無大的異動，顯示這是西遊故事最終極、合宜的形式。[86]從文本演繹的脈絡分析，《西遊記》與之前的文本，的確存有一互文性的關係，即從歷史實跡的敘事文本開始，便在敘事的結構和時空背景上，提供了《西遊記》書寫的材料元素，但最具關鍵性的還是《大唐取經詩話》以一創作的形式，在取經事件上母題和主題的開拓，包括取經動機的政治化、命定化，神異人物猴行者及其他佛道人物的加入，神異空間的設置，西行地域的象徵化和取經目的地聖境化，以及取經而得成仙升天的修行意義，這些都開啟了日後西遊故事意涵豐富的契機。至《西遊記雜劇》則特別重視西遊故事人事關係的有機結構和更多主題面向的推展，確定以如來使者玄奘為主軸，悟空、八戒、沙和尚加上白馬則為輔助的取經隊伍，並賦予了他們的罪愆的出身，唐僧則是原為西天毘盧尊者所化的度化者，致使西行取經便具有了贖罪、歸返的意蘊，而西行所遇妖魔與神佛的連結，也加強了修行的意義。此外，《西遊記雜劇》以西行取經的過程比擬為道教煉丹之術，以及在行善修德、人倫綱常上的著意，也開展出三教合一的主題面向。而《西遊記雜劇》中禪宗悟道敘寫，與俚俗的表達，共同交織成諧謔風格的元素，影響了《西遊記》的撰作。《西遊記》承繼了在其之前文本所匯聚的書寫特質，以龐大的百回內容和更為整飭的敘述結構，以唐僧為如來弟子因無心聽佛法的身份，將西行取經設定為八十一難，讓唐僧歷經磨難，方得以復歸成聖，並由悟空求身命之道開始，召為天官大鬧天宮，復為如來制服，與唐僧同往西方，形成雙重的試煉，並凸顯了贖罪與歸返的主題，致使西行取經的歷史線性活動，成為神話的圓形回歸，而進入永恆的時間性，而敘事空間除了以四大洲為基礎的人界外，也拓展至超越界，西行的平行界域中每一個地域，都因其磨難性質，而成為有特定意涵的象徵性空間，形成龐大的言說系統，而西行最終的成真結果，是從人界空間向超越天界空間的提昇。相較於《西遊記》敘

---

[85] 同註[82]。

[86] 見余國藩著，李奭學譯：〈朝聖行〉，《余國藩西遊記論集》，頁 162。

事時空向永恆、無垠的拓展，《西遊記》在陳述西行取經時，以《心經》為護持，以及妖魔與神佛的互涉和心與魔的關係，則將西行取經的奧義，置於「心」之一字，因而將西行取經轉化為修心的過程。[87]《西遊記》將自《詩話》開始滲入道教神祇的特點，發展更為鮮明的三教合一的色彩，在三教思維的建立之中寓有評判，同時以更為艱深的宗教哲學術語，開展新的寓意，形成更為深廣的詮釋空間，其中亦多與「心」有關。[88]玄奘西行取經的旅行成為了「心」的修行。《西遊記》將人心的修行放在一個無垠時間和超越空間所組成的大視域中，更能觀照出個人生命的修道本質，而遠遠超過了西行取經的宗教意義。這是《西遊記》跳脫出歷史實跡事件的敘述而成為含意豐富的寓言文本的具體表徵。

《西遊記》在承襲之前文本種種形式和內容之餘，開展出作為一寓言文本的藝術獨創性，而此與之前文本互涉的互文性和自身文本的藝術獨創性，是《西遊記》成為一部文學經典的重要因素。[89]

三、結語

若檢驗文學文本的經典意義的第一個標準是時間的話，[90]自從《大唐西域記》文本形成以來，玄奘西行取經的故事不斷地被敘寫、傳播，經歷了一個原生歷史事件被文化熟知化的過程，即在文學文本《西遊記》尚未形成之前，玄奘取經故事已經受到世人的熟知和重視了。這個歷程與世德堂本《西遊記》文本形成後，接續的

---

[87] 《西遊記》中出現大量與「心」有關的情節和詞語。浦安迪對之有深入的討論。同註[26]，頁 179-180，頁 190-200。

[88] 浦安迪認為《西遊記》中到處可見三教混雜的心學語言，實質上決定了書中寓言形象所代表的意義，這些哲學語言不但給這個寓言旅程所提的問題重下定義，也以修心的各種概念化措辭暗示可能解決的辦法。同註[26]，頁 190。

[89] 李玉平認為文學經典是獨創性和互文性結合的產物，而獨創性是一部文學作品成為文學經典的首要條件。參見氏著：〈互文性與文學經典〉，收錄於童慶炳、陶東風主編：《文學經典的建構、解構和重構》，頁 69。

[90] 見閻景娟著：〈試論文學經典的永恆性〉，收錄於童慶炳、陶東風主編：《文學經典的建構、解構和重構》，頁 49。

被評論、註解、續書撰作、改編至其他媒材等相類，如果說經典生成是一個歷史累積的過程，它需要世世代代持續不斷的社會確認。⑨¹《西遊記》在文本演繹過程中，已有多種的敘事形式書寫玄奘取經的事件，同時也運用了不同媒材來展現，這個被社會確認、文化熟知的歷程，其實已經是一個擬似經典化的過程了。

相較於受制於文學外在因素的經典化，訴諸於文學本身美學形式和主題內涵的經典性意義，是文學經典生成的本質。即使在一個可以經由各種文化論述去質疑、顛覆、重塑經典的後經典時代，還是有論者主張文學作品本身的藝術價值是建構文學經典的基礎，沒有藝術價值的作品所描繪的世界，所表現的情感，真的不能引起讀者閱讀的興趣和心理共鳴，不能滿足讀者的期待，即使意識型態和文化權力如何操控，最終也不可能成為經典。[92]本文嘗試從《西遊記》文本演繹過程中，由文學內部的因素，探尋《西遊記》可以形成文學經典意義的基礎和條件，即從文學經典建構的「自律」來思索。[93]歷史上玄奘取經的事件，經由僧侶的宗教敘事、民間通俗故事、到文人的寄寓，每一個文本有因撰作立場、敘述形式而形成獨具的敘事特色，但不同的文本間也因在形式和內容上相互的承衍形成了互文性。大體上，《西遊記》的文本演繹歷程，呈現了敘事母題和主題的拓展、敘述形式愈益精進、以及敘事意涵更為豐富的趨勢，至《西遊記》達到一個完備的狀態，其出於虛構想像的奇幻和語言的諧謔在表現形式上，極具特色，進而開啟明代神魔小說的寫作，難得的是《西遊記》的奇幻與諧謔容納了對人生、社會具有啟示性的智慧和人倫意義，能使讀者從文本中聯想和觸及人心與人性的廣泛性問題。此外，《西遊記》融合了三教教義，並納入哲學思維的術語，塑造了文本深邃而奧秘的言說空間，承載了令人探究不盡的寓意，是故引發了各自詮解的諸多評價與討論，一直延續至今。這些《西遊記》承繼之前文本既有形式、母題和主題所展現的互文性，以及源於自身獨自創造的藝術性所共同完成的諸多文本特質，成就了它的文學經典意義。

---

[91] 同註[9]，頁 44。

[92] 見童慶炳著：〈文學經典建構諸因素及其關係〉，收錄於童慶炳、陶東風主編：《文學經典的建構、解構和重構》，頁 81。

[93] 童慶炳認為不重視文學作品內部的因素，就尋找不到文學經典建構的基礎和條件，也就尋找不到文學經典建構的「自律」。同前註，頁 83。

The Textual Evolution and Canonization of the *Journey to the West*

Kang Yun-mei[*]

Abstract

This paper will look at the textual development of the *Journey to the West* in an attempt to discuss the process by which that work became a part of the literary canon. In order to do so, we will first establish a geneaology of texts that were a part of the long and gradual process of the development of the *Journey to the West* so that we can understand the relationship between this process and the canonization of this work. Next, we will look at the narrative characteristics, both in terms of form and content, of the different texts and discuss how these characteristics mark out the texts' own domain, evolve, and eventually become the basis for making the argument that the *Journey of the West* is a canonical literary text. The historical event of Xuanzang's journey to retrieve Buddhist scriptures from India was alternately used by monks to express a religious message, by popular authors do delight audiences, and by literati as a vehicle for their own concerns. Each of these retellings involved the author selecting an authorial stance and narrative form that resulted in the creation of individual texts with their own discursive characteristics. At the same time, though, we can see an intertextuality in terms of both form and content developing between these different texts. Overall, the

* Professor, Department of Chinese Literature, National Taiwan University.

textual development of the *Journey to the West* displays the expansion of narrative motifs and themes, a constant refinement of narrative form, and a continued enrichment of narrative content that eventually results in a finished text with an exceptionally unique form of presentation stemming from an imaginative sense of fantasy and linguistic playfulness that opens up a new space for the writing of phantasmagorical fiction during the Ming. Even more impressive is the fact that despite the fantastical and playfulness of the *Journey to the West*, this work displays insights on and a moral concern with individuals and that allows the reader to reflect on larger issues of human nature and our role in the world. In addition, the *Journey to the West* brings together doctrinal elements of and even technical terminology from China's "three teachings" (Confucianism, Taoism, and Buddhism) to create a profound and abstruse textual discursive space that serves as a bearer for an inexhaustible realm of meanings. As a result, the text is able to support multiple evaluations and readings, a process that continues to this very day. The text's position as a canonical literary work was further brought about by the intertextuality in terms of form, motif and theme shown by the various proto-texts that partook in the development of the *Journey to the West* as well as by the multiplicity of textual characteristics jointly formed out of the each individual text's own original artistic achievements.

Keywords: *Journey to the West*, textual development, canon, canonization, canonicity

馮鎮巒、但明倫評點《聊齋誌異》的批評意識與倫理關懷

陳翠英

提　要

清代文言小說巨峰之作《聊齋誌異》❶展現對現實的多面關懷及各具風姿的生命圖像，也開啟後世無數讀者的對話，串起了歷時累代流衍不絕的閱讀之鏈。從最初的序跋散論，到文士的精細評點，乃至續書的繼起倣傚，以迄當今時代觀點的開展融攝，種種迭經時空變遷的歷史機遇及文化語境，提供了閱讀《聊齋》的不同角度，或回應或研詰，涵蓋了文學史學思想美學的多重視域。本文為「文學典範的建立與轉化」子計畫二「時空變遷、身分認同與文學典範的形成」研究成果之一，以評點《聊齋》的兩位大家——馮鎮巒、但明倫的評點理論、實際批評為範圍，闡述清代已臻成熟的小說批評語境中，評點者如何展現「作品－讀者」、「作者－讀者」之間多樣動態的閱讀活動，涵括批評意識、主體間性❷及審美經驗；另一方

---

❶ 本文所引《聊齋誌異》為張友鶴輯校：《聊齋誌異會校會注會評本》（臺北：里仁書局，1991年），文中簡稱《聊齋》。

❷ 「主體間性」（inter-subjectivity）意指解釋活動中主體與主體之間的交流，參見蘇宏斌著：《現象學美學導論》（北京：商務印書館，2005 年），第八章，〈審美經驗的主體間性特徵〉，頁280-322。再如喬治・布萊指出，批評乃試圖「在他人的生命中凝視它的生命」，見喬治・布萊著，郭宏安譯：《批評意識》（南昌：百花洲文藝出版社，1993 年），〈下編・二、自我意識和他人意識〉，頁 275。

面，亦就清代中葉著重道德倫理話語的文化脈絡探討評點的倫理關懷。藉由《聊齋》評點所賦具的自主性、殊異性及其時代投影，揭現「評點」作為「次生文學」，如何共同成就《聊齋誌異》的永續書寫，彰顯在歷史進程之中典範詮釋所開展的時代面向，也建構傳統經典的無盡新貌。

關鍵詞：聊齋誌異　聊齋評點　批評意識　主體間性　倫理關懷

【作者簡介】國立臺灣大學中國文學研究所博士，現任臺灣大學中國文學系副教授。研究領域以中國古典小說、女性閱讀、現代小說為主，近年則致力於探究《聊齋誌異》，涵括性別、評點、敘事美學等多元面向。著有《世情小說之價值觀探論——以婚姻為定位的考察》（臺灣大學《文史叢刊》，1996）、〈抗拒性對話——試析《快嘴李翠蓮記》的女性意識〉（《漢學研究》第十四卷第二期，1996 年 12 月）、〈桃源的失落與重構——朱天心《古都》的敘事特質與多重意旨〉（《臺大中文學報》第二十四期，2006 年 6 月）、〈《聊齋誌異》夫婦情義的多重形塑〉（《臺大中文學報》第二十九期，2008 年 12 月）等論文。

馮鎮巒、但明倫評點《聊齋誌異》的批評意識與倫理關懷[3]

陳翠英*

一、前言：馮鎮巒〈讀《聊齋》雜說〉[4]與明清小說批評語境

清代文言小說巨峰之作《聊齋誌異》，承繼了歷史進程中豐沛的文化能量與敘事動力，復結合作家個人的世情觀照、人生啟悟以及創作才華，展現對現實的多面關懷及各具風姿的生命圖像；也開啟後世無數讀者的對話，串起了歷時累代流衍不絕的閱讀之鏈。從最初的序跋散論到文士的精細評點，乃至續書的繼起倣傚，以迄當今時代觀點的開展融攝，種種迭經時空變遷的歷史機遇及文化語境，提供了閱讀《聊齋》的不同角度，或回應或研詁，涵蓋了文學史學思想美學的多重視域。

《聊齋》相關評論從王士禛的評語開始，百餘年間評論者十數人，他們細究創作技巧、章法文體、藝術經營，相繼開發經典新義，也分別展現自身多樣的閱讀經驗，共同成就《聊齋誌異》繁衍不絕的永續書寫。有關《聊齋》評點的介紹、整

---

* 國立臺灣大學中國文學系副教授。

[3] 本文初稿於「文學典範的建立與轉化」國際會議宣讀，會中承蒙評論人郭玉雯教授惠予指正、許暉林教授提問討論；兩位匿名審查先生亦就拙撰疏漏之處提出具體修訂意見，謹此一併深致謝忱。論文修改若有未盡完善之處，文責當由作者自負，並期俟諸來日。

[4] 《聊齋》頁 9-18。以下簡稱〈雜說〉。

理，近年已有不少成果，❺從《聊齋》評點之文本考辨、思想價值、小說理論價值、傳播價值研究，以至評點家、評點史、評點形式、影響評點的文化因素等研究。❻

小說評點之理論、實踐，承繼前代源遠流長的文學批評，發展至清朝已臻成熟，❼甚至已趨體系化、❽典範化。❾《聊齋》的評點也在此一共時性的批評語境之中，涵括多元的詮釋向度，也展現既承襲又恆在開放性建構的動態歷程。其中以馮鎮巒（1760-？）、但明倫（1782-1853）的評點最為豐富及具有代表性，有聊齋評論

---

❺ 相關研究已相當豐富，有關三家評點的討論，可參見劉良明：《中國小說理論批評史》（臺北：洪葉文化，1997 年 1 月），第十六章，頁 333-357；陳洪：《中國小說理論史》（修訂本）（天津：天津教育出版社，2005 年 1 月），頁 292-298。張稔穰：〈明清小說評點中的「另類」——馮鎮巒、但明倫等對《聊齋志異》藝術規律的發掘〉，收入《齊魯學刊》2004 年第 3 期，頁 123-130。學位論文如張燦堂：《《聊齋誌異》諸家評點研究》，臺灣南投：暨南國際大學中國文學研究所碩士論文，2001 年 6 月；孫虎堂：《簡論《聊齋志異》評點的價值——以馮評、但評為中心》，山東：曲阜師範大學，2003 年 4 月；葉庭欣：《清代《聊齋誌異》評論研究》，臺北：政治大學中文所碩士論文，2008 年 5 月。多位學者相關研究成果筆者將在後文有所引用，茲不贅述。

❻ 這是楊廣敏、張學艷所歸納的研究面向：〈近三十年《聊齋志異》評點研究綜述〉，《蒲松齡研究》2009 年第 4 期，頁 139-150。

❼ 有關明清小說評點，各小說理論史、小說批評史均有述及，如王先霈、周偉民《明清小說理論批評史》、林崗《明清之際小說評點學之研究》、譚帆《中國小說評點研究》等，拙著〈閱讀與批評：文龍評《金瓶梅》〉，《臺大中文學報》第 15 期（2001 年 12 月），頁 283-320、〈今昔相映：《金瓶梅》評點的情色關懷〉，收入熊秉真、余安邦合編：《情欲明清——遂欲篇》（臺北：麥田出版社，2004 年 3 月），頁 67-103 等二文對相關論著有概略說明，茲不贅述。至於評點之源流演變，可參看孫琴安：《中國評點文學史》（上海：上海社會科學院出版社，1999 年）；張伯偉：《中國古代文學批評方法研究》（北京：中華書局，2002 年），〈第六章：評點論〉，頁 543-591。

❽ 王先霈、周偉民：《明清小說理論批評史》（廣州：花城出版社，1988 年）對金聖嘆的評述，頁 245-315。

❾ 艾梅蘭即認為金聖嘆的小說詩學「是在他評點《水滸傳》的過程中發展起來的——就是把一種將結構模式與道德觀相提並論的解釋學典範化。」，《競爭的話語：明清小說中的正統性、本真性及所生成之意義》（南京：江蘇人民出版社，2005 年），〈第一章 正統性的敘事結構〉，頁 39、50。

「雙璧」之稱。[10]他們身處小說批評已蔚為大觀的乾嘉時期，既踵繼前人也自鑄新意。馮鎮巒提出理論且在批評實踐中多所闡發其說，但明倫雖然並未提出類似的批評理論，然而其每每在一篇之中或之後揮灑己見，氣勢磅礴淋漓盡致之處，實較馮鎮巒有過之而無不及，其所見亦多觸及有關小說評點、小說閱讀的多面議題。由於二人評點《聊齋》的犖犖大端學者論述已夥，本文不擬就此多作重複，惟馮鎮巒〈讀聊齋雜說〉的理論建樹為他家《聊齋》評點所未及，亦攸關本文所擬彰顯之視角，故先簡要歸納〈雜說〉理論，以見出馮鎮巒及其與明清小說批評之繫聯。〈雜說〉約略涵括下列面向：

㈠批評主體

馮鎮巒表現一個閱讀者也是詮釋者的熱情及自信，「每飯後、酒後、夢後，雨天、晴天、花天，或好友談後，或遠遊初歸，輒隨手又筆數行，皆獨具會心，不作公家言。」〈雜說〉起始即就《聊齋》的讀者群及其他批評展開對話辯詰，呈現置身《聊齋》閱讀之鏈中的期待視野。[11]雖然深知作為一名讀者在詮釋方面的困難（作者難，評者亦不易），馮鎮巒仍自我肯定「多有會心別解」，「自謂能抓著作者痛癢處」，「皆獨具會心，不作公家言」，甚至接應蒲松齡「知我者其在青林黑塞間乎」之嘆，以蒲松齡後代知己自期，也成就《聊齋》文本的開放擴充。

> 聊齋得遠村批評一番，另長一番精神，又添一般局面。

其自我推崇之處，再如：

> 李卓吾、馮猶龍、金人瑞評三國演義及水滸、西廂諸小說、院本，乃不足。

---

[10] 陳洪：〈聊齋評論的雙璧——馮、但評點衡估〉，《蒲松齡研究》總第 15 期（1994 年 4 月）。

[11] 「期待視野」是德國接受美學學者姚斯（Hans Robert Jauss）的理論，指閱讀作品時，讀者之前的文學閱讀經驗構成其先在的思維取向，見周寧、金元浦中譯：《接受美學與接受理論·走向接受美學》（遼寧：遼寧人民，1987 年），第一章。

援引友人對自己的推許：

　　此徐退山批五經、史記、漢書手筆也。

討論批書人、亦即詮釋者的態度及條件：

　　批書人亦要眼明手快。

　　遠村此批，即昔鍾退谷先生坐秦淮水榭，作史懷一書，皆從書縫中看出也。

　　予批聊齋，自信獨具冷眼。倘遇竟陵，定要把臂入林。

批評王士禎對聊齋的批評：

　　且此書評語亦只循常，未甚搔著痛癢處，聊齋固不以漁洋重也。

　　漁洋實有不足聊齋處，故以率筆應酬之，原非見地不高。公是公非，何能為古人諱。

從融匯以往的閱讀經驗到自我闡發，馮鎮巒是期許自己能夠成就「較好的」理解。⓬此一特色正是明清小說批評的普遍現象。從宋代劉辰翁評點古籍以迄明清小說評點，讀者主體意識增強為明顯時代色彩，⓭尤以「文人型」小說評點特性即是強化評點者的主體意識，評點者在揭示小說內涵的同時，更重視自身情感思想的抒發，

⓬ 這是參考詮釋學的觀念，參見伽達瑪（Hans-Georg Gadamer）著，吳文勇譯：《真理與方法》（臺北：南方叢書，1988 年），頁 227-251。張鼎國：〈「較好地」還是「不同地」理解？——從詮釋學論爭看經典註疏中的詮釋定位與取向問題〉，《中國文哲研究通訊》第九卷第三期（1999 年 9 月），頁 87-109。

⓭ 有關劉辰翁開啟先聲，參見楊玉成：〈劉辰翁：閱讀專家〉，《國文學誌》第三期，頁 201-203、206-207。

無論是李贄以異端形象重構經典⓮或後繼金聖嘆、毛氏父子、張竹坡，乃至晚清文龍皆在此一批評語境之中。⓯

㈡借鑑經史

小說評點與宋代以來的古文教育、明代時文訓練⓰及清代崇尚古文風氣等皆有關聯，歷史語境提供了後代讀者多向的批評視野，〈雜說〉即強調借鑑經史，如左傳、莊子、史記、漢書乃至程、朱語錄等，⓱不僅肯定《聊齋》在道德修為方面縮合經典的特質，更從古籍汲取詮讀手法，提昇《聊齋》成就並賦予其等同經典的歷史定位，是經典化聊齋文本的具體實踐。其實際批評之例則俯拾即是，如〈念秧〉寫社會諸般騙局，文中異史氏曰：「人情鬼蜮，所在皆然，南北沖衢，其害尤烈。」馮評：「摹仿《史記》，先論後敘。篇末不用贊語，又一體也。」再如評〈庚娘〉：「如史記中引古諺謠，倍添澤色。」評〈西湖主〉（卷五）：「凡後生作文拖沓者，此筆自斗健，此小史記也。」，對於《聊齋》借鑑經典的藝術手法多所發皇。⓲

㈢眞實與虛構

《聊齋》兼具志怪傳奇特色，文類的錯雜因此引來評者的質疑。結合前述借鑑經史的閱讀視野，馮鎮巒直指袁枚、紀昀對《聊齋》的批評「皆讏言也。」，⓳認

⓮ 有關李贄評點所展開的新興論述及其在晚明的歷史意涵，參見楊玉成：〈啟蒙與暴力——李卓吾與文學評點〉，收入《臺灣學術新視野——中國文學之部（二）》（臺北：五南，2007年），頁901-986。

⓯ 譚帆：《中國小說評點研究》（上海：華東師範大學出版社，2001年），第三章第二節，〈文人型：小說評點的主體性〉，頁87-95。

⓰ 參見林崗：《明清之際小說評點學之研究》（北京：北京大學出版社，1999年），第三章。

⓱ 其說如：「是書當以讀左傳之法讀之」、「是書當以讀莊子之法讀之」、「是書當以讀史記之法讀之」、「是書當以讀程、朱語錄之法讀之」等。

⓲ 關於評家以《聊齋》之藝術手法比附經典，參見張燦堂，前引文，同註❺，頁131-133，文中並引據錢鍾書《管錐篇》亦肯定明清評點家掌握了史傳與小說在表現手法上的相通之處。

⓳ 〈雜說〉：「袁簡齋議其繁衍，紀曉嵐稱為才子之筆，而非著述之體，皆讏言也。」

為《聊齋》是「有意作文，非徒紀事」、「先生意在作文」，肯定其所具小說的虛構性、創造性，超乎紀事體徒重紀錄紀實的侷限。

> 讀聊齋，不作文章看，但作故事看，便是呆漢。惟讀過左國史漢，深明體裁作法者，方知其（聊齋）（文章之）妙。

針對評家說《聊齋》「揑造許多閒話」，馮認為「以文不以事也。」肯定《聊齋》兼具傳記體小說類，並比較《閱微草堂筆記》，認為後者「生趣不逮」。另一方面，也強調《聊齋》合乎人情，而有「倫次」、「性情」之說：

> 試觀聊齋說鬼狐，即以人事之倫次，百物之性情說之，說得極圓，不出情理之外；說來極巧，恰在人人意願之中。

馮評〈魯公女〉則為一典型之例。篇中魯公女歷經死而復生，馮評特別指出：

> 此事為天下所無之事，在此段書為人人意中所有。人情即天道，何妨謂實有是事。

類此強調創作主體「有意」為之乃合乎人情之普遍性，學者視為其評點《聊齋》的理論總綱，[20]亦肯定此說在小說評點史上的創發意義。[21]

---

[20] 段庸生：〈馮鎮巒評騭《聊齋志異》的意義〉，《重慶師範大學學報》2004年第2期，頁40。

[21] 張稔穰〈馮鎮巒《聊齋志異》評點的理論建樹〉即認為馮鎮巒「在小說評點史上第一次指出了浪漫主義小說所具有的真實性不是生活真實或事理真實，而是情理的真實。」，《《聊齋志異》研究》2007年第3期，頁5、10-11。馮鎮巒此段文字實與湯顯祖《牡丹亭・題詞》所揭「第云理之所必無，安之情之所必有邪！」相近，此處學者乃特就其在小說評點的歷史意義予以肯定。但明倫對此亦有所體會，如〈神女〉（卷十）評珠花復歸故主「不必果有其事，行文則不能不有其事」，也是肯定「虛構」於小說藝術的必要。

㈣重視文章之法

《聊齋》在創作手法方面頗受八股文影響，㉒馮鎮巒、但明倫的評點自亦反映此一時流所趨，在在可見二人對文章章法佈局的重視。另一方面，自小說評點的發展脈絡考察，馮、但二人也承繼金聖嘆、毛綸毛宗崗父子以文章作法評點小說的傳統，馮鎮巒即明揭《聊齋》乃「諸法皆有」，㉓並提挈《聊齋》文法有數十種之多；㉔在實際批評時尤其多所踵武金聖嘆。㉕以馮鎮巒批評〈宦娘〉（卷七）一篇為例，對於篇中溫如春與良工婚姻一波三折、而宦娘居間代作蹇修、終致三人同聲相應、共成知音的過程，馮評處處點出重要關目，如篇首謂溫如春「少癖嗜琴」，馮評：「一篇線索」，即已提挈全篇以琴藝、琴音貫串全文；其後如春偶詣葛公，受命彈琴，馮評「無意中點此一筆，通篇以琴作草蛇灰線之法」，再次揭示全篇脈絡佈局；至於葛公對劉公子由悅生惡的急遽轉折，馮評更是嘆賞不已：「忽放忽收，忽開忽合，文筆變幻，令人莫可端倪」，引領讀者游移出入小說變化莫測的情境之中；再如「暗中串插，作合之妙如此，作者胸中有鬼神」、「又如此串醒，妙不可言」、「前伏一字，此便順拖出」、以及最後「串插離合，極見工妙，一部絕妙傳奇」，類此批評語言的大量使用，實可見出馮評對《聊齋》文法、筆法的高度重視及精細剖析。

㉒ 林崗，前引書，同註⑯；陳才訓：〈論八股技法對《聊齋志異》敘事藝術的影響〉，《南京師大學報》第6期（2010年11月），頁125-132。

㉓ 〈讀聊齋雜說〉：「……無數方法，無數筋節。當以正法眼觀之，不得第以事視，而不尋文章妙處。此書諸法皆有。」

㉔ 例如草蛇灰線法、獺尾法、無處生有法、簡筆、伏筆、轉筆等不下數十種，參見張稔穰：〈明清小說評點中的「另類」——馮鎮巒、但明倫等對《聊齋志異》藝術規律的發掘〉，《齊魯學刊》2004年第3期，頁128。

㉕ 如金聖嘆述及「有獺尾法。謂一段文字後，不好寂然便住，更作餘波演漾之。」而馮鎮巒也有相類的評法，如批評〈劉夫人〉（卷九）：「荊卿現又帶出玉卿，作波致此，獺尾法也」、〈樂仲〉（卷十一）：「此一段金聖嘆謂之獺尾法，他人不能」等。有關馮鎮巒所受金聖嘆影響，參見張燦堂，同註❺，頁212-214。

㈤小說的教化功能

〈雜說〉述及當時有為數不少的《聊齋》讀者群互相對話交流，例如張安溪指出「善讀」、「不善讀」的問題，馮鎮巒則認為從美學欣賞可以成就道德修為，《聊齋》也具有經典教化人心的道德效應，例如：

> 予謂泥其事則魔（也就是不善讀者），領其氣則壯，識其文章之妙，窺其用意之微，得其性情之正，服其議論之公，此變化氣質，淘成心術第一書也。

又說其兼有諸家之長，

> 如名儒講學，如老僧談禪，如鄉曲長者讀誦勸世文，觀之實有益於身心，警戒愚頑。至說到忠孝節義，令人雪涕，令人猛省，更為有關世教之書。

可說延續了傳統注重教化的小說觀，也彰顯其承繼清代小說批評已積澱有成且趨系統化的特質。㉖

二、馮鎮巒、但明倫評點《聊齋》的批評意識

前述五大面向中，有關《聊齋》評點之筆法、章法、鑑賞體系等方面論者較多，㉗至於「批評主體」部份，以其普遍為明清小說評點者所覺識及注重，且與西方的閱讀理論或有相通之處，在此試加申論一二，期能開抉小說評點的當代意涵。

㉖ 伽達默爾認為理解有其先行結構：傳統與「成規」，參見郭宏安、章國鋒、王逢振著：《二十世紀西方文論研究》（北京：中國社會科學出版社，1997 年），頁 277。

㉗ 參見註❺所列論著。其他如孫一珍：〈評但明倫對《聊齋志異》的評點〉，文中歸納但明倫評點的八大辯證關係、十種筆法等，剖析精要，收入《蒲松齡研究集刊》第二輯（濟南：齊魯書社，1981 年），頁 282-310；趙馥：〈但明倫小說鑑賞體系之研究〉，《遼寧大學學報》1995 年第 3 期，頁 93-98；盛偉：〈清代諸家批點《聊齋志異》述評〉，《南開學報》1997 年第 1 期，頁 75-80。

馮、但評點《聊齋》，每每身歷文本情境，與篇中人物同其哀樂，近於論者所說的「批評意識」、「毗連意識」，亦即「讀者意識」：

> 「讀者面對一部作品，作品所呈露的那種存在雖然不是他的存在，他卻把這種存在當作自己的存在一樣地加以經歷和體驗，讀者的自我變成另一個人的自我，……我被借給另一個人，這另一個人在我心中思想、感覺、騷動。」「這樣，在讀者和作為『隱藏在作品深處的有意識的主體』之間，就通過閱讀這種行為產生一種共用的『相毗連的意識』，並因此在讀者一邊產生一種『驚奇』。」「這種感到驚奇的意識就是批評意識。」「批評意識實為讀者意識。」㉘

例如〈二商〉（卷七）馮評：「每讀之淚下」、〈胡四娘〉（卷七）但評：「我為汝哭矣」、〈細柳〉（卷七）但評：「當為古今紅顏一大哭」等語詞一再出現，充分展現讀者感同身受。再以〈段氏〉（卷十一）為例，篇中述及段瑞環之妻連氏善妒，段死諸姪竟集柩前議析遺產，連氏不能禁止只能忿哭自撾。其後忽有弔客自陳為亡者之子，原來是昔時為連氏所鬻婢女所生，而言之鑿鑿，確為段後。連氏在面臨諸姪寸土不留無所為計之際，大喜出曰：「我今亦復有兒！」。馮、但二人對悍妒之行是不予苟同的，如馮評「妒婦不足憐惜」，但評認為婦人無德者有三，「妒」乃居一；然而對於連氏的喜極而呼，但評為：

> 來自天邊，喜從天外，如覩其狀，如聞其聲。我於此時，既為之喜，復為之哭。願天下婦人共喜之，且共哭之。

現象學認為閱讀是一種審美活動，也是一種讀者與作者之間的主體間關係。㉙馮鎮巒、但明倫評點《聊齋》除了處處展現心領神會之悟，更時與作者聲氣相通。喬

㉘ 《批評意識》，同註❷，頁 13。

㉙ 蘇宏斌著，前引書，同註❷。

治・布萊指出：

> 實際上，批評之所為若非承受他人之想像、並在借以產生自己的形象的行為之中將其據為己有，又能是什麼呢？……替代，一個主體替代另一個主體，一個自我替代另一個自我，一種「我思」替代另一種「我思」……一切都開始於詩思維的熱情……最要緊的是一種贊嘆意識，或曰驚奇意識。[30]

「替代」之說誠能指出由文本激蕩而生的讀者體會及感受。閱讀行為意味著兩個意識的重合，即讀者的意識和作者的意識的重合。[31]這些經驗體會固然不是《聊齋》評者所獨有，我們展讀多家小說評點屢見相類批評，然而或因《聊齋》探奇誌異的特質，馮、但兩位評者的閱讀因而也在在展現心靈備受衝擊的驚奇之旅。「驚奇」或來自投身小說情境，如〈雲翠仙〉（卷六）「令人目眩神迷」；美感經驗也來自對文章藝術表現的稱許，如〈青梅〉（卷四）但評：

> 一波未已，一波又興。用意如疊嶂奇峯，下筆如生龍活虎。讀之如行山陰道上，令人應接不暇。又如放舟湘中，帆隨湘轉，望衡九面。
> 層層疑駭，驚鬼驚神，至此列開旗門，將軍突現，令人目炫神搖，筆亦跳脫欲飛。

如此多重體會，讓我們看到閱讀所能達致的心靈高度與廣度。「驚奇」、「毗連」之感也來自道德情操的濡染，如〈辛十四娘〉（卷四）但評：

> 余亦有鑑於此，故於先生之戒人者，低徊之而不去。

誠然是進入作者所創造的世界之中，理想的批評是批評主體與創作主體之間不間斷

---

[30] 《批評意識》，頁 11。

[31] 《批評意識》〈引言〉，頁 3。

的往返。[32]如〈王子安〉（卷九）但評呼應篇末異史氏對秀才場屋之困的感喟：「形容盡致，先生皆閱歷備嘗之言」；馮評也深切感受蒲松齡的自道心聲：「文字之妙，至人人首肯，個個心服，便是天地間至文，以其寫狀極肖。」喬治・布萊主張：

> 批評的開始和終結都是批評者和創作者的精神的遇合，批評的目的在於探尋作者的「我思」，因此，批評的全程乃是一個主體經由客體（作品）達至另一個主體。……貫穿始終的是批評主體和創造主體的意識的遇合。[33]

如〈庚娘〉（卷三）但評：

> 有識有膽，有心有手。讀至此，忽為之喜，忽為之驚，忽為之奮，忽為之懼；忽而願其必能成功而欲助之，忽而料其未能成功而欲阻之。及觀暗中以手索項，則為之寒噤，怕往下看；又急欲往下看。看至切之不死數句，強者拍案呼快，弱者頸縮而不能伸，舌伸而不能縮，只有稱奇稱難而已。乃行之者從容顧盼，談笑自如，是惟不作兒女態者，乃能行丈夫事。豈但不敢雌之，直當聖之神之，恭敬禮拜而供養之，而禱祀之。

評者彷彿是經典的傳承者，串起異代累世讀者的無數眼睛無數心靈。再如〈辛十四娘〉（卷四），在異史氏申論輕薄誤人後，但評：

> 余亦有鑑於此，故於先生之戒人者，低徊之而不去。

讀者顯然也戰戰兢兢，視閱讀為人生心靈試煉之旅。又如〈曾友于〉（卷十一），馮鎮巒一再強調閱讀所致的情感激蕩，如友于橫身障阻兄弟拳杖，馮評「我每讀鼻

---

[32] 《批評意識》，頁5。

[33] 《批評意識》，頁5。

酸淚下，非欺人語也。不知人亦如我否？」卷二〈張誠〉亦為典型之例。篇中張氏繼室牛氏悍嫉，對前妻子張訥以奴畜之，牛氏之子張誠則生性孝友不忍兄劬，兄弟幾度出入生死，異史氏評論對篇中兄弟之情深加感喟：

異史氏曰：「余聽此事至終，涕凡數墮：十餘歲童子，斧薪助兄，慨然曰：『王覽固再見乎！』於是一墮。至虎啣誠去，不禁狂呼曰：『天道憒憒如此！』於是一墮。及兄弟猝遇，則喜而亦墮；轉增一兄，又益一悲，則為別駕墮。一門團圞，驚出不意，喜出不意，無從之涕，則為翁墮也。不知後世亦有善涕如某者乎？」

生動呈現一片激切投入筆下人物處境的真誠情懷，而馮、但也感受到作者的召喚，但評在在體察人物內在苦楚，張誠懷餅餌兄、張訥恐事泄累弟囑其勿復然，但評亦應和作者：

至性至情，難兄難弟，讀者至此，已涕不可忍。

張誠一再赴山助兄刈薪，不聽張訥勸阻甚至遭師夏楚也矢口否認，但評則是：

不應，不休，不辭，包括許多言語，令人灑落多少眼淚。

其後張訥穿雲入海尋弟，丐行逾年傴僂漂落之際，忽得與張誠道上相逢，兄弟失聲痛哭，但明倫也難抑淚水：

訥哭，誠亦哭，讀者亦哭，天下後世人讀之，無不哭。

篇末述及闔家歷劫重逢，張翁猝然乍見張訥張誠以及之前被掠之妻子，從「怳怳以驚」、「潸潸以涕」、「輟泣愕然」、「蚩蚩以立」到「坐立不知所為」，道盡世情離合悲歡以及人心的錯綜牽纏，但評總結閱讀感懷：

語經百鍊，筆有化工，讀者亦惟怳怳以驚，復潸潸以涕，既而蚩蚩以立，遲之又久，亦坐立不知所為，咄咄稱奇而已。

其與作者聲氣相通之處，亦何其千迴百轉、跌宕起伏，而其「咄咄稱奇」，堪稱印證前述批評理論之「感到驚奇的批評意識」，亦即「讀者意識」。馮鎮巒的呼應同為至性至情之語：

柳泉善墮，柳泉至性為之也。人孰無情，予讀曾友于、珊瑚等篇，不勝嗚咽，誠足以教天下後世之為子為弟者矣。

閱讀既是賞嘆為文精妙的美感體驗，更鼓蕩心靈多向流動省思，移情篇中固為常事，而道德修為亦可期許臻至，馮鎮巒的一段評點可為本節總結：

前王天官女又係再醮，奇妒慘刻，吾欲手刃之久矣。聊齋真有回天手段，說悔真是悔，令鐵石人心亦為轉移，豈非怪事。（〈呂無病〉（卷八））

三、馮鎮巒、但明倫評點《聊齋》的倫理關懷

㈠忠孝廉節才是實地[34]

批評是一種主體間的行為，讀者不僅對作者表現情感認同，更投射自我生命經驗。〈竹青〉篇中魚客化為烏，與一群「烏友」接食舟客所擲肉餌，「翔棲樹杪，意亦甚得。」但明倫則以自身落第經驗印證：

曩歲落第，歸經洞庭，見神鴉逐隊飛集帆檣，亦嘗以肉餌拋食之，果接食馴

---

[34] 〈羅剎海市〉（卷四）但明倫評語。

無機。不謂此中有我輩中人在也。果遇之，亦將求補一缺，而與之得意翔棲矣。

誠如論者所述：

批評作為一種「次生文學」是與「原生文學」（批評對象）平等的，也是一種認識自我和認識世界的方式。因此，批評是關於文學的文學，是關於意識的意識，批評家借助別人寫的詩、小說或劇本來探索和表達自己對世界和人生的感受和認知。㉟

在《聊齋》儒道佛融匯互涉蘊涵多重生命觀照的文字世界中，馮、但二人又是如何鑑照自我，在評點的次生文學中重構心靈及世界的圖像？但明倫一再以佛法佛語釋義，諸如「楊枝甘露」、「恆河沙數」之說（卷二〈張誠〉但評）、「無我相人相」、「人生業果，更無可逃」（卷六〈江城〉）等語詞動輒出現；或一篇之中並引《書》、《易》（卷七〈邵女〉但評）或《書》、《易》加上《老子》等（卷三〈老饕〉但評）。佛家之說更俯拾即是，如（卷四〈雙燈〉）但評：

來也突焉，去也忽焉。漢家溫柔鄉不敵邯鄲黃粱一夢也。雙燈導來，雙燈引去，直是雙眸之恍惚耳。有緣麾不去，無緣留不住，一部聊齋，作如是觀；上下古今，俱作如是觀。

或逕引佛經，如卷六〈江城〉引〈蓮華經〉大段文字，雖是應和篇中旨趣，然亦可見出其宗教情操及意識：

蓮華經云：菩薩於怖畏急難中，能以無畏施於眾生，故號之為施無畏者。至無畏而施於畏內之人，大慈悲，振海潮，普度諸苦厄，十方諸國，無不在慈

㉟ 《批評意識》，頁4。

雲法雨中矣。

更不用說到處可見之因果業報之說，如〈司文郎〉（卷八）談大乘引六祖以及感官互通六根互用等。再如〈龍飛相公〉（卷十）中，戴生歷經冥界遇鬼被迫研讀而後精於制藝、又離井還家終得以優等入闈。但明倫於篇末總評，先是指出塵世中人率多不信冥間果有黑獄，雖經指導仍不知懲惡勸善。在慨嘆無力驗證鬼神有靈之餘，閱讀此篇彷彿頓見柳暗花明：「乃不謂讀此文，更有意想所不到者。」繼而細剖文章迂迴細膩跌宕起伏之處，對於戴生鄉試中捷並未多所措意，而重在歸結其得證菩提：

> 所謂已證菩提，現身說法，非深於閱歷，惡能如是言之親切而有味哉！願普天下善男子、善女人，生清淨心，自計我身所行，是否名在黑獄，雖有差跌，砥行可挽；雖有修積，懈弛皆隳；慎勿至罔覩天日，而始悔無善可行，急時抱佛腳也！

所謂「親切有味」道出對佛法的虔信與喜悅，既有閱讀的美感體察，更有發自內心的心靈蕩滌，渲染生命熱情，實可印證前述讀者批評意識的毗連之境。至於道家境界亦不無體會，如前述〈竹青〉的物我合一之思。

然而三家之中顯然又以儒家思想最受二人關切，類如「聖人之道」不絕於書（卷五〈武技〉）、其他諸如「夜氣」之說（卷三〈湯公〉）等，展現尤重倫理的批評取向。馮、但二人置身清中葉重視道德倫理話語的文化語境之中，[36]但明倫更是參與鴉片戰爭的抗英豪雄，時代脈絡與個人情性融鑄了賦具鮮明倫理色彩的《聊齋》詮評。正如詮釋學指出：「每一時代都必須按照它自己的方式來理解歷史傳下來的文本」、「（文本）意義總是同時由解釋者的歷史處境所規定的」，[37]歷史性是人類

---

[36] 葛兆光即指出，一直到乾嘉時代，作為道德倫理教條的意識形態話語籠罩著整個思想界，《中國思想史第二卷：七世紀至十九世紀中國的知識、思想與信仰》（上海：復旦大學出版社，2001年），頁411-412。

[37] 伽達默爾著，洪漢鼎譯：《詮釋學Ⅰ真理與方法》（北京：商務印書館，2007年），頁403。

存在的基本事實，無論是理解者還是文本，都內在地嵌於歷史性之中，理解者總是要站在他自身、他所生活的那個時代以及他所處的環境的立場上去看待一切，理解一切。㊳接受美學學者伊哲也認為，讀者個人的經歷想像以及所受社會規範、文學經驗等，造成詮釋的獨特性及豐富性，也展現互為主體性。㊴馮、但的評點顯見受到歷史條件的影響，㊵如〈二商〉（卷七）中兄富弟貧，為兄因家中悍妻未能對其弟伸出援手造成人倫挫傷，但明倫評道：「生逢盛代，孤負聖諭教孝弟以重人倫一條」，應是指康熙聖諭十六條之一「敦孝悌以重人倫」，足見但明倫是典型躬行實踐的士子、朝臣，學者即指出但明倫特重孝悌思想。㊶二人評點類此道德關懷不在少數，〈珊瑚〉（卷十）敘述安大成賢妻珊瑚、悍母沈氏與其弟二成夫婦一段感悟改過的人倫風波，馮評稱許《聊齋》「於孝友字何其認得極真」，又說此篇與〈曾友于〉「同為有關名教之文，當作聖經賢傳讀之。」，深切肯定此篇負載的教化力量，也彰顯其作為讀者的道德期許；而於〈曾友于〉（卷十一）評論友于不怙弟惡不助兄暴而以己身代受撻毆之舉亦深加激賞：

> 非大聖大賢安能如此。仁至義盡，可當經傳讀之。循常教孝教弟之書那能如此激切動人。予令子弟日讀數過。

也是提昇友于至聖賢境界，對於閱讀以建構道德主體念茲在茲，關切備至，且於一篇之中再三致意：

> 吾不識聊齋何如人，觀其於天理人倫，處事持論，何其仁至義盡，毫無可議

㊳ 《二十世紀西方文論研究》，同註㉖，頁 274。

㊴ 單德興：〈試論小說評點與美學反應理論〉，《中外文學》20 卷 3 期，頁 80。王璦玲對伊瑟（伊哲）理論有精要介紹，參見：〈評點、詮釋與接受——論吳儀一之《長生殿》評點〉，《中國文哲研究集刊》第二十三期（2003 年 9 月），頁 71-78。

㊵ 如李勝、張勤認為，對於《聊齋》的思想內容，馮鎮巒大多是以正統儒家的道德觀念為標準來衡量解釋作品的意義，《西南民族學院學報》總 22 卷第 9 期（2001 年 9 月），頁 137。

㊶ 陳昌茂、毛翔：〈論《聊齋志異》但明倫評點中的孝悌思想及其現代價值〉，《貴陽學院學報》2006 年第 3 期，頁 72-77。

> 也。雖聖人亦骨肉。

可以想見閱讀《聊齋》類此道德感動何其淪肌浹髓，甚至服膺篇中人物為聖賢骨肉。但明倫評〈珊瑚〉，則除了流露一如其他篇章經常宣洩而出的至情之語：「我讀至此，忽不知何以亦泣數行下也」；更於篇末諄諄告誡「願天下之為子婦者，早鑒斯言！」也是期許文本轉化人心的可能。至於對曾友于感化兄弟重建家風，但評仍是納諸經典的倫理脈絡以相惕勵：

> 詩曰：「孝子不匱，永錫爾類。」書曰：「惟孝友于兄弟，施于有政。」其是之謂乎？

既呼應了蒲松齡創作此篇的道德寄託，也以閱讀作為實踐孝友之道的徑路。

然而如此道德取向是否能夠完全切合《聊齋》各篇意旨？如卷一〈葉生〉，全篇痛論士之知己之遇，是蒲松齡的沈痛吶喊，但明倫固然也為文中葉生困於名場一再鎩羽而評曰「我讀之為之大哭」，然而更多諄諄教誨：

> 文章吐氣，必借福澤，所謂冥中重德行更甚於文學也。時數何以限人？文章何以憎命？反而思之，毋亦僅浸淫於雕蟲小技，而於聖賢反身修行之道尚未講乎？吾人所學何事？身心性命，原非借以博功名；然此中進得一分功力，即是一分德行，即是一分福澤。自心問得過時，然後可求進取；不然者，制藝代聖賢立言，亦昧心之言耳，文章果足恃乎？

視之馮鎮巒評此篇「余謂此篇即聊齋自作小傳，故言之痛心」表現對蒲松齡的同情性理解，但明倫的評論顯然有所隔閡而缺乏同理心了。[42]

---

[42] 學者即指出，但明倫要落第者反思自己是否修行之道未講，顯然沒有顧及作品所描寫的才俊落第的具體情節以及作者投射的憤慨之情，此或因但明倫青年及第對試官暗昧缺乏切膚之感，因而評論時發出與作品本身很不協調的雜音，見張稔穰前引文，同註[21]，頁 12-13。

理解對是對文本涵義一種積極的創造性發掘，因而有無限可能性，[43]前述讀者與作者之間毗連、認同，然而評者顯然也會向歧出甚或對立的面向思索，馮、但二人尤鍾儒家價值的批評取向與讀者意識，是否與文本全然一致？毗連的方向為何？如何成就批評主體？毗連的方式，是否又定於單一價值？當可再作探究。以〈錦瑟〉（卷十二）為例，王生家有悍妻，幾番出走逃離，甚至在求死之後迭遭地獄般的試煉備歷苦楚，篇中所述的苦難，其實皆在強化悍妻所予痛苦與壓力，而與個人道德修為並無直接關係，亦非討論大事業大學問。然而但評：

> 不道萬分困苦，不下十分功夫，如何做得出大學問，如何幹得出大事業。
>
> 固已能受艱辛矣，然天下亦多有能處貧賤而不能處富貴者，此不能淫之所以難也。
>
> 生於憂患，死於安樂，上下古今，此理不易。……操心危慮，患深德成，而境遇不足言矣，況盈虛消息，天道之常，從未見有動心忍性，增益不能之人，而不降大任者。即不然，只此求生於安樂，而適以速死；求死於憂患，而轉以得生。

其說重在強調操危慮深，如此實與全篇關懷夫婦倫常的基調不盡切合。再如《聊齋》仙鄉書寫的但、馮評點亦展現讀者多重的閱讀可能。這些篇章融匯了蒲松齡的仙道關懷，而又以對話辯詰的方式呈現。仙鄉去來、出走與歸返，揭呈人生雙重軌道的價值取向，其中之游移拉鋸多元呈現，既有對仙道出世的嚮慕，卻更牽纏對人間情緣、倫理綱常、功名富貴的繫念與思辨，實已涵攝人與人、人與境等人身內外的多重關切。相關評點是如何呈現？其與《聊齋》文本異同為何？有所填補與不足之處？仙鄉書寫幅輳了多重旨趣，本節擬聚焦於馮但二家對《聊齋》仙鄉書寫的評點，以進一步剖析馮但二人的儒家關懷、倫理取向。

評者並非未能貼近小說所現仙境氛圍，如〈西湖主〉（卷五）但評：

---

[43] 沈華柱：《對話的妙悟——巴赫金語言哲學思想研究》（上海：上海三聯書店，2005 年 8 月），頁 111。

> 水盡山窮，忽開生面，令人心膽稍放，耳目一新。回首過來，猶覺目為之眩，膽為之搖，心為之戰。驚定而喜曰：奇境也！

但明倫可說是浸潤在高度自我道德要求的生命氛圍也是閱讀氛圍之中，如此的生命情調，由其為民族抗英英雄的輝煌事蹟亦可窺得一二。[44]如〈羅剎海市〉（卷四），篇首只稍加介紹馬驥，接著述及其父叮嚀其繼承父業為賈，理由是：

> 數卷書，饑不可煮，寒不可衣。吾兒可仍繼父賈。

對此但明倫在並未扣合小說脈絡的情況下評道：

> 世情難知，遭逢莫必，守貞抱義，存乎其人。

守貞抱義固為蒲松齡人生理念，然而很多時候他是抱持懷疑的，篇中馬驥一番異國之遊，繪面起舞，被招為駙馬。但明倫對此發以長篇大論，除了細剖結構章法，更暢論人生道理，對異史氏文中、篇末所揭「花面逢迎」一端，不惟在夾評中以長篇鋪排申論，總評中更重覆強調，其所殷殷致意者，仍在道德修為，忠孝貞義數端。異史氏的申論誠然彰顯對人性虛偽逢迎的喟嘆：

> 花面逢迎，世情如鬼。嗜痂之癖，舉世一轍。「小慚小好，大慚大好」；若公然帶鬚眉以游都市，其不駭而走者，蓋幾希矣。彼陵陽癡子，將抱連城玉向何處哭也？嗚呼！顯榮富貴，當於蜃樓海市中求之耳！

篇中馬驥一番異域之遊以隱喻手法批判世情，全篇寄寓深遠，篇末「稿本無名氏甲評」即推許為：「羅剎海市最為第一，逼似唐人小說矣。」；對於人性虛矯違逆本

---

[44] 有關但明倫生平，參見孫一珍，同註[27]；吳丕：〈但明倫小傳〉，《文史知識》（1994 年 11 月）。

真以追求富貴榮利，蒲松齡表現《聊齋》中一貫的貶抑與感喟，然異史氏的議論牽涉小說文本的多重轉折，上段文字固可視為蒲松齡直抒胸臆的肺腑之論，然而衡諸全篇，小說文本卻又另有開展。篇中馬生的海市之遊經歷一段仙境情緣，其所展現的仙塵徘徊實與《聊齋》其他仙鄉故事一般錯綜曲折，馬生有故土之思，仙女也顧念「不忍以魚水之愛，奪膝下之歡。」其後更有「妾為君貞，君為妾義，兩地同心，即伉儷也，何必旦夕相守，乃謂之偕老乎？」等仙家超凡之見以與馬生互勉，如此篇末勘破世情、輕貶富貴之說，實有窄化全篇要旨之虞，㊺而但明倫導向忠孝貞義的倫理取向，毋寧也有所偏離。但明倫如何呼應與自抒己見？先是就馬生名諱四海提出申論：

> 不惟花面逢迎，徒取羞而無益；即文章有價，海宇知名，富貴既難認真，妻孥亦難相守。所可得以自信者，惟此忠孝之心已耳。

馬驥掛念恩慈間阻當是一片孝思，然而謂其忠心則未免投射了一己的生命情調，亦因其對朝庭國家一片赤誠，是以解讀過當。周折的是，但明倫也有「貞義之間，豈可以形跡論哉」之說，其後卻又論：

> 人當大得意時，當知榮枯有數，聚散何常，惟有終君孝親，安貞守義，是自己實在事業，此外皆無足重輕也。此為大得志之人指其歸宿。

最後再度期許讀者的道德修為達致「忠孝廉節」，若此忠君之思顯然是其身為朝臣的自我期許而與文本無涉了：

> 花面逢迎，以出身為遊戲，固自好者所不屑；即遭逢極盛，得志於時，只忠

㊺ 異史氏的評論或有與全篇文本互相矛盾歧出之處，參見謝佳容：《蒲松齡《聊齋誌異》「異史氏曰」之底蘊試探》，國立彰化師範大學國文研究所碩士論文，2004 年 6 月，頁 68-69。如從巴赫金所揭小說的複調理論審視，其實亦不出小說「雜語」特質。此一議題攸關《聊齋》敘事策略，當容日後再作更為細緻周全的析論。

孝廉節，才是實地，餘皆海市蜃樓耳，不可為無，不可為有。

〈青娥〉（卷七）評點亦表現倫理取向的閱讀興味。篇中霍桓尚為年少稚童即戀慕青娥，卻因青娥的仙道追求使這段戀情備歷曲折。全篇處處展現浪漫情思，於此但明倫其實不無體會，例如說霍桓所為是「飲食男女，人之大欲存焉」。然而其後霍桓獲道士所贈小鑱因而得以展開一連串的追求之旅，但明倫以為「此天之所以報純孝，不可以常格律也。」，固然後文提及霍桓生性純孝，為了母親思食魚羹而獨往百里之外購致，然而將孝行與愛情並談，如此詮解實有偏差。及至霍桓侵入青娥閨闥被發現，霍桓「目灼灼如流星，似亦不大畏懼，但靦然不作一語。」，後文述及歐公關心霍桓婚事，他也是「靦然不言」，後來被誤為賊，「始出涕曰：『我非賊，實以愛娘子故，願以近芳澤耳。』」對此但明倫又說：「惟靦然不作一語，乃童子羞惡之本真耳。」然而赤子之情是否即為攸關倫理道德的「羞惡之心」？以孟子四端說詮釋赤子情懷，恐是偏離了人之作為情欲主體的生命本真。而後由歐公相助娶得青娥，小說描述青娥「入門，乃以鑱擲地曰：『此寇盜物，可將去！』」但評剖析入微：

> 訝為神授而留之，且任易釵以去，知緣之有定，而即以此為媒妁也。使人風示，矢志不他，亦即勿忘媒妁之意也。年來佩之不去身，亦可知矣。入門擲地，其辭若有憾焉，其實乃深喜之。

青娥珍惜情緣定數、默許霍桓將鳳釵暗納袖中等行為，但明倫固然觀察入微，然而青娥是否從此情繫霍桓，更無他想？小說一開始形塑其父親武評事「好道，入山不返」，而青娥也慕何仙姑之為人，如此的仙道祈慕後來成為青娥內心拉鋸交戰的來源，青娥固非無情，然而那來自於方外道念的召喚從未休止，才會有後來的死絕—重逢等曲折迴路。而但明倫顯然側重青娥的情定情堅，以為她是表面上若有遺憾，其實乃深自歡喜？如此也是忽略了情緣道念的掙扎。

霍桓青娥重逢，青娥引見其父，又展開仙凡辯詰：

（翁）曰：「婿來大好，分當留此。」生辭以母望，不能久留。

但評：

可知不能為孝子仁人，如何成仙作佛？

後來霍桓偕青娥俱去，是否和孝子身份有關？但明倫於此，可謂三致意焉。道教發展至明清早已融匯儒釋三教合流，㊻其經義固然有孝子仁人才能成仙作佛的條件，㊼然而本篇是否傳達了如此的訊息？重逢後雖然青娥說「仙緣有分」，又隨緣流轉，青娥父也留霍桓，霍桓意欲約同榻寢，青娥拒絕：

女卻之曰：此何處，可容狎褻？

引來窗外婢子笑聲，

女益慚。方爭拒，翁入，叱曰：「俗骨污吾洞府！宜即去。」

父子並且賺生離門，獨留霍桓徘徊峭壁巉巖，無所歸適。待他想起小鑱，又再度發揮鑿攻前進，隱隱傳來「孽障哉！」青娥怨道：「是何處老道士，將人纏混欲死！」也是彰顯情緣道心的兩相爭持。如此一番牽纏，青娥又再度與霍桓返家偕居十八年。待得霍母壽終，夫妻二人俱杳，其子孟仙只能浩嘆。

異史氏的評論稱許仙人欲以長生報其孝，是否和小說文本描述相合？「然既混

㊻ 參見葛兆光：《道教與中國文化》（上海：人民出版社，1987 年），〈中編・鬼神與封建倫理的聯姻：唐宋文化的嬗變與道教的三種趨向（三）〉，頁 239-252；以及頁 354。

㊼ 道教典籍如《太平經》、《抱朴子》、《太上感應篇》等均有相關論述，如《抱朴子》：「志誠信仙，恬靜無欲」、「積善立功，忠孝為本」、「學仙非難，忠孝為先」等。參見胡孚琛：《魏晉神仙道教——〈抱朴子內篇〉研究》（臺北：臺灣商務印書館，1992 年臺灣初版），頁 164-181。

跡人間，狎生子，則居而終焉，亦何不可？乃三十年而屢棄其子，抑獨何哉！異已！」蒲松齡顯然在篇末將論點收束於人間倫常，其說是否自相矛盾？既為善報，何以又對他的屢棄其子不以為然？或可藉由巴赫金的小說理論詮解小說語言的多重轉折：

> 小說家不清除詞語中他人的意向和語氣，不窒息潛存於其中的社會性雜語的萌芽，不消除顯露於語言間的詞語和形式背後的語言面貌和講話姿態（即作品中潛在的人物兼敘述者）。相反，他讓所有這些詞語和形式同自己作品的文意核心，同自己本人的意向中心，保持或遠或近的一段距離。[48]

小說廣納社會雜語，或鑲嵌或研辯，如篇末之翻轉也是一種價值的呈現，而其中之游移流轉，恰正揭顯人心的拉鋸擺蕩，與人世的多端紛呈，加上評點的應和辯詰，益增繁複豐富；然而若將全篇歸諸「此篇寫孝子之報，由良緣而得仙緣，分外出奇生色。」則將仙緣訴諸倫理取向，卻又有窄化小說意旨之虞。

〈仙人島〉透過道士與王勉之辯、王勉與芳雲仙凡抉擇，最後呈現折衷之道，王勉顧念親老子幼，芳雲也體恤「本不欲踐紅塵，徒以君有老父，故不忍違。待父天年，須復還也。」〈青娥〉中青娥等到霍桓母親壽終，此篇則是直至王父天年，但明倫長篇議論：

> 孔子曰：「如有周公之才之美，使驕且吝，其餘不足觀也矣。」美才如周公，驕吝且不可，況其未必果有乎？夫「滿招損，謙受益」，書之言也。「謙尊而光，卑不可踰」，易之言也。「抑抑威儀，溫溫恭人」，詩之言也。「君子不欲多上人，盈而蕩，天之道，舉趾高，心不固」，傳之言也。「敖不可長，志不可滿，退讓以明」禮記之言也。學者所讀何書？不此之求，而徒沾沾焉以雕蟲小技，得意自鳴，嗚呼！其亦弗思而已矣！

---

[48] 《巴赫金全集》（石家莊：河北教育出版社，1998年）第三卷《小說理論》，頁80。

犖犖大端，《論語》、《易》、《詩》、《易傳》、《禮記》，所取者並非文章作法而在處世哲理，關於仙道價值，仍是置於道德修為之下，無怪乎論者視為教化說理了。[49]再如〈安期島〉（卷九），劉鴻訓的安期島之行，見洞府奇景而分別以休咎、卻老術詢問老叟，老叟回以「世外人歲月不知，何解人事？」、「此非富貴人所能為者」，但明倫申論「可知秦皇、漢武，徒為後人笑耳。」對仙鄉之求是不以為然的。

但明倫並非無視於《聊齋》這一層仙道關懷，只是正如其評〈嫦娥〉（卷八）所言：「吾謂仙人畢竟差聖賢一著」，或因其對聖賢之道深自期許，每每幾回兜轉，又回到對倫理的終極關懷。例如〈成仙〉中，成生與周生換身，周生訝異「成生在此，我何往？」馮評「二語可以成禪」，但評則以莊周夢蝶典故相喻；周生又異於「怪哉！何自己面目覿面而不之識！」，但評「天下不識自己本來面目如周者，何可勝道。特恬不為怪，遂至夢夢而死，真是可憐！」又說「不到真仙境，何從認己形？」、「仍執初心，依然故我」；對於後來周生夢中目睹妻子私情因而斬其首掛其腸，「以夢為真，以真為夢，……古今人同此大夢」、「邯鄲盧生廟題壁句云：願與先生借枕頭，余深玩之」云云，其實也是掌握成仙的障蔽、與悟道出世之理。只是後來筆鋒一轉：

> 能忍事便有仙根；即不仙，亦多樂境；多樂境，則亦仙矣。以此傳家，乃為至寶，點金術猶覺多事。

又在篇末說：

> 「忍事最樂」一語，從閱歷中得來，回顧而出之，所謂「回頭是岸」也。

能忍所臻樂境是道德修為，與成仙如何相通？顯然又轉入齊家入世之道。

〈翩翩〉（卷三）中，翩翩以蕉葉試煉羅子浮，其固有藉由幻化點醒子浮之

---

[49] 張燦堂，同註[5]，頁 32。

意，因此子浮色心一起輕薄花城，所服悉成秋葉，「危坐移時，漸變如故」，如此只是外在事象的描述，並未多就人物內心所加刻畫，但評「不自慎獨，念慮終不能盡淨，所謂天人交戰，理欲關頭。」，而觀察下文，子浮立即「又以指搔纖掌」，何嘗有天人交戰呢？我們看到的是但明倫自己戰戰兢兢的慎獨之思，而非小說人物的內心起伏。之後翩翩扣釵而歌，固然歌詠佳兒佳婦天倫之樂，但明倫卻也是天外飛來一筆「彼不足者，徒取辱耳。」篇末羅生思翩翩偕兒探望，見「黃葉滿徑，洞口雲迷，零涕而返」；此際父子天倫安穩，不見翩翩而涕零，但明倫卻說：

> 人當洗濯自新之後，從前所為，真有不堪回首者，安得不零涕。

明明是思念翩翩，羅子浮何時又有不堪回首之愧呢？最後異史氏說：

> 翩翩、花城，殆仙者耶？餐葉衣雲，何其怪也！然幃幄誹謔，狎寢生雛，亦復何殊於人世？山中十五載，雖無「人民城郭」之異；而雲迷洞口，無蹟可尋，睹其景況，真劉、阮返棹時矣。

其實有不能仙凡得兼、劉阮返棹的惆悵與遺憾，但明倫則評：

> 此篇亦寓言也。雖有惡人，齋戒沐浴，可祀上帝。浮蕩子能翩然自反，則瘡潰可濯，氣質一新；葉可餐，雲可衣，隨在皆自得，無處非仙境也。顧或塵心未淨，俗骨未剜，眷戀花城，復生妄想，則敗絮膿穢，故我依然。薄倖兒欲跳跡入雲霄去，便直得寒凍殺矣！佳兒佳婦，幸得之翩反自新之時。果能教以義方，不誤其生平，又何必羨貴官、羡綺紈哉？

也是混融仙境義方之說，未盡契合異史氏之論。

〈賈奉雉〉（卷十）中，關切的正是蒲松齡一世屢屢落第因而心結難解的科場文化與功名起落。篇中以譏嘲反諷之筆渲染賈奉雉以「闒冗泛濫不可告人之句連綴成文」竟中經魁，其自念無顏出見同人，頓悟之餘決意遁跡山丘，小說也揭現人生不同軌道的轉折與選擇。賈思忖的是與世長絕，郎秀才先是持保留態度，又原意指點迷津：

> 此亦大高，但恐不能耳。果能之，僕引見一人，長生可得，並千載之名，亦不足戀，況儻來之富貴乎！

但評同意富貴不值得追求，然而不朽的意義落在何方？

> 儻來富貴，原無足縈心；若千載之名，非忠孝節義不足以當之，果能致此，則千古不朽矣，長生又奚足比哉！

顯然念茲在茲的仍在忠孝節義一端，而又與形軀的永恆加以軒輊，所謂「不朽」乃成就道德人格，在此與賈、郎二人所言並不一致，並且對長生是不以為意的。一旦賈參拜堂上之叟，其叮嚀賈奉雉：

> 汝既來，須將此身並置度外，始得。

但評詮釋「度外」之義則為：

> 置身度外，可以為聖賢，可以作仙佛。

雖然並不摒除作仙作佛，然而聖賢之說顯然又是天外飛來一筆，賈此處心中何嘗有聖賢之思？何況其後所展開的是類如唐傳奇〈杜子春〉中杜子春所歷幻境，度外之想，當是求仙所受試煉，要超越人間萬象，心思不受攪擾。其後美人登榻，展開另一層情欲試煉，馮鎮巒應有掌握求仙真髓，馮評：

> 學道人只此兩境最難打破，愛境尤難。落本枯禪三冬無煖者方能之，即佛家所謂愛河也。叟曰此身置之度外，盡之矣。

之後幾番意念起伏，賈終究與妻歡好，對此但評則能扣合神髓：

> 神仙可學而成，無奈臟腑空明以後，又有許多驚怖，許多阻撓，許多牽纏，許多罣礙，情緣道念兩相持而不能下，久之久之，洞府清潔之地，變為房幃狎褻之所矣。自己不能作主，愛我者只又豈能為力乎。

但又評：

> 洞府中自解屨登榻，月纔明耳。而取餌充飢，寂然一坐，忽而虎嗅，忽而人來；悄然登榻時，低聲小語時，偎傍怨懟時，慰藉歡合時，以至聞叟譙訶越牆遁去，時夜方向晨，屈指以歷百餘年之久。仙家歲月，故迥異人間；然以此推之，則仙家歷百千萬億劫，亦只如人生百年耳，其久暫何以殊哉。

此篇對夫妻情緣人倫重負生計桎梏可謂描述備至，也是對生命處境的銳利透視，其後賈重返凡俗，又在一番世俗瑣事牽纏相擾之後堪稱再度看破紅塵，悟及「今始知榮華之場，皆地獄境界，悔比劉晨、阮肇，多造一重孽案耳。」最後賈踴身過舟，但評：

> 將此身置度外矣。
> 到此悟徹，竟登彼岸。

這些動輒訴諸倫常性分的道德話語，與小說文本是否有必然的繫聯？理解之外，有多少是召喚己意與填補空白？「或笑」、「吾謂」之說，顯然存在對話與辯詰。

再如〈嬰寧〉（卷二），全篇藉由〈嬰寧〉的生命史探索女性生命處境，但評〈嬰寧〉：「吾欲忘憂，時時展卷而觀其笑；吾欲善事，時時捲卷而學其癡。」稱許嬰寧天真之笑與以癡掩飾，似將嬰寧的笑與癡視為生活圭臬，亦有生命的聲氣相通，在在肯定嬰寧以笑隱藏內心考量，如「此處略露笑字之由。蓋此身之來歷，既不可明言；疑其為鬼，又不可置辨。無駭無悲，唯有孜孜憨笑以掩之，而徐察姑及郎之心而已。」；又由嬰寧後來的哭泣深得真髓：「則前此多少笑字，盡消納於零涕中。」篇末對於花笑並寫的章法佈局可謂條分縷析，如指出寫花是從里落－門前－入門－夾道－庭外－窗外－室內－袖中之花－園中之花；寫笑則戶外之笑－入門之笑－見面之笑，樹上、將墮、墮時、墮後之笑、來時之笑、見母之笑、見客之笑、轉入之笑、乃至不笑，針線綿密。然而對於篇中乃至全書的道家思維，馮鎮巒但明倫或因清代倫理語境的一元觀點而有所侷限。嬰寧生子大有母風，無論蒲松齡是意在老子《道德經》「復歸於嬰兒」之說抑或《莊子・大宗師》：「攖寧也者，攖而後成者也。」之義，構成篇中儒道思維的動態辯證與多聲複調，二人未能得見，兩兼並存的雙重思維到了馮、但評點，成了趨向單一價值，但評「若不笑，不得為全人」；何評「我正以其笑為全人」；杜貴晨即認為兩家評點「都是自道性情，于作品真義、作者用心相去甚遠，謂之南轅北轍，不為過也。」[50]

㈡男權話語與性別意識

在諸多探究不絕的《聊齋》言說之中，性別議題尤為晚近備受關注的研究視域。正如《聊齋》不乏在父權縫隙中流蕩女性主體意識，馮、但評點亦偶有跳脫傳統之見。以《聊齋》深切關注的悍妒書寫為例，馮鎮巒評點〈江城〉（卷六）一方面不出男性中心，如「左右俱無所可，橫身是罪，男兒尚有世界耶？」，對江城以巴豆湯懲罰語涉狎褻的高蕃友人，馮評「我輩飲朋友齋，巴豆湯恐防不測」；另一方面卻也別具另類觀點，如贊美江城才智：「此婦有作用，如正出之，便是才女，可使行兵」；以及後來又笑看江城以巴豆投湯暗懲王子雅：「我想世間幾箇酸丁，動言文士風流，父教不行，師教不聽，得此婦教訓也好。呵呵！」展現小說批評的歧出甚至矛盾視野，也一如《聊齋》以及明清以還文人對才女既肯定又焦慮的觀點。〈顏氏〉（卷八）篇中顏氏歷經勸讀、易裝、參試、矢志青雲、中舉、仕進，而後乞歸、雌伏、為夫購妾等既越界又回歸的生命歷程，但評對顏氏其夫以「面首三十人請卿自置耳」回應顏氏質疑其坐享佳麗的對話評以「戲語成趣」；馮評則笑

[50] 杜貴晨：〈人類困境的永久象徵——《嬰寧》的文化解讀〉，收入《文學評論》1999年第5期，頁127。

看顏氏最後歸回田里的夫妻處境：

> 不知某生此時站立何處。予出一策：某生而巾幗之偽作侍御夫人也者。顛倒陰陽，剛柔易位，人當無不娶之疑矣。生固美少年也。

然而在父權心態主導之下，更多的是對女性的貶抑及壓抑，且看但評對顏氏中舉出仕富埒王侯的表現是如何評斷的：

> 授桐城令，真為民之母矣，其有吏治也固宜。至行取而遷御史，以牝雞而鳴國是，陰盛陽衰，亦明季不祥之兆也。

顯然又回歸對女性越界的疑慮與批判，而不出文人史家的惰性與盲點。[51]再如〈珊瑚〉（卷十）敘述安大成娶妻珊瑚，安母悍謬不仁，珊瑚迭遭惡姑詬責凌虐，安生亦鞭婦、寄宿他所等以示孝行，最後竟致出妻。對此馮鎮巒與其所轉述「友人」之評，亦足以見出男性話語的不同思維。馮先是對珊瑚被休不以為然：「古人七出，頗於情理不近」，更申論「如孔門三出，曾子蒸梨，皆不足信」，雖未解釋何以認為諸說不可置信而為聖賢辯解，然其對於人媳珊瑚的同情則毋庸置疑，表現並未受「夫權至上」之傳統思維所限。然而隨後又引述他人之見：

> 友人曰：必如是而後夫婦之道正，後世不然，而夫婦之道微矣。

對此馮雖未進一步加以評論，然而並列此說又與己評有所矛盾，或可視為其游移之處。

整體而論，馮、但二人對女性的評論不出傳統禮教及男性思維，如卷十〈臙脂〉但評：

---

[51] 史家惰性之說是參考劉詠聰的看法，氏著：《女性與歷史——中國傳統觀念新探》（香港：香港教育圖書公司，1993 年），頁 6-8。

> 婦子嘻嘻，吝道也。禮，內則：外言不入，內言不出。閨閫之地，古人嚴之。閨中而有佻脫善謔之談友，不入於邪，必受其禍矣。

再如即令稱許女性也多出之以男性價值觀，例如〈呂無病〉（卷八），評呂無病對孫麒已故嫡妻之子阿堅的慈愛關注，馮評「儼似程嬰、公孫杵臼」；但評「危急存亡之秋，而後知仁人志士。」、「忠臣義士，千古同悲。」，無病因兒死、往尋孫麒見之縱聲大哭，但評則是「鞠躬盡瘁，死而後已」、「纏綿悱惻，絕妙文心，從左氏得來。讀至此，為之泣數行下。」，其實這是母子關係的呈現，以歷史上忠臣義士形象為女性塑模，除了強化其忠君體國的倫理關懷，這些男性強勢話語毋寧也映現女性形象在歷史位置的匱缺。再如〈口技〉（卷二）重在刻畫一女子模仿各種聲口之巧之妙，原與女性口舌無涉，然而馮評卻以其甚少展現之長篇闊論展開一番譴責：

> 從來短英雄之氣，灰志士之心，亂倫紀之常，離骨肉之歡，甚至衾裯迷戀，甘酖毒以為宴安，枕簟啁嘈，慰紅顏而惱白髮，身家破喪，福澤消亡，皆出自婦人女子之口。
>
> 乃世之聽婦人女子言者，一聽而神昏，再聽而魂迷，三聽而手足失所，聽未及終而耳聾矣。得女子而失丈夫，古今同慨。松齡先生其有見於此，因托技於口，托口技於女子，托女子口技於暮夜，以垂戒後世歟！然百世後，女子終售其技，男兒終中其技，豈聊齋之不善言哉！然男兒有耳，固不能禁女子有口也。

文氣固是酣暢淋漓，然而細究全文，此段批評充斥傳統女禍觀而逸離小說文本甚遠，也扭曲所謂松齡先生之見。〈青梅〉（卷四）中，青梅能相天下士，替小姐作媒，類此一般閨中女子少見之作為，馮評頗為稱許：「女子直快類英雄舉動，迂儒必譏之。」見出馮鎮巒似乎表現較為開闊的女性觀，能欣賞女性的陽剛氣質。然而綜覽全文，青梅之所以備受馮但二人肯定，仍在其符合父系價值。但評先是對青梅自媒於張生之舉贊曰：「不謂昏夜兒女相會，乃有此正大光明語。」，蓋因張生乃純孝篤學之士，其形象符合傳統君子，故青梅亦因而受到肯定，而無自薦越矩之羞。但評更進一步申論：

> 雖是愛賢，然夜往自託，青梅則可，他人則不可。青梅之事，權也。惟青梅所存之心，與青梅所處之勢，與青梅所託之人，而後可以行權；不然，則害於義矣。

顯然認為女性定位乃繫乎男子，權變之舉亦須符合男性價值。

〈長亭〉（卷十）中，長亭折衝父／夫之間，幾度自父／夫家出走也深受夾縫之中被撕裂的痛苦。但明倫對長亭倉皇奔告石生、其家人將「欲以白刃相仇」之行，雖一度引用左傳「人盡夫也父一而已」之說而似有「人女」、「人妻」難以得兼之惑，篇末仍予長亭以高度肯定：「觀長亭之所以處父子夫妻之間，常變經權，可謂斟酌善矣」，篇中亦多處肯定長亭「純乎天理，合乎人情」、「至性之語」，然而是否真能體察女性多重身份的衝突之苦？篇末總評也兩次提及「乃思女之命方來」、「今而後有以報命矣，豈石負義之言所激而然哉。」是否以女性本命該當以夫為天視之？終究不離男性中心。而如此的思維取向，或因未能自外於其所承諸傳統價值體系的「前理解」，也是歷史的制約及侷限。

四、結語

詮釋學揭櫫詮釋理解是「重新發現」、「不斷再作不同理解」，[52]細究經典在時間進程之中不斷衍生轉化的豐富意涵。由馮鎮巒、但明倫等《聊齋》讀者所受之於作者、作品的召喚填補，及其與篇中人物感同身受、聲氣相通的對話交流，在在展現主體間性的無垠擴展，更有承繼傳統價值而以「鑲嵌」、「內部對話」形式呈現的多元思辨，[53]巴赫金所揭的對話理論或亦有助相融互參。巴赫金將文本作為有

---

[52] 張鼎國，同註[12]，頁 92.101.109。

[53] 凌建侯：《巴赫金哲學思想與文本分析法》（北京：北京大學出版社，2007 年），頁 278。

一定獨立性的主體，將它們並置於主體間性中，從而使文本之間形成一種互文性，[54]文本的涵義就在文本與文本、文本的創造者與接受者的相遇處產生。[55]

然而理解有其歷史制約，清代小說評點所展現的共同批評語境之外，特重儒家倫理的批評取向也讓我們得見時代的烙印。劉塄（清）《挹秀山房詩集》卷二〈聊齋志異用高南阜韻〉：「古人著書當建樹，個裡金針未易悟。幾人讀書能眼明，解道聊齋用情處。」[56]金針不易盡度，解人亦恐難尋，然而評點不論是填補、轉化或偏離原作，終究是探索、表達自我，這些與《聊齋》的對話，或是同其襟懷，或是另闢思徑，縱然未必能印證蒲松齡的知音之期，[57]其風流雲迴之處，仍激蕩後世讀者共覽歷代生命圖景。在跨代對話之中我們看到迭經游移擴展的視野交融，原生文學及次生文學皆有自足內蘊，也共同證成經典的恆新意義。

---

[54] 沈華柱，同註[43]，頁 110。

[55] 沈華柱，同前註，頁 111。

[56] 轉引自趙伯陶：〈《聊齋志異》閱讀接受初探〉，《聊城師範學院學報》1991 年第 3 期，頁 109。

[57] 蒲松齡〈聊齋自誌〉：「知我者，其在青林黑塞間乎！」

The Critical Consciousness and Ethic Concerns in Feng Zhen-Luan and Dan Ming-Lun's Commentary of *Liaozhai zhiyi*

Chen Chui-ying[*]

Abstract

Liaozhai zhiyi(*Strange Tales from a Rustic Studio*), a highly-acclaimed novel written in *wenyan* (classical Chinese) in the Ching Dynasty, has not only showed its multi-faceted concerns of realities and the lively images of all beings, but also engendered *ad infinitum* reading chains and dialogues among readers of generations. From the preface and the postscript of the book along with the exquisite commentary of literati, to the following imitations and rewritings as well as the evolving and involving perspectives of the book, these historical encounters and cultural discourses have provided multiple dimensions for readers to read, respond to and research into *Liaozhai zhiyi*. Together, the accumulated discourses reflect multi-dimensional viewpoints that include areas such as literature, history, philosophy and aesthetics.

The paper presents one of the research results of the Project: *The Transition of Time, Identity, and the Establishment of Literature Paradigm*, which is under the main project: *Paradigm Establishment and Shift in Literature*. The paper explores the commentary works of Feng Zhen-Luan and Dan Ming-Lun, which shows not only the critical

---

* Associate Professor, Department of Chinese Literature, National Taiwan University.

consciousness but also the inter-subjectivity as well as aesthetics of their critique and more. What these commentary works represent is how commentators of the Ching Dynasty form the dynamic reading experience through playing and interplaying between the roles of 'text-reader' and 'author-reader' under the mature commentary discourses for novel critique in the Ching Dynasty.

Moreover, the paper also examines the ethic concerns of commentary under the pro-ethic cultural context in the Mid-Ching Dynasty. What the autonomy and exceptionality of commentary as a genre represent is that commentary has not only formed the Secondary Literature but enabled the *ad infinitum* writings of *Liaozhai zhiyi*. To sum, the paper concludes that throughout history the interpretation of canon enables the re-establishment of aspects in different periods of time and also the establishment of the infinite representations of the canon.

Keywords: *Liaozhai zhiyi* (*Strange Tales from a Rustic Studio*), commentary of *Liaozhai zhiyi*, critical consciousness, inter-subjectivity, ethic concerns

母性·母權·母神
——《紅樓夢》中的王夫人新論

歐麗娟

提　要

在一般紅學的評論中，對王夫人的人物研究主要是集中於封建貴族女性的權力鞏固與抄檢大觀園的破壞性措施上，並往往採取同情受害者的感性立場，而進行以結果證明動機的推論，視之為戕害少女的傳統禮教勢力，尤其是與薛姨媽共圖金玉良姻而阻礙寶黛婚姻愛情的合謀者。然而，本文經由文本細讀所建立的全面考察，並透過親子關係、子宮家庭、母性建構、母職制度以及神話學中有關母神功能的理論研究，則探析出王夫人在角色塑造上的深刻層次，所得出的論點包括：其糊塗善忘與天真爛漫既顯示一種老實單純的性格，也導致無才無能與順應情緒本能的衝動行事，但其知人善任的明智安排卻彌補了此一性格缺陷，使賈府的末世得以苟延維繫；其出於子宮家庭的母愛除了直接表現於對寶玉的親密無間與起死回生，更橫向擴及旁系與他家的少女們，在在展演了比較宗教學與神話學中二度出生的雙重母親意義，而其出於子宮家庭的母權心理所引發的反情色情結，則在訴諸情緒反應的性格助長下，造成攆逐金釧與抄檢大觀園這兩次突發行動，突顯了母子命運共同體的本位思考。由此並重新探討抄檢大觀園的意義。綜合言之，王夫人揭示了母性建構或母神功能的雙面性，而兼具良善、賦活、悅納的創生性，與陰暗、破壞、顛覆的傷害性。

關鍵詞：紅樓夢　王夫人　子宮家庭　雙重母親　母性　母神

【作者簡介】國立臺灣大學中國文學研究所博士，現任臺灣大學中文系教授，從事唐詩、紅樓夢研究。著有《杜詩意象論》、《唐詩的樂園意識》、《李商隱詩歌》、《詩論紅樓夢》、《紅樓夢人物立體論》、《唐代詩歌與性別研究》；編著有《唐詩選注》、《歷代詩選注》（合著）、《大唐詩魁——李商隱詩選》。除收入上述專書者之外，另就各項議題繼續延伸發展之相關論文，約十數篇。曾獲臺大學術研究成果獎勵「傑出專書獎」、「甲種專書獎」與多年度「優良期刊獎」，以及文學院教學優良獎等。

母性·母權·母神
——《紅樓夢》中的王夫人新論

歐麗娟*

一、前言

在紅學的人物評論中，除了屈指可數的專論性短章之外，對王夫人的褒貶多以蜻蜓點水的附帶方式涉及；而無論是專論或旁涉，其論旨主要是集中於封建貴族女性的權力鞏固與抄檢大觀園的破壞性措施上，並往往視之為戕害少女的傳統禮教勢力，尤其是與薛姨媽共圖金玉良姻而阻礙寶黛婚姻愛情的合謀者。❶然而，其人其事果其然乎？果僅止於此乎？是否如《紅樓夢》之其他人物評論般，在化約了文本的全面性基礎，僅基於少數的論據與以果證因之推論的情況下，成為特定視野中用以滿足某種心理需要的批評符號？

本文撰述之目的，即是開掘那隱藏在紅學地表下的文本礦脈，以確定為曹雪芹手筆的前八十回為範圍，將那些對我們熟悉的論說構成挑戰的種種論據加以納入並重新審視，就王夫人此一次要、但並非絕不重要，且其重要性也非傳統所預設的單一負面功能，而是具備牽動全書情節結構之作用的人物進行個案的全盤解析，以別

* 國立臺灣大學中國文學系教授。

❶ 其大略情況，可參霍彤彤：〈賈政、王夫人研究綜述〉，《河南教育學院學報》（哲學社會科學版），2005年第4期。

於清末評點派以來，迄今學界依點狀的直覺所呈現的扁平化的片面內涵，希望能夠以專論的視域充份闡釋其形象塑造與構成意義。至於開顯其形象塑造與構成意義的策略，除了經由文本細讀所建立的全面觀照之外，更透過親子關係、子宮家庭、母性建構、母職制度以及神話學中有關母神功能的理論研究，以揭示出王夫人在角色塑造上的深刻層次。在其多面內涵的顯豁之下，或有助於重構《紅樓夢》此一重要人物的形象版圖。

二、無才治世——「市井庸俗」與「糊塗善忘」

角色的形象與內涵來自於人格特質，而人格構成乃出於先後天之綜合影響；先天之氣質稟賦自有其命定而難以究詰，後天之教育培養亦往往發揮薰染陶塑之功。就後者而言，王夫人雖出身於與賈府門當戶對的詩書簪纓之族，但統觀王府出身的女性們似乎都籠罩在女子無才便是德的性別期待之下，以致其性格成型過程乃停留於順其自然的天授層次。

從同樣嫁入賈府之王熙鳳來參看推敲，熙鳳即使「自幼假充男兒教養」並破例擁有正式學名（第三回），超越了閨閣界限而擴大了教育基礎，然而其超群過人之智慮謀思與出奇致勝之言語機鋒也都還僅止於機關算盡的精明市俗。就言語機鋒方面，王熙鳳具備了「再要賭口齒，十個會說話的男人也說他不過」（第六回）的高度口才與應變機智，然而從言說境界或語意層次來說，寶釵即指出：「世上的話，到了鳳丫頭嘴裏也就盡了。幸而鳳丫頭不認得字，不大通，不過一概是市井取笑。」（第四十二回）既然「寶卿之評，亦千古定論」，❷這就清楚點出她的局限所在，因此凡是涉及引經據典的典故隱喻，便觸及鳳姐的弱點或盲點，而在詩詞藝術的純創作才能上，更只有全然的一竅不通。如第五十回的〈蘆雪庵即景聯句〉之首句是鳳姐平生所作的唯一詩句，當李紈將題目講與她聽後，鳳姐乃是先「想了半日」，然後才笑道：「你們別笑話我，我只有一句粗話，下剩的我就不知道了。」

---

❷ 庚辰本第 42 回脂批，陳慶浩：《新編石頭記脂硯齋評語輯校》（臺北：聯經出版公司，1986 年 10 月），頁 609。

而其提供的「一夜北風緊」一句乃是因為「昨夜聽見了一夜的北風」而應景得來，連她自己都不知「可使得」否，這也就呈現出王熙鳳絕緣於性靈風雅的市井庸俗。至於智慮謀思方面，同樣可以薛寶釵所洞識的道理作為標準，所謂：「學問中便是正事。此刻於小事上用學問一提，那小事越發作高一層了。不拿學問提著，便都流入市俗去了。」（第五十六回）這種不拿學問提著而流入市俗的低階人性層次，也在鳳姐身上得到絕佳印證，連王熙鳳對此都有自知之明，坦承和探春比起來，「他又比我知書識字，更厲害一層了」（第五十五回）。

由此可知，缺乏學問的市俗層次，其最高境界也就是鳳姐而已，雖然可以因為絕頂聰明而臻至世故機變的精明，但畢竟無法窺視形上世界的優美、高貴、深刻等宇宙景深，而企及人性超越的最高度。則等而下之的王夫人，既無聰敏的天生稟賦，又無學問的後天雕琢培養，就更展現出無才無能的平庸膚淺。

王夫人的教養水準，首先表現在她的出口粗俗之上。如第二十八回提及黛玉所吃之丸藥一段中，當她將「天王補心丹」之藥名與「金剛」糊塗混攪而被寶玉嘲笑時，便對寶玉罵道：「扯你娘的臊！又欠你老子捶你了。」這樣的聲口用語，其實與市井下人、販夫走卒乃是同出一源，如賈府中看門管事的婆子們，於惱羞激怒之下對丫頭衝口而出的也是：「扯你的臊！」（第七十一回）兩相比觀，簡直如出一轍；又所謂「不當家花花的」一語，也見諸流連市井之間穿門踏戶的馬道婆所言（見第二十五回），顯見王夫人幾乎缺乏上層貴宦世族小姐所應有的言語修持。至於詩詞之類的文學修養，王夫人更與王熙鳳一般毫無知見，第四十回記載大家奉承著賈母一起行酒令，依規定是「無論詩詞歌賦，成語俗話，比上一句，都要諧韻」。然而在場之眾人中，由賈母開始，依序薛姨媽、湘雲、寶釵、黛玉都答了令，連劉姥姥都能依樣畫葫蘆，以莊稼人的本色創造出諧擬之趣味，以致全場除了迎春因錯韻且形象聯想上又不像而受罰之外，只有王夫人是由鴛鴦代說的。顯然，在詩詞曲歌賦的才學上，王夫人不但連忝居眾姊妹之殿軍的迎春都比不上，即使臨場應變、模仿學習的機智，較諸不學無術的鄉下老嫗也都遠遠不如。

其次，除了上述的言談範疇之外，王夫人也具備了性格上的率直純真，以及率直純真所蘊涵的魯莽無知，所謂：「王夫人原是天真爛漫之人，喜怒出於心臆，不比那些飾詞掩意之人」（第七十四回），因此欠缺深思熟慮的全局考量與瞻前顧後的客觀省察，而往往在好惡判斷和情緒反應上呈現出兒童式的即興與直接，如此一來，對人對事勢必訴諸浮面、片面與即時面的主觀感覺層次，便容易流於過猶不及的輕重不分與衝動行事。例如鳳姐於賈母壽慶時綑送懲處無禮失職又冒犯寧府尤氏的婆子，卻橫遭邢夫人藉機當面羞辱一事，王夫人竟聽從邢夫人的矯說之詞，當下主張：「你太太說的是。就是珍哥兒媳婦也不是外人，也不用這些虛禮，老太太的千秋要緊，放了他們為是。」說著，回頭便命人去放了那兩個婆子，毫不自覺地成為邢夫人挫辱鳳姐的幫兇，更促使鳳姐越想越氣越愧而灰心轉悲，滾下淚來。然而鳳姐之綑送下人本屬於賈母所讚許的作法，所謂：「這才是鳳丫頭知禮處。難道為我的生日由著奴才們把一族中的主子都得罪了也不管罷。這是太太素日沒好氣，不敢發作，所以今兒拿著這個作法子，明是當著眾人給鳳兒沒臉罷了。」（第七十一回）相較於賈母犀利明智的洞察力，與王熙鳳知禮有度的治家分寸，王夫人便顯得昏庸無明而胡妄輕率。再如抄檢大觀園之舉，更是惑於奸讒而激起盛怒之際一時心血來潮的小題大作，只顧及一事一人的查贓揭弊，卻忽略此舉勢將激化家族內部矛盾與分裂的危機，導致探春所悲憤痛陳的「從家裏自殺自滅起來，才能一敗塗地」（第七十四回）；而當抄檢之後寶釵藉故搬出以避嫌，王夫人也同樣慮不及此，只是疑惑有人得罪了她，遂吩咐眾人：「那孩子心重，親戚們住一場，別得罪了人。」顯然對人情事理無所經心，反倒是老練世故的王熙鳳一語中的，直指真正的原因乃是：「我想薛妹妹此去，想必為著前時搜檢眾丫頭的東西的原故。他自然為信不及園裏的人才搜檢，他又是親戚，現也有丫頭老婆在內，我們又不好去搜檢，恐我們疑他，所以多了這個心，自己迴避了。也是應該避嫌疑的。」（第七十八回）相較之下，王夫人果真單純到近乎童騃的地步。

如此因先後天基礎皆十分薄弱所導致的「天真爛漫」，自然無法負荷榮府這般複雜糾葛的龐大人事與沉重家務，因此當其精明幹練的內侄女王熙鳳娶入門之後，便順理成章地將治家責任交託下去。而即使王夫人從此退位為隱性權威，由王熙鳳出面從事理家的實務工作，看在內外雙修的真正高人賈母眼中，依然是處處破綻，第四十七回記述賈母訓示邢夫人時，連帶提及王夫人，即謂：「你兄弟媳婦本來老實，又生得多病多痛，上上下下那不是他操心？你一個媳婦雖然幫著，也是天天丟下笆兒弄掃帚。……他娘兒兩個，裏頭外頭，大的小的，那裏不忽略一件半件。」

可見王夫人的「老實」正如「天真爛漫」一般，與「生得多病多痛」都直指治家無能的關鍵因素。

尤其王夫人之「老實」或「天真爛漫」所表現於日常生活者，乃是一種漫不經心的糊塗善忘，這可以說構成了王夫人性格的核心表徵。首先，其糊塗健忘遍見於生活中大小諸事，在《紅樓夢》中屬於夫子自道者可見諸以下五處：

- 熙鳳道：「月錢已放完了。才剛帶著人到後樓上找緞子，找了這半日，也並沒有見昨日太太說的那樣的，想是太太記錯了？」王夫人道：「有沒有，什麼要緊。」（第3回）

- （王夫人見了林黛玉，問起吃藥的狀況）王夫人道：「前兒大夫說了個丸藥的名字，我也忘了。」……寶釵抿嘴笑道：「想是天王補心丹。」王夫人笑道：「是這個名兒。如今我也糊塗了。」（第28回）

- （對襲人建議將寶玉搬出園外來住一事）王夫人聽了這話，如雷轟電掣的一般，正觸了金釧兒之事，心內越發感愛襲人不盡，忙笑道：「我的兒，你竟有這個心胸，想的這樣周全！我何曾又不想到這裏，只是這幾次有事就忘了。你今兒這一番話提醒了我。」（第34回）

- （王善保家的趁機告了晴雯，）王夫人聽了這話，猛然觸動往事，便問鳳姐道：「上次我們跟了老太太進園逛去，有一個水蛇腰、削肩膀、眉眼又有些像你林妹妹的，正在那裏罵小丫頭。我的心裏很看不上那狂樣子，因同老太太走，我不曾說得。後來要問是誰，又偏忘了。」（第74回）

- （迎春婚後不幸，）「惟有背地裏淌眼抹淚的，只要接了來家散誕兩日。」王夫人因說：「我正要這兩日接他去，只因七事八事的都不順心，所以就忘了。」（第80回）

由上述五段引文，可以說，曹雪芹用以呈現王夫人之性格特徵的塑造手法，正切合荷蘭學者米克・巴爾（Mieke Bal）從敘事學的角度所歸納的理論內涵。巴爾闡述了小說用以建構人物形象的四條不同原則中，首先即是「重複」與「累積」這兩種方式，所謂：

> 當人物首次出現時，我們對其所知不多。包含在第一次描述中的特徵並未完全被讀者「攫住」。在敘述過程中，相關的特性以不同的方式經常重複，因而表現得越來越清晰。這樣，重複就是人物形象建構的重要原則。……這一特徵也反覆不斷地出現於敘事本文的其他部分。除重複外，資料的累積也在形象的構造過程中起著作用。特徵的累積（accumulation）產生零散的事實的聚合，它們相互補充，然後形成一個整體：人物形象。❸

其中，重複有時可以成為外表上幾乎捉摸不出來的作品結構的基礎，「確定各部分在結構上的連接和聯繫的這類手法中，最簡單的手法之一就是重複手法。」❹衡諸王夫人的人物造型，正是經由「重複」的方式建構出主要性格特徵與整體形象。我們注意到，當王夫人在書中第一次現身、讀者對她還一無所知時，作者即以「記錯」的事件來描述之；而這包含在第一次描述中容易被忽略的性格特徵，隨後便不斷透過「我忘了」這一句話反覆皴染，透過四次的重複出現，「我也忘了」幾乎已經變成王夫人的口頭禪，而所忘之事，包括那關係寶玉之清白而為其最苦心掛慮者，竟皆一體葬送於遺忘之深淵，誠屬不可思議。無怪乎當王熙鳳向她報告「今日珍大嫂子來，請我明日過去逛逛，明日倒沒有什麼事情」時，其回答竟是：「有事沒事都害不著什麼。」（第七回）這正恰恰直承第三回的「有沒有，什麼要緊」而同出一源，了無所謂的心態言外宛然可見。

如果說，「我忘了」這一句話乃是將某一特徵反覆不斷地出現於敘事本文的

❸ 〔荷〕米克・巴爾著，譚君強譯，萬千校：《敘述學：敘事理論導論》（北京：中國社會科學出版社，1995 年 11 月），頁 97。

❹ 〔蘇聯〕愛森斯坦（Sergei M. Eisenstein）著，魏邁實等譯：〈結構問題〉，《愛森斯坦論文選集》（北京：中國電影出版社，1982 年），頁 456。

「重複」手法的運用，則藉由特徵的「累積」將零散的事實加以聚合並相互補充，而繼續在王夫人之形象構造過程中發生作用的手法，乃見諸其他家下人之口，以「為長者諱」的寫法委婉表露：

- 襲人對王夫人道：「俗語又說『君子防不然』，不如這會子防避的為是。太太事情多，一時固然想不到。我們想不到則可，既想到了，若不回明太太，罪越重了。」（第34回）

- 麝月道：「那瓶得空兒也該收來了。老太太屋裏還罷了，太太屋裏人多手雜。別人還可以，趙姨奶奶一夥的人見是這屋裏的東西，又該使黑心弄壞了才罷。太太也不大管這些，不如早些收來是正經。」（第37回）

- 探春讚美彩霞道：「外頭老實，心裏有數兒。太太是那麼佛爺似的，事情上不留心，他都知道。凡百一應事都是他提著太太行。……太太忘了，他背地裏告訴太太。」（第39回）

- 湘雲好意對寶琴建議道：「到了太太屋裏，若太太在屋裏，只管和太太說笑，多坐一回無妨；若太太不在屋裏，你別進去，那屋裏人多心壞，都是要害咱們的。」（第49回）

- 眾人都笑道：「奶奶……成年家大手大腳的，替太太不知背地裏賠墊了多少東西，真真的賠的是說不出來，那裏又和太太算去？……」鳳姐兒笑道：「太太那裏想的到這些？究竟這又不是正經事。」（第51回）

透過鳳姐、探春、湘雲、襲人、麝月及其他眾人之說詞，可知王夫人在日常瑣事上，若非是「事情上不留心」、「不大管這些」，即是「一時固然想不到」、「那裏想的到這些」，乃至「凡百一應事」都得靠忠心的婢女彩霞「提著行」或「背地裏告訴」，而代她理事的鳳姐更是「不知背地裏賠墊了多少東西，真真的賠的是說不出來」，以致內賊叢生，她的身邊周遭環伺著趁虛而入的邪惡不軌，引發了「屋裏人多手雜」與「屋裏人多心壞」卻無能分辨也無法轄治的內部混亂。於是乎，出於心壞手雜的偷盜之事更是層出不窮，如彩雲所說：「偷東西原是趙姨奶奶央告我再三，我拿了些與環哥是情真。連太太在家我們還拿過，各人去送人，也是常事。」（第六十一回）同樣地，授權予鳳姐治家理事之大權後，王夫人並未善盡監督之責，原因不是不為，而是無能。如王熙鳳受賄介入一場婚姻官司，致使硬被拆散的張金哥與其未婚夫雙雙自盡而死，而「鳳姐卻坐享了三千兩，王夫人等連一點消息也不知道。自此鳳姐膽識愈壯，以後有了這樣的事，便恣意的作為起來，也不消多記。」（第十六回）此所以涂瀛評論道：「鳳姐治世之能臣，亂世之奸雄也。向使賈母不老，必能駕馭其才，如高祖之於韓、彭，安知不為賈氏福？無如王夫人、李紈昏柔愚懦，有如漢獻，適以啟奸人窺伺之心。英雄之不貞，亦時勢使然也。『騎虎難下』，豈欺人語哉！然亦太自喜矣。」❺

而這樣一個角色的安排，一方面是讓十二金釵中的王熙鳳得以榮膺重責大任，在當家的王夫人充分授權之下執掌榮國府的治理大權，而得到一個足以任其自由揮灑、自我實踐的輝煌舞台，以突顯一種「末世」之棟樑的壯麗形象；另一方面，也只有這樣一個糊塗平庸卻具有超越鳳姐之權威的人物，才會犯下自毀長城的錯誤決策。發生於第七十四回的「惑奸讒抄檢大觀園」，正是由王夫人所發動，所謂「惑」者，即是由性格之庸愚不智而產生，既然對「奸讒」之居心叵測不能明辨，對「抄檢大觀園」之非禮亂紀無法判斷，以致雖然一開始採納了王熙鳳所建議「且平心靜氣暗暗訪察」的解決方式，下令「且叫人傳了周瑞家的等人進來，就吩咐他們快快暗地訪拿這事要緊」，但隨後卻因王善保家的藉機批評園內大丫頭，並直接點名晴雯之驕縱侮慢，於是在「猛然觸動往事」以致「真怒攻心」的突發性無明火中，乃點燃「最嫌趫裝豔飾語薄言輕者」的情緒引爆點，而接受王善保家的抄檢建議；加以其所握大權導致「鳳姐見王夫人盛怒之際，……縱有千百樣言詞，此刻也不敢說，只低頭答應著」，而失去了勸諫校正的機會，終於引發這一場探春所謂的

---

❺ 涂瀛：《紅樓夢論贊・王熙鳳贊》，一粟編：《紅樓夢卷》（臺北：新文豐出版公司，1989 年 10 月），卷 3，頁 134。

向自家人認賊尋贓的「自殺自滅」的慘劇。因此清王希廉《紅樓夢總評》即評論道：「福、壽、才、德四字，人生最難完全。寧、榮二府，只有賈母一人，……王夫人雖似有德，而偏聽易惑，不見真德，才亦平庸。」❻

問題就在於：王夫人之「無能而有權」，即「無能」結合了「權力」，便容易導致「決策錯誤」的重大禍害，比諸鳳姐兒的貪污，在本質與程度上都嚴重得多。因為個人的貪污是局部的、表層的，僅止於暗地進行、無關全體的小奸小惡，然而決策的影響力卻是全體的、深遠的，「錯誤的決策」更將直接而徹底地動搖到內部的整副骨架，有如致命的一擊般使之全部傾圮崩塌。因此涂瀛云：

> 人不可以有才，有才而自恃其才，則殺人必多；人尤不可以無才，無才而妄用其才，則殺人愈多。王夫人是也。夫人情偏性執，信讒任姦，一怒而死金釧，再怒而死晴雯，死司棋，出芳官等於家，為稽其罪，蓋浮於鳳焉。❼

即為有見於此之說。而若將其中「無才而妄用其才」的第二個「才」字換成「權」字，改做「無才而妄用其權」，當更切合王夫人這兩次重大行動的本質；其次更值得深思的是，王夫人之兩度展現致命殺傷力的用權施為都是在盛怒的情況下所發生，屬於一時衝動的突發行動，而非訴諸明確意志與預謀籌畫的刻意為之，所謂「王夫人聽了這話，如雷轟電掣的一般，正觸了金釧兒之事」、「王夫人聽了這話，猛然觸動往事」，都觸及到王夫人深受非理性之盲動情緒支配的性格面向，而揭露出「恐怖母神」的陰暗內涵。至於這樣強烈的負面情緒是因何激起，以致導致非理性的行為措施，乃涉及其源自母權心理的反情色情結，這與「恐怖母神」之意涵將分別在下文的第四節和第五節加以說明。

---

❻ 一粟編：《紅樓夢卷》，卷 3，頁 149-150。

❼ 清・涂瀛：《紅樓夢論贊・王夫人贊》，一粟編：《紅樓夢卷》，卷 3，頁 133。

三、「雙重母親」與「二重出生」

論述至此，應該進一步提出的是，王夫人之無才與平庸固然是事實，但從另一方面與其他層次進行探究，卻又不僅是如此簡單。前述米克・巴爾所提出的人物形象建構的四個原則中，除了上文已見的「重複」與「累積」這兩項，「此外，與其他人的關係也確定著人物的形象。……這些關係可以分為相似（similarities）與對照（contrasts）。最後，人物是會變化的。人物所經受的變化或轉變，有時會改變人物的整體結構。……（總而言之）重複、累積、與其他人物的關係，以及轉變，是共同作用以構造人物形象的四條不同原則。」❽就《紅樓夢》全書的線性敘述主軸以檢視之，王夫人並不像林黛玉般具備了在貫時上所呈現的「轉變」，❾但由她和其他人物之間共時性的橫向關係中，卻存在著足以改變其整體人格結構的重要內涵，而這卻是歷來紅學中的人物批評所完全忽略者。

首先，一如賈母所洞見的，王夫人「極孝順我，不像我那大太太一味怕老爺，婆婆跟前不過應景兒」（第四十六回），相對於賈赦與邢夫人這對嫡長夫妻的荒疏鄙吝、虛應欺偽與貪好財貨，王夫人與賈政性格上的誠厚篤實與正直樸善，乃成為賈母越位交付治家大權的關鍵原因。❿因此，第八回寫賈母領軍至寧府看戲，至晌午便回來歇息，而「王夫人本是好清淨的，見賈母回來也就回來了」，對此脂批即云：「偏與邢夫人相犯。」⓫這不僅指出王夫人不喜熱鬧享樂的單淳性格，也同時點示與邢夫人的迥然有別，絕非沆瀣類聚的同一等人，此即巴爾所謂的對照（contrasts）表現。其次，王夫人性格中尚具備了在很大程度上足以抵銷漫不經心與糊塗善忘所導致之差錯謬失的優點，那便是知人善任。當處於「連日有王公侯伯世襲官員十幾處，皆係榮寧非親即友或世交之家，或有升遷，或有黜降，或有婚喪紅

---

❽　〔荷〕米克・巴爾著，譚君強譯，萬千校：《敘述學：敘事理論導論》，頁 97。

❾　此一論點詳參歐麗娟：〈林黛玉立體論──「變／正」、「我／群」的性格轉化〉，《漢學研究》第 20 卷第 1 期（2002 年 6 月）。

❿　庚辰本第 47 回於「王夫人笑道，可不只四個」一段有脂批云：「老實人言語。」足證王夫人性格之篤實不偽。陳慶浩：《新編石頭記脂硯齋評語輯校》，頁 629。

⓫　見甲戌本第 8 回，陳慶浩：《新編石頭記脂硯齋評語輯校》，頁 179。

白等事，王夫人賀弔迎送，應接不暇」（第五十五回）的公私應酬忙碌中，分身乏術的王夫人勢必需要助手以協理家務，就此，憑藉著「男人萬不及一」（第二回）之雄才，在賈府百年的末世中撐持局面於不墜的王熙鳳本是無出其右的最佳人選，整體衡量她對賈府的貢獻實功多於過；⓬至於第五十五回記述鳳姐流產休養後，接替治理大觀園的人選更是青出於藍，所謂：「凡有了大事，自己主張；將家中瑣碎之事，一應都暫令李紈協理。李紈是個尚德不尚才的，未免逞縱了下人，王夫人便命探春合同李紈裁處。……探春與李紈暫難謝事，園中人多，又恐失於照管，因又特請了寶釵來，托他各處小心。」果然三人當家如此一理，更覺比鳳姐兒當差時倒更謹慎了些，因而裏外下人都暗中抱怨，越性連夜裏偷著吃酒頑的工夫都沒了。

在這場人事調度上實可見王夫人的明智決策，先是令倫理輩序上身為長嫂的李紈掛牌為帥，以獲取宗族體制中名正言順的合法性；又深知李紈缺乏理事才幹的缺點，再安排探春與寶釵從旁佐治之，此二人一如脂硯齋所評：

> 探春看得透，拏得定，說得出，辦得來，是有才幹者，故贈以「敏」字。寶釵認的真，用的當，責的專，待的厚，是善知人者，故贈以「識」字。「敏」與「識」合，何事不濟。⓭

由此之敏識合一，才收到了立竿見影的整頓效益。而除了敏識合一的相乘效應之

⓬ 第 6 回脂批即云：「鳳姐能事在能體王夫人的心。托故週全，無過不及之蔽（弊）。」陳慶浩：《新編石頭記脂硯齋評語輯校》，頁 154。事實上這一點也同樣見諸賈政之委任賈璉，庚辰本第 22 回在賈璉回答鳳姐的「往年怎麼給林妹妹過的，如今也照依給薛妹妹過就是了」兩句，有脂批云：「此例引的極是，無怪賈政委以家務也。」同書，頁 429。而評量兩人的治家功過，應該注意到賈府的寅吃卯糧與入不敷出根本是無解的本質性問題，身處內闈更無從開源的婦道人家也確實僅能藉賴非常手段以為維繫，第 72 回鳳姐所言：「若不是我千挪萬湊的，早不知道到什麼破窰裏去了，如今倒落了一個放帳破落戶的名兒。既這樣，我就收了回來，我比誰不會花錢，咱們以後就坐著花，到多早晚是多早晚。」即充滿枉費苦心的痛切與憤激。因此，若僅看到鳳姐放帳的過失這一面，實流於片面而有失公允。

⓭ 有正本第 56 回回末總評，陳慶浩：《新編石頭記脂硯齋評語輯校》，頁 655。另己卯本同回對探春尚有「敏智過人」之批語，可以並參，見同書，頁 655。

外，此處用人之精妙，還在於一方面善用了探春之為自家人而得以直接處斷的血緣優勢，以及「雖然叫他管些事，倒也一步兒不肯多走。差不多的人就早作起威福來了」（第六十二回林黛玉評）的秉正不阿與有為有守；一方面則借助寶釵之為外姓親戚而提供間接緩衝的特點，以及適切周全的圓融思維，所謂「這個孩子細致，凡事想的妥當」（第三十八回賈母語），從而在剛柔並濟的左右輔助之下，以探春之「理」維繫綱紀並破釜革新，以寶釵之「情」懷柔諸方而凝聚向心力，共同補強了李紈在合法性之外的執行力與改革力，終於形成面面俱到的鐵三角，復加以園中內部近距施展的切中要害，從而臻至超越鳳姐置身於園外遠距遙控的治理成績。

由此說來，王夫人之用人已不僅只是切當得宜，更堪稱高明神妙之極，可謂劉邦之屬的「將將者」也。尤其應該進一步指出的是，探春之「敏」更帶有一種不為性別所限的英雄氣質，除了第五回「才自精明志自高」的判詞之外，再如她所自言：「我但凡是個男人，可以出得去，我必早走了，立一番事業，那時自有我一番道理。偏我是女孩兒家，一句多話也沒有我亂說的。太太滿心裏都知道。如今因看重我，才叫我照管家務。」（第五十五回）而王夫人對探春這般不僅、亦不甘為性別所囿的志氣與才能，不但是「滿心裏都知道」，並在恰當時機給予一展才志的機會，顯見對探春之知遇甚深。因此，傳統評論中認為「王夫人敗家的最根本原因，是任人唯親」，[14]這樣的看法是不能成立的。

於此，我們應當進一步指出的是，王夫人之「無才而妄用其權」與「知人善任」是在兩種不同情況下的人格表現，亦即前者（包括逐金釧及抄檢大觀園）為情緒支配下的衝動行事，既訴諸反情色心理的強烈本能反應，也都由王夫人親自用權直接處置，因此在方式上產生了過猶不及之處；而後者（包括熙鳳與探春寶釵等人員選派）乃一般狀態中未受情緒干擾的理性施為，在授權理家的人選考量上得以顧及全局，因此能夠適才適任。兩者並存共構，更顯示出人之為人的豐富層次，以及母神內涵的雙重性。

---

[14] 曹芸生：〈王夫人論〉，《紅樓夢學刊》1990 年第 1 輯，頁 175。而西園主人《紅樓夢論辨》亦早有「王夫人之罪，偏護私家，信任奸鳳，以致兩府俱敗」之說，一粟編：《紅樓夢卷》，卷 3，頁 204。其餘不一一列舉。

更重要的是，「一怒而死金釧，再怒而死晴雯，死司棋，出芳官等」歷來被歸帳於王夫人之罪愆，甚至視之為與少女福祉相敵對的封建邪惡勢力，這事實上乃是囿於表層而缺乏客觀性的片面之見。

首先，書中處處描述王夫人是「寬仁慈厚的人」（第三十回）、「慈善人」（第三十二回）、「那麼佛爺似的」（第三十九回）、「是個好善的」（第七十七回），其實並非出於為長者諱的虛飾之詞，而是確有其客觀依據的持平之說。不但脂批有「王夫人喜施捨」之語，⓯另如第六回劉姥姥在女婿家計艱困時，所構想的前往賈府尋求賑濟以求脫困之策，除了憑藉與金陵王家連過宗的古早因緣之外，其提高或確保賑濟的直接可能性者，主要即是繫諸王夫人的好善樂施，所謂：「想當初我和女兒還去過一遭，他們家的二小姐著實響快，會待人，倒不拿大。如今現是榮國府賈二老爺的夫人。聽得說，如今上了年紀，越發憐貧恤老，最愛齋僧敬道，捨米捨錢的。如今王府雖升了邊任，只怕這二太太還認得咱們。你何不去走動走動，或者他念舊，有些好處，也未可知。」屆時果然也因為王夫人「不可簡慢了他」的交代，才使得勢利的王熙鳳撥給銀兩予以濟助。而當第十二回賈瑞病重，賈代儒向賈府尋求人蔘以熬製昂貴的獨參湯時，王夫人即命王熙鳳秤二兩給他，對於鳳姐以自家逢缺加以推託，依然諄諄提點至其他各處蒐尋湊去，「吃好了，救人一命，也是你的好處」，因此脂硯齋留下一句「王夫人之慈若是」⓰的批語。甚至對非親生的庶子賈環，王夫人也並未因嫡庶情結而一味防避嫌斥，由第二十五回所述「王夫人見賈環下了學，便命他來抄個《金剛經》唪誦唪誦。那賈環正在王夫人炕上坐著，命人點燈，拿腔作勢的抄寫」，如此使之唪誦《金剛咒》以消災祈福，並與自己一起並坐炕上尊位，⓱在在可見嫡母視之為一家子弟的寬愛之心，若非趙氏母子的鄙吝陰

⓯ 甲戌本、王府本第7回批語，陳慶浩：《新編石頭記脂硯齋評語輯校》，頁165。

⓰ 己卯本第12回，陳慶浩：《新編石頭記脂硯齋評語輯校》，頁233。

⓱ 參照第3回描寫林黛玉初入賈府後的入席狀況，在謁見王夫人時，「正房炕上橫設一張炕桌，……王夫人却坐在西邊下首，……黛玉便向椅上坐了。王夫人再四攜他上炕，他方挨王夫人坐了」。可見炕上乃尊長之座位，非卑幼者之所屬，除非尊長的特許寵拔，一般只宜坐在炕邊的椅子上，此乃大家族的座位倫理學。詳參歐麗娟：〈屋舍、方位、席次——《紅樓夢》中的空間文化論述〉，「天、自然與空間」國際學術研討會，臺灣大學中文系主辦，日本島根縣立大學、清華大學中文系合辦，2008年9月25-26日。

險委實太過，王夫人並非不能與之相容共處。這也足證接下來賈環以熱油燙傷寶玉頭臉時，王夫人對趙姨娘所罵的：「養出這樣黑心不知道理下流種子來，也不管管！幾番幾次我都不理論，你們得了意，越發上來了！」其「幾番幾次我都不理論」的大量寬容洵非虛言。

再就兩度慘遭攆逐的諸婢而言，平日王夫人的寬仁慈厚乃是「從來不曾打過丫頭一下」（第三十回），並未有倚上凌下的階級歧視之心，即使是投井而死的金釧兒，若非她干涉情色以致當場激發王夫人的盛怒，事實上也是「素日在我跟前比我的女兒也差不多」（第三十二回），與王夫人之間名雖主僕而情同母女，因此當金釧兒死後，王夫人傷心愧悔之餘不但給予重賜厚殮，對鳳姐所提出添補一個丫頭的建請，更主張「不用補人，就把這一兩銀子給他妹妹玉釧兒罷。他姐姐伏侍了我一場，沒個好結果，剩下他妹妹跟著我，吃個雙分子也不為過逾了」（第三十六回），感念之心誠篤深重，乃至愛屋及烏澤被其親。至於對芳官等女戲子們的心態上，更是始終多所體恤尊重，先是在第五十八回老太妃薨後，各官宦家凡養優伶男女者都一概蠲免遣發的風潮中，一反尤氏等基於「這些人原是買的」的人身所有權，而提出「盡可留著使喚」的建議，說：「這學戲的倒比不得使喚的，他們也是好人家的兒女，因無能賣了做這事，裝醜弄鬼的幾年。如今有這機會，不如給他們幾兩盤費，各自去罷。當日祖宗手裏都是有這例的。」全無剝削壓榨之意；接下來更親自將十二個女孩子叫來面問個人意願，願去者嚴格要求必須由父母親自來領回去，以免有人頂名冒領出去後又轉賣了，不願去者則留下來分散在大觀園中，名曰使喚，實則過著「倦鳥出籠，每日園中遊戲」的消遙生活。後來在芳官三人出家一事上，初時王夫人之所以不肯聽其自由，乃「因思芳官等不過皆係小兒女，一時不遂心，固有此意，但恐將來熬不得清淨，反致獲罪」之故，實包含一片好意；隨後王夫人雖然依舊帶有「今日家中多故，心緒正煩，那裏著意在這些小事上」的漫不經心，但也並非完全聽任兩個尼姑拐子的花言巧語而強硬作主，反而十分尊重當事人的主體意志，所謂：「王夫人問之再三，他三人已是立定主意，遂與兩個姑子叩了頭，又拜辭了王夫人。王夫人見他們意皆決斷，知不可強了，反倒傷心可憐，忙命人取了些東西來賚賞了他們。」（第七十七回）可見王夫人的問題只在於「徒善不足以為政」，卻絕非出於忌恨少女而橫加陷害的莫名邪惡。

此所以大觀園落成之初，當時已「因不合時宜，權勢不容」（第六十三回）的妙玉尚以「侯門公府，必以貴勢壓人，我再不去的」而拒絕了賈府的接請，王夫人非但並不以為意，反倒認為「他既是官宦小姐，自然驕傲些，就下個帖子請他何妨」（第十七至十八回），以致妙玉得以安居於大觀園櫳翠庵的屏障之下深受禮遇，讓原本就「驕傲些」的性格更往極端化發展，形成「他這脾氣竟不能改，竟是生成這等放誕詭僻」（第六十三回）。⑱如此說來，王夫人當初之寬宏禮遇所種下的遠因，對妙玉而言，豈非具備了母神般庇納護衛之絕大關鍵？至於第七十四回王善保家的批評園內大丫頭之驕縱，所謂：「這些女孩子們一個個倒像受了封誥似的，他們就成了千金小姐了，鬧下天來，誰敢哼一聲兒。」王夫人初聽時的反應亦是善加體諒與寬容，故謂：「這也有的常情，跟姑娘的丫頭原比別的嬌貴些。你們該勸他們。」可見王夫人在一定程度上未嘗不能容受大丫頭恃寵而驕的「嬌貴」。據此而言，一般論者多主張王夫人對林黛玉存有不滿之意，這不但缺乏明確內證，更與此一性格主調相牴觸。何況由「雪雁從王夫人房中取了人參來」（第五十七回），亦可見王夫人對林黛玉的照拂不減。

最重要的是，書中曾兩度透過少女的立場顯示王夫人的母神心態，如心直口快的史湘雲對寶琴的提點中所指出：

> 你除了在老太太跟前，就在園裏來，這兩處只管頑笑吃喝。到了太太屋裏，若太太在屋裏，只管和太太說笑，多坐一回無妨；若太太不在屋裏，你別進去，那屋裏人多心壞，都是要害咱們的。（第49回）

由寶釵聽後笑稱「說你沒心，卻又有心；雖然有心，到底嘴太直了」的反應，可知史湘雲所言不虛，連寶釵都間接加以認可，只是對她的口沒遮攔表示啼笑皆非而已，則在大觀園與園外的對立狀態中，王夫人本身實際上還是站在少女們這一邊

⑱ 有關因為環境之配合，使妙玉在出世之後反而走上「全性」之路，在與世隔絕的櫳翠庵中建立個人王國，逐漸將情性發展到了「放誕詭僻」的極端地步，以致與人群社會更加格格不入的分析，可參歐麗娟：〈《紅樓夢》中的「紅杏」與「紅梅」：李紈論〉，《臺大文史哲學報》第55期（2001年11月）。

的，是僅次於賈母這位大母神的女家長，以致眾姝可以「只管和太太說笑，多坐一回無妨」。而賈母與王夫人兩代女家長的母神地位，更從脂批的「諸釵所居之處只在西北一帶，最近賈母臥房之後」，⑲與第五十九回的「王夫人大房之後常係他姊妹出入之門」所揭示的住屋之鄰近與互動之密切獲得表徵。此所以第八十回記述迎春慘嫁中山狼孫紹祖之後，於賈府接回散心時，便是在王夫人房中傾訴委屈，同時在王夫人以「我的兒，這也是你的命」寬慰解勸時，哭著說：「我不信我的命就這麼不好！從小兒沒了娘，幸而過嬸子這邊過了幾年心淨日子，如今偏又是這麼個結果！」隨後迎春更是在大觀園住了三日才往邢夫人那邊去，且與賈母王夫人和眾姊妹作辭之際，更皆悲傷不捨（第八十回），可見對迎春而言，嬸母王夫人竟遠勝於嫡母邢夫人，在其身邊始得「過了幾年心淨日子」。尤其當迎春向王夫人泣訴委屈後，王夫人一面解勸，一面問她隨意要在那裏安歇時，迎春道：「乍乍的離了姊妹們，只是眠思夢想。二則還記掛著我的屋子，還得在園裏舊房子裏住得三五天，死也甘心了。」王夫人便命人忙忙的收拾紫菱洲房屋，命姊妹們陪伴著解釋。這更顯示出大觀園中的居所有如提供安慰和凝聚私密感的柔情共同體，是一個被安全、溫暖所包圍的庇護軸心，讓迎春再度棲身於過去的時光中指認已然失去的幸福，而具備了巴舍拉（Gaston Bachelard, 1884-1962）在透過家屋來討論母性時所指出的，「這兒的意象並非來自童年的鄉愁，而來自於它實際所發生的保護作用」，以致呈現出「母親意象」和「家屋意象」的結合為一，⑳更加強了王夫人之於迎春的再造之情。

至於探春等其他姊妹們，也都因賈母的疼愛而一併交由王夫人就近照養，第二回即借冷子興之語指出：「因史老夫人極愛孫女，都跟在祖母這邊一處讀書。」第十八回亦云：「當日這賈妃未入宮時，自幼亦係賈母教養。」而當時親負提攜教帶之務的，理當是承賈母授權而實任管家之責的王夫人，一如第六十五回興兒所說：「四姑娘小，他正經是珍大爺親妹子，因自幼無母，老太太命太太抱過來養這麼

---

⑲ 見己卯本第17回，陳慶浩：《新編石頭記脂硯齋評語輯校》，頁308。

⑳ 〔法〕巴舍拉著，龔卓軍、王靜慧譯：《空間詩學》（臺北：張老師文化事業公司，2003年8月），頁114-115。

大。」惜春之例足以概括其餘。此外，第七回亦記述：「近日賈母說孫女兒們太多了，一處擠著倒不方便，只留寶玉黛玉二人這邊解悶，却將迎、探、惜三人移到王夫人這邊房後三間小抱廈內居住，令李紈陪伴照管。」是故姚燮即歸納道：「未入園時，寶玉、黛玉住賈母處；李紈、迎、探、惜住王夫人處三間抱廈內。」㉑而從王夫人囑咐初來賈府的林黛玉時所讚美的「你三個姊妹倒都極好」（第三回），可見自始即對三姝抱持接納容受的撫愛之心，以致無論是迎春的「從小兒沒了娘，幸而過嬸子這邊過了幾年心淨日子」，還是在探春方面，如王熙鳳所謂的「太太又疼他」與探春所自言的「太太滿心疼我」（第五十五回），在在可見王夫人與探春等姊妹之間充盈著一種長期培養出來的真正的骨肉之親與母女之情，於無比慈柔憐愛的豐盈母愛中汲取原生家庭所欠缺的溫暖祥和，並在其羽翼庇護之下獲得一生中唯一寧靜幸福的樂園歲月。以致待到年齡稍長之際，這幾位少女甚至不惜悖離血緣紐帶之源頭，表現出對王夫人強烈的情感認同，包括迎春婚後歸寧時乃是先到王夫人房中傾訴，並在大觀園住了三日才往邢夫人那邊去（第八十回）；探春則在趙姨娘的廝侵作踐之後，痛感「我一個女孩兒家，自己還鬧得沒人疼沒人顧」（第五十六回）的孤絕無依，在根本無法從先天的血緣親情獲取心靈依靠與成長慰藉的情況下，乃轉而向後天的宗法倫理尋求認同對象與精神出路，終而以「我只管認得老爺、太太兩個人，別人我一概不管」來徹底否決與親生母親趙姨娘的母女關係（第二十七回）；還有惜春亦對尤氏公然聲稱「如今我也大了，連我也不便往你們那邊去了」，極力杜絕與寧國府此一生身之地的來往之路（第七十四回），在在顯示出王夫人深受少女們之情感認同的母神地位。

可以說，在賈府的嫡系孫女迎、探、惜三春身上，作為母題與原型的「雙重母親」、「二重出生」已經不再只是一種神話學和比較宗教領域中常見的集體無意識表現或神祕體驗，㉒而是真實世界裏一個具有宗法基礎與情感基礎的明確事實。透

㉑ 清·姚燮：《讀紅樓夢綱領》，一粟編：《紅樓夢卷》，卷3，頁171。

㉒ 「雙重母親」或「雙重血統」作為一種神話母題，亦即一個人具有人與神的雙親血統；「二重出生」則是一個人被「重生出來」的再生思想，包括基督教的洗禮儀式、孩子的教父母制度，也表現在許多兒童幻想中，他們相信他們的父母不是他們真正的父母，而只是他們被交付給的養父母。參〔瑞士〕榮格（Carl G. Jung）著，王艾譯：〈集體無意識的概念〉，葉舒憲編選：《神話

過賈母的護衛與王夫人之嫡母身分所行使的教母般的職能，使三春獲取「二重出生」的機會，而在第二個母親的屏障之下得以免於原生家庭的掌控箝制甚至剝削欺詐，更獲得心靈的平靜、生活的安寧，乃至人格的新生。尤其對探春的人格發展結構而言，王夫人的角色扮演更不僅僅是一個「代母」或「正式的母親」——亦即宗法制度下的名義上的母親，而更近似於「父親」——一個給予價值追求與自我實踐的權力中心，成為其人格組成中陽性特質的認同對象，以致王夫人既是情同再造的第二個母親，更以其掌理家務的決策權使其獲取一展才志的自我實踐，間接給予她一種「父親的補償」，㉓可謂恩情最深。因此，對於王熙鳳所提出減少丫頭員額數目以撙節開銷之建議，王夫人乃以過去黛玉之母賈敏為參照系，慨言道：「只說如今你林妹妹的母親，未出閣時，是何等的嬌生慣養，是何等的金尊玉貴，那才像個千金小姐的體統。如今這幾個姊妹，不過比人家的丫頭略強些罷了。……如今還要裁革了去，不但於我心不忍，只怕老太太未必就依。……如今我寧可省些，別委屈了他們。以後要省儉先從我來倒使的。」㉔故而加以否決。就此，脂硯齋批云：

> 所謂「貫（觀）子（于）海者難為水」。俗子謂王夫人不知足，是不可矣。㉕

也是這種置少女之福祉於至高無上之故，當王熙鳳才一出言建議眾姑娘直接在園子裏吃飯，等天長暖和了再來回的跑時，王夫人立刻表示同意並為之長篇申論道：「這也是好主意，刮風下雪倒便宜。吃些東西受了冷氣也不好；空心走來，一肚子冷風，壓上些東西也不好。不如後園門裏頭的五間大房子，橫豎有女人們上夜的，

一原型批評》（西安：陝西師範大學出版社，1987 年 7 月），頁 107-108。

㉓ 神話學中提到，父親或替代父親只將權力委付給已成功清滌所有嬰兒期不當情結的兒子——對這樣的人而言，公正無私的執行權力不會因自我膨脹、個人偏好或憤恨等動機而受挫。〔美〕坎伯著，朱侃如譯：《千面英雄》（臺北：立緒文化公司，1997 年 7 月），頁 143。這正足以對應於王夫人與探春之間的權力施受模式。

㉔ 從第 36 回記述金釧兒死後，鳳姐向王夫人建請添補一個丫頭，王夫人卻認為：「依我說，什麼是例，必定四個五個的，夠使就罷了，竟可以免了罷。」可見「我寧可省些」乃其誠心實意之說，並非虛言。

㉕ 庚辰本第 74 回，陳慶浩：《新編石頭記脂硯齋評語輯校》，頁 695。

挑兩個廚子女人在那裏，單給他姐妹們弄飯。新鮮菜蔬是有分例的，在總管房裏支去，或要錢，或要東西；那些野雞、獐、狍各樣野味，分些給他們就是了。」（第五十一回）一番話從理由、地點、方式等各方面都已考量俱到，有似乎長期醞釀所致，其體貼入微免除眾姝委屈的心向煥然可見。因此可以說，王夫人有如第二個母親，將她們納入羊水般撫慰顧惜的母懷中安棲養護，正是將其子宮家庭的母親之愛擴及於骨肉之外的旁系少女身上的澤被表現。

四、「子宮家庭」與「母愛／母權」

所謂子宮制，是一種與以父權為中心的宗法制不同的家庭運作模式，是以母系為中心所形成的一種非正式結構。人類學家 Margery Wolf 研究臺灣農村婦女與家庭的關係時，即指出在父系制度的架構下，存在母親以自己為核心，以所生之子女為成員，以情感與忠誠為凝聚力量的「子宮家庭」（uterine family）。其中，母親與兒子的關係尤其緊密，因為女兒在出嫁後會離開原生的「子宮家庭」，兒子則不同，他永遠在母親的身邊，同時兒子娶的媳婦以及之後誕生的孫子女，也都是「子宮家庭」的一員；因此，母親的未來寄望在兒子的未來，母親與兒子的關係特別密切，[26]致使傳統中國社會中，「在夫妻間的兩性情感為禮儀所抑制的情況下，母子之情有了較多的表露機會」。[27]而透過大量的明清文集、傳記、年譜為史料探討明清家庭的母子關係，學者更細密論證在中國性別文化的制約下，一個男子一生中最熟悉，並且可以公開地、無所顧忌地熱愛的唯一女性往往是他的母親；同樣地，一個女子一生中可以毫無保留的付出情感，又可以無所畏懼地要求他對自己忠誠、熱愛和感激的唯一男性就是他的兒子。母子間的忠誠與情感建立在母親對兒子的褓抱提攜與犧牲奉獻上，母親且不時有意識的提醒兒子為母者對他的期望，加上儒家孝道允許並要求兒子永遠對母親保持絕對忠誠，因而透過母子共同吃苦患難的經驗及

---

[26] Margery Wolf, *Women and the Family in Rural Taiwan* (Stanford: Stanford University Press, 1972). 參鄭雅如：《情感與制度：魏晉時代的母子關係》（臺北：國立臺灣大學出版委員會，2001 年），頁 17。

[27] 李楯：《性與法》（鄭州：河南人民出版社，1993 年 4 月），頁 63。

母親一再的灌輸、耳提面命，母親的價值觀、完整性以及影響力會活在兒子的身上，並終生與之相隨。㉘

以此衡諸王夫人與寶玉的母子關係，正是其典型例證。如第二十三回寫「王夫人只有這一個親生的兒子，素愛如珍」，即使嚴父賈政當前，仍是拉了寶玉在身旁坐下，「摸挲著寶玉的項脖說道」；又第二十五回記寶玉從王子騰夫人的壽誕回來，「進門見了王夫人，不過規規矩矩說了幾句，便命人除去抹額，脫了袍服，拉了靴子，便一頭滾在王夫人懷裏。王夫人便用手滿身滿臉摩娑撫弄他，寶玉也搬著王夫人的脖子說長道短的」；而第五十四回元宵放炮仗時，也可見「王夫人便將寶玉摟入懷內」，在在皆如脂硯齋所言：「慈母嬌兒寫盡矣。」㉙體現了母親對獨子親暱在抱的舐犢情深。同樣地，寶玉對母親也回饋以真誠的敬愛，於第三十七回中，秋紋追述道：「我們寶二爺說聲孝心一動，也孝敬到二十分。因那日見園裏桂花，折了兩枝，原是自己要插瓶的，忽然想起來說，這是自己的園裏的才開的新鮮花，不敢自己先頑，巴巴的把那一對瓶拿下來，親自灌水插好了，叫個人拿著，親自進一瓶送老太太，又進一瓶與太太」，以致兩位窩心至極的女性長輩歡喜非常；又第四十一回描寫賈母領著眾人與劉姥姥於綴錦閣飲酒聽樂，「只見王夫人也要飲，命人換暖酒，寶玉連忙將自己的杯捧了過來，送到王夫人口邊，王夫人便就他手內吃了兩口」，就此一段，脂硯齋更批云：

> 妙極，忽寫寶玉如此，便是天地間母子之至情至性。㉚

如是種種，比起寶玉與黛玉隱晦曲折的愛情模式，以及與其他女性之間終究不免男女之防的身體距離與碰觸禁忌，連一般餽贈都保有若干禮貌性的拘謹客套，這確實

㉘ 熊秉真：〈明清家庭中的母子關係——性別、感情及其他〉，李小江等主編：《性別與中國》（北京：三聯書店，1994年6月），主要論點見諸頁535-540。

㉙ 甲戌本第25回夾批，陳慶浩：《新編石頭記脂硯齋評語輯校》，頁480。脂批中另有多處寫及王夫人之為「慈母」，如第23回、第28回、第33回、第36回，見頁453、頁539、頁558、頁559、頁571。

㉚ 庚辰本第41回批語，陳慶浩：《新編石頭記脂硯齋評語輯校》，頁602。

證明了男子可以公開地、無所顧忌地熱愛的唯一女性乃是他的母親，也顯示出中國文化中的母子關係，雖然包含了親近的感情乃至兼有一種依賴感，卻總不會含示有「性」的因素，[31]而無須受到男女之防的限制，以致賈寶玉與王夫人如此毫無保留之親密無間。

至於第三十三回〈不肖種種大承笞撻〉一節中，王夫人對賈政所苦求的「我如今已將五十歲的人，只有這個孽障，……今日越發要他死，豈不是有意絕我」、後來對傷重的寶玉所泣訴的「這會子你倘或有個好歹，丟下我，叫我靠那一個」，以及第三十四回對襲人所說的「我已經快五十歲的人，通共剩了他一個，他又長的單弱，……若打壞了，將來我靠誰呢」，因而對襲人的苦心設想頓生感激，所謂「難為你成全我娘兒兩個聲名體面，……我就把他交給你了，好歹留心，保全了他，就是保全了我」，如此種種，都再三強調了母子共生並存的命運連帶關係。尤其從話語中一再提及的「快五十歲的人」一說，更顯示出王夫人對於自己即將面臨生育終結的轉捩點，而進入人生歷程最後之晚年階段[32]的強烈自覺，因此對無子絕後的可能性充滿了潛在焦慮，轉而表現為對賈寶玉的極度疼惜依賴，唯恐失去這孤苗單脈的唯一獨子，在在都呈現出母親的未來乃繫諸兒子身上的命運一體性。

由此，在母對子的母性表現中，還應該進一步區分出「母愛」與「母權」這兩個不同的層次。即母性不僅是情感天性的自然流露，其本質也是一種社會概念，[33]一如艾德麗安・里奇（Adrienne Rich）在討論母親身分時，對「母性」所區分的兩種意義：一是「每個女人與她生育能力和孩子的那種潛在關係」，二是「社會習

[31] 有關中國母子關係之非性化，及其與西方「弒父娶母」之父、母、子三方關係的比較，參孫隆基：《中國文化的「深層結構」》（香港：集賢社，1985 年 8 月），頁 182。

[32] 古代醫書即有女性至四十九歲「地道絕而無子」的論述，係對女性一生各階段之生理變化的觀察總結。而據曼素恩（Susan Mann, 1943-）對晚明至盛清婦女的研究指出，不同於男性從五十歲開始的這十年乃標示著官場生涯的巔峰，五十歲則是女性停經以致生育歲月告終，並由此進入晚年的標記，因此對婦女的生命安排具有重要意義。〔美〕曼素恩著，楊雅婷譯：《蘭閨寶錄：晚明至盛清時的中國婦女》（臺北：左岸文化出版公司，2005 年 11 月），第三章〈生命歷程〉，頁 154。

[33] 此乃薩拉・魯迪克（Sara Ruddick）的《母性的思考》一書的觀念貢獻，參劉岩編著：《母親身分研究讀本》（武昌：武漢大學出版社，2007 年 7 月），頁 229。

俗」，這種社會習俗的目的就在於為那種讓所有女人都被男人控制的勢力提供保證，而長期以來一直是大多數社會和政治制度賴以存在的基石。㉞我們也可以從這兩個範疇討論王夫人與賈寶玉之母子關係的內涵，亦即在情感上母愛固然是無償的、給予的，但在制度或社會習俗上母權卻是有條件的、要求的。張玉法曾簡要地點出：中國歷史上的女權雖低，但母權卻不低，㉟李楯更從實際的法律去說明古代母親的權力道：「被古代中國法律所確認的這種對子女的絕對的管教懲戒權，既為父掌握，也為母掌握——特別是為寡母掌握，雖然多數的母並不借助官府行使此一權力，但它確實是母的地位的一種法律保障。」㊱正因為子宮家庭或子宮制的存在，而影響了母權的形成與坐大，劉維開即從「子宮制」與「宗法制」的比較，解釋中國母權勢力的坐大和由來：「子宮制是以母系為中心所形成的一種非正式結構，所以母親在這個結構中具有著權威性的地位。禮教是死的，人的運用是活的。前節提及母權的獲得是由父權而來，當兩者發生衝突時，父權是唯一最高的權力；但當父親的母親仍然存在時，這個家庭的母權就佔了優勢，……母親在子宮系統家庭中的權威性，顯現出來的。」㊲

因此，在第三十三回〈不肖種種大承笞撻〉一節中，對宗法制中賈政所代表的父權伸張，為妻的王夫人也只能屈從地表示「必定苦苦的以他為法，我也不敢深勸」，改以「老爺雖然應當管教兒子，也要看夫妻分上」以及「今日越發要他死，豈不是有意絕我」來動之以情，在夫妻情份與母子情份的雙重柔性訴求下，乃中止了淩厲足以致命的父權之鞭，讓賈政長嘆落淚，向椅子坐了；此時，「慈母」還僅是父子之間的緩衝力量，一定程度地化解了兒子與嚴父的衝突決裂，緊接著賈母的介入，則更以「父親的母親」此一至高無上的母權凌駕並挫頓父權，導致賈寶玉從此豁免了父權的箝制以及宗法的束縛，在賈母隨後頒布的聖旨保障之下，「不但將

㉞ 〔美〕艾德麗安・里奇著，毛路、毛喻原譯：《女人所生》（重慶：重慶出版社，2008 年 1 月），頁 4。

㉟ 張玉法：〈中國歷史上的男女關係〉，子宛玉編：《風起雲湧的女性主義批評》（臺北：谷風出版社，1988 年 11 月），頁 139。

㊱ 李楯：《性與法》（鄭州：河南人民出版社，1993 年 4 月），頁 64。

㊲ 劉維開：〈傳統社會下我國婦女的地位〉，《社會建設》36 期、37 期（1979 年 6 月），頁 85。

親戚朋友一概杜絕了，而且連家庭中晨昏定省亦發都隨他的便了」（第三十六回），展現出儒家所崇奉之孝道對母權的提升作用，㊳並弔詭地反過來破壞儒家倫理規範。此所以書中寫寶玉「仗著祖母溺愛，父母亦不能十分嚴緊拘管，更覺放蕩弛縱，任性恣情，最不喜務正」（第十九回）。

但既然母親與兒子共享了未來的人生而成為命運共同體，對於奉元妃之命入住大觀園而鞭長莫及的寶玉，王夫人不但是「我身子雖不大來，我的心耳神意時時都在這裏」（第七十七回），對寶玉的動靜給予無形的遙控監視，更且在重大決策或關鍵事項上直接施展母權。其做法首先是選擇了襲人作為母親的替代者，將其價值觀透過分身時時不斷的提醒灌輸以持續發揮影響力，因而把月例二十兩銀子裏拿出二兩銀子一吊錢來給襲人，將之升任為實質姨娘。對此，脂硯齋先是指出「寫盡慈母苦心」，㊴接著又在王夫人含淚感嘆：「你們那裏知道襲人那孩子的好處？比我的寶玉強十倍！」諸句下評道：

> 忽加「我的寶玉」四字，愈令人墮淚。加「我的」二字者，是明顯襲人是彼的。然彼的何如此好，我的何如此不好，又氣又愧，寶玉罪有萬重矣。作者有多少服淚寫此一句，觀者又不知有多少眼淚也。㊵

這就清楚揭示出為母者的愛之深與責之切，其臍帶相連的深情與恨鐵不成鋼的期望相雜糅，遂醞釀出多少眼淚；而在此同時，也恰恰表現出母親在內闈中所保有的對兒子的教育權與支配權。事實上，除了提拔襲人一事外，衡諸王夫人在攆逐金釧兒與抄檢大觀園這兩個事件上的真正心理機制，實際上也就是出於「子宮家庭」之親子關係所形成的本位思考，而對兒子行使母權所致。陳其泰曾質疑道：

㊳ 當孝道成為中國社會中的重要道德要求時，身為母親的女性，便在兒子「侍親」「順從」的相對性中獲取了權力。參李豔梅：〈從中國父權制看《紅樓夢》中的大觀園意義〉，《輔仁國文學報》第 12 集（1996 年 8 月），頁 229-230。

㊴ 王府本第 36 回夾批，陳慶浩：《新編石頭記脂硯齋評語輯校》，頁 571。

㊵ 己卯本第 36 回批語，陳慶浩：《新編石頭記脂硯齋評語輯校》，頁 571。

王夫人惡晴雯至此，疑其引誘寶玉也。而自己房中有彩雲，與環兒相昵，何竟懵然不知耶？金釧兒之言，明明說出，乃怒攆金釧，而不密查彩雲之事，何耶？41

對這個問題的解答，其實就在於母愛與母權主要是以自己的親生兒子為施發對象，因此王夫人所愛深責切者都與寶玉相關；至於賈環並非王夫人所出，則對其淫邪狎昵之一無所謂，自是必然而然者，金釧與彩雲之同涉情色而卻際遇迥別的原因，答案也正在於此。42

而在母權伸張之際，為人子者也只能無條件地臣服順從，莫敢絲毫違抗，以致一見王夫人翻身起來掌摑金釧兒，賈寶玉的反應是「早一溜烟去了」，留下自己肇禍之殘局給金釧兒一人獨自承擔後果（第三十回）；次日「王夫人見寶玉沒精打彩，也只當是金釧兒昨日之事，……越發不理他」（第三十一回），乃至在金釧兒含羞賭氣自盡後，寶玉「進來被王夫人數落教訓，也無可回說」（第三十三回），在在顯發出母權的剛峻強悍。遑論王夫人親自入園搜檢並攆逐諸婢時，不但「鳳姐見王夫人盛怒之際，……縱有千百樣言詞，此刻也不敢說，只低頭答應著」，寶玉亦是「雖心下恨不能一死，但王夫人盛怒之際，自不敢多言一句，多動一步」，始終無言地接受母親的一切安排，最後還必須忍情隨侍一直跟送到沁芳亭，等到母命下達「回去好生念念那書，仔細明兒問你，才已發下狠了」，方才轉身回去（第七十七回）。由「回去好生念念那書，仔細明兒問你」亦可得知，此種由母親所行使的教育權與支配權，其終極目的仍是指向為父權利益而服務，故脂硯齋曾有批語云：「嚴父慈母，其事雖異，其行則一。」43從而母親與父親於此相互映射，彼此重疊為一。

---

41 清・陳其泰：《紅樓夢回評》，第 77 回評語。收入朱一玄編：《紅樓夢資料匯編》（天津：南開大學出版社，2001 年 10 月），頁 745。

42 同樣地，第 69 回敘及鳳姐用計將尤二姐帶入賈府時，王夫人本「因他風聲不雅，深為憂慮」，卻因賈母讚賞鳳姐主動為夫納妾的「賢良」而首肯，而隨之心態丕變，改為「見他今行此事，豈有不樂之理」，使尤二姐自此見了天日。王夫人之對「風聲不雅」的憂慮並不堅持，更未發展為任何的排斥行動，真正的原因也應出於納妾的是賈璉而非寶玉之故。

43 見王府本第 23 回於賈政「斷喝一聲：『作業的畜生，還不出去！』」諸句之夾批，陳慶浩：《新編石頭記脂硯齋評語輯校》，頁 453。

與賈母之尤愛品貌美、會說話的女孩，[44]因此對寶玉之妾的擇取標準與預設對象[45]恰恰相反的是，除了自家的侄甥女兒之外，王夫人明顯對奴輩女婢中之美貌伶俐者懷有根深柢固之猜忌防斥，而集中於全書從第七十幾回開始的大觀園後期爆發出來。此一猜忌防斥乃源自於女子的體膚感官之美具備了情色之誘惑力，先天上即蘊含衝犯道德的較大可能，若後天又憑恃美貌而有所企圖，如小紅即「因他原有三分容貌，心內著實妄想痴心的向上攀高，每每的要在寶玉面前現弄現弄」，[46]便更構成上位者如王夫人的疑忌防範。所謂「太太只嫌他生的太好了，未免輕佻些。在太太是深知這樣美人似的人必不安靜，所以恨嫌他」（第七十七回）、「蘭小子這一個新進來的奶子也十分的妖喬，我也不喜歡他」（第七十八回），可知其心中所形成一種強烈的「反美貌」情結；至於伶俐者，則表現出聰慧多才，一種言語便給、舉止靈巧、反應迅捷的人格特質，對王夫人而言，這也同樣產生了「有本事的人，未免就有些調歪」的疑慮（第七十八回），[47]由此乃形成一種「反伶俐」情結。若美貌再加上伶俐，將勢必使得外在美貌之誘惑力與內在靈慧之吸引力相糅和，加倍促進了情色誘惑性，而對男性少主產生更大的影響力，如此便相對地強化對母權的牴觸削弱與殺傷力。王夫人所謂「難道我通共一個寶玉，就白放心憑你們勾引壞了不成」（第七十七回），顯然，對未來只能依賴兒子的母親而言，在一種被母親發展起來用於保護她孩子的那種激情與想像力之中，這就等於是最大的威脅，如此才能理

[44] 見薩孟武：《紅樓夢與中國舊家庭》（桂林：廣西師範大學出版社，2005 年 5 月），頁 109。

[45] 第 78 回賈母道：「晴雯那丫頭我看他甚好，……我的意思這些丫頭的模樣爽利言談針線多不及他，將來只他還可以給寶玉使喚得。」可見對模樣、言談之看重。

[46] 庚辰本在此有批語云：「有『三分容貌』尚且不肯受委屈，況黛玉等一干才貌者乎。爭奪者前來一看。」陳慶浩：《新編石頭記脂硯齋評語輯校》，頁 475-476。

[47] 事實上，這一點也並非無端的成見，除了小紅不甘雌伏的例子外，諸如第 21 回寶玉與襲人嘔氣，臨時起用「生的十分水秀」的四兒為之倒茶服侍，「誰知四兒是個聰敏乖巧不過的丫頭，見寶玉用他，他變盡方法籠絡寶玉」；又第 78 回寶玉對兩個小丫頭探詢晴雯的臨終情狀更可為證，當寶玉對據實以告的小丫頭責以「你糊塗，想必沒有聽真」後，「旁邊那一個小丫頭最伶俐」，聽寶玉如此說便投其所好，胡謅出「晴雯死後司主芙蓉花神」的故事，其說固然新奇動人而極富想像力，也啟動接下來〈痴公子杜撰芙蓉誄〉的淒美情節，然而就事論事，卻不能免於勢利造假、逢迎獻媚的本質。至於第 52 回「墜兒那樣一個伶俐人，作出這醜事來」，更是等而下之者。

解第三十回所謂：「王夫人固然是寬仁慈厚的人，從來不曾打過丫頭們一下，今忽見金釧兒行此無恥之事，此乃平生最恨者，故氣忿不過，打了一下，罵了幾句。雖金釧兒苦求，亦不肯收留。」所彰示出王夫人「反情色」心理之強烈，因此一觸即發，決絕而無可轉圜，表現出反應速度與處置程度的無與倫比。第七十七回更清楚記載：

> 王夫人自那日著惱之後，王善保家的去趁勢告倒了晴雯，本處有人和園中不睦的，也就隨機趁便下了些話，王夫人皆記在心中。……今日特來閱人，一則為晴雯猶可，二則因竟有人指寶玉為由，說他大了，已解人事，都由屋裏的丫頭們不長進教習壞了。因這是更比晴雯一人較甚，乃從襲人起以至於極小作粗活的小丫頭們，個個親自看了一遍。

可見與男女淫穢有關的「不才之事」才是王夫人認定的首要弊端，至於晴雯之深受沾帶，乃是源於王夫人此一強烈之反情色心理的池魚之殃，而從其背負勾引之虛名而遭讒被逐之事，也進一步剖現了此一反情色心理的細膩內涵。

第七十四回記王善保家的讒害晴雯，罪名就是：「那丫頭仗著他生的模樣兒比別人標緻些，又生了一張巧嘴，天天打扮的像個西施的樣子，在人前能說慣道，掐尖要強。一句話不投機，他就立起兩個騷眼睛來罵人。妖妖趫趫，大不成個體統。」這些話在王夫人心目中所喚起的形象，正是上次隨老太太陪劉姥姥逛大觀時，所見到的「一個水蛇腰、削肩膀、眉眼又有些像你林妹妹的，正在那裏罵小丫頭。我的心裏很看不上那狂樣子」，因此一下子就對號入座；而王熙鳳回應王夫人之揣測詢問時雖然謹慎保留得多，表示：「我也忘了那日的事，不敢亂說。」但也同意晴雯的個人特質確然如此，所謂：「若論這些丫頭們，共總比起來，都沒晴雯生得好。論舉止言語，他原有些輕薄。方才太太說的倒很像他。」就此比較王善保家的、王夫人與王熙鳳這三段表述，再配合第七十四回「他本是聰敏過頂的人，見問寶玉可好些，他便不肯以實話對」，與第七十七回「賈母見他生得伶俐標緻，十分喜愛，故此賴嬤嬤就孝敬了賈母使喚」、「晴雯雖到賈母跟前，千伶百俐，嘴尖性大」的各方描述，可以看到其中十分一致而同時並存的兩個意義核心，亦即冠絕超群的美麗容貌以及聰敏伶俐的言行特點，而這兩點的綜合正是王夫人之所最厭嫌的集大成者。因此四兒也是因為「雖比不上晴雯一半，卻有幾分水秀。視其行止，聰明皆露在外頭，且也打扮的不同」，私下更有「同日生日就是夫妻」的僭越之言（第七十七回）而遭攆逐，理由相同。有趣的是，事實上晴雯對此也完全心知肚明，故當王夫人命人叫她過來時，晴雯即因為「素日這些丫鬟皆知王夫人最嫌趫裝豔飾語薄言輕者」（第七十四回）而不敢十分出頭，並沒有十分裝飾，以免干犯禁忌。

至於上述反覆出現的「語薄言輕」、「舉止言語，他原有些輕薄」之說，實即為聰敏伶俐的近似語，其所謂「輕薄」與今日之用法有所不同，乃意謂性格不夠沉穩持重，表現在舉止言語上，則類乎「舉動自專由」（漢代〈古詩為焦仲卿妻作〉）之義，包括言語犀利、好惡由己、情緒先行甚至暴躁易怒等行為特徵，以及率性自主、爭強好勝、不顧大體、以自我為中心的性格特徵，而總歸為自我控制能力的缺乏。這些特徵落實在晴雯身上，便是寶玉所謂「你素習好生氣，如今肝火自然盛了」（第五十一回），以及平兒用來描述「一時氣了，或打或罵」的「爆炭」之喻（第五十二回），還有王夫人所見的「罵小丫頭的狂樣子」（第七十四回），在在都呈現出「訐」而「不遜」的言行表現。[48]特別就言語方面而言，所謂「一張巧嘴」、「在人前能說慣道」、「掐尖要強，一句話不投機，他就立起兩個騷眼睛來罵人」，以書中的用語來說，又可以與「伶俐」相通，因此王夫人命人叫晴雯過來時，吩咐的就是「有一個晴雯最伶俐，叫他即刻快來」，總和起來，恰恰便是「千伶百俐，嘴尖性大」之謂。

從「王夫人最嫌趫裝豔飾語薄言輕者」之說，才真正全面掌握王夫人「反情色心理機制」的兩個構成要素，因而具備包括美麗與伶俐之雙重條件者，便被等同於「妖精似的東西」（第七十四回），在「襲人、麝月這兩個笨笨的倒好」（第七十四回）、「若說沉重知大禮，莫若襲人第一」（第七十八回）的對照之下，以及繡春囊事件所啟動的情色危機的背景中，就成為深具「難道我通共一個寶玉，就白放心憑

[48] 二語出自《論語・陽貨篇》，孔子反問：「賜也，亦有惡乎？」子貢回答道：「惡徼以為知者，惡不孫以為勇者，惡訐以為直者。」《論語》（臺北：藝文印書館，十三經注疏本，1982 年 8 月），頁 159。

你們勾引壞了不成」、「好好的寶玉，倘或叫這蹄子勾引壞了」之疑慮的王夫人所防範杜絕的對象。證諸王夫人所自說的「我一生最嫌這樣人，況且又出來這個事」（第七十四回），恰恰表明了晴雯等之所以陷入遭逐的悲劇，正是此一主客觀條件湊集共構的結果。

更何況，從第七十七回晴雯臨終前對寶玉所說的：「不料痴心傻意，只說大家橫豎是在一處，不想平空裏生出此一節話來」，便逗漏其「準姨娘」的自覺判斷；再由「今日既已擔了虛名，而且臨死，不是我說一句後悔的話，早知如此，我當日也另有個道理」，更清楚揭示其原初不忮不求的光明磊落並非出於道德自持，而只是一路順風之下對唾手可得之物的十拿九穩，因此一旦面臨冤屈，便產生悔不當初的另謀之想。而細思深究那奠基於後悔翻案的「另有個道理」，亦當使之與小紅者流相去不遠，故晴雯才會拼盡最後的奄奄之力，齊根絞下指甲以贈寶玉，並脫下貼身襖衣與賈寶玉者互換，表現出臨死無懼而放膽越禮的「私情密意」之舉，一如晴雯亦自承：「論理不該如此，……既擔了虛名，越性如此，也不過這樣了。」就此，二知道人便認為：「觀晴雯有悔不當初之語，金釧兒有金簪落井之言，則二人之於寶玉，是非之情，不可以相讕已。王夫人俱責而逐之，杜漸防微，無非愛子。」[49]即洞視王夫人並非全然昏偵而一味錯殺之輩，其所憂慮防範者都大有發生可能、甚至已然發生，因此才會斷然採取根絕措施。

同時可以發現，王夫人之所以對金釧兒與晴雯芳官等事的反應和處置稍嫌激烈而嚴厲，除了上述觸犯情色禁忌的條件之外，更是因為事件本身的即時性所導致。亦即以王夫人昏瞶平庸、糊塗善忘的個性，事件本身必須具備眼前當下的即時性以及觸犯情色禁忌的嚴重性，才能引發她的關切與處理：事件的情色性質固然導致她的過度處置，然而事件的即時性更讓她記得付諸實踐，並因為突如其來而欠缺深思熟慮的空間，更加重情緒化所致的過猶不及，否則就會流於「我何曾又不想到這裏，只是這幾次有事就忘了」的空知空想。據此而言，金釧兒跳井與抄檢大觀園兩

[49] 二知道人：《紅樓夢說夢》，一粟編：《紅樓夢卷》，卷3，頁97。

個事件之間在本質上即存在著近似一貫的孿生關係。[50]

另一方面，從事件中受害者的角度而言，王夫人對金釧兒與晴雯芳官等反應之激烈與處置之嚴厲，雖難免有「我不殺伯仁，伯仁因我而死」之虞，但從大家族的管理立場以及全書的敘事結構來說，卻也是必然而然的合理作為。書中記載王夫人對寶玉於大觀園中的去留問題，決定「暫且挨過今年一年，給我仍舊搬出去心淨」時，脂硯齋在此批云：

> 一段神奇鬼訝之文，不知從何想來。王夫人從未理家務，豈不一木偶哉。且前文隱隱約約已有無限口舌，漫（浸）闊（潤）之潛（譖）原非一日矣，若無此一番更變，不獨終無散場之局，且亦大不近乎想理。況此亦此（是）余舊日目覩親問（聞），作者身歷之現成文字，非搜造而成者，故迥不與小說之離合悲歡窠舊（臼）相對。想遭令（零）落之大族見（兒）子見此，難（雖）事有各殊，然其想理似亦有點（默）契於心者焉。此一段不獨批此，真（宜）從「妙（抄）臉（檢）大觀園」及賈母對月典（興）盡生悲，皆可附者也。[51]

脂硯齋的說詞中有兩個重點值得注意：一是他認為將寶玉遷出大觀園的決策，乃是王夫人料理家務的實權展示，符合當家者思慮全局的合理行為，否則王夫人之女家長地位豈非木偶般形同虛設。就此而言，王夫人其實已早有此見此想，如第三十四回襲人向王夫人建言前，王夫人先是鼓勵她：「我的兒，你有話只管說。近來我因聽見眾人背前背後都誇你，我只說你不過是在寶玉身上留心，或是諸人跟前和氣，這些小意思好，所以將你和老姨娘一體行事。誰知你方才和我說的全是大道理，正和我的想頭一樣。」而對襲人隨後所建議的將寶玉遷出大觀園一事，王夫人實際上也是「我何曾又不想到這裏」，於是心有戚戚而深感同道，可見她不但早已蘊釀同一意念，也清楚了解「寶玉身上留心，或是諸人跟前和氣」只不過是「小意思」，

---

[50] 詳參歐麗娟：〈《紅樓夢》中的「燈」：襲人「告密說」析論〉，《臺大文史哲學報》第 62 期（2005 年 5 月）。

[51] 庚辰本第 77 回，陳慶浩：《新編石頭記脂硯齋評語輯校》，頁 710。

是只出於對一人一己之私心私情，雖好卻小；至於真正關鍵的是襲人展現了從整體考量而「想的這樣周全」的「大道理」，具備治家者全面照應的宏觀格局，也與王夫人的母權思維相符，因此才獲得王夫人的由衷肯定。這也就使得寶玉之遷出大觀園擁有長遠的思想準備，其付諸實行乃勢所必然，只是因為王夫人的善忘才導致遷延而已。[52]

其二，從全書結構來說，脂硯齋認為將寶玉遷出大觀園一事乃是必然而然的合理安排，不但是延續「前文隱隱約約已有無限口舌」而直線發展的水到渠成，且透過「此一番更變」而導致「散場之局」，更進一步完成了小說生滅起結的完整脈絡。特別是，王夫人大張旗鼓的「抄檢」做法固然違背了鳳姐所提出「暗暗訪察」之原則，成為激化家族內部矛盾與加速分裂的昏聵決策，但方式之不當並不等於整頓工作之不該實施，一如管家林之孝都警覺到「裏頭的女孩子們一半都太大了」（第七十二回），王熙鳳更擔心「園內丫頭太多，保的住個個都是正經的不成？也有年紀大些的知道了人事，……保不住人大心大生事作耗，等鬧出事來，反悔之不及」（第七十四回），因此雙雙主張裁革年齡大些的丫頭，事實上果然也發生司棋因「近年大了」（第七十二回）而與表弟偷情並遺落繡春囊的醜事。隨著年齡增長所帶來的性成熟導致風月逐漸入侵，淫色蠢蠢欲動，則大觀園之人事整頓已然箭在弦上，不得不發。也正是基於上述這兩點，使得王夫人之抄檢大觀園成為順理成章的勢在必行，並獲取了「近乎想理」的積極意義。

值得思考的是，近現代的評論者往往對客觀世界的倫理範疇嗤之以鼻，採取同情受害者的情感立場進行評價，以致表現出與脂硯齋大相逕庭的批評旨趣。如涂瀛《紅樓夢問答》認為：「或問：『王夫人逐晴雯、芳官等，乃家法應爾。子何痛詆之深也？』曰：『《紅樓夢》只可言情，不可言法。若言法，則《紅樓夢》可不作矣。且即以法論，寶玉不置之書房而置之花園，法乎否耶？不付之阿保而付之丫鬟，法乎否耶？不游之師友而游之姐妹，法乎否耶？即謂一誤，不堪再誤，而用襲人則非其人，逐晴雯則非其罪，徒使僉人倖進，方正流亡，顛顛倒倒，畫出千古庸

[52] 徐鳳儀《紅樓夢偶得》認為：「三十四回王夫人既知襲人之言有理，寶玉棒瘡痊好，仍未搬移，何其溺愛！」一粟編：《紅樓夢卷》，卷 3，頁 79。如此則是以溺愛解釋拖延遷出的原因。

流之禍，作書者有危心也。貶之，不亦宜乎！』」[53]然而，構成世界完整內涵的並非只有一種真理，甚且真理的反面也同樣是真理，情與法都是構成世界不可或缺的範疇，彼此互補相成而非對立互斥，因此紅樓世界前半部的情表述與後半部的法表述不但可以並存無礙，也可以在時間發展的先後過程中組織世界的全景，並開掘人情事理的無限縱深。西園主人即曾說：「探春者，《紅樓》書中與黛玉並列者也。《紅樓》一書，分情事、合家國而作。以情言，此書黛玉為重；以事言，此書探春最要。」[54]浦安迪（Andrew H. Plaks）更以二元襯補（complementary bipolarity）的角度認為，大觀園世界裏的「情」僅是片面的，無法涵括宇宙的大觀，且若單重「情」之一面，勢必失節而招致險禍。[55]則涂瀛所言便只是囿於唯情觀主宰之下的片面之說，並不符合書中對二元襯補世界的全面觀照。

是故許葉芬《紅樓夢辨》雖然頗不以襲人為然，卻也不得不承認，從人情事理的客觀角度而言，「寶玉以少男而居眾女之中，粥粥群雌，易相為悅，設非有人朝夕其側，善窺意向，巧事鍼砭，其放縱將不可聞。」[56]何況襲人一如紫鵑都乃賈母慧眼識擢以賜愛孫之人（第三回），雙雙形成「忠僕配賜寵兒」的平行結構。[57]因此王夫人之信賴襲人，並不能視為「非其人」的錯任讒奸，王夫人之昏聵也並不是表現在寵拔襲人一事上；其次，當論者採取同情受害者的情感立場進行評價時，即容易傾向於將王夫人視為戕害少女的封建邪惡勢力，並以之論斷王夫人的冷酷兇殘，所謂「一怒而死金釧，再怒而死晴雯，死司棋，出芳官等」，但這卻是一種以結果證明動機、以經驗事實進行道德評價的可議推論。試一一檢證相關情節與情境，就攆逐金釧兒一事而言，王夫人在盛怒之當下固然有著「雖金釧兒苦求，亦不肯收

[53] 一粟編：《紅樓夢卷》，卷 3，頁 145。野鶴《讀紅樓夢劄記》也引述此說並加以贊同，同書，頁 287。

[54] 西園主人：《紅樓夢論辨》，一粟編：《紅樓夢卷》，卷 3，頁 203。

[55] 〔美〕浦安迪著，孫康宜譯：〈西遊記、紅樓夢的寓意探討〉，《中外文學》第 8 卷第 2 期（1979 年 7 月），頁 54-55。所謂二元襯補的世界觀，可詳參〔美〕浦安迪：《中國敘事學》（北京：北京大學出版社，1996 年 3 月），頁 160。

[56] 一粟編：《紅樓夢卷》，卷 3，頁 230。

[57] 王府本第 3 回夾批云：「賈母愛孫，錫以善人，此誠為能愛人者，非世俗之愛也。」陳慶浩：《新編石頭記脂硯齋評語輯校》，頁 88。

留」的決絕，然其所謂「我只說氣他兩天，還叫他上來」（第三十二回）未始不是真心之想，不必然是鬧出人命之後的自我開脫，比較那她很看不上其狂樣子的晴雯被逐後，襲人尚且向寶玉分析轉圜召回的可能性：「等太太氣消了，你再求老太太，慢慢的叫進來也不難。不過太太偶然信了人的誹言，一時氣頭上如此罷了。」（第七十七回）則對多年以來情同母女的金釧兒，氣頭過後復舊如初的機會當更大增。更根本地說，司棋本身乃有案在身的禍首，入畫之遭棄則是出於惜春的堅持，皆不應歸罪於王夫人；而王夫人對其餘諸婢的處置方式都是攆逐，並非賜死，遭逐後金釧兒之投井自盡乃出於意料之外，晴雯之病夭則是天之所授，芳官等之出家更是出於個人的自主意志，這些不幸的結果都不能與攆逐本身直接等同為一，更不能用以逆推反證其本心初衷。

何況就根本而言，「這園裏凡大的都要去呢」而「終有一散」（第七十七回），乃是奠基於自然律之不可抗力所致的人事鐵則，諸婢中對此也早有充分自覺者，如紅玉自道的「不過三年五載，各人幹各人的去了」（第二十六回）與司棋所謂的「再過三二年，咱們都是要離這裏的」（第七十二回），[58]連鴛鴦也都是「將來難道你跟老太太一輩子不成？也要出去的」（第四十六回平兒語），則王夫人之攆逐行動只是發落眾婢的措施提前而已；甚且所謂的「攆逐」，實質上是另一種形式的「開恩」[59]——即雖無額外賞賜，並帶有收回榮寵的懲罰意義，卻也是無條件解除婢僕們典質於賈府的賣身契約，在無須償付贖金的情況下重獲人身自由。一如怡紅院的小丫頭春燕所表示：「在這屋裏長久了，自有許多的好處，……寶玉常說，將來這屋裏的人，無論家裏外頭的，一應我們這些人，他都要回太太全放出去，與本人父母自便呢！」而柳家的也因見寶玉房中的丫鬟差輕人多，且又聞得寶玉將來都要放他們，故欲將五兒送到怡紅院去應名（第六十回），可見除了「老少房中所有親侍的女孩子們，更比待家下人不同，平常寒薄人家的小姐，也不能那樣尊重」（第十九

[58] 著名的歇後語「千里搭長棚，沒有不散的筵席」，也正是在此一無常敘述的脈絡中不約而同地出自這兩位婢女之口，足見絕非偶然。

[59] 第 19 回襲人以自身為「賣倒的死契」，尚且對寶玉說：「如今我們家來贖，正是該叫去的，只怕連身價也不要，就開恩叫我去呢。」又第 72 回寫管家林之孝建議賈璉道：「不如揀個空日回明老太太老爺，把這些出過力的老家人用不著的，開恩放幾家出去。」

回），因而依戀府中生活、謀求經濟改善，[60]甚至妄想升格姨娘以求終身富貴的寵兒，「放出去」乃成為諸婢想望企盼的終極福利，也是寶玉惠愛女僕的最大善舉。而王夫人也曾「見彩霞大了，二則又多病多災的，因此開恩打發他出去了，給他老子娘隨便自己揀女婿去罷」（第七十二回），對照而論，金釧兒是由其母親白老媳婦來領了下去，四兒是「把他家的人叫來，領出去配人」，芳官及其他女戲子亦是「令其各人乾娘帶出，自行聘嫁」，晴雯同是「賞他家配人去」（第七十八回），連禍首司棋都是「賞了他娘配人」（第七十七回）；至於遭攆眾婢之經年積攢所得，也都是悉數附送，如司棋出園時是「兩個婆子將司棋所有的東西都與他拿著」，芳官也是「把他的東西一概給他」，而晴雯當下雖是「只許把他貼身衣服撂出去，餘者好衣服留下給好丫頭們穿」（第七十七回），然從其身故後「剩的衣履簪環，約有三四百金之數」（第七十八回）——相當於三四千兩銀子、三四百萬銅錢，[61]可知賈府為奴的僅僅六年之間待遇之優渥。眾婢所損失的本就是上位者額外賜予的優待寵遇，於其個人身家乃一無侵奪，證諸王夫人談及放出女戲子時所謂的「他們既學了會子戲，白放了他們，也是應該的」（第七十八回），「白放」一詞正揭露出無償解約的開恩性質。

若比較第十九回寶玉的為茶攆茜雪，尤其第五十二回晴雯在作主攆逐墜兒之前，尚且要動用私刑戳爛其手以為洩恨的做法，堪堪可以比擬第四十四回鳳姐為逼問替賈璉把風的小丫頭，乃「向頭上拔下一根簪子來，向那丫頭嘴上亂戳」，更足見王夫人伸張母權的方式並未違背「賈府中從不曾作踐下人，只有恩多威少」（第十九回）的人道原則，而與慈善之人格主調無所矛盾。這些都是吾人在討論時切切不應忽略的面向。

---

[60] 如第 60 回寫柳五兒急切央求芳官引介入園，以補上怡紅院的缺額，所述原因除了「給我媽爭口氣」的榮譽感之外，其餘兩項皆屬經濟因素，所謂「添上月錢，家裏又從容些，……便是請大夫吃藥，也省了家裏的錢」，三項即佔其二，可見利益所趨。至於第 78 回寫晴雯被攆死後，其遺物中「剩的衣履簪環，約有三四百金之數」，此外所得尚且未計，更可證其物質待遇之豐厚。

[61] 第 53 回藉賈蓉對烏進孝的解說，指出「一百兩金子，才值了一千兩銀子」，可知金、銀之兌換比例；至於一兩銀子約等於並實質大於一吊錢，即一千個銅錢。

五、結論：母神的雙重性

按照神話慣用的象徵符碼：「社會永遠是父權的」，而「自然則永遠是母性傾向的」，則男孩的「成人儀式」就是讓男孩「不再是他們母親的兒子，而成為父親的兒子」，「小男孩不能再回到他母親那裡，他進入人生的另一階段，經歷一聯串痛苦的經驗，成為男人。」[62]換言之，男孩在成長過程中必須脫母入父、脫離自初臨人世即享有的溫柔關愛、呵護疼惜，踏入嚴酷爭競的成人世界——父權的世界。[63]然而，寶玉在賈母的無上母權捍衛之下，卻一直拒絕成長為父親的兒子，而置身於大觀園所提供的母性環境中做「母親的兒子」，始終享受一種嬰兒成長初期才有的無條件的母愛，堅持過著「別聽那些俗語，想那俗事，只管安富尊榮才是」、「一心無掛礙，只知道和姊妹們頑笑，餓了吃，困了睡，再過幾年，不過還是這樣，一點後事也不慮」（第七十一回）的率性生活。因此，路易思・愛德華（Louise Edwards）在分析《紅樓夢》性別關係中的緊張性時，特別將焦點放在母愛所具有的破壞潛能上，她把《紅樓夢》形容成一部編年史，紀錄慈母取代嚴父的過程，前者的關愛培育轉變成恐怖的寵溺，因而毀了兒子的一生。[64]這樣的觀察衡諸上文所論雖未必盡然，但卻恰恰觸及了母性內涵正反兼具的雙重性。

已有學者注意到王夫人的「母愛」具有充滿著溫馨、慈愛之自然屬性，和充滿著冷酷、兇殘之社會屬性的兩重性，前者放縱寶玉，而後者束縛寶玉，分別在先後時期呈現出封建倫理道德中「母愛」的正反作用力。[65]但我們應該進一步指出的

---

[62] 〔美〕坎伯著，朱侃如譯：《神話》（臺北：立緒文化公司，1995年6月），頁146-147。

[63] 〔美〕坎伯著，朱侃如譯：《神話》，頁87-88。

[64] Louise P. Edwards, *Men and Women in Qing China: Gender in "The Red Chamber Dream"* (Leiden: E. J. Brill, 1994), p.113-129. 轉引自〔美〕曼素恩著，楊雅婷譯：《蘭閨寶錄：晚明至盛清時的中國婦女》，頁241、215。

[65] 王文安：〈試論王夫人的「母愛」及其對寶玉性格的影響〉，《淮南師範學院學報》，2003年第2期。該文以為自第33回之後，王夫人與寶玉母子間親熱的場面就很少能夠看到了，代之而來的是母子間逐步的疏遠、對抗，以致最後的決裂，見頁18。唯第41回描寫「寶玉連忙將自己的杯捧了過來，送到王夫人口邊，王夫人便就他手內吃了兩口」，以及第54回元宵放炮仗時「王夫人便將寶玉摟入懷內」這兩段情節，即足以推翻此說。

是，這並非如論者所主張，其社會屬性是受封建思想所影響之專屬特性，且其母愛型態也並未表現出由自然屬性轉向社會屬性的前後期變化，而是一貫地、並時地、一體兩面地展演了母性深層的普遍本質。西蒙・波娃（Simone de Beauvoir, 1908-1986）曾質疑母親是良善、慈愛化身的神話說法：「自從母性的宗教宣揚所有母親都是神聖的以來，母愛便被歪曲了。……母性往往含有自我陶醉、為他人服務、懶散的白日夢、誠懇、不懷好意、專心或嘲諷等等因素。」[66]事實上，在原始神話中，從來就沒有忽視過母性邪惡的一面，榮格（Carl Gustav Jung, 1885-1961）對集體無意識的研究指出，母親原型作為在遠古神話和夢境中常常出現的原型（archetypes）中的一種，具有兩組性質截然相反的屬性，[67]這種極端衝突的矛盾性不斷地被後來的學者所發揮，如坎伯（Joseph Campbell, 1904-1987）即指出，單一的原因可以在這個世界的框架中產生善與惡的雙重效應，同樣地，生命之母等於死亡之母，存在於人類記憶的隱密空間中的不只是仁慈的「好」母親，也有「壞」母親的意象，並同時匯集於如月神黛安娜之偉大女神的根基中。[68]又艾瑟・哈婷（M. Esther Harding）在追溯神話故事時，也提出了月母神（the Moon Mother）兼具兩種正負特性的說法，[69] Robert H. Hopcke 也認為，母親原型在神話中展現的形象，包括：「生育世界的冥府地母（Earth Mother），以包容一切的偉力支撐並引導世界的天母（Sky Mother），哺育世界、供養生靈的生育女神（Fertility Goddesses）以及吞噬、掠奪、強取和限制生命運動的黑暗之母（Dark Mother）。」[70]這種矛盾性不僅見之於神話中的婦女形象，更是婦女心理學的恆常論題。

---

[66] 〔法〕西蒙・波娃著，歐陽子等譯：《第二性》（臺北：晨鐘出版社，1984 年），頁 97。

[67] Carl G. Jung, *The Collected Work of C. G. Jung* (Princeton: Princeton University Press, 1967), Volume 9. Part I, p. 82。轉引自楊瑞：〈《聊齋誌異》中的母親原型〉，《文史哲》1997 年第 1 期，頁 87。

[68] 參〔美〕坎伯著，朱侃如譯：《千面英雄》，頁 113-117、頁 331。這類意見學者發揮的很多，此處不一一詳舉。

[69] 見 M. 艾瑟・哈婷著，蒙子、龍天、芝子譯：《月亮神話－女性的神話》（上海：上海文藝出版社，1992 年 9 月），頁 38-39。

[70] 〔美〕Robert H. Hopcke 著，蔣韜譯：《導讀榮格》（臺北：立緒文化公司，2002 年 1 月），頁 102。

這樣的說法衡諸《紅樓夢》中的母親們，可以見出一定程度的合契之處。若聚焦於王夫人來看，作為寶玉的生命之源，更彰示於第二十五回寶玉遭魔法所祟而奄奄待斃之際，其賴以起死回生之助力既包括僧道所施展的超自然神力，同時也必須依賴母性所具備的原始創生力量。早在他和鳳姐發病瘋魔之初，那些婆娘媳婦丫頭都不敢近前，因此把二人都抬到王夫人的上房內，由賈母王夫人等女性長輩守護，母性容納承擔的力量初步展現；當僧道駕臨將通靈寶玉持頌一番後，更叮嚀道：「此物已靈，不可褻瀆，懸於臥室上檻，將他二人安在一室之內，除親身妻母外，不可使陰人沖犯。三十三日之後，包管身安病退，復舊如初。」隨後病患便依言被安放在王夫人臥室之內，由王夫人親身守著，不許別個人進來，當晚寶玉即漸漸醒來，效驗神速。就在這場母性救渡的神聖再生儀式中，母親再度給予兒子第二次生命，可謂名符其實的「二度出生」，由此乃透顯出母神之帶來生機的一面。只是出於子宮制中母子一體的母權心態，其作為月母神負面、邪惡的一面才浮顯出來，針對美麗聰明而具有誘惑力的奴輩女子而發，以確保與兒子之間的傳承無虞，當然如此一來，也直接造成賈寶玉的身心重創，既不免有金釧兒遭攆自盡之後的「五內摧傷」（第三十三回），抄檢大觀園事件尤為其最，所謂：「沒精打彩，還入怡紅院來，一夜不曾安穩，睡夢之中猶喚晴雯，或魘魔驚怖，種種不寧。次日便懶進飲食，身體作熱，此皆近日抄檢大觀園、逐司祺、別迎春、悲晴雯等羞辱驚恐悲淒之所致，兼以風寒外感，故釀成一疾，臥床不起。」以致「王夫人心中自悔不合因晴雯過於逼責了他」（第七十九回），這正顯示出母性中降人災禍、控制死亡而生殺予奪之破壞力，並對兒子帶來危機、造成顛覆傷害的這一面。而如此之扮演阻礙、禁止和處罰角色的「壞」母親意象，更呈現出諾伊曼（Erich Neumann）在研究大母神時所指出的「恐怖女性」的負面基本特徵。[71]可以說，「儘管恐怖女神最古老的母權

---

[71] 所謂：恐怖女性（Terrible Female）是無意識的一種象徵，「代表原型女性的黑白宇宙之卵，其黑暗的一半產生了種種恐怖的形象，這些形象表現了生命和人類心理黑暗的、深不可測的方面。正如世界、生命、自然和靈魂被經驗為有生殖力的、賦予營養、防護和溫暖的女性一樣，它們的對立面也在女性形象中被感知；死亡和毀滅，危險與困難，飢餓和無防備，在黑暗恐怖母神面前表現為無助。」〔德〕埃利希·諾伊曼著，李以洪譯：《大母神——原型分析》（北京：東方出版社，1998年9月），頁149。

儀典已被父權因素所掩蓋，仍能很清楚地看出，她的年輕的兒子既是她的情人，又是她的授胎者。」[72]此種「母－恐怖女神／子－授胎者－情人」的對應模式，即揭示出王夫人與寶玉之母子關係的兩面性。

綜合言之，在王夫人與兒子及其他女性親族晚輩的互動型態中，乃複合了雙重乃至多重的母親成分：一方面王夫人對迎、探、惜等女性子代的照護所呈現的是單純的母愛，而其之所以能夠庇納眾姝於溫暖羽翼之下，乃是宗法制中嫡母身分所賦予她的母權所致，由此即展現出宗法制不但為子宮制奠定基礎，甚且給予子宮家庭高度的容護與涵養，乃至破除了正庶之別與房系之隔，橫向擴充了子宮家庭的包攝對象與整體規模，並縱向延續至隔代的巧姐兒，[73]而大觀園便可以說是「母親的子宮」；另一方面，王夫人對賈寶玉的遷出大觀園以及與此相關的種種防衛措施，則呈現出子宮制向父權社會的回歸與效忠。

而母性與母權，以及兩者彼此相關之餘所涵攝的母神意涵的正負雙面性，正是王夫人之形象塑造與功能意義的詮釋關鍵。

※本文原刊登於《臺大中文學報》第 29 期（2009 年 12 月），經《臺大中文學報》編輯委員會同意收錄於本書。

---

[72] 〔德〕埃利希·諾伊曼著，李以洪譯：《大母神——原型分析》，頁 195。

[73] 第 21 回寫巧姐兒出痘時，鳳姐與平兒即隨著王夫人日日供奉痘疹娘娘，可見王夫人愛屋及烏的心理。

A New Interpretation on the Lady Wang in the *Dream of the Red Chamber*

*Ou Li-chuan**

Abstract

A common interpretation of the Lady Wang in the *Dream of the Red Chamber* is to view her as supporting the marriage between Chia Baoyu and Xue Baochai and opposing the love/marriage between Chia Baoyu and Lin Daiyu. In a word, Lady Wang is deemed as an embodiment of traditional Confucian ritual-ethical force (傳統禮教勢力) that persecuted young women. Such interpretation is typically based upon a restrictive reading on one single episode of the novel, namely, the rummaging of the Prospect Garden (抄檢大觀園). This paper carefully examines all the plots about Lady Wang and tries to provide a comprehensive characterization of her role, incorporating, among others, the perspectives of parent-child relationship, uterine family, and maternity. I focus on delineating Lady Wang's "double image" as a mother (雙重母親): simple-minded and yet prudent, attentive to natural feelings while adhering to traditionally-derived power. This "double image" characterization echoes the familiar theme of "the second birth" (二度出生) in mythology. I argue that Lady Wang embodies exactly this double image: on the one hand, she is kind, life-giving, and warm; on the other, she is inscrutable, capable of destruction, and has a terrifying persona. The episode of rummaging the Prospect

* Professor, Department of Chinese Literature, National Taiwan University.

Garden is re-examined and analyzed accordingly under this perspective.

Keywords: *The Dream of the Red Chamber*, Lady Wang, uterine family, *shuangchong muqin* (the double image of mother), maternity, mother-goddess

從「逞才」到「重學」
——論漢賦典範之轉化

吳旻旻

提　要

文學史論漢賦之演變，多言枚、馬奠定散體大賦，後續者踵事增華，至東漢後期始有轉變，趨向抒情小賦；實則散體大賦盛行之二、三百年中，又有內在變化。《文心雕龍·才略》：「然自卿、淵已前，多俊才而不課學；雄、向以後，頗引書以助文；此取與之大際，其分不可亂者也。」本文試圖探究所謂「卿、淵已前」，「雄、向以後」，漢賦究竟有何不同？如何發生？文中指出早期漢賦以語言藝術為核心，發展出前所未有的文體新美學，但是這種源於戰國縱橫風氣的虛誕夸飾文體因其虛辭爛說而受到質疑批判。揚雄之後的作家追尋新的漢賦典範，一方面以具體敘事為題材，另一方面援引經史以深化文旨。除勾勒此一變化軌跡，並在同一類型賦作中擇取前後兩期的漢賦文本進行比較，藉由書寫系譜的對照，具體揭示箇中異同。由於漢賦文字艱深，實際分析文本一直是相關研究之中較為缺乏的，本文同時著力於漢賦文本的舉例與解析，從中彰顯前期漢賦廣用聯綿詞、重視文氣的美學表現，以及後期漢賦具體敘事、重視思想的書寫態度。準此論證：前後漢賦貌雖同似龐然巨製，實則文體典範已然轉化。

關鍵詞：漢賦　文學典範　文體　賦體　司馬相如　揚雄

【作者簡介】國立臺灣大學中國文學博士，現任臺大中文系助理教授。研究專長為楚辭、漢賦、畫像石，著有《漢代楚辭學研究》、《香草美人文學傳統》等書，及〈「框架、節奏、神化」：析論漢代散體賦之美感與意義〉、〈漢畫像石「車馬出行圖」之帝國想像〉等多篇論文。

從「逞才」到「重學」
——論漢賦典範之轉化

吳旻旻*

一、前言

在閱讀文學作品之際，我們都有這樣的經驗：累積若干作品的閱讀體驗之後，心中悄悄形成同異分殊，這篇作品和某些是相近的，和另一些是相遠的。而巴赫汀指出：任何一種文類都是「形式化的觀念」（form-shaping ideology），累積著歷代作家「觀照和概括世界的方式」，「成為其自覺控制和完成現實手段的複雜系統。」❶因此，當一種文類被覺察出差異變化而分門別類時，代表創作者的視域——觀照和概括世界的方式有所不同，而批評家針對種種不同差異所進行的分類也輻射出創作範疇之中耐人尋味的諸多面向。

以漢賦而言，常見的漢賦分類已呈現若干重要概念。例如揚雄「詩人之賦／辭人之賦」❷凸顯賦應追求雅正諷諭的「麗則」典範；班固《漢書·藝文志》將辭賦

---

* 國立臺灣大學中國文學系助理教授。

❶ Mikhail Bakhtin *The Formal Method in Literary Scholarship: A Critical Introduction to Sociological Poetics*, trans. Albert J. Wehrle (Baltimore: The Johns Hopkins University Press, 1991), p.133.

❷ 揚雄《法言·吾子》：「詩人之賦麗以則，辭人之賦麗以淫。」汪榮寶：《法言義疏》（北京：中華書局，1987 年 3 月），頁 49。

分而為四，❸表明屈原、陸賈和荀子的賦是不同屬性，劉師培認為三類分別是「寫懷之賦、騁辭之賦、闡理之賦」，❹代表創作動機與作品功能不同。至於當代學者的分類，多側重文體形式或是文學史分期，如鈴木虎雄《賦史大要》將賦體區分為六期，❺與漢代相關者有二：屈、宋至漢初文、景之間為「騷賦」，武帝至魏晉之交為漢代特有之賦「辭賦」（也就是明代徐師曾《文體明辨》所稱的「古賦」。）這個區分雖有歷時觀念，但當中更重要的是突顯出「騷體賦／散體賦」的形式差異，這個差別已被普遍接受，而且詮釋出更深刻的意義。❻劉大杰將漢賦發展劃分四期，❼其實前三期都屬於同一類型的興衰，影響最大的是他強調張衡〈歸田賦〉的轉折意義，於是之後的文學史著作漸次發展出從「體物大賦」到「抒情小賦」的論述。❽

---

❸ 班固《漢書・藝文志》在詩賦略之下又分為五，前四種皆為辭賦，分別是屈原賦之屬，陸賈賦之屬，孫卿賦之屬，以及雜賦。不過，《漢書・藝文志》乃循劉向父子《七略》而刪補，學者或視為劉向所作分類，參踪凡：《漢賦研究史論》（北京：北京大學出版社，2007 年 5 月），頁 100。

❹ 劉師培：《論文雜記》（臺北：廣文書局，1970 年 10 月，《文說・論文雜記・讀書隨筆・續筆》合訂本），頁 53-54。又，顧實《漢書藝文志講疏》看法大致相同，認為前兩者「主抒情、主說辭」，唯第三種他認為「蓋主效物者也」。至於第四類雜賦，章學誠《校讎通義・漢志詩賦略第十五》說：「雜賦一種，不列專名，而類序為篇，後世之總集之體也。」（《文史通義校注》，北京：中華書局，1985 年，頁 1064。）程千帆〈漢志雜賦義例說臆〉則以為「三種之外而無法歸類者，悉入雜賦。」（見《儉腹抄》，上海：上海文藝出版社，1998 年，頁 15-16）。

❺ 鈴木虎雄：《賦史大要》（臺北：地平線出版社，1975 年 7 月），頁 11。

❻ 「騷體賦」與「散體賦」的差別，不僅形式不同，也涉及作者對創作功能的體認，散體賦用以頌揚諷諫，展現文字的社會功能；騷體賦用以表達鬱勃悲憤的感情，展現抒情功能。

❼ 劉大杰分為：一，漢賦的形成期（高祖至武帝初年），包括賈誼、陸賈、枚乘等作者；二，漢賦的全盛期（武宣元成時代），包括司馬相如、東方朔、枚皋、王褒等；三，漢賦的模擬期（西漢末到東漢中葉），包括揚雄、馮衍、班固、崔駰、傅毅等；四，漢賦的轉變期（東漢中葉以後），以張衡、趙壹、蔡邕為代表。見劉大杰：《中國文學發展史》（臺北：華正書局，1977 年 5 月），頁 140-155。

❽ 「體物大賦」與「抒情小賦」的差別，主要是從文學史的角度，強調司馬相如、揚雄、班固、張衡等漢賦名家多傾力創作長篇巨製的體物大賦，動輒數千字，直至張衡〈歸田賦〉，以兩百多字且略帶抒情的筆觸，標誌文學發展的轉向，影響其後六朝賦之趨勢。不過朱曉海主張〈思玄賦〉乃假楚辭之貌寫漢家之魂，〈歸田賦〉亦〈思玄賦〉的撮述別撰，二者的本質差異也許不像刻板印象所宣稱地那般截然對立，見氏著：《習賦椎輪記》（臺北：臺灣學生書局，1999 年 3 月），頁 237。

此外，簡宗梧先生曾分析西漢賦、東漢賦的差別，他從貴遊文學活動和專業賦家的地位著眼，指出西漢賦具有以下特色：㈠呈現口誦的特色，㈡刻意於語文加工，㈢肆其內容的誇張，㈣寓諷於頌的講求，㈤披加儒家的外衣；到了東漢，專業賦家沒落，東漢賦特色呈現為：㈠漸呈用典的傾向，㈡題材擴大篇幅縮小，㈢漸趨情感化個性化，㈣浮現道家出世思想㈤出現更駢儷化的傾向。❾簡先生是國內開拓漢賦研究的前輩，上述分析頗具洞察性，惟採朝代分野之故，不免混淆了東漢末轉入六朝的賦體變化——「篇幅縮小」、「情感化」等，若以東漢賦之代表作〈兩都〉、〈二京〉衡諸上述東漢五點特色，中間三項可能有所扞格；而「用典」、「駢儷化」兩個傾向在揚雄作品都已浮現。

劉勰《文心雕龍・才略》曾說：**「然自卿、淵已前，多俊才而不課學；雄、向以後，頗引書以助文；此取與之大際，其分不可亂者也。」**雖然〈才略篇〉意在探討創作者的才分學識，而不在勾勒文學發展軌跡，所指稱的作者更不只是賦家；但這段話用來檢視賦體之發展趨勢頗得其妙。「漢賦」以揚雄為界，創作者的視域宛然發生一些無聲的裂變，前後的作品縱使題材同樣鋪寫帝國京都苑獵盛況，文辭同樣踵事增華、侈麗閎衍，卻在語言表現、敘事結構、知識內涵等方面各有不同表徵。

本文試圖釐清所謂「卿、淵已前」，「雄、向以後」，漢賦究竟有何不同？是怎麼發生的？因著什麼樣的環境因素或作家自覺追求而產生轉變？進而透過同一類型的賦作檢視前後異同。

在正式進入文本分析之前，必須先釐清「漢賦」的意義，本文從「文類」的意義重新界定「漢賦」一詞，不意指所有寫作年代在漢代的賦，而是指漢代所盛行，足為「一代之文學」❿的賦體——其以鋪陳為本質，⓫因而與六朝之後的主流賦體

---

❾ 簡宗梧先生在〈從專業賦家的興衰看漢賦特性與演化〉（收錄於《漢賦史論》，臺北：東大圖書公司，1993 年 5 月，頁 207-241）列出東漢賦的特色，其中有「辭賦影響的普及」一項，後來〈從漢到唐貴遊活動的轉型與賦體變化之考察〉（收錄於《中國古典文學研究》第一期，1999 年 6 月，頁 59-78）替換為「出現更駢儷化的傾向」。

❿ 王國維在《宋元戲曲考・序》中說：「凡一代有一代之文學，楚之騷、漢之賦、六代之駢語、唐之詩、宋之詞、元之曲，皆所謂一代之文學，而後世莫能繼焉者也。」

劃分開來。由於將「漢賦」視為文類，因此涵括的作品在時代斷限上與歷史朝代上的「兩漢」略有出入。現存最早使用賦名的作品是荀子五賦，其讔語性質的問答形式也與後來的賦體對話結構先後承衍，但荀賦採四言體，文字素樸，與漢賦鋪采摛文之風格迥異；而宋玉〈風賦〉、〈高唐賦〉、〈神女賦〉等作品，⓬不論就貴遊文學的創作環境、瑰姿瑋辭的描寫風格、寓諷諫于頌娛的手法，都與後來枚乘、司馬相如等人的賦篇一以貫之，程廷祚說：「宋玉以瑰偉之才，崛起騷人之後，奮其雄夸，乃與《雅》、《頌》抗衡，而分裂其土壤，由是詞人之賦興焉。」⓭因此真正成熟的賦體仍當推宋玉為伊始。此後鋪張揚厲的漢賦文體持續到東漢後期，王延壽〈魯靈光殿賦〉、邊讓〈章華臺賦〉仍延續此風⓮，而當時文壇最負盛名的蔡邕（132-192）則居漢賦殿軍、⓯六朝賦先驅之樞紐，其〈述行賦〉、〈釋誨〉各與之前劉歆〈遂初賦〉、班彪〈北征賦〉系列以及揚雄〈解嘲〉、班固〈答賓戲〉系列一脈相承，〈青衣賦〉、〈協和婚賦〉、〈短人賦〉、〈霖雨賦〉則開啟建安緣情的新境界，因此文類意義的「漢賦」將以宋玉為起點，下至蔡邕部分作品。其中宋玉、枚乘、司馬相如，到王褒為止，姑以「前期漢賦」稱之；揚雄、劉歆、班固、張衡到蔡邕，則以「後期漢賦」稱之。範圍包含散體與騷體，如劉歆〈遂初賦〉、張衡〈思玄賦〉雖為騷體，仍與散體賦如班固〈兩都賦〉等體現同屬後期漢賦之特質。

⓫ 漢賦之鋪陳具有空間性、節奏性等特質，見拙著：〈「框架、節奏、神化」：析論漢代散體賦之美感與意義〉，《臺大中文學報》第二十五期（2006 年 12 月），頁 17-30。

⓬ 宋玉諸賦素有年代爭議，然 1972 年山東臨沂銀雀山所出土之漢簡，包含「唐革（勒）宋玉論馭賦」26 支簡，231 字，體式內容與宋玉的〈大言賦〉、〈小言賦〉相似，證實戰國時期已有散體賦，則過去質疑〈高唐〉諸賦乃後人託名宋玉所作的主張難以成立。參譚家健：〈唐勒賦殘篇考釋及其他〉，《文學遺產》1990 年第 2 期，頁 32-39。

⓭ 清・程廷祚：《騷賦論》，《青溪集》卷三，收入蔣國榜編：《金陵叢書》第十七冊（臺北：力行，1970 年），頁 9292。

⓮ 《後漢書・文苑傳》：「（邊讓）作章華賦，雖多淫麗之辭，而終之以正，亦如相如之諷也。」見南朝宋・范曄：《後漢書》（臺北：鼎文書局，1979 年）。本文引用《史記》、《漢書》、《後漢書》皆採新校本二十五史，以下僅標明篇名，不再贅敘版次頁碼。

⓯ 劉大杰說：「蔡邕是漢代辭賦家的殿軍。」見劉大杰：《中國文學發展史》（臺北：華正書局，1977 年 5 月），頁 154。

二、漢賦典範的形成、質疑與轉化

(一)語言表現與漢賦前期典範的形成

賦體半詩半文，郭紹虞先生稱之為文學的兩棲類，[16]它兼具詩的韻律與散文的文氣，凸顯出語言本身的高度修飾，孫晶表示：

> 賦作為我國文學史上的一種特殊的體裁，與它以前的詩歌的不同之處就在於賦開始脫離了配樂歌唱的那種旋律，擺脫了詩樂舞三位一體的原始謬斯藝術混合體的狀態，開始注重自身的文學性和節奏之美。注重文辭之華美、體物之細致、表現客觀外物更為廣泛等特點，更注重語言的表現能力和文學本身的審美娛樂性質。[17]

以《詩經》為代表的上古詩歌，它的節奏性配合音樂，像是複沓句式就是將同一旋律反覆出現，其間略作些微變化，楊蔭瀏《中國古代音樂史稿》還推敲出《詩經》10 種曲式。[18]賦則不然，其文體「不歌而誦」，節奏感決定於作家，他必須透過句子的長短變化、奇偶穿雜，韻腳的疊沓輪換，雙聲疊韻等方式營造聲情韻律，陳世驤先生說：

> 由於賦沒有小說的佈局或戲劇的情節來支撐冗長的結構，賦家於是把訣竅表現在亞培克蘭比（Lascelles Abercrombie 1881-1938 英國詩人兼批評家）所謂的「振奮和怡悅的語言音樂裡，如此將自己的話語強勁的打入他人的心坎。」[19]

---

[16] 郭紹虞：〈漢賦之史的研究序〉，陶秋英《漢賦之史的研究》（臺北：新文豐出版公司，1980年），頁1。

[17] 孫晶：《漢代辭賦研究》（濟南：齊魯書社，2007年），頁82。

[18] 楊蔭瀏：《中國古代音樂史稿》（北京：人民音樂出版社，1981年），第四編。

[19] 陳世驤：〈中國的抒情傳統〉，《陳世驤文存》（臺北：志文出版社，1972年7月），頁33。

漢賦——尤其是漢代散體大賦——的魔力就在一句接一句「炫耀的、引人入勝的詞句和音響」，⓴在這之前，沒有一種文體如此去嘗試語言的「彈性、密度和質料」，㉑讓人在讀時感受到「辯麗可喜」。㉒

而在同樣講究語言的基本前提下，前、後期漢賦的表現有所不同。誠如簡宗梧先生所強調，前期的漢賦由於以誦讀方式呈現，語言的節奏感更是明顯，他說：

> 由於西漢的賦篇奏獻於朝廷，不以目讀而以口誦，所以賦中大量採用基於口語別義需要而衍生的複音詞；為增強口誦的音樂效果，大量使用雙聲或疊韻的聯緜詞；為使口語傳誦生動，不免挖空心思提煉口語中傳神的聲貌形容詞。這些語彙，平時騰之於口舌，自然而流利，生動而貼切，但取之入賦，寫成書面，原無定字，各憑其聲，或假借用之，或再疊加形旁以造新字，於是瑰怪的瑋字就層出不窮了。西漢賦篇瑋字聯邊疊綴，正是口語文學的特色。㉓

早期漢賦運用大量複音詞、聯綿詞、聯邊瑋字，誦讀方式確實是不容忽視的因素，但是領略這些文辭的渲染力，不只是依靠聽覺而已，魯迅曾說：

> 誦習一字，當識形音義三：口誦耳聞其音，目察其形，心通其義，三識並用，一字之功乃全。其在文章，則寫山曰稜嶒嵯峨，狀水曰汪洋澎湃；蔽芾蔥蘢，恍逢豐木；鱒魴鰻鯉，如見多魚。故其所函，遂具三美，意美以感

⓴ 同上。

㉑ 這是余光中在〈剪掉散文的辮子〉（《消遙遊》，臺北：九歌，2000 年 6 月，重排版，頁 45-58）所說。所謂「彈性」，是指這種散文對於各種文體各種語氣能夠兼容並包融和無間的高度適應能力。例如視情況活用歐化句法、文言句法或方言俚語等。「密度」，是指這種散文在一定的篇幅中（或一定的字數內）滿足讀者對於美感要求的份量。「質料」，指構成全篇散文的個別的字或詞底品質。

㉒ 漢宣帝曰：「辭賦大者與古詩同義，小者辯麗可喜。」見《漢書》卷六十四下〈王褒傳〉。

㉓ 簡宗梧：〈從專業賦家的興衰看漢賦特性和演化〉，《漢賦史論》（臺北：東大圖書公司，1993 年 5 月），頁 217-218。

心，一也；音美以感耳，形美以感目，三也。[24]

漢字的特色在於字形的結構同步承載聲音與意義的線索，作家可以藉由聲音模擬、聯邊疊綴等方式讓文句在讀者心中轉換成適當的畫面，連續多個草部的字可以喚起草木茂盛的意象，多個山部的字則喚起崇山峻嶺的畫面，如此精心組合出來的作品得以「意美、音美、形美」三者兼具的方式呈現。

在這樣的文體裡，作家遂用心著力於語言的鍛鍊。而賦的文體除了是韻文之外並無成規，它的節奏感完全由賦家自行創造，這比格律固定的詩詞曲更加困難，必須駕馭龐然的字詞，創造出文章的氣勢與美感。以前期漢賦最具代表性的「賦聖」司馬相如來說，他常用長短參差的文句促成文氣流動，徐復觀先生便這麼評析其賦作：

> 〈子虛賦〉散起散結，駢體則由三字一句到十三字一句，把各種句型間雜使用，在極度變化中，開闔跌宕，而又前後勻稱諧和，形成渾然一氣的統一體。其中更用有六個「於是」，八個「於是乎」，很技巧的把散文結構的關節，融合到駢文之中，遂使這樣鉅製的駢文，如長江大河，浩瀚澎湃，極巨麗之壯觀。[25]

相如擅於用簡短三字句形成輕快澎湃之感，如〈子虛賦〉「於是乃羣相與獠於蕙圃，媻姍勃窣，上金隄，揜翡翠，……閒乎數百里外。」一段三十句中高達二十三句三字句，這在文體上是大膽嘗試。他的用韻頗值得注意，除騷體的〈長門賦〉採隔句押韻之外，多數賦作韻腳疏密相當不規律，例如〈子虛賦〉開頭前兩段子虛和齊王對話時甚少押韻，可是當子虛開始誇示雲夢大澤「其山……其土……」，不只押韻，而且是句句押韻，這會讓文章的節奏頓時緊湊，聲勢逼人；還有〈上林賦〉

---

[24] 魯迅：《中國小說史略》，《魯迅全集》第九卷（北京：人民文學出版社，1981年），頁344。

[25] 徐復觀：〈西漢文學論略〉，《中國文學論集》（臺北：臺灣學生書局，2001年12月，五版），頁362。

「於是乎崇山矗矗」那一段，藉「於是乎」調節語氣之後，開頭六句是隔句押韻，然後連續十句以上句句押韻，再回到隔句押韻，很像音樂「漸強→強→漸弱」的動力規律，用來形容山的高聳，也吻合逐步攀升再漸次下降的起伏動感，雖然整段幾乎全是四字句，卻沒有《詩》緩慢之感。聲調上亦是如此，相如少押入聲，多數賦篇的基調是平聲飛揚開闊，但是少數出現入聲韻的「段落」（不是偶出的一二韻腳）往往是文章的關鍵轉折處，例如〈子虛賦〉收在烏有先生反駁子虛如此炫耀乃彰君惡、傷私義，語氣已經告一段落，而〈上林賦〉一開始卻要起於高音，因為亡是公要超越齊楚之爭，拉抬至更高的位階，這時候就用了短促有力的入聲韻，從「亡是公听然而笑曰：『楚則失矣，而齊亦未為得也。』」到「君未睹夫巨麗也，獨不聞天子之上林乎？左蒼梧，右西極。丹水更其南，紫淵徑其北。」「得、極、北」都是入聲韻，在天子之苑的氣勢出來之後，又以兩個去聲韻㉖作為承接才換回平聲韻。這些都凸顯司馬相如敏銳的語感，貌似紊亂的用韻卻與文章內容結合得更巧妙。古人盛讚其「風力遒也」、「精神流動」，㉗句式、聲韻形成的節奏感，及其與文義之密合，當是重要原因。

另一個有意思的現象是相如現存七篇作品之中，雙聲、疊韻現象最鮮明的不是〈子虛〉、〈上林〉，而是〈大人賦〉。㉘而《史記》記載：「相如既奏大人之頌，天子大說，飄飄有凌雲之氣，似游天地之閒意。」天子之所以飄飄然，自是源於語言意義所組構出來的對飛升經驗或仙人世界的清晰想像，然而，其中聲音上的韻律所帶來的感染力可能是不容忽略的重要因素。

又如王褒，張溥《王諫議集題辭》曰：「大抵王生俊才，歌詩尤善，奏御天子，不外中和諸雜，然詞長於理，聲偶漸諧，固西京之一大變也。」王褒〈洞簫

㉖ 「終始灞滻，出入涇渭。酆鎬潦潏，紆餘委蛇，經營乎其內。」的「渭、內」。

㉗ 劉勰《文心雕龍·風骨》曰：「相如賦仙，氣號凌云，蔚為辭宗，乃其風力遒也。」王世貞曰：「《子虛》、《上林》，材極富，辭極麗，而運筆極古雅，精神極流動，意極高，所以不可及也。長沙有其意而無其材，班、張、潘有其材而無其筆，子雲有其筆而不得其精神流動處。」

㉘ 〈大人賦〉中出現雙聲的句數共 35 例、出現疊韻的句數共 59 例，雙聲、疊韻現象的句數在整篇 102 句中所佔比例分別是 34.31% 以及 57.84%。此處統計雙聲或疊韻現象包含聯綿詞、複合詞以及相鄰兩字的音韻關係。同上，頁 257-258，表 5-4、5-5。

賦〉許多罕見僻字與拗口文句，容易讓人認為這是漢賦堆砌風氣下的產物，實際上朗誦之後，就知道王褒不僅用「慈父畜子、孝子事父」等倫理意象來比喻巨音、妙聲，在描繪音樂時更大量使用唇音、齒頭音、舌根音，一方面藉發音上的唇形反覆變化描繪洞簫吹奏情形，二方面洞簫演奏乃是以氣的長短和音的高低創造出美妙變化，王褒竟然利用語言文字達到相似的作用。

當時的賦家好用「聯綿詞」，如司馬相如〈上林賦〉描寫山的部分不到九十字，就用了十多個聯綿詞。㉙近年來多篇學位論文以漢賦聯綿詞為題，㉚具體統計聯綿詞使用狀況，陳玉玲《漢賦聯綿詞研究》在有效篇章 265 賦篇中，共篩選出 1851 個聯綿詞，並將兩漢分開統計，發現無論就雙聲、疊韻、雙聲兼疊韻和疊字等情形，西漢賦篇聯綿詞的使用率皆高於東漢。㉛大陸學者郭瓏則考察出漢賦使用的「聯綿詞」沿用舊辭的比例較低，新創辭彙的比例較高，光就《文選》所收錄的賦，漢代新創的聯綿詞就有 225 組。㉜**這代表前期賦家特別熱衷於描寫、形容，尋求最貼切的語詞繪聲狀物**，如果現有的辭彙沒有適合者就自鑄新辭。

總的來說，從宋玉、枚乘、司馬相如，一直到之後的王褒、揚雄，他們的辭賦創作成就出一種「描繪性」語言，賦家以極大的熱情投入形容，為了透過語言文字再現種種視覺、聽覺經驗與想像，讓文字畫面飽滿而具有張力，他們從個別字詞的精準使用、字音的組合、句式的變化，將各種文字可以達成的藝術技巧竭力使用，

㉙ 郭瓏：《《文選・賦》聯綿詞研究》（成都：巴蜀書社，2006 年），頁 114。

㉚ 包括陳玉玲：《漢賦聯緜詞研究》（逢甲大學碩士論文，2005 年）。孫芳華：《「全漢賦」聯綿詞研究》（北京師範大學碩士論文，2005 年）。林飛：《漢賦聯綿詞研究》（山東大學碩士論文，2007 年）。

㉛ 整體統計上，西漢平均每一賦篇有 13.62 個聯綿詞出現，東漢平均每一賦篇則有 5.33 個出現；就作家的使用率相較，西漢作家平均每一個人使用 36.1 個，東漢則是 19.47 個。見陳玉玲：《漢賦聯綿詞研究》（逢甲大學碩士論文，2004 年），頁 561-562。

㉜ 郭瓏統計《文選》所收賦篇之聯綿詞共 339 組，其中沿用舊詞、音形不變者 43 組，沿用舊詞、音形改變者 71 組，漢代新造聯綿詞 225 組。見郭瓏：《《文選・賦》聯綿詞研究》（成都：巴蜀書社，2006 年），頁 81。又，關於前後期漢賦的聯綿詞使用比例，據該書統計，〈上林賦〉用 101 組聯綿詞，〈洞簫賦〉用 76 組，揚雄〈羽獵賦〉用 29 組，〈南都賦〉用 47 組（頁 114）。

創造出「華麗壯闊、反正開闔、翻空易奇，以聳人耳目」㉝的語言，這是令人耳目一新的嶄新文體。

周英雄說：「賦與比興嚴格說來分屬兩類：賦僅牽涉文字與句法的經營，即修辭學上所謂的文字喻（figure of speech）；比、興則牽涉到字句實際意義的轉移，作者往往是『指東』而『道西』，也可以說是修辭學上所謂的思想喻（figure of thought）。」㉞這似乎可以解釋「賦」之所以稱為「賦」，除了「賦之言鋪，直鋪陳今之政教善惡。」㉟由音訓理解的鋪陳意義之外，它何以與《詩》之六義的「賦」共用一個符號？因為「比」或「興」，都是由「此」及「彼」，從這一件事指涉或連結到另一件事，例如作品中同樣出現風，在《詩經》中通常是「起興」作用，在諸子散文中則作為抽象哲理的喻依（如《莊子·齊物論》），作者真正要表達的是意義轉移之後的哀樂之情與思想學說，而「賦」卻是專注於「此」，將語言濃縮、放大、描摹、對比，嘗試語言文字各式各樣的變化組合。

這，約莫是揚雄「童子雕蟲篆刻」㊱的感慨吧？

㈡虛辭爛說與舊有典範的質疑

春秋戰國諸侯爭霸，士子紛紛周遊列國以獻策游說，除了在思想上百家爭鳴，它提供了一種後代少見的創作情境，即君臣互動之際，游士針對君王的個人疑惑或政治決策，就地取材、即興發揮，對君王而言，這個故事好不好聽、對我有沒有幫助才是重點，至於是否百分之百真實、有憑有據，並不那麼重要，是以「湯之問

㉝ 簡宗梧：〈從專業賦家的興衰看漢賦特性和演化〉，《漢賦史論》（臺北：東大圖書公司，1993年5月），頁218。

㉞ 周英雄：〈賦比興的語言結構：兼論早期樂府以鳥起興之象徵意義〉，《結構主義與中國文學》（臺北：東大圖書公司，1983年3月），頁129。

㉟ 漢·鄭玄：《周禮注疏·大師》（臺北：藝文印書館，1981年，十三經注疏本），頁356。

㊱ 揚雄《法言·吾子》：「或問：『吾子少而好賦？』曰：『然。童子雕蟲篆刻。』俄而曰：『壯夫不為也。』」這段話常被徵引，各家理解不同，如王世貞《藝苑卮言》說：「子雲伏膺長卿，嘗曰：『長卿賦不是從人間來，其神化所至耶？』研摩白首，竟不能逮，乃謗言欺人云：『雕蟲之技，壯夫不為。』遂開千古藏拙端，為宋人門戶。」

棘，云蚊睫有雷霆之聲；惠施對梁王，云蝸角有伏尸之戰。」㊲這意味著創作者不受自然法則、嚴謹邏輯的束縛，應允無限的想像力，就以當下的議題為起點，然後竭力發揮，創造出一個語言作品。賦體正誕生於這樣的時代，於是擁有「虛辭濫說」㊳的特權——意味著當時「賦」不會被期待能通過邏輯檢證或來源查核，賦家可以朝向創作意圖，恣意或隨機地取捨、重組既有常識與經驗。

此種縱橫家、俳優的「虛辭爛說」對漢賦的影響表現在三個層面，一是推論的取巧，用詭辯或避重就輕的方式說服對方，文辭上看來煞有介事，其實內在推演的理路輕率而不縝密，如宋玉〈登徒子好色賦〉：宋玉寫東家之子的筆法正是典型縱橫家夸大渲染的手法，「天下之佳人莫若楚國，楚國之麗者莫若臣里，臣里之美者莫若臣東家之子。東家之子，增之一分則太長，減之一分則太短，著粉則太白，施朱則太赤。」一個來歷不明的女子就被荒誕的比較和類推，形塑成全天下最美的女子。司馬相如〈子虛賦〉也再度見到類似的口吻，「臣聞楚有七澤，嘗見其一，未睹其餘也。臣之所見，蓋特其小小者耳，名曰雲夢。」使用「未睹其餘、所見特其小小者」這類遁詞，使得楚國之大盡在想像之中。

二是體物的虛構，貴游場合最應景的創作類型莫過詠物，文士即席以眼前之物命題寫作，但是早期漢賦作家不只描摹該物現在的外觀、作用，還會為一件物品追溯來龍去脈，如〈七發〉第一事「龍門之桐」、王褒〈洞簫賦〉都為樂器渲染一則淒美動人的身世傳奇，枚乘描寫龍門之桐孤立於千仞之峯、百丈之谿間，半死半生，「冬則烈風漂霰，飛雪之所激也，夏則雷霆霹靂之所感也。朝則鸝黃鳱鴠鳴焉，暮則羈雌迷鳥宿焉。」王褒也刻畫簫幹「朝露清冷而隕其側兮，玉液浸潤而承其根。孤雌寡鶴，娛優乎其下兮，春禽群嬉，翱翔乎其顛。秋蜩不食，抱樸而長吟兮，玄猿悲嘯，搜索乎其間。」這些情景帶領讀者進入想像，陶醉於朝暮、冬夏的時間流動，以及上下俯仰的空間律動的文字畫面中，至於樂器原初在山林之中如何

㊲ 《文心雕龍》卷十七〈諸子〉。

㊳ 「虛辭濫說」出自《史記》〈司馬相如傳〉，本意指相如賦作內容極度誇張，與現實世界的客觀情況不符，如劉勰《文心雕龍·夸飾》謂「故上林之館，奔星與宛虹入軒；從禽之盛，飛廉與鷦明俱獲。」然而，本文認為賦作內容的不真實不只是修辭層次的問題，也不是司馬相如獨有的語言表述方式，因此此處「虛辭濫說」不帶貶損之意，而指稱前期漢賦虛構的寫法。

千年萬載吸天地至精，春禽群嬉、玄猿悲嘯等等，文字內容的真實性並無從檢證，❸❾在當時的接受情境中亦無須檢證。

三是結構的創造，歷來談論司馬相如賦作的評論甚眾，劉熙載有一見解頗為精闢，他說：

> 相如一切文皆善於架虛行危，其賦既會造出奇怪，又會撇入窅冥，所謂似不從人間來者，此也，至模山範水，猶其末事。❹⓿

劉氏分析相如賦「所謂似不從人間來者」的原因，最獨特的見解乃在於「架虛行危」四字，它超越了細節的夸飾，而點出整篇文章佈局於一個無中生有的結構之上，司馬相如將其宏偉的企圖建立於三個虛構人物的對話，此一書寫策略相當巧妙，屬於具有創造性正面意義的虛辭爛說。他打破之前宋玉「楚王／宋玉」或枚乘「楚太子／吳客」模仿現實君臣位階所限定的空間，如果說宋玉與楚王的關係是一場拔河，宋玉勉力諷諫的意圖在楚王的淫威之下節節敗退，即使〈風賦〉、〈高唐賦〉、〈神女賦〉有諷諫之意，❹❶可是〈登徒子好色賦〉中藉東家之子的故事證明

---

❸❾ 對此日本學者谷口洋有另一看法，他認為〈七發〉龍門之桐的故事與《莊子．逍遙游》「不材之木」、《新語．資質》「豫章」，以及劉安〈屏風賦〉相似，「我們可以推想〈七發〉這一段的背後存在著圍繞幽谷怪木的古老的民間故事。」（〈從《七發》到《天子游獵賦》——脫離上古文學傳統，確立漢賦表現世界〉，《四川師範大學學報》）第 32 卷第 5 期，2005 年 9 月，頁 81）。姑且不論「推想」是否具備足夠說服力，〈屏風賦〉等三段文字乃強調怪木變為人才，與詠物比德的傳統較接近，跟〈七發〉龍門之桐故事仍有距離。

❹⓿ 清．劉熙載：《藝概．賦概》（影印清同治刻本），引自王冠輯：《賦話廣聚》（北京：北京圖書館出版社，2006 年）第五冊，頁 691。

❹❶ 宋玉多篇賦作在解讀上均有歧見，如〈風賦〉區分「大王之雄風」與「庶人之雌風」，這有兩種截然相反的解釋，一是言語侍從獻媚，認為宋玉意在滿足楚王的優越感，哄稱連天地之氣都特加青睞；第二種則歸於諷諫傳統，認為宋玉藉機規勸楚王關懷民間疾苦。又如〈神女〉等賦，朱曉海先生認為〈高唐〉、〈神女〉文脈相承，實為一篇，「神女乃道的喻表，與神女會遇乃密契經驗的情色文學版。」（朱曉海：〈某些早期賦作與先秦諸子學關係證釋〉，《習賦椎輪記》，臺北：臺灣學生書局，1999 年 3 月，頁 45-54。）鄭毓瑜先生則主張「從〈高唐賦〉、〈神女賦〉到〈登徒子好色賦〉，宋玉為君王鋪設出了獨享專有的資產世界，並在其中遺忘了自己的性別與主權。」（鄭毓瑜：〈美麗的周旋——神女論述與性別演義〉，《性別與家國——漢晉辭賦的楚

「己不好色」，宋玉向楚王宣告忠誠的文旨是一清二楚的。枚乘則堅持士大夫的品格，從吳到梁，直諫作風不改，〈七發〉正是引導君王捨逸樂而從學術，以「楚太子、吳客」的佈局，由臣子角度勸諫君王改變言行。司馬相如〈天子游獵賦〉㊷結構貌似承衍〈七發〉，在鋪陳畋獵盛況之後，將天子解酒罷獵、還地於民的情節寫入文本，「歸引之節儉」。然而藉「子虛、烏有先生、亡是公」三位虛誕、不存在的人物來大發議論，由於徹底的虛構，故可以無所避諱而大談天子、諸侯之定位，在時間真空的狀態下後設性地自由重組所有物象（四季的物產亦可同時呈現），不過其內容並非一味天馬行空、海市蜃樓，鄭毓瑜先生指出「賦家假託真實地名、客觀地理，巧妙運用虛實相生的縮影圖式，復現幅員遼闊的帝國領域。」㊸《史記評林》引張廉卿曰：「司馬長卿尤以氣勝，其空中設景佈陣，最虛渺闊達。」這些「架虛行危」、「空中設景佈陣」的印象式批評，客觀解析或許就是來自虛構人物的框架，加上內容虛實相生的筆法，打造出一個語言重構的世界。

枚乘、司馬相如、王褒的賦作都具有這種虛辭濫說、虛實相生的特色，但晚年的揚雄對此感到不滿，他批評辭賦說：「頗似俳優淳于髡、優孟之徒，非法度所存，賢人君子詩賦之正也，於是輟不復為。」㊹揚雄開始在意並要求賦作合乎法度，符合賢人君子之「正」，這個「正」可能包含真實有據的正統內容，以及儒家的正道思想。這種對賦體寫作的新認知及實踐清楚表現於後期漢賦，如班固〈東都賦〉曰「事『實』乎相如」，〈典引序〉中也曾批評「相如封禪，靡而不典；揚雄

騷論述》，臺北：里仁書局，2000 年 8 月，頁 24-31。）宋玉作品之所以再三出現詮釋歧見，除了書寫策略（賦家怎麼寫）與實際效應（君王怎麼讀）二者之間隙，還有宋玉本身「祖屈原之從容辭令，終莫敢直諫」的性格之外，一個直接的原因是宋玉的諷諫或啟迪置於文本之外，而賦的語言並不導向意義的遷徙，漢代比興詩學善於闡釋微言大義的文化氛圍也尚未形成，從「專注於此」的字面意義走向「言非所指」，中間沒有實質的文字橋梁，即使宋玉有心諷諫也只能仰賴心有靈犀的讀者洞悉其意了。

㊷ 《史記》中稱〈天子游獵賦〉，《文選》中則割裂為〈子虛賦〉、〈上林賦〉，本文視之為一篇完整的作品，若稱全文則名〈天子游獵賦〉，若單稱上篇或下篇則稱〈子虛賦〉、〈上林賦〉；如同班固〈西都賦〉、〈東都賦〉乃分而稱之，亦可合稱〈兩都賦〉。

㊸ 鄭毓瑜：〈賦體中「遊觀」的型態及其所展現的時空意識〉，收錄於《第三屆國際辭賦學學術研討會論文集》（政大文學院編印，1996 年 12 月），頁 417-8。

㊹ 《漢書》卷八十七下，〈揚雄傳〉。

美新，典而亡實」，姑且不論這兩句話對兩篇作品是否公允，㊺「典、實」確實是揚雄之後賦家集體共識。

揚雄、班固、張衡的大賦，通常有具體事件或實質對象為據，依附在一個客觀的時間或空間脈絡上，如〈甘泉賦〉乃元延二年正月漢成帝往甘泉泰畤，揚雄從行而作，這趟旅程行進路線、參與人員、事件始末順序皆有客觀事實，雖然揚雄在書寫策略上頗多匠心獨運之處，㊻但通篇結構前以「惟漢十世，將郊上玄」表明背景，後有「亂曰」總結贊辭，正文部分依著整趟旅程加以渲染，從行伍出發、未臻甘泉而望通天臺、近觀宮臺之高聳震撼、典禮的準備與儀式的進行，段落與段落之間依照時間為軸序合理地層層推進，形成有始有終的完整事件。劉歆〈遂初賦〉、班彪〈北征賦〉、班昭〈東征賦〉到蔡邕〈述行賦〉，也都是依據個人的行旅經歷而寫，如班昭〈東征賦〉首句「惟永初之有七兮，余隨子乎東征。」時間點清楚標明，不像前期漢賦的時空常是真空，僅有敘事順序。又如班固〈兩都〉、張衡〈二京〉刻畫西京長安、東京洛陽，這是真真實實存在的兩座京都，不論地貌或歷史，乃有確切的客觀真實，不容任意悖離或竄改。〈兩都賦〉、〈二京賦〉分別以西都賓、東都主人和憑虛公子、安處先生進行對話，儘管這個對話情境是虛構的，但是其敘事結構卻依傍兩座京都具體的歷史淵源、地理環境而開展，先論歷史而後逐一刻畫四郊宮室等，內容上即使誇大也還在情理之中，甚或可作為兩漢帝京文化的史料。㊼張衡〈二京賦〉還將西漢負面政治史實寫入賦中：

㊺ 司馬相如〈封禪文〉盛誇大漢之德，如源源不絕的湧泉，潤澤上下、四方、九垓、八埏，尤以武德遠播，於是，惡者湮滅，夷狄、昆蟲紛迴中土。滔滔不絕的文辭完全是虛筆，並未明確道出武帝實際功勳，稱其「靡而不典」並不為過；揚雄則以王莽實際的政績為證，小至車駕、旗幟、禮服、禮帽，大至神祇祭典，甚至是硬體設施的明堂、學校，軟體制度的五爵、井田、刑法……，這些都是「胤殷周之失業，紹唐虞之絕風，懿律嘉量，金科玉條」的托古改制。班固譏其「典而不實」或許有更多政權意識形態的因素。

㊻ 朱曉海先生強調揚雄雖然自「巨麗」入手，事實上卻進行了創造性的轉化，「揚雄根本在將成帝視同太帝，前往配縣圃、似紫宮的甘泉宮、通天臺乃上返北辰，此次郊祀係太一位格間的契交，則配合文章主題特質以及主人翁的身份，一方面力述不可述的直觀感受，一方面捕捉奇異幻覺；更著墨於聲、光、香、煙的造境，使通篇氤氳流離，神采湯湯。」見朱曉海：〈揚雄賦析論拾餘〉，《清華學報》新二十九卷第三期（1999 年 9 月），頁 266。

㊼ 如〈西京賦〉之宮殿建築、百戲雜技，也都在畫像石出土之後，知道張衡並非「虛辭爛說」。

> 北闕甲第，當道直啟。程巧致功，期不陁陊。木衣綈錦，土被朱紫。武庫禁兵，設在蘭錡。匪石匪董，疇能宅此？
>
> 彼肆人之男女，麗美奢乎許史。若夫翁伯濁質，張里之家，擊鍾鼎食，連騎相過。

石、董是佞臣，許、史為外戚，這種指實道名的敘事方式與前期漢賦虛實相生的渲染作法顯然不同。

㈢經史知識的援用與典範轉化

揚雄、班固等賦家對前期漢賦的不滿，除了內容「虛／實」的創作態度，還有前面提到的「非賢人君子詩賦之『正』」，以及「靡而不『典』」層面。《文心雕龍·事類》曾說：

> 觀夫屈宋屬篇，號依詩人，雖引古事，而莫取舊辭。唯賈誼《鵩賦》，始用鶡冠之說；相如《上林》，撮引李斯之書，此萬分之一會也。及揚雄《百官箴》，頗酌于《詩》、《書》；劉歆《遂初賦》，歷敘于紀傳；漸漸綜采矣。至于崔班張蔡，遂捃摭經史，華實布濩，因書立功，皆後人之範式也。

劉勰指出早期作品「雖引古事，而莫取舊辭」，東漢賦家則捃摭經史。這個觀察大致是正確的，具體來說，前期漢賦中的掌故可分為兩類，一是著名的歷史傳說，例如「世謂伯夷貪兮，謂盜跖廉」（賈誼〈弔屈原賦〉）㊽「雖令扁鵲治內，巫咸治外」，「使伊尹煎熬，易牙調和。」（枚乘〈七發〉）「王爾、公輸之徒，荷斧斤。」（鄒陽〈几賦〉）「鄭女曼姬」，「荊、吳、鄭、衛之聲，韶、濩、武、象之樂，」（司馬相如〈天子游獵賦〉）這些都是廣為人知的典故，在先秦兩漢諸子散文中數見不顯，幾乎是提到巧匠就聯想到公輸、王爾，御者則為王良、造父，美女為西

㊽ 賈誼反諷世間價值倒錯，此段文字據《史記》〈屈賈列傳〉，《漢書》作「謂隨、夷為溷兮，謂跖、蹻為廉」。

施，名醫是扁鵲，珍物則推和氏璧，可說是中上階層普遍知曉的「常識」。第二類則是稀有罕見之物或是奇特非常之景，例如〈子虛賦〉、〈上林賦〉中兩段四方物產的描寫，葉慶炳與朱曉海都主張該段文字「其東……其南……其西……其北」的寫法源於《山海經》，㊾其實內容也是，文中提到的怪獸「騊駼、蛩蛩、距虛、窮奇」即見於《山海經》，「北海內有獸，其狀如馬，名曰騊駼。……北海內有素獸焉，狀如馬，名曰蛩蛩。」（海外北經）「窮奇狀如虎，有翼，食人從首始，所食被髮，在蜪犬北。一曰從足。」（海內北經）「其上有獸焉，其狀如牛，蝟毛，名曰窮奇，音如獋狗，是食人。」（西山經）這類博物百科知識在賦中蔚為「奇觀」，鋪陳絢爛奇幻的文本世界，展現帝國的無奇不有。

更有意思的是介紹掌故的方式，枚乘、司馬相如等前期漢賦的作者每每將「常識」與「奇觀」交錯而寫，形成「注解」的效果，例如〈七發〉「使先施、徵舒、陽文、段干、吳娃、閭娵、傅予之徒，雜裾垂髾，目窕心與，揄流波，雜杜若，蒙清塵，被蘭澤，嬿服而御。」當中提及多位女子，其中「先施（西施）」是代表性的美女，在漢代引譬聯類的風氣之下，後面連接的必是同類概念，讀者可以意會到這一連串的名號當是歷史傳說中的各國美女，而連續七個名號又比單列西施一位引發讀者想像上的珍奇之感。於是讀者只須自行填補便能維持閱讀順暢進行，前期漢賦的用典本質上是如此為讀者設想的，如〈子虛賦〉「於是乎乃使專諸之倫，手格此獸。」即使讀者不知道專諸是誰，「專諸」也不是常見的姓名結構，但「專諸之倫」代表這是某一種人，由文意脈絡不難推想到專諸是勇士。也就是說，賦家會衡量這個典故對讀者來說是熟悉或陌生的，如果是陌生的，便在賦的文字之中加入線索，協助讀者掌握文意，我們可以看看下面這兩個例子：

> 於是伯樂相其前後，王良、造父為之禦，秦缺、樓季為之右。此兩人者，馬佚能止之，車覆能起之。於是使射千鎰之重，爭千里之逐。此亦天下之至駿

㊾ 葉慶炳：《中國文學史》（臺北：臺灣學生書局，1987 年 8 月），頁 54；朱曉海：〈某些早期賦作與先秦諸子學關係證釋〉，《習賦椎輪記》（臺北：臺灣學生書局，1999 年 3 月），頁 67-73。

也，太子能強起乘之乎？（枚乘〈七發〉）

靈圉燕於閒館，偓佺之倫暴於南榮；醴泉涌於清室，通川過於中庭。（司馬相如〈上林賦〉）

以第一例而言，王良、造父是善御者在漢代屬於常識，子書中有數十個例子，但「秦缺、樓季」則是較冷門的典故，於是枚乘竟在文中自行解釋「此兩人者，馬佚能止之，車覆能起之」。第二例說的是靈圉眾仙於閒館休憩，「偓佺」在南榮（南簷下）曝日，原本四句應該都是整齊的六字句，但「偓佺」這個神仙名對於讀者來說約莫是陌生的，於是司馬相如不惜破壞句式，寫成「偓佺『之倫』暴於南榮」，告訴讀者這是個人名，讓讀者得以理解文意。

如此之典故性質與介紹方式對後期賦家而言未免過於輕易而無吸引力，後期賦家多飽學之士，如揚雄「博覽無所不見」，班固「博貫載籍，九流百家之言無不窮究」，傅毅「永平中於平陵習章句」，馬融「博通經籍」，張衡「通五經」，崔駰「盡通古今訓詁百家之言」；且文獻記載了文人之間彼此閱讀作品，相互討論或影響，如揚雄與桓譚，崔瑗與張衡，或者是蔡邕讀王延壽〈夢賦〉而輟筆，[50]都說明漢賦的讀者朝向具有文化素養的菁英階層。於是經典文本開始大量進入漢賦，如「函甘棠之惠，挾東征之意」（揚雄〈甘泉賦〉）「龔行天罰，應天順人，斯乃湯武之所以昭王業也。……即土之中，有周成隆平之制焉」（班固〈東都賦〉）分別引用《詩經》與《尚書》。後期賦家之中，張衡尤其用典繁多且鑲嵌無痕，廖國棟先生曾一一指出〈東京賦〉描寫天子郊祀禮儀部分引用《詩經》哪些篇章，[51]許結先生則統計過〈思玄賦〉引用文獻達二十九種，一百五十八處；[52]又如〈髑髏賦〉以賦體發揮《莊子》卷六下〈至樂·莊子之楚章〉之內涵，〈思玄賦〉則改寫〈遠游〉

---

[50] 揚雄：〈答桓譚書〉（《全漢文》卷五十二），《後漢書》卷五十九〈張衡列傳〉，卷八十〈文苑列傳上〉。

[51] 廖國棟：《張衡生平及其賦之研究》（國立政治大學中國文學研究所碩士論文，1979 年），頁 105。

[52] 許結：〈論漢賦「類書說」及其文學史意義〉，《社會科學研究》2008 年第 5 期，頁 168-173。

並吸納班固〈幽通賦〉。

經典對後期漢賦的影響，並不只如此表面，賦家嘗試改造漢賦，創造新的典範。舉例來說，「行旅」系列是前期漢賦沒有的題材，從劉歆〈遂初賦〉、班彪〈北征賦〉、班昭〈東征賦〉到蔡邕〈述行賦〉，敘寫賦家個人行旅經驗。這個系列還可以上溯到揚雄〈河東賦〉，這篇賦乃據元延二年（B.C.11）三月成帝祭后土的事件而作，跟〈甘泉賦〉類似，以客觀地理空間的移動為敘事的基礎，但是〈河東賦〉在各個地點上懷古，如覽乎介山，「嗟文公而愍推兮」，借用歷史知識傳達諷諫之意。之後劉歆〈遂初賦〉將這個手法做了精彩的發揮，他在哀帝年間徙為五原太守，路程行經故晉之城，賦作內容就由長平、長子、屯留、銅鞮帶出三家分晉、長平之戰等歷史，「將空間歷史化，首創了因地及史的方式」，[53]透過一個一個地點，投射出一段一段史事，這些史事又應和著賦家內心的委屈，於是史地掌故接軌到個人情志，藉由「歷敘於紀傳」，對應出另一趟心靈的旅程。

又如班彪〈北征賦〉，其騷體句式頗多源自《楚辭》，[54]漢賦引用《楚辭》並不特別，有意思的是，該賦跳脫原作賢愚對立的不遇慨歎，而以「哀生民之多故」為旨，有所憑藉卻又另出新意。再如馬融〈長笛賦〉：

> 故聆曲引者，觀法於節奏，察變於句投，以知禮制之不可逾越焉。聽簉弄者，遙思于古昔，虞志於怛惕，以知長戚之不能閒居焉。故論記其義，協比其象，彷徨縱肆：曠瀁敞罔，老莊之概也，溫直擾毅，孔孟之方也；激朗清厲，隨光之介也，牢刺拂戾，諸賁之氣也。節解句斷，管商之制也，條決繽紛，申韓之察也。（馬融〈長笛賦〉）

對照同樣描寫音樂的王褒〈洞簫賦〉，王褒渲染洞簫演奏的聲音何其動人，在洞簫的音樂旋律中，貪婪、狠毒的人變得心平氣和，連夏桀、盜蹠等大逆不道的人都在

---

[53] 鄭毓瑜：〈歸反的回音——地理論述與家國想像〉，《性別與家國——漢晉辭賦的楚騷論述》（臺北：里仁書局，2000 年 8 月），頁 93。

[54] 據《文選注》統計引用楚辭達二十五句。吳旻旻：〈漢中葉賦家對屈原喻託手法的承繼與應用〉，《先秦兩漢學術》第五期（2006 年 3 月），頁 141。

樂音的感召中轉變；不論深通音律的，不懂音樂的，甚或蟋蟀、螻蛄等萬物，無不受到音樂的感化。王褒舉例繁多，看似用典，焦點仍在描摹聲音。馬融卻從「音樂」轉到「聽音樂」，他將音樂當成書籍，聯結到龐大的思想學說，汪洋恣肆、清虛宏大，乃老子、莊周的氣度，溫良正直、柔而能毅似孔子、孟軻的品行。分段解析，逐句判斷，乃管子，商君的舉措；條分縷析，紛繁整肅，乃申不害、韓非子的思辨。許志剛、楊允說：

> 王褒與馬融對音樂的宗旨，對文學作品的立意，有著迥然不同的定位。在對藝術感染力與藝術功效的追求中，王褒看到被音樂淨化了的情，馬融則尋求在樂音中昇華的理性認識。[55]

〈洞簫賦〉純粹體物，〈長笛賦〉卻試圖汲取既有知識體系的內涵來厚實文本意義，這不只是王褒、馬融個別作家的差異，而是整個時代氛圍的轉變。

三、書寫系譜對照分析舉隅

以上概略勾勒漢賦演變脈絡，為了更清楚呈現其中的差異，茲選取漢賦代表類型進行比較，由文本內部檢視變化軌跡。

(一)京都苑獵大賦

京都郊祀苑獵是漢賦最具代表性的題材，上起司馬相如〈天子游獵賦〉、揚雄四大賦，下至班固〈兩都賦〉、張衡〈二京賦〉等，均是體製龐大、麗辭艷發，若整體比較不免掛一漏萬，故選取其中關涉天子校獵的部分進行對照分析，文本有〈上林賦〉、〈羽獵賦〉、〈長楊賦〉、〈西都賦〉、〈西京賦〉。

五篇作品中，除〈長楊賦〉以翰林主人與子墨客卿的設對詭辯田獵之得失，結

[55] 許志剛、楊允：〈《洞簫賦》與《長笛賦》文藝思想研究〉，《文學評論》2010 年第 2 期，頁122。

構內容與他篇不同，其餘四篇關於天子校獵的文字內容大體相似，皆先描寫天子出行陣容之盛大壯觀，狩獵活動之激烈精彩，而後則是慶祝儀式；司馬相如〈天子游獵賦〉與揚雄〈羽獵賦〉，後段還有罷獵勸農的德化宣導。試觀〈上林〉等四賦其中天子車駕出行部分：

> 於是乎背秋涉冬，天子校獵。乘鏤象，六玉虯，拖蜺旌，靡雲旗，前皮軒，後道游；孫叔奉轡，衛公參乘，扈從橫行，出乎四校之中。鼓嚴簿，縱獵者，江、河為阹，泰山為櫓。車騎靁起，殷天動地。先後陸離，離散別追，淫淫裔裔，緣陵流澤，雲布雨施。（司馬相如〈上林賦〉）

> 於是天子乃以陽鼂，始出虖玄宮。撞鴻鐘，建九旒，六白虎，載靈輿。蚩尤並轂，蒙公先驅。立歷天之旂，曳捎星之旃。辟歷列缺，吐火施鞭。萃傱允溶，淋離廓落，戲八鎮而開關。飛廉、雲師，吸嚊瀟率，鱗羅布列，攢以龍翰。……舉烽烈火，轡者施技，方馳千駟，校騎萬師。虓虎之陳，從橫膠輵。猋泣雷厲，驞駍駖磕。洶洶旭旭，天動地岋。羨漫半散，蕭條數千萬里外。（揚雄〈羽獵賦〉）

> 於是乘輿備法駕，帥羣臣，披飛廉，入苑門。遂繞酆鎬，歷上蘭。六師發逐，百獸駭殫，震震爚爚，雷奔電激，草木塗地，山淵反覆。蹂躪其十二三，乃拗怒而少息。（班固〈西都賦〉）

> 天子乃駕彫軫，六駿駮。戴翠帽，倚金較。璿弁玉纓，遺光儵爚。建玄弋，樹招搖。棲鳴鳶，曳雲梢。弧旌枉矢，虹旃蜺旄。華蓋承辰，天畢前驅。千乘雷動，萬騎龍趨。屬車之簉，載獫獥獢。匪唯翫好，乃有祕書。小說九百，本自虞初。從容之求，寔俟寔儲。於是蚩尤秉鉞，奮鬣被般。禁御不若，以知神姦。螭魅魍魎，莫能逢旃。陳虎旅於飛廉，正壘壁乎上蘭。結部曲，整行伍。（張衡〈西京賦〉）

四人皆描摹天子六駕、前導後從，車輿旗幟飛揚，整個隊伍有如神人的非凡氣勢，因此在修辭上有志一同地使用飛廉、雨師、雷、電等特定的比喻來形容車馬隊伍的聲勢與速度，或用「雲布雨施」、「鱗羅布列」、「星羅雲布」56比喻狩獵兵卒眾多。內容的差異只在枝微末節，如馬、揚強調御者英姿煥發，各以古之御者為譬，班、張則不刻畫御者，原因推測有二：一者與兩漢車馬文化有關，西漢尚武，東漢發展出輿服制度，57因此東漢不重視英雄化的御者，留意導從車輛編制規模，以及旗幟、車馬上的金銅飾品等；二者是「影響的焦慮」，既然前輩作家如是寫，為避與前人重複，則不再步之趨之。另外，張衡特別提到車隊運載物品「匪唯翫好，乃有祕書。小說九百，本自虞初」，這是〈兩京賦〉特別吸引人的地方，他留意到許多具體的「細節」，為漢代長安填補正史遺漏的面貌。

言歸正傳，本文關注的焦點仍是賦體變化。就語言層面觀察，上述引文中，司馬相如使用的「陸離」、「淫淫裔裔」與揚雄使用的「萃傱沇溶，淋離廓落」、「驞駍駖磕」、「洶洶旭旭」都是擬形擬聲的聯綿詞或重疊詞。在這方面，揚雄仍然與前期漢賦一樣著重於「描繪」，以各式各樣的詞彙來鮮活呈現所要表達的景物對象；但是這類辭彙在班、張作品裡頻率漸少，他們固然也注重形容景物，且運用的辭彙華麗豐富多變，但逐漸朝著由單一字詞的原意去組構出新的詞組或句子，例如班固〈兩都〉謂「六師發逐，百獸駭殫，震震爚爚，雷奔電激，草木塗地，山淵反覆。」當中「震震爚爚」和司馬相如用「淫淫裔裔」不可等同而論，「震震」形容打雷，「爚爚」形容閃電，都是重覆單一文字的本義去強調，而非不容拆開的雙音詞；而司馬相如用「淫淫裔裔」形容盛多之貌，〈上林賦〉另一處寫作「沇溶淫鬻」，意思是一樣的，和「裔、鬻」文字本義則無關連。張衡〈二京賦〉「天子乃駕彫軫……萬騎龍趨」長串的形容也未使用雙音詞，倒是提及「玄弋、招搖、弧、枉矢、辰、畢」等許多星斗名稱，展現其天文長才。

其次，這幾篇賦比較起來，司馬相如〈天子游獵賦〉在狩獵過程中多出一些想

---

56 出自〈上林賦〉、〈羽獵賦〉、〈西都賦〉。

57 《後漢書・輿服志》載：「孝明皇帝永平二年，初詔有司采周官、禮記、尚書皋陶篇，乘輿服從歐陽氏說，公卿以下從大小夏侯氏說。」

像性的內容，這指的不是「江河為阹，泰山為櫓」，那只是夸飾上林之大，〈二京賦〉：「河、渭為之波盪，吳嶽為之陁堵」差相彷彿。司馬相如先在追逐過程中描寫「軼赤電，遺光耀，追怪物，出宇宙」，後來甚至將一路追趕擒得獵物的經驗寫成升天：

> 然後揚節而上浮，陵驚風，歷駭猋，乘虛亡，與神俱。藺玄鶴，亂昆雞，遒孔鸞，促鵕鸃，拂翳鳥，捎鳳凰，捷鵷雛，揜焦明。道盡塗殫，迴車而還，消搖乎襄羊，降集乎北紘，率乎直指，揜乎反鄉。

天子乘風上游天穹，與天神共處，行到天路盡頭方才迴車而返。這種想像在東漢作品裡是難以被接受的。班固寫「披飛廉，入苑門。遂繞酆鎬，歷上蘭。」張衡謂：「陳虎旅於飛廉，正壘壁乎上蘭。結部曲，整行伍。燎京薪，駴雷鼓。縱獵徒，赴長莽。」都是真實有據的宮殿名稱與宮廷狩獵之步驟。

諸賦描寫天子校獵，莫不暗含知識分子對盛大狩獵的批判意識，馬、揚背後有「諷諫」意圖，班、張則藉西都長安之矜誇館室烘托東都洛陽之崇禮重學，惟各自選擇的書寫策略有別，司馬相如在渲染壯觀排場滿足帝王欲望之後，用故事性的感性方式誘導。揚雄卻持不同作法，相較於〈上林賦〉讓讀者融入這場狩獵，以「於是乘輿弭節徘徊，翱翔往來，睨部曲之進退，覽將帥之變態。然後侵淫促節，儵敻遠去。」這類句子居高臨下欣賞著部曲、將帥的移動，享受這種權力感的愉悅。揚雄〈羽獵賦〉卻運用「軍驚師駭，刮野掃地」等遣詞用字帶來驚懼緊張的疏離效果，而不讓讀者愉悅地融入文本，在這距離感之中促使讀者反思狩獵活動的意義。這種策略在〈長楊賦〉發揮得更徹底，子墨客卿表明田獵擾民，翰林主人滔滔不絕地辯護，「訴諸祖、宗家法，企圖嚇阻，熟料反而暴露今上不肖」，[58]歌功頌德的文字一路讀下來，愈讀愈不對勁，於是，讀者必須走出描繪的對象，去思考「言外之意」。

這裡再度突顯出揚雄在漢賦演變中的轉折角色，他寫〈甘泉〉、〈羽獵〉時仍

---

[58] 同註[47]，頁 280。

維持描繪性語言的文體風格，但是他對這種文體有深刻的反省：

> 雄以為賦者，將以風也，必推類而言，極麗靡之辭，閎侈鉅衍，競於使人不能加也，既乃歸之於正，然覽者已過矣。往時武帝好神仙，相如上大人賦，欲以風，帝反縹縹有陵雲之志。繇是言之，賦勸而不止，明矣。[59]

閎侈鉅衍的賦體縱使美麗，「如其不用何！」[60]因此他追尋一種比單純描繪景物承載更多意義訊息的表達方式。

到了東漢，〈兩都賦〉的動機是「以極眾人之所眩曜，折以今之法度」，西都狩獵經驗的描繪意在襯托東都「樂不極般，殺不盡物」，整篇文章敘寫繁華西都與文化東都，表面上仍是賦體的鋪陳與描繪，可是，東都的勝出並不是語言描繪更為精緻，也不是描寫的景物更可觀或經驗更動人，而是背後一套知識文化的重量。所以在描繪「四海之內，學校如林，庠序盈門」的情景之後，再加上議論：「建章、甘泉，館御列仙，孰與靈臺、明堂，統和天人。太液、昆明，鳥獸之囿。曷若辟雍海流，道德之富。」闡明其價值觀。〈二京賦〉同樣是描繪之不足，加以議論，有感於「相如壯〈上林〉之觀，揚雄騁〈羽獵〉之辭，雖系以隮牆填塹，亂以收罝解罘，卒無補於風規，祇以昭其愆尤。」在陳其梗概之後，更寫了三段批判之詞。這些作家不滿於舊有典範，力求突破，語言描繪上他們不惶多讓，內容要求言之可信、引經據典，功能上無論要潤色鴻業，或是要落實風喻，皆雄辯滔滔。而《文選》置乎卷首，也意味他們典範的轉化是成功的。

㈡七體

枚乘作〈七發〉之後，眾人仿效而形成所謂「七體」，漢代七體有十餘篇之多，[61]今唯枚乘〈七發〉、傅毅〈七激〉、張衡〈七辯〉保留較完整，故以此三篇

---

[59] 《漢書》卷八十七下〈揚雄傳〉。

[60] 同註[2]。

[61] 共有枚乘〈七發〉、傅毅〈七激〉、劉廣世〈七興〉、崔駰〈七依〉、李尤〈七款〉、張衡〈七辨〉、崔瑗〈七蘇〉、馬融〈七厲〉（此據傅玄〈七謨序〉，《容齋隨筆》則作馬融〈七

為討論對象。其結構皆以七事勸某人，差異在於〈七發〉乃吳客說楚太子，〈七激〉為玄通子說徒華公子，張衡〈七辯〉則是以虛然子、雕華子、安存子、闕丘子、空桐子、依衛子、髣無子，七人各說一事以勸無為先生。所說之事亦略有變化，枚乘「觀濤」為獨到勝事，張衡有女色、服飾、遊仙；其餘音樂、飲食、車馬、德化等則諸篇皆有。雖然洪邁《容齋隨筆》批評眾人「規仿太切，了無新意」，但是七體主題由「治病」走向「招隱」，作家訴求重點顯然有所變化，茲以三篇皆同的第二事「飲食」與篇末最重要的第七事對照之。

飲食部分文字如下：

> 客曰：「犓牛之腴，菜以筍蒲，肥狗之和，冒以山膚，楚苗之食，安胡之飯，摶之不解，一啜而散，於是伊尹煎熬，易牙調和，熊蹯之臑，勺藥之醬，秋黃之蘇，白露之茹，蘭英之酒，酌以滌口，山梁之餐，豢豹之首，小飲大歠，如湯沃雪，此亦天下之至美也，太子能起嘗之乎？」（枚乘〈七發〉）

> 玄通子曰：「單極滋味，嘉旨之膳，芻豢常珍，庶差異饌。涔養之魚，膾其鯉魴，分毫之割，纖如髮芒，散如絕穀，積如委紅，殊芳異味，厥和不同，既食日晏，乃進夫雍州之梨，出於麗陰，下生芷隰，上託桂林，甘露潤其葉，醴泉漸其根，脆不抗齒，在口流液，握之摧沮，批之離坼，可以解煩，悁悅心意，子能起而食之乎？」（傅毅〈七激〉）

> 雕華子曰：「玄清白醴，蒲陶醲醯，嘉肴雜醢，三臡七菹，荔支黃甘，寒梨乾榛，沙餳石蜜，遠國儲珍，於是乃有芻豢腯牲，麋麛豹胎，飛鳧棲鷩，養之以時，審其齊和，適其辛酸，芳以薑椒，拂以桂蘭，會稽之菰，冀野之粱，珍羞雜遝，灼爍芳香，此滋味之麗也。子盍歸而食之？」（張衡〈七

廣〉）、崔琦〈七蠲（一作觿）〉、劉梁〈七舉〉、桓驎〈七說〉、馬芝〈七設〉，陳思〈七啟〉、仲宣〈七釋〉。

辯〉）

描寫飲食之珍、滋味之麗以為誘導乃承〈二招〉而來，「華酌既陳，有瓊漿些。歸來歸來反故室。」（〈招魂〉）七體諸作在楚辭基礎上踵事增華。〈七發〉的描寫以各類豐富珍奇食物的展示為主，從犓牛之腴到熊蹯之臑、豢豹之首，珍奇的成分大於美味，更以「伊尹煎熬，易牙調和」，渲染著饗宴的傳說色彩，展現前期漢賦那種「虛辭濫說」的誇大、想像性。

〈七激〉的寫法大不相同，他以前四句「單極滋味，嘉旨之膳，芻豢常珍，庶差異饌」取代〈七發〉鋪陳展列的寫法，然後淋漓盡致描寫兩道食物，一道鯉魴之膾以刀工取勝：「分毫之割，纖如髮芒，散如絕縠，積如委紅。」[62]一道「既食日晏」之後上來的「雍州之梨」口感極佳：「脆不抗齒，在口流液」，食之「可以解煩，悁悅心意」。其描述比起〈二招〉、〈七發〉或《呂氏春秋》[63]更令人垂涎。

〈七辯〉對美食的描寫不如〈七激〉，他也陳列許多山珍海味，其中「豹胎」見於《韓非子》，是紂王以象牙箸享用的食物，「荔支黃甘」見於〈上林賦〉，「石蜜」是天竺大秦所產，[64]至於「三臡七菹」，《禮記·天官冢宰》記載「王舉，則共醢六十甕，以五齊、七醢、七菹、三臡實之。」因此，張衡將枚乘虛實交錯、傳奇式的寫法調整為具體有據的珍饈嘉餚。

七體作品中，美食向來不是作者用心使力之處，但從這種邊緣題材的描寫，我們一樣可以看出來，〈七發〉表達的是一席天下至美饗宴的想像，〈七激〉與〈七辯〉卻表達逼真的品嚐經驗，或是有本有源、應時味和的美食，這也是後期漢賦重視具體真實經驗的特色呈現。

七體的固定結構為前六事作為襯托，首尾情境與第七事才是全文主旨。〈七發〉之中，楚太子久耽安樂而百病咸生，吳客說盡物質享受而不能使之病癒，最後以要言妙道勸之，太子據几而起曰：「渙乎一聽聖人辯士之言，霍然病已。」文中

---

[62] 曹植〈七啟〉繼之寫「蟬翼之割，剖纖析微。累如疊縠，離若散雪。輕隨風飛，刃不轉切。」

[63] 《呂氏春秋·本味》：載「肉之美者，猩猩之唇、貛貛之炙、雋觾之翠、述蕩之掔、髦象之約。」

[64] 見《後漢書·西域傳》。

將物慾與精神層次對比，劉勰說「發乎嗜欲，始邪末正，所以戒膏粱之子也。」[65]至於〈七激〉，則是「仕／隱」之爭，文章起首是：

> 徒華公子，託病幽處，游心於玄妙，清思乎黃老。於是玄通子聞而往屬曰：「僕聞君子當世而光跡，因時以舒志，必將銘勒功勳，懸著隆高。今公子削跡藏體，當年陸沉，變度易趣，違拂雅心。挾六經之指，守偏塞之術。意亦有所蔽與，何圖身之謬也。……」

傅毅將〈七發〉中生理的不適轉為託病幽處，這位徒華公子「游心於玄妙，清思乎黃老」，與第七事「遵孔氏之憲則，投顏閔之高跡」，乍看是儒道之爭，然昔日「銘勒功勳，懸著隆高」的期待與今日「削跡藏體」的形為，表明仕隱才是關鍵，史書亦記載「毅以顯宗求賢不篤，士多隱處，故作〈七激〉以為諷。」[66]張衡〈七辯〉延續〈七激〉有招隱意味，但是徒華公子乃是消極的隱逸，不遇聖時明主而隱；〈七辯〉卻屬於積極的隱逸，無為先生「背世絕俗，唯誦道篇。形虛年衰，志猶不遷。」述及第六事赤松、王喬「上游紫宮、下棲崑崙」的神仙之麗時，他也被打動幾乎要軒臂矯翼，可惜將飛未舉，最後在「談何容易」的體悟下重新入世。主旨在表達「儒／僊」的內心掙扎。〈七激〉、〈七辯〉二文就創造性或語言藝術都不如〈七發〉，可是他們成功地深化主題，將既有文體模式結合文人的人生處境，使暇豫侍君的貴游書寫轉為諷諫之辭，或是自我出處懷抱的反思，亦有拓展文體之功。

四、結語

關於漢賦的演變，最主流的論點是從散體大賦轉為抒情小賦，文學史迄今仍灌輸著某種圖像：張衡〈歸田賦〉出現之前，散體大賦只是歌頌帝國聲威，一路踵事

---

[65] 《文心雕龍·雜文》。

[66] 見《後漢書·文苑傳下》。

增華、疊床架屋，即使揚雄、班固在理論上批評司馬相如，自身創作仍是重蹈覆轍。本文試圖呈現漢賦發展過程中存在另外一道轉折，也就是以揚雄為界——即劉勰《文心雕龍·才略》所謂「卿、淵已前」「雄、向以後」，——賦體的語言表現、結構虛實、知識內涵有所變化。

賦誕生於戰國游士環境，因此前期漢賦的內容往往憑藉作者才氣以重構常識經驗，創造出美麗炫目的語言藝術品，它以描繪見長，我們可以說，前期賦家在語言節奏、韻律、遣詞造句的種種努力，都是為了一個目標——體物，將經驗中或想像中的景物「精彩」（未必是「真實」）地鋪展開來，淋漓盡致地描摹形容。如果說一般敘事文體對「描寫」追求的是生動逼真，可以三言兩語刻劃出人物典型或事件始末，語言只是筌蹄工具；漢賦的描寫，卻是將語言本身「前景化」，語言的澎拜燦爛和景物對象是同等份量的，兩者合一才能體現帝國輝煌。

漢賦典範移轉的樞紐在於揚雄，其創作之中同時存在前、後期特色，既能「逞才」又相當「重學」。好學深思的個性不僅使他嘗試多種書寫策略，更徹底反思文體意識，包括內容的虛實，賦家的地位，古今文學創作矩度；還有，如果以賦「諷諭」君王是無用的，那麼賦體意義何在？反思的結果，與其簡化為否定賦的價值，不如說是突破君臣對話的閉鎖情境，讓漢賦承載更多賦家自身的知識、思想與情志，遂使得原本長於描繪的文體在語言本身、景物對象二者之外，朝向知識領域延展。

此後，漢賦產生如〈二京賦〉之類可議論，〈遂初賦〉之類可抒情的作品，而各種賦體的創作雖然保持描繪渲染的寫作手法，但篇幅的舒展、結構的支撐並不倚賴振奮的語言音樂，而由具體經驗或知識思辨為根基。是以劉勰把他看到的現象稱之為「卿、淵已前，多俊才而不課學；雄、向以後，頗引書以助文。」這並不代表前期作家不學或後期作家無才，而是賦家的文體意識改變，所以前後漢賦貌雖同似龐然巨製，實則文體典範已然轉化。

From Ornateness to Erudition: a Shift in Han *Fu* Paradigm

Wu Min-min[*]

Abstract

The grand *fu* (rhapsody) underwent its transformation during the some three centuries when it was the dominant genre of Han literature. However, it is commonly believed that not until the late Eastern Han did the Han *fu* paradigm begin to vary: the epideictic grand *fu* establised by Mei Sheng and Ssu-ma Hsiang-ru ceased to flourish, and was superceded by the short lyrical *fu*. In fact, the grand *fu* was popular for its literary ornamentation, but it was severely criticized by Yang Hsiung and the successive writers for its shallowness as well. They resorted to factual historical events in the narration, and cited classical or moral texts to elavate the style. Liu Hsieh noted the two periods in grand *fu* writings: the time before of Ch'ing and Yüan, and the time after of Hsiung and Hsiang. In "Literary Talent" in *The Lierary Mind and the Carving of Dragons,* Liu described: "Writers before the time of Ch'ing and Yüan mostly wrote out of their natural inclinations, and seldom took advantage of the experience of others; but after the time of Hsiung and Hsiang, many writers began to quote the works of past authors to help them in their own writing. It is at this point that we find the line drawn between those who take and those who give, a distinction which we should not allow to become blurred in our

* Assistant Professor, Department of Chinese Literature, National Taiwan University.

minds." Thus, we observe the critical deviations between the two periods through a comprehensive textual analysis, which is yet scarce in present *fu* studies. In a brief account, the former period grand *fu* employed numerous binomes to extend its ornateness and magnificence; whereas the later peroid grand *fu* stressed factuality and intellectual sophistication.

Keywords: Han *fu* (rhapsody), literary paradigm, genre, *fu*, Ssu-ma Hsiang-ru, Yang Hsiung

《漢書》李陵書寫的深層意涵

何寄澎

提　要

《漢書》裡有關李陵的章節是全書十分秀異的片段，其不同於《漢書》一貫工整拘謹的語言風格，難得地從李陵的處事性格與心理反應入手，描畫出李陵生命深刻的悲劇性，可說直接承襲了司馬遷〈報任安書〉為李陵所塑造的悲劇英雄形象。從近似司馬遷語言風格的筆致，到主配角人物輕重、隱顯異位的曲筆，班固對此一敗軍之將如此「唯恐不盡」的處理方式，不僅顯示了其不遜於司馬遷的才華，亦借由筆下對李陵的認同，反映出班固對司馬遷的同情與理解。更直接地說，〈李陵傳〉乃是班固為司馬遷而寫的——中國古典文學自《楚辭》以下所形成的「同情共感」傳統，在此又以一新面貌展現。

關鍵詞：班固　李陵　司馬遷　同情共感

【作者簡介】國立臺灣大學中國文學博士，現任臺大中文系教授。專長領域為中國文學史、中國現代文學、臺灣文學、語文教育與評量等，對唐宋文學、古典散文及臺灣現當代散文尤有研究。著有《等待》（散文集）、《典範的遞承——中國古典詩文論叢》、《北宋的古文運動》、《唐宋古文新探》、《落日照大旗——中國古典詩歌中的邊塞》、《總是玉關情——唐代邊塞詩初探》等書，編著有《文化、認同、社會變遷——戰後五十年臺灣文學國際學術研討會論文集》、《當代臺灣文學評論大系：散文批評》、《中國現代散文選析》、《中國新詩賞析》、《中國現代短篇小說選析》等。

《漢書》李陵書寫的深層意涵

何寄澎*

一

《漢書》中有關李陵的書寫，總計見於三個地方，❶分別是：〈李廣蘇建傳〉中〈李廣傳〉後所附的〈李陵傳〉、同傳中〈蘇建傳〉後〈蘇武傳〉中有關李陵的描述、❷〈司馬遷傳〉中引司馬遷〈報任安書〉所載司馬遷自己對李陵及李陵事件的看法。對一個人物以如此「唯恐不盡」的心意書寫，在《漢書》中是罕見的；尤其對一個敗軍之將如此處理，更與班固的體制化思想以及《漢書》的體制化性格矛盾、衝突，然則其中隱含了什麼意義呢？這是本文想探討的課題。

二

〈李陵傳〉的內容可說是緊扣李陵敗降一事而建構的——包括事件前後相關聯的各種發展。從李陵如何請纓願為前軍以分單于兵，到與單于相直以寡擊眾，到終不得逃脫而投降，到司馬遷為李陵遊說遭腐刑，到李陵家人遭武帝族殺，到武帝死昭帝立、故人任立政等招其歸漢而不果。毫無疑問，班固完全以敗降事件概括李陵

---

* 國立臺灣大學中國文學系教授。

❶ 〈匈奴傳〉有數語，姑不計入。

❷ 〈蘇建傳〉毋寧就是〈蘇武傳〉，因為對蘇建的敘述只有寥寥十餘句。

的一生，從而亦純以此一事件檢視李陵的生命、映照李陵的心境，更以這一事件的發展來塑造李陵的形象。

班固讓李陵一出場就是一個初生之犢不畏虎的少年英雄形象。原只是為貳師將軍將輜重的李陵似乎不甘於這樣的任務，乃向武帝叩頭自請「願得自當一隊，到蘭干山南以分單于兵，毋令專鄉貳師將軍」；而當武帝表示無騎兵可與時，他竟毫不在意，答以：「對所事騎，臣願以少擊眾，步兵五千人涉單于庭」。我們清楚感受到李陵說話的語氣是多麼英勇豪邁、顧盼自雄、充滿信心！當李陵至浚稽山，遭單于三萬軍圍困時，班固讓我們看到的是李陵的不慌不忙、指揮若定——「引士出營外為陳，前行持戟盾，後行持弓弩」，並且下令：「聞鼓聲而縱，聞金聲而止」——其兵陣是多麼嚴整！其戰法又是多麼有效！在這裡，極明確簡淨的文字，正凸顯了李陵行事的果決俐落。於是第一回合的交手，漢軍輕易地擊殺匈奴兵數千人，驚得單于立刻召左右地兵八萬餘騎圍攻李陵，如此勢力懸殊的對決，我們看到李陵且戰且引南行，「士卒中矢傷：三創者載輦，兩創者將車，一創者持兵戰」——這些極具圖像感的文字，一方面呈現了慘烈的苦戰情景，一方面依然勾勒了李陵部隊毅勇的形象；其下第二回合的交手（「明日復戰」），漢軍續斬敵首三千餘級；而後四、五日間的轉戰，復殺敵數千人；再其後甚至「戰一日數十合」，猶再「傷殺虜二千餘人」。顯然，班固有意透過明確的數字，呈現李陵以寡擊眾，殺首虜多的事實！最後，李陵矢盡車毀，受困峽谷，已然無計可施時，班固如此下筆：

> 昏後，陵便衣獨步出營，止左右：「毋隨我，丈夫一取單于耳！」良久，陵還，大息曰：「兵敗，死矣！」……於是盡斬旌旗，及珍寶埋地中，陵歎曰：「復得數十矢，足以脫矣！今無兵復戰，天明坐受縛矣！各鳥獸散，猶有得脫歸報天子者。」……陵與韓延年俱上馬，壯士從者十餘人，虜騎數千追之，韓延年戰死，陵曰：「無面目報陛下！」遂降。

從英雄末路猶自豪氣干雲的氣概，到審視情勢終知不可為的絕望，到嚴拒軍吏寬解之語誓言效死的堅持，到面對敗戰充滿無奈的不甘，到剎那之間不知所以的投降——班固非常細膩委曲地刻畫了李陵千折百轉、波濤起伏的心理狀態。中國敘事文學的傳統很少如此摹狀一個人的內心世界，❸班固在此不僅突破自己對人物的書寫樣式，也突破了傳統中國敘事對人物的書寫樣式。

就在李陵何以終究投降成為一難解之謎時，班固引了司馬遷對武帝說的話：「其素所蓄積也，有國士之風」、「得人之死力，雖古名將不過也」、「身雖陷敗，然其所摧敗亦足暴於天下」、「彼之不死，宜欲得當以報漢也」。這些話出於司馬遷〈報任安書〉，我們可以合理斷定班固完全接受了司馬遷的觀點——李陵在他心中絕非負面人物。❹

傳的最後寫任立政至匈奴招陵一事。班固繼續運用前述極細膩而層層逼現的手法：對任立政第一次大言暗示時勢已變，可以歸漢時，我們看到的是：「陵墨不應，孰視而自循其髮，答曰：『吾已胡服矣！』」當立政繼續強調「來歸故鄉，毋憂富貴」時，李陵的回答是：「歸易耳，恐再辱，奈何！」而立政仍不死心，第三次追問：「亦有意乎？」我們看到李陵終究回答：「丈夫不能再辱！」

從默然不應，自循其髮，「吾已胡服矣」，到「恐再辱，奈何」，到「丈夫不能再辱」，李陵內心那一切都晚了，一切都不可能再重來，一切又都不可信賴、無從逆料，一切也都無謂了的所有無言的悲痛——那是糅合了暗潮洶湧與心如死灰兩種截然相反的心境，被班固如此入木三分、極盡簡潔地鮮活呈現。

綜合前述，班固對李陵的書寫有二點重要意義：一、就對人物的觀點而言，班固自始至終形塑的是李陵英雄的形象，而且是極典型的悲劇英雄形象——這形象的原型則是司馬遷〈報任安書〉中所勾勒描繪的李陵。二、對李陵曲折的心境有極生動細膩的刻畫，突破了自我以及傳統人物書寫的格局。最後，也許還有一點可述：眾所周知，《漢書》的語言基本上是工整緊密的，四言句多、對稱句多，乃構成其

---

❸ 王靖宇說：「從整體說來，中國作者在涉及人物描寫時傾向於依靠對話和行動。其他方法雖也可見，但相比之下少得多。直接的心理探索方法的運用便是一例。作為西方敘事文的技巧之一，它運用廣泛，但卻鮮為中國作者採用。事實上，在早期中國敘事作品中可以說看不到這種方法。即使在後期作品中有所採用（運用這種方法時常用套語「自思」等），但也很不廣泛。人物的內心思想在直接描寫時常常十分簡短。」見氏著：《中國早期敘事文研究》（上海：上海古籍出版社，2003 年 3 月第一版），頁 12-13。

❹ 汪春泓認為《漢書》中的李陵是作為蘇武對照的負面人物而刻畫的。見氏著：〈關於《漢書·蘇武傳》成篇問題之研究〉，《文學遺產》2009 年第 1 期。另，亦請參本文「附記」。

句型的主要形制，而且文氣滯重，較少流動之致。然而〈李陵傳〉則有異，如下引之例：

> 「臣所將屯邊者，皆荊楚勇士、奇材劍客也，力扼虎，射命中，願得自當一隊，到蘭干山南以分單于兵，毋令專鄉貳師將軍。」
> 「吾士氣少衰而鼓不起者何也？軍中豈有女子乎？」
> 「此漢精兵，擊之不能下，日夜引吾南近塞，得毋有伏兵乎？」

則語言之靈動、傳神、寫真，直與司馬遷無異。若再合觀前述窮途末路時李陵心緒起伏轉折的文字，更不難體會班固已然大幅逆反《漢書》本然語言風格而迥異成趣的事實。平心而論，此種語言入《史記》恐亦不能辨。此外，即使整齊的句子組合，如：

> 陵引士出營外為陳，前行持戟盾，後行持弓弩，令曰：「聞鼓聲而縱，聞金聲而止。」虜見漢軍少，直前就營，陵搏戰攻之，千弩俱發，應弦而倒。
> 單于得敢大喜，使騎并攻漢軍，疾呼曰：「李陵、韓延年趣降！」

以及末段立政召陵之文字：

> 未得私語，即目視陵，而數數自循其刀環，握其足，陰諭之，言可還歸漢也。
> 「漢已大赦，中國安樂，主上富於春秋，霍子孟、上官少叔用事。」
> 「請少卿來歸故鄉，毋憂富貴！」
> 「范蠡遍遊天下，由余去戎入秦，今何語之親也！」

也都文氣充沛，絕不板滯；尤其連結其前後文字沈吟咀嚼，則在「莊重」之外，猶有回盪流轉之致，是終亦有別於《漢書》標準的語言風格矣。班固何以有這樣的變

化？最可能的解釋是：他乃盡力、努力的仿司馬遷的筆調書寫李陵。❺

三

李陵降敵以後的虬曲鬱結心理，班固繼續藉〈蘇武傳〉描繪，首先是李陵勸蘇武投降時所流露的心曲：

> 陵始降時，忽忽如狂，自痛負漢，加以老母繫保宮，子卿不欲降，何以過陵？且陛下春秋高，法令亡常，大臣亡罪夷滅者數十家，安危不可知，子卿尚復誰為乎？

值得注意的是，這段文字不僅顯示李陵對自身降敵行為的慚愧、痛苦；也顯示了李陵對漢法苛虐的憤恨。而當蘇武誓死不降時，班固寫李陵的反應是：

> 喟然歎曰：「嗟乎，義士！陵與衛律之罪上通於天。」

李陵終究是永遠在羞愧的罪愆自覺中無從救贖，其喟然之歎不啻是一聲長長的昊天罔極之歎！李陵的自慚還反映在這樣的一個「行動」——「惡自賜武，使其妻賜武牛羊數十頭」。最後，蘇武榮歸，李陵置酒相賀，班固「敘錄」李陵的話語是：

> 今足下還歸，揚名於匈奴，功顯於漢室，雖古竹帛所載、丹青所畫，何以過子卿！陵雖駑怯，令漢且貰陵罪，全其老母，使得奮大辱之積志，庶幾乎曹柯之盟，此陵宿昔之所不忘也。收族陵家，為世大戮，陵尚復何顧乎？已矣！令子卿知吾心耳。異域之人，壹別長絕！

再次表明李陵「不見天日」、不為人知的宿昔之志。「已矣！令子卿知吾心耳。異

---

❺ 之所以力仿司馬遷筆調書寫李陵，蓋以此傳乃為司馬遷而寫，詳見本文第四節。

域之人，壹別長絕！」是一種絕然的絕望之中又極度企盼知己的悲淒之音；而班固意猶不足，乃繼續描寫道：

> 陵起舞，歌曰：「徑萬里兮度沙幕，為君將兮奮匈奴。路窮絕兮矢刃摧，士眾滅兮名已頹。老母已死，雖欲報恩將安歸！」陵泣下數行，因與武決。

至此，不唯李陵虯曲鬱結的心理有了更完整、具體、深入、清晰的刻畫呈現，李陵悲劇英雄的色彩也更增添一份煢獨寂寥的氣質；而李陵在後世史家與文士心中的形象從此「定格」。

然而〈蘇武傳〉中的李陵書寫，其值得玩味之處尚不僅如前述。首先，這部分的文字風格與前節所言，皆近似司馬遷——觀上文所引四例可知。其次，班固對蘇武的推崇揄揚是毋庸置疑的，論贊有云：「孔子稱『志士仁人，有殺身以成仁，無求生以害仁』，『使於四方，不辱君命』，蘇武有之矣。」可以為證——而這也完全符應班固本然的體制思維、儒道價值。但有趣的是，我們反覆讀這篇傳，蘇武的人物形象是固定不變的，班固對他幾乎沒有任何的「心理描寫」——應驗了王靖宇的觀點——直言之，蘇武是個扁平型人物。尤其一開始蘇武出場的兩次自殺，宛如「機械反應」的行為模式，一點也不動人；❻即使至第三次生命受威脅的場景，衛律作勢欲劍殺之，武不為所動，相應於前文的敘寫，也由於一切是如此的「理所當然」，遂很難讓讀者有什麼「心感」。❼從而其下蘇武罵衛律的「大義」之言，我們也就不特別覺其「凜然」。事實上，〈蘇武傳〉中的蘇武開始「有血有肉」，是

❻ 這兩次自殺，系緣於同使匈奴的副中郎將張勝允助虞常謀反匈奴並殺衛律。不料事發，武得知後，遂欲自殺，為張勝等所阻止。後單于使衛律召武受辭，武又引配刀自刺。《漢書》對蘇武言行舉動描寫的原文如下：「張勝聞之，恐前語發，以狀語武。武曰：『事如此，何必及我。見犯乃死，重負國。』欲自殺，勝、惠共止之。……單于使衛律召武受辭，武謂惠等：『屈節辱命，雖生，何面目以歸漢！』引佩刀自刺。」平直簡略的敘述，沒有任何心情、場景襯托，讀者讀之，自不覺有其血性。

❼ 原文為：「劍斬虞常已，律曰：『漢使張勝謀殺單于近臣，當死；單于募降者赦罪。』舉劍欲擊之，勝請降。律謂武曰：『副有罪，當相坐。』武曰：『本無謀，又非親屬，何謂相坐？』復舉劍擬之。武不動。」

從李陵上場以後才使人有所感覺的。當李陵以「悲憤」之情語勸降時，蘇武「武父子亡功德，皆為陛下所成就，位列將，爵通侯，兄弟親近，常願肝腦塗地。今得殺身自效，雖蒙斧鉞湯鑊，誠甘樂之。臣事君，猶子事父也，子為父死亡所恨。願勿復再言」，也才具有肺腑由衷的情致；而當相飲數日後李陵續勸時，蘇武「自分已死久矣！王必欲降武，請畢今日之驩，效死於前」，也才充分顯示其忠義之堅定；由是，當武帝死，武聞之，「南鄉號哭，歐血，旦夕臨」，我們才終能體會蘇武深刻的悲傷。明明蘇武是傳主，可是副角的李陵，反而成為聚焦所在，其形象之鮮明巨大，幾乎完全把蘇武掩蓋掉了。班固這樣的書寫意味了什麼呢？我想，還是和司馬遷有關：因為司馬遷，所以班固對李陵有特別的關懷、感懷，乃至有特別的同情、理解、詮釋；因為司馬遷寫人物本有副角神貌超越主角者，如〈管晏列傳〉中之鮑叔牙、越石父、御者之妻，〈孟嘗君傳〉中之馮驩等，所以〈蘇武傳〉中的蘇武、李陵，其角色輕重隱顯為之翻轉，亦無非史遷筆法之承繼與發揚而已——而這些都使班固在有意識、無意識中超越其既有思維與作法，展現迥然異趣的另一種敘事風貌。

四

前述班固對李陵的同情與理解，其實正鮮明而深刻地反映了他對司馬遷的同情與理解。敗降匈奴一事改變了李陵的一生，使他從此在孤寂痛苦的淵藪中終其一生；而因著為李陵言致下腐刑一事，也改變了司馬遷的一生；我們相信，雖然司馬遷發憤完成了《史記》，但他也仍然孤寂痛苦地苟度其餘生——與李陵同然。班固的李陵書寫呈現目前所見的面貌，絕然與他對司馬遷具有一份特殊的情懷有關——對此，《漢書·司馬遷傳》中引錄〈報任安書〉可為一旁證。[8]〈司馬遷傳〉基本

---

[8] 由《漢書·司馬遷傳》引錄〈報任安書〉即可見班固對史公的「理解與同情」——這一點乃是大部分研究《史》、《漢》學者的共同體認。除此之外，〈司馬遷傳·贊〉雖有一些批評，但基本上頗盡讚美之能事，而且行文語氣之間充滿抒情況味——這一點也透露了上述班固那一種對史公的「心意」。更何況《漢書》大量沿襲《史記》的篇章和議論，若非對史公高度「認同」，是不可能如此書寫的。長期以來，學者太專注於求《史》、《漢》二者之異，有意無意間忽略了它們

上全錄《史記·太史公自序》，從內容、結構來看，〈報任安書〉並無絕對的必要需予引錄，它置於有關《史記》一書體例、內容之敘明與〈論贊〉之間，分明可見是刻意添入的。〈報任安書〉是司馬遷滿腔悲憤的自明之辭，信中對自己與李陵的關係、自己對李陵的觀感、李陵以寡敵眾的奮戰情況，以及對李陵內心別有莊嚴企圖的推論，都有動人的陳述。這是目前可見有關李陵形象最早的書寫，它當然是《漢書》李陵書寫的重要源頭與基礎。更重要的是，《漢書》的李陵書寫完全繼承了司馬遷所勾勒的李陵形象，並加以細細描繪、刻畫，使之圓滿、完足。司馬遷〈報任安書〉的李陵書寫，可以說是為自己忌諱寫〈李陵傳〉的一點「彌補」，而班固特別引錄於《漢書·司馬遷傳》中，便理應是了解、體貼司馬遷「憾恨」的一種心意、一種作法；這種心意、作法，便在〈李陵傳〉與〈蘇武傳〉中加以淋漓盡致的彰顯、發揮。從常理來看，班固寫的既是《漢書》，則當然有絕對的理由寫李陵，但如果我們考慮到他的體制化性格——其中包括了道德思維、政治態度、儒家價值觀等等，則他也就有可能不寫李陵，至少不會寫成目前所見的李陵。所以我們毋寧相信，班固的李陵書寫是為司馬遷寫的，❾是完全站在司馬遷的認知觀點去寫的——它是班固對司馬遷同情與理解最深刻的展現。

五

後世文學作品中的李陵未嘗軼出班固所型塑、呈顯的形象，❿由是，班固的李陵書寫，事實上是「經典化」了。⓫通過前文的析述，在敘事文本的精彩上，班固顯示了他不特為人所知卻絕然不遜史遷的秀異才華；而他在《史記》所建構的人物

彼此間的互融互通，不免令人有憾。

❾ 正因為是為司馬遷所寫的，所以文內所論語言風格近似司馬遷也就自然而必然了。「文稱其人」、「文如其人」本是《史記》特殊義法，陳師道云：「司馬遷作長卿傳，如長卿之文。」即是此義。參見王葆心《古文辭通義》卷一五「宋人又言，作何人文，文即肖其人者」下引陳師道語。

❿ 最著名的當屬《文選》所錄〈李少卿答蘇武書〉，而王維〈李陵詠〉亦為其例。

⓫ 此處所謂「經典化」意指歷代讀者對作品中人物形象的接受過程，班固所塑造的李陵形象已為後世讀者所接受，成為一種「典型」。

書寫義法上，亦自有踵事增華的卓越表現——這其中包括他以近於司馬遷語言風格的筆致寫李陵，以及主、配角人物之輕重隱顯異位的曲筆。最後，我個人最想強調的是：班固為司馬遷而寫李陵的那種「同情共感」——中國古典文學傳統中，《楚辭》以下自有一「同情共感」的動人傳統，它們從「擬騷」的作品開始，⓬衍及「擬古」之作，⓭其表現方式亦甚多元——如注疏之學往往即是，⓮而班固以史傳之作表其情懷旨意，自為「同情共感」之創作傳統別開一生面矣。

附 記

汪春泓〈關於《漢書・蘇武傳》成篇問題之研究〉，⓯是一篇精彩的論文，其中與本文論釋觀點相關的看法有如下三點：一、〈蘇武傳〉的撰寫早經朝廷設定在「忠君」這一主題上，故長年羈留匈奴者雖眾，獨凸顯蘇武使之成為「忠君」典型，絕非偶然；二、蘇武形象既確定，〈李陵傳〉亦從而定調，李陵被型塑為蘇武

⓬ 漢人「擬騷」作品的名篇，如賈誼〈惜誓〉、東方朔〈七諫〉、王褒〈九懷〉、劉向〈九嘆〉，皆世所熟知。漢人所以模擬屈子之辭，乃是有感於己之不遇及世之善惡黑白不分，一如屈子作品所呈現者，遂在「同情共感」的心理下，借「擬」一抒鬱結牢騷之情。

⓭ 此處所謂「擬古」，略取《文選》「雜擬」之義，即模擬前人之作。「模擬」為漢魏六朝一種重要創作現象，後世亦代有之。「模擬」所蘊藏的豐富內涵，固不僅同情共感而已。可並參王瑤：〈擬古與作偽〉，見氏著：《中古文學史論》（北京：北京大學出版社，1986 年）；林文月：〈陸機的擬古詩〉，見氏著：《中古文學論叢》（臺北：大安出版社，1989 年）；鄧仕梁：〈論謝靈運《擬魏太子鄴中集詩》〉，《研究匯刊》（人文及社會科學版）第 4 卷第 1 期（1994 年 1 月）；蔡英俊：〈「擬古」與「用事」：論六朝文學現象中「經驗」的借代與解釋〉，臺灣第三屆國際漢學會議論文，2000 年 6 月，何寄澎、許銘全：〈模擬與經典之形成、詮釋——以陸機《擬古詩》為對象之探討〉，《成大中文學報》第 11 期（2003 年 11 月）。

⓮ 王逸《楚辭章句》從屈原的情感角度詮釋《楚辭》，強調作者言志抒情的面向，即是以注疏之學體現對屈原的同情共感。此外，朱熹《楚辭集注》亦是好例。朱子因身處南宋政治情勢惡劣的環境，加上遭逢慶元黨禁，對國家、君王，乃至自我命運有深重的憂患，乃作《楚辭集注》以申個人哀慨，形成與屈原《楚辭》互為主體的共鳴感興。參見何寄澎、吳旻旻：〈「平心看他語意」——朱熹《楚辭集注》之詮釋理念及其意義〉，香港中文大學《中文學刊》第 3 期（2003 年 12 月）。事實上，多數的《楚辭》注本都有這一層意義。

⓯ 《文學遺產》2009 年第 1 期，頁 4-13。

反面的有罪之人，於是漢武帝的殘暴便輕輕地被開脫了；三、〈蘇武傳〉出自班彪之手的可能性較高。

汪氏上述的三點看法，皆在強調〈蘇武傳〉的書寫終究是為了鞏固王權、照應政策（乃至視〈李陵傳〉亦如此）；換言之，再度充分顯示《漢書》的體制化性格。然而「文本」的研究，除了透過「史料」推敲、掌握真相之外；「文本」本身遣辭造句的精細解讀也是「發現」作者真意的重要途徑——尤其中國史書撰寫，自《春秋》以下即有「曲筆」此一「書法」傳統在，後世讀者更宜用心斟酌。本文細細解析了〈李陵傳〉，班固所塑造的李陵形象絕非負面，也絕不可簡單地視為蘇武形象的反面對照。本文也指出了蘇武的扁平化——那正是「體制意識」先行下必然的結果。〈蘇武傳〉若果真出自班彪，則〈李陵傳〉的書寫就更可能反映了本文所論班固體制化性格以外的一個更動人的「側面」。文學有時比歷史更真實，信哉其言！

※本文原刊於《文學遺產》2010 年第 1 期，經該刊編輯委員會同意後收錄於本書。

The Book of Han: Deeper Meaning in Li Ling's Writing

Ho Chi-peng[*]

Abstract

In *The Book of Han*, those sections concerning Li Ling are some of the most excellent selections in the entire work. It is unique within the finely worked and reserved prose style in *The Book of Han*, and taking Li Ling's psychology and distinctive handling of affairs as a starting point, it illustrates the wrenching tragedy of Li Ling's life. One might even say that it accepts the image of a tragic hero created for Li Ling by Sima Qian in his *Letter to Ren'an*. From the similarity to Sima Qian in prose style, to the weight given to primary and supporting characters, and hidden meanings within the text, Ban Gu's "anxious but 'twere not complete" treatment of this defeated general, not only demonstrates a talent not secondary to that of Sima Qian, but through his affirmation of Li Ling also reflects Ban Gu's sympathy for and understanding of Sima Qian himself. To put it directly, *The Biography of Li Ling* is Ban Gu's gift to Sima Qian. The tradition of "sympathy and understanding" in Classical Chinese Literature from *The Lyrics of Chu* onwards is here revealed under a new aspect.

Keywords: Ban Gu, Li Ling, Sima Qian, sympathy

---

* Professor, Department of Chinese Literature, National Taiwan University.

[illegible]
Deeper Meaning in Li Ling's Writing

[illegible]

Abstract

[illegible]

Keywords: Ban Gu, Li Ling, Sima Qian, Sympathy

[illegible], Department of Chinese Literature, National Taiwan University.

自我觀看的影像
——宋代自贊文研究

謝佩芬

提　要

漢唐盛世之後，如何觀看歷史人物，從而省思自我認同、定位問題，向為宋人關心問題，詠史詩、史論、題跋各類作品中皆曾涉及相關意見。本文以「贊」文為考察對象，乃因往昔贊文以史贊、畫贊為主，宋代則出現眾多自贊作品，雖率皆以自身為贊述對象，但書寫觀看角度則互有歧異，各具風采，饒富興味。或有似命名解說之作，或抒發個人志向，或自我勉勵、展望未來，筆法頗有類近說、箴者。此外，贊原本多短小簡促，意長語約，宋人自贊則不斷擴充篇幅，句式多變，不為四言韻語所限，以散文筆法書寫者不為少見，且或頌美，或議論，顯現宋文新創變異面貌。本文分析宋代自贊類型、內容、筆法，以抉發其價值。

關鍵詞：自贊　自我　黃庭堅　周必大　文體

【作者簡介】國立臺灣大學中國文學系副教授，研究領域以宋代詩文為主，旁涉唐代文學，撰有《歐陽脩詩歌研究》、《北宋詩學中「寫意」課題研究》、《韓愈古文校注彙輯》（合著）、《蘇軾心靈圖象——以「清」為主之文學觀研究》、〈「以詩為詞」——歐陽脩詞史地位重探〉、〈四十年來臺灣學者唐代文學研究概況〉、〈王鞏年譜〉、〈張方平文學史地位新探〉、〈暮年知音慰清剛——蘇軾與柳宗元的心靈會通〉、〈歐陽脩書牘探論〉、〈將飛更作回風舞——宋祁詩歌特色與宋詩發展之研究〉、〈試論宋祁辭賦之創意書寫〉、〈宋祁對韓愈的接受——以重新、探源、校改為中心的討論〉等論著。

自我觀看的影像
——宋代自贊文研究

謝佩芬*

一、前言

歷經多年戰亂，西元 960 年，趙匡胤（927-976）暫時終結了動盪不安的局面，開創較為穩定平和的「建隆」新世。❶面對殘破景象，宋人除致力收拾舊山河之外，更著意自歷史長河中尋索可資借鏡的楷模，以為長治久安的基礎。

文人們藉由科舉考試晉身仕宦行列，公領域的經世濟民、效法前賢外，私領域的立身處世、觀看創作，都會讓文人再三思考「開闢真難為」的困境及突破方法。在這樣的氛圍下，宋代出現諸多史論文、詠史詩，賦詠慨歎歷史陳跡、古人作為都能提供他們追慕倣效的對象。只是，偏向內斂自省的宋人文化，將視野投注外在世界之餘，也不忘反躬自省，自《全宋文》中留存眾多自敘性文章便可略窺一斑。❷

* 國立臺灣大學中國文學系副教授。

❶ 「建隆」為宋太祖建國後所立第一個年號，沿用三年後，更改年號為「乾德」，又五年，改為「開寶」。

❷ 關於書寫自我的文章該如何以一個共同通用、涵括周到的名詞稱呼，似乎頗為困難，郭登峰編集《歷代自敘傳文鈔》時，將單篇獨立的自敘文、附於著述的自敘文、自作傳記、自作墓誌銘等歸為「自敘傳」，書牘體、辭賦體、詩歌體、哀祭體、雜記體的自敘文、附於圖書上的自敘文、自狀、自訟、自贊列為「準自敘傳」，而這是按性質分類，如從自敘對象而言，郭氏認為「或係本人一生、半生的綜述，或係敘述足以代表本人某種性格的一端或數端的事情。」（參見氏編前

《全宋文》中自敘性文章略有：自傳、自序、自撰墓誌銘、自祭文、自箴及自贊，其中「自贊」數量最多，約有 110 篇，❸較其他體類多出不少，而無論自傳、自序、自祭文都有較長久的歷史淵源，宋前文人們繼作較多，但宋代卻是以自贊文居多，頗為特別。

自贊屬於贊的一種，關於「贊」的原始意涵與起源，古今學者自來有幾種不同說法，或謂「贊」本為「明也」，「助也」之義，❹乃起源於儀式唱誦；❺或云「贊」本具「頌美」之義，乃「乘人之美」、❻「集其美而序之也」，❼「所以昭

書，臺北：臺灣商務印書館，1965 年，頁 2-3）。王元則將郭氏「自敘傳」文章命為「自傳」，「準自敘傳」文章稱為「準自傳」（氏著：《傳記學》，臺北：牧童出版社，1977 年，頁 33-34）。廖卓成認為郭氏所說的「自敘傳」就是「自傳」，就是「自述的傳記」，因此廖氏研究「自傳文」時，將自訟、自贊、自祭文、家慶圖贊、畫像自贊、自誓文、自題小像等文章排除在外。（見是氏：《自傳文研究》，臺灣大學中國文學研究所博士論文，1992 年 6 月，頁 7）王學玲則為了與西方所謂「自傳」有所區隔，避免以先入為主概念界定中國具有自傳性質的文學作品，所以刻意捨棄「自傳」一詞，而沿用郭氏「自敘傳」名詞，但擴大收納範圍，將自序、自傳、自為墓誌銘、自祭文、自敘、自狀、自訟、自贊、回思錄、日記等總稱為「自敘傳文」。（見氏著：〈不可侵犯的讖語──明清之際自敘傳的諧謔與悔愧〉，《淡江中文學報》第 13 期，頁 73-75）。考察諸家說法，關於各種書寫自我文章的稱呼其實與各人對文章性質、分類的看法有關，學界似乎仍未找到貼切適合，一以貫之的名稱。郭氏「自敘傳」、「準自敘傳」的說法可能是較被認同的說法，事實上，「準自敘傳」必然具備了部分「自敘傳」特質，重點都在具有「自敘」性質，為了與傳統「自敘」、「自序」區隔，也為方便起見，本文暫時將郭氏所列舉的所有「自敘傳」、「準自敘傳」都以「自敘性文章」稱之。

❸ 詳參後附表格。

❹ 現存文獻中最早得見「贊」者，可能為《尚書・皋陶謨》「皋陶曰：予未有知思，曰，贊贊襄哉。」韓注、孔傳均曰「贊」為「助也」，鄭玄則訓為「明也」。見《重刊宋本十三經注疏附校勘記・重栞宋本尚書注疏附校勘記》（臺北：藝文印書館，1965 年），《虞書・附釋音尚書注疏》卷四，〈皋陶謨〉，頁 63-2。

❺ 張立兵：《論先秦兩漢的頌、贊、箴、銘》（西北師範大學中文碩論文，2004 年），頁 25；胡吉星：《作為文體的頌贊與中國美頌傳統的形成》（暨南大學博士論文，2009 年），頁 78-79。

❻ 《釋名》（東漢・劉熙《釋名》，清・王先謙《釋名疏證補》，北京：中華書局，2008 年），〈釋典藝〉。

❼ 同註❻。

述勳德，思詠政惠」；❽吳訥（1372-1457）以為：

> 按贊者，贊美之辭。《文章緣起》曰：「漢司馬相如作〈荊軻贊〉。」世已不傳。厥後班孟堅《漢史》以論為贊，至宋范曄更以韻語。唐建中中試進士，以箴、論、表、贊代詩賦，而無頌題。迨後復置博學宏詞科，則頌贊二題皆出矣。西山云：「贊頌體式相仿，貴乎贍麗宏肆，而有雍容俯仰頓挫起伏之態，乃為佳作。」大抵贊有二體：若作散文，當祖班氏史評；若作韻語，當宗東方朔〈畫象贊〉。❾

斷定「贊」必為贊美之辭，簡述其發展歷程，並就性質細分為史贊散文與畫贊韻文二類，而自唐代建中進士考試科目以箴、論、表、贊代替詩賦一事視之，則不難見出唐人重視「贊」的態度。事實上，即使建中前未將「贊」列入科考項目，但歷代史贊的存在早已提示「贊」體重要性。徐師曾（?-?）意見與吳訥類近：

> 按字書云：「贊稱美也，字本作讚」，昔漢司馬相如初贊荊軻，其詞雖亡，而後人祖之，著作甚眾。唐時至用以試士，則其為世所尚久矣。❿

除強調「贊」「稱美」意涵外，也說明贊體作者甚眾，久為世人崇尚重視，但即使在這樣的歷史淵源下，唐代自贊文仍然非常稀少，翻查今存全唐文，僅有三篇自贊文，因為作品稀少，面向自然也不夠豐富多元。

到了宋代，自贊文數量突然暴增，且遠遠超過其他書寫自我的體裁，極可能反映出宋人有意開闢新疆域，拓展贊文範疇，並試圖超越前代書寫，甚至建立新典範的嘗試。

---

❽ 桓範〈讚象〉，《全上古三代秦漢三國六朝文》（嚴可均校輯，北京：中華書局，1991 年），《全三國文・魏》，卷 37，頁 1263。

❾ 吳訥著，于北山點校：《文章辨體序說》（北京：人民文學出版社，1998 年），頁 47-48。

❿ 徐師曾著，羅根澤點校：《文體明辨序說》（北京：人民文學出版社，1998 年），頁 143，本書與《文章辨體序說》合刊。

以宋初編集的二部文學總集《文苑英華》、《唐文粹》為例，⓫《文苑英華》「贊」類計收帝德、聖賢、佛像、寫真、圖畫、雜贊等七大類，其中佛像贊數量最多，未見自贊文篇章。《唐文粹》分贊甲、贊乙二卷，收畫像贊、器物贊 34 篇，其中僅有裴度（765-839）〈自題寫真贊〉一篇，又與其他先賢畫像贊並置一處，顯示編選者極可能只是將自贊文視為一般畫像贊之一，並不認為有獨立的必要，而就宋前自贊文數量而言，⓬也確實無法單設一類。這種情形下，宋代文人大量書寫自贊文的現象，正透露出他們關心層面的轉移，頗具文學史意義。

此外，純就「贊」文本身而言，宋代自贊文在題目、內容、筆法上都有特殊之

⓫ 二書編成年代分別為宋太宗太平興國七年（982）至雍熙三年（986）、宋真宗大中祥符四年（1011）左右，宋代詩文革新尚未成功，文學未具趙宋嶄新氣象。

⓬ 唐代自贊文共有三篇，前已言及，下文將分別討論。唐代之前自贊文據《全上古三代秦漢三國六朝文》所收，僅見隋·劉炫〈自贊〉一篇（《全隋文》，卷 27，頁 4176），該文又見於《隋書》，《隋書》縷述劉炫生平事蹟後，謂：「于時賊盜蜂起，穀食踊貴，經籍道息，教授不行。炫與妻子相去百里，聲問斷絕，鬱鬱不得志，乃自為贊曰」，可見該文並非附屬畫像的贊文，內容為：「通人司馬相如、揚子雲、馬季長、鄭康成等，皆自敘風徽，傳芳來葉。余豈敢仰均先達，貽笑從昆。徒以日迫桑榆，大命將近，故友飄零，門徒雨散，溘死朝露，埋魂朔野，親故莫照其心，後人不見其紋，殆及餘喘，薄言胸臆，貽及行邁，傳示州里，使夫將來俊哲知余鄙志耳。余從綰髮以來，迄於白首，嬰孩為慈親所恕，棰楚未嘗加，從學為明師所矜，榎楚弗之及。暨乎敦敘邦族，交結等夷，重物輕身，先人後己。昔在幼弱，樂參長者，爰及耆艾，數接後生。學則服而不厭，誨則勞而不倦，幽情寡適，心事方違。內省生平，顧循終始，其大幸有四，其深恨有一。性本愚蔽，家業貧窶，為父兄所饒，廁縉紳之末，遂得博覽典誥，窺涉今古，小善著於丘園，虛名聞於邦國，其幸一也。隱顯人間，沈浮世俗，數忝徒勞之職，久執城旦之書，名不挂於白簡，事不染於丹筆，立身立行，慚恧實多，啟手啟足，庶幾可免，其幸二也。以此庸虛，屢動神眷，以此卑賤，每升天府，齊鑣驥騄，比翼鵷鴻，整緗素於鳳池，記言動於麟閣，參謁宰輔，造請羣公，厚禮殊恩，增榮改價，其幸三也。晝漏方盡，大耋已嗟，退反初服，歸骸故里，玩文史以怡神，閱魚鳥以散慮，觀省野物，登臨園沼，緩步代車，無罪為貴，其幸四也。仰休明之盛世，慨道教之陵遲，蹈先儒之逸軌，傷羣言之蕪穢，馳騖墳典，釐改僻謬，修撰始畢，圖事適成，天違人願，途不我與。世路未夷，學校盡廢，道不備於當時，業不傳於身後。銜恨泉壤，實在茲乎？其深恨一也。」（見是書，魏徵等撰，楊家駱主編，臺北：鼎文書局，1980 年，卷 75，〈儒林傳·劉炫〉，頁 1722）實乃劉炫戰亂之餘追憶一生歷程，憾歎世事、抒發苦悶心情之作。篇幅甚長，雖參雜似贊體的四言句，基本上仍屬散文句式，性質與篇幅均較類近一般史贊文。《全上古三代秦漢三國六朝文》所錄文字僅「觀省野物」作「觀省井閭」，與《隋書》有異，其餘完全相同。

處，不完全只是承襲舊製贊文，附屬在畫像上的簡短文字，而是具有豐富意涵的新異創作，透過文人們對自我評贊的書寫，也可看到他們自我觀看、省思的種種面向與其中關涉問題，饒富意義。

為明瞭宋代自贊文書寫時代及其數量，本文先全面翻檢《全宋文》，一一臚列相關作品，並依作者生年先後匯入表格，以便依時代順序觀察自贊文演變痕跡。但當進一步分析各篇內容、筆法後，卻發現即使時代相近，但因作者個性、閱歷、背景不同而使自贊文風貌各異，較難歸納出某段時期的共同趨向或特色，而易流於瑣碎。相較之下，如就內容、筆法考論，反而較能歸納出其共同性，彰顯宋代自贊文特色。因此本文採分類處理，各分類討論中如能扣合時代遞嬗以詮釋書寫情形者，則附加說明。

二、即真非真，是相非相——畫像與自我的區判

人們呱呱墜地後，張開雙眼，最早看見的「同類」身影泰半是至親的父母家人，成長歲月中，不斷得到家人的關愛呵護，看著家人嘻笑逗弄的面容，嬰孩逐漸熟悉、記憶家人面貌，確立彼此關係，但此時他看見、認得的都是其他主體的形貌，對於自我的「認識」其實是相當模糊的。也許得到 6-18 個月大，嬰孩藉由鏡子映射看見自己，⓭歷經疑惑、探查、思索種種過程，才終於明白鏡中人就是自己。只是，鏡中呈現的是左右顛反的影像，也是扁平而片面的影像，與真正「我」的形象或他人眼中看到的「我」是極不相同的。

雖然只是部分「我」的映現，但人們還是想看見自己，或透過這樣的看見而修飾、改變自己在他人眼中的「我」的樣貌，所以會攬鏡自照，所以會顧影自憐，所以會透過鏡子拼湊外在世界的自己。

關於對鏡與自我認知問題，拉康（Jacques Lacan，1901-1981）意見常被引用，他認為世人必須經過觀看鏡中折射影像，才會出現自我（ego）的主體概念，在「鏡象階

⓭ 參考拉康「鏡像階段」論，黃漢平：《拉康與後現代文化批評》（北京：中國社會科學出版社，2006 年），頁 32-37。

段」（Mirror Phase）時，「自我」最初是以「他者」形式出現，對鏡主體必須對鏡中影像充分想像才能衍生「自我」，⓮「想像」，正說明了外在的看見是有所不足的。

對鏡看見自己，認知自我的同時，不管願不願意，鏡子都會如實地記錄時間腳步，刻劃歲月在個人容貌留下的痕跡，鏡中的自己顯得那麼無力，無力對抗時間的拉扯，無力留住青春美好的回憶，只能任一切悄然溜逝，徒餘喟嘆。也許是為了對抗時間吧？人們發現了能夠看見自己，卻又能喝令時間暫停，不時回味生命中某一美好片刻的方法，那就是繪製肖像畫。

肖畫像如同鏡子般讓人們透過外在物質媒介看見自己，卻不如鏡子般殘酷無情，畫像將時間暫時凝定，保留在被畫者準備好面對「記錄」的良好狀態，甚至藉由畫師精妙技藝可為被畫者修潤容顏，透過每一次觀看，回憶彼時彼刻美好的生命。

當然，被畫當時的心情必然與日後重新觀看時的心情不同，凝望被固著在一定框架上的自己，敏感多情的文人難免有所感發，自贊文於焉產生。

一般而言，自贊文存在的前提幾乎都是先有一幅作者畫像的產生，所以最初涉及的必然是視覺作用，繪畫者因為某種機緣得識被畫者，接著可能以近距離的方式仔細觀看、審察被畫者的形貌、服飾，或者氣韻精神，揣摩、貼近被畫者的內心世界，掌握性格。先將被畫者外在有形的物質狀況在心中組織再造，也許結合個人對對象外現的精神狀態，或蘊藏於內心的幽微神韻，透過畫者體會融合為一，在畫者心中構設成無形的圖相，最後藉由畫者對筆墨、紙張、光影的控制，再現成有形的畫像。

每一道程序的轉換其實都可說是一種「翻譯」的努力。被畫者的形貌、服飾，透過光線被他人看見，因著光線強弱明暗、角度種種因素的影響，被看到的未必就是真實情狀。好比夕陽西下與日正當中映射進室內的光影就極可能造成被畫者臉部

⓮ 參見馬元龍：《雅克·拉康——語言維度中的精神分析》（北京：東方出版社，2006 年），頁 50-60 及福原泰平著，王小峰、李濯凡譯：《拉康——鏡像階段》（石家莊：河北教育出版社，2002 年），頁 40-50，前揭黃漢平書頁 32-49。

線條的柔和剛硬、軟橘豔紅差異，繪畫者接收到被畫者外在的種種訊息，透過自己的詮讀，在心中重組成一種解釋。當畫者試圖將心中認知表現出來時，其實也是另一種翻譯解讀。就如同一首詩歌，由中文譯成英文，再由英文譯成法文、德文，無論翻譯者學識多麼淵博，語文造詣多麼高深，因著每種語言自身的文化背景、語言特性，再怎麼信達雅，也極難完全傳遞該首作品在原有語言中的精蘊。類似的，繪畫時的「翻譯」必然也會有難以完全掌控、傳遞的訊息，再高明的畫師，即使是李公麟（1049-1106），也不可能完全再現被畫者。

因此，當畫作完成時，畫中人其實已經是繪畫者理解、呈現的對象，而不是真正的被畫者本身；當被畫者透過紙墨等外在媒介觀看畫像時，他所看到的其實已經與自我所感知的自己不同，就某種意義而言，畫中人已經不是真實的存在，而是另一種創造出來的存在。

面對創造出來的另一個我，文人們不免生發諸般疑惑，李之儀（1048-1128？）〈自作傳神贊·三〉問道：

> 孰從而圖，孰從而狀？大千俱空，況爾幻妄。直須壁立千仞，要且無事一向。雖然覿面相呈，便是本來形相。⓯

開篇便是句式相同的二問句，「孰從而圖」、「孰從而狀」將內心深切困惑不斷縈繞迴旋探問，肖像畫存在的前提是必須有一實質存在的主體，它才有所依附，但如果大千世界都只是一場虛空，人寄身其中也是空幻妄相，那麼，畫師究竟該以何為依準，圖繪虛幻的對象？存在本身已是虛幻，從而產生的畫像更是虛幻，真能傳達被畫者神采嗎？贊文至此，充塞釋家色即是空的幻妄感，似乎顯示作者勘破凡塵俗事的淡然心境。

雖然李之儀仕途多舛，命運坎坷，捲入黨爭後更是數番浮沉，⓰但向佛學禪使

⓯ 曾棗莊、劉琳主編：《全宋文》（上海：上海辭書出版社、合肥：安徽教育出版社，2006年），冊112，卷2425，頁198。

⓰ 李秀梅：《李之儀交游考略暨作研究》（首都師範大學碩士學位論文，2008年），頁1-7。

得李之儀能以佛禪理念觀察世間事物，思考人生意義，從而以平靜、樂觀、曠達面對人生苦難，大量引用佛典、禪宗語錄語詞賦詩，更使作品充滿佛學氣息，⑰但「鯁直」本性使他終究無法捨離出世。⑱因此，體認「幻妄」之後，李之儀接著卻是以「直須壁立千仞」自我期許，要如懸崖峭壁般挺立千仞，無欲則剛，不因名利慾望而使個人行事傾圮斜倒。若能如此堅持，即使人、像俱顯幻妄空相，仍然透過外在圖影直示畫中人本心，顯示本來形相。

李之儀的思考反應出文人對畫像本身的不信任，問題不在畫師描摹功力，而是媒介的傳真功能受到質疑，題目不寫「自作畫像贊」，而是以「傳神」名之，也透露文人重視的是被畫者的「神」能否藉由畫作傳達，作者態度如同「不立文字，直指本心」⑲般，雖有畫像，卻要穿透畫像見得人物本來形相，這已不只是針對畫像肖似與否的討論，而是涉及人世普遍真理的探求，如同「似則似，是則不是」⑳的區判一般，人物本身與畫像是截然不同的存在，再怎麼酷似，終究還是不等同於主體。

雖然畫中人與實存主體並非相同的存在，但區分其間異同或辨認二者相似程度是否有其必要，也曾是李之儀思考的問題，〈董曼老畫姑溪贊〉㉑云：

> 野老形容，公子刷研。謂俗則數珠掛于臂上，謂生則髭鬚滿于頷下。以我為牛則為之牛，以我為馬則為之馬。不妨隨俗流通，何必分真辨假。㉒

---

⑰ 李秀梅：《李之儀交游考略暨作研究》，頁 7-8。

⑱ 《四庫全書總目》謂李之儀「坐草范純仁遺表，過於鯁直，忤蔡京意，編管太平。」見是書（臺北：臺灣商務印書館，1986 年），第 4 冊，卷 155，頁 160。

⑲ 《大正新脩大藏經》（臺北：新文豐出版公司，1996 年），卷 47，〈臨濟慧照玄公大宗師語錄序〉，頁 495-2。

⑳ 李之儀：〈自作傳神贊・一〉，《全宋文》，冊 112，卷 2425，頁 198。

㉑ 董曼老其人其事今已不可考，無法查知他是何年為李之儀畫像，但「姑溪」位於姑熟，李之儀於崇寧二年（1103）謫取當塗後才有「姑溪居士」之號，推知本篇贊文必作於崇寧二年之後。李之儀生平事蹟可參見孫燁：《李之儀研究》（吉林大學碩士學位論文，2009 年）頁 1-27、58-60。

㉒ 《全宋文》，冊 112，卷 2426，頁 213。

前四句應是畫中圖像實錄，「野老形容」、「髭鬚滿于頷下」展現不修邊幅，瀟灑自適模樣，「數珠」更表明此刻的李之儀修行佛教法門，因為了悟人的容貌與畫像都只是外現空相而已，所以直言毋須分真辨假，不妨隨俗流通，自在對待。

徽宗崇寧二年（1103），李之儀謫居當塗後，自取「姑溪居士」稱號，半生顛沛，黨爭傾軋，潛處貶地的李之儀對於人生功名利祿或虛實真假，想必有另番深刻領會，因而選擇隨俗流通，不必強加分判，陷於泥淖困局。

李之儀此種思考進路不完全只是個人獨特心得，似乎也是宋代題寫自贊的諸多僧侶普遍意見，如釋文準（1061-1115）〈自贊·三首〉云：

> 我若自贊，雲居羅漢。我若自毀，無主餓鬼。贊之不欣，毀之不嗔。毀譽不動，東魯西秦。
>
> 爾圖我真，又求我贊。我真我贊，兩重公案。家醜不外揚，己德不自談。寄之以數，六九五十三。
>
> 我已是妄，爾更妄寫。妄我妄寫，兩重虛假。欲傳吾真，須泯見聞。聲色不礙，相似十分。㉓

主體的存在已是空妄，根基在虛幻主體上的肖像畫更增一層虛假，附隨畫像而題作的贊語更是妄相，因此，釋文準並不想落入贊文內容的贊揚或謙毀迷執中，而是強調泯除外在聲色見聞，方有可能得識本真，得傳本真。㉔但也有僧徒認為「寫真」是不可能存在的，如釋曇華（1103-1163）〈自贊·二〉云：

> 即真非真，是相非相。龜毛拂子，兔角拄杖。自歌自舞，獨吹獨唱。認得師姑是女兒，誌公不是閑和尚。㉕

㉓ 《全宋文》，冊133，卷2865，頁52。

㉔ 關於釋文準生平事蹟，資料極少，僅知俗姓梁，興元府唐固人。八歲辭親，從沙門虛普遊，後師真淨，政和五年七月卒，年五十五。參見釋惠洪：〈泐潭準禪師行狀〉，收入《全宋文》，冊140，卷3029，頁379-380。

㉕ 《全宋文》，冊197，卷4347，頁54。此篇贊文另見於釋道顏〈自贊二〉（《全宋文》，冊

真非真，相非相，乃是因為大千俱空，又何必執著何為真，何為相？如同拂子、拄杖都是禪師常用隨身物品，但兔角龜毛「有名而無實」，㉖龜毛拂子，兔角拄杖其實也是不存在的物品，不如自歌自舞，獨吹獨唱。然就如「師姑是女人」典故般，㉗平凡道理卻未必能輕易開悟，釋曇華「認得師姑是女兒」表示他也自自贊畫像一事上悟得佛理。

而誌公指的是寶誌大師，「雖剃鬚髮而常冠帽，下裙納袍，故俗呼為誌公」，㉘據史書所載，誌公具有諸多神異法力，梁武帝曾詔令畫工張僧繇為寶誌繪像，「僧繇下筆輒不自定，既而以指釐面門分披。出十二面觀音，妙相殊麗或慈或威，僧繇竟不能寫」。㉙誌公現出十二面觀音像，究竟何者為真實形相，如何圖繪原名為「誌公」之人的面貌，連名師僧繇都感疑惑，以致「竟不能寫」。釋曇華與一般凡夫俗子雖不致現十二面觀音像，但畫工所見臭皮囊是否果真為被畫者真實樣貌，答案已呼之欲出。這種情況下，「寫真」自是不可能的。釋可湘〈自贊〉云：

276，卷 6260，頁 360），文字一模一樣，應是重收。今僅知釋曇華「號應菴，黃梅人，江氏子，一作汪氏子。年十七出家，通徹大法，晚居明州天童寺，機辯明妙，世稱曇華與宗杲為二甘露門。隆興元年六月卒。」（《新續高僧傳四集》，卷 15，收入《中華佛教人物傳記文獻全書》冊 15，北京：線裝書局，2005 年，頁 7538-7539）。《大藏經》雖收錄釋道顏事蹟（見唐・道宣撰《續高僧傳》，卷 26，〈隋京師淨影寺釋道顏傳四十四〉，收入《大正新脩大藏經》冊 50，〈史傳部二〉，頁 676），但彼釋道顏乃隋朝人，非此處釋道顏。宋釋道顏生平行事目前似無文獻可考，無法確知是否曾撰有〈自贊〉，此處暫依《全宋文》出現先後順序，歸為釋曇華之作。

㉖ 《大智度論》一曰：「有佛法中方廣道人言：一切法不生不滅，空無所有，譬如兔角龜毛常無。」（龍樹菩薩造，姚秦鳩摩羅什譯：《大智度論》卷 1，臺南：和裕出版社，2002 年，頁 17。）十二曰：「又如兔角龜毛，亦但有名而無實。」（《大智度論》卷 2，頁 457。）

㉗ 《景德傳燈錄》載：「五臺山智通禪師，初在歸宗會下時，忽一夜巡堂叫云：『我已大悟也。』」眾駭之。明日歸宗上堂集眾問：『昨夜大悟底僧出來。』師出云：『智通。』歸宗云：『汝見什麼道理言大悟，試說似吾看。』師對云：『師姑天然是女人作。』歸宗默而異之，師便辭。歸宗門送與拈笠子，師接得笠子戴頭上便行，更不迴顧。後居臺山法華寺，臨終有偈曰：『舉手攀南斗，迴身倚北辰。出頭天外見，誰是我般人。』」見是書（釋道原編著，臺北：新文豐出版公司，1981 年），卷 10，〈懷讓第三世下・歸宗寺智常禪師法嗣・五臺山智通禪師〉，頁 188。

㉘ 《南史》（北京：中華書局，1975 年），〈隱逸傳・釋寶誌〉，頁 1901。

㉙ 《大正新脩大藏經》冊 49，〈史傳部一〉引《佛祖歷代通載》卷 9，〈詔誌公任便宣化〉，見《大正新脩大藏經》，頁 544。

我本無此相，硬畫箇模樣。譬夫天台華頂峰，陰晴顯晦幾般狀。顧陸妙丹青，也只寫不像。寫得像，望他頂鶻頭，何嘗四萬八千丈。

謂是絕岸，眼裡著楔謂非絕岸。水中撈月，描不成見不徹，分明頭戴雪山雪。衝開碧落，攧碎斷崖，箇般標致，其誰予偕？咦！㉚

既無外相，若是強要圖畫，無寧像是水中撈月般，描不成見不徹，藝術造詣再怎麼精深高超的畫師也寫不像，就像釋行偉（1018-1080）〈自贊〉問道：

吾真難貌，班班駁駁。擬欲安排，下筆便錯。㉛

容貌示現的只是班駁不全、片斷殘缺的形影，本身就是不完整，再想重整重現，無論如何安排呈現，終是徒勞無功。晁補之（1053-1110）則連畫像本身都有所懷疑，〈松齋主人寫真自贊〉云：

是真是假，是不是畫？人爾人爾，誰非似者？一點似人不能知，在不言中，如印印泥。㉜

張守（1084-1145）〈畫像自贊〉則云：

佩金章紫綬而躬韋布之行，登金馬玉堂而有山林之想。顧形槁木而心止水，豈丹青所能做也。㉝

陳東（1086-1127）〈自贊〉謂：

㉚ 《全宋文》，冊 346，卷 7986，頁 74。
㉛ 《全宋文》，冊 50，卷 1097，頁 351。
㉜ 《全宋文》，冊 127，卷 2740，頁 43。
㉝ 《全宋文》，冊 174，卷 3793，頁 19。

生本假借，誰識其真。丹青所寫，非吾精神。天地使我，與物為春。終當有歸，高閣麒麟。㉞

都質疑圖畫所能掌握呈現的僅僅只是外貌，無法把捉內心本質與精神志趣，外表看到的也許是佩戴金章紫綬，榮登金馬玉堂，但心如止水的山林想慕精神卻非丹青所能描寫。

這種想法極可能與當時宋人的繪畫理念有關，一般而言，唐畫較重寫實精神，論畫兼顧「有形」與「寫真」，㉟北宋文人則較重「寫意」，所謂「畫意不畫形」、㊱「論畫以形似，見與兒童鄰」㊲都反映其間演變軌跡，而就如蘇軾所說：「何如此兩幅，疏淡含精勻。誰言一點紅，解寄無邊春」，㊳疏淡畫面上僅僅「一點紅」就能寄寓無邊春色，以少總多，讓觀畫者能有無限自我生發想像空間，可能遠比形似來得重要，因為寫實形似雖然容易讓觀者一目瞭然，將畫中景象、人物與真實狀態連結，卻也同時剝奪了觀畫者無邊聯想，與隨著時光流逝漸次滋育的多種可能性，更容易讓觀看者停留在表面的形似層次，受到拘限，而忘了擺落外在形質媒介，直探內裡。沈括（1031-1095）曾云：

書畫之妙，當以神會，難可以形器求也。世之觀畫者，多能指摘其間形象位置，彩色瑕疵而已，至於奧理冥造者，罕見其人。如彥遠《畫評》，言王維畫物，多不問四時，如畫花往往以桃、杏、芙蓉、蓮花同畫一景。予家所藏摩詰畫〈袁安臥雪圖〉，有雪中芭蕉，此乃得心應手，意到便成，故造理入

㉞ 《全宋文》，冊 175，卷 3834，頁 227。

㉟ 參見鄧喬彬：《宋代繪畫研究》（開封：河南大學出版社，2006 年），第二章〈由唐五代到北宋繪畫思想的轉變〉，頁 47-78。

㊱ 歐陽脩：〈盤車圖〉，洪本健校箋：《歐陽修詩文集校箋》（上海：上海古籍出版社，2009 年），冊 1，《居士集》卷 6，頁 171。

㊲ 蘇軾〈書鄢陵王主簿所畫折枝〉二首其一，孔凡禮點校：《蘇軾詩集》（北京：中華書局，1982 年），卷 29，頁 1525-1526。

㊳ 同註㊲。

神，迥得天意，此難可與俗人論也。[39]

舉王維畫作不問四時為例，闡明畫者「得心應手，意到便成」的可貴，觀畫者須「以神遇而不以目視」，[40]才能領會其中奧妙。所論雖似以花鳥畫為主，但若移用於人物畫，未嘗不可。或許正是因為重視畫中人物神、意，所以文人們觀看自我畫像時便會思考丹青圖繪外貌與精神意趣之間的問題，有些文人便在自贊中自行提問，挑破此種不足，再直接陳述一己志趣，如胡銓（1102-1180）〈澹庵畫像自贊〉云：

子產有云：「人心之不同如其面焉，安敢謂子面如吾面乎！抑心所謂為，亦以告也。」心固難知於面矣。畫師能見予之面，而不能知予之心。非惟畫師也，舉世不皆知也，知予心者惟天而已矣。人皆觀畫而見面，予獨觀天而見心。若人者權勢不能移，威武不能屈，而富貴不能淫。[41]

澹庵為胡詮名號，雖似澹泊無爭，但胡詮個性「直諒」，[42]不畏強權，秦檜決策主和時，胡詮曾奮勇上疏力抗，金人為之震動欽服，[43]雖因此編管昭州，[44]剛正之氣略無稍減，「忠簡」諡號當之無愧。[45]

因為胸中蓄積豐沛正氣，所以胡詮觀看一己畫像時，在乎的不是外表形貌的酷

---

[39] 胡道靜校證：《夢溪筆談校證》（上海：上海古籍出版社，1987 年），卷 17〈書畫〉，頁 542。

[40] 莊子：〈養生主〉，清·郭慶藩撰，王孝魚點校：《莊子集釋》（北京：中華書局，1997 年），卷 2 上，頁 119。

[41] 《全宋文》，冊 196，卷 4323，頁 16。

[42] 宋孝宗贊許胡詮之語，見《宋史》（北京：中華書局，1977 年），卷 374，〈胡詮傳〉，頁 11583。

[43] 羅大經《鶴林玉露》載：「胡澹庵上書乞斬秦檜，金虜聞之，以千金求其書。三日得之，君臣失色曰：『南朝有人。』蓋足以破其陰遣檜歸之謀也。乾道初，虜使來，猶問胡銓今安在。張魏公曰：『秦太師專柄二十年，只成就得一胡邦衡。』」見是書（北京：中華書局，1997 年），甲編卷 6，〈斬檜書〉，頁 105。

[44] 《宋史》，卷 374，〈胡詮傳〉，頁 11580-11582。

[45] 胡詮死後謚「忠簡」，見《宋史》，卷 374，〈胡詮傳〉，頁 11590。

肖與否，而是穿透紙背散發的峻偉人格，他不直陳理念，而是先引子產話語說明「人心之不同如其面焉」，以古人勘驗人事心得作為楔子，提示心、面差異確為眾人共知事實，但「心」又遠較「面」難知，畫師僅能見得被畫者面容，卻無法知曉圖繪對象內心。不惟畫師不知心，胡詮慨歎實乃舉世之人都不知己心，唯有天可鑑知明瞭。因有這般感懷，所以胡詮觀畫角度與世人有別，眾人多只關注畫中人面貌形容，胡詮則獨持己見，堅持觀天見心，甚至忍不住暢訴個人特質：「權勢不能移，威武不能屈，而富貴不能淫」。

孟子說道：「居天下之廣居，立天下之正位，行天下之大道；得志與民由之，不得志獨行其道；富貴不能淫，貧賤不能移，威武不能屈，此之謂大丈夫。」[46]行天下大道，相信是孟子與胡詮共同志業，無論得志與否，大丈夫氣節是不能稍有遷移退讓的，「富貴不能淫，貧賤不能移，威武不能屈」是孟子的標準，胡詮則將「貧賤」改為「權勢」，並調換順序，挪置到第一位，這極可能是他多次面對君上慷慨陳詞、秦檜「狂妄凶悖」指控後的固執，[47]強調無論遭遇任何權勢欺壓都不會怯步變節，更堅持「威武不能屈，富貴不能淫」，這才是他希望人們自畫像中看到的內涵，也是他觀看澹庵畫像最重視的層面。

類似用心在洪适（1117-1184）〈寫真自贊〉也可發現：

> 智不智，愚不愚，自見其臞，而或以為腴。外之臞人可以模，中之腴果何如？雖然，剛而不儒，弱而不夫，則非吾徒。[48]

洪适與其父洪皓（1088-1155）都曾因忤慢秦檜而出知遠地，[49]卻依然耿介不屈。[50]或

---

[46] 阮元校：《重刊宋本十三經注疏附校勘記》（臺北：藝文印書館，1989 年），《重刊宋本孟子注疏附挍勘記》，〈滕文公章句下‧孟子注疏解經〉，卷第六上，頁 109-1。

[47] 《宋史》，卷 374，〈胡詮傳〉，頁 11582。

[48] 《全宋文》，冊 213，卷 4743，頁 395。

[49] 《宋史》，卷 373，〈洪适傳〉，頁 11563。

[50] 洪适生平事蹟可參見《宋史》本傳、《洪文惠公年譜》（錢大昕撰，洪汝奎增訂，收入吳洪澤主編：《宋人年譜叢刊》，成都：四川大學出版社，2003 年）、李冬梅：《洪适詞研究》（華東師範大學碩士論文，2008 年），頁 5-9。

許世人以為他的舉措是愚昧無知的抉擇，但洪适自有定見，智不智，愚不愚各人認知不同，難以一概而論。世人與畫師但能見得外表清臞模樣，而內心豐腴氣骨則是難以筆墨模寫表現，唯有堅守儒家剛直大丈夫理念的方是同道人。

胡詮、洪适身處南宋偏安一隅、奸臣弄權時局中，但「在朝肯宣力」，[51]不為邪佞所沮，確為剛正儒者，他們藉由自贊嚴正宣明志節，已不為畫像所拘限，開創贊文的發展空間。

大抵而言，僧侶與李之儀之類深受釋家思想影響文人所題寫的自贊文，內容常是佛教義理的闡述，雖側重層面或有不同，大致仍可歸為同一類書寫成果，較無法辨識出各人獨特見解。不過，也有比丘開始突破固有書寫路向，呈現佛理以外的思考，如釋居簡（1164-1246）〈自題頂相〉云：

> 謂有為，吾奚為？謂無為，吾奚不為？待悟而勇為，絕學而無為。於戲！盡之矣，非吾為。[52]

有別於多數比丘自真幻虛實思辨畫像的角度，釋居簡反覆問說「有為」、「無為」問題，「待悟勇為」更似乎與釋家出世捨離理念不同，正如同詩文「不摭拾宗門語錄，而格意清拔，自無蔬筍之氣」[53]般，釋居簡自贊文也不為宗門所限，不只是重複佛教思想而已，而能配合時代脈動，呈現有識之士在南宋末年板盪局勢下的自我認知，超越「是相非相」的論述範疇。

三、作夢中夢，見身外身——自贊以表抒個人志趣

宋人由觀看畫像思考自我外在形影與內心志向問題，從而如前文所舉胡詮、洪适一般，在自贊中陳明理念志節，就「贊」文發展而言，已是一種變易，徐師曾

[51] 周必大：〈丞相洪文惠公适神道碑〉，《全宋文》，冊 233，卷 5184，頁 13-19。

[52] 《全宋文》，冊 298，卷 6809，頁 396。

[53] 《四庫全書總目》〈北礀集十卷提要〉（《景印文淵閣四庫叢書》，臺北：臺灣商務印書館，1986 年），冊 4，卷 164，頁 318。

（?-?）分析：

> 其體有三：一曰雜贊，意專褒美，若諸集所載人物、文章、書畫諸贊是也。二曰哀贊，哀人之沒而述德以贊之者是也。三曰史贊，詞兼褒貶，若《史記索隱》、《東漢》、《晉書》諸贊是也。[54]

三類贊評雖有「意專褒美」、「哀沒述德」、「詞兼褒貶」的差異，但基本上關於人物仍是專以褒美為主，不過，徐師曾所述應是指評贊他人的文章而言，自贊文如也專以褒美為主，難免招引自我吹噓的質疑，恐怕不太妥適。為明瞭傳承演變軌跡，我們不妨先看看現存三篇唐人自贊文。楊炯（650-692）〈司法參軍楊炯自贊〉云：

> 吾少也賤，信而好古。遊宦邊城，江山勞苦。歲聿云徂，小人懷土。歸歟歸歟，自衛反魯。[55]

四字一句，共八句，全篇押韻，先是借用孔子「吾少也賤，故多能鄙事」[56]文字追述個人幼年成長環境，繼而再以「信而好古」[57]表白志向，「小人懷土」、[58]「歸歟歸歟」[59]也全是直接套用《論語》文字，在在顯示楊炯對孔子的信服與追隨之意。可惜，生不逢辰，楊炯身處唐朝宮廷鬥爭慘烈時期，天災人禍不斷，無緣施展抱負。光宅元年（684），徐敬業以匡復為辭，起兵反武則天，[60]楊炯堂弟楊神讓參

---

[54] 《文體明辨序說》，頁143。

[55] 周紹良主編：《全唐文新編》（長春：吉林文史出版社，1999年），冊4，卷191，頁2199。

[56] 《論語》（黃懷信主撰：《論語彙校集釋》，上海：上海古籍出版社，2008年），〈子罕〉，頁765。

[57] 《論語》〈述而〉，頁556。

[58] 《論語》〈里仁〉，頁329。

[59] 《論語》〈公冶長〉，頁441。

[60] 《舊唐書》（北京：中華書局，2002年），卷6，〈則天皇后·武曌本紀〉「嗣聖元年」條，頁117。

與其事，牽連楊炯遭受池魚之殃，出貶為梓州司法參軍，[61]至當地後為官員楊諲、李景悟等 28 人撰寫〈梓州官僚贊〉，內容都以稱揚其人政績、品德為主，[62]最後一篇則是楊炯自贊，形式雖與前 27 篇及一般人物贊相同，但並未出現褒美文句，而是簡述生平經歷，表達個人志向，已將自贊與贊他人的書寫重心加以區隔。

薛逢（806-876）〈畫像自贊〉則云：

> 壯哉薛逢，長七尺五寸。手把金錐，鑿開混沌。[63]

就題目看來，贊文所寫應當是畫中景象，但首句先以讚歎文句起始，在讀者尚未見得畫中人時便被「壯哉」二字震懾，接著以身長七尺五寸落實畫中人壯哉形象，[64]「手把金錐」或許是實寫，但「鑿開混沌」顯然是由前一句延伸而來的豪情壯志，與他「持論鯁切，以謀略高自標顯」[65]個性或許有關，雖也有「恃才褊忿」[66]評語，但正可從另一側面理解薛逢如此書寫自贊的原因。

這篇自贊結合虛實筆法，更藉由外表刻劃寓含作者對自我的肯定，頗具力度，前二句符合褒美筆法，後二句其實也是從讚許角度書寫，不脫傳統贊文風格。另一篇吳子來（?-?）〈寫真自贊〉云：

---

[61] 《新唐書》（北京：中華書局，2003 年），卷 201，〈文藝傳上·楊炯傳〉，頁 5741。

[62] 如〈岳州刺史前長史弘農楊諲贊〉云：「楊公四代，不渝淳則。學以自新，政惟柔克。自君去矣，南浮澤國。日往月來，吏人思德。」（《全唐文新編》，卷 191，頁 2197）。〈司士參軍琅琊顏大智贊〉云：「顏氏之子，閑閑大智，雅善元談，尤長奕思。不偶流俗，坐忘人事。同彼少游，能安下位。」（《全唐文新編》，卷 191，頁 2198）

[63] 《全唐文新編》（冊 13，卷 766，頁 9121）僅收前二句，清·董誥編：《全唐文·唐文拾遺》（太原：山西教育出版社，冊 7，卷 30，頁 6380）則錄有四句。

[64] 近代學者根據唐尺實物、錢幣、建築、文獻資料等方面考訂，推算唐大尺一尺長 29.5-31.5 公分（丘光明、邱隆、楊平：《中國科學技術史·度量衡卷》，北京：科學出版社，2003 年，頁 326-328），前引書則釐定唐代一尺為 30.6 厘米，各種文物彼此相差約為 0.2-0.3 厘米（見前書頁 328-331）。據此推算，七尺五寸確實頗為魁偉。

[65] 《新唐書》，卷 203，〈文藝下·薛逢〉，頁 5793。

[66] 《舊唐書》，卷 190 下，〈文苑下·薛逢〉，頁 5080。

> 不材吳子，知命任真。志尚元素，心樂清貧。涉歷群山，翛然一身。學未明道，形惟保神。山水為家，形影為鄰。布裘草帶，鹿冠紗巾。餌松飲泉，經蜀過秦。大道杳冥，吾師何人。矚思下土，思彼上賓。曠然無已，罔象惟親。
>
> 寂爾孤遊，翛然獨立。飲木蘭之墜露，衣鳥獸之落毛。不求利於人間，絕聲名於天下。67

吳子來生平事蹟，史書留存資料甚少，只知他是大中末道士，68曾經棲止於成都雙流縣興唐觀。69前引文字明顯分為二部分，第一部分先是表白個人心志，雖以「不材吳子」開端，但就「知命任真、志尚元素，心樂清貧」看來，其實是符契道家理念，達致一定修為的自負，這四句也是吳子來一生精神志趣的總結。接著，吳子來才以倒敘筆法追述個人學道履歷與體會，「布裘草帶，鹿冠紗巾」可能是追敘時回憶畫中人的日常裝扮，也可能是當時畫中實景的描述，全篇仍較貼近現實，表白志向筆法也較具有贊揚肯定意味，加之以四字句、押韻形式書寫，與傳統贊文要求較一致。

第二部分則以四四六六六六形式呈現，不像前段以敘述方式進行，反而較帶有讚歎口吻，「翛然獨立」、「飲木蘭之墜露」可能化用《莊子》、《離騷》文句，70暗示自我棄俗絕塵，不為生死利祿拘限品性，又隱有《莊子》「神人」風韻，逍遙自適，外物莫傷，71而在用典鋪陳後，更直截明白地宣告一己堅持：不求名利。

---

67 《全唐文新編》，冊 18，卷 928，頁 12747。

68 「大中」為唐宣宗年號，自西元 847 年至 859 年，吳子來活動時代應與薛逢有所重疊。

69 《全唐文新編》，冊 18，卷 928，頁 12747。

70 《莊子・大宗師》云：「古之真人，不知說生，不知惡死；其出不訢，其入不距；翛然而往，翛然而來而已矣。」（《莊子集釋》，頁 229）《離騷》載：「余既滋蘭之九畹兮，又樹蕙之百畝。畦留夷與揭車兮，雜杜衡與芳芷。願時乎吾將刈。雖萎絕其亦何傷兮，哀芳之蕪穢。皆競進以貪婪兮，憑不厭乎求索。羌內恕己以量人兮，各興心而嫉妒。忽馳騖以追逐兮，非余心之所急。老冉冉其將至兮，恐脩名之不立。朝飲木蘭之墜露兮，夕餐秋菊之落英。」（宋・洪興祖：《楚辭補注》，臺北：大安出版社，2004 年，頁 17。）

71 《莊子・逍遙遊》載：「曰：『藐姑射之山，有神人居焉，肌膚若冰雪，淖約若處子。不食五歷經五代至趙宋，陳摶（872-989）〈自贊碑〉是現存宋人第一篇自贊文，[72]但是否為陳摶觀看畫像後所作，或純粹單獨成文則不得而知。今存宋人第一篇畫像自贊文為張詠（946-1015）〈畫像自贊〉，云：

> 乖則違眾，崖不利物。乖崖之名，聊以表德。徒勞丹青，繪寫凡質。欲明此心，垂之無斁。[73]

全篇並未針對畫像內容或被畫者形貌、作為有所稱述頌贊，反而如同一短篇命名說般，開宗明義地剖析「乖」、「崖」意涵，而二字都有背離塵俗好尚，遺世獨立的孤絕意涵，明白宣示張詠的生命抉擇。他藉此表彰自我個性中最重要的特質，也清楚地告訴世人，丹青繪像只能留下外在平凡身影，透過自我贊語的書寫陳述，他希望留存的反而是凡質之下乖崖的本心。

張詠這段文字，透露出他希望人們觀看畫像時，不是只看到他的形貌，而是他的用心與人格特質，因為丹青圖繪僅是為表德作證存檔，以使畫中人物心志得以留傳後代。贊文這般書寫的因由，應是與他當時心境有關，張詠曾「兩被帝選，以全蜀安危付之」，[74]任官時「恩威并用，蜀民畏而愛之」，[75]因此離蜀時以畫像、自贊留贈蜀人，以供當地人傳寫奠拜。[76]

穀，吸風飲露。乘雲氣，御飛龍，而游乎四海之外。其神凝，使物不疵癘而年穀熟。』吾以是狂而不信也。」又，「之人也，物莫之傷，大浸稽天而不溺，大旱金石流土山焦而不熱。」（《莊子集釋》，頁28-31。）

[72] 《全宋文》，冊1，卷10，頁231。

[73] 《全宋文》，冊6，卷112，頁143。

[74] 田況：〈張尚書寫真贊・序〉，張其凡整理：《張乖崖集》（北京：中華書局，2000年），頁192。

[75] 《宋史》，卷293〈張詠傳〉，頁9802。

[76] 《青箱雜記》載：「公離蜀日，以一幅書授蜀僧希白，其上題『須十年後開』。其後公薨于陳，凶訃至蜀，果十年。啟封，乃乖崖翁真子一幅，戴隱士帽，褐袍絹帶，其傍題云：『依此樣寫於仙游閣。』兼自撰乖崖翁真贊云：『乖則違眾，崖不利物。乖崖之名，聊以表德。徒勞丹青，繪寫凡質。欲明此心，服之無斁。』至今川民皆依樣，家家傳寫。」見是書（北京：中華書局，1985年），卷10，頁108。關於此事，《夢溪筆談》、《宋朝事實類苑》、《湘山野錄》、《東

雖然治績頗受肯定，但張詠「生平以剛正自立」，⓻「士有坦無他腸者，親之若昆弟；有包藏誠素者，疾之若仇讎」，⓼愛恨分明的個性使他勇於任事，不畏流言閒語，⓽即使屢遭阻力，依舊「始終挺然，無所屈撓」。⓾但有時不免太過剛猛，以致違逆人情，⑧自號「乖」、「崖」除了顯示張詠自知之明外，也透露那是他堅持的信念，以文字表抒記錄在畫像旁，希望人們不為外在形軀所限，而能真正瞭解畫中人特質。

如張詠一般，宋人在自贊文著力表抒個人志趣的文章數量最多，這似乎是他們有志一同的選擇，如蘇轍（1039-1112）〈自寫真贊〉云：

> 心是道士，身是農夫。誤入廊廟，還居里閭。秋稼登場，社酒盈壺。頹然一醉，終日如愚。[82]

自心身內外二方面書寫自我認知的身份，「心是道士」本就趨向全身養生，逍遙人間而不為塵俗羈絆，「身是農夫」更闡明自己冀望躬耕田園的純樸生活，無奈誤入廊廟任官，有違本願。待到終能還居里閭安度清閒簡單日子，頹然一醉，終日如愚便是文人嚮往追求的人生。全篇以抒發個人志向為主，言簡意賅，忘情世外形貌躍然紙上，已不涉及原先「贊」之贊美或義兼褒貶問題，而趨近於簡要自傳性質。

齋記事補遺》、《全蜀藝文志》多書皆有記載，詳略不同，但內容大致相近，可參張其凡編撰：〈張詠年譜〉（收入是氏整理《張乖崖集》），頁275-276。

[77] 錢易：〈宋故樞密直學士禮部尚書贈左僕射張公墓誌銘〉，《張乖崖集》，頁151。

[78] 同註[72]。

[79] 《青箱雜記》載：「乖崖張公詠尹益部日，值李順兵火之後，政未舉。因決一吏，詞不伏，公曰：『這漢要劍喫這漢要劍喫？』彼云：『決不得，喫劍則得。』公命斬之以滙。軍吏愕眙相顧，自是始服公威信。」見是書卷10，頁106-107。

[80] 韓琦：〈故樞密直學士禮部尚書贈左僕射張公神道碑銘〉，《張乖崖集》，頁156。

[81] 《宋史》，卷293，〈張詠傳〉載：「詠剛方自任，為治尚嚴猛，嘗有小吏忤詠，詠械其頸。吏恚曰：『非斬某，此枷終不脫。』詠怒其悖，即斬之。……性躁果卞急，病創甚，飲食則痛楚增劇，御下益峻，尤不喜人拜跪，命典客預戒止。有違者，詠即連拜不止，或倨坐罵之。」見是書頁9803-9804。

[82] 《全宋文》，冊96，卷2097，頁207。

〈王辰年寫真贊〉則云：

> 潁濱遺民，布裘葛巾。紫綬金章，乃過去人。誰歟（與）丹青，畫我前身，遺我後身？一出一處，皆非吾真。燕坐蕭然，莫之與親。[83]

刻劃布裘葛巾遺民形象，此刻已無前篇贊文期許終日如愚的心緒，反而省思前身、後身問題，極可能是因此「王辰年」便是蘇轍亡故當年，[84]當時已是垂垂老矣、身衰體殘，生命即將走到盡頭的老者，因而醒悟「一出一處，皆非吾真」，頗有得道明理意味。

文章斷句分為二二三二二段落，前後都是較平穩舒徐口吻，但中段以「誰歟（與）丹青」叩問丹青顯現樣貌與前身、後身關係，寄居紅塵俗世，究竟何者為自我本真形貌？作者以奇數句造成與前後區隔句式，讀者吟誦之際自然放慢節奏，隨之思索相關問題，玩味其中深意。

黃庭堅（1045-1105）則撰有八篇寫真自贊，基本上都是以表白志趣為主，〈寫真自贊・序〉云：

> 余往歲登山臨水，未嘗不諷詠王摩詰輞川別業之篇，想見其人，如與並世。故元豐間作「能詩王右轄」之句，以嘉素寫寄舒城李伯時，求作右丞像。此時與伯時未相識，而伯時所作摩詰，偶似不肖，但多髯爾。今觀秦少章所蓄畫像，甚類而瘦，豈山澤之儒，故應癯哉？少章因請余自贊。[85]

此文為五篇自贊總序，作於元祐四年（1089）黃庭堅「一生中較安定又較愉快的時

[83] 《全宋文》，冊 96，卷 2097，頁 208。

[84] 蘇轍一生經歷二「壬辰年」，一為宋仁宗皇祐四年（1052），一為徽宗政和二年（1112），就文章內容、思想與風格考察，應作於政和二年，蘇轍亡故當年。

[85] 《全宋文》，冊 107，卷 2329，頁 303。

候」，[86]詩人追憶往歲登臨山水時諷詠王維（701-761）輞川別業篇什之事，悠然想見其人。王維中年購得宋之問（656？-712？）藍田別業後，致力營建輞川別業，暢遊其中，[87]當地「勝概冠秦雍」，[88]王維閑暇與裴迪賦詩吟詠美景、抒寫情志，似漸寄懷於山泉林石之間，淡泊宦途世情，〈輞川別業〉云：

> 不到東山向一年，歸來纔及種春田。雨中草色綠堪染，水上桃花紅欲然。優婁比丘經論學，傴僂丈人鄉里賢。披衣倒屣且相見，相歡語笑衡門前。[89]

春光爛漫，紅桃綠草渲染大地景色怡人眼目，詩人徜徉田間，領受生氣盎然，沉浸於比丘、丈人、詩人相歡語笑的愜意生活，或也正是黃庭堅嚮慕的人生風景。

元豐六年（1083）黃庭堅居職太和、德平時，[90]曾賦作〈摩詰畫〉，詩云：

> 丹青王右轄，詩句妙九州。物外常獨往，人間無所求。袖手南山雨，輞川桑柘秋。胸中有佳處，涇渭看同流。[91]

---

[86] 黃師啟方：〈黃庭堅的人生抉擇〉，收入《黃庭堅與江西詩派論集》（臺北：國家出版社，2006年），頁129。

[87] 據王維〈輞川集序〉所言：「余別業在輞川山谷，其遊止有孟城坳、華子岡、文杏館、斤竹嶺、鹿柴、木蘭柴、茱萸沜、宮槐陌、臨湖亭、南垞、攲湖、柳浪、欒家瀨、金屑泉、白石灘、北垞、竹里館、辛夷塢、漆園、椒園等，與裴迪閑暇各賦絕句云爾。」（陳鐵民校注：《王維集校注》，北京：中華書局，2005年，頁413。）園景多樣，應頗具賞玩之趣，至於其地今昔概況可參見樊維岳：〈王維輞川別墅今昔〉（收入《王維研究》第一輯，北京：中國工人出版社，1992年），頁315-326。

[88] 宋・黃伯思：〈跋輞川圖後〉，《東觀餘論》卷下（《東觀餘論附錄（二）》，北京：中華書局，1991年，頁69）。此語參見陳鐵民校注：《王維集校注》，頁1298。

[89] 《王右丞集箋注》，頁467。

[90] 黃罃《山谷年譜》載：「有大孤山詩刻，云：『是歲癸亥十二月，予自太和移德平。」見是書卷17「元豐六年癸亥十二月」條，參劉琳、李勇先、王蓉貴校點：《黃庭堅全集》（成都：四川大學出版社，2001年），冊4，附錄2，頁2369。

[91] 見《黃庭堅全集》，冊2，《外集》卷8，頁1053。《全集》注云：「轄」字，《四庫》本作「丞」。

對王維詩畫推崇不已，而王維所以能有此造詣應是與他物外獨往、人間無所求的高超襟懷有關，因此能涵容萬物，胸中有佳處，無處不自適。此詩應當便是前序提及，元豐間所作「能詩王右轄」作品，黃庭堅特意以「嘉素」寫寄李公麟（字伯時），求為作王維畫像，應是為了懸掛家中，便於瞻仰品賞，以表心中崇敬情懷。

奇妙的是，李、黃二人素未謀面，而李公麟所畫王維像竟然與黃庭堅頗為相像，只是鬚髯較多，加上秦觀（?-?，字少章）所蓄王維畫像，畫中人瘦臞模樣引發秦觀、黃庭堅對自我形貌問題的關懷，秦觀因而建議黃庭堅不妨自贊寫真，以進一步自明心志，這種背景下，黃庭堅接連題寫五篇自贊，分別為：

> 飲不過一瓢，食不過一簞，田夫亦不改其樂，而夫子不謂之能賢，何也？顏淵當首出萬物，而奉以四海九州，而享之若是，故曰「人不堪其憂」。若余之於山澤，魚在深藻，鹿得豐草。伊其野性則然，蓋非抱沈陸之屈，懷迷邦之寶。既不能詩成無色之畫，畫出無聲之詩，又白首而不聞道，則奚取於似摩詰為！若乃登山臨水，喜見清揚，豈以優孟為孫叔敖，虎賁似蔡中郎者耶！[92]

> 吏能精密，里行媚卹，則不如兄元明，而無元明憂疑萬事之弊。斟酌世故，銓品人物，則不如其弟知命，而無知命強項好勝之累。蓋元明以寡過，而知命以救世。如魯直者，欲寡過而未能，以救世則不敢。自江南乘一虛舟，又安知乘流之與遇坎者哉！[93]

> 或問魯直：「似不似汝？」似與不似，是何等語？前乎魯直，若甲若乙，不可勝紀；後乎魯直，若甲若乙，不可勝紀。此一時也，則魯直而已矣。一以我為牛，予因以渡河，而徹源底；一以我為馬，予因以日千里計。魯直之在萬化，何翅太倉之一稊米。吏能不如趙、張、三王，文章不如司馬、班、

---

[92] 〈寫真自贊〉一，《全宋文》，冊 107，卷 2329，頁 303-304。

[93] 〈寫真自贊〉二，《全宋文》，冊 107，卷 2329，頁 304。

揚。頎頎以富貴酖毒，而酖毒不能入其城府。投之以世故豺虎，而豺虎無所措其爪角。則於數子，有一日之長。[94]

道是魯直亦得，道不是魯直亦得。是與不是且置，且道喚那箇作魯直。若要斬截一句，藏頭白，海頭黑。[95]

似僧有髮，似俗無塵。作夢中夢，見身外身。[96]

第一篇信筆揮灑，以奔放筆勢白描個人志趣，文中引顏淵「一簞食，一瓢飲，回也不改其樂」典型，表白田夫雖物質條件可能如顏淵般簡陋，但正如魚在野藻、鹿得豐草般，優游山林之間能自適野性，享受無拘無束自由時光，何樂不為？黃庭堅自慚不似王維詩畫兼擅，甚至髮色已白、馬齒徒增，仍未聞道，但登山臨水不慕榮利之心差可比擬，並不僅是如優孟倣學孫叔敖、[97]虎賁貌似蔡邕般，[98]形似神異。由此知曉，黃庭堅觀看畫像時在乎的是外表形貌刻劃所透顯出來的人物神韻與意態，重視的仍是內心而非外在。

第一篇裡，黃庭堅目光遠尋唐人，以王維為追慕對象，藉以表白個人志趣，第二篇則是與兄弟相較，襯顯出一己不足。黃庭堅兄長名黃大臨（?-?，字元明），弟弟分別為黃叔獻（?-?，字天民）、叔達（?-?，字知命）、仲熊（?-?，字非熊），父親黃庶（1018-1058）以八元、八愷中五人名字為兒命名，[99]自寓有深切期許。黃大臨

---

[94] 〈寫真自贊〉三，《全宋文》，冊 107，卷 2329，頁 304-305。

[95] 〈寫真自贊〉四，《全宋文》，冊 107，卷 2329，頁 305。

[96] 〈寫真自贊〉五，《全宋文》，冊 107，卷 2329，頁 305。

[97] 參見郭逸、郭曼標點：《史記》（上海：上海古籍出版社，2003 年），卷 126，〈滑稽列傳·優孟〉，頁 2412-2414。

[98] 參見《後漢書》（北京：中華書局，1973 年），卷 70，〈鄭孔荀傳·孔融〉，頁 2277。

[99] 《左傳》〈文公十八年〉載：「昔高陽氏有才子八人，蒼舒、隤敳、檮戭、大臨、尨降、庭堅、仲容、叔達，齊、聖、廣、淵、明、允、篤、誠，天下之民，謂之『八愷』。高辛氏有才子八人，伯奮、仲堪、叔獻、季仲、伯虎、仲熊、叔豹、季貍，忠、肅、共、懿、宣、慈、惠、和，天下之民，謂之『八元』。此十六族也，世濟其美，不隕其名。」（參李學勤編：《春秋左傳正

曾任官廬陵、萍鄉，黃庭堅至萍鄉訪省其兄時嘗云：

> 余之入宜春之境，聞士大夫之論，以謂元明盡心盡政，視民有父母之心。然其民嚚訟異於他邦，病在慈仁太過，不用威猛耳。至則以問元明，元明嘆曰：「天子使宰百里，固欲安樂之，豈使操三尺法而與子弟仇敵哉！……夫猛則玉石俱焚，寬則公私皆廢，吾不猛不寬，唯其是而已矣。故榜吾所居軒曰『唯是』而自警。庭堅曰：「夫猛而不害善良，寬而不長姦宄，雖兩漢循良，不過如此。萍鄉邑里之間，鴟梟且為鳳凰，稂莠皆化為嘉穀矣。」[100]

藉士大夫評論黃大臨為政過於慈仁一事，引出手足二人對話，表彰黃大臨不猛不寬理念，政績明著，不亞於兩漢循良的成果證明黃大臨確是「吏能精密，里行嫺卹」。黃叔達其人其事則是：

> 雅負音節，人有臭味投者，推挽之不遺力，意所不可，雖衣冠貴人，亦唾辱之。與彭城劉師道友善，嘗之京師，同師道謁法雲禪師於城南，夜歸過龍眠李伯時，叔達著白衫騎驢道中，搖頭而歌，師道負杖挾囊於後，一市皆驚，以為異人。[101]

率性、瀟灑浪蕩形象栩栩如生，彷若眼前可見，至於如何斟酌世故、銓品人物，因史料不足，暫無法得知，但由唾辱衣冠貴人行為看來，黃叔達強項好勝個性不難想見。黃庭堅歆羨兄弟寡過、敖世，自謙未能寡過，不敢敖世，甚至曾自言「既拙又狂癡」，[102]「魯直」相較之下既魯鈍愚昧又拙直，似乎不知變通，但其實是「直道

義》，《十三經注疏整理本》，臺北：臺灣古籍出版社，2001年，頁663-666。）

[100] 〈書萍鄉縣廳壁〉，《黃庭堅全集》，冊2，《正集》卷27，頁745。

[101] 《江西通志》卷66，《景印文淵閣四庫全書》（臺北：臺灣商務印書館，1983年），冊515，頁311。

[102] 〈漫尉〉，《黃庭堅全集》，冊3，《正集》卷14，頁1204。

甚坦夷」。[103]黃庭堅最終期盼的是如駕無人虛舟般，[104]順任天理自然而不強求，不過，在他以兄弟二人個性、處世態度與自身作一參照對比後，似乎也暗示自己在忠勤為官與任性出世之間選擇中道，「乘流則逝，得坎則止；縱軀委命，不私與己」。[105]

前二篇以娓娓自述方式呈現，第三篇則以他人提問開端，直以「魯直」為討論焦點，緊密與前篇串連，思考「似不似汝」問題，「前乎魯直」、「後乎魯直」、「魯直而已矣」、「魯直之在萬化」跳動出現，令人時刻無法忽略忘懷，必得隨之思辨「魯直」究為何物？雖然渺小虛幻，為官不如趙廣漢、張敞、王尊諸人，[106]作文不及司馬遷、班固、揚雄，但黃庭堅不為富貴世故牽絆，自詡較上述諸子略勝一籌。[107]本篇前三分之二篇幅似較側重於人生哲理探索，但後半則轉而以比較方法凸顯自身於吏能、文章之外，對處世原則的堅持與自豪。

第四篇以迴環疑問盤旋全篇，究竟畫中人是不是魯直？道是亦得，道不是亦得，畫中人與畫外人同名為「魯直」，但究竟哪個為魯直？作者萬般困惑揮之不去，以公案口吻屢次自言自語，最終以「藏頭白，海頭黑」斬斷，提醒世人，就如

---

[103] 同註[102]。

[104] 《莊子·山木》：「方舟而濟於河，有虛船來觸舟，雖有惼心之人不怒。」（《莊子集釋》，頁675）。〈列禦寇〉：「巧者勞而知者憂，无能者无所求，飽食而敖遊，汎若不繫之舟，虛而敖遊者也。」成玄英疏解釋為：「夫物未嘗為，無用憂勞，而必以智巧困弊，唯聖人汎然無係，泊爾忘心，譬彼虛舟，任運逍遙。」（《莊子集釋》，頁1040-1041。）

[105] 語出賈誼〈鵩鳥賦〉，略曰：「真人恬漠，獨與道息。釋智遺形，超然自喪；寥廓忽荒，與道翱翔。乘流則逝，得坎則止；縱軀委命，不私與己。」（見《漢書·賈誼傳》，北京：中華書局，1962年，卷48，頁2228。）

[106] 《漢書》卷72〈王貢兩龔鮑傳·王駿〉載：「八歲，成帝欲大用之，出（王）駿為京兆尹，試以政事。先是京兆有趙廣漢、張敞、王尊、王章，至駿皆有能名，故京師稱曰：『前有趙、張，後有三王』。」見是書頁3066-3067。

[107] 黃庭堅此處「一日之長」應是借用《新唐書》〈王珪傳〉之語，書載：「時（王）珪與玄齡、李靖、溫彥博、戴胄、魏徵同輔政。帝以珪善人物，且知言，因謂曰：『卿標鑒通晤，為朕言玄齡等材，且自謂孰與諸子賢？』對曰：『孜孜奉國，知無不為，臣不如玄齡；兼資文武，出將入相，臣不如靖；敷奏詳明，出納惟允，臣不如彥博；濟繁治劇，眾務必舉，臣不如胄；以諫諍為心，恥君不及堯、舜，臣不如徵。至潔濁揚清，疾惡好善，臣於數子有一日之長。』帝稱善。而玄齡等亦以為盡己所長，謂之確論。」見是書卷98，〈王珪傳〉，頁3888-3889。

智藏（735-814）頭髮為白色，懷海（749-814）為黑髮般，[108]佛法實毋須以言語條分縷析，強加辨別，若能放下執著，自能有所開悟，明瞭佛法禪道義蘊。黃庭堅藉由馬祖公案宕開文中所提疑問，顯示他已超越形質囿限，不再拘泥於畫像與實存主體的分別，而一以「魯直」為重，只要持守既魯又直本性，又何須區別畫中人、畫外人異同？二者實也並無差別。

一至三篇的篇幅甚長，反映黃庭堅心中澎湃洶湧情感，急欲以詳盡文字闡發自身觀點，至第四篇，文字乍減，且前二篇條理分明、理性敘說筆法至第三篇已摻雜迴繞語句，第四篇全似公案層層逼問究竟是否為「魯直」。第五篇一改前四篇縱橫恣肆散文句式，而以齊整四句四言文字表達己見，頗具釋家偈語味道，且短短四句便充分反映黃庭堅對人生體悟。黃庭堅曾數次提及自己與僧侶關係，下文所引自贊可為參證，「似僧有髮」再次證明黃庭堅對僧侶與自我身份的認同，而「俗」、「塵」則是黃庭堅論及處世原則時十分在意的關鍵字，如：

> 叔夜此詩，豪壯清麗，無一點塵俗氣。凡學作詩者，不可不成誦在心，想見其人。雖沉於世故者，暫而攬其餘芳，便可撲去面上三斗俗塵矣，何況探其義味者乎！故書以付榎，可與諸郎皆誦取，時時諷詠，以洗心忘倦。余嘗為諸子弟言：「士生於世，可以百為，唯不可俗，俗便不可醫也。」或問不俗之狀，余曰：「難言也，視其平居無以異於俗人，臨大節而不可奪，此不俗人也。」士之處世，或出或處，或剛或柔，未易以一節盡其蘊，然率以是觀之。[109]

---

[108] 《祖堂集》載：「問：『如何是佛法旨趣？』師云：『正是你放身命處。』問：『請和尚離四句絕百非，直指西來意，不煩多說。』師云：『我今日無心情，不能為汝說。汝去西堂，問取智藏。』其僧去西堂，具陳前問。西堂云：『汝何不問和尚？』僧云：『和尚教某甲來問上座。』西堂便以手點頭，云：『我今日可殺頭痛，不能為汝說，汝去問取海師兄。』其僧又去百丈，乃陳前問。百丈云：『某甲到這裏卻不會。』其僧卻舉似師，師云：『藏頭白，海頭黑。』」見是書（釋靜、釋筠編撰，吳福祥、顧之川點校，長沙：岳麓書社，1996 年），卷 15，〈江西馬祖〉，頁 307-308。

[109] 〈書嵇叔夜詩與姪榎〉，《黃庭堅全集》，冊 3，《別集》卷 16，頁 1562-1563。

自誦讀嵇康（223-263）詩歌聯想作詩、為人都不可有塵俗氣，並推而擴之，強調士生於世可以百為，卻絕不可俗，所謂俗不俗定義便在臨大節時是否能堅定志氣，不為外力可奪。[110]此外，黃庭堅也曾申明：

> 人胸中久不用古今澆灌之，則俗塵生其間，照鏡則覺面目可憎，對人亦語言無味也。[111]

如有俗塵則語言無味，照鏡也自覺面目可憎，而照鏡便是某種形式的觀看自我，對黃庭堅而言，不止是外表的鑑照認識，更是內心襟抱的呈現。所以當他說「似俗無塵」時，其實是肯定自己不沾俗塵，氣節傲然。

至於「作夢中夢，見身外身」二句可能來自晚唐詩僧澹交〈寫真〉，[112]詩云：

> 圖形期自見，自見卻傷神。已是夢中夢，更逢身外身。水花凝幻質，墨彩聚空塵。堪笑予兼爾，俱為未了人。[113]

原本寫真畫像是為了方便人們觀見自我形貌，沒想到卻反讓觀者傷神，因為墨、筆材質有它必然毀壞的先天不利，藉由筆墨傳遞留存的人像又何嘗不是如此？何況描摹的對象本身也是如空塵般虛幻不真，何者為真？何者為假？千古謎團終難理清。

---

[110] 類似意見，黃庭堅另曾於其他文章闡述，可見〈書繒卷後〉，云：「余嘗為少年言：『士大夫處世，可以百為，唯不可俗，俗便不可醫也。』或問不俗之狀，老夫曰：『難言也，視其平居，無以異於俗人，臨大節而不可奪，此不俗人也。平居終日，如含瓦石，臨事一籌不畫，此俗人也。』」（《黃庭堅全集》，冊 2，《正集》卷 26，頁 674。）

[111] 〈與宋子茂書〉其四，《黃庭堅全集》，冊 3，《外集》卷 21，頁 1378-1379。

[112] 《能改齋漫錄》卷 8，〈沿襲・夢中身夢外身〉載：「山谷嘗自贊其真曰：『似僧有髮，似俗無塵。作夢中夢，見身外身。』蓋亦取詩僧淡白寫真詩耳，淡白云：『已覺夢中夢，還同身外身。堪嘆余兼爾，俱為未了人。』」見是書頁 190。吳曾書中所舉詩人為「淡白」，但《全唐詩》、《唐詩紀事》收錄此詩時，作者皆題為「澹交」、「淡交」，故此處作「澹交」。（《能改齋漫錄》，臺北：木鐸出版社，1982 年，頁 219。）

[113] 《唐僧弘秀集》卷 9，收入《禪門逸書》（臺北：明文書局，1980 年），初編第 2 冊，頁 52。

「休言萬事轉頭空，未轉頭時皆夢」，[114]但世人即使明知「世事一場大夢」，[115]終究無法如太上忘情般超然灑脫，總是身陷其中，看不真切，何況更常是「夢裏不知身是客」，[116]「夢中夢」式地一層層為夢境包圍纏繞，難有清醒覺悟時分。同樣地，「長恨此身非我有」[117]應該也不是蘇軾獨有的慨歎，此身已是空相，以此身為依據而產生的「身」（畫像）更是虛空外的虛空，人、像相對，或許也只能以笑弄方式自我解嘲，「俱為未了人」。

澹交以觀畫傷神，從而抒發夢中夢、身外身感懷，既而回歸萬物空幻本質，末以「堪笑」方式表達一己體悟。黃庭堅雖也說：「作夢中夢，見身外身」，但略去中間轉折過程，直接呈現個人對生命省察的結論，雖彷若得道高僧般淡然言說，但或許也有他勘破世情的領會。[118]

五篇自贊，文字愈趨簡要，自成圓滿自足系統，環環相扣，有如組詩般密不可分，卻又前後呼應，首尾承續，風格也不斷轉換，豐富多彩，將個人志趣與生命省思多方剝落呈現，堪稱獨具風貌的自贊文。

此外，黃庭堅另有幾篇單獨自贊文，也得一併討論。〈張大同寫予真請自贊〉云：

秀眉廣宇，不如魯山。槁項黃馘，不如漆園。韜光匿名，將在雙井；談玄說

---

[114] 蘇軾：〈西江月・平山堂〉，鄒同慶、王宗堂注：《蘇軾詞編年校注》（北京：中華書局，2002年），頁 533。

[115] 蘇軾：〈西江月・黃州中秋〉，《蘇軾詞編年校注》，頁 798。

[116] 李煜：〈浪淘沙〉（簾外雨潺潺），見曾昭岷等編撰：《全唐五代詞》（北京：中華書局，1999年），頁 765。

[117] 蘇軾：〈臨江仙・夜飲東坡〉，《蘇軾詞編年校注》，頁 467。

[118] 〈吉安府志〉載：「黃庭堅為泰和令，一日勸民出東郊，聞竹林中哭聲，回登快閣隱臥，夢飯鮓魚，及覺，猶若在口也。起馳竹林，見一老嫗哭之哀，墓前置列飯鮓，為詢其故，嫗云：『平生止有一女，死若干年矣。』因詢其日月，即堅所生之辰，遂輿老嫗歸，終身養之，因自贊曰：『似僧有髮，似俗無塵。作夢中夢，見身外身。』」《江西通志》卷 160，見《景印文淵閣四庫全書》，冊 518，頁 742。

妙，熱謾兩川。枯木突兀，死灰不然。虛舟迕物，成百漏船。[119]

黃庭堅先就外表「秀眉廣宇」、「槁項黃馘」談起，乍看似乎是貼近畫像，據實立論，其實仍是借用典故表明心跡，以元德秀（696-754）、莊子為比較依準，[120]說明自己不如他們德行高深，忘卻世俗名利，但仍冀盼能隱歸家鄉，韜光匿跡，適性談玄說妙，如同枯木死灰般不為外物牽絆干擾。可惜似乎不能盡如人願，黃庭堅即使為寓居處命名：槁木寮、死灰菴，[121]仍不能如虛舟逍遙任運，而是如百漏船般煩惱極多。此種心情，黃庭堅〈任運堂銘〉闡述頗明：

或見僦居之小堂名「任運」，恐好事者或以藉口，余曰：騰騰和尚歌云：「今日任運騰騰，明日騰騰任運。」堂蓋取諸此。余已身如槁木，心如死

---

[119] 《全宋文》，冊 107，卷 2329，頁 306。

[120] 《新唐書》載：「元德秀字紫芝，河南河南人。質厚少緣飾。少孤，事母孝，舉進士，不忍去左右，自負母入京師。既擢第，母亡，廬墓側，食不鹽酪，藉無茵席。服除，以窶困調南和尉，有惠政。……所得奉祿，悉衣食人之孤遺者。歲滿，笥餘一縑，駕柴車去。愛陸渾佳山水，乃定居。不為牆垣扃鑰，家無僕妾。歲飢，日或不爨。嗜酒，陶然彈琴以自娛。人以酒肴從之，不問賢鄙為酣飫。……。德秀善文辭，作蹇士賦以自況。房琯每見德秀，歎息曰：『見紫芝眉宇，使人名利之心都盡。』蘇源明常語人曰：『吾不幸生衰俗，所不恥者，識元紫芝也。』……及卒，（李）華謚曰文行先生。天下高其行，不名，謂之元魯山。」見是書卷 194，〈卓行・元德秀傳〉，頁 5563-5565。

《莊子》〈列禦寇〉載：「宋人有曹商者，為宋王使秦。其往也，得車數乘；王說之，益車百乘。反於宋，見莊子曰：『夫處窮閭阨巷，困窘織屨，槁項黃馘者，商之所短也；一悟萬乘之主而從車百乘者，商之所長也。』莊子曰：『秦王有病召醫，破潰痤者得車一乘，舐痔者得車五乘，所治愈下，得車愈多。子豈治其痔邪，何得車之多也？子行矣！』」見《莊子集釋》，頁 1049-1050。

[121] 任淵《山谷內集詩注》「元符元年戊寅」下注云：「六月改元，是歲春初山谷在黔南，以避外兄張向之嫌遷戎州，……山谷三月間離黔，六月初抵戎州，寓居南寺，作槁木寮、死灰菴，其後僦居城南。」（參見黃寶華點校：《山谷詩集注》，上海：上海古籍出版社，2003 年，頁 24-25）。其命名應是緣自《莊子》典故，《莊子・齊物論》：「南郭子綦隱机而坐，仰天而噓，荅焉似喪其耦。顏成子游立侍乎前，曰：『何居乎？形固可使如槁木，而心固可使如死灰乎？今之隱机者，非昔之隱机者也。』子綦曰：『偃，不亦善乎而問之也！今者吾喪我，汝知之乎？女聞人籟而未聞地籟，汝聞地籟而未聞天籟夫！』」（《莊子集釋》，頁 43-44。）

灰，但作不除鬚髮一無能老比丘，尚不可邪？[122]

已命僦居小堂為「任運」，表示不再追逐世俗名利，希望隨適自在，但仍擔憂好事者尋覓藉口加以批評挑釁，不得不一再宣示自己身如槁木，心如死灰，只差沒剃髮為老比丘，實無心無力再與世人爭奪。黃庭堅雖強調「任運」、「槁木」、「死灰」，但末尾一句「尚不可邪？」，不解、不滿、鬱積情緒噴湧而出，可見並非心如古井水，波瀾誓不起，仍在意世間毀譽，仍企求世人理解、認同。

回到〈張大同寫予真請自贊〉，黃庭堅起筆便連以「不如」、「不如」表白心志，看似有意追蹤元德秀、莊子，其實仍未放下「比較」心態，仍未心如虛舟不存芥蒂，因此，即使自陳枯木、死灰，最終仍忍不住如「尚不可邪？」般宣洩情緒，感嘆自身處世「迕物」，成百漏船。

另一篇〈張子謙寫予真請自贊〉云：

見人金玉滿堂而不貪，看人鳳閣鑾臺而不妬。自疑是南岳懶瓚師，人言是前身黃叔度。[123]

直截了當陳說自身不貪不妬，不受外在名利影響而自有追尋價值，接著以南岳懶瓚師（？-？）與後漢黃憲（？-？）相比擬，探問前身、後身問題。「前身」、「後身」，本是佛家用語，意指前世、來世身軀，雖形體不同，但本質、精神應是一脈相承的，所謂：「形體雖死，精神猶存。人生在世，望於後身似不相屬；及其歿後，則與前身似猶老少朝夕耳。」[124]可見無論前身、後身為誰，基本上都與現世所存主體為同一精神存在，黃庭堅詩文中曾數次出現，如：

---

[122] 《黃庭堅全集》，冊 3，《別集》卷 3，頁 1502。

[123] 《全宋文》，冊 107，卷 2329，頁 306。

[124] 檀作文譯注：《顏氏家訓》（北京：中華書局，2007 年），〈歸心〉，頁 223。

此書驚蛇入草，書成不知絕倒。自疑懷素前身，今生筆法更老。[125]

前身寒山子，後身黃魯直。頗遭俗人惱，思欲入石壁。[126]

將自己與懷素（725-785）、寒山（691？-793？）並稱，如與本篇贊文同看，黃庭堅對於前身究竟為誰似乎態度搖擺不定。事實上，如不拘泥在字句上所提及的人名，而探求舉例各人的生命特質，或許就較能把握黃庭堅本意。

以懷素為前身時是在討論書法風姿，自負於某篇書字筆法老成圓熟，如驚蛇入草般神妙無跡，甚至書成後不知絕倒，所以懷疑前身是否為懷素，否則怎能有這般狂草成就。黃庭堅此處並未完全將自身與懷素等同，而只是在特定時空環境下有此疑問。

類似的，論及寒山時，黃庭堅可能是聚焦於「頗遭俗人惱」一事。題目名為「戲題戎州作予真」，推測應作於居停戎州期間，約為哲宗元符元年（1098）六月至元符三年（1100）十月間，[127]前文提及的「槁木寮」、「死灰菴」、「任運堂」都是在戎州時所興建室堂，反應出文人當時心境。尤其黃庭堅自步入仕途之後，幾度遭逢無情打擊，時議洶洶，再三遷謫，難免情緒起伏，所以見得他人所寫畫像，雖說是「戲題」，但未必真是以輕鬆戲謔態度創作，既說「俗人惱」，可見無法釋懷。「思欲入石壁」極可能是援用寒山「一住寒山萬事休，更無雜念挂心頭；閑書石壁題詩句，任運還同不繫舟」[128]文字與詩意，希望能摒棄世俗雜念，萬事休上心頭，閒暇時題詩石壁，任隨世運流轉而不再隨俗人擾亂心湖。

〈張子謙寫予真請自贊〉中，黃庭堅自疑是南岳懶瓚師，可能著重在「縱被詆訶，殊無愧恥」[129]之聽任本心，不偽隨禮義換求美名。可他人認知的黃庭堅卻與文

---

[125] 〈墨蛇頌〉，《黃庭堅全集》，冊3，《別集》卷3，頁1525。

[126] 〈戲題戎州作予真〉，《黃庭堅全集》，冊3，《別集》卷3，頁1510。

[127] 《山谷年譜》，見《黃庭堅全集》，冊4，「附錄」卷2，頁2374-2375。

[128] 項楚：《寒山詩注》（北京：中華書局，2000年），頁474。

[129] 《宋高僧傳》，卷19，〈唐南岳山明瓚傳〉載：「釋明瓚者，來知氏族生緣。初，游方詣嵩山，普寂盛行禪法，瓚往從焉。然則默證寂之心契，人罕推重。尋於衡岳閒居，眾僧營作，我則晏

人自我感受有別，世人曾將黃庭堅與黃憲相比擬，而據史書所載，黃憲雖出身貧賤牛醫家庭，但當時名士達官如：荀淑、袁閎、戴良、陳蕃、周舉、郭林宗等都深表歎服，推崇其人「隤然其處順，淵乎其似道」。[130]黃庭堅在此引錄他人言語表示他並不反對此種說法，甚至也頗有同感，而黃憲雖受推重，聲名遠揚，卻號曰「徵君」，黃庭堅引此二人似乎也偏向釋、道思想，隱退意願較出仕任官高。

幾篇與「前身」有關的作品並置，可以發現黃庭堅並不會將自己與前人關係作固定落實的指涉，而是隨著想要強調中心意旨的不同而有所調整，或是懶瓚師，或是黃憲、懷素、寒山，要之都是取各人重要特質，及與自己當時生命情境吻合的面向相比附牽引。而同組五篇自贊外，黃庭堅另外三篇自贊都與槁木、死灰、虛舟、任運有關，呈現出他在觀看畫像時表白個人生命體悟、志趣的用意。

黃庭堅八篇自贊文是北宋文人數量最多的，且內容、筆法各有特色，意蘊豐富，是宋代自贊文發展中極為重要的一環。此後，李之儀（1038-1117）也有數篇自贊文，如：

> 似則似，是則不是，縱使擠之九泉下，也須出得一頭地。休論捉月騎鯨，到了眾人皆醉。[131]

> 槁木以遊于世，鐵心以踐其志。有時端委以即事，忽爾賣針而買醉。豈所謂逆行順行，莫測者歟？蓋得之自是不得是，以聽天命而已。[132]

> 偶乘扁舟，一日千里。若遇勝境，終年不移。故能屈御手調羹而親餉，命力士脫靴而不疑。予私淑諸人也，故欲與之同歸。鴉然于斯而不售，羊然遶頷

如；縱被詆訶，殊無愧恥。時目之懶瓚也。……敕謚大明禪師，塔存嶽中云。」（宋·贊寧：《宋高僧傳》，臺北：文津出版社，1991年，頁491-493。）

[130] 詳參《後漢書》卷53，〈周黃徐姜申屠列傳·黃憲傳〉，頁1744-1745。

[131] 〈自作傳神贊·李伯時畫一〉，《全宋文》，冊112，卷2425，頁197。

[132] 〈姑溪自贊·一〉，《全宋文》，冊112，卷2426，頁212。

而猶癡。人固欲其售，爾謂之癡也，予方遊戲以隨時。[133]

長短不一，用典各異，但同樣都是經由觀看畫像表達個人志趣，意欲遊戲人間，不為塵俗羈擾。楊萬里（1127-1206）幾篇自贊又有不同風采：

汝翎弗長，汝趾弗強。毋駃汝頑，毋競汝驤，于崖于濱，其窈其茫。曀曀其光，戈誰汝傷。秋作月荒，春作華荒。哦者遜尪，醻者遜狂。汝老是鄉，莫與汝爭鋩。[134]

有綌者巾，有藜者杖。雲嶠風杉，步月獨往。龍伯國之民歟，無功鄉之民歟？[135]

髤巾鶴裾，山澤之臞。汝荷蕢之徒歟，抑接輿之徒歟？[136]

三篇贊文題目下各有一小段說明文字，分別為：「吳友王才臣命秀才劉訥寫余真，戲自贊曰」、「吉州通守照德輝命史寫老醜，戲題之曰」、「王時可命敏叔寫予真，題其上」，清楚交代作畫緣起、畫師名姓、個人感受，所謂「寫老醜」、「戲自贊」、「戲題之」顯示楊萬里似乎是以輕鬆愉悅的態度面對幾次寫真，尤其第一篇通篇以「汝」貫串其中，被畫者面對畫中人指指點點、論說不休的景象彷若在讀者眼前具體上演，生動靈活，領受作者旺盛生命力。

第二篇語氣漸趨舒緩，「雲嶠風杉，步月獨往」營造出幽美清雅風韻，烘襯「龍伯國之民歟，無功鄉之民歟」詢問，顯示作者心嚮往之的淳樸世界。第三篇以更短篇幅描繪作者心中理想境界乃是如荷蕢、接輿之徒般逍遙自適，在在透露作者志趣。

---

[133] 〈姑溪自贊·二〉，《全宋文》，冊 112，卷 2426，頁 212。
[134] 〈自贊〉，《全宋文》，冊 239，卷 5355，頁 366。
[135] 〈寫真贊一〉，《全宋文》，冊 239，卷 5355，頁 367。
[136] 〈寫真贊二〉，《全宋文》，冊 239，卷 5355，頁 367。

四、已往不諫，來者庶幾——自省與戒惕的開展

透過觀看畫像，題寫自贊，宋人或是理性思辨畫像與自我的區別，探求人間虛幻真實問題，或是進一步由虛實之中追索個人志趣該當如何伸張完成，此外，他們也常透過書寫自贊反思過往紅塵俗事，直接告白個人心得，甚至進而提出自我戒惕警示言詞，作為督促成長的借鏡，如劉一止（1079-1160）云：

> 枯木寒微，形影相依。祿食而臞，孰與遜肥。四十九年，我知其非。已往不諫，來者庶幾。[137]

> 居閑無所樂，從仕無所愧，忽作此兩言，自省過去事。害性多矣晚乃安，苦心至矣晚乃甘。咄我無初終得喪兮，又何乘除於其間。[138]

自省過去往事，對於以往四十九年祿食而臞似表懊悔，但又說居閑無所樂，從仕無所愧，內心似乎幾番掙扎擺盪，終究至晚年能明白安適之道。周紫芝（1082-1155）〈竹坡自贊〉云：

> 叔夜之懶，次山之漫。持此涉世，毀譽相半。馬耳東風，何勞喜惋。笑領尊拳，不揩唾面。是謂竹坡，掣猱老漢。[139]

則是以嵇康（223-263）疏懶、元結（723-772）散漫個性具體說明自身特點，而懶漫涉世當然與一般世俗期待、社會常規要求不符，毀譽相半本也就是意料中事，明知如此，周紫芝仍是選擇忠於本性，不為旁人改變初衷。

張九成（1092-1159）〈自畫像贊·紹興二十六年〉云：

---

[137] 〈自作真贊〉，《全宋文》，冊 152，卷 3278，頁 238。

[138] 〈又自贊〉，《全宋文》，冊 152，卷 3278，頁 238。

[139] 《全宋文》，冊 162，卷 3531，頁 316。

不務尋常，惟行怪異。經術不師毛鄭孔王，文章不法韓柳班揚，論詩不識江西句法，作字不襲二王所長。參禪則不記公案，為政又不學龔黃。貶在大庾嶺下，十有四年歸來。雖白髮滿面，而意氣尚是飄揚。咄，其沒轉智底漢陰文人，而無用處底楚狂接輿也歟！[140]

同樣反觀一路行來人生風景，斷言自己不務尋常，惟行怪異，無論經術、文章、論詩、作字、參禪、為政諸般作為，率皆不遵循向來風尚，宗法典範名家，而是自有定見，雖然已到白髮滿面老朽年華，但仍秉持向來傲骨，意氣尚是飄揚。李呂（1122-1198）〈澹軒自贊一〉則云：

天賦我形，非鳶肩虎頭，故不為論相者所收；天生我材，非犧尊文楸，故不為運斤者所留。蓬鬢垢面而語言悠悠，短褐垂條曾莫知其可羞。至于聖智服行之實，古今成敗之由，時賢置而不論，肉食鄙而不謀。蓋嘗掩卷而歎息，三復而綢繆。闖其墻而窺其戶，泛其源而涉其流。彼王良之安在，顧駑馬以何尤！弗戚戚乎世態之可惡，弗汲汲乎聲利之可求。能不以趙孟之貴為貴，聊揮麈宴坐而心與造物者遊。[141]

自形相、材質入手，暢言自己並無殊異形貌才華，以至不為世人器重，蓬鬢垢面而語言悠悠，如化外之民般不受世俗限制。

與觀看過往而提出省思、自白心志有關的是另一類類似箴銘自我勉勵的自贊文，陳摶〈自贊碑〉云：

一念之善，則天地神祇、祥風和氣皆在于此。一念之惡，則袄星厲鬼、凶荒札瘥皆在于此。是以君子慎其獨。[142]

---

[140] 《全宋文》，冊 184，卷 4042，頁 165。
[141] 《全宋文》，冊 220，卷 4888，頁 295。
[142] 《全宋文》，冊 1，卷 10，頁 231。

先書明一念之善、一念之惡所造成影響，繼而以君子慎獨自勉，期許自身行為端正，造福人間。鄒浩（1060-1111）共撰作五篇自贊文，〈傳神自贊〉三首云：

> 汝為臣邪，弗得事君。汝為子邪，弗得養親。與世作戒，莫汝比倫。汝惟自新，日以省循。尚庶幾迷而悟，屈而伸，無愧乎古人。
>
> 洞庭之南，蒼梧之北，雁不到處，莫汝心惻。有靦斯顏，有延斯息。何以酬恩，皇恩罔極。
>
> 忠愧屈原，才疎賈誼。仁聖當陽，自取投棄。挹彼湘流，濯茲罪累。厥惟後圖，以對天地。[143]

先是責怪自己身為人臣人子，卻不得事君養親，可知自贊乃在自我戒惕，作用類似座右銘般日日提醒須自新，以期迷而悟，屈而伸，庶幾無愧古人，無愧人臣人子身份。第二、三首以齊整四言韻語書寫，異於第一首末尾參差錯落句式，反映作者當下心境，二、三首以理性自省態度表達未能酬報皇恩，羞慚愧疚心情，勉勵意味濃厚。〈道鄉贊〉二首則云：

> 青草黃茅夢破，東阡西陌年豐。長與老農擊壤，不知身世窮通。
>
> 昔時吏部侍郎，今日道鄉居士。畢竟這箇是誰，一任更安名字。[144]

以六言口語文字書寫，口吻似以旁觀第三者角度探討「道鄉」何許人也，亦具哲理。張綱（1083-1166）〈自贊寫真〉云：

> 投閑歲久，聖恩圖舊。載錫身章，在帝左右。骨相多屯，何以瘉人。陳力就列，勿為具臣。[145]

---

[143] 《全宋文》，冊 131，卷 2842，頁 371-372。

[144] 《全宋文》，冊 131，卷 2842，頁 372。

[145] 《全宋文》，冊 168，卷 3678，頁 396。

自慚未能盡忠效力帝皇，因而警惕自身應陳力就列，絕不能尸位素餐，僅為備位充數臣僚而已。[146]李呂〈澹軒自贊·二〉更明白表示自贊作用，云：

> 非丈室之病夫，非澤畔之癯儒。薾然其貌，齒髮向疏。諒無酒色之敗，亦匪名利之拘。凡世俗所謂憂者，若無足以涉吾地而入其郛。然則有異于此者，能無憂乎？過四十而無聞，責之者誰與？視伯玉之知非，尚庶幾于良圖。夫一念之間，天地懸殊，曾不思于往行，又何哂于前車？咄！形吾自寫，贊吾自書。豈徒然哉？蓋將有警于予也。日謹一日，勿用忽諸。植後彫之松柏，收晚景于桑榆。[147]

簡略提及畫中人形樣，重點在於回顧前半生作為，自寫畫像，自書贊語，作用在於「有警于予也」，明白展現自贊效用近於箴銘，拓開自贊內容與作用。陳亮（1143-1194）〈自贊〉則云：

> 其服甚野，其貌亦古。倚天而號，提劍而舞。惟稟性之至愚，故與人而多忤。歎朱紫之未服，謾丹青而描取。遠觀之一似陳亮，近視之一似同甫。未論似與不似，且說當今之世，孰是人中之龍，文中之虎！[148]

先是簡筆描繪出畫中人物樣貌，所謂「倚天而號，提劍而舞」充滿動態，適切傳遞主角希冀建功立業志趣。「遠觀之一似陳亮，近視之一似同甫」雖似說明無法分辨遠觀近視的二人，實則陳亮就是同甫，同甫就是陳亮，作者真意應不在釐清畫中主角與真實人物相像與否，寫真與否，而在闡發自我期許，無論似與不似，重點在期盼畫中人能成為人中龍、文中虎，此種觀看角度較重於對未來展望，有別於前文所舉瞻顧前塵往事，綜結一生視角。

---

[146] 《論語·先進》：「今由與求也，可謂具臣矣。」朱熹《集注》：「具臣，謂備臣數而已。」《論語彙校集釋》，頁 1024、1026。

[147] 《全宋文》，冊 220，卷 4888，頁 296。

[148] 鄧廣銘點校：《陳亮集》（增訂本，石家莊：河北教育出版社，2003 年），卷 10，頁 90。

南宋末年，因遭遇世變，時局動盪不安，文人們〈自贊〉角度又有所更易，如金履祥（1232-1303）〈紀顏自贊〉云：

> 幼爾冥行，長爾及更。騂爾壯齡，樂爾純清。爾矯而輕，以重而敦。爾警而慵，以敏而勤。爾謹爾獨，以養以存。爾戒爾弱，以毅以弘。肅爾威儀，惟敬之門。視爾踐修，惟德之成。小子識之，毋忝爾所生。[149]

「爾」字貫串全篇，引領讀者依循作者筆墨回顧成長歷程，自幼及長漸次成熟，明白須敏勤弘毅，不斷修身踐行以涵養品德節操，以免愧對父母撫育恩情，辱沒家族聲譽。此篇贊文作於理宗景定二年（1261），[150]金履祥 30 歲時，而金履祥自幼敏睿好學，折節讀書，23 歲受業王柏（1197-1274）、從登何基（1188-1268）之門，「自是從遊二氏間，講貫益密，造詣益精」，[151]成為北山學派四書學代表學者。[152]自贊文呈顯的正是作者致力光耀門楣、警惕自勵的心聲，如同引文自白：「贊之為言，佐也，佐爾弗及，非以自頌也」，[153]金履祥所以自畫、自贊並不是想要自我膨脹、吹噓，而是為了以影像、文字時刻自我提醒，因而全篇處處充滿戒慎恐懼、自我期勉話語，「贊」文性質乃在「佐爾弗及」，與前此作品頗有不同。

南宋末年鄭思肖（1241-1318）〈自贊相〉云：

---

[149] 《全宋文》，冊 356，卷 8257，頁 371-372。

[150] 〈紀顏自贊・引〉云：「景定辛酉之春，桐陽叔子肖其容而為之贊」（見《全宋文》，冊 356，卷 8257，頁 371），據柳貫〈故宋迪功郎史館編撰仁山先生金公行狀〉載，金履祥祖父「蚤孤而能宅心經術，出游庠序，聲稱籍籍，鄉里推其賢，是生桐陽散翁，諱夢先，先生父也。學博聞多，志尚嶄然。祖母唐夫人尤深訓程之，雖屢從舉子試，場屋不利，而家學克茂，翁實啟大之矣。夫人童氏生四子，先生居其三。」知「桐陽叔子」實是金履祥自稱，而景定辛酉即宋理宗景定二年，西元 1261 年，贊文為金履祥題於自畫像的文字。

[151] 〈故宋迪功郎史館編校仁山先生金公行狀〉，元・柳貫《待制集》卷 20，見柳遵傑點校：《柳貫詩文集》（杭州：浙江古籍出版社，2004 年），頁 407。

[152] 參見徐遠和：〈金履祥——元代金華朱學干城〉，《浙江學刊》（1990 年第 2 期），頁 67-71、99；周春健：〈金履祥與《論孟集注考證》〉，《中國典籍與文化》（2009 年第 1 期），頁 61-66。

[153] 〈紀顏自贊・引〉，《全宋文》，冊 356，卷 8257，頁 371。

不忠可誅，不孝可斬。可懸此頭於洪洪荒荒之表，以為不忠不孝之榜樣。[154]

元兵南下時，鄭思肖曾上諫直疏，「語切直，犯新禁，俗以是爭目公」，[155]怎奈赤誠忠忱未受納用，「遂變姓名，隱居吳下，坐必南向，歲時伏臘，輒望南野哭，再拜乃返，誓不與朝客遊」。[156]因此當鄭思肖面對家國碎裂的崩毀時局，如何自處實是艱難課題，當他以悲痛心情書寫贊文時，不提個人外表形貌，不思前過悟昨非，也沒有自我惕勵再加努力的可能，只以斬絕口氣責備自己不忠不孝，除留下畫像、自贊文外，更應懸此頭於洪洪荒荒之表，作為後人榜樣，警醒後人切勿如他一般，成為不忠不孝之人。鄭思肖病重臨終之際，曾叮囑友人唐東嶼（？-？），曰：「思肖死矣！煩為書一位牌，當云：『大宋不忠不孝鄭思肖！』語訖而絕，年七十八，蓋其意謂不能死國與無後也。」[157]可見宋亡後，鄭思肖始終自責不忠不孝，面對一己畫像，他情緒激動地發抒悲痛感懷，為自贊文中少見寫法。

此外，宋末文天祥（1236-1283）〈自贊〉云：

孔曰成仁，孟云取義。惟其義盡，所以仁至。讀聖賢書，所學何事。而今而後，庶幾無愧。[158]

以論說義理、表白心志為主，尤為特殊之處，乃在於此文為文天祥臨終前書於衣帶間的絕筆，使用場合、作用與「贊」原初情況大為不同。

---

[154] 《全宋文》，冊 360，卷 8339，頁 119。

[155] 元·王逢：《梧溪集》〈題宋太學鄭上舍墨蘭〉，《文津閣四庫全書》（北京：商務印書館，2006 年），冊 1222，卷 1，頁 642-643。

[156] 明·吳之鯨：《武林梵志》，卷 8，《文津閣四庫全書》，冊 588，頁 175。

[157] 明·王鏊：《姑蘇志》，卷 55，《文津閣四庫全書》，冊 493，頁 645。

[158] 《全宋文》，冊 359，卷 8320，頁 200。

五、破除陳規，變化多端——筆法的新創改易

前文針對宋代自贊文內容類型與抒發情感簡要分析，以明白宋人變易舊制，開創新局的表現，而除了內容外，自贊文筆法也有諸多新創，值得注意。任昉（460-508）云：

> 讚者，明事而嗟嘆以助辭也。四字為句，數韻成章。[159]

劉勰（465-520）《文心雕龍・頌贊》曾云：

> 古來篇體，促而不廣，必結言於四字之句，盤桓乎數韻之辭，約舉以盡情，昭灼以送文，此其體也。[160]

強調頌贊的短小簡促，為頌贊形制奠立基本原則。李充（約 323 在世）則認為：

> 容象圖而讚立，宜使辭簡而義正。[161]

林紓（1852-1924）論道：

> 贊體不能過長，意長而語約，必務括本人之生平而已。[162]

都顯示「贊」篇幅以簡短為主，文詞也是約舉即可，因此李成榮歸納贊文特徵，以為：

---

[159] 梁・任昉撰、明・陳懋仁注：《文章緣起注》（臺北：大安出版社，1998 年），頁 20。

[160] 戚良德：《文心雕龍校注通譯》（上海：上海古籍出版社，2008 年），頁 104。

[161] 〈翰林論〉，《全上古三代秦漢三國六朝文》，《全晉文》卷 57，頁 1767。

[162] 《春覺齋論文・流別論》，收入王水照編：《歷代文話》（上海：復旦大學出版社，2007 年），冊 7，頁 6341。

> 贊體文最主要的文體特徵是篇幅短小，多四言四句，或四言八句、四言十句。[163]

自魏晉南北朝直到宋初，除史贊文外，一般贊文形式基本上如前引數人所言，篇幅短小，四言為主，句數以八句為多，超過十句的作品相對而言較少，但約自宋仁宗朝起，贊文形式漸趨多元變化，篇幅也不斷拉長，顯而易見的就是句型不再局限於四言的情形漸次增多，許多自贊文不斷拉長每句長度與總句數，根據作者情感、口氣發揮，恰如行雲流水般自由伸展，散文化句子頗為常見，如張元幹（1091-1170）幾篇贊文：

> 爾形侏儒，而行容與。所守者獨出處之大節，所歷者皆風波之畏塗。彼其或取者在是，為之不悅者有諸？使其佩玉劍履，定非廊廟之具；野服杖屨，庶幾山澤之臞乎！[164]

> 一且謂吾仕耶，毀冠裂冕，與世闊疏；一且謂吾隱耶，垂手入鄽，與人為徒。愧姓名之未能變，何形容之猶可圖。頗欲治貨殖兮，方陶朱公不足；聊復啖杞菊兮，視天隨生有餘。行年五十矣，雖髭髮粗嘿，然田廬皆無。陶陶兀兀，遇飲輒醉，著枕即寐。一念不生，萬事不理。至於酒醒夢覺，則又大笑而起，摩腹叩齒。孰不睥睨曰：「此老真甚愚！」[165]

> 這癡漢，沒思算。初乏田園，卻懶仕宦。辨得所向方圓，未嘗敢做崖岸。只用兩僕肩輿，不羨儻來軒冕。投閒二十餘年，善類干煩殆徧。好之者徹底信其真貧，惡之者豈免遭他點檢。要當畢娶杜門，自斷此生憂患。罷去謁府參官，一等著衣喫飯。休拈翰墨文章，說甚安危治亂。就使立事赴功，決定違

[163] 氏著：《先唐贊體文研究》（遼寧師範大學碩士論文，2006 年），頁 31。

[164] 〈自贊〉，《全宋文》，冊 182，卷 4007，頁 430。

[165] 〈庚申自贊·紹興十年〉，《全宋文》，冊 182，卷 4007，頁 431。

> 條凝貫。箇中人，高著眼。方瞳綠髮照青春，期與飛仙游汗漫。現此風狂道士身，長庚曉月聊相伴。[166]

第一篇以二句四字句開端，似若遵照傳統贊文形式規範，但第三句便開始縱筆率性行文，純為流暢散文句式，中間穿插問句更與一般贊文肯定頌美句不同。第二篇以「一且」起筆，頗有新奇效果，引人注目，中間書寫靈動飛揚，頗似小說文采，末以「孰不睥睨曰：此老真甚愚！」作結，更添氣勢，餘韻無窮。第三篇改以三字句開篇，而且不似前二篇較偏近文言，「這癡漢，沒思算」為淺近口語，中間又再雜以「箇中人，高著眼」，變化多端，饒富趣味。

方岳（1199-1262）二篇自贊云：

> 謂為士，寧有識；謂為農，又無力。面如巖崖耳如壁，此其所以為山中之黔而非人間之晢也與！[167]

> 三事之所不事，四民之所不民。謂為阨窮耶，則廊廟未必同一丘之逸；謂為寒餓耶，則簞瓢亦何異五鼎之珍。嗚乎噫嘻，予非淮陰侯知所羞與噲等伍，而柴桑醉夫自謂羲皇上人者耶？[168]

先是以四句三字句書寫，簡截有力，且一、三句都為「謂為」，彼此接續呼應，而第五句延長為七字，最後一句則似一氣磅礴而出，以「此其……而非……也與」作結，令人不及喘息。第二篇前二句句型相同，「三事」、「四民」對仗，看來句式齊整平穩，但接著再以二組「謂為」、「則」句子提出己見後，便以「嗚乎噫嘻」感嘆詞斷開前後，而以「予非……而……者耶」疑問句作結，句子長短不拘，整齊不齊交互出現，既可避免單調平板，又有出其不意興味。

---

[166] 〈丙寅自贊・紹興十六年〉，《全宋文》，冊 182，卷 4007，頁 431。

[167] 〈自贊・一〉，《全宋文》，冊 342，卷 7909，頁 374。

[168] 〈自贊・二〉，《全宋文》，冊 342，卷 7909，頁 374。

高登（1104-1148）二篇寫真贊，筆法也各具特色：

> 面兮鐵冷，髭兮虯卷。性兮火烈，心兮石堅。有誓兮平虜，無望兮凌煙。[169]

> 爾頭甚方，爾口甚利。以此處世，不易不易。[170]

第一篇以「兮」字貫串全文，有如騷體賦形式，吟誦之時自然放慢節奏，仔細玩味文句情韻。第二篇則以「爾頭甚方，爾口甚利」連串而下，流利順暢，末尾「不易不易」以重複字達到強調作用，「易」又與「利」字音韻相近，更添音律流美之感。大抵贊體須意長語約，一般較少重複字詞，以免文意涵納不足，高登用心不在呈現豐富意念，而是以音聲促成強調效用，寫法較為少見。

袁說友（1140-1204）則是以對第二人稱說話方式書寫自贊文，將實存自我安放在與畫中人對立的位置展開對話，文云：

> 子之蒙不可擊，何勇於升堂而伏几？子之文不可訓，何樂於染翰而操斛？嶔巇難合，而欲一天下之論議之頃；酸寒陋甚，而裕展四體於功名之涂。子方嫉人之弗競，人亦笑子之甚迂。嗟夫！辰之速兮隙之駒，道之難兮齊之竽。毋紛紛乎多事，袖手板兮歸與。縱良田之無有，而四海多山林之樂，豈不能自老於臞儒者乎？[171]

> 汝少而學，汝長而儒。及其仕也，天下皆智汝獨拙，天下皆敏而汝獨迂。今頹齡之既晚，頭白髮而已居。吾即汝貌，吾觀汝軀，盍歸乎問松菊之舊廬，盍老焉為山澤之癯？則汝之求於造物也。其諸異乎人之求之歟。[172]

---

[169] 〈自寫真贊·一〉，《全宋文》，冊 180，卷 3960，頁 425。
[170] 〈自寫真贊·二〉，《全宋文》，冊 180，卷 3960，頁 425。
[171] 〈辛卯歲記顏贊〉，《全宋文》，冊 274，卷 6210，頁 374。
[172] 〈丙辰歲記顏贊〉，《全宋文》，冊 274，卷 6210，頁 374。

二篇分別記錄袁說友辛卯年、丙辰年容顏，[173]辛卯年袁說友正值 32 歲壯齡，頗思有所貢獻，丙辰年則是 57 歲，當年仕途幾番遷降，[174]雖三十年間章疏敷陳多切時病，卻不為君上納用。[175]根據贊文思想意涵與用字遣詞看來，二幅畫像雖相隔十五年圖繪，但贊文可能同作於晚年。

觀畫者也就是書寫者，看似相隔一段距離觀看贊文對象行事作為，勸說對方應當如何如何，其實畫中人、看畫人、書寫者全為同一人，明顯是夫子自道情況，作者卻有意以此種筆法將自身抽離，似將畫中人視為不相干的另一存在，彷若客觀省察對方一生境遇，其實書寫者是藉由這種方式「反身看見自己的生存樣態」，[176]「子方嫉人之弗競，人亦笑子之甚迂」、「天下皆智汝獨拙，天下皆敏而汝獨迂」也正流露出書寫者的自嘲心態。

此外，第一篇以接連二組問句起始，第二篇也在文章中段穿插「盍歸乎」、「盍老焉」問句，但書寫者心中其實早有定見，因為對個人在現實生活中的困頓挫敗不能理解，所以透過提問宣洩內心激盪情緒，彷彿可以藉此對抗外在世界的干擾，為自己尋得安身立命依據。而連串疑問句所造成的力度也遠比平鋪直敘來得強烈，讓人如親耳聞見書寫者對畫中人提問情景，印象深刻。再者，一般自贊文幾乎都是以第一人稱方式娓娓述說個人想法，袁說友轉換人稱寫法卻能跳脫固有常規，使文章具有另種趣味。

時代相近的陳淳（1159-1223），自贊文也出現第二人稱筆法，如：

> 天賦爾貌，幽乎其閑。地育爾形，頎乎其寬。視諸孟子之睟面盎背，孔子之

---

[173] 袁說友所經歷辛卯年為宋孝宗乾道七年（1171），時 32 歲；丙辰年為宋寧宗慶元二年（1196），時 57 歲。

[174] 據《宋史翼》載：「慶元二年，除敷文閣學士，出為四川制置使兼知成都府，復入為吏部尚書兼侍讀，尋知紹興府兼浙東路安撫使。」見是書（陸心源輯，北京：中華書局，1991 年），卷 14，頁 148-149。

[175] 《宋史翼》，卷 14，頁 149。

[176] 胡紹嘉《書寫與行動——九〇年代後期，女性私我敘事的態度轉折及其意義》（政治大學新聞研究所博士論文，2001 年），頁 20。胡紹嘉認為人可藉由自我文本的建構以反身看見自己的生存樣態，經歷一種「客體化」歷程，其觀念或可作為此處袁說友心態的參考資料。

溫厲恭安，須力學以充之，而無愧乎聖賢之容顏。[177]

以四句四言開端，「爾」又較「子」、「汝」典重，營造出和緩沉穩氛圍，第五句開始以散化句字表達作者對「爾」的期許，要求「爾」力學充實內在修為，以不負聖賢容顏。考諸陳淳畢生推求理學，雖曾代理長安縣主簿，[178]特奏恩授迪功郎泉州安溪主簿，卻未上任而卒，[179]終其一生，並未能成就經世濟民事業。〈夢中自贊繪像〉似將作者內心潛藏的意念藉由「夢」浮現，在贊文中明白抒發，利用「爾」字陳說，一方面或許較符合夢中看待繪像景況，一方面似又將現實自我與夢中自我區隔，展示彼此距離，頗有別出心裁效果。

周必大（1126-1204）〈劉氏兄弟寫予真求贊時年七十〉云：

骨相屯，氣宇塵。濁不盈，臞不清。視爾形，省爾身。無古心，無時名。乃久生，真幸民。[180]

全是三言句，不似四言句穩妥平整，反較俐落簡潔。據現存文獻考算，周必大共作有 27 篇自贊文，數量驚人，雖各因不同機緣書寫，但對自我人生的省思重視則始終一致。文章多以四句七言組成，押韻，但如〈張孜仲寅寫予真倚松而立戲贊〉云：

曾陪漢幄運前籌，也忝分封萬戶留。未問家傳黃石法，且來閑伴赤松遊。[181]

---

[177] 〈夢中自贊繪像〉，《全宋文》，冊 296，卷 6741，頁 73-74。

[178] 史傳及關於陳淳研究都未曾提及「長安縣主簿」一職，戴瑩根據《北溪大全集》中〈權長泰簿喜雨呈鄭宰〉、〈解職歸題主簿軒壁〉二詩及《長泰縣志·歷官》，認為陳淳曾代理長安縣主簿一段時間，可資參考。詳見是氏：〈《宋史·陳淳傳》考辨〉，《北京大學學報（哲學社會科學版）》（2000 年第 3 期），頁 160。

[179] 參見李玉峰：《陳淳理學思想研究》（河南大學中國哲學史碩士論文，2008 年），頁 1-5。

[180] 《全宋文》，冊 232，卷 5168，頁 172。

[181] 《全宋文》，冊 232，卷 5168，頁 179。

自畫者張孜（？-？）切入，以漢代張氏先祖張良（？-前 186）為歌詠主角，從而表抒倚松而立閑伴赤松子遊的悠閑情趣。題目自言「贊」，可見周必大心中認定體類為贊文而非詩，且 27 篇贊文另有八句四言或長短不齊散文句式寫法，筆法各有不同，變化多姿。

前引鄒浩〈道鄉贊〉二首則為六言，也是較特殊的贊文形式。周紫芝（1082-1155）〈北窗自贊·一〉云：

> 行行言言，白眼視之，面目可憎。期期艾艾，俚耳聽之，語言無味。怒罵笑譏，非世所違。誰其尸之，自我為之。[182]

有別於絕大多數贊文二句一斷的誦讀韻律，改以三句一斷，一般習慣，二句一斷在吟誦時較有平穩舒緩氣息，三句一單位則異於慣常口吻，朗讀觀閱時極易產生陌生化效果，同時可藉由奇數句組構方式增強頓挫效果。另如前引「一旦謂吾仕耶，毀冠裂冕，與世闊疏；一旦謂吾隱耶，垂手入鄽，與人為徒」先以「一旦謂吾仕耶」、「一旦謂吾隱耶」提問，再各以二句四言句回答問題，為一二一二斷句方式，但基本上前三句與後三句各成一組，可概略歸為三句一斷，都是創新寫法。

六、結語

綜上所論，我們不難得知，宋人雖藉由史論文、詠史詩等作品尋繹借鏡楷模，追慕前賢，但同時也透過反躬內省以思索自我定位問題，自敘性文章正可作為觀察起點。宋代各類自敘性篇章中，自贊文數量遠較自傳、自序、自撰墓誌銘、自祭文、自箴眾多，而且風貌豐富，各具姿采，就文體演變角度而言，更有諸多創易革新之處，值得注意。

以內容而言，宋代自贊文極少於文中重現畫中景象，而是分由幾重面向觀看自我，一是明白對鏡與圖像差別，試圖藉由肖像畫凝定時間，而借助紙墨呈現的畫中

---

[182] 《全宋文》，冊 162，卷 3531，頁 312。

人物實已經過層層譯讀，與描繪主體之間產生距離，為畫師所創造的存在，李之儀、釋文準、釋可湘之類受釋家思想影響的文人或僧侶，觀畫之際多就大千俱空、萬物虛幻等角度切入，質疑畫師如何再現「真」「相」？此類作品書寫重點不在描繪畫中人物形貌或探討畫像肖似與否，而常是佛教義理的闡述，人生真理的領悟。

另一類作品則是思考，即使外形可寫，但主體精神卻非丹青能倣，因此著意提問畫像與內心本質問題，藉自贊文表彰個人志趣，如現存第一篇宋人畫像自贊文——張詠〈畫像自贊〉即為一例，全篇似命名說般剖析自名「乖」「崖」意涵，顯揚作者個性特質。蘇轍〈自寫真贊〉、〈王辰年寫真贊〉則近似簡要自傳，以回顧一生方式表達個人體悟心得，頗具得道明理意味。最重要的為黃庭堅八篇寫真自贊，自白嚮慕王維、懶瓚師、黃叔度諸人，其中五篇自成系統，環環相扣，文字愈趨簡要，筆法各具特色，思想意涵也有所轉化，完整呈現黃庭堅對個人出處進退及自我認知的態度；另三篇自贊皆與槁木、死灰、虛舟、任運有關，極可能為同一時期作品，反映黃庭堅企求不為紅塵俗事驚擾，祈願隨適自在的期盼。

南宋時，胡銓、洪适等剛正儒者身處偏安一隅、奸臣弄權時局中，不為邪佞所沮，藉由自贊嚴正宣明志節，已不為畫像所拘限。或因時代氛圍所致，南宋比丘如釋居簡所書自贊文有別於北宋釋文準諸人作品，不提畫像真幻虛實問題，不重複佛教思想，而能超越「是相非相」的論述範疇，頗具時代精神。

此外，宋代自贊文更有突破傳統頌美褒揚傾向，類近箴銘性質的作品，如陳摶〈自贊碑〉以君子慎其獨自勉，鄒浩〈傳神自贊〉戒惕自己「汝惟自新，日以省循」，李呂也明言「形吾自寫，贊吾自書。豈徒然哉？蓋將有警于多也」，劉一止「四十九年，我知其非」、「自省過去事」更是藉自贊省思過往生命際遇，作為督促自我參考，自贊文寫法與作用已有所拓展。此類作品時間橫跨宋初至南宋，但以南宋數量較多，可能與文人身處環境有關。

而陳亮〈自贊〉闡發自我期許，側重未來展望，異於北宋蘇轍諸人回顧前塵往事視角；南宋末年則因遭逢世變，金履祥〈紀顏自贊〉、鄭思肖〈自贊相〉與文天祥〈自贊〉都為自贊文開創嶄新寫法與用途，頗為特出。

內容之外，宋代自贊文筆法也饒具新創趣味，如以三言、六言行之，散文化句式、口語俚俗字詞、騷體賦形式、三句一斷等多種方式行文，皆異於傳統四言韻語、促而不廣、意長語約要求。

大體而言，南宋自贊文數量遠較北宋為多，其中周必大賦作 27 篇，更為兩宋文人之冠，而每篇題目常詳載作畫者名姓、繪像地點，被畫者年歲，周必大求實詳記心態具現無遺。綜併前文考論各點，自贊文在宋代發展演變軌跡昭然可見，而宋人意圖破除陳規，開拓自贊內容、筆法、數量的貢獻與意義更應予以肯定重視。

※本文承二位論文審查者及何寄澎先生、曹虹先生惠示高見，助成修改，謹此致謝！

附錄：

陳摶（872-989）	〈自贊碑〉	《全宋文》1/10/231
張詠	〈畫像自贊〉	《全宋文》6/112/143
王樵	〈贅世翁贊〉	《全宋文》8/172/401
毛洵（1003-1034）	〈疾甚自贊〉	《全宋文》28/596/212
林某	〈留真自讚〉	《全宋文》30/639/109
范鎮	〈峨眉壽聖院寫真贊〉	《全宋文》40/871/285
邵雍（1011-1077）	〈自作像贊〉	《全宋文》46/987/68
釋行偉（1018-1080）	〈自贊〉	《全宋文》50/1097/351
蘇軾（1037-1101）	〈自畫背面圖並贊〉	《全宋文》91/1990/389
蘇轍（1039-1112）	〈自寫真贊〉	《全宋文》96/2097/207
黃庭堅（1045-1105）	〈寫真自贊〉五篇	《全宋文》107/2329/303
黃庭堅	〈張大同寫予真請自贊〉	《全宋文》107/2329/306
黃庭堅	〈張子謙寫予真請自贊〉	《全宋文》107/2329/306
黃庭堅	〈戲題戎州作予真〉	《全宋文》107/2329/306
李之儀（1038-1117）	〈自作傳神贊〉	《全宋文》112/2425/197
李之儀	〈姑溪自贊〉	《全宋文》112/2426/212
晁補之（1053-1110）	〈松齋主人寫真自贊〉	《全宋文》127/2740/43
鄒浩（1060-1111）	〈傳神自贊三首〉	《全宋文》131/2842/371
釋文準（1061-1115）	〈自贊三首〉	《全宋文》133/2865/52
釋惠洪（1071-1128）	〈寂音自贊〉	《全宋文》140/3028/358
劉一止（1079-1160）	〈自作真贊〉	《全宋文》152/3278/238
劉一止	〈又自贊〉	《全宋文》152/3278/238

周紫芝（1082-1155）	〈北窗自贊〉	《全宋文》162/3531/312
周紫芝	〈靜寄老翁自贊〉	《全宋文》162/3531/315
張守（1084-1145）	〈畫像自贊〉	《全宋文》174/3793/19
陳東（1086-1127）	〈自贊〉	《全宋文》175/3834/227
張元幹（1091-1170）	〈自贊〉	《全宋文》182/4007/430
張元幹	〈庚申自贊〉	《全宋文》182/4007/431
張元幹	〈丙寅自贊〉	《全宋文》182/4007/431
張元幹	〈甲戌自贊〉	《全宋文》182/4007/432
張九成（1092-1159）	〈自畫像贊〉	《全宋文》184/4042/165
汪介然	〈畫像自贊〉	《全宋文》193/4252/71
胡銓（1102-1180）	〈澹庵畫像自贊〉	《全宋文》196/4323/16
釋曇華（1103-1163）	〈自贊〉	《全宋文》197/4347/54
高登（1104-1148）	〈自寫真贊〉	《全宋文》180/3960/425
史浩（1106-1194）	〈真隱居士自贊〉	《全宋文》200/4417/93
李石	〈自贊〉	《全宋文》206/4568/70
洪适（1117-1184）	〈寫真自贊〉	《全宋文》213/3743/395
李呂（1122-1198）	〈澹軒自贊〉	《全宋文》220/4888/295
陸游（1125-1210）	〈放翁自贊〉四篇	《全宋文》223/4946/167
吳儆（1125-1183）	〈寫真自贊〉	《全宋文》224/4969/142
周必大（1126-1204）	〈劉氏兄弟寫予真求贊時年七十〉	《全宋文》232/5168/172
周必大	〈梁光遠以予真置丘壑中慶元乙卯四月十九日自贊時年七十〉	《全宋文》232/5168/173
周必大	〈太和貢士陳誠之記予顏欲寘明遠樓昔白傅年七十一寫真詩云鶴毳變綠髮雞膚換朱顏予今年適同感而賦此〉	《全宋文》232/5168/173
周必大	〈寧都宰傅子淵薦邑士危正記顏求贊〉	《全宋文》232/5168/174
周必大	〈南城吳氏記予七十三歲之顏〉	《全宋文》232/5168/174
周必大	〈趙仲肅記予肄業之所寫真求贊〉	《全宋文》232/5168/175
周必大	〈高沙曾忠佐良臣築思永堂以念親傍闢書閣肖楊誠齋及予像求贊〉	《全宋文》232/5168/176
周必大	〈游元齡登仕寫予真求贊〉	《全宋文》232/5168/176
周必大	〈南城吳伸兄弟寫予真求贊〉	《全宋文》232/5168/177
周必大	〈趙倅彥寫予真求贊〉	《全宋文》232/5168/177
周必大	〈英德邵守之綱記予衰顏戲題數語〉	《全宋文》232/5168/178

周必大	〈登侍郎張武來求一言因記衰顏就以勉之〉	《全宋文》232/5168/178
周必大	〈永豐監稅黃思義寫予於大椿之下戲題〉	《全宋文》232/5168/178
周必大	〈張孜仲寅寫予真倚松而立戲贊〉	《全宋文》232/5168/178
周必大	〈陸務觀之友杜敬叔寫予真戲題四句他日持示務觀一笑〉	《全宋文》232/5168/178
周必大	〈李子西卿月記予七十七歲之顏求贊〉	《全宋文》232/5168/180
周必大	〈鄭準廣文赴官九江攜予真索贊〉	《全宋文》232/5168/180
周必大	〈徐教授涇寫予真求贊〉	《全宋文》232/5168/180
周必大	〈山谷自贊云作夢中夢見身外身福唐曾錫盛談西湖水晶宮之勝因寫予真用此意題四句〉	《全宋文》232/5168/181
周必大	〈能仁監寺志超為予寫真求贊〉	《全宋文》232/5168/183
周必大	〈德回上人寫予真求贊時年七十二歲〉	《全宋文》232/5168/183
周必大	〈贛州豐樂長老惠宣寫予真戲贊時年七十三歲〉	《全宋文》232/5168/184
周必大	〈清原祖燈監寺屢問予久不入山寫真戲題〉	《全宋文》232/5168/184
周必大	〈安福縣岳興院僧希奇求予真贊〉	《全宋文》232/5168/184
周必大	〈隆興癸未夏予年三十八自掖垣奉祠歸游麻姑山又三十八年而知觀李惟賓緣化修造至廬陵寫予真求贊〉	《全宋文》232/5168/186
周必大	〈福壽院僧□高寫予及子中兄真求贊次子中韻〉	《全宋文》232/5168/187
周必大	〈堵陂知莊僧德永寫予真求贊〉	《全宋文》232/5168/187
楊萬里（1127-1206）	〈自贊〉	《全宋文》239/5355/366
楊萬里	〈寫真贊〉	《全宋文》239/5355/367
張孝祥（1132-1169）	〈自贊〉	《全宋文》254/5704/124
王質（1135-1189）	〈自贊〉	《全宋文》258/5814/347
周孚（1135-1177）	〈自贊〉	《全宋文》259/5822/64
樓鑰（1137-1213）	〈自贊〉	《全宋文》265/5975/111
袁說友（1140-1204）	〈辛卯歲記顏贊〉	《全宋文》274/6210/374
袁說友	〈丙辰歲記顏贊〉	《全宋文》274/6210/374
釋道顏	〈自贊〉	《全宋文》276/6260/360
安丙（？-1221）	〈自贊〉	《全宋文》283/6429/283
陳淳（1159-1223）	〈夢中自贊繪像〉	《全宋文》296/6741/73
釋居簡（1164-1246）	〈自題頂相〉	《全宋文》298/6809/396

劉宰（1165-1239）	〈自贊〉	《全宋文》300/6847/177
幸元龍（1169-1232）	〈自題像贊〉	《全宋文》303/6934/441
張侃	〈辛巳自贊〉	《全宋文》304/6944/177
張侃	〈戊寅自贊〉	《全宋文》304/6944/178
釋法薰	〈自贊〉	《全宋文》305/6974/420
釋法薰	〈自贊〉	《全宋文》305/6974/424
真德秀（1178-1235）	〈自贊〉	《全宋文》314/7187/31
釋普濟（1179-1253）	〈自贊〉	《全宋文》317/7261/14
陳耆卿（1180-1237）	〈篔窗自贊〉	《全宋文》319/7320/14
白玉蟾（1194-？）	〈自讚〉	《全宋文》296/6754/278
方岳（1199-1262）	〈自贊〉	《全宋文》342/7909/374
釋大觀	〈自贊〉	《全宋文》343/7935/378
釋可湘	〈自讚〉	《全宋文》346/7986/74
釋道燦	〈自讚〉	《全宋文》349/8083/387
衛宗武	〈贊寄顏〉	《全宋文》352/8150/263
衛宗武	〈又後贊〉	《全宋文》352/8150/263
金履祥（1232-1303）	〈紀顏自贊〉	《全宋文》356/8257/371
何夢桂（1229-1303）	〈寫神自贊〉	《全宋文》358/8297/159
文天祥（1236-1283）	〈自贊〉	《全宋文》359/8320/200
鄭思肖（1241-1318）	〈自贊像〉	《全宋文》360/8339/119

Reflecting on the Reflected Self: Self-Composed Encomia of the Song

*Hsieh Pei-fen**

Abstract

After the glories of the Han and Tang, just how one was to view historical figures, thereby reflecting upon and identifying with them, as well as the problem of appraisal, were central issues for Song contemporaries. Odes to history, historical treatises, prefaces and postscripts all find themselves involved in this question. This article takes encomia as its main topic of investigation. In the past, encomia were primarily associated with works of history and painting, but in the Song many works of self-composed encomia appeared. Although all take the self as the object of composition, the perspectives are various, with each having its particular style and rich flavor. Some are explanations of a name, some express the author's ambitions, and still others encourage the self and look into the future; the style is somewhat like that of an explanation or advisement.

Aside from this, encomia were originally short affairs with great meaning expressed in few words, but the self-composed encomia of the Song found themselves continuously expanding, sentence styles were in flux and not limited by four character verse, and essay-style compositions were not uncommon, with some engaging in praise and some in discussion: This was obviously a new and innovative visage of Song literature.

* Associate Professor, Department of Chinese Literature, National Taiwan University.

This article analyzes the types, content, and writing styles of self-composed encomia in order to determine their literary value.

Keywords: Self-Composed Encomia, the Self, Huang Ting-Jian, Zhou Bi-Da, Literary Genre

王昌齡的「身境」論
——《詩格》析義

蔡　瑜

提　要

在王昌齡《詩格》中，「身」、「境」二語具有理論樞紐的意義，「身境」論一方面突顯出創作時「身體在場」、「處身於境」的根源性，並由此導出「三境」。另一方面揭示出身體主體經由「境照」產生了「境象」、「境思」是創作主體進入審美觀照的歷程。此外，詩歌的音韻節奏是身心節律的基本圖式，在新體詩試煉成熟的唐代，「身境」同時也呈顯出對於「聲境」的進一步反思。本文嘗試以「身境」作為理論基礎，說明王昌齡《詩格》所具有的開創性，以及由此衍生的詩歌美典的轉化。

關鍵詞：王昌齡　詩格　唐詩　身境　身體

【作者簡介】國立臺灣大學中國文學系學士，中國文學研究所碩士、博士，現任國立臺灣大學中國文學系教授，曾赴歐洲、日本等地學術機構講學與研究。主治六朝及唐宋時代的詩歌與理論，兼治中國女性文學與批評。長期致力於開拓中國詩學的深度與廣度，近年尤究心於自然議題與身體論述在詩學中的開展。重要著作有《高棅詩學研究》、《宋代唐詩學》、《唐詩學探索》、《中國抒情詩的世界》及期刊論文多種。

王昌齡的「身境」論——《詩格》析義

蔡　瑜*

一、前言

「意境」理論是中國藝術批評極為重要的概念，從詩畫角度的討論尤多。就現存資料來看，舊題王昌齡《詩格》❶應是首先使用「意境」連詞的評家，因而常被

---

* 國立臺灣大學中國文學系教授。

❶ 關於王昌齡的生平事蹟，請參見傅璇琮：〈王昌齡事蹟考略〉，收入《唐代詩人叢考》（北京：中華書局，1980 年），頁 103-141；王夢鷗：〈王昌齡生平及其詩論〉，收入《古典文學論探索》（臺北：正中書局，1984 年），頁 259-294；元・辛文房撰，傅璇琮主編：《唐才子傳校箋》（北京：中華書局，1987 年），卷 2，頁 250-262；李珍華：〈王昌齡事迹新探〉，收在《王昌齡研究》（西安：太白文藝出版社，1994 年），頁 125-149。至於王昌齡是否曾經撰有《詩格》著作，現今學者如羅根澤：〈王昌齡詩格考證〉，《文史雜誌》2.2（1942 年 2 月），頁 69-75；王夢鷗，前揭文，頁 270；興膳宏：《中国の文学理論》（東京：筑摩書房，1988 年）；李珍華、傅璇琮：〈談王昌齡的《詩格》——一部有爭議的書〉，收在李珍華：《王昌齡研究》，頁 150-174，皆確認王昌齡撰有《詩格》，並相信《文鏡秘府論》徵引者最為可信，而今存於《吟窗雜錄》者則真偽錯雜。因此，張伯偉先生對於王昌齡《詩格》的輯校便以卷上、卷下以示區別，《全唐五代詩格彙考》（南京：江蘇古籍出版社，2002 年），本文所徵引的舊題王昌齡《詩格》皆依據此書。為了行文的順暢，書名一律以王昌齡《詩格》名之，或簡稱《詩格》，作者亦以王昌齡為代表，後文引用將簡稱《彙考》，僅註明頁數。

視為「意境」理論的始創者，❷成為相關研究常常觸及的論著。然而，由於現存王昌齡《詩格》真正使用「意境」此詞只有一處，其究竟意含並不容易索解，因此，大部分的研究論著對於析解王昌齡《詩格》的「意境」含意，其實著墨不太多，《詩格》的重要性因此不甚突顯。

筆者認為探究《詩格》的理論核心，與其把重點放在「意境」一語，不如先釐清意境中的「境論」意蘊，從「境論」出發實是掌握王昌齡《詩格》理論架構的樞紐。《詩格》的語義雖簡，已有完整的境論圖象。❸而《詩格》的內涵最特殊者乃在王昌齡主張「身」與「境」具有不可分割的關係，「身」、「境」在詩歌創作過程中具有先於「意」的地位，因此「身境」是先於「意境」的理論基礎，要理解「意境」的意蘊，宜先究析「身境」的內涵。

「境」是一個指涉空間的語彙，原是疆界之義，指具有一定範限的空間，可以視為感知主體所覺知到的場域。同樣的，「身體」也具有空間性，它不只是生理意義上的軀體，就身體感的經驗而論，它更是一個感知世界與世界對話的主體。身體總是存在於一個境域之中，「身境」論的理論預設即在於身體與處境是相互依存同時並現的。王昌齡《詩格》將「身」、「境」同時並提，是詩學史上相當重要的創獲，此說不但使「境」這個語彙首次成為詩學理論的重要概念，「身」這個字或是「身心」連詞，也初次作為創作主體被運用。這兩個語彙在此前的文學理論系統都不具有重要的意含，前此談到創作主體使用的是心、志、情等詞，「身」的整體性未獲重視；談到感知的對象則是用物、象、景來含括，並不曾以具有場所意味的「境」作為討論的基本視域。

「身境」論突顯出「身體在場」、「處身於境」的根源性，並由此導出「物境」、「情境」與「意境」。「身境」論也揭示出身心經由「凝心境照」產生了

---

❷ 案：王昌齡主要活動於唐玄宗開元、天寶年間，依傅璇琮推定王昌齡生年當在西元 701 年以前，約 690 左右，在盛唐詩人中算是年紀較長者。參見《唐代詩人叢考》，頁 113。李珍華則認為應在西元 698-701 年左右。參見〈王昌齡事迹新探〉，頁 126-127。

❸ 本文建構「身境」論所採用的基本資料大體出於卷上，唯「三境」、「三思」取自卷下，但從本文的析論可以見出「三境」、「三思」與卷上「境論」的語彙及理路存在明顯的互通之處，極有可能確實出於王昌齡《詩格》，至少也是同一系統的理論，因此，本文統括為論。

「境象」、「境思」，從「境照」到「境思」是創作主體進入審美觀照的歷程。此外，《詩格》的「身境」論還可包括聲律的因素。詩歌的聲律節奏是「感物而動」、「情動言形」、「嗟歎詠歌」的音韻圖式，它一方面是時間性的展現，但此展現本即立基於身體的律動，而且一旦具現成文字，即有基於空間感的位置分配。在新體詩試煉成熟的唐代，「身境」理論同時也包含著對於「聲境」的進一步體察與反思。本文嘗試以「身境」作為理論基礎，說明王昌齡《詩格》所具有的獨創性，以及由此衍生的詩歌美典的轉化。

二、創作主體的覺知：從情志主體到身體主體

綜觀中國詩歌理論傳統，在唐代以前關於詩歌本質的提點，大體是以「詩言志」與「詩緣情」為主要代表，兩個概念產生於不同的政治社會情境，也面對不同發展階段的詩歌，其旨意既有互通之處，亦各有偏重。〈詩大序〉云：「詩者，志之所之也，在心為志，發言為詩。情動於中而形於言，言之不足故嗟歎之，嗟歎之不足故永歌之，永歌之不足，不知手之舞之，足之蹈之也。」❹此文是「詩言志」的根據，這段論述既說明了內在的「志」與詩的表裡關係，也同時說明了內在情感的湧動是志意更基源的存在。〈詩大序〉觸及到許多詩歌關鍵性的問題，但因為全篇偏重於政教觀點的論述，「是以一國之事，繫一人之本」，對於人的情意活動自會重在意志、懷抱與公領域相關涉的理性面向，故對後世的影響主要也是以公領域為主。

而後西晉陸機面對漢晉的詩歌發展，提出「詩緣情」之說，此說較「詩言志」含納詩歌中更多元的情意活動與樣態。「言」與「緣」的差異，也道出對於創作構思的不同認知：「言志」基於倫理判斷，「緣情」則出以感物興情。「遵四時以歎逝，瞻萬物而思紛」，❺揭示出時空情境、物我關係乃是抒情的起點。此後鍾嶸

---

❹ 《毛詩正義》，《十三經注疏》本（臺北：藝文印書館，1979年），卷1，頁13上。

❺ 西晉·陸機：〈文賦〉，清·嚴可均輯校：《全晉文》，《全上古三代秦漢三國六朝文》（北京：中華書局，1999年），卷97，頁2013上。

〈詩品序〉：「氣之動物，物之感人，故搖蕩性情，形諸舞詠。」❻《文心雕龍・物色》：「春秋代序，陰陽慘舒，物色之動，心亦搖焉。」「歲有其物，物有其容；情以物遷，辭以情發。」❼皆在發揚感物興情的義理。緣情感物說對於情與物雙向體察，勾勒出創作歷程更為周全的圖象。心、情成為創作主體的指稱，亦是感知主體某種程度的代用詞。自魏晉以後，這個論述框架也開展了詩歌評論史上長遠的心物、情景關係的討論。

「言志」及「緣情」雖各有偏重，皆是從意識主體出發的觀點。時至唐代，這種重視意識主體的討論框架仍然持續被運用，王昌齡《詩格》亦有「詩本志也，在心為志，發言為詩，情動於中而形於言。」（頁 161）的說法；然而，若細心比對，會發現王昌齡《詩格》對於創作主體的揭示，除了原有的心、情之外，還出現了新的語彙，展現出不同的體認方式。他說：「皆須身在意中。若詩中無身，即詩從何有？若不書身心，何以為詩？」（頁 164）這段引文的關鍵詞語「身」、「身心」在過去的文學理論中不曾作為重要的語彙，但在此處他宣稱「不書身心，何以為詩？」「身心」是「詩」本質的成分，其重要性大約等同於「情動於中」、「在心為志」中的情與志，是作為撐起詩之全部內涵的主軸。至於「若詩中無身，即詩從何有？」「皆須身在意中」等語，同樣可成為重要的詩歌命題，也一樣強調「身」是詩之創作所以產生的根源。

此處所言的「身」可與現今習用的語彙「身體」對應，只是「身體」一語在不同學科仍存在義界的差異，但放在傳統文化的脈絡，所謂的「身」乃是統攝形軀與心神的整全體而言，❽因此，在王昌齡《詩格》中或言「身」或言「身心」都是指身心融貫一體的存在。王昌齡在此對創作主體的體察已明顯從情志主體轉為身體主體，以形神相合、身心一體的視野反思創作活動。從身體主體的角度切入，足以掌握到具有形軀的身體是人與世界遭遇的前哨站，身體的活動即是與世界對話的展演，身體的運作先於意識的活動，身體是感知世界與世界交流的主體。身體主體的

---

❻ 梁・鍾嶸撰，陳延傑注：《詩品注》（臺北：臺灣開明書店，1981 年），頁 1。

❼ 梁・劉勰撰，清・黃叔琳注：《文心雕龍注》（臺北：臺灣開明書店，1978 年），卷 10，頁 1。

❽ 參見蔡璧名：《身體與自然——以《黃帝內經素問》為中心論古代思想傳統中的身體觀》（臺北：臺灣大學出版委員會，1997 年），頁 45-55。

精義，在西方現象學的理論雖已言之甚詳，但是不同的文化傳統對身體圖式卻有不同的建構。中國式的身體主體別具「形－氣－心」的模式，❾此即身心間、形神間有「氣」貫穿其間，而「氣」也是身體與宇宙世界共同的物質性基礎。在中國式的身體觀中，身體與世界於某種條件下的交流，便是自然之事。

「形」既與「神」、「氣」一體異相，所以王昌齡談及「身」的重要性後，接續云：「詩者，書身心之行李，序當時之憤氣。」（頁 164）他反過來說明詩為「身心」訊息的傳遞者，❿「憤氣」即是身心的一種狀態，「氣來不適，心事或不達」，才產生出種種「或以刺上，或以化下，或以申心，或以序事」的詩之作用。而「夫文章興作，先動氣，氣生乎心，心發乎言，聞於耳，見於目，錄於紙。」（頁 162）也突顯出身心都連著「氣」來談，氣作為身心的底層基礎，不但流動成種種身心的狀態，同時也是與萬物感通的依憑。詩不只是言志緣情，而是「書身心」、「序憤氣」，詩變成「身－氣－心」（亦即「形－氣－心」）的體現者。在中國詩學傳統中，如此的揭舉方式，前所未聞。⓫

「形－氣－心」的身體架構，在《詩格》中有時也呈現為「形－氣－神」的架構，心與神落在形軀上言具有類似的指涉，但「心」偏於意識作用，且與身一樣具有空間性，「神」則較能突顯與萬物感通的流動性與非意識性，是最接近心、氣相合的概念，⓬故《詩格》常以「神」聯繫著「興」來談，以表直接的共感作用。這些都說明了王昌齡用含義較廣的「身」或「身心」揭舉創作主體的存在狀貌，比單

---

❾ 案：「形－氣－心」的結構模式作為中國古代身體觀的共同基礎，是楊儒賓先生從儒家尤其是孟子的身體觀析理而出。參見楊儒賓：《儒家身體觀》（臺北：中央研究院中國文哲研究所籌備處，1996 年），頁 9-15。俟後周與沉先生以此為據，再參以其他論著，對「形－氣－心」的身心結構作為中國文化對於身體的普遍理解，有更直接的說明。參見周與沉：《身體：思想與修行——以中國經典為中心的跨文化觀照》（北京：中國社會科學出版社，2005 年），頁 89-92。

❿ 案：行李，使者之謂也，亦即傳遞訊息的人。

⓫ 案：前此如曹丕〈典論論文〉雖有云：「文以氣為主，氣之清濁有體，不可力強而致。」但並不曾以氣聯繫著身心以建構其批評體系，故與王昌齡此處的揭舉仍明顯不同。

⓬ 依據唐君毅先生的分析，與「心」相通的「神」是從此心之合於氣，遍感遍應於其他之氣與物之上，而無一般之心知作用，無感不應的特性而言。見唐君毅：《中國哲學原論——原道篇》（臺北：臺灣學生書局，1973 年），卷 2，頁 789。

用心、情更能體現「形－氣－心（神）」異相而整全的主體狀態。

由於王昌齡以「身」作為詩歌創作的主體，所謂「若詩中無身，即詩從何有？」，其取徑明顯與「言志」、「緣情」不同，「身」不僅含攝「形－氣－心」或「形－氣－神」不可分離的存在整體，而且由此身體主體向外投射，身體作為隱喻的參照、空間的開展、秩序的形成，其所具有的基源意義也更易於體察。因為，詩不能沒有形象思維，而形象思維即是譬喻理論的核心，而中國詩學史上的譬喻理論大體反映在「比」、「興」的討論上。由於王昌齡從身境論出發，賦予「比」、「興」特殊的意含，因此，本文接續將以「比」、「興」概念為例，進一步說明王昌齡在認知創作主體上的轉變。

關於「比」、「興」的詮釋，東漢鄭眾的說法是「比者，比方於物。」「興者，託事於物。」⓭《文心雕龍》的說法是「故比者，附也；興者，起也。附理者切類以指事，起情者依微以擬議。」⓮朱熹的說法是「比者，以彼物比此物也。」「興者，先言他物以引起所詠之辭。」⓯各家說法實係一脈相承。所謂「以彼物比此物」即是「比方於物」，其間牽涉不同範疇或經驗域的詮釋對應關係，此一對應關係在「比」的運用上既須「切類」，又要求「附理」，往往易於理解確認。至於「興」，劉勰與朱熹掌握的都是「引起」的本義，但「託事於物」以「起情」，其實也牽涉了兩個經驗域的對應，只是其間的聯繫關係，「引起」自然不似「比附」來得容易確認。因此，劉勰云：「比顯而興隱」，由於顯與隱本身並不具有明晰的界限，「引起」是否會被理解為具有「比附」的確切關係，常常在作者與讀者之間、讀者與讀者之間存在著詮釋的落差，這也是「比」、「興」之別常是可辨而又未盡可辨的原因。

由於譬喻牽涉到兩個經驗域的對應關係，本身即是一種認知活動，而身體主體在感興知覺場中的認知活動，雖具有顯現在意識層面者，但許多時候認知活動卻是出於無意識的。⓰詩人「興情」的經驗便含括兩者，在對應關係上就可能具有明顯

⓭ 《毛詩正義》，卷1〈詩大序疏〉，孔穎達引述鄭司農之語，頁15下。

⓮ 梁·劉勰：〈比興〉，《文心雕龍注》，卷8，頁1。

⓯ 宋·朱熹：〈螽斯〉和〈關雎〉注，《詩集傳》（臺北：藝文印書館，1964年），頁17、頁5。

⓰ 相關的譬喻理論，請參見〔美〕雷可夫（George Lakoff）、詹森（Mark Johnson）合著，周世箴

與隱闇的不同向度。「比」、「興」是否能夠區分，不但繫於作者的認知活動，也常取決於讀者是否能將兩個經驗域的對應關係，以「言之成理」的方式加以體察。而後世將「比興」連用成辭不加區分，則是從兩者共具的「感興」特質來掌握，因此，「比」、「興」的界線與離合常常隨著不同的詮釋需要而游移不定。

王昌齡《詩格》對於「比」、「興」解釋的特殊之處在於他掌握到「比」、「興」的活動是環繞著身體而展開。他說：「比者，直比其身，謂之比假。」「興者，指物及比其身說之為興，蓋託喻謂之興也。」（頁 159）從兩者的差異來看，王昌齡以「直接比假」與「指物託喻」分釋比、興，乃直承鄭眾「比方於物」與「託事於物」的分野，就此點而言，其說與前人之論並無歧異之處。但是，王昌齡顯然還站在「比」、「興」「同是附託外物」[17]的基礎上，為「比」、「興」都加上了「比其身」的要件。換言之，以身體為立足點，才有「外物」之「外」可言，也才可展開「附託外物」的「比」、「興」活動。以「身」作為關鍵語彙來詮解「比」、「興」，這樣的理路也是前所未見的。

對王昌齡而言，「比」、「興」皆是附託外物的「比」，只是「直比」與「指物之比」的不同，而且最重要的是「比」的成立必須以「身」為核心。此一轉變的意義在於：一方面把比興的基礎從物轉到身，另一方面則把關注焦點從寫作方法轉到創作主體。而展開創作活動的創作主體既不是內在情志，也不是客體之物，而是以身體為核心，足以將意象統一起來的雙向關係與定向結構。因為，詩歌展現的是一個意象的世界，以「身」作為譬喻的中心，表示意象世界形成的基礎建立在環繞著身體的意義世界，身體作為意義輻射的源頭，世界的意義是與身體主體的情念特性相互滲透的，因此，詩是在「形－氣－神」的身體架構上所顯現的意義形式，而不是意識化的「情」或「志」。無身即無詩，身體的基本圖式使得世界變得具有秩序。

用「身」作為詮解「比」、「興」共具的關鍵詞，是《詩格》釋「比」、

譯：《我們賴以生存的譬喻》（*Metaphors We Live By*）（臺北：聯經出版公司，2006 年）；胡壯麟：《認知隱喻學》（北京：北京大學出版社，2004 年）。

[17] 此為孔穎達詮解鄭司農之語：「比之與興雖同是附託外物，比顯而興隱。」《毛詩正義》，卷 1〈詩大序疏〉，頁 15 下。

「興」最具突破性的創見，深契譬喻作為認知活動的原理。因為，譬喻本身既是一種主體的認知與理解活動，當詩人在不同範疇的事物中進行「以他物理解或體驗此物」的詮釋轉換時，「身體經驗」都是使譬喻語言得以展開的基礎。在《詩格》中其實不僅「比」、「興」，就連與之並列的「賦」也一樣必須立基於「身體經驗」。《詩格》釋「賦」為「錯雜萬物」，雖未明言「身」在其中的作用，但該如何「錯雜」萬物？身體仍是核心的參照座標，關於此點，《詩格》中有兩段深具啟發的分析：

> 詩有「明月下山頭，天河橫戍樓。白雲千萬里，滄江朝夕流。浦沙望如雪，松風聽似秋。不覺煙霞曙，花鳥亂芳洲。」並是物色，無安身處，不知何事如此也。（頁 169）

> 夫詩，一句即須見其地居處。如「孟春草木長，繞屋樹扶疏。眾鳥欣有託，吾亦愛吾廬。」若空言物色，則雖好而無味，必須安立其身。（頁 163）

這兩個例子談的都是「物色」的安排，並形成一優一劣的對照，兩作的差異便在於「無安身處」與「安立其身」。在前一例中，每一單句分別來看都各自呈現一種「物色」，但整體來看卻顯得異常紛亂，所謂「無安身處」，即是缺乏一個以身體為中介足以整合紛紜萬象的參照。換言之，沒有蘊涵於身體的定向結構，也就無法凝聚出詩意的指向。相形之下，在第二例中所引的陶詩，則明顯存在一個參照的身體，從眾樹環繞屋宇的身體空間比擬，到鳥棲樹與我居廬的類比，使物色圍繞著自我身體開展出萬物在大地安居的和諧秩序。

從這些分析細味「皆須身在意中」之語，正說明了在感知活動中「身體在場」所具有的根源性意義。因為人的感知始終參照著身體的位置與活動，身體是人面向世界的樞紐，身體的展開是一切認識、感知的基礎。[18]其中包含景物與景物之間，

---

[18] 參見 Maurice Merleau-Ponty, *Phenomenology of Perception*, trans. Colin Smith (New Jersey: Routledge & Kegan Paul, 1962), pp. 98-101. 中譯本〔法〕梅洛龐蒂著，姜志輝譯：《知覺現象學》（北京：

景物與自我之間的聯繫，自我也由此與世界建立關係。所以詩意的展開皆須參照著一個具體存在並活動於其間的身體，此之謂「身在意中」、「安立其身」。王昌齡從「身體」的全幅展開來掌握感知主體與世界的互動關係，較之從情志的意識活動來把握，顯然更切合人之存在的實相。

三、從身境到三境

以身體取代情志作為創作主體，不但說明了感知屬於「形－氣－神」一體聯貫的身體活動，也說明了身體的存在始終被一個知覺場所包孕，而身體與這個知覺場也是一個相互蘊涵的整體，這個整體是詩人感知經驗的全幅圖象。因此，在王昌齡《詩格》中與「身」相互蘊涵的便是「境」，所以有「處身於境，視境於心」之語。「境」的本義是疆界，一個擁有框界的範圍，便具有場所的性質。在六朝時期「感物」活動所覺知到的四序紛迴、物色環繞，本身即是非僅一端的整體氛圍，《文心雕龍・物色》：「是以詩人感物，聯類不窮。流連萬象之際，沈吟視聽之區。」在「目既往還，心亦吐納」的來往周旋，萬物的多元多采與相互關係所形成的「視聽之區」，已是具體的知覺場。⑲此一知覺性的場域與「境」的內涵相近，它原本可向場所意義的「境」推進，但是在這個時期詩論對於所覺知到的事物仍多半以「物」、「象」來指涉，整體性的場所覺知還處於隱而未彰的階段。將此體察在理論上明顯推進一步的年代極有可能是在唐初，孔穎達在〈樂記疏〉云：「物，外境也。言樂初所起，在於人心之感外境也。」⑳用「外境」詮解「物」，孔穎達正式以一種場所空間的語彙來聯結整體外物所在的環境與氣氛。

如果說孔穎達在境論的發展上首先提舉其名，將「境」與感物論結合起來，只是具體的理論意含還隱而未發；㉑那麼王昌齡則是在理論上具有飛躍的進展。以

商務印書館，2005年），第3章「身體本身的空間性和運動機能」，頁136-138。

⑲ 以上參見梁・劉勰：〈物色〉，《文心雕龍注》，卷10，頁1。

⑳ 《禮記正義》，《十三經注疏》本，卷37〈樂記疏〉，頁663上。

㉑ 案：黃景進先生曾指出孔穎達將境與感物創作論結合起來，是「意境」論發展的重要過程。不過，黃先生旨在說明六朝至初唐三教融合現象，並且把主軸放在佛教的影響上。因此，並未如本

「身境」的結構為基礎，王昌齡《詩格》還進一步衍生出「物境」、「情境」、「意境」的名目，形成了「三境」說。「三境」的次第說明，完整地展開了作為詩歌原理的「境論」，並從三個面向論析「身境」作為創作產生的根源，而形成與前代詩論的對話。

王昌齡從山水詩的創作體察，建立了詩論中最基要的「物境」論。「物境」呼應著魏晉思想重要的「自然」議題，也延續著六朝「感物興情」的文學課題，並且與晉宋畫論對於藝術主體的關注接續而行。「三境」在理論意義上是平行的，但「物境」的場所感是最為具體的，因此在「三境」的說明中「物境」也是最為詳細的：

> 欲為山水詩，則張泉石雲峰之境，極麗絕秀者，神之於心。處身於境，視境於心，瑩然掌中，然後用思，了然境象，故得形似。（頁 172）

「物境」主要討論山水詩的創作之法，「泉石雲峰之境」即是山水的實景，人處身於山水實景中，是全方位的空間經驗。創作主體所感知到的紛紜萬物，必須以身體為中介，形成一個空間化的圖象加以收納；而物象的呈顯亦皆有一具體整全的背景，這即是「境象」的意義。因此，進入創作活動時，經過境照神會於心的是山水「極麗絕秀者」，既是收納萬象於此心之中，亦是身心於此境的反覆穿織。「處身於境」是主體的外境化，「視境於心」是外境的主體化，此時「物境」成為瑩然掌中的「境象」，必待如斯的「境象」明晰朗現，才是用思創作水到渠成之時。此外，創作主體要收納萬象於紙幅之中，存在著從三度空間轉換成二度空間的難題，因此，一方面以身在境中不斷變換的知覺體驗掌握如實的立體感，另一方面，眼與心、心與境的雙迴向關係，使「物象」皆成「境象」，「物境」即是山水詩的基本圖式。

文特別強調場所空間的概念。參見黃景進：《意境論的形成：唐代意境論研究》（臺北：臺灣學生書局，2004 年），頁 51-95。關於意境論與佛教的關係，筆者認為佛教雖然最早將境字用作重要語彙，揭示空間與意識交互轉換的關係，但對於境、身的存在，佛教多視之為幻化，其意義與《詩格》的境論重點實不相同，請詳下文。

「處身於境，視境於心」的身境穿織，指出「物境」具有：「身在物境」與「物境入心」的兩個重點。在境象的掌握上，既如「下臨萬象，瑩然掌中」，又當「語須天海之內，皆納於方寸」，這種以小納大，收攝萬有的境照過程，實與納山水於尺幅之中的繪畫有類似的「境象」轉化。南朝宋宗炳〈畫山水序〉曾以「且夫崑崙山之大，瞳子之小，迫目以寸，則其形莫覩；迥以數里，則可圍於寸眸。」說明瞳眸欲納山水全形必須「遠觀」的道理。[22]而「今張綃素以遠映，則崑閬之形，可圍於方寸之內。」更被視為將三度空間轉為二度空間的透視技法，[23]故以「豎劃三寸，當千仞之高；橫墨數尺，體百里之迥。」展開畫幅山水，而能「不以制小而累其似」。[24]此一以小納大，以平面呈現立體的過程，已呈現一種畫者深穿其境的「境照」，故能從實境轉化到畫境。畫者收納山水於尺幅，與詩人「見於目，錄於紙」（頁 162），「情動於中而形於言，然後書之於紙也」（頁 161），皆是在「身境」的基礎上，形成「境照」，運用「境思」，以進行藝術創造活動。

由於繪事屬於空間藝術，畫者的身體空間感在構圖佈局、經營位置上具有樞紐的意義，因此，在畫論初起的晉宋時期，論者對此皆相當關注，形成理論的重要核心之一。相形之下，詩論著作雖蓬勃興盛於六朝，相關的理論卻絕無僅有，一直到王昌齡《詩格》才正式揭示出可以作為詩論與畫論共同基礎的「身境」論。我們雖然不能排除《詩格》受到畫論的啟發，以繪畫的觀點擴充詩的創作思維，但是更直接的原因或許仍是發生在詩歌自身的進程。因為，中國詩歌在晉宋時期已由陶淵明、謝靈運建立了田園與山水詩的經典作品，陶、謝對於唐代詩人的影響顯而易見，反映在唐代「詩格」類的著作，謝靈運呈顯情景關係的體勢作用，尤其給予唐

[22] 此意與南朝宋·王微〈敘畫〉：「目有所極，故所見不周。於是乎以一管之筆，擬太虛之體；以判軀之狀，畫寸眸之明。」有類似的體察。清聖祖敕撰：《佩文齋書畫譜》（臺北：新興書局，1969 年），卷 15，頁 321 上。

[23] 宗白華：〈中西畫法所表現的空間意識〉，收入《美學與意境》（臺北：淑馨出版社，1989 年），頁 168。

[24] 以上引文見南朝宋·宗炳：〈畫山水序〉，清·嚴可均輯校：《全宋文》，《全上古三代秦漢三國六朝文》，卷 20，頁 2546 上。

人諸多啟發。㉕王昌齡身為詩人，主要的關懷仍是詩歌創作的相關議題，究心於前人留下的創作典範實具最直接的啟迪作用。這與中國山水畫論成形於晉宋，山水畫卻成熟於唐宋以後，呈現理論先於創作的情形，是大相逕庭的現象。

「身境」作為詩歌創作產生的根源，除了用以說明人與物的「物境」關係，也要處理人與人的情感關係。「情境」的討論即是呼應著傳統「言志」、「緣情」的議題，當創作主體從情志主體轉換成身體主體時，情意就不能只以言說表出，而是從整體的「身境」搬演。「情境」作為詩人處身的現實情境，鍾嶸〈詩品序〉「嘉會寄詩以親，離群託詩以怨」諸語，對於詩人個人生命歷程、政治社會環境與詩歌創作的關係已有詳細的論述，㉖但鍾嶸所述係屬現實的「情境」，還未提煉為創作構思時所觀照的「情」之「境」。

《詩格》論「情境」云：「娛樂愁怨，皆張於意而處於身，然後馳思、深得其情。」（頁 172）所言雖簡，仍突顯出「身境」的結構。「娛樂愁怨」是情感的表徵，也是極抽象的情緒，情感要能「張於意」而形成有意味的形式，仍須從情感在身體的作用上體察，亦即必須身體化。人的情感活動並非封閉於創作主體的內在活動，而是在「形－氣－神」的主體中流動，並向外在投射與交流，具有一種具體而流動的空間結構。鍾嶸〈詩品序〉：「氣之動物，物之感人，故搖蕩性情，形諸舞詠。」已具現出氣化宇宙與氣化身體的感應關係，「搖蕩」、「舞詠」都是身體的空間擴延。《詩格》亦云：詩是「氣來不適，心事或不達，或以刺上，或以化下，或以申心，或以序事，皆為中心不決，眾不我知。」（頁 164）這說明了詩歌的意含，由氣所引動，包含情感在身體的作用及身體主體向外投射的過程。由於氣的流動聚散牽引身心或舒展或凝縮，而使情感成為具現在身體上的、可以為人所感知

㉕ 這尤其集中表現在唐・皎然的著作中，參見《詩式》，收入張伯偉：《全唐五代詩格彙考》，頁 229、261。

㉖ 鍾嶸〈詩品序〉：「嘉會寄詩以親，離群託詩以怨。至於楚臣去境，漢妾辭宮。或骨橫朔野，或魂逐飛蓬。或負戈外戍，殺氣雄邊。塞客衣單，孀閨淚盡。或士有解佩出朝，一去忘返。女有揚蛾入寵，再盼傾國。凡斯種種，感蕩心靈，非陳詩何以展其義？非長歌何以騁其情？」《詩品注》，頁 4-5。

的，並與周遭整體共構成的一種氣氛。㉗由於情感以一種氣氛的形式包裹著人的身體，人的身體以深切的撼動回應著此種氛圍，而被涵容於其間。㉘

《詩格》中所言「娛樂愁怨」可以說是一種最原初的「情境」，亦是包裹著人的氣氛，既震顫著身體，也具有感染他人的力量。「皆張於意而處於身」，便是經由對於身歷其境的「身體」狀態的體察與描述，而獲得一種意義的開展。必須經過這樣的觀照轉化，在馳騁想像時才能將原初的「情境」提煉為美感的「情境」，而由此獲得的「情」才能深契情感的本質。「情境」掌握到情感是一種內外交滲的張弛運動，較之「言志」、「緣情」的提法，更能打開情感的空間向度與身體性，而更切合於情感「現象」。從「物境」向「情境」的跨越，《詩格》也突顯出詩歌不全同於繪畫的「身境」論。

與「物境」、「情境」相比，三境中的「意境」應是最受後人矚目的語彙，但《詩格》對「意境」的說明卻非常簡略，所云不過：「亦張之於意，而思之於心，則得其真矣。」（頁 173）數語。「意境」與「物境」、「情境」並列，所言最簡，應是基於承前省略之故，「亦張之於意」顯然是承接「情境」：「娛樂愁怨，皆張於意而處於身」而言，因此，「意境」同樣具有「處於身」或甚「處身於境，視境於心」以展開詩意的基本預設，再結合「興發意生」、「身在意中」之語，可以確定「意境」與其他二境一樣，仍是以「身境」為基源。

關於「論文意」的旨要在王昌齡《詩格》中可謂大宗，而此前的文學理論也多

㉗ 德國哲學家施密茨（Hermann Schmitz）曾經指出情感具有與天氣相似的氣氛，是一種激動人、把捉人的力量，此力量並不僅存於身體之內，而是像天氣那樣包裹著人。情感是從身體上被感知的、具有整體空間性的力量，施密茨並用「狹與寬」來說明這種空間性。他認為情感是「一種從身體上把捉並吸引情緒遭際者的氣氛」。因此情感是能被他人感知的客觀化的東西。施密茨的說法既能說明情感的身體性，也能說明情感之感染力的基礎。參閱施密茨著，龐學銓、李張林譯：《新現象學》（上海：上海譯文出版社，1997 年），第 2 章「自然科學與現象學」，頁 15-29。

㉘ 施密茨給予情感如下的定義：種種情感為「無定址的奔瀉的種種氣氛，身體給置入其中，且為深切撼動的方式所襲擊，而此深切撼動之模式即是擄獲。」語出 Hermann Schmitz（施密茨），*System der Philosophie*（《哲學體系》），轉引自〔德〕伯梅（Gernot Böhme）著，谷心鵬、翟江月、何乏筆譯：〈氣氛美學作為新美學的基本概念〉。《當代》188 期（2003 年 4 月），頁 18-19 及頁 33 註 14。

有著墨，陸機〈文賦〉曾談到面對「體有萬殊，物無一量。紛紜揮霍，形難為狀」的情形時，「意司契而為匠」，是以「意」作為最重要的主宰；只是，實際創作時卻屢有「意不稱物，文不逮意」㉙的難題。而劉勰「意翻空而易奇，言徵實而難巧」所言亦同，透露出在「意授於思，言授於意」的過程，「思－意－言」的步驟實存在著落差。但劉勰的解決之道仍歸以「秉心養術，無務苦慮，含章司契，不必勞情。」㉚亦即回歸到「養氣」之術，必須「清和其心，條暢其氣」方能意得理融。可以說，劉勰論意的根源首重「神思」，而「神思」則是連著心、氣來談，在〈養氣〉篇劉勰也開章明義的提出「夫耳目鼻口，生之役也；心慮言辭，神之用也。」㉛便是具體的形神結構。換言之，劉勰論意也隱含著「形－氣－神（心）」的身體架構，只是論述上較偏重於神（心）與氣。

王昌齡用「形－氣－神（心）」一體的「身」來統括創作主體，與詩意的關涉具有三層重要的意含，首先，「意」要能運作，必須要有「形－氣－神」的身體支撐，氣的狀況決定了形神、身心的狀況，「凡神不安，令人不暢無興」（頁 170），唯有「條暢其氣」、「入興貴閑」、「安神淨慮」才能「興發意生」，就此點而言，王昌齡明顯承繼前人之說。其次，「形－氣－神」也作為一個整全的身體而具現在形軀之上，因為對於自我形軀的空間性覺知，是獲得身體空間感、並使世界環繞著身體而形成秩序的前提，「身心」整體存在的強調，無疑是與「境」的場所覺知同時並起，這乃是王昌齡對於前人之論的轉移與推進。最後，正因為具有「場所感」的覺知，「處身於境」又「身在意中」，意的生發就不是由思到意的直線過程，而是有一個「境域」的融成。

因此，「意境」與「物境」、「情境」一樣，都說明了創作活動必須將現實所處之境，轉化成得以收納於此心的「直觀之境」。「三境」共同的預設即是「處身於境，視境於心」所形成的一種心眼相通的內在視境，由此視境所產生的「境思」，具有使思緒從紛雜的表象世界回返到事物本質的作用。「物境」所謂：「了

㉙ 以上引文見西晉·陸機：〈文賦〉，清·嚴可均輯校：《全晉文》，《全上古三代秦漢三國六朝文》，卷 97，頁 2013 上。

㉚ 以上引文見梁·劉勰：〈神思〉，《文心雕龍注》，卷 6，頁 1。

㉛ 以上引文見梁·劉勰：〈養氣〉，《文心雕龍注》，卷 9，頁 7。

然境象，故得形似」是指透過置身物境（身－物境）的過程，可獲得對物性更貼近本質的描繪。而在「情境」之中，則是透過置身情境（身－情境），轉化現實的「娛樂愁怨」之情，而獲得「深得其情」的效果。那麼「意境」所謂：「思之於心，則得其真」應是指置身意境（身－意境）時，經由對凝心境照所得的意念之境進行反思，可獲得更貼近「意念」之真的表述。㉜此處相較於「物境」、「情境」，特別強調「思之於心」，當係「意念」本身是一種心智活動，經由境照所產生的「境思」是對原初的意念進行沈澱與反思。

「三境」從景物、情感、意念三個面向說明創作的不同「處境」，就境域感的覺知言，三者的次序略有從具體而漸入抽象之別。不過，「三境」的狀態雖有不同，都共同立基於身體主體與外境的相互蘊涵與滲透，無論是在那種處境創作構思，都必須經過澄明境照，以提昇「用思」的純度與高度，亦即創作活動時「境照」與「境思」有絕對的重要性。

四、創作的歷程：從凝心境照到境象與境思

王昌齡《詩格》將包孕著創作主體的「外物」以「境」統攝，並以「身境」為基礎，開展出物、情、意「三境」，使人覺知到環繞著身體主體的不僅是物象的集合，同時還有種種情意氣氛的共構，此一「外境」與主體之間實具有互滲的關係。此外，王昌齡還進一步揭示經由「凝心境照」，此外境得以轉化成審美直觀之「境」，此境的轉化即是使日常之境成為藝術之境的過程，因此，《詩格》論「境」的精義實以後者為主。

「凝心」、「境照」以生「境象」、「境思」，是《詩格》討論創作歷程的要義，「凝心」可以《莊子》「用志不分，乃凝於神」㉝來理解，專注心神集中能量

㉜ 此處所謂的「真」可參考《莊子・漁父》：「真者，精誠之至也。不精不誠，不能動人。……真悲无聲而哀，真怒未發而威，真親未笑而和。真在內者，神動於外，是所以貴真也。」「真」的發露是超越表象的悲喜之情。清・郭慶藩輯：《莊子集釋》下冊（臺北：華正書局，1980 年），頁 1032。

㉝ 〈達生〉，《莊子集釋》上冊，頁 641。

是使「境」產生的關鍵，有謂：「夫置意作詩，即須凝心，目擊其物，便以心擊之，深穿其境。」（頁 162）從眼目收納物象到在心中產生境象的過程，即是「物境」所言「處身於境，視境於心」的雙迴向關係。「凝心」是進入創作最基本的收攝心神、關注一境的準備工夫。「凝心天海之外，用思元氣之前」（頁 163），與天地之氣交流的心氣擁有無限遼遠的空間，但在創作歷程中仍須「攢天海於方寸」（頁 162）。由此可以見出「心」所特具的空間性，足以使「境」由心生起。然而，另一方面「心」也具有意識作用，所以「苦心竭智」、「專心苦思」、「力疲智竭」㉞也是專注於創作時常見的現象，但是如果產生這種壅滯的現象，境照將難以運行，境象亦無法生起。

因此，「凝心」實立基於更根源的身心修養，從「形－氣－心（神）」的主體來看即是養氣，《詩格》曾說：「夫文章興作，先動氣，氣生乎心，心發乎言」，氣既在於物也在於創作主體，既在形也在心，更在兩者之間流動。創作的先決條件一方面基於創作主體的能量運作，另一方面則在於此能量流與外境的交滲作用，這即是《詩格》所言：「興發意生，精神清爽，了了明白。皆須身在意中」㉟「凡神不安，令人不暢無興。」（頁 170）關鍵即在「神」的運作與「興」的生發。

王昌齡論創作過程首重意興的自然生發，常以「神」聯繫著「興」來談，以說明「興於自然」的過程。㊱《詩格》中有多處告誡學者「無令心倦」、「不得傷神」，主張「屏絕事務，專任情興」，並屢言「無興即任睡，睡大養神。」之旨，以達「興無休歇，神終不疲」㊲之境。《詩格》在此所申明之意與《文心雕龍・養氣》的篇旨頗多雷同，大體不出「入興貴閑」之義。㊳由於感興是一種非意識作用

㉞ 分見《彙考》，頁 162、163-164、173。

㉟ 此段引文之前的內容是「凡詩人，夜間牀頭，明置一盞燈。若睡來任睡，睡覺即起」教人以睡養神。《彙考》，頁 164。

㊱ 這亦是其論詩的最高標準：「自古文章，起於無作，興於自然，感激而成，都無飾練，發言以當，應物便是。」《彙考》，頁 160。

㊲ 參見《彙考》，頁 164、169-170。

㊳ 《文心雕龍・養氣》：「率志委和，則理融而情暢；鑽礪過分，則神疲而氣衰：此性情之數也。」「且夫思有利鈍，時有通塞，沐則心覆，且或反常，神之方昏，再三愈黷。是以吐納文藝，務在節宣，清和其心，條暢其氣，煩而即捨，勿使壅滯。」卷 9，頁 7；神與養氣的關係極

的與物感會，㊴因此不可強取，欲使「興無休歇」源源不絕，便須「養神」。因此，「凝心」既要集中心志，又要進一步達到「安神淨慮」、「放安神思」的狀態，方能順利形成境照，產生境思。

《詩格》以下的這段話即充分說明了這樣的創作歷程：

> 夫作文章，但多立意。令左穿右穴，苦心竭智，必須忘身，不可拘束。思若不來，即須放情卻寬之，令境生。然後以境照之，思則便來，來即作文。知其境思不來，不可作也。（頁 162）

文章以「立意」為宗旨，重在「境思」生起的過程，「必須忘身，不可拘束」，透露出創作時身心轉化的必要性，「忘身」即是前述「力疲智竭，放安神思」後的身心；亦是「睡大養神」後氣定神閑的身心。創作過程雖然始終是「處身於境」，但入乎其內，出乎其外，最安適的身體即是「忘適之適」的「忘身」之境，㊵這才是能夠與物化與境融的身體。放情寬神使生之「境」，便是「忘身」之後方得「處身其中」的直觀之境，「境照」與「境思」皆由此生發。「境照」引領全幅創作身心進入審美的觀照，透過「凝心境照」的工夫，所用之思即是「境思」，所見之象亦皆「境象」。

再回到：「夫置意作詩，即須凝心，目擊其物，便以心擊之，深穿其境。如登高山絕頂，下臨萬象，如在掌中。以此見象，心中了見，當此即用。」（頁 162）在這段論述中，「境象」生成的過程就更加明晰，萬象是從眼到心在反覆穿織的「境」中呈現，此時之象是投射於心的「境象」，因在「心中了見」，實可謂之

為重要，而養氣又首在不可過勞，故「入興貴閑」，《文心雕龍注》，卷 10，頁 1。

㊴ 《詩格》：「感興勢者，人心至感，必有應說，物色萬象，爽然有如感會。」《彙考》，頁 156。

㊵ 《莊子・達生》：「工倕旋而蓋規矩，指與物化而不以心稽，故其靈臺一而不桎。忘足，屨之適也；忘要，帶之適也；知忘是非，心之適也；不內變，不外從，事會之適也。始乎適而未嘗不適者，忘適之適也。」郭象注：「百體皆適，則都忘其身也。」「識適者猶未適也。」郭注即以「忘身」釋「適」，清・郭慶藩輯：《莊子集釋》上冊，頁 662。

「心象」；若論其與現實之象的關係，亦可視之為「鏡象」，《詩格》在本段引文之後曾作如此的比方：「猶如水中見日月，文章是景，物色是本，照之須了見其象也。」因此「境照」可以用「鏡照」來比擬，「心象」、「鏡象」、「境象」都具現了「心」的空間性。必待「境象」生起，才是用思之時，此時所用之思便是「境思」。

由境照以生境象，可謂是中國詩畫共具的藝術精神，中國文人處身於天地之間，是自我與世界同步擴散交融，即所謂：「仰觀宇宙之大，俯察品類之盛，所以遊目騁懷，足以極視聽之娛。」[41]而宗炳所言「身所盤桓，目所綢繆」，也說明了中國畫所呈顯的是不局限一隅的視點，觀照全體、與物綢繆的遊目，是以不斷盤桓移動的身體所支持，而此身體主體與外物交滲所形成的圖式，便是渾融一體的「境象」，不論是詩還是畫，此境的產生都賴於身體主體的「凝心境照」。

宗炳稱山水「質有而趣靈」，王微則言「本乎形者融靈，而變動者心也。」[42]都說明了山水畫追求的是見其靈動本質的山水，心物之間是「澄懷味象」乃至「含道應物」的關係。這與「凝心境照」實相呼應，而《詩格》「目睹其物，即入於心。心通其物，物通即言」（頁 169）即是宗炳所言的「應目會心」，至於「神會於物，因心而得」便是「應會感神」。可以說，統括「形－氣－心（神）」的主體在澄懷、凝心的工夫之下，物與目、目與心（神）便形成應會感通、暢行無阻的自體通路，形構出藝術展演的境域。因此，《詩格》拈出「境照」、「境象」，不但較之「味象」更能具體統攝整全的知覺圖象，同時，也為涵融身體主體與宇宙世界的「場域」尋得指稱的詞彙。

至於因「境照」而自然生起的「境思」，是進入創作構思先決而必要的條件，「境思」是一種不由知性運作亦不刻意求取的思維。《詩格》曾用一天的早、中、晚三個時段光影氣靄所呈顯的整體氛圍，分析一天「乃堪用思」的「境象」。分別以遙望「萬物澄靜」與一物「皆成光色」的景象，說明一切物象必待一種審美的澄

---

[41] 東晉·王羲之：〈三月三日蘭亭序〉，清·嚴可均輯校：《全晉文》，《全上古三代秦漢三國六朝文》，卷 26，頁 1609 上。

[42] 南朝宋·王微：〈敘畫〉，清聖祖敕撰：《佩文齋書畫譜》，頁 321 上。

照朗現，才是「用思」之時。而「用思」正所以通向「用意」，在此「境思」之下，「物」經目會心到形諸言意，皆成一自然之勢。㊸《詩格》另有「三思」之目，「三思」也都是不同情況下的「境思」。「生思」是創作者經歷了「久用精思，未契意象」的過程，在「放安神思」之後，「心偶照境，率然而生」。「感思」則是「吟諷古制，感而生思」，係以古人之作為感興場，在此境域中生思。㊹「感思」的境域特別呈顯出時間性的結構，由於中國文化重視歷史，尚友古人的意識普遍存在於文人的感知中，古制作為創作生思的情境，實屢見不鮮。至於「取思」的過程則最為自然：「搜求於象，心入於境，神會於物，因心而得。」㊺在作者與物象遭逢之際，身心與萬象共在於相互融成的「境域」中，神與物興會即是在此「境域」中實現，並於心中形成境象，再依藉著這個經過境照轉化、處於境中的「心」完成用思的活動。由於一切出於自然，「不難，不辛苦」，實若隨取而得。「神」與「心」一體而異相，神具有感會的作用，心則是具體的場域，「神之於心」說明了從感興到具象的歷程。「三思」所論皆有「境照」、「境思」的預設，與不刻意、不強取，令其自然生發的要求。

當然，王昌齡對於「凝心境照」的揭示，很難不令人聯想到禪法「專注一境」的工夫，尤其，「境」字自六朝以來確實在佛教典籍中首先成為重要的語彙。延至三教融合的唐代，「境」的概念更從佛教文獻延伸至儒道典籍。禪定使心神專一關注於某一境物，以了解事物之真實本質，㊻與《詩格》強調「安神淨慮」、「深穿其境」、「則得其真」的說法確有諸多吻合之處。然而，筆者認為詩學理論與學術思潮的偏重畢竟有別，《詩格》如何轉化這些資源建構自己的理論，才是本文的重心。佛禪所示「專注一境」的工夫，具有觀照事物本質、轉化身心的作用，與審美

㊸ 以上引文俱見《彙考》，頁 169-170。

㊹ 此處之意可參照以下這段論述：「凡作詩之人，皆自抄古今詩語精妙之處，名為隨身卷子，以防苦思。作文興若不來，即須看隨身卷子，以發興也。」《彙考》，頁 164。

㊺ 以上引文見《彙考》，頁 173。

㊻ 以上所述參見黃景進先生的分析。黃先生從六朝神思與佛教禪法的關係、取象理論與禪定觀境法的結合，闡釋意象論如何跨入意境論的過程。《意境論的形成：唐代意境論研究》，頁 121-134。

的境照存在共通之處，但是，修行禪法的目的並不通向創作，甚且還進一步將「身」、「境」本身都幻化消解了，與王昌齡既重視「身」，又強調「境」實不可同日而語。

《詩格》以身體作為創作主體，彰顯出身體非經意識自發地感應周遭環境的作用；「身境」論的結構亦充分說明了「境照」、「境思」先於意識出於自然的特質。而王昌齡對於世界圖象的稱述是以「境象」而不是以「物象」來呈現，也使人意會到「物象」可以是一個一個獨立的呈顯，感知可以是感官分殊的對應；而「境」作為被感知的世界圖象以及由此渾融而生的氣氛，是身體主體與世界相融相涵所形成的具有意味的藝術世界。

因此，王昌齡強調「境思」而不僅是「神思」，他重視「境象」，而不僅是「物象」。一切皆有「處身於境」的身體座標，亦皆有「視境於心」作為美感融成並收攝於心的整體觀照。而情與物、身與心要聯繫而成作品的「意」，必須先透過一個有秩序、有意味的「境域」來融合各自的邊界，此時再以此「境域」為背景，對詩意作整體的安排，則不論如何地左穿右穴、意如涌煙、首尾呼應，皆有基於身體的「定向性」，以及支撐身體與物象的整全背景。《詩格》曾云：「高手作勢」乃是「意如涌煙，從地昇天」，又言下手作詩則是「不看向背，不立意宗」（頁161）。在此所謂的「作勢」可理解為意脈結構，「向背」正是參照身體所具有的方向感與定向性，而此正是詩意展開之所繫。此外，「昏旦景色，四時氣象，皆以意排之，令有次序，令兼意說為妙。」[47]則是從景意相兼之理說明詩所形成的秩序。換言之，詩人進入創作時收攝心神於一境域的工夫，將己身與世界相互蘊涵所形成的關係整體，凝聚在一個具有秩序及意義的境域中。

那麼，透過境照，產生境象，運用境思的創作過程，放在《詩格》最重視的文意經營上，又有怎樣不同於前人的理論意義？這可以從兩個方面來說明，其一，從詩篇整體來看，舉凡題目、一句、兩句、四句乃至首尾、全篇的用意方式及語勢變化，都存在生發詩意的空間，因此，文意是字字相生、句句相連，通貫全篇的全方位存在。其二，若進一步深究《詩格》對於「用意」的討論，實大體集中在意與景

---

[47] 《彙考》，頁169。

的安排問題上，[48]《詩格》特別重視詩作能以「景與意兼」的方式充分展開全篇的意蘊，而非直陳其意。不論是「景與意兼」或是「景與理兼」，「詩意」都是在「其間」流露的微妙意蘊。換言之，意的呈現方式不再是直陳，而是透過「景與意」相兼相融的「境」來呈顯，以創造「清而有味」的形式。

由此可見，「意」不僅產生於意念之動，也在具體的「物境」與「情境」乃至「意境」中生發，既穿織於一句詩中、也在上下句間流動，更首尾呼應、縱橫變轉地貫穿於整篇詩作。由於融情意於景物之中，以景言情，意在景中，「詩意」不再由直取可得，而必須在景意「之間」，亦即「景與意兼」所形成的「境」中體察感會。就創作者而言，「興發意生」處於感興知覺場的身體便是意義生發的根源，「處身於境，視境於心」形成以身體為核心的「境照」，使「意」從中自然生起，這即是「身在意中」的根基。當「境照」產生了「境象」，生發了「境思」，則確立了「意」的質性與方向。換言之，詩意既隨興生發，「境」則是創作用思的必要框限，作者與讀者的交融亦在此「境域」之中。因此，就作品的呈現而言，「境」是詩篇以有意味的形式所展開的意蘊「空間」，「境」的空間意義使創作與詮釋的意義空間獲得一種移動與延展的可能。

五、「身境」的韻律向度

「身」作為創作主體全幅的存在，「境」作為「空間」、「場所」的覺知對象，使「身境」論對創作活動的「空間性」開展，最具有突出於前人的理論意義。然而，身體在世界的存在除了空間向度外，還具有時間向度。音律本於人聲，肇自

---

[48] 如云：「凡詩，物色兼意下為好。若有物色，無意興，雖巧亦無處用之。」（《彙考》，頁165）、「詩貴銷題目中意盡，然看所見景物與意愜者相兼道。」（《彙考》，頁169）而在「十七勢」談論各種用意方式的連接與結構，所列的名目雖繁，但幾乎全數都牽涉到用意與景物的關係。案：「十七勢」或是在說明中直接言及景物與意的關係，或是以含有景語的詩例來談用意的問題。只有「第十四，生殺迴薄勢」在此處的說明似乎未涉及景物與用意的問題，但在他處論及「生殺迴薄」時，有云：「以象四時，亦稟人事」（《彙考》，頁168），則所言仍是景物與用意的關係。由此足以斷定詩篇的「用意」問題，即主要呈現為意與景的安排。

血氣，㊾「身境」作為詩歌生發的基源，身體產生的音聲與律動在時間之流所構成的韻律圖式，自當融括於「身境」之中。甚至，這其實才是向來論詩歌起源最古老的體驗，詩歌所具有的音韻形式更成為後世文體區辨的首要特徵。《禮記・樂記》云：「凡音者，生人心者也。情動於中，故形於聲。聲成文，謂之音。」㊿具體說明了音聲形式與情感的密切關聯，而〈詩大序〉情動言形、嗟歎詠歌的描繪則與之呼應的建構出詩的起源論述。這說明了音聲具有一種意義形式，它通過一種動態結構來表現生命經驗，故從音聲中便足以體察生命的形式。51

〈樂記〉又云：「樂者，音之所由生也；其本在人心之感於物也。」說明此種生命的韻律形式乃是人心應物的律動具現於身體的節奏。身體與天地經由形氣相應，共振和合，而獲致一體的流貫，成為天地間最精緻之氣，最和諧之樂，即所謂「大樂與天地同和」。「樂者敦和，率神而從天」，人本是遵循著與天地交感的共振之路。因此，〈樂記〉論「歌者」有云：「動己而天地應焉，四時和焉，星辰理焉，萬物育焉。」52描繪出身體與宇宙節律相應相合的和諧狀態，類似此種狀態一向被視為詩歌音韻的理想模式，《詩格》即云：

> 夫文章之體，五言最難，聲勢沉浮，讀之不美。句多精巧，理合陰陽。包天地而羅萬物，籠日月而掩蒼生。其中四時調於遞代，八節止於輪環。五音五行，和於生滅；六律六呂，通於寒暑。（頁 170-171）

宇宙運化的韻律，含括所有自然與人事的律動，音聲律呂即是一種呈顯在天地萬物之上的意義形式，詩句的「聲勢」便是以「理合陰陽」的原則模擬宇宙的節律，而在人的音聲上所呈顯的圖式。

從〈詩大序〉「情動言形」、「嗟歎詠歌」之語已可見出音律與情感源遠流長

㊾ 梁・劉勰：〈聲律〉，《文心雕龍注》，卷 7，頁 1。

㊿ 《禮記正義》，卷 37〈樂記〉，頁 663 下。

51 參見〔德〕蘇珊・朗格（Susanne K. Langer）著，劉大基、傅志強、周發祥譯：《情感與形式》（北京：中國社會科學出版社，1986 年），頁 36、42。

52 以上俱見《禮記正義》，卷 37〈樂記〉，頁 662-672。

的關聯，而詩歌的音律首先是由語言表出，再進而成為嗟歎詠歌。若從語言的角度來看音律與情感的關係，漢語的單音節特性與表意符號的結合，也特別使語音與字意形成一個緊密的統一體。而自南朝永明聲律說興起，經由對語言特質的重新體認，詩歌語言所具有的音律感也被高度的關注，聲、韻、調的協合，不但牽動著詩句的韻律感，也迴盪出不同的意義組合。對於唐代詩人而言，「情動言形」不僅是如何將「情志」語言化為詩歌內涵的問題，更是「身心」如何韻律化為意味形式的過程，意與聲的關聯也更形重要。

《文心雕龍·神思》曾以：「然後使玄解之宰，尋聲律而定墨；獨照之匠，闚意象而運斤。」[53]說明文字的表現分為聲律及意象兩大面向。而整部《詩格》也是由「論意」與「調聲」撐起整體的理論架構，而王昌齡在「論文意」中談聲律，在論「調聲」時談用意，充分說明意與聲是相互穿織、共同體現的。而「意是格，聲是律，意高則格高，聲辨則律清，格律全，然後始有調。」（頁 160）更言簡意賅的揭示出意與聲、格與律是以整全並現的方式展現為作品的「調」；《詩格》也曾經談到「凝心境照」了見境象之後，「仍以律調之定」，並云：「山林、日月、風景為真，以歌詠之。」（頁 162）便是指用音律的形式確定下來整首詩的「調子」，以作為「身心之行李」，此即「夫詩格律，須如金石之聲」的意義。[54]因此，王昌齡《詩格》所嘗試說明的是：如何對「情動言形」、「嗟歎詠歌」的韻律形式作進一步的凝鍊，它並非對某種原始音聲的直接模擬，而是透過對聲律規則的體察，提煉出一種音韻形式作為與詩意並生的音聲氣氛，這即是唐代新體詩所努力試煉的音韻形式。

在中國詩歌史上，「理合陰陽」的原則有很長的一段時間是集中呈顯在詩歌的對偶上，在唐代前期的《詩格》著作中仍存在不少關於對偶的討論。[55]只是，隨著新的語言音韻的認知，唐代《詩格》中圍繞著聲韻調的音質區辨，以進行音律協調互補的眾多調聲理論，也進一步對「理合陰陽」的音韻形式作出推演。這些基於語

[53] 梁·劉勰：〈神思〉，《文心雕龍注》，卷 6，頁 1。

[54] 此處「格律」連詞當即是「格律全，然後始有調」的「調」。《彙考》，頁 168。

[55] 關於唐代《詩格》在對偶方面的討論，請參閱蔡瑜：〈唐詩律化的理論進程——以詩格為中心的探討〉，收入《唐詩學探索》（臺北：里仁書局，1998 年），頁 4-23。

言特質的調聲原則，本即立基於「吐納律呂，唇吻而已」[56]之理，亦即王昌齡所云：「律調其言，言無相妨」（頁 149）。調聲的原則是依附於語言的音聲特質，在王昌齡《詩格》中，唇吻流利的陰陽之理，便主要反映在輕重、清濁、平仄的相間交迭之理，如云：「以字輕重清濁間之須穩」、「事須輕重相間，仍須以聲律之。」[57]而此相間交迭之理在唐代獲得最大的突破與共識的，即是建立了現今所謂的「黏對」格式。[58]雖然「黏對」格式的建立並非出於一人的創意，而是唐人長期試煉的成果，早於王昌齡《詩格》的元兢《詩髓腦》已有「換頭」與「拈二」之術與之相應。[59]但就現存的唐代《詩格》來看，也只有元兢與王昌齡前後呼應的對於此法做了清晰的說明，可見二人對此調聲原則的重視與確立。而在王昌齡《詩格》中還列有唐代五言與七言新體的基本範式，[60]具體呈示出一聯之中上下句聲律的相對關係，聯與聯間的相黏關係，此一形式「輪迴用之」的結果便形成迴環往復的音韻之美。新體詩所建立的這種音韻形式，使音律與情感的關係，進入一個新的里程碑。

由於詩歌的音律效果是由節奏與韻律所決定，而節奏與韻律所憑藉的是重覆出現和期待心理。節奏產生於音節序列，韻律則使節奏成為固定的時間模式，反覆出現的節奏模式可以增強聽者對此模式的期待，當我們本身也被模式化時，便產生了

---

[56] 梁・劉勰：〈聲律〉，《文心雕龍注》，卷 7，頁 1。

[57] 分見《彙考》，頁 149、163。案王昌齡《詩格》中有許多討論輕重清濁的段落，依據筆者過去的考察，輕重清濁非僅平仄調值的差異，還包括聲母、韻母的清濁分辨，由此可見王昌齡《詩格》對於詩律的規範是出於對語言特質的細膩考察。詳細分析請參閱蔡瑜：〈唐詩律化的理論進程——以詩格為中心的探討〉，頁 57-66。

[58] 「詩上句第二字重中輕，不與下句第二字同聲為一管。上去入聲一管。上句平聲，下句上去入；上句上去入，下句平聲。以次平聲，以次又上去入；以次上去入，以次又平聲。如此輪迴用之，直至於尾。兩頭管上去入相近，是詩律也。」《彙考》，頁 149。這段論述大體呈現出五言詩第二字平仄互換黏對更迭的方法。

[59] 元兢之說見《彙考》，頁 115。有關元兢聲律論的分析詳見蔡瑜：〈唐詩律化的理論進程——以詩格為中心的探討〉，頁 39-56。

[60] 詩作見《彙考》，頁 149-151。案：《詩格》此處所列詩作的作者有出於王昌齡之後者，而被認為出自後人或門人之手，但即或如此也不會晚於中唐，且不影響這些作品作為新體詩標準範例的代表性。詳細分析請參閱蔡瑜：〈唐詩律化的理論進程——以詩格為中心的探討〉，頁 66-72。

韻律的效果，這就是所謂的共鳴與回響。因此，在詩中的節奏韻律不是單純的感官和音節之事，而是與意義及情感相互關涉。對於全詩各個不同段落的韻律調節可以掌握期待心理的節律，具有直接左右情感的力量，也可形成文字之間不同的聯繫方式。[61]

王昌齡《詩格》對於輕重清濁的調節，對於平仄「黏對」的範限，除了遵循陰陽替換輪轉不已的基本法則外，也將重覆出現和期待心理的運用做了極致的發揮，達到重覆而不單調，變化卻能相期相應的效果。此一應物迴旋、相期相應的音韻形式，是唐人長期體察揣摩所建立起來的音聲形式，此一音聲形式不再是原始的情緒律動，而是具有「框限」日常經驗使之轉化成審美對象的一種韻律圖式。新體詩的音律經過精心的調諧安排，與詩篇的情感關係更為密切也更具規律性，詩作最終的定調歌詠是自身韻律與境象脈動相應相和的展現，也是境思的全體進程。可以說新體詩所具有的音律氣氛，極具象徵意味的將自我與天地的共振凝定在此刻身體主體的「聲境」上。

新體詩在聲律上所建立的嚴格而完美的形式要求，將詩的用意框限在一個具體的「聲境」上，促使詩歌用言、用象的方式與之前純任自然音律的情形大為不同。新體詩的音節安排與韻律調節，使詩意被一定的聲律形式所形構，創作者必須面對意與聲的配合問題，也更加意識到詩意的開展是在某種聲律範式中的創造。甚至可以說，是為了因應「調聲」及「篇幅」的形式框架，多元的「用意」形式才成為新體詩首要反省的項目。「聲」與「意」相互依恃彼此生發，景意相兼的「身境」同時伴隨著某種身與境相應相和的律動，當詩的物象與用思受到「境照」而轉化為「境象」、「境思」之時，詩的「聲律」也透過一種美感形式而形成獨特的「聲境」。新體詩經由「身境」融合了意與聲，意與聲融成的藝術形式框限出一個有別於日常生活的秩序與韻律，而展示出一個藝術化的宇宙世界；[62]也由此延展出無窮

---

[61] 以上參見 I. A. Richards, "Ch.17 Rhythm and Metre," in *Principles of Literary Criticism* (New York: Harcourt Brace Jovanovich, 1985), pp. 134-176.

[62] I. A. Richards 在討論「節奏與韻律」時曾說明：韻律藉由人為的面貌對作品產生一種「框架（frame）」的作用，而將詩隔離於日常生活的偶然和瑣細之事。此意與新體詩特具的韻律框架頗能呼應，而且新體詩的作法顯然更為積極。同前註，頁 145。

的創造意蘊。因此，《詩格》從身體主體出發的「身境」論，實較情志主體的提法更能體現全身心的節律狀態。所謂「身境」除了以「身在意中」開展意義空間，也同時疊合著一個由身體的律動所形成的「聲境」，此一「聲境」的存在最早為詩人歌者充分感知與體認，而進入唐代以後，則更進一步以迴旋應物、震盪身心的韻律形式將其凝定在天地之間，統合成一個作者與讀者得以共在的、由意與聲所融成的「聲境」。

六、結語

本文嘗試從王昌齡《詩格》中「身」、「境」二字出現的語脈，建構其詩學的核心概念——身境論。身境論作為唐代新啟的詩歌創作論，一方面將創作主體從傳統的情志主體轉到身體主體，以身體在世界的全幅開展來掌握創作主體與世界的交滲關係，並說明詩歌運用譬喻，建立意脈的基礎。另一方面將世界圖象的覺知從物象轉至境象，使物象與物象之間、物象與主體之間聯結在一個完型之中，並與創作主體共構出整體的情意氣氛。「身境」不但是人在世界中的存在狀態，同時也是經由「凝心境照」在人心目中的投影，創作歷程中的「境思」也由此生發。因此，「身境」同時是審美主體的覺知與藝術觀照的場域。以身境論為核心的創作論，足以掌握到「形－氣－神」一體融貫的主體在世界中的非意識運作，並將形象思維的呈現，聚焦於一具體整全的境域，以此取代強調意識集中的意象。

「身境」的空間性面向，由「物境」、「情境」、「意境」三境充分開啟；「身境」的時間性面向，則由「聲境」具體展演，字與字、詞與詞、句與句、聯與聯之間的聲律調節，使聲律的調節與表意的符號相互依恃，形成一個時間性的歷程，而整首詩也在聲律自始至終的全程顯現下而具有完整的意義。因此，身體主體的覺知與語言的創造是意象與聲感的聯覺[63]系統，「身境」是身體主體經由境照，

---

[63] 所謂「聯覺」的現象可用赫爾德：「人是一個永遠共通的感覺體」來說明，是指身體的各種感覺因素、感受性與運動性、身體與世界的關係，是相互蘊涵彼此交織的，在這個感官統一性的基礎上，各種感覺的交叉互換都是存在於一個整體之中，而此整體亦是身心合一的。請參見 Maurice Merleau-Ponty, *Phenomenology of Perception,* trans Colin Smith, p228-235. 中譯本〔法〕梅洛龐蒂

運用境思，渾融物我，意聲相和的整體境域。

「身境」的覺知使聲、意以及身體都統合在一個整體的境域中，也使詩歌走向一個要求具體秩序與美學框架的歷史轉捩點。[64]身境的結構比言志、緣情說都更能彰顯詩歌中必要的組織與定向性，於創作生發「處身於境」之際，意勢、聲律即已形構其間。這一理論聚焦的改變也直指中國詩歌美典的轉移。

王昌齡《詩格》能夠以突出於前人的創作體驗勾勒出完整的身境論圖象，除了其「詩家夫子」[65]的特殊穎悟外，實亦得力於薈萃於唐代的多元思潮。王昌齡處在三教融合的唐代，對於諸多思潮以及傳統的文學議題皆具有一種對話關係，舉凡經傳的權威疏釋，莊學的身心修煉，佛教的境論禪法，畫論的空間佈局，乃至於陸機的〈文賦〉，劉勰的〈神思〉，王昌齡皆既有所承亦有所變，顯現出與時代相應的融會特性。身境論作為詩歌創作論雖具有普遍性的意義，但其生成實扎根於唐代新體詩的試煉過程，因此，《詩格》的撰作實為中國詩歌美典從古體向新體的轉移現身說法。「境論」的構作在王昌齡是由創作論出發，卻在後世發展為批評理論，兩者的關涉有待進一步的析解。然而，無論在詩歌創作還是評論上，「身境」論都為詩學史開創了新的局面。

※本文原刊登於《漢學研究》第二十八卷第二期（總號第 61 號），2010 年 6 月，經該刊編輯委員會同意後收錄於本書。

著，姜志輝譯：《知覺現象學》，頁 292-300。

[64] 關於「框架」對於藝術品的重要性，可參閱博藍尼的分析。見〔美〕博藍尼（Michael Polanyi）著，彭淮棟譯：《意義》（臺北：聯經出版公司，1984 年），第 5 章「藝術品」，頁 101-116。

[65] 《新唐書・王昌齡傳》：「昌齡工詩，緒密而思清。」見宋・歐陽修、宋祁：《新校本新唐書附索引》（臺北：鼎文書局，1981 年），卷 203〈文藝列傳下〉，頁 5780。元・辛文房撰：《唐才子傳》：「昌齡工詩，縝密思清，時稱詩家夫子王江寧。」《唐才子傳校箋》，卷 2，頁 258。案：「詩家夫子」或本作「詩家天子」，但衡諸實況，似以「詩家夫子」為宜，可參見王夢鷗：〈王昌齡生平及其詩論〉，頁 260。

Wang Changling's Notion of "Body-Situation": An Analysis of *Shi Ge*

Tsai Yu[*]

Abstract

The notions of "body" (*shen* 身) and "situation" (*jing* 境) are the theoretical axes of Wang Changling's (王昌齡) *Shi Ge* (詩格, *Poetic Rules*). The concept of "body-situation" (*shen-jing* 身境), on one hand brings to light the nature of "the present body" and "the situated body" as roots of the creative act, and together with *shen* and *jing* forms the "three situational spheres" (*sanjing* 三境). On the other hand it reveals that the body-subject's generation of a "situation-image" and "situation-thought" via "situation-perception" (*jing-zhao* 境照) represents the creative subject entering into the process of aesthetic observation. Besides this, the rhythm and rhyme of poetry is a fundamental schema for the rhythmic patterns of mind and body; when New Poetry (*xinti shi* 新體詩) matured during the Tang dynasty, body-situation also emerged as a further rethinking of another concept, "sound-situation" (*sheng-jing* 聲境). Using body-situation as its theoretical basis, this essay attempts to explain how Wang's *Shi Ge* was innovative, and the transformation of the poetic canon to which it led.

Keywords: Wang Changling (王昌齡), *Shi Ge* (詩格), Tang Peotry, body-situation, body

* Professor, Department of Chinese Literature, National Taiwan University.

試論陸游筆下的「異族」形象

黃奕珍

提 要

陸游的愛國詩作向來受到相當的重視，其原因之一是對異族的描述頗能激發異代讀者的認同感。本文分析陸游筆下的異族形象，以期了解其具體內涵，並闡明其得到認同的深層原因與機制。陸游所寫的異族，就其本質而言，如若動物，腥羶兇殘，又如髒污之煙塵與可怖之妖魔；就其與我族的比較而言，則為蕩覆中原、欺壓遺民的賊寇惡棍，理當全數受誅。這幾乎全為負面的異族形象，不僅過於簡化失真，顯現出僵滯的缺失，還存在著若干矛盾，然而卻是引領陸游進入具有高度辯證議題的重要角色。

關鍵詞：陸游　愛國詩　異族　認同　形象

【作者簡介】國立臺灣大學中國文學博士，現任臺灣大學中文系教授。研究領域以唐宋詩歌與詩學為主，著有《李益及其詩研究——符號學式之詮釋》、《宋代詩學中的晚唐觀》、《杜甫自秦入蜀詩歌析評》、《象徵與家國——杜甫論文新集》與〈再論杜詩中的鷙鳥象徵〉、〈「景語」的作用——以杜甫〈秦州雜詩〉與「邊塞」有關之詩篇為例〉、〈論歐陽修詩的議論型態〉、〈積極／遠隔——論陳與義面對世亂的兩種主要心態〉、〈論陳與義世亂詩的寫法〉、〈范成大使金絕句中以「時間之對比」形塑「蠻荒北地」的修辭策略〉與〈陸游詩歌中「北伐」之「再現」析論〉等多篇論文。

試論陸游筆下的「異族」形象

黃奕珍*

一、前言

近代陸游研究的主流不脫清乾隆皇帝的「感激悲憤，忠君愛國」❶八字評語，而其原因錢鍾書闡說得非常清楚：「清朝末年……讀者痛心國勢的衰弱，憤恨帝國主義的壓迫」，❷因此對陸游愛國詩歌「有了極親切的體會，作了極熱烈的讚揚」，胡明進一步闡明說：「那種強烈亢奮的愛國情緒、金剛怒目的熱志意氣，百折不撓、視死如歸的戰鬥精神成了千千萬萬愛國民眾精神力量的源泉」。❸國家處境的雷同使得陸游的這類詩作變成抒發內心澎湃情感的最佳媒介，因而得到了廣泛的閱讀與認同。

然而一味注意放翁愛國詩歌中表達熱烈沈痛之情感的一面，並無法完全理解其創作的技藝與更為複雜隱密的驅動機制。個人以為讓陸游作品享有如此奔放的同情共感動能的原因之一，是他成功地描寫、塑造了那位於我族之外的異族形象，生動、巧妙地抓住了異代讀者心中那難以言說卻又不能不面對的他者，對這個他者，

---

* 國立臺灣大學中國文學系教授。

❶ 清高宗御選：《唐宋詩醇》（臺北：臺灣中華書局，1971 年），卷 42「山陰陸游詩一」，頁 1275。

❷ 錢鍾書：《宋詩選註》（臺北：木鐸出版社，1982 年），頁 190。

❸ 胡明：〈陸游詩歌主題瑣議〉，收入《南宋詩人論》（臺北：臺灣學生書局，1990 年），頁 101。

憎恨、厭惡、咒罵等是基本的情緒與反應，而他的面目需要詩人的天才給予豐富的細節與充實的內容，才能符合那站在對面、無法迴避的他者帶有的強大威脅感。

如果將這個描述異族的過程、手法與其塑造出來的形象加以展現，也許能拓展對此一持續多年的研究路線的認識，而且，對於做為一個讀者、對似乎不自禁地便與此類詩文的說話者採取相同立場的行為更能自我覺察。讓我們從另一個角度來理解這個概念：小時候，鄰里親族的長輩們常說狗中黑狗最為上品，白狗最臊，他們又說外國人（尤其是白種人）臊得很。於是，我們這些小孩就有了這麼一個印象：外國人和狗都很臊。這個「獲致」某種印象的過程其實與文學薰習濡染的機制非常類似，我們可以在社會學、政治學等領域把種族設定為公開的議題，參與討論者有機會標示它們、指認它們並從而展開辯論、進行修正，可是依照之前閱讀陸游詩作的某種慣性模式，我們委實難以看到後面的思考模式或觀念癥結，以致不易察覺這個議題的存在，因為立論的基礎或推理辯論的過程被巧妙地隱蔽了。

還有，對「異族」的一系列相關描述其實有著悠遠的歷史、深厚的文學傳統，要尋本溯源，逐一釐清其流變，不僅工程浩繁，也可能偏離本文寫作的主旨，所以這篇文章比較集中地處理陸游對此的運用情形。因為他的詩文作品提供了遠較其他作家繁富的素材，可以視其為一相對完整的時代切面，藉以了解南宋其時對異族語彙的使用狀況。❹這個研究完成之後，亦可作為相對堅實的錨具，以與之前及之後的相關發展再做連結，從而獲致更為宏觀的視野與理解。

所謂的「異」表示不相同，藉以區別；是以言說者為主體用以指稱其他的、別的，非此主體者，所以可稱為他者；而此不同可帶有正面意涵，如奇異、非凡、珍異、特異等，值得特別重視或優遇，或是負面義，如怪異不祥之事，往往令人驚詫、駭怪。而陸游筆下的「異族」幾乎不帶正面意義。

---

❹ 南北宋詩人之作品多有涉及異族邊塞者，然其數量皆遠不及陸游。以個人檢查所得，陸游此類詩作約有三百二十餘首。若依黃麟書編輯、程少籍校補：《宋代邊塞詩鈔》（臺北：東明文化基金會，1989 年）的統計，陸游相關詩作達 203 首，與放翁齊名的范成大、楊萬里僅各有 15、34 首，相距甚遠。

他認為異族與我們屬於不同的類別：「夷狄異類」，❺而因為他們居地常在邊僻，因此也暗寓了「荒遠難知」之義。❻

讓我們先檢閱一則《老學庵筆記》的記載：

> 謝子肅使虜回云：「虜廷群臣自徒單相以下，大抵皆白首老人。徒單年過九十矣。」又云：「虜姓多三兩字，又極怪，至有姓斜卯者。」❼

謝子肅所云二事，是「怪」與「極怪」，也就是超乎宋人的認知範圍。一是朝廷高官幾為耄耋之人，一是姓非單姓為主，而多至二、三字者，連「斜卯」如此不雅者亦有之。然而，以上所述雖帶有不解、不能認同的意思，卻僅觸及較為表面的現象，同書另一則記載更值得玩味：

> 筇竹杖蜀中無之，乃出徼外蠻峒。蠻人持至瀘、敘間賣之，一枝才四五錢。以堅潤細瘦，九節而直者為上品。蠻人言語不通，郡中有蠻判官者為之貿易。蠻判官蓋郡吏，然蠻人懾服，惟其言是聽。太不直則亦能群訟於郡庭而易之。予過敘，訪山谷故跡于無等佛殿。西廡有一堂，群蠻聚博其上。骰子亦以骨為之，長寸餘而匾，狀若牌子，折竹為籌，以記勝負。劇呼大笑，聲如野獸，宛轉氈上，其意甚樂。椎髻獠面，幾不類人。見人亦不顧省。時方

---

❺ 曾棗莊、劉琳主編：《全宋文》（上海：上海辭書出版社，合肥：安徽教育出版社，2006年），卷4940、頁67，〈跋張待制家傳〉。

❻ 〈呂居仁集序〉「蠻夷荒忽遼絕之域」，同註❺書，卷4933，頁340；〈成都府江瀆廟碑〉「及西游岷山，欲窮江源，而不可得。蓋自蜀境之西，大山廣谷，谽谺起伏，西南走蠻夷中，皆岷山也。則江所從來，尤荒遠難知。」同前書，卷4946，頁172。

❼ 《入蜀記·老學庵筆記》（上海：上海遠東出版社，1996年），卷1，頁147。四庫全書本的記載略有不同：「謝子肅使金回云：『北廷群臣自圖克坦相以下，大抵皆白首老人。圖克坦年過九十矣。又云：『北姓多三兩字，又極怪，至五字。有姓薩茂者。』」「圖克坦」與「徒單」應為音譯之不同。而姓氏多至五字，更強調虜俗之怪異。《文淵閣四庫全書》（臺北：臺灣商務印書館，1983年），第865冊，頁11。

> 五月中，其被氊毳，臭不可邇。❽

這段記錄除前半段可能為聽聞所得外，其餘看來像是出自近身的觀察。笻竹杖的佳異品質，正如歷來藩屬外國職貢之奇珍異物，可是陸游描述蠻人有幾項特徵：首先，他們與我們言語不通，所以不能確認對方的想法或意圖，須由其同類中之受敬重者才能溝通或進一步與之講理。也正因此，如何記述與闡釋便僅能訴諸記錄者的語言、判斷與標準。由「予過敘」開始，是目擊現場，像人類學筆記或田野記錄，此點於其比較骰子的形制、材質可見。蠻人其時從事的活動是賭博，他們「劇呼大笑」，喧嘩不已，重要的是「聲如野獸」，透露了將其置於人與獸之間的判定，再者，這些蠻人在氈上動個不停，「其意甚樂」，在陸游看來更覺不解。把他們放在接近動物的光譜的那一極還有更充分的理由：長相打扮穿著，「幾不類人」，尤其是「獠面」同時暗示著其如動物，又長得兇惡醜陋；缺乏教養、沒有禮貌與髒臭不堪，更使其不僅只有「聲」如野獸而已。隱藏在這條記錄的深層譏評就在群蠻聚賭的場所。敘州無等佛殿是黃庭堅於紹聖四年（1097）由原先被貶之所黔州移至此地的住所，他把自己在此寺中的居室稱為「槁木庵」和「死灰寮」，以反映其時的心境。陸游特別拜訪此地，用意正在於緬懷山谷這個傑出的詩人，並對其坎坷的生平寄予無限的同情。❾而沒有文化、缺乏文學素養的蠻夷，對此完全無知無識，竟在這個具有深遠意義的地方大聲吵鬧、狀如野獸。

另外一則也再次補充、加強了異族的典型特徵：他們的性情「外愚內黠」，且以具體的事例說明其習俗與行為難以理解，最後則因其中一支「頗強，習戰鬥」，便憂心他日可能造成邊患。

> 辰、沅、靖州蠻有仡伶，有仡僚，有仡僂，有山傜，俗亦土著，外愚內黠，

---

❽ 同註❼書，《老學庵筆記》，卷 3，頁 184-185。

❾ 〈敘州〉三首之二：「文章何罪觸雷霆？風雨南谿自醉醒。八十年間遺老盡，壞堂無壁草青青」，詩後自注：「無等院，山谷故居」。陸游於孝宗淳熙 4 年（1177）知敘州，故有敘州之行，敘州即北宋時之戎州。宋・陸游著，錢仲聯校注：《劍南詩稿校注》（上海：上海古籍出版社，1985 年），頁 772。

> 皆焚山而耕，所種粟豆而已。食不足則獵野獸，至燒龜蛇啖之。其負物則少者輕，老者重，率皆束於背，婦人負者尤多。男未娶者，以金雞羽插髻，女未嫁者，以海螺為數珠挂頸上。嫁娶先密約，乃伺女于路，劫縛以歸。亦忿爭叫號求救，其實皆偽也。生子乃持牛酒拜女父母，初亦陽怒卻之，鄰里共勸，乃受。飲酒以鼻，一飲至數升，名鉤藤酒，不知何物。醉則男女聚而踏歌。農隙時至一二百人為曹，手相握而歌，數人吹笙在前導之。貯缸酒于樹陰，飢不復食，惟就缸取酒恣飲，已而復歌。夜疲則野宿。至三日未厭，則五日，或七日方散歸。上元則入城市觀燈。呼郡縣官曰大官，欲人謂己為足下，否則怒。其歌有曰：「小娘子，葉底花，無事出來吃盞茶。」蓋《竹枝》之類也。諸蠻惟仡伶頗強，習戰鬥，他時或能為邊患。⑩

這兩段記載裡的「徼外蠻峒」與仡、傜的形象與陸游筆下的其他異族的特徵可謂若合符節，只是他所著意描述的北方異族（以女真為主）卻非其親眼所見、身歷其境的觀察結果，缺乏這種如在目前的細膩感，場景、故事、身份與活動大部分都是摻雜著多少不一的想像的虛構產品，然而資料繁多、內涵豐富，其醜陋、無明、野蠻的程度遠遠超過西南諸蠻。

為了討論的方便，以下將把涉及異族形象者大致分為兩類：一類主要談異族是什麼？包括了他們的性情、習性、特徵等。另一類則顧及異族與我族的敵對關係，而集中在兩相映照所展示出的形象。當然，這兩類之間仍存有密切的關聯，難以截然劃分。

二、異族的「本質」

這裡談的「本質」，並不表示陸游提及的那些異族其本性、素質即如此，因為我們已經了解「所謂人類的各個種族只是統計學上可區分的群體……根據某些顯著的指標……將人類分為不同類型是可能的。」可是「這樣的體質差異與行為差異或

---

⑩ 同註⑦書，卷4，頁197-198。

心理差異並無關聯」，所以「認為『種族』能夠用來論證不平等待遇的正當性的觀點」⓫難以成立。

陸游未提供任何可供質疑的空間即主觀地認定以下數點就是異族的本質，這樣先驗式的寫法，也符合「既定」(givens) 因素對形成種族觀的重大影響。⓬

㈠性情凶殘狡猾

詩人筆下的異族，以北方的女真為大宗，他們性情兇殘、⓭行事酷烈，群聚起來盡做些兇惡殘忍的勾當：「群胡方嘯兇」，⓮律法嚴苛一如暴秦：「亦知虜法如秦酷」。⓯不僅對待別人如此，對自己人亦復如此：「近聞索虜自相殘」、⓰「群胡方鬥穴」⓱都指明金人內鬥不休的習性。在〈夜讀岑嘉州詩集〉一詩中贊美岑參的諸種好處後，他自陳心跡：「我後四百年，清夢奉巾屨。晚途有奇事，隨牒得補處。群胡自魚肉，明主方北顧。誦公天山篇，流涕思一遇」。指出因金人內亂、⓲自相殘殺，故其或有機會見到岑參詩中寫到的天山。若依錢仲聯注釋所言，「群胡自魚肉」在此便非泛指，而指涉了真實的事件，和前述二詩的概括說法正可互相補充、加強。

⓫ 約翰·雷克斯著、顧駿譯：《種族與族類》(臺北：桂冠圖書公司，1991 年)，頁 26。

⓬ 同前註，頁 34。

⓭ 〈聞虜亂次前輩韻〉即明言其為「貪殘性」，同註❾書，頁 3320。

⓮ 〈送湯岐公鎮會稽〉，同註❾書，頁 50。

⓯ 〈追憶征西幕中舊事〉，同註❾書，頁 2928。另《老學庵筆記》有一條記載用曲折的方式暗示匈奴(北方游牧民族)的性情酷烈，而這樣的認知由來已久：「興元褒城縣產礜石，不可勝計，土石無異，雖數十百擔，亦可立取。然其性酷烈，有大毒，非置瓦窰中煅三過，不可用。然猶動能害人，尤非他金石之比。《千金》有一方，用礜石輔以乾薑、烏頭之類，名匈奴露宿丹，其酷烈可想見也。」同註❼書，卷 8，頁 284。

⓰ 〈聞虜亂有感〉，同註❾書，頁 346。

⓱ 〈秋晚〉二首之二，同註❾書，頁 2578。

⓲ 同註❾書，頁 334 註「群胡句」引《金史》卷 7〈世宗紀〉：「(大定)十二年(即乾道 8 年)……四月……丁巳，西北路納合七斤等謀反，伏誅。……十二月……丁酉，德州防禦使(完顏)文以謀反伏誅」。可見校注者亦以此二件內部謀反被誅事作為「自魚肉」的確例。〈夜讀岑嘉州詩集〉，頁 332。

此外，他們也相當狡猾。回顧靖康之恥，詩人說出「黠虜方覬覺，行宮未解嚴」⑲之語，充分顯出女真善於觀察形勢、待機而動的個性。他又說：「虜，禽獸也，譎詐反覆，雖其族類，有不能測」，⑳指出金人的善變奸詐已至同族亦不能測度的地步。〈上二府論都邑札子〉一文則預先設定了具體的情境，陸游倡議應謀建都建康，因為其「天造地設，山川形勢，有不可易者也」，而後云考慮到與金人簽立和約勢必訂定京城所在之地以為使節來往之便，故當先「與之約，建康、臨安，皆係駐蹕之地，北使朝聘，或就建康，或就臨安。如此，則我得以閑暇之際建都立國，而彼既素聞，不自疑沮。黠虜欲借以為辭，亦有不可者矣。」㉑陸游預想的金人反應若從正面的角度來看，可以說是機敏，從敵對者來看，自可目為狡獪多智。

㈡腥羶的動物

把異族視為野獸，是相當普遍、古老的比類方式。前引《老學庵筆記》所述蠻人，其根本形象即「如野獸」。陸游慣常把北方異族比擬成「動物」，他曾明言「虜，禽獸也」。㉒而且也依此創造出一系列相關的意象、特質。

一般而言，人類對動物的觀感大體包含了兩種類型：一是次於人類，其中多有讓人厭惡者；一是優於人類，多為人所尊崇或愛護者。而陸游用以呈現異族形象者屬於前者。

在他的筆下，北方異族以多種動物的面目出現，例如，他曾警告胡人云：「小胡逋誅六十載，狺狺猘子勢已窮」，㉓將對方寫成狂吠的瘋狗。常見的語詞還有加上豬的「犬豕」與加上羊的「犬羊」。「犬豕」的意涵似乎比前引之「猘子」少了一點瘋狂兇惡，反而強調了微鄙不足道之意味，就如同家中豢養的豬與狗。㉔至於

---

⑲ 〈往事〉同註❾書，頁 2566。

⑳ 同註❺書，卷 4925，頁 208，〈上殿札子三〉。

㉑ 同註❺書，卷 4924，頁 205。

㉒ 同註⑳。

㉓ 〈醉歌〉，同註❾書，頁 1134。

㉔ 如〈夜讀東京記〉「即今犬豕穴宮殿」、〈出塞四首借用秦少游韻〉之一「犬豕何足讎」，以上各見同註❾書，頁 591、3527。

「犬羊」出現的次數最多，事實上也是描繪異族時深具傳統的詞彙。其字面義為狗與羊，而這兩種動物常受宰烹，故亦用以比喻俘虜、囚犯等任人宰割者，並進而作為對外敵的蔑稱。例如，「中原麟鳳爭自奮，殘虜犬羊何足嚇」㉕便以中原如麒麟、鳳凰般的英傑對比出對方力量之薄弱、等級之低劣，而「犬羊堂堂自來去」㉖則以犬羊能明目張膽地在中原走動為憾，亦含蔑視之意，而在此句之前已云：「燕南趙北空無人」，然而燕趙怎可能沒有人類居住，詩人只是藉此說明胡人之非人而為犬羊類的動物罷了；〈書憤〉的「犬羊自慣瀆齊盟」㉗點出金人背信、道德低劣，並表達不齒之感。㉘

然而「豕」與「蛇」結合而成之「蛇豕」一詞，又與「犬豕」不同。此詞乃出自《左傳·定公四年》「吳為封豕長蛇，以荐食上國，虐始於楚。」㉙是指吳國如大豬長蛇一般貪暴，為害人類，所以應被消滅：「頗聞匈奴亂，天意殄蛇豕。何時嫖姚師，大刷渭橋恥？」㉚即取此義。至於「蛇龍」之稱見於〈寒夜歌〉，㉛此詩開頭陸游先檢討自己七十歲時的生活狀況，他「食不足以活妻子，化不足以行鄉鄰」，可他並不因此而頹喪，詩的後段詩人重拾往日的雄心壯志，燃起恢復中原的希望：「誰施赤手驅蛇龍？誰恢天綱致鳳麟？君看煌煌藝祖業，志士豈得空酸辛！」以宋太祖開國拓土之業期許如其一般的壯士，「蛇龍」固可視為桀驁不馴、凶橫暴虐之割據諸侯或女真，但更深一層看，就是把為害百姓使「民無所定」的動物趕走，還給生民一個適於居住的環境，這樣的作為，被視為儒家聖王典範的「禹」就曾躬身踐行。㉜「蛇龍」喻示了金人對人民的暴虐行為，有如龍蛇之盤據

㉕ 〈送辛幼安殿撰造朝〉，同註❾書，頁3314。

㉖ 〈涉白馬渡慨然有懷〉，同註❾書，頁479。

㉗ 〈書憤〉，同註❾書，頁1420。

㉘ 其他詩例如〈對酒歎〉「犬羊腥膻塵漠漠」、〈閉門〉「近報犬羊逃漠北」、〈晚登子城〉「犬羊豈憚渝齊盟」等，各見同註❾書，頁415、1135、719。

㉙ 《左傳》（臺北：藝文印書館，1983年，《十三經注疏》本，冊6），卷54，頁953。

㉚ 〈投梁參政〉。也有直接使用封豕並以其大口吞食之貌以見其貪婪者：〈燕堂獨坐意象殊憒憒起登子城作此詩〉「封豕食上國」。各見同註❾書，頁135、1401。

㉛ 〈寒夜歌〉同註❾書，頁2233。

㉜ 《孟子·滕文公下》「當堯之時，水逆行氾濫於中國，蛇龍居之，民無所定，下者為巢，上者為

中原。㉝

而要強調異族的兇狠殘暴，則多以「豺狼」、「虎狼」、「豺虎」比類。「趙魏胡塵千丈黃，遺民膏血飽豺狼」，㉞把北地遺民的財產、生命、勞力等以「膏血」喻之，而全數為貪得無厭又兇暴的女真統治者壓榨殆盡。「豺狼一朝空，狐兔何足獵」㉟講北伐奏捷，以豺狼稱首惡，而以狐兔喻犬牙。「虎狼雖猛那勝德」㊱指出胡人空有勇力卻乏品德，的確屬於動物的等級。〈聞虜亂次前輩韻〉云：「中原昔喪亂，豺虎厭人肉。輦金輸虜庭，耳目久習熟。不知貪殘性，搏噬何日足？」生動鮮明地呈現了豺虎猛獸大啖人肉、貪殘之本性與搏攫、咬噬的行動，使其為豺為虎的形象如在目前。㊲

陸游曾於詩中描述金人逃歸漠北為「抱頭鼠竄吁可哀」，㊳又曾想像收復西域後乞降的敵人是「褫魄胡兒作窮鼠」，㊴皆將異族寫得如窮途末路、狼狽逃跑的鼠族，他們低微下賤，不足為慮，〈八月二十二日嘉州大閱〉提到「草間鼠輩何勞磔」，將其安置於「草間」，連捕殺皆無須勞煩。

金人所在的幽州，被陸游寫成「蟻垤」，視如蟻穴周圍的小土堆，把異族比成了微小的螞蟻，只消一把火就可以消滅它們，根本無足為慮：「幽州螘垤一炬盡，安用咸陽三月焚」。㊵

營窟。書曰：『洚水警余』，洚水者，洪水也。使禹治之。禹掘地而注之海，驅蛇龍而放之菹，水由地中行，江、淮、河、漢是也。險阻既遠，鳥獸之害人者消，然後人得平土而居之。」漢·趙岐：《孟子趙注》（臺北：臺灣中華書局，1960 年，據永懷堂本校刊），卷 6，頁 12。

㉝ 唐·劉復〈長歌行〉「龍蛇出沒經兩朝，胡虜憑陵大道銷」即以「龍蛇」比擬「胡虜」，《全唐詩》（北京：中華書局，1985 年），卷 305，頁 3469。

㉞ 〈題海首座俠客像〉，同註❾書，頁 1301。

㉟ 〈登城〉，同註❾書，頁 661。

㊱ 〈戰城南〉，同註❾書，頁 3320。

㊲ 〈德勳廟碑〉亦有相似的用法，如稱太師循忠烈王張公「獨當豺狼」。同註❺書，卷 4946，頁 177。

㊳ 〈聞虜酋遁歸漠北〉，同註❾書，頁 1270。

㊴ 〈出塞曲〉，同註❾書，頁 858。

㊵ 〈碧海行〉，同註❾書，頁 994。

陸游在〈綿州錄參廳觀姜楚公畫鷹少陵為作詩者〉㊶中呼喚杜甫曾寄予平亂厚望的畫鷹能再次大展身手，搏擊占據中國的九尾妖狐：「妖狐九尾穴中國，共置不問如越秦。天時此物合致用，下韝指呼端在人。會當原野灑毛血，坐令萬里清煙塵」。至少在漢以前原本被視為奇獸的九尾狐至此一變而為邪惡金人的代稱。㊷

既然異族被視為動物，他們也就擁有諸多動物的特質。例如，發出腥臊或腥羶的氣味，於是，這些詞語遂成為指涉北方異族的代稱，而在陸游詩文中屢見不鮮。㊸所以講消滅胡虜便可用「河渭蕩腥臊」、㊹「遼碣無腥羶」，㊺將這些動物驅離占據之地，則可去除其特有的體味。有時，他再加上時間、強度，使得這些氣味直衝天際，讓人更難以忍受：「虜暴中原，積六七十年，腥聞於天」。㊻或者直接以其為動詞，表示正被動物蹂躪、破壞：「堯舜尚無冠帶百蠻之理，天地豈忍膻腥諸夏之區？」㊼

㊶ 同註❾書，頁 279。

㊷ 《山海經・大荒東經》「有青丘之國，有狐九尾」。《山海經・南山經》「（青丘之山）有獸焉，其狀如狐而九尾，其音如嬰兒，能食人，食者不蠱」。晉・郭璞：《山海經》，收於清代學人：《筆記小說大觀》四編（臺北：新興書局，1987 年），頁 818、726。漢・王褒〈四子講德論〉：「昔文王應九尾狐而東夷歸周」，梁・蕭統編、唐・李善注：《文選》（臺北：文津出版社，1987 年），卷 51，頁 2256。到了宋朝則有用來比喻奸詐媚惑之人的用法：「陳彭年被章聖（宋真宗）深遇……時人目為九尾狐，言其非國祥而媚惑多歧也。」宋・田況：《儒林公議》，卷上，頁 13-14，收入明商濬編：《稗海》（原刻景印百部叢書集成，1965 年）。〈徽宗紀〉云：「（宣和七年九月）有狐昇御榻而坐。」元脫脫等：《宋史》（北京：中華書局，1977 年），卷 22「徽宗四」，頁 416。以上將九尾狐視為祥瑞、佞臣或敵人入侵之預兆，但陸游卻直接將之代指金人，用法是有差別的。

㊸ 如〈醉歌〉「不須分弓守近塞，傳檄可使腥膻空」、〈對酒歌〉「我欲北臨黃河觀禹功，犬羊腥羶塵漠漠」、〈軍中雜歌〉八首之二「洗盡羶腥春草生」、〈題郭太尉金州第中至喜堂〉「即今河雒猶腥羶」、〈夜聞大風感懷賦吳體〉「故都宮闕污羶腥」、〈趙將軍〉「時事方錯謬，三秦盡羶腥」、〈夜讀了翁遺文有感〉「當日公卿笑迂闊，即今河洛污腥羶」等，各見同註❾書，頁 1134、415、1158、2367、1232、705、450。

㊹ 〈得建業倅鄭覺民書言虜亂自淮以北民苦徵調皆望王師之至〉，同註❾書，頁 2623。

㊺ 〈月下野步〉，同註❾書，頁 1615。

㊻ 〈書渭橋事〉，同註❺書，卷 4945，頁 148。另外，〈靜鎮堂記〉也有類似的寫法：「虜暴中原久，腥聞於天。」同前，卷 4941，頁 93。

㊼ 〈賀葉樞密啟〉，同註❺書，卷 4930，頁 284。

還有就是強調這些動物的野性勃發與其加害人類的行為：「不知貪殘性，搏噬何日足」㊽把異族對待北方人民比喻為野獸之「搏擊」、「咬噬」，畫面如此鮮明與恐怖。而「自東夷寇逆滔天，建炎中大駕南渡，虜吞噬不遺力，幾犯屬車之塵」㊾更將尾隨追擊的金人寫成不斷張口、意欲嘶咬吞噬的凶猛野獸。

既然是形形色色的動物，所以陸游也大量使用原本用以稱呼動物栖止之處的「穴」、「窟」、「巢」等來指稱北方異族所在之地，㊿有時也將「穴」字逕作動詞，表示北方已被動物霸占，髒臭不堪。51〈夜讀東京記〉把淪陷的東京寫成是「即今犬豕穴宮殿」，52原本富麗堂皇的宮室如今成為豬圈狗窩，對照出今昔的差異。他也預想北伐成功後，「聖朝好生貸孥戮，還爾舊穴遼天東」，53將女真發跡之處也稱之為「穴」，可見女真作為動物的本質從未改變，他們在漫長的歲月中從遼東到中原，全無進步、始終如一。我們如果比照另外兩首詩歌，就會發現以上所用的修辭與針對動物的幾無二致，所以更加確定詩人欲將異族動物化的意圖。例如，他曾寫出獵為「洗空狡穴銀頭鶻，突過重城玉腕騮」，54夜坐齋中時不堪鴟梟、狐狸、紅鶴等之撓擾，而寫出「急呼五百具畚鍤，欲掀窟穴窮腥臊」55的詩句。

這些畜圈獸檻、狗窩鼠洞，氣味刺鼻、骯髒溷濁，把原本清潔之處都玷污了：

㊽ 〈聞虜亂次前輩韻〉，同註❾書，頁 3320。

㊾ 〈傅給事外制集序〉，同註❺書，卷 4934，頁 351。

㊿ 〈九月十六日夜夢駐軍河外遣使招降諸城覺而有作〉「腥臊窟穴一洗空」、〈晨起有感〉「賊穴窮腥臊」、〈聞虜酋遁歸漠北〉「妄期舊穴得孳育」、〈秋晚〉二首之二「群胡方鬥穴」，各見同註❾書，頁 344、1574、1270、2578。〈代乞分兵取山東札子〉「蓋京東去虜巢萬里，彼雖不能守，未害其彊」、〈上殿札子四〉「朝廷若未有深入遠討犁庭掃穴之意」，各見同註❺書，卷 4924，頁 199、卷 4925，頁 213。

51 〈雨夜書感〉「群胡穴中原，令人歎微管」、〈送范舍人還朝〉「此賊何能穴中國」，同註❾書，頁 2125、651。

52 同註❾書，頁 591。

53 〈醉歌〉，同註❾書，頁 1134。

54 〈獵罷夜飲示獨孤生〉三首之二，同註❾書，頁 694。

55 〈齋中夜坐有感〉，同註❾書，頁 504。

如「故都宮闕污羶腥」、(56)「當日公卿笑迂闊，即今河洛污腥羶」。(57)又因為如此髒亂，所以必須加以清洗、打掃。有些詩篇指明清洗的目的是除去其腥羶味：如「腥臊窟穴一洗空」、(58)「風雲助開泰，河渭蕩腥臊」，(59)他期許范成大能「以廊廟之重，出撫成師，北舉燕趙，西略司并，挽天河之水，以洗五六十年腥膻之污」，(60)五六十年積累的污垢與穢氣，要靠天河之水才能洗清，其髒臭的程度可見一斑。而〈禹祠〉一詩則擔憂即使如此，可能也無法洗淨已受污染的地區：「直令挽天河，未濯腥羶污」。(61)

陸游大量使用不同的動物來分別凸顯北方異族兇猛、貪殘、瘋狂、膽怯、微鄙等本質，其種類之多，令人咋舌。他以多重繁複的感官敘寫重現身在獸檻之感，如特別拈出其腥臊的體味，刺激讀者的嗅覺，或直接指稱其居地為「窟穴」，層層渲染、重覆強化，讀人一想到女真，就像進到了近十種家畜野獸環伺的場地一般，被迫面對牠們的嘶咬、撲擊或騷擾，呼吸刺鼻的羶臭，持續感受交雜著害怕與嫌惡的情緒。兼以多次引用以天河之水洗除羶腥的典故，的確成功地完成了禽獸化異族的任務。

㈢污濁的煙塵

在陸游筆下，胡人占領區常以「胡塵」、「胡沙」、「虜塵」、「煙塵」、「戰塵」等形容，(62)表示了與潔淨清爽相反的情況。有些還直接以之代稱敵軍，展

(56) 〈夜聞大風感懷賦吳體〉，同註❾書，頁 1232。

(57) 〈夜讀了翁遺文有感〉，同註❾書，頁 450。

(58) 〈九月十六日夜夢駐軍河外遣使招降諸城覺而有作〉，同註❾書，頁 344。

(59) 〈得建業倅鄭覺民書言虜亂自淮以北民苦徵調皆望王師之至〉，同註❾書，頁 2623。

(60) 〈銅壺閣記〉，同註❺書，卷 4942，頁 96。

(61) 〈禹祠〉，同註❾書，頁 1647。

(62) 「胡塵」：〈夢遊山水奇麗處有古宮觀云雲臺觀也〉「卻思巉然五千仞，可使常墮胡塵中？」、〈雨中臥病有感〉「兩京宮闕委胡塵」、〈書懷〉「河雒尚胡塵」、〈北望〉「中原墮胡塵」，各見同註❾書，頁 595、1643、2274、2307。

「胡沙」：〈對酒〉「胡沙隔咸陽」、〈送王成之給事〉「滎河溫洛久胡沙」，見頁 1070、1740。

「虜塵」：「〈張提刑周鼎〉「漠漠秋風吹虜塵」、〈太息〉四首之四「關輔堂堂墮虜塵」、

現了步步進逼的危急感：「當年入朝甫三十，十丈胡塵叩江急」。[63]胡塵雖然可以洗淨，[64]但他也援用杜甫〈洗兵馬〉的典故以銀河為水源，喻示髒污的嚴重：「欲傾天上河漢水，淨洗關中胡虜塵」、[65]「天河下洗煙塵清」、[66]「挽河洗夷虜之塵」、[67]「方傾天漢洗胡塵」。[68]「乞傾東海洗胡沙」的構思原理亦來自杜甫的「欲傾東海洗乾坤」，[69]但子美欲洗卻者為其視若腥膻蠻夷的安史叛賊與社會的貪亂腐敗，和陸游集中於胡塵者並不完全相同。這些塵垢尚可以「清」、[70]「掃」、[71]「靜」[72]等加以處理，同樣表示終結胡人政權的意思，甚或是既洗又掃：「汛掃胡塵意未平」。[73]

陸游在某些作品中，把髒、臭完全混合起來，「犬羊腥羶塵漠漠」綰結了動

〈對酒示坐中〉「幼度江淮避虜塵」、〈寄子虡兼示子遹〉「間出冒虜塵」，見頁 1129、2413、3207、4287。

「煙塵」：〈三月二十五夜達旦不能寐〉「煙塵虜未平」，見頁 2006。

「戰塵」：〈喜小兒輩到行在〉「敢道春風無戰塵」，見頁 49。

63 〈大雨中作〉，同註9書，頁 1563。

64 〈有道流過門留與之語頗異口占贈之〉「一為關河洗虜塵」，同註9書，頁 2971。

65 〈夏夜大醉醒後有感〉，同註9書，頁 582。

66 〈秋雨歎〉，同註9書，頁 1188。

67 〈賀留樞密啟〉，同註5書，卷 4932，頁 316。

68 〈書意〉，同註9書，頁 2364。

69 〈感中原舊事戲作〉，同註9書，頁 3784。杜詩出自〈追酬故高蜀州人日見寄〉，唐·杜甫著，清·仇兆鰲注：《杜詩詳注》（臺北：里仁書局，1980 年 7 月），卷 23，頁 2038-2039。

70 〈志喜〉「萬里塵清蜀藥通」、〈題醉中所作草書卷後〉「如見萬里煙塵清」、〈北望〉「不見塞塵清」、〈綿州錄參廳觀姜楚公畫鷹少陵為作詩者〉「坐令萬里清煙塵」、〈春夜讀書感懷〉「歲周一甲子，不見胡塵清」、〈送范舍人還朝〉「早為神州清虜塵」等，同註9書，各見頁 4040、566、2359、279、1255、651。

71 〈書事〉「掃盡煙塵歸鐵馬」、〈聞鼓角感懷〉「中原煙塵一掃除」、〈夏日感舊〉「胡塵掃盡知何日」、〈追憶征西幕中舊事〉四首之一「自期談笑掃胡塵」、〈花下小酌〉二首之二「何日胡塵掃除盡」、〈寄題王俊卿看山堂〉二首之二「何時一掃胡塵盡」、〈書歎〉「少年志欲掃胡塵」。同註9書，各見頁 3372、1440、3546、2926、4372、1958、1901。

72 〈初寒病中有感〉，同註9書，頁 1931。

73 〈燕堂春夜〉「神州誰與靜煙塵」、〈旅次有贈〉「中原早晚胡塵靜」、〈次韻周輔霧中作〉「何時關輔胡塵靜」、〈病中夜賦〉「但使胡塵一朝靜」、〈寓歎〉「無地靜胡塵」，同註9書，各見頁 1432、3489、459、2324、1269。

物、惡濁的氣味與廣大的煙塵，造成一種大面積的髒濁區域，讓人不舒服、不爽快。他還會以其他的因素得到「污」的結論，如「遺民久憤污左衽」，[74]換了服制便使人產生玷污、受辱之感；甚至說：「黃頭汝小醜，污我王會篇」。[75]還把新出現的異族當成是對古書記載內容的一種污辱。由於煙塵、腥羶、各種動物的輪番出場，讀者已然被訓練成想到那個地區、那些人、那些事就聞到臊臭之氣味、看到迷漫的塵埃、混濁不清的視野、甚至感受到呼吸的不適。於是其他籠統不具體指明清掃、洗濯的目標物之詩句也不致於造成理解的阻礙：如「漠南漠北靜如掃」、[76]「掃平河雒」，[77]「談笑可使中原清」[78]或是如「會傾東海洗中原」[79]等，至於「一戰洗乾坤」[80]則將要清洗的範圍極度擴展，由原先的河雒、中原加大到整個天地間，也再次申明女真胡虜所帶來的污染溷穢之嚴重。

由「胡塵」、「胡沙」、「煙塵」等來的另一個質素則是昏暗晦冥、塵飛漫天。於是金人統治的地區顯得一片迷濛、昏暗不清，如「煙塵漠漠暗兩京」、[81]「江北煙塵昏」，[82]「胡塵暗神州」[83]則將範圍大幅擴展，「趙魏胡塵千丈黃」著意強調其塵區之厚度與顏色，以表現「遺民膏血飽豺狼」[84]受荼毒之慘狀。塵沙也

---

[74] 〈秋雨歎〉，同註[9]書，頁 1188。

[75] 〈長歌行〉，同註[9]書，頁 2308。此處的「王會」是指《逸周書·王會解》篇中所記「周成王成周之會的盛況及各方國的貢獻」，陸游以其時並無女真一族參與，所以希望維持那時的景況，而把南宋須應付金人視為對歷史記載的一種侮辱。黃懷信著：《逸周書校補注譯》（西安：三秦出版社，2006 年），頁 317。

[76] 〈軍中雜歌〉八首之一，同註[9]書，頁 1158。

[77] 〈雨三日歌〉、〈初秋〉，同註[9]書，頁 2404、986。

[78] 〈壬子除夕〉、〈長歌行〉「手梟逆賊清舊京」，同註[9]書，頁 1860、467。〈會稽志序〉「中原未清」，同註[5]書，卷 4932，頁 343。

[79] 〈十二月二日夜夢與客並馬行黃河上息於古驛〉二首之二，同註[9]書，頁 2959。

[80] 〈村飲示鄰曲〉，同註[9]書，頁 2261。

[81] 〈晚登子城〉、〈舒悲〉「胡塵暗河洛」、〈題陽關圖〉「山河未復胡塵暗」、〈聞虜亂〉「煙塵北道昏」、〈聞虜亂有感〉「雒陽八陵那忍說？玉座塵昏松柏寒」，同註[9]書，各見頁 719、1227、2022、1644、346。

[82] 〈感興〉二首之一，同註[9]書，頁 737。

[83] 〈北巖〉，同註[9]書，頁 780。

[84] 〈題海首座俠客像〉，同註[9]書，頁 1301。

形成了阻隔：「胡塵遮斷陽關路，空聽琵琶奏石州」，[85]使其遮蔽之處或其後之地難以理解、觸及、訪察。他在〈夜觀子虡所得淮上地圖〉一詩中，把看似無邊無際的「胡塵」寫成蠢蠢欲動、企圖越過宋金國界、具有生命力與意志的存在或邪惡勢力：「閉置空齋清夜徂，時聞水鳥暗相呼。胡塵漫漫連淮潁，淚盡燈前看地圖」。[86]

把淪陷區視為動物出沒、栖止之地，不僅充斥著腥羶臊臭的氣味，同時又瀰漫著煙塵，因而大量以杜甫〈洗兵馬〉「安得壯士挽天河，淨洗甲兵長不用」為基型而彰顯其污濁齷齪之可怖。在杜詩中，天河並非真正的河水，他希望壯士挽天河以終止戰事，一是借用「河」予人的錯覺，一是強調髒污之甚，非藉天造之物無以洗淨。可是陸游雖也使用其基本概念，[87]但又更進一步用來清洗腥膻之污與煙塵之污，把原先較為籠統的戰爭兵事指明為異族所造成的諸種污染。其中「淨洗關中胡虜塵」[88]點出欲清洗的地點與欲洗清之物，在「要挽天河洗洛嵩」[89]一句中，便專注在洛陽一帶，而「天山挂旆或少須，先挽銀河洗嵩華」[90]則排定了清洗的順序，先收復各以山名為代表之洛陽、關中，再逐步至天山地區。陸游把杜甫首用的這個比喻作了各種的變化，已拓展與加深了原先的意涵。

以「塵」暗示、比擬金人，在陸游詩文中出現次數最多，其用法由一字、一詞到一句有不同的變化，最後難免失去了新鮮感，卻造成了另一種特別的效果：即讓人麻木後固定了異族本來即如是濁穢不清的印象。

㈣鬼、魔與妖氛

《禮記·祭義》曰：「眾生必死，死必歸土，此之謂鬼。」[91]「鬼」是稱人死

[85] 〈看鏡〉，同註[9]書，頁 2027。

[86] 同註[9]書，頁 2331。

[87] 〈燕堂獨坐意象殊憒憒起登子城作此詩〉「天河未洗兵」，同註[9]書，頁 1401。

[88] 〈夏夜大醉醒後有感〉，同註[9]書，頁 582。

[89] 〈八月二十二日嘉州大閱〉，同註[9]書，頁 339。

[90] 〈送辛幼安殿撰造朝〉，同註[9]書，頁 3314。

[91] 《禮記·祭義》（臺北：藝文印書館，1983 年，《十三經注疏》本，冊 5），卷 47，頁 813。

後的某種存在，或視為不滅的魂靈，總之，是生人之對稱，是不同於人的異類。陸游也直用杜甫「胡行速如鬼」92之詩句用以表示胡人行軍速度之快，異於一般，可謂「幽眇倉卒不可測知者」，93希望領軍者提高警覺。「鬼」字充分表現了北方異族的異能，也帶有神秘莫測、狡黠機變之意。

〈寄成漢卿將軍〉94一詩則更進一步把「鬼」升級為「魔」，更為強調其邪惡之一面，「魔」是惡鬼、怪物，可以作祟於人，他們幾近瘋狂，可謂喪失了理智。而敵軍正是許多魔鬼組成的集合：「百萬魔軍」。他又以「妖孽」稱北方異族，而這個詞語指的是反常、怪異的事物，與「魔」、「鬼」相去不遠，更帶有不祥或是淫邪不正之意，常帶來災害、禍殃。95

而北方異族為中原帶來的是無盡的殺戮與戰禍。「喪亂」正是稱靖康以來戰亂死亡常用的詞彙，96而「胡行如鬼南至海，寸地尺天皆苦兵」97強調無處無戰爭，也突顯了胡人「如鬼」的可怖，而常見的「氛祲」、「兵氛」、「兵祲」或「妖氛」等詞語，98則以恍惚難測的雲氣渲染爭戰的恐怖。「氛祲」原指預示災禍的雲氣，也常用以比喻戰亂、叛亂，所以這四個詞語其實皆用以指稱帶來甲兵之禍的不祥之氣，也就是金人的侵略與帶來的破壞。選用「祲」、「氛」等造成的閱讀效果

---

92 〈感秋〉「懸知青海邊，殺氣橫千里。良時不可知，胡行速如鬼。」後有小注為「時聞虜酋自香草淀入秋山，蓋遠遁矣」。〈晚登子城〉「胡行如鬼南至海，寸地尺天皆苦兵」。同註9書，頁1324、719。

93 〈上殿札子三〉，同註5書，卷4925，頁208。

94 同註9書，頁1788。

95 〈書志〉「三尺粲星辰，萬里靜妖孽」，同註9書，頁1324。

96 〈跋呂侍講歲時雜記〉「自喪亂來七十年」，同註9書，卷4937，頁10、〈景迂先生祠堂記〉「中原喪亂後」，同前書，卷4942，頁102、〈跋朱希真所書雜鈔〉，卷4940，頁61、〈諸暨縣主簿廳記〉「遭中原喪亂」，卷4943，頁121、〈答劉主簿書〉「至中原喪亂」，卷4926，頁233。〈聞虜亂次前輩韻〉「中原昔喪亂」，同註9書，頁3320。

97 〈晚登子城〉，同註9書，頁719。

98 〈賀葉樞密啟〉「當一震於雷霆，宜坐消於氛祲」，同註5書，卷4930，頁284、〈德勳廟碑〉「氛祲內侵戎馬豕突，公則奮卻敵禦侮之奇略」，卷4946，頁176、〈陳君墓誌銘〉「屬中原大亂，兵祲南及吳楚」，卷4947，頁184、〈會稽縣重建社壇記〉「不幸中更犬戎之禍，兵氛南被吳楚」，卷4943，頁112。〈前有樽酒行〉二首之二「問君胡為慘不樂？四紀妖氛暗幽朔」、〈碧海行〉「徑持河洛還聖主，更度遼碣清妖氛」，同註9書，頁868、994。

與直接稱戰亂、兵禍等仍有差別，這些字詞暗示了不可捉摸卻又兇惡不祥的逼迫感，這樣的威脅，令人難以招架。

三、與我族對照出的異族形象

在陸游筆下，女真一族的形象除了上述較傾向於表述他們的本質外，又因與宋人處於敵對狀態，所以也常與我族雙雙對照，而得出更完整、複雜的形象。

(一)驕狂的賊寇

對南宋而言，金人是其敵人，而且北邊的領土也已為其佔領，與南宋朝廷比較起來，女真武力強大、氣驕志滿，而且時常流露出狂妄之氣，放翁詩文中屢屢以「強」、「驕」、「狂」稱之，[99]有的則以具體的行為表明其傲慢恣縱：「犬羊堂堂自來去」。[100]

因為把女真之於淮水以北建立政權視為以不正當的手段搶奪、偷竊宋朝所有物的行為，因此也多稱其為「盜」、「賊」或「寇」：如〈夜讀東京記〉先指控女真「敢據神州竊名號」後便安上「巨盜」之名，[101]或者描述完顏亮之南進為「盜塞」，[102]金人之占據為「遺虜盜中原」。[103]而以「賊」、「寇」名之者亦不少見，

---

[99] 「狂」：〈跋高宗賜趙延康御書〉「及守宛丘，百戰禦狂虜，卒全其城」，同註❺書，卷 4935，頁 363。〈寶劍吟〉「不然憤狂虜」、〈雜興〉五首之三「南來避狂寇，乃復遇強胡」，同註❾書，頁 352、3718。

「強」：〈跋周侍郎奏稿〉「內平群盜，外捍強虜」，同註❺書，卷 4939，頁 52、〈會稽志序〉「群盜削平，強虜退遁」，同前，卷 4933，頁 343、〈雜興〉五首之三「南來避狂寇，乃復遇強胡」，同註❾書，頁 3718。

「驕」：〈自貽〉四首之四「退士憤驕虜」、〈感事六言〉八首之四「虜驕為國私憂」、〈識媿〉「私憂驕虜心常折」，同註❾書，頁 4183、4165、4241。

[100] 〈涉白馬渡慨然有懷〉，同註❾書，頁 479。

[101] 〈夜讀東京記〉，同註❾書，頁 591。

[102] 〈曾文清公墓誌銘〉「完顏亮盜塞，下詔進討，已而虜大入」，同註❺書，卷 4947，頁 189-190。

[103] 〈老歎〉、〈出塞四首借用秦少游韻〉之四「小醜盜中原」，同註❾書，頁 2816、3529。

[104]其中，「自東夷寇逆滔天」[105]將其劫掠的惡行作了強烈的夸飾，語言生動有力。因其取得中原是盜賊掠取的行為，所以即使得到政權，也要冠上「偽」字，[106]而宋人反攻得勝便以「還」字稱之。[107]此外，陸游又善於使用與進犯等相關的動詞，如「窺」字，以見其垂涎欲滴之貌；[108]以「犯」、「侵」[109]甚或是「衝」、「豕突」[110]等極具撞擊力的字眼來形容金人對宋朝的侵漁驚擾。把金人入侵寫得最為文雅的要算是「當建炎間裔夷南牧」了。[111]

陸游在敘州追尋山谷舊跡時遇見的蠻人，竟然在無等院這北宋大文豪曾待過的地方聚賭，喧嘩吵嚷，面貌猙獰，全然無視於此地之歷史，也與佛寺原應有的寧靜氛圍形成強烈的對比。而驕縱狂妄的金人，寇盜中原的同時，也與這些與野獸相近，幾不類人的異族一樣，被描寫成文化的破壞者，既缺乏人文素養，兼之粗野無知，往往造成精神財產的巨大損失。

例如〈跋京本家語〉云：

> 李氏書屬靖康之變，金人犯闕，散亡皆盡。收書之富，獨稱江浙。繼而胡騎南騖，州縣悉遭焚劫，異時藏書之家，百不存一。縱有在者，又皆零落不

---

[104] 「賊」：〈軍中雜歌〉八首之一「賊來殺盡始還營」、〈長歌行〉「猶當出作李西平，手梟逆賊清舊京」、〈聞虜酋遁歸漠北〉「天威在上賊膽破」、〈晨起有感〉「賊穴窮腥臊」。同註❾書，頁 1158、467、1270、1574。〈跋曾文清公奏議稿〉，同註❺書，卷 4939，頁 48。
「寇」：〈有感〉「胡寇寧能斷地脈」、〈雜興〉五首之三「南來避狂寇」，同註❾書，頁 1653、1091。作動詞用則有「完顏亮入寇」、「完顏亮寇邊時」，同註❼書，《入蜀記》，卷 1，頁 18。〈曾文清公墓誌銘〉「女真入寇，都城受圍」，同註❺書，卷 4947，頁 188。

[105] 〈傅給事外制集序〉，同註❺書，卷 4934，頁 351。

[106] 「淳熙己酉，完顏璟嗣偽位」，《老學庵筆記》，同註❼書，卷 1，頁 146。

[107] 〈碧海行〉「徑持河洛還聖主，更度遼碣清妖氛」，同註❾書，頁 994。

[108] 〈朝議大夫張公墓誌銘〉「虜猶窺江淮，上慨然思卻虜復中原」，同註❾書，卷 4950，頁 232。

[109] 〈上殿札子四〉「設使裔夷弗賓，侵犯王略」，同註❺書，卷 4925，頁 214、〈右朝散大夫陸公墓誌銘〉「會金人犯京師」，同前，卷 4947，頁 183、〈跋京本家語〉「屬靖康之變，金人犯闕」，卷 4937，頁 5。

[110] 〈傅給事外制集序〉「橫過虜衝」，同註❾書，卷 4934，頁 351。〈德勳廟碑〉「氛祲內侵戎馬豕突」，卷 4946，頁 176。

[111] 〈跋朱希真所書雜鈔〉，同註❺書，卷 4940，頁 61。

全。予舊收此書，得自京師，中遭兵火之餘，一日於故篋中偶尋得之……(112)

陸游所述或是事實，然而三次提及書籍之亡佚皆與金人密切相關，等於是為其責任歸屬定調。而〈會稽縣重建社壇記〉也有相似的指涉：「宋興，文物寖盛，自朝廷達於下州蕞邑，社稷之祀，略皆復古。不幸中更犬戎之禍，兵氛南被吳楚，中興七十年，郡縣之吏，往往惟餉軍弭盜，簿書訟獄為急。」(113)作者拈出靖康之難作為轉捩點，在此之前宋朝文物鼎盛，且遍及朝野，連「下州蕞邑」都已受相當之教化，然而異族的侵略卻使得這樣美好的傳統遲至七十年後還無法恢復。可是，靖康之禍的發生，腐敗的北宋朝廷難辭其咎，南渡後歷七十年仍忙於治軍滅盜、徒事訟獄，南宋朝廷也不能推諉塞責，可是在這段敘述中，罪魁禍首儼然就是「犬戎」。類似的論述模式亦可見於〈黃龍山崇恩禪院三門記〉，(114)他在此文中歷述黃龍山崇恩禪院毀興之事，感歎寺院往往「天下亂則先壞，治則後成」，並云：「黃龍山方南公時，學者之盛名天下，而其居亦稱焉。中更夷狄盜賊大亂之後，學者散去，施者弗至，昔之閎壯巨麗者，嘗委地矣」，表明了此一原先兼具內外之美的壯觀建築是因異族入侵而傾圮坍倒的。之後，他又說現在佛寺重建，回到昔日的盛況，是因為「兵革之禍不作，遠方之氓蕃息阜安，得以其公賦私養之餘及於學佛者」。篇終云其寫此記之目的在於「使凡至山中者，皆知前日之禍亂嘗如此，而國家之覆燾函育斯民，若是其深」。其敘述事件始末的方式，同樣以「夷狄盜賊大亂」為分界點，在此之前佛寺欣欣向榮，南公得行佛教之化，信眾亦欣然樂矣，而毀壞之後，須靠公私之力才得以回復，表示了異族為害之烈。最重要的是，他還以國家對百姓的照顧對比金人帶來的禍亂，暗喻南宋朝廷是文教得以復興、發展的重要推手，而北方異族只會造成全面的破壞。把這樣的思維表現得更為隱微曲折的要數〈呂居仁集序〉了。此序開首以長江黃河之成大川喻積累而後方為碩學：

---

(112) 同註❺書，卷 4937，頁 5。

(113) 同註❺書，卷 4943，頁 112。

(114) 同註❺書，卷 4941，頁 88。

> 天下大川莫如河江，其源皆來自蠻夷荒忽遼絕之域，累數萬里，而後至中國，以注於海。今禹之遺書，所謂岷積石者，特記禹治水之迹耳，非其源果止于是也。故《爾雅》謂河出崑崙虛，而傳記又謂河上通天漢。某至蜀，窮江源，則自蜀岷山以西，皆岷山也。地斷壤絕，不復可窮。河江之源，豈易知哉！古之學者蓋亦若是。惟其上探伏羲唐虞以來，有源有委，不以遠絕，不以難止，故能卓然布之天下後世而無愧。[115]

這個比喻是為了說明呂本中學問之宏大，他「講習探討，磨礱浸灌，不極其源不止。故其詩文，汪洋閎肆，兼備眾體，間出新意，愈奇而愈渾厚」，與以上所論正可相合。長江黃河之源頭來自蠻荒迢遠之地，必須經過長時間的蓄積與大範圍的匯集才能成其大而東注於海。不可知、不可窮盡、位於邊徼蠻荒之地的河川起源只是漫長成就過程的起點，而宋代的文藝根基與呂本中的學術功力才是長期積累的成果。[116]這種論述模式在〈賀葉樞密啟〉中亦可見到：「又況以本朝積累，而當荒陋崛起之小夷」。[117]如若把前面所舉的異族野蠻無文的行為、舉止對照來看，宋代文化與學術的豐實似乎正是水量充沛的黃河長江與遼闊宏壯的大海——所以他形容呂氏詩文用「汪洋閎肆」一詞——而蠻夷的文化尚在起初點，處於蒙稚時期，他們不僅身處邊鄙，見識亦頗為狹陋。這個比喻尚有其他可堪玩索的地方：中國被看作是學術文化集大成之所在，擁有悠久的歷史，那麼非中國之區域呢？

即使如史傳記載，金朝其實也有不錯的文化水準，並持續漢化，科舉亦試五經，對中國文學也有相當的興趣與涵養，《老學庵筆記》中有此一條：

> 淳熙己酉，金國賀登寶位使，自云悟室之孫，喜讀書。著作郎權兵部郎官鄭千里館之。因遊西湖，至林和靖祠堂，忽問曰：「林公嘗守臨安耶？」千里

---

[115] 〈呂居仁集序〉，同註[5]書，卷4933，頁340。

[116] 此文中言：「自漢以下，雖不能如三代盛時，亦庶幾焉。宋興，諸儒相望，有出漢唐之上者。迨建炎、紹興間，承喪亂之餘，學術文辭，猶不愧前輩。如故紫微舍人東萊呂公者，又其傑出者也。」同前註。

[117] 同註[5]書，卷4930，頁285。

笑而已。(118)

此段記錄雖然低調而看似客觀，其實卻隱含了淡淡的藐視與調侃。鄭千里「笑而已」，殊堪玩味。金國使臣知道林和靖，卻搞不清楚他是北宋人，其時杭州並非首都，也無臨安之稱。「笑」表示不正面反駁，「而已」則有基於禮貌不直言其誤或是妄添麻煩為其解釋，又或有擔憂金國使臣是否能夠理解的意思。總之，這條記載幽微地表達了一種態度：金人對大宋文物畢竟無法全面而深入地加以掌握，因而宋人無論如何仍處於某種異族難以企及的優勢。(119)我們試想，記錄此一事件可能的其他方式：例如稱揚、肯定金朝使者對中國文學家的興趣？或是基於同情的理解，設想宋朝使者學習金文並試圖了解其文化淵源與史地情形，因而了解其中的困難而願意熱心為他解說箇中緣由？

㈡蕩覆中原的元凶

被胡人占據的北宋故土，陸游也以「墮」、「沒」、「淪」、「陷」、「淪陷」等加以表述。這幾個字詞皆指涉了由某一較佳狀態至較差的狀態，例如「墮」代表了由高處落下、脫落或抽象的由好變壞，如懶惰、懈怠等，於是當讀到「關輔堂堂墮虜塵」(120)這樣的詩句時，眼前便出現二幅並置的畫面：只是一幅色調鮮麗、形制壯偉，一幅則瀰漫著煙塵，「墮」字精確地指出變化的關鍵點。「卻思巉然五千仞，可使常墮胡塵中」(121)即以「五千仞」之高山為煙塵所遮蓋，極意突顯出金人的髒污。(122)「沒」是被水淹沒或淹死、為土塵掩蓋、消亡，如「三萬里黃河入東

(118) 同註❼書，《老學庵筆記》，卷 1，頁 147。

(119) 〈賀周參政啟〉稱美周必大云：「一變猥釀枝駢之體，復還雄深灝噩之風。縉紳竊誦而得師，夷狄傳觀而動色。」似乎認定夷狄必然仰慕、學習中原的文化與傑出的作品。同註❺書，卷 4931，頁 301。

(120) 〈太息〉四首之四，同註❾書，頁 2413。

(121) 〈夢遊山水奇麗處有古宮觀云雲臺觀也〉，同註❾書，頁 595。

(122) 其他如〈北望〉「中原墮胡塵」、〈春日雜題〉六首之四「長安墮胡塵」、〈十二月二日夜夢與客並馬行黃河上憩於古驛〉二首之一「七十餘年墮犬戎」，同註❾書，頁 2307、2776、2958。

海，五千仞之太華磨蒼旻。坐令此地沒胡虜，兩京宮闕悲荊榛」[123]營造的畫面是源遠流長的黃河與高聳入天的華山俱皆陷入於不祥之沙塵或污水裡。而「淪陷」是被水浸沒或陷入土中，都是危險可悲的景況，暗示了被金人統治的地區即是悲慘世界。如「逆胡亡形具，輿地淪陷久」[124]令讀者眼前浮出整片大地向下沈陷的畫面。[125]同以水為喻者，還有「海內橫流日，吾猶及建炎」，[126]把胡人的侵略視為泛濫失控、吞滅一切的洪水。

更為激烈的行動則有賴「蕩」、「覆」等字眼的使用，大地被某種巨力搖動、甚至倒轉、翻覆，一切都在不安中邁向毀亡，如「河渭蕩腥臊」、[127]「中原方蕩覆」[128]等，而在「虜覆神州七十年」[129]這樣的表述中，「覆」字生動地傳達了翻覆的危急感，或是完全被胡虜遮蔽的迷茫感。

至於淪陷區的狀況則往往被形容成荒涼殘破的廢墟，如「神京遂丘墟」，[130]長滿了叢生的灌木，一片蕪亂：「兩京宮闕悲荊榛」、[131]「坐令河洛間，百郡暗荊棘」則以百郡之廣與「暗」字寫出大面積的荒蕪感。他又再三引用荊棘出銅駝的典

---

[123] 〈寒夜歌〉、〈戍卒說沉黎事有感〉中以「沉黎」代指淪陷區的遺民，也有沉下、沒入的含意。同註❾書，頁 2233、495。

[124] 〈聞蟬思南鄭〉，同註❾書，頁 1053。

[125] 其他如〈涼州行〉「舊時胡虜陷關中，五丈原頭作邊面」、〈夏日雜題〉八首之八「中原久陷身垂老」、〈哀北〉「哀哉六十年，左衽淪胡塵」，同註❾書，頁 1976、2825、1144。〈傅正議墓誌銘〉「會女真陷全燕，乘虛南下」，同註❺書，卷 4948，頁 198。

[126] 〈往事〉、〈登城〉「橫流始靖康，趙魏血可蹀」，同註❾書，頁 2566、661。〈德勳廟碑〉「以為方海內橫流」，同註❺書，卷 4946，頁 176。

[127] 〈得建業倅鄭覺民書言虜亂自淮以北民苦徵調皆望王師之至〉，同註❾書，頁 2623。

[128] 〈青城大面山中有二隱士一曰譙先生定字天授建炎初以經行召至揚州欲留之講筵不可拜通直郎直祕閣致仕今百三十餘歲巢居嶮絕人不能到而先生數年輒一出至山前人有見之者其一曰姚太尉平仲字希晏靖康初在圍城中夜將死士攻賊營不利騎駿騾逸去建炎初所在揭牓以觀察使召之竟不出淳熙甲午乙未間乃或見之於丈人觀道院亦年近九十紫髯長委地喜作草書蓋皆得道於山中云偶成五字二首託上官道人寄之〉，同註❾書，頁 1508。

[129] 〈跋張監丞雲莊詩集〉，同註❺書，卷 4937，頁 8。

[130] 〈拜張忠定公祠二十韻〉，同註❾書，頁 285。

[131] 〈寒夜歌〉，同註❾書，頁 2233。

故，[132]以見在宋治時繁華熱鬧的地區為金人統治後變為人煙稀少、荒僻破敗的景象：「無情恨荊棘，歲晚暗銅駝」、「中原何時定？銅駝臥荊棘」等。[133]而恢復中原則是「掃盡煙塵歸鐵馬，剪空荊棘出銅駝」。[134]在〈聞虜酋遁歸漠北〉一詩中，陸游誤信傳聞，大作文章，他先寫女真皇帝率眾北遁，而後幻想著北伐的勝利。詩篇中云：「共言單于遠逃遁，一夕荊棘生燕臺」，認為金人首領離開後的燕京將馬上長滿荊棘，表面上看來用的是前面所引典故的思維方式。但若仔細探查，不難發現其中的矛盾：之前的思維是金人占領之地即荊棘蔓生，此處是金人離去才生荊棘，可見作為金國京城之一的燕京原先是繁華的，這樣就背馳了原先的預設，反而間接承認在金人的統治下也有繁華的市況。

雖然在符號表現上陸游一再傳達淪陷區荊榛滿布的訊息，事實上他也知道並非如此。更值得關注的是以下這條記載：

> 虜覆神州七十年，東南士大夫視長淮以北，猶傖荒也。以使事往者，不復「黍離麥秀」之悲，殆無以慰答父老心。今讀張公為奉使官屬時所賦歌詩數十篇，忠義之氣鬱然，為之悲慨彌日。[135]

他指出南渡之後，宋朝士大夫視中原為鄙遠之地，不復目為故土亦未寄予深厚的民族情感，這就表示了「長淮以北」不一定是真的變成了荒廢的丘墟，而是在南人心裡變成了邊荒之地。而且，陸游使用「傖荒」二字實是意味深長：這是晉、南北朝時，南人譏嘲北地荒遠、北人粗鄙的用語。[136]他稱讚張監丞使北之賦歌詩，正是嘉

---

[132] 《晉書・索靖傳》「靖有先識遠量，知天下將亂，指洛陽宮門銅駝歎曰：『會見汝在荊棘中耳。』」唐太宗御撰、何超音義：《晉書》（臺北：臺灣中華書局，1971 年），卷 60，列傳第 30，頁 10。

[133] 〈歲晚〉、〈秋夜有感〉，此外尚有〈縱筆〉三首之一「露霑荊棘沒銅駝」，同註[9]書，頁 1896、1538、1417。

[134] 〈書事〉，同註[9]書，頁 3372。

[135] 同註[128]。

[136] 《宋書・杜驥傳》：「晚渡北人，朝廷常以傖荒遇之，雖復人才可施，每為清塗所隔，坦以此慨然」。梁・沈約撰：《宋書》（北京：中華書局，1974 年 10 月），卷 65，列傳第 25，頁 1720-

許其視北地為故土，對照一般士人的心態，陸游自不免「悲慨彌日」。[137]

北宋故土的景況在陸游筆下還是遭遺棄的地方：「兩京宮闕委胡塵」，[138]原本壯麗的宮殿被丟在塵土之中無人愛惜。因為金人的入侵，所以「中原失太平」、[139]「氛祲干太寧」，[140]之前的盛世與安寧無事的生活被異族剝奪了，「山河銷王氣，原野失大刑」[141]也都以相似的手法強調中原地區原本美好的狀態之被破壞與奪取。「中原失枝梧」[142]表示戰亂之後「失去」了重要的支撐，以致士氣衰疲。

「淪陷」、「蕩」、「覆」等在在暗示著北宋故土的不堪處境，所以重新取得治理之權力就是「復」、「恢復」，表示失而復得或終於回到原來較佳的狀態。[143]而且還要好好檢視一下，看看是否仍如未失陷前那般完美安好：「腥臊窟穴一洗空，太行北嶽元無恙」。[144]

㈢欺壓遺民的惡霸

既然以動物、髒污、盜寇等形容金人，談到留在淪陷區的「遺民」，陸游不免

1721。同註❼書，《老學庵筆記》卷 9，頁 313：「南朝謂北人曰傖父，或謂之虜父。南齊王洪軌，上谷人，事齊高帝，為青冀二州刺史，勵清節，州人呼為虜父使君。今蜀人謂中原人為虜子，東坡詩『久客厭虜饌』是也，因目北人仕蜀者為虜官。晁子止為三榮守，民有訟資官縣尉者，曰：『縣尉虜官，不通民情。』子止為窮治之，果負冤。民既得直，拜謝而去。子止笑諭之曰：『我亦虜官也，汝勿謂虜官不通民情。』聞者皆笑。」這條記載說明了陸游對南北朝時的這種用法了然於心，也可以看出至少這種分別在南宋時期的四川地區依舊如此。所引東坡詩為〈送笴芍藥與公擇二首〉，蘇軾自注：「蜀人謂東北人虜子」。

[137] 〈醉歌〉對此亦有著墨：「戰馬死槽櫪，公卿守和約。窮邊指淮淝，異域視京雒。於乎此何心，有酒吾忍酌？」，同註❾書，頁 1609。

[138] 〈雨中臥病有感〉，同註❾書，頁 1643。

[139] 〈北望〉，同註❾書，頁 2359。

[140] 〈趙將軍〉，同註❾書，頁 705。

[141] 同前註。

[142] 〈舒悲〉，同註❾書，頁 1227。

[143] 〈關山月〉「遺民忍死望恢復」，同註❾書，頁 623、〈上殿札子四〉「雖恢復中原」，同註❺書，卷 4925，頁 214、〈朝議大夫張公墓誌銘〉「上慨然思卻虜復中原」，同前書，卷 4950，頁 232。

[144] 〈九月十六日夜夢駐軍河外遣使招降諸城覺而有作〉，同註❾書，頁 344。

強調他們飽受欺凌的悲慘生活：「遺民膏血飽豺狼」，[145]並以「暴」字形容他們被欺凌糟蹋：「虜暴中原」，[146]還有對被異族統治的悲憤與厭惡：「遺民久憤污左衽」、[147]「溫洛滎河厭虜塵」，[148]所以南宋朝野皆應為其復仇雪冤。[149]而遺民的心理則是「群胡本無政，剽奪常自如。民窮訴蒼天，日夜思來蘇。……女得節制帥，弓刀肅馳驅？父老上失酒，善意不可孤」，[150]因為受盡了荼毒，自然心向故國，而「來蘇」二字表示在虜政下的無奈與重回祖國懷抱後所獲得的緩解與欣欣生意；「大事竟為朋黨誤，遺民空歎歲時遒」[151]以歲月遷延、遺民久等不耐表現其心向祖國之殷切；「遺民忍死望恢復，幾處今宵垂淚痕」，[152]「忍死」言其處境之難，後句則在靜默中蘊含了遺民的深情；而「關輔遺民意可傷，蠟封三寸絹書黃。亦知虜法如秦酷，列聖恩深不忍忘。」[153]則以具體的事例對比二國政法之寬嚴，帶出遺民的內心意願；「幽州遺民款塞來，來者扶老攜其孩」[154]以生動的畫面表現民眾亟欲掙脫箝制回歸祖國懷抱的情景；而在虛構的故事中，如若北伐，必定勢如破竹，連

---

[145] 〈題海首座俠客像〉、〈登城〉「小胡寧遠略，為國恃剽劫……遺民世忠義，泣血受污脅」，同註[9]書，頁1301、661。

[146] 〈書渭橋事〉，同註[5]書，卷4945，頁148、〈靜鎮堂記〉「虜暴中原久」，同前，卷4941，頁93。

[147] 〈秋雨歎〉，同註[9]書，頁1188。

[148] 〈客去追記坐間所言〉，同註[9]書，頁2922。

[149] 〈與沈知府啟〉「復列聖在天之仇，攄遺民泣血之憤」，同註[5]書，卷4932，頁316。〈感興〉二首之二「遺民淪左衽，何由雪煩冤」，同註[9]書，頁737。

[150] 〈感興〉二首之二、〈聞鼓角感懷〉「億萬遺民望來蘇」、〈書憤〉「遺民猶望岳家軍」，同註[9]書，頁739、1440、1906。

[151] 〈北望感懷〉，同註[9]書，頁2610。

[152] 〈關山月〉，同註[9]書，頁623。〈論選用西北士大夫札子〉「下慰遺民思舊之心」，同註[5]書，卷4924，頁198、〈賀葉丞相啟〉「永惟夷夏戴宋之舊，思見太平」，同前，卷4930，頁286。

[153] 〈追憶征西幕中舊事〉四首之四，同題四首之三摻雜了某些想像構築了類似的故事：「憶昨王師戍隴回，遺民日夜望行臺。不論夾道壺漿滿，洛笋河魴次第來」，詩末小注為「在南鄭時，關中將吏有獻此二物者」。〈觀長安城圖〉也以觀圖起興，虛構出「三秦父老應惆悵，不見王師出散關」的情節。同註[9]書，各見頁2928、2927、449。

[154] 〈聞虜酋遁歸漠北〉，同註[9]書，頁1270。

糧食等後勤補給皆可無虞：「壺漿簞食滿道傍，芻粟豈復煩車箱？」(155)收復淪陷區後遺民百感交集、亦悲亦喜：「落蕃遺民立道邊，白髮如霜淚如雨」。(156)他甚至斷言：「王師一出，中原豪傑必將響應」。(157)這些都是陸游筆下典型的遺民素描。而《老學庵筆記》所載的一則故事，則較真實而可信地表現了以上半屬虛構之敘事中的遺民心態：

> 故都李和炒栗，名聞四方。他人百計效之，終不可及。紹興中，陳福公及錢上閣愷出使虜庭，至燕山，忽有兩人持炒栗各十裹來獻，三節人亦人得一裹，自贊曰：「李和兒也。」揮涕而去。

汴京失傳已久的幾包炒栗子，傳達了深藏的故國之思。(158)可是來歸的遺民，卻苦等不到面見君王、懇請揮師北伐的機會，陸游在金山寺中「遇武人王秀，自言博州人，年五十一，完顏亮寇邊時，自河朔從義軍，攻下大名，以等王師，既歸朝，不見錄。且自言孤遠無路自通，歔欷不已。」(159)這段記載告訴我們對遺民之想像不能老是停格在「望來蘇」上，他們一樣要面對各種的挑戰、並不斷做出選擇，陸游知道隨著時光的流逝，「東都兒童作胡語」已不只是揣想，友人韓無咎出使金國的見聞，證實了他內心的憂慮：「舞女不記宣和妝，廬兒盡能女真語」。(160)更令人擔心的是若為異族統治時間過長，則將出現「耆年死已盡，童稚日夜長。羊裘左其衽，寧復記疇曩？」的景況，屆時南邊士大夫對淮河以北視如異域，北人亦不復昔時宋治的記憶，兩地隔絕，統一無望。〈代乞分兵取山東札子〉的幾段設問與設答清楚詳盡地呈現了陸游對此的認知全貌：

---

(155) 〈觀運糧圖〉，同註❾書，頁 2670。

(156) 〈出塞曲〉，同註❾書，頁 857。

(157) 〈書渭橋事〉，同註❺書，卷 4945，頁 148。

(158) 另一個可視為事實的是寄自敵後的來信：〈得建業倅鄭覺民書言虜亂自淮以北民苦徵調皆望王師之至〉，同註❾書，頁 2623。

(159) 同註❼書，《入蜀記》，卷 1，頁 18。

(160) 〈得韓無咎書寄使虜時宴東都驛中所作小闋〉，同註❾書，頁 371。

> ……竊見傳聞之言，多謂虜兵困於西北，不復能保京東，加之苛虐相承，民不堪命，王師若至，可不勞而取。若審如此說，則吊伐之兵，本不在眾，偏師出境，百城自下，不世之功，何患不成？萬一未盡如所傳，虜人尚敢旅拒，遺民未能自拔，則我師雖眾，功亦難必，而宿師於外，守備先虛……[161]

「傳聞之言」其實就是陸游自己所描寫的典型遺民境況，可是他在這篇文章中卻親自否定了這種可能，反而「遺民未能自拔」——遺民不願或不敢主動擺脫痛苦——才是南宋朝廷真正需要面對的困境。

㈣當受誅戮的醜虜

對宋人來說，金人是叛亂分子、竊奪固有山河，所以常以「逆」稱之。[162]其中提供較多內容者如「逆胡欺天負中國，虎狼雖猛那勝德」，因為迕逆天意、辜負有德之中國，是為「逆」之具體內涵，可見金人無德，這裡所指或是宋金於徽宗重和二年始通好，七年而金兵入寇，其間交涉及其後金之攻破汴京、虜二帝北去等事。「海東小胡辜覆冒，敢據神州竊名號。幅員萬里宋乾坤，五十一年讎未報」[163]指控發跡於遼海的金人對不起中國蔭庇、照拂的理由並不明顯，只是重申天下都應是宋人的，胡兒不該染指竊據。另外，他也指出胡人不守信用的習性：「犬羊自慣瀆齊盟」，[164]這可能也是其悖理之一例。[165]在「設使裔夷弗賓，侵犯王略，所為率其子弟，攻其父母」，[166]則將之比擬成子女攻擊父母般不孝不義之行為，也可見出隱隱

---

[161] 同註❺書，卷 4924，頁 199。

[162] 〈關山月〉「豈有逆胡傳子孫」、〈聞蟬思南鄭〉「逆胡亡形具」、〈題醉中所作草書卷後〉「逆虜運盡行當平」、〈予好把酒常以小戶為苦戲述〉「正如疾逆虜」、〈偶得北虜金泉酒小酌〉「逆胡萬里跨燕秦」、〈劍客行〉「正晝入燕誅逆虜」、〈初冬野興〉「逆胡未滅時多事」等，同註❾書，各見頁 623、1053、566、4121、1272、601、207。

[163] 〈夜讀東京記〉，〈劉太尉挽歌辭〉二首之一亦僅指出「羌胡忘覆育」，同註❾書，頁 591、56。

[164] 〈書憤〉、〈晚登子城〉「棘門灞上勿兒戲，犬羊豈憚渝齊盟」，同註❾書，頁 1420、719。

[165] 如「逆亮畔盟」即有以違反盟約稱其為逆之意，〈上殿札子四〉，同註❺書，卷 4925，頁 214。

[166] 同前註。

將宋朝比作父母、異族比作兒輩的心態。

北方異族既如此惡劣，陸游便多次以「醜」名之，[167]這個「醜」有邪惡、難看、怪異、令人憎惡或應自以為恥的涵意，正多方展現了宋人對其的觀感。「小醜」則帶有更強烈之蔑視。[168]

於是，這樣醜惡的敵人必須全數加以殲滅，陸游詩文中再三描寫這樣的意圖：如「洗盡羶腥春草生」[169]以文雅的修辭表達了殺絕金人的意志；「手梟逆賊清舊京」則是把京師內的敵人全數剷清，「窮追殄犬羊」是緊追不捨、絕不放棄，直到殺盡如犬羊般的敵人；還有用以火焚殺者：「幽州螘垤一炬盡」、「龍庭焚盡」，[170]對於殘餘的敵軍更不可放過：「犯邊殺汝不遺種」。[171]他也常常擔憂誅鋤未盡的後果或期盼盡數消滅敵人的一日：「至今遺種費誅鋤」、[172]「逆虜猶遺種」、[173]「孱虜猶遺育，神州未削平」、[174]「文雅風流雖可愛，關中遺虜要人平」、[175]「何日群胡遺種盡，關河形勝得重遊？」[176]他對金人能長久維繫其政權到傳予子孫的地步也頗為不解：「豈有逆胡傳子孫？」[177]立足於此一論點而往前推進一步的是以輕蔑貶抑的語氣饒過原本該當誅殺的敵人，如「遺虜何足醢」、「殘虜何足膏碪斧」[178]等，而「草間鼠輩何勞磔，要挽天河洗洛嵩」則把滅殺敵軍這等要事擺在一旁，

---

[167] 〈錢清夜渡〉「醜虜安足醢」、〈九月二十八日五鼓起坐抽架上書得九域志泣然有感〉「天地何由容醜虜」、〈書志〉「醜虜何足滅」，同註[9]書，頁 1339、2282、2310。

[168] 〈即事〉「小醜黃頭豈足吞」、〈長歌行〉「黃頭汝小醜」、〈書憤〉「天地固將容小醜」，同註[9]書，頁 4411、2308、1420。

[169] 〈軍中雜歌〉八首之二，同註[9]書，頁 1272。

[170] 〈碧海行〉、〈寄題儒榮堂〉，同註[9]書，頁 994、3094。

[171] 〈塞上曲〉，同註[9]書，頁 1479。

[172] 〈寄題儒榮堂〉，同註[9]書，頁 3094。

[173] 〈送王景文〉，同註[9]書，頁 76。

[174] 〈秋晚寓歎〉六首之三，同註[9]書，頁 2897。

[175] 〈次韻子長題吳太尉雲山亭〉，同註[9]書，頁 238。

[176] 〈雜感〉六首之四，同註[9]書，頁 3215。

[177] 〈關山月〉、〈禹祠〉「老虜失大刑，今復傳其雛」奇怪老一輩的金人為何能逃過死刑，終至將天下傳予子孫。同註[9]書，頁 623、1647。

[178] 〈夜坐〉、〈醉中作行草數紙〉，他如〈長歌行〉、〈出塞四首借用秦少游韻〉之一、〈醉歌〉也有類似的論述。同註[9]書，各見頁 2505、1597、2308、3527、1134。

而將重點放在清洗其所留下的腥羶髒臭上，表現了勝利的必然與敵軍的不足為慮。

在更多的篇章中，陸游聲稱這些異族不值一懼，而多以「殘虜」、「殘胡」、[179]「孱虜」、「弱虜」[180]或「遊魂」[181]稱之，表明其為清剿後的餘眾，只能苟延殘喘，而且力量孱弱，似鬼魂般移動不定、氣若游絲。如其已知敵後情報云：「虜穿塹三重，環長安城」後，明明守禦工事如斯嚴密，勢必難以攻克，卻還嘲笑金人：「穿塹環城笑虜孱」。[182]而也常以輕視的口吻稱其為「小夷」、「小醜」、「胡雛」、「小胡」。[183]

談到敵我接戰時，他慣常描繪北方異族的膽小怯弱。敵人怕死：「老胡畏誅」，[184]常是一交手即「獸奔鳥散何勞逐」，[185]而他們也無勇氣抵抗，馬上露出破膽喪魂的一面：「今茲縛纛下，狀若觳觫牛」、[186]「褫魄胡兒作窮鼠，競裹胡頭改胡語，陣前乞降馬前舞」、[187]「可汗垂泣小王號，不敢跳奔那敢戰」，[188]甚至到自請懲處的「黃頭女真褫魂魄，面縛軍門爭請死」，[189]或是因害怕敗戰的下場、討饒

---

[179] 〈小園〉四首之四「少年壯氣吞殘虜」、〈寄十二姪〉「念汝雖並塞，殘虜方守盟」，同註❾書，頁 1042、3525；〈跋曾文清公奏議稿〉，同註❺書，卷 4939，頁 49。〈送辛幼安殿撰造朝〉「殘虜犬羊何足嚇」、〈冬晴〉「寄語殘胡早遁逃」二者皆寓胡人不足為懼之意。同註❾書，頁 3314、3872。

[180] 〈秋晚寓歎〉「孱虜猶遺育」、〈秋雨歎〉「孱虜何足煩長纓」、〈村飲示鄰曲〉「孱虜氣可吞」、〈作雪〉「弱虜運將平」，同註❾書，頁 2897、1188、2261、2450。〈賀葉樞密啟〉「衰弱僅存之孱虜」，同註❺書，卷 4930，頁 284。

[181] 〈感興〉二首之一「殘虜尚遊魂」、〈聞虜政衰亂掃蕩有期喜成口號〉二首之二「遺虜遊魂豈足憂」、〈春晚即事〉四首之二「殘虜遊魂苗渴雨」、〈送潘德久使薊門〉「顧使殘虜今遊魂」，同註❾書，頁 737、1285、3920、1571。

[182] 〈觀長安城圖〉，同註❾書，頁 449。

[183] 〈賀葉樞密啟〉「而當荒陋崛起之小夷」，同註❺書，卷 4930，頁 284。〈書憤〉「天地固將容小醜」、〈悲歌行〉「中原宋輿圖，今仍傳胡雛」、〈登城〉「小胡寧遠略」。同註❾書，頁 1420、2209、661。

[184] 〈融州寄松紋劍〉，同註❾書，頁 616。

[185] 〈雪中忽起從戎之興戲作四首之二〉，同註❾書，頁 1429。

[186] 〈出塞四首借用秦少游韻〉之二，同註❾書，頁 3528。

[187] 〈出塞曲〉，同註❾書，頁 857。

[188] 〈大將出師歌〉，同註❾書，頁 887。

[189] 〈中夜聞大雷雨〉，同註❾書，頁 552。

乞憐，而受到詩人的訕笑：「馬前嘔啞爭乞降，滿地縱橫投劍戟。將軍駐坡擁黃旗，遣騎傳令勿自疑。詔書許汝以不死，股栗何為汗如洗？」[190]

另一方面，陸游對消滅胡虜的血腥場面，描寫極多。小如劍客之單槍匹馬出擊：「酒酣脫匕首，白刃明霜雪。夜半報讎歸，斑斑腥帶血……誓當函胡首，再拜奏北闕」，手刃敵人後匕首上仍留有猶帶腥味的血跡，更誓言要剁下仇人的頭顱裝在盒子裡呈給君王。雙方交戰，他也常以「遺虜何足醢」[191]之類的話語加以形容，戰勝後要把對方剁成肉醬，而將其置於礎板之上以刀斧屠宰的畫面在「殘虜何足膏碪斧」[192]一句尤其寫得驚心動魄。而「未履胡腸涉胡血」[193]則呈示出滿地血泊、屍骸散亂的情景，他甚至誓言：「焚庭涉其血，豈獨清中原！」[194]要一路殺至金人的老巢，還有「頭顱滿沙場，餘胔飼豬狗」[195]更加上將其屠戮後以屍塊飼餵動物的描述，令人不寒而慄。[196]還有〈秋月曲〉寫伐胡成功後要「漆胡骷髏持飲酒」，[197]把胡虜的首級砍下製成酒器，亦頗駭異。而依《史記·大宛列傳》「是時天子問匈奴降者，皆言匈奴破月氏王，以其頭為飲器」，[198]這是漢朝的敵人匈奴對付其對手月氏的方法，原文顯出匈奴的野蠻殘忍，而現在陸游改寫成漢人對付胡人方法，而且全篇洋溢著高昂的情緒與壯麗的氛圍，不見絲毫的恐怖血腥之感。殺戮行為的本質不變，卻被徹徹底底地美化了，如此一來，這個陸游大聲歌頌的軍人不正成為被漢人視為異類的匈奴的同級品嗎？然而，不管如何，在詩歌中陸游仍舊能夠一直保持漢人指點評譏異族的優勢。

---

[190] 〈戰城南〉，同註❾書，頁 625。

[191] 〈夜坐〉、〈錢清夜渡〉「醜虜安足醢」，同註❾書，頁 2505、1339。

[192] 〈醉中作行草數紙〉，同註❾書，頁 1597。

[193] 〈偶得北虜金泉酒小酌〉，同註❾書，頁 1272。

[194] 〈村飲示鄰曲〉，同註❾書，頁 2261。

[195] 〈出塞四首借用秦少游韻〉之四，同註❾書，頁 3529。

[196] 〈逆曦授首稱賀表〉中提到平地蜀地叛賊之後云：「菹醢以賜諸侯，雖特寬於漢法」，以「菹醢」之法對付盜寇，又云「頭顱之行萬里，已大震於戎心」，把斬下之首級萬里示眾，用以儆惕北方的異族，都是相當血腥的描述。同註❺書，卷 4923，頁 183。

[197] 〈秋月曲〉，同註❾書，頁 2208。

[198] 漢·司馬遷、〔日〕瀧川龜太郎著：《史記會注考證》（臺北：樂天書局，1986 年），卷 123，頁 1305。

〈焉耆行〉二首之二⑲曾如此摹寫北方異族放牧之場景：「焉耆山下春雪晴，莽莽惟有蒺藜生。射麋食肉飲其血，五穀自古惟聞名」，而戰爭中的北方異族所受到的待遇，與他們遊牧生活中所賴以為生的動物（如此詩中的麋）似乎相當一致，陸游所代表的我族儼然扮演了人類的角色而對如動物般的異族進行理所當然的屠戮，而且寫來一派輕鬆。回到前節相關的論述中，我們可以看到更為全面的圖象：當異族侵略我族時，是本性貪殘的豺虎搏擊啖噬人肉，⑳當他們占領中原時，對待遺民則如豺狼般飽食人類的膏血；㉑可是反攻得勝時，我族的行為一樣沾滿血腥味，然而論述的角度卻大幅轉變，成為光榮且理所當然的愛國義行。

五、結論

由以上的討論，我們可以看到陸游筆下的異族形象是如何被繪寫、建構以致於定型的。事實上，其中許多概念往往被綜合在一起，在同一首詩中，可出現竊賊、巨盜、犬豕、巢穴與忘恩負義等多重的意象與罪狀等。㉒而且，各個特質或類比也彼此相通而互為支撐，如性情的貪殘與野獸、對遺民的欺壓及當受誅戮皆相關，煙塵與賊寇、蕩覆中原等也是。於此，也可見出將這些描述拆解後條分縷析的繁雜的作業程序。然而，不如此，我們將不自覺地被詩人編織的巨網所吸黏而茫然不知其所以然。

有人認為「陸務觀《劍南集》句法稠疊，讀之終卷，令人生憎」，㉓指出了其詩作數量龐大、內容多有重疊的弊病。可是，仔細分析陸游之描寫異族，我們不得不承認「重覆」㉔的多層次、多面向的靈活運用的確對異族醜陋野蠻的基本形象起

---

[199] 同註❾書，頁 1405。

[200] 〈聞虜亂次前輩韻〉，同註❾書，頁 3320。

[201] 〈題海首座俠客像〉，同註❾書，頁 1301。

[202] 〈夜讀東京記〉，同註❾書，頁 591。

[203] 清·朱彝尊：〈書劍南集後〉，《曝書亭集》（臺北：臺灣商務印書館，1967 年），卷 52，頁 411。

[204] 陸游使用的「重覆」技法相當富於變化，包括了不經意的提及、不給理由彷彿其本然即如此與虛構生動的情節、刻意在相似的場景中透露某些細節等。

了凝定的作用，而在此基礎下，有限度地使用夸飾、轉品等修辭手法，也產生加乘的效果。還有，陸游善於由歷史中收集現成的素材，重新加工，更於異族形象在前述基調中含藏了更為深刻的意義。例如，他指稱金人用了「犬戎」、「匈奴」、「狄」、「羌胡」、「單于」、「頡利」等正史所載的北方異族及首領，用「天狼」、「胡星」、「旄頭」等慣常代指北虜進犯的星象，用其生理特徵、特殊裝扮或風俗如、「黃頭奴」、「索虜」、「旃裘」、「戎旃」等，甚至泛稱「夷狄」、「裔夷」等，這種大雜燴般的指代詞集合，傳達了一個強烈的訊息：他筆下的女真是滙聚了中國歷史上所有異族質素的民族，是那似乎從未改變的位居邊緣、理應稱臣納貢，卻又不斷衝撞、進犯、造成困擾的他者。

這樣的寫法畫出了僵化的異族形象，他們的內涵不因地點、時間而有所改變。例如，他在蜀地親眼所見的獠蠻與他未曾相處過的女真形象竟然如此類似。在無等院聚賭的獠蠻與他在《老學庵筆記》另一則記述的諸蠻本質亦無差別，他們都令人難以理解。還有，即便指出了「辰、沅、靖州蠻有仡伶，有仡僚，有仡僂，有山傜，俗亦土著」種種的分別，然其皆「外愚內黠」，仍舊顯不出其個別的差異。女真族到中原後被他廣泛地比作野獸，但「還爾舊穴遼天東」[205]也指出不管來之前與回去之後，他們是永遠無法擺脫獸類身分的。所以，異族對他而言，是其他，是位於我（族）之外的，他們沒有個體性、彼此亦難以區分。「污我王會篇」便是冀望他們像周朝時一樣永遠留在朝貢中國的位置。而我族則活在時間之流內，擁有悠久的歷史，能隨時改善、會演進變化。異族留在荒遠難知的起點，繼續著野蠻茫昧的生活，我宋則歷經長久的積累而成文明大國。

陸游構築的異族形象乍看起來似乎很完美，他們幾乎是一切缺點、惡行的澤藪，為世界帶來了陰暗與毀滅，然而仔細推敲，卻不難發現其中的矛盾與裂隙。他對遺民境遇的論述、對淪陷區一夕生荊棘的論斷等，都已顯露出理路不能一致的衝突。區分我族與異族的板滯標準，使得他處理其他與此標準牴觸的訊息時顯得遲緩鈍拙：

---

[205] 〈醉歌〉，同註[9]書，頁 1134。

使虜，舊惟使副得乘車，三節人皆騎馬。馬惡則踶嚙不可羈，鈍則不能行，良以為苦。淳熙己酉，完顏璟嗣僞位，始命三節人皆給車，供張飲食亦比舊加厚。[206]

趙相挺之使虜，方盛寒，在殿上。虜主忽顧挺之耳，愕然急呼小胡指示之，蓋閹也。俄持一小玉盒子至，盒中有藥，色正黃，塗挺之兩耳周匝而去，其熱如火。既出殿門，主客者揖賀曰：「大使耳若用藥遲，且拆裂缺落，甚則全耳皆墜而無血。」扣其玉盒中為何物，乃不肯言。但云：「此藥市中亦有之，價甚貴，方匕直錢數千。某輩早朝遇極寒，即塗少許。吏卒輩則別有藥，以狐溺調塗之，亦效。」[207]

己酉春，虜移文境上曰：「皇帝生日，本是七月。今為南朝使人冒暑不便，已權改作九月一日」。其內向之意，亦可嘉也。[208]

前兩則言使虜事，在在可見北虜改善使節待遇與關懷宋使的用心。可是，第一則未加評論，第二則敘事細膩，契丹皇帝的種種舉動都難以把他和動物聯想在一起，他觀察敏銳、處事明快，不惜予趙挺之宮廷上藥，然而這些都未獲得記述者的稱讚，反而將重點轉向比較一般用藥與宮廷用藥的不同。第三則是金人為免使節祝壽須冒酷暑，特地將皇帝的生日改期，易地而處，宋朝皇帝不太可能給予金使同樣的方便，所以這個貼心的舉動實在是難能可貴，然而陸游的評價是「其內向之意，亦可嘉也」，把出於人道考量的行為說成是歸附宋朝的表現，可說是扭曲了其原本的善意。

再者，雖然趙挺之為祝賀契丹皇帝生日之生辰使，待遇或較優厚，但這三個例子北朝君主的表現卻絲毫未併入陸游描繪異族形象的主體架構之中，他們的體貼、

---

[206] 同註[7]書，《老學庵筆記》，卷 1，頁 146。

[207] 同前註，卷 7，頁 272。趙挺之曾於宋哲宗元符二年以給事中兼侍讀差充賀北朝生辰使。

[208] 同前註，卷 1，頁 147。

細心、尋求改進等其實足以顛覆之前否認其有歷史、能進步、會改變的論點。

另一個矛盾之處是，陸游一方面強調敵虜的驕狂、跋扈，痛恨他們欺壓善良的遺民，一方面又以胡雛、小胡等加以侮蔑，並認為北伐一定能旗開得勝。金人怎能同時既強又弱，既占據了中原又極易驅離？所以認定其不足為慮、為小醜、宋朝軍隊能屠戮女真、驅趕其回至發跡地等，其實都是未來式，是陸游預測將來發生的事情，如此他才可以稍微自圓其說。

僵固的異族形象，也讓活著的生人忍受不必要的痛苦：

> 司馬侍郎樸陷虜後，妾生一子於燕，名之曰通國，實取蘇武胡婦所生子之名名之，而國史不書，其家亦諱之。[209]

司馬樸曾致書女真，請存立趙氏，後為金人所挾，卒於真定。這樣一個忠臣，因為被虜至北方所生之子，竟成為我族與異族敵對關係中不可提及的隱形存在，似乎是一個說不得的恥辱，這對這個小孩與司馬侍郎及其妾皆不盡公平。

陸游在其他的詩文中，面對這些裂隙也逐步進行了反省、深思，因而將其異族論述由形塑其僵固的形象帶入具有高度辯證性的境地，從而展現了自我與他者互相依倚、同步進化的深刻意義。例如，他認為宋朝的失敗在於不能維持北宋開國以來諸帝的優良政治傳統，不懂得用忠義之士與能臣、不重學術、士大夫失其「氣」與溺於黨爭等；而在晚年則嘗試融合二者的差異，承認異族也是人：「乾坤均一氣，夷狄亦吾人」，[210]而且藉著樹立最高的準則（如理、公道等）以容涵我族與異族的不同，他還將異族的入侵、騷擾看成是足以砥礪國家的砭石。這些都是值得進一步探索的議題。

本篇論文以陸游描述異族的語詞、概念為主，仔細釐析其組構的過程與藉其建立的異族形象，相信有助於了解描述他者的基本型態，以作為相關研究的重要參考。這個研究成果，亦可作為連結之前或之後相關發展的參考座標，例如，陸游顯

---

[209] 同前註，卷 10，頁 324。

[210] 〈斯道〉，作此詩時陸游 69 歲，同註[9]書，頁 1967。

然遠離了陳與義此類論述中致力護持個人世界的路線，而比較偏向杜甫那種一意投入的情感樣態，可是，杜甫把安史亂軍造成的禍害想成無止盡的「瘡痍」，[211]而缺少陸游那樣視異族為提昇生命境界之助力般正面的思考。另外，這個型態自成系統，如若缺乏強大的覺察力，便極易莫名所以地進入其語境，而完全認同作者所持的立場，藉著逐步拆解其組構此綿密網絡的元件，讀者便能比較容易觀察到自己所在的位置，從而深思陸游愛國詩作的典範地位是如何建立的，以及對這些作品的喜愛為何在某些特定的歷史時空中湧現的原因。此外，陸游對他描寫的諸種敵我對照的情況，其實是具有雙重層面的了解，而他為何多選擇在詩篇中創造廣濶的場景追奔逐北，而往往在散文中鋪陳他對現實的認知，不僅牽涉到文體傳統的差異，也須與相關的異族論述作更大範圍的連結，才能得到較為完善的解釋，這也是可以繼續探討的問題。[212]

---

[211] 如〈別蔡十四著作〉「天地則瘡痍」、〈北征〉「乾坤含瘡痍」，同註[69]書，各見卷 14，頁 1259、卷 5，頁 395。

[212] 胡傳志說：「陸游筆下的北方民心有虛有實，虛多於實。」原因是「客觀條件的限制」與「主觀上的偏聽偏信」，洵有見地。但我以為陸游本身對此理想與現實之差別本就有相當清楚的認知，只是刻意選擇不同的文體，融合邊塞諸家詩歌的不同元素，突出其感染力，創造了新穎的境界，引領了新風格的誕生。〈論陸游筆下的北方及相關問題〉，《中國韻文學刊》2004 年第 2 期，頁 50-55。

The Image of "the Other" in Lu Yu's Works

Huang Yi-jen[*]

Abstract

One of the reasons that LuYu's patriotic lyric poems are so popular is that the readers of different dynasties easily take the same ethnological position as Lu's. Thus this paper tries to analyze the image of 'the Other' in Lu's works in order to know its real contents and explain how it is approved by readers. As a result, the image is quite negative. Lu Yu depicts the Other as animals, dust, and demons which imply brutality, dirtiness, and evil. Therefore the Other should be eliminated because it not only overthrows the Sung regime but also abuses the Han people living in the north. In spite of the negative quality, the image of 'the Other' can still lead Lu Yu to explore more complicated issues about this subject.

Keywords: Lu Yu, patriotic lyric poems, "the Other", identification, image

* Professor, Department of Chinese Literature, National Taiwan University.

明清滄浪亭古園重修與歷史文化記憶

曹淑娟

提　要

園林是一處流變不居的空間，在同一基址上的各種物質與文化建設，又在時間之流中反覆地銘刻著變遷的印痕，是連續的發展過程，也是分解與取代的過程。古園重修，則是藉由各種物質與文化形式的重新構作，對這些刻痕進行再一次摹寫複刻。但它同時也反映著重修之時相殊的社會文化，致使這些摹寫複刻的印痕不會是以全然相同的圖示密合出現，往往彼此參差重疊，游移在加深與覆蓋之間。

蘇州滄浪亭自孫承祐開闢之後，經歷蘇舜欽、章惇（或章楶）、韓世忠等舊主更迭，由元迄明，廢為僧舍。自明嘉靖始，蘇州知府胡纘宗建韓蘄王祠，僧人釋文瑛復建滄浪亭，明白揭示了追尋歷史文化意義的方向，可惜無以為繼。直到入清之後，在清朝數位朝廷命官宋犖、梁章鉅、張樹聲等先後相繼的作為中，遙遙呼應了釋文瑛的遺緒，他們主導了園景重修的工程，認取了蘇舜欽滄浪亭的典範意義，並留下大量的重修記與相關文本。本文以之為例，觀察作為地景的滄浪亭，如何在重修過程中，一次次追尋園林的歷史文化記憶，結合主持者和追隨者的信念、實踐和技術等元素，選擇性的進行摹寫複刻的工程。摹寫複刻同時也是刮除重寫，有些記憶逐漸消散，印痕逐漸被刮除；有些記憶被刻意地強調，在地景上以新的物質文化形式來銘刻重寫，同時引發新的書寫。

作為地景的滄浪亭是一個開放的文本，在刮除與重寫的累積中，蘇舜欽與滄浪亭的典範意義逐漸形成，但意義的邊界同時也一次次被重新修正調整。

關鍵詞：滄浪亭　蘇舜欽　宋犖　記憶　身份認同　園林重修

【作者簡介】國立臺灣大學中國文學博士，現任臺灣大學中國文學系教授。曾任捷克查里士大學客座教授，目前為哈佛大學東亞系訪問學人。主要研究領域為園林文學、明清文學、中國詩詞學，尤其關懷文學如何書寫人的存在境遇與感受，著有《漢賦之寫物言志傳統》、《華夏之美——詩歌》、《晚明性靈小品研究》、《流變中的書寫——祁彪佳與寓山園林論述》等專書，以及〈從清言看晚明士人主體自由之追尋與呈顯〉、〈從自敘傳文看明代士人的生死書寫〉、〈小有、吾有與烏有——明人園記中的有無論述〉、〈園舟與舟園——汪汝謙湖舫身份的轉換與局限〉、〈白居易的江州體驗與廬山草堂的空間建構〉等論文。

明清滄浪亭古園重修與歷史文化記憶

曹淑娟*

一、前言——重修滄浪亭

園林是一處流變不居的空間，自興造伊始，由自然山水之區變身為人文活動場域，便已褪去了自然山水的永恆性質，進入時間推移的計量領域，伴隨著人事的興衰起伏而變動，在成毀之際，以片段的形式稍作駐足，作為每一時間段落中留下的印痕。是以杜牧追尋晉石崇的金谷園，但見「繁華事散逐香塵，流水無情草自春」，袁宏道追思吳中舊日名園，感慨「所謂崇岡清池、幽巒翠篠者，已為牧兒樵豎斬草拾礫之場矣」。亭臺摧朽、井垣頹斷，人為景象的崩解頹敗，固然訴說著一座園林的消失，而流水自流，春草自春，它們從園林的景象結構中解散出來，重新回歸為大自然的一部分，同樣逼顯出園林生命的有限性。❶

然而作為一個空間區域，在同一基址上的各種物質與文化建設，又在時間之流中反覆地銘刻著變遷的印痕，猶如文化地理學者指出：地景是一張不斷刮除重寫（palimpsest）的羊皮紙，是連續的發展過程，也是分解與取代的過程。❷個別園林生

---

* 國立臺灣大學中國文學系教授。

❶ 園林有異於山水，落在時間推移的有限性之中，不可逃免於就荒與易主的問題，明人對此曾有過許多回應思索，請參見曹淑娟：〈小有、吾有與烏有——明人園記中的有無論述〉，《臺大中文學報》第二十期（2004 年 6 月），頁 195-238。

❷ Mike Crang 的《文化地理學》一書採人文地理學的立場，兼括處理觀念與物質、實踐與地方、文化與空間如何關聯等問題。認為地景反映了整個社會文化的信仰、實踐和技術，是一套具有象徵

命的興榮與衰敗，雖只是一個短暫消逝的過程，也參與進地景模塑的歷史，留下了或深或淺的刻痕。而古園重修，則是藉由各種物質與文化形式的重新構作，對這些刻痕進行再一次摹寫複刻。但它同時也反映著重修之時相殊的社會文化，致使這些摹寫複刻的印痕不會是以全然相同的圖示密合出現，往往彼此參差重疊，游移在加深與覆蓋之間。古園重修每也伴隨著生產大量的文字書寫，這些書寫或記存了重修時的地景，或說明重修反映的信念選擇和人生實踐，結合古園歷史的追憶，以各種角度與方式開拓園林歷史的縱深度，建構起歷史古園的園林歷史。

蘇州滄浪亭自五代為世人所開闢之後，迭經易主、荒廢、重修的歷程，並留下大量的重修記與相關文本。筆者嘗試以之為例，觀察作為地景的滄浪亭，如何在重修過程中，一次次追尋園林的歷史文化記憶，結合信仰、實踐和技術等元素，選擇性的進行摹寫複刻的工程。摹寫複刻同時也是刮除重寫，有些記憶逐漸消散，印痕逐漸被刮除；有些記憶被刻意地強調，在地景上以新的物質文化形式來銘刻重寫。

滄浪亭位於蘇州城南，為蘇州現存名園中擁有最久遠歷史的園林。❸自宋迄今，歷朝累修的相關方志，如《蘇州府志》、《吳郡志》、《吳縣志》、《長洲縣志》等，❹在園林、人物、祠廟、古蹟、藝文等等類目下，都可檢索到與滄浪亭其地其人其事相關的記載，「蘇舜欽」、「滄浪亭」、「滄浪亭記」、「蘇學士祠」、「韓園」、「韓蘄王府」、「韓蘄王廟記」、「宋丞相章子厚宅」等條文，它們以並列的文字，從不同的角度提供了多元的記憶線索。茲為方便下文之討論，

意涵的表意系統，也是隨著時間而抹除、增添、變異與殘餘的集合體。Mike Crang 著，王志弘、余佳玲、方淑惠譯：《文化地理學》（臺北：巨流圖書公司，2006 年），頁 18、27-28。

❸ 陳從周主編：《中國園林鑑賞辭典》（上海：華東師範大學出版社，2001 年），頁 43。

❹ 筆者披閱所及，有宋·范成大撰、陸振岳校點：《吳郡志》（南京：江蘇古籍出版社，1999 年）。明·李詡：《江蘇省續吳郡志》（臺北：成文出版社，1983 年）。明·皇甫汸等編：《隆慶長洲縣志》（上海：上海書店，1990 年）。明·《萬曆長洲縣志》（臺北：臺灣學生書局，1987 年）。明·牛若麟修，王煥如纂：《崇禎吳縣志》（上海：上海書店，1990 年）。明·張德夫修，陳其弟點校：《長洲縣志》、明·楊循其撰，陳其弟點校：《吳邑志》（揚州：廣陵書社，2006 年）。明·盧熊撰：《江蘇省蘇州府志》（臺北：成文出版社，1983 年）。清·李銘皖、譚鈞培修、馮桂芬等纂：《同治蘇州府志》（臺北：成文出版社，1970 年）。清·李光祚修、顧詒祿等纂：《乾隆長洲縣志》（南京：鳳凰出版社，2008 年）。曹允源、李根源纂：《民國吳縣志》（南京：鳳凰出版社，2008 年）。

先綜合匯集各本方志的記載，以時間先後為序，簡要勾勒滄浪亭實體園林的興衰與重修過程。

滄浪亭其地初為五代時孫承祐的池館，孫氏為廣陵王錢元璙（887-942）近戚，皆留意經營園池，其地由自然山水的角隅走入人世的歷史，❺此時尚無滄浪亭之稱名，其後隨世事改易而荒廢。至北宋慶曆年間，詩人蘇舜欽（1008-1048）獲罪流寓吳中，重新發現孫氏舊園，購地整修，構亭名「滄浪」，並作〈滄浪亭記〉，為此園地首見之專名。四年後蘇氏卒，園為章、龔二家❻分得，章家建閣起堂，重加擴建，併入洞山，發現地下有嵌空大石，疊石增景，兩山相對，章氏園名甲東南，成為一時雄觀。其後金人入侵，宋室南遷，園為抗金名將蘄王韓世忠（1089-1151）所得，在滄浪亭外，增設諸多人為景象，如築橋於兩山之間，名曰飛虹，另有寒光堂、冷風亭、翊遠堂、濯纓、瑤華境界、翠玲瓏、清香館，時人稱韓家園或韓蘄王府。韓氏之後，有關滄浪亭的記憶模糊了數百年，大抵由元迄明，廢為僧舍，先後為大雲庵、妙隱庵等。直至明嘉靖年間，蘇州知府胡纘宗（1480-1560）曾於舊址上之妙隱庵建韓蘄王祠，二十餘年後僧人釋文瑛則復建滄浪亭，然都旋即荒廢。再至清康熙二十三年，兩江總督王新命（1684-1687 在任）建蘇公祠，三十四年江蘇巡撫宋犖（1634-1714）尋訪遺跡，復構滄浪亭于山上，並築觀魚處、自勝軒、步碕廊、蘇公祠等。道光年間，布政使梁章鉅（1775-1849）重修此園，與陶澍（1779-1839）增建五百名賢祠，然於咸豐十年毀於兵火。同治十二年巡撫張樹聲（1824-1884）再度重修，建亭原址，並全面重新規劃園林景象，或沿用舊名，或新作品題，而有明道

---

❺ 《吳郡志》、《蘇州府志》等俱云：《石林詩話》以為錢氏時，廣陵王元璙池館。或云其近戚中吳軍節度史孫承祐所作。案志中另有南園等為元璙舊圃，「老木皆合抱，流水奇石，參錯其間」，宋時文人每喜往遊，王禹偁有「他年我若功成後，乞與南園作醉鄉」之句，蘇舜欽亦有遊南園詩。《吳郡志》，卷 14，頁 188-191。滄浪亭與南園相鄰近，或者原屬南園一隅，後歸承祐。

❻ 自范成大《吳郡志》「滄浪亭」云：「子美死，屢易主，後為章申公家所有。」卷 14，頁 188。各本方志皆從之。章申公即章惇，曾為宰相。然陳植、張公弛指出：據南宋龔明《中吳紀聞》云：「予家舊與章庄敏俱有其半，今盡為韓王所得。」章庄敏指章楶，認為楶、惇同族，皆居蘇州，可能因此涉誤。參見二位先生選注：《中國歷代名園記選注》（合肥：安徽科學技術出版社，1983 年），頁 17-21。

堂、東菑、西爽、五百名賢祠、翠玲瓏、面水軒、靜吟、藕花水榭、清香館、聞妙香室、瑤華境界、見心書屋、步碕、印心石屋、看山樓等。此度重修之部分建設得以保存，形成今日蘇州滄浪亭的主要架構。❼

在上述可溯的歷史記錄中，可見今日所稱的「滄浪亭」並非始終以園林的面貌出現，也非一直以滄浪亭為名，園景迭經興廢變更，更遠非舊時原貌。由五代至今，約略千年的時光，它在貴戚園林、文人園林、將軍府、浮圖寺廟與廢沼荒丘之間流轉身份，穿梭於個人／社會、民間／官方、庶民／權貴、隱密／開放等看似對立的性質之間，可以大別為兩大階段：明代中葉以前，其地隨著人事的變動、所有權的轉移，各有興造的重心和意義的賦與，也落在園林就荒－易主－就荒的輪轉中。自明嘉靖始，蘇州知府胡纘宗建韓蘄王祠，僧人釋文瑛復建滄浪亭，明白揭示了追尋歷史文化意義的方向，可惜無以為繼。直到入清之後，在清朝數位朝廷命官先後相繼的作為中，遙遙呼應了釋文瑛的遺緒，他們主導了園景重修的工程，並認取了蘇舜欽滄浪亭的典範意義。

於是，蘇舜欽超越與孫承祐、章、龔二氏、韓世忠等人並列的園主身份，成為意義的主要建構者。其實，從實體建設的角度來看，孫承祐是開園之祖，將這片地域由郊野中辨識出來，經由他的整治，塑造了園林的基本地貌。相距百年後，蘇舜欽重臨其地，覺「坳隆勝勢，遺意尚存」，大抵順其遺意疏理草木，凸顯水竹相映的美感，最主要作為在「構亭北碕，號滄浪焉」，並作〈滄浪亭記〉。相較之下，後來的章氏、韓氏是更有積極作為的園主。章氏發嵌空大石，擴建兩山相對之景，韓氏的山堂、平臺、梅亭、竹亭、木犀亭等建設，都在園林實景上締造新局面，而且也為清代以降重修者所接受認同，反映在今存之印心石屋、翠玲瓏、瑤華境界、清香館等園景的修建與命名上。所以說在實體建設方面，蘇舜欽可能是其中著力最小的園主，何以後人在追尋園林的歷史意義時，往往卻選擇了他而非別人？可見在

❼ 今日滄浪亭之地景分析，園林學者陳從周《蘇州園林》、楊鴻勛《江南園林論》等論著皆多述及，不遑縷舉。近讀季進：〈地景與想像——滄浪亭的空間詩學〉（《文藝爭鳴・現象》，2009年7月，頁121-128），該文綜合運用 Mike Crang《文化地理學》、巴舍拉《空間詩學》中的觀念，分析今日滄浪亭的地景空間，論述相當精彩，雖與本文關懷不同，篇首也指出滄浪亭地景的文化銘刻隨著反覆的消除、混雜而變異轉新，可參見。

後人回顧中，注目的不單是園林景象，他們另有所見。

「注視是一種選擇行為，我們注視的永遠是事務與我們之間的關係。」❽觀看者選擇觀看的角度和方式，決定了觀看到的內容。那麼，那些選擇了蘇舜欽來建構滄浪亭歷史的後人，他們有怎樣的觀看角度和方式？又是如何觀看孫承祐、章氏與韓世忠？

宋明以降，遊園風氣興蔚，文士們或者朋友群體遊園，往還唱和，或者獨自來尋幽景，詠懷寫心，留下大量的文本。此外，自明中葉開啟的重修過程，主持重修工程者或者倩人作記，或者自行作記，甚至為園林編為小志，亦都有意藉由書寫傳遞重修古園的意義。本文嘗試從這些文士的相關書寫中，訪尋觀看角度的設定與所喚起的歷史文化記憶間的聯結，看他們如何書寫一次次的重修工程所塑造的滄浪亭地景，並呈現滄浪亭具有典範意義的形塑與轉化過程。

二、韓世忠——訪尋英雄、表彰忠義的典範認同

南宋之初，韓世忠入主滄浪亭，而韓氏逝世（1151）之後，這片園林基址如何輾轉易主，文獻記載並不清楚，南宋末年，吳文英（1207？-1276？）等人來遊，仍稱滄浪，〈金縷歌——陪履齋先生滄浪看梅〉詞云：

> 喬木生雲氣。訪中興、英雄陳迹，暗追前事。戰艦東風慳借便，夢斷神州故里。旋小築吳宮閑地。華表月明歸夜鶴，嘆當時花竹今如此。枝上露，濺清淚。　遨頭小簇行春隊。步蒼苔、尋幽別塢，問梅開未。重唱梅邊新度曲，催發寒梢凍蕊。此心與東君同意。后不如今今非昔，兩無言相對滄浪水。懷此恨，寄殘醉。❾

---

❽ John Berger 著，吳莉君譯：《觀看的方式》（臺北：麥田出版社，2005 年），頁 11。

❾ 吳文英：〈金縷歌——陪履齋先生滄浪看梅〉，楊鐵夫箋釋，陳邦炎、張奇慧校點：《吳夢窗詞箋釋》（廣州：廣東人民出版社，1992 年），頁 338-339。

據楊鐵夫箋釋，此詞應作於嘉熙二年（1238），吳潛（1195-1262）號履齋，前一年由慶元府改知平江府，吳文英正在倉幕，「見時事日非，故此詞不無感慨」。❿此詞小題稱「滄浪看梅」，但所追前事，主要線索不在園林歷史，而在南宋歷史，是以非孫承祐之始闢園林，亦非蘇舜欽之始立滄浪亭，而是韓世忠之「英雄陳迹」。在詞人的記憶裡，韓氏曾繫中興眾望，卻受困於外在形勢，未能北伐退敵，只能寄情園林，老死江南。以此舊事鋪墊為背景，用以抒發今日同儕看梅滄浪亭，實懷抱感慨時局的心事。吳潛和作詞題即標出「韓氏滄浪亭」，並以「百歲光陰如夢斷，算古今、興廢都如此」，來回應吳文英的感傷。⓫

其實，韓氏未必「夢斷神州故里」之後，才「小築吳宮閑地」，據《長洲縣志》記載：

> 韓蘄王府俗稱韓家園，卽章氏園也。紹興初，韓蘄王提兵過吳，意甚欲之，章殊不悟，即以隨軍轉運檄之。章窘迫，亟以為獻，其家百口，一日散居。⓬

記錄中那假公濟私，藉端訛詐，強占民園，致人家族離散者，正是抗金英雄韓世忠。在提領大軍的將軍面前，不論是章惇或章楶的後代都成相對的弱勢。然而因為強調抗金功動的主流價值，這來自民間口耳相傳的地方記憶，往往被刻意的忽略或遺忘。吳文英亦是如此。約隔四十年，詞人再作〈古香慢——賦滄浪看桂〉：

> 怨娥墜柳，離佩搖葓，霜訊南圃。漫憶橋扉，倚竹袖寒日暮。還問月中游，夢飛過金鳳翠羽。把殘雲剩水萬頃，暗熏冷麝淒苦。　漸浩渺、凌山高處，

---

❿ 《吳夢窗詞箋釋》，頁 338。

⓫ 吳潛〈賀新郎——吳中韓氏滄浪亭和吳夢窗韻〉：「撲盡征衫氣，小夷猶、樽罍杖履。蹋開花事，邂逅山翁行樂處，何似烏衣舊里。歎荒草、舞臺歌地。百歲光陰如夢斷，算古今、興廢都如此。何用灑、兒曹淚。　江南自有漁樵隊，想家山、猿愁鶴怨，問人歸未。寄語寒梅休放盡，留取三花兩蘂，待老子、領些春意。皎皎風流心自許，儘何妨、瘦影橫斜水。煩翠羽，伴醒醉。」上片回應吳文英的感慨，下片以歸隱山林之意自解。《吳夢窗詞箋釋》，頁 338。

⓬ 《（隆慶）長洲縣志》（上海：上海書店，1990 年），頁 405-406。

秋濇無光，殘照誰主？露粟侵肌，夜約羽林輕誤。剪碎惜秋心，更腸斷、珠塵蘚路。怕重陽，又催近、滿城風雨。⓭

時當宋室覆亡前後，⓮以山水浩渺的滄浪景物，結合隱約朦朧的事典文典，抒寫國勢淩夷、英雄無覓的感傷。詞中既用杜甫〈佳人〉詩「天寒翠袖薄，日暮倚修竹」之句，帶出家國變亂中的孤貞形象，也隱約暗用唐明皇遊月宮的傳說，想像前朝盛主如何面對殘破山河與孤寂殘生。秋濇無光中，吟哦「殘照誰主」之際，感嘆的豈止滄浪景物無主，更是憂患萬里江山飄搖風雨。詞人滄浪看桂，結合園林與家國情境興懷，若問他心中想望的園林舊主何人，應仍是那中興英雄韓世忠！

滄浪此後走入了無主的時期，大抵可知者，由元迄明皆為僧舍，約在元延祐年間（1314-1320），僧宗敬建妙隱庵，至正年間（1341-1368），僧善慶建大雲庵，一名結草庵，明嘉靖初曾經重修。二庵因與肇始於唐代之南禪寺相鄰，又被視為南禪寺之別院。

這片空間以宗教園林的身份傳承數百年，對明代大多士人而言，應是早已習慣性地接受了。如明代中期極具代表性的文人領袖沈周（1427-1509），曾於弘治十年（1497）秋來遊大雲庵，而有〈草菴紀遊詩并引〉，數百字的長引中先是描述其水流縈帶的地理大勢，其次便結合草庵的宗教性質，敘寫放生池中的兩石塔、獨木橋後的主僧茂公房等宗教建物與四圍環境的關係，後段帶出歷史感受，但追索的仍是佛教人物的傳承：

後亘土岡延四十丈，高逾三丈。上有古栝喬然十尋，其枝骸髏深翠，數百年物。……山空水流，人境俱寂，宜為修禪讀書之地。勝國時有斷崖和尚肇業於此，繼之寶曇，曇傳為斷崖轉生，皆了悟之人。地理家謂其四獸俱全，風

⓭ 吳文英：〈古香慢——賦滄浪看桂〉，《吳夢窗詞箋釋》，頁345。

⓮ 楊鐵夫云：「此詞疑作於德祐二年之後，祥興二年之前，必晚年近於絕筆者也，當定為集中最後之作。」楊氏推論夢窗卒年在德祐二年之後，舉出五證，〈古香慢——賦滄浪看桂〉為其一。同前註。

氣藏鬱，以是觀之，吳城諸蘭若莫之及矣。⑮

枝榦骸髏深翠的數百年古木，有可能是蘇、章、韓家舊物，但沈周無意於涉入歸屬僧舍之前的歷史，是以仍回到明初斷崖和尚與寶曇的傳承關係。沈周夜宿西小寮，見紙牕外月色耿耿，作五言律云：「塵海嵌佛地，廻塘獨木梁。不容人跬步，宛在水中央。僧定兀蒲座，鳥嘑空竹房。喬然雙石塔，和月浸滄浪。」⑯詩中雖有滄浪二字，然實傾向水勢浩渺的取義，而非對蘇舜欽滄浪亭的懷想，其文與詩始終洄游在佛教的空間性質裡。

直至明嘉靖年間，蘇州知府胡纘宗才在妙隱庵改建了韓蘄王祠，這片山空水流、人境俱寂的宗教空間，開始與之前的俗世人事有了具體的聯結。韓蘄王祠祭祀韓世忠，是此地舊主之一，但真正說來，建祠的目的不在於追溯此地歷史、記憶舊時主人，而是在表彰忠義的政策下，多次遷移祭祀地點後的選擇。案明朝自成化十年（1474），蘇州知府丘霽（1457 進士）奏請將韓蘄王納入祀典，以其「當靖康建炎間，屢立戰功，捍衛王室。維時駐蹕臨安，而三吳實在畿內，民獲脫虎口而弗至肝腦塗地者，惟王是賴也。」此後每年於仲秋之月舉行祀典，然無固定處所，或借山寺而祭，或在城結茇而祭。至弘治四年（1491），知府史簡開始在南禪寺旁韓氏舊宅之地舉行祭祀，然無祠廟之設立。弘治十一年（1498），知府曹鳳在靈巖山西麓韓氏冢墓之南立廟，然未久即為山民所毀。嘉靖二年（1523），知府胡纘宗在南禪寺旁之妙隱庵改建韓蘄王祠，作為舉行祭祀之禮的固定處所。⑰

二次立廟先後留下兩篇廟記，張習撰〈韓蘄王廟記〉為曹鳳立廟於靈巖山麓韓氏冢墓而作，黃省曾（1496-1546）〈韓蘄王廟碑記〉為胡纘宗於妙隱庵改建韓蘄王祠作，祠廟處所雖有不同，然立廟動機先後相承，可以互相參看。張記旨在闡揚韓蘄王的忠義精神，表彰褒崇入祀的意義，所以前半記事，說明知府曹鳳立廟墓南的

---

⑮ 沈周：〈草菴紀遊詩并引〉，清·宋犖編：《滄浪小志》（海口市：海南出版社，2001 年），卷上，頁 12b-13a。

⑯ 同前註。

⑰ 明朝祭祀韓蘄王地點遷移情形，可參見《吳邑志》，卷 6，「宋太師韓蘄王祠」條之記載。胡纘宗撤妙隱庵寺廟前殿佛像，改塑韓蘄王像於其中。

籌劃與完成；後半記人，追憶韓世忠於南北宋之際的英勇事功，以及南渡後的偃蹇以終。最後結以追祀前代忠義的意義：

> 吁！以一人之身為國家用否而繫天下安危，可見忠義之在斯人，與天地之元氣相為周流，日月同其光明，山川同其流峙，草木昆蟲同其生息，暢達有不可掩焉者。故前後大夫不私於吾郡，而揚於大廷、暴之天下，聖天子於前代之忠義，錫之寵光，載之祀典，俾三百年之隱伏，煥一新於今日，垂衍千萬世而弗泯。⓲

立廟追祀，表揚其人忠義之氣於天下，而其氣與天地元氣相為周流，體現在萬物之間，祀所的轉移並不影響祀典的意義，是以胡纘宗改立祠於妙隱庵，黃省曾的〈韓蘄王廟碑記〉文字相對簡省許多，僅追溯祀韓的歷史：

> 宋蘄國韓忠武王，紹興二十一年八月壬申薨於臨安。十月庚子，大葬於平江靈巖山。厥麓有廟，不著攸始。李士英宋錄云：嘉泰四年，立廟鎮江粵。稽乘書無之，殆卽平江耶？我朝成化十年，郡守邱公以王功烈於民，請列祀典，麓廟則圮矣！獻瘞榛莽，非禮也。傳王寓宅卽孫節使之池館，一易而章相國子厚氏、龔都官氏，又易而韓忠武氏，在今南禪寺之左墟，故歷歲假而祠焉。嘉靖二年，天水胡公謂無專宮，明神不康，用撤龍象，而廟貌之，寺住持良定輩樂而從焉。由是陟堂降位，肅蹌成儀，郡縣嘉之，遂俾良定輩啟扃居守，悉蠲里役，乃至屢給符帖焉。可謂釋子之風勸矣乎！郡縣諸公前倡後繼，樂蠲其役，豈非風一勸百之道哉！⓳

這篇記文雖上溯南宋韓廟始立之時地，然於明代相關資訊則採跳躍性的記錄，就祀韓一事歷史而言，僅及丘霽之請列祀典，麓廟已圮，下即以胡纘宗立祠承之，

⓲ 張習：〈韓蘄王廟記〉，《（崇禎）吳縣志》（上海：上海書店，1990 年），頁 566-570。

⓳ 黃省曾：〈韓蘄王廟碑記〉，清．宋犖編：《滄浪小志》，卷上，頁 15b-16a。

中間省略過史簡與曹鳳，唯行文中「歷歲假而祠焉」似指史簡，「麓廟則圮矣」似可概括南宋與曹鳳在靈巖山麓之立廟。作者應是為求文字簡淨，避免支蔓，故以文人筆法檃括歷史。然文中另一段省略則令人難以理解。「傳王寓宅即孫節使之池館，一易而章相國子厚氏、龔都官氏，又易而韓忠武氏」，就該地空間歷史而言，孫節使——章相國、龔都官——韓忠武的傳承脈絡，黃省曾明顯跳過蘇舜欽，何以故？恐怕不是偶然的遺忘，而是有意選擇性的忽視，只惜黃氏未說明刻意忽視的理由。由其上下文意揣想，或許孫節使——章相國、龔都官——韓忠武的傳承脈絡，易於凸顯韓世忠忠義精神的獨特性，從而確立他在後世藉由祠廟而精神地擁有此一空間的合理性。龔都官事跡不明，孫節度史、章相國固然皆居要津，然而孫因外戚而貴顯，章則人格頗受訾議，史家列入〈奸臣傳〉，韓世忠被塑造出的奮勇抗敵、忠義為國的形象，自然超邁於諸人之上，成為最鮮明的舊主。至於蘇舜欽，和韓世忠的人格形態分屬不同範疇，無從評比，省略而不論，或許是最好的策略。

胡纘宗立祠、黃省曾作記，重心在祀典一事，是以對祠廟所在的空間景象與人事歷史未多留意。蓋祠廟由妙隱庵改建，仍附屬於南禪寺，仍由住持良定等人負責管理，整體而言，該地並未改變宗教性質，只是附加上忠義的教化功能。

三、孫承祐或蘇舜欽——開闢／書寫滄浪亭的典範認同

「滄浪亭在郡學之南，積水彌數十畝，傍有小山，高下曲折，與水相縈帶。」[20]范成大《吳郡志》如此開始介紹處於蘇州府政治轄區內的人文古蹟。山水相互縈帶，既有土石高下起伏之勢，又有一泓積水空明，可以倒映天光雲影，確是令人稱美的好景，但是自古吳越一帶山水自相映發，使人應接不暇，滄浪亭園址在江南千里長卷上所以異於其他清景，不只在山水相縈帶，而在人事與山水的交會。

---

[20] 范成大《吳郡志》，卷 14，頁 188。「滄浪亭」條文雖簡，為後代方志所沿用續寫，此段引文遂也同見於大多蘇州相關方志中，至清·馮桂芬等纂：《同治蘇州府志》可謂集大成者，卷 46，頁 1300。

山水凝默，不知已歷多少春秋，迨及五代之際，廣陵王錢元璙及其近戚孫承祐首先在此蘇州南偏闢為池館，藉由人為的整治和增築，這片山水之域成為園林之區。孫氏如何積土為山，因池瀦水，並興建館閣，已無文獻可考。在朝代改易之後，有關錢氏王朝的前塵舊緒，飄揚在地方父老的閒話與記憶裡，直到由京師失意南來的詩人蘇舜欽，才經由文字確認孫氏開園作祖的身分。

慶曆四年（1044）秋，蘇舜欽因進奏院事件廢退為民，㉑次年移居蘇州，買下城南廢園，築亭其間，並作〈滄浪亭記〉。記中自述得地過程為：

> 予以罪廢，無所歸，扁舟南遊，旅於吳中。始僦舍以處，時盛夏蒸燠，土居皆褊狹，不能出氣，思得高爽虛闢之地，以舒所懷，不可得也。一日過郡學，東顧草樹鬱然，崇阜廣水，不類乎城中，並水得微徑於雜花修竹之間，東趨數百步，有棄地，縱廣合五六十尋，三向皆水也。杠之南，其地益闊，旁無民居，左右皆林木相虧蔽，訪諸舊老，云：「錢氏有國，近戚孫承祐之池館也。」坳隆勝埶，遺意尚存，予愛而徘徊，遂以錢四萬得之。㉒

此段文字從兩方面說明該處園地的性質，也由此建立他和孫氏的關係，一在崇阜廣水的開闊環境，迥異於其在城中租賃的房舍。而具體的居處空間隱然象喻著他的心境，「土居皆褊狹，不能出氣」，獲罪的鬱悶無從舒解，三向皆水的棄地，卻正好吻合他思得高爽虛闢之地的期望。二在此地已經整治，坳隆勝勢，遺意尚存，並非原始草野面貌。高低起伏的地勢增加景觀的豐富性，而微徑曲折，雜花修竹都殘留前人經營的遺跡。蘇舜欽以錢四萬得地，讓「無所歸」的自己有所歸，並記下父老有關「孫承祐之池館」的追憶，因愛賞共同的空間景觀而與陌生的古人有所聯結。

㉑ 該案表面上是單一個人事件，然實涉及北宋政壇政治文化，請參見顧友澤：〈論宋慶曆年間「進奏院案」的性質及興起與擴大化〉，《棗庄學院學報》第 25 卷第 3 期（2008 年 6 月），頁 49-52。李強：〈北宋「進奏院獄」的政治文化解讀〉，《江蘇社會科學》2008 年第 2 期，頁 153-157。

㉒ 蘇舜欽：〈滄浪亭記〉，《蘇學士集》（臺北市：臺灣商務印書館，影印文淵閣四庫全書，1983 年），卷 13，頁 5b-7a，總頁 91-92。

蘇舜欽在前人遺意尚存的基礎上疏理園林，〈滄浪亭記〉中只言構亭一事：「構亭北碕，號滄浪焉。」滄浪之名，既寫水澤瀰漫的景觀，同時兼取士人熟知的文化意涵。《孟子・離婁》記載孺子之歌：「滄浪之水清兮，可以濯吾纓；滄浪之水濁兮，可以濯吾足。」也見於《楚辭》〈漁父〉鼓枻而去之歌詠。孔子由此興發「自取之也」的價值判斷，漁父藉以傳遞「不凝滯於物而與世推移」的處世態度。蘇舜欽在如屈子般流放的際遇裡，如何尋繹調和儒道二家生命的智慧，應是他最重要的課題。這片空間將是他藉以舒解生命困境的據點，詩人藉由興建滄浪亭作為參與進這片空間的主要表徵，亭在北碕，居高臨下，可以總攬全園，兼括山水，主人不另為全園命名，或者說即以滄浪亭命名全園，以亭作為整座園林的意義中心，向四圍空間傳布新主人的訊息，籠罩在新闢與舊有的所有景象之上。

相應於園林景象的聚焦於滄浪亭，〈滄浪亭記〉的文本空間也以「構亭北碕，號滄浪焉」八字作為全文中心樞紐，它彷如一道旋轉門，前文由褊狹的土居生活偶然發現陌生的僻地，此後則進入「前竹後水，水之陽又竹，無窮極，澄川翠榦，光影會合於軒戶之間」㉓的虛明境地；前此的詩人是漂泊的客旅，情懷悒鬱，不能出氣，穿過此門，他成為一位飲酒浩歌，魚鳥共樂的主人，自覺由形軀的調適獲得了心神的安定：「形骸既適，則神不煩。觀聽無邪，則道以明。」㉔

無論在具體景象上曾作過多少建設，蘇舜欽自覺地選擇滄浪亭來宣示他的擁有園林，滄浪亭的命名、〈滄浪亭記〉的書寫與滄浪亭的建設同步進行，是一體不能分割的工程。所以說：蘇舜欽本其詩人的生命特質，將文字書寫引進園林的修建工程之中，作了緊密的結合，也通過文字書寫得以快速覆蓋過舊主的痕跡，讓他在看似簡單的修復工程中便確認了主人的身份，主導了園林的意義。

蘇舜欽和滄浪亭的緊密聯結方式，沒有為章家、龔家及韓氏所繼承，反而是在數百年後，園地歸屬佛寺的明朝，為一位禪者所察知，並起而仿效。

嘉靖二十五年（1546），大雲寺僧釋文瑛復建滄浪亭，認取了蘇舜欽作為典範，當時距胡纘宗立韓蘄王廟約二十年。文瑛在大雲寺復建滄浪亭，除了提供增益

㉓ 蘇舜欽〈滄浪亭記〉，《蘇學士集》，卷 13，頁 6b，總頁 92。

㉔ 同前註。

景觀的作用外，更有意藉由滄浪亭的命名，標榜對此地舊主的認同。建亭、命名，並請歸有光（1506-1571）作記，文瑛簡要地宣示託付要旨：

> 昔子美之記，記亭之勝也。請子記吾所以為亭者。㉕

文瑛復建滄浪亭，書寫滄浪亭，整體作為都是以蘇舜欽為榜樣，經由相似行為的模仿表達認同，但又非全然的重複。相隔數百年，重構滄浪亭的實體形製與所在位置，未必盡如蘇舜欽之舊，物象隨時壞滅，文瑛似未著意於此，而重在「滄浪亭」的命名。至於再寫〈滄浪亭記〉，文字得以久其傳，與蘇氏原記應當有所區隔，才具有書寫和流傳的意義。無論「記亭之勝也」是否準確掌握蘇舜欽原記之要旨，文瑛都可說是一位了解書寫意義的禪者。

歸有光接受文瑛的託付，記文不作敘述鋪寫，而出以議論。首先他指出滄浪亭與大雲庵的雙向流轉：

> 昔吳越有國時，廣陵王鎮吳中，治南園於子城之西南。其外戚孫承祐亦治園於其偏。迨淮海納土，此園不廢，蘇子美始建滄浪亭，最後禪者居之，此滄浪亭為大雲庵也。有庵以來二百年，文瑛尋古遺事，復子美之構於荒殘滅沒之餘，此大雲庵為滄浪亭也。㉖

園地在時間推移中更換主人，滄浪亭不得不變為大雲庵，這是歷史現實的走向。釋文瑛追尋園地的歷史，選擇修復蘇舜欽之滄浪亭，則是個人微弱意志的表達。但在「此滄浪亭為大雲庵也」與「此大雲庵為滄浪亭也」並列的文字裡，它們彷彿形成了足以相互頏頡的平衡關係，消逝與追憶為孫承祐——蘇子美——禪者之間建立起雙向的通道。

㉕ 歸有光〈滄浪亭記〉，明·歸有光著，周本淳校點：《震川先生集》（上海：上海古籍出版社，1981 年），卷 15，頁 387-388。

㉖ 歸有光：〈滄浪亭記〉，同前註。

然後，歸有光體察禪者所以為亭之意，展開對孫承祐與蘇舜欽的比較：

> 夫古今之變，朝市改易，嘗登姑蘇之臺，望五湖之渺茫，群山之蒼翠，太伯、虞仲之所建，闔閭、夫差之所爭，子胥、種、蠡之所經營，今皆無有矣！庵與亭何為者哉？雖然，錢鏐因亂攘竊，保有吳越，國富兵強，垂及四世，諸子姻戚，乘時奢僭，宮館苑囿，極一時之盛；而子美之亭，乃為釋子所欽重如此。可以見士之欲垂名於千載之後，不與其澌然而俱盡者，則有在矣！㉗

古今之變，朝市改易，誰能例外，錢氏之諸子姻戚，種種宮館苑囿，固然隨時澌然而俱盡，蘇舜欽的滄浪亭不也荒殘滅沒，這是他們共同的面向。然則蘇舜欽何以獨得禪者的敬重，選擇修復滄浪亭？文中並未明言，而以重修的滄浪亭、新撰的〈滄浪亭記〉作為呼喚記憶的斷片，發揮「方向指標」的作用，引導觀覽者順著斷片的指引，追憶昔日那位謫居的詩人，重新體認他修亭、作記的深意。㉘

文瑛生平不詳，歸有光數筆速寫「讀書，喜詩，與吾徒遊，呼之為滄浪僧云」，㉙勾勒出詩僧的形象。對於文字書寫的愛好與信賴，讓他上友蘇舜欽，他對歸有光作記的託付，同時也包含有兩記比並傳世的期待。由修建滄浪亭到書寫滄浪亭，是釋文瑛追隨蘇舜欽的通道。至於當時的觀覽者是否也追隨文瑛的腳步呢？試讀蔡羽（？-1541）、文徵明（1470-1559）等人來遊大雲庵的詩作：

> 五載眠雲宅，如浮海上舟。斷梁僧渡熟，疎竹鳥啼幽。靜得觀魚樂，閒堪學

㉗ 歸有光：〈滄浪亭記〉，同前註。

㉘ 「斷片」、「方向指標」的概念引用自宇文所安著，鄭學勤譯：〈斷片〉，《追憶——中國古典文學中的往事再現》（臺北：聯經出版公司，2006 年 11 月），頁 93-113。該文主要分析以詩歌表現的斷片，但斷片的概念也涵括非文字的形式。

㉙ 歸有光：〈滄浪亭記〉，頁 388。

道謀。棹歌何處是？城裏有滄洲。[30]

昔人曾此詠滄浪，流水依然帶野堂。不見濯纓歌孺子，空餘幽興屬支郎。性澄一碧秋雲朗，心印千江夜月涼。我欲相尋話空寂，新波堪著野人航。[31]

案蔡羽卒於 1541 年，則此詩寫作之際，釋文瑛尚未復建滄浪亭，蔡氏所認取的空間是一佛教庵寺，是以命題〈大雲菴〉，詩意主在表現僧舍之幽僻與上人之解悟境界，菴址雖在城內，但有滄洲情味，不礙其自在體悟。末聯「棹歌」似隱隱觸及滄浪之歌，但全詩並未與「滄浪亭」之稱名或取意多作聯結。文徵明詩題〈贈草菴瑛上人〉，草菴即大雲庵，瑛上人即釋文瑛，文瑛與當時吳中文士交往，重修滄浪亭，文徵明曾為題匾。此詩前半雙扣文瑛與滄浪亭，可能作於文瑛復建滄浪亭之後。一、三句言蘇舜欽之立滄浪亭，已成歷史陳跡；二、四句言文瑛之住錫草菴，得以領納山水幽興。五六句言其在山水清勝中印證心性，末聯點出二人交遊仍建立在宗教而非文學的性質上。前文言及沈周〈草菴紀遊詩并引〉，相隔數十年，蔡、文二人來遊所見，依然相似於「山空水流，人境俱寂，宜為修禪讀書之地」的體認。由此看來，文瑛雖然重修滄浪亭，但非整體環境性質的改變，簡單的沿用舊名，倩人作記，書寫所發揮的作用仍然有限，南禪寺、大雲庵的宗教性依然主導著空間意義的詮釋。

---

[30] 蔡羽：〈大雲菴〉，宋犖編：《滄浪小志》（海口市：海南出版社，2001 年），卷上，頁 13b。

[31] 文徵明：〈贈草菴瑛上人〉，引自宋犖編：《滄浪小志》（海口市：海南出版社，2001 年），卷上，頁 13a-b。然此詩未見於周道振輯校之《文徵明集》，經筆者披索，該集中收有文徵明〈滄浪池上〉：「楊柳陰陰十畝塘，昔人曾此詠滄浪。春風依舊吹芳杜，陳跡無多半夕陽。積雨經時荒渚斷，跳魚一聚晚波涼。渺然詩思江湖近，便欲相攜上野航。」繫於癸酉正德 8 年（1513）。〈重過大雲庵次明九逵履約兄兄弟同遊〉：「滄浪池水碧於苔，依舊松關映水開。城郭近藏行樂地，煙霞常護讀書臺。行追香事花無跡，閒覓題名壁有埃。古栝蒼然三百尺，祇應曾見寶曇來。」繫於庚辰正德 15 年（1520）。二詩皆作於文瑛重修滄浪亭之前，雖有懷古之思，前詩並未持續發展，後詩則追思佛寺歷史。另有〈題蘇滄浪詩帖〉：「（子美）去今數百年，所謂滄浪亭者，雖故址僅存，亦惟荒煙野草而已。」未知寫作時日。分見明·文徵明著，周道振輯校：《文徵明集》（上海：上海古籍出版社，1987 年），卷 10，頁 254-255；卷 11，頁 282；卷 23，頁 558-559。

四、蘇舜欽與王陽明
——超越順逆、悠遊自勝的典範認同

文瑛修復之滄浪亭同樣也步上毀敗的歷程，明清之際的大變動中，滄浪亭園址默默沈守著一片荒煙蔓草，直到康熙三十四年（1695），有人記起了這片荒地的歷史。

宋犖就任江蘇巡撫四年後披尋圖乘，訪得滄浪亭遺址，所見景象是：「野水瀠洄，巨石頹僕，小山藂翳於荒煙蔓草間，人跡罕至」，[32]於是展開了修復的工作。與百餘年前之文瑛相較，宋犖善用其為官吏、為儒生所擁有的財力和文化資源，[33]所作修復工程展現了幾重特點：

首先，他的規劃較為全面且長遠，除了重構滄浪亭於山上，並築自勝軒於東麓、觀魚處於溪邊、步碕廊於亭南等，亭軒等建築以及廊道等路徑組織成景象結構網，較大程度地恢復園林的面貌。同時，他翻修了韓蘄王廟和蘇公祠。蘇公祠見於〈重修滄浪亭記〉：「從廊門出，有堂翼然，祠子美木主其中，而榜其門曰蘇公祠，則仍舊屋而新之。」[34]所云舊屋，應指康熙間巡撫都御史王新命所建蘇公祠。[35]重修韓蘄王廟則見於〈滄浪亭用歐陽公韻〉：「都官園空接斷壠，蘄王廟在餘數椽。老夫顧此願修復，勝事肯令他人專。伐石作亭懸舊額，爰飭祠宇肅豆籩。蘄王英靈定來此，會與長史相周旋。」[36]都官園指梅家園，相傳梅摯或梅堯臣晚年謝

---

[32] 宋犖：〈重修滄浪亭記〉，《滄浪小志》（海口市：海南出版社，2001 年），卷下，頁 1a。

[33] 日學者大木康即曾選取宋犖作為明清代表性文人之一，譯介其〈重修滄浪亭記〉，請參見：《原文で楽しむ明清文人の小品世界》（福岡市：中國書店，2006 年 9 月），〈第七章：街のオアッスで——宋犖「重修滄浪亭記」〉，頁 239-273。文中小節如宋犖による修復、濃密な人文空間、宋犖の思ぃ、庭園を後世に伝える努力等，皆可見出作者對議題的敏銳與文本解讀的細密。

[34] 宋犖：〈重修滄浪亭記〉，《滄浪小志》，卷下，頁 1b。

[35] 清·馮桂芬等纂：《同治蘇州府志》（臺北：成文景印清光緒九年刊本，1970 年），卷 46，總頁 1300。

[36] 宋犖：〈滄浪亭用歐陽公韻〉，《滄浪小志》，卷下，頁 3a。

事，卜築滄浪之傍，與蘇舜欽相鄰，日夕往來，酌酒賦詩，相得甚歡。[37]蘄王廟唯餘數椽，應是上文所言嘉靖二年（1523）胡纘宗在妙隱庵所立者，今皆已殘破，宋犖加以重修，俾使諸人英靈得以跨越時空限定，相互往來周旋。他也思考了修復工作維持久暫的問題，而作了較長遠的綢繆：「亭廢且百年，一旦復之，主守有僧，飯僧有田，自是度可數十年不廢。」[38]設有專門負責維護滄浪亭的僧人，並買僧田七十餘畝，以供給負責僧人的生計，自度至少可維持數十年不廢。他設想著：「嗟乎！當官傳舍耳，予有時而去，而斯亭亡恙，後之來者登斯亭，豈無有與余同其樂而謀所以永之者歟！」[39]數十年的時間超越自己此地官職的任期甚至於年壽，此亭若維持得夠久，也就更有機會再逢與自己有同樣感受而願意重修的來者。

其次，在這些主建設之間，他同時留意到細節的處理，例如：重構滄浪亭，他適當選址，留意借景，使得「亭虛敞而臨高，城外西南諸峰蒼翠吐欱檐際」。[40]並蒐尋到昔日文徵明為文瑛以隸書書寫的「滄浪亭」三字，高揭於亭楣，於是滄浪亭既串聯起了蘇舜欽和宋犖，同時也串聯起了文瑛和文徵明，豐富的人事訊息增加歷史的厚度和質感。又如他增建自勝軒、觀魚處，雖非蘇舜欽原有建築，但命名出自舜欽詩文。「自勝」用〈滄浪亭記〉：「惟仕宦溺人為至深。古之才哲君子，有一失而至於死者多矣，是未知所以自勝之道。」[41]「觀魚處」用〈滄浪觀魚〉詩：「瑟瑟清波見戲鱗，浮沈追逐巧相親。我嗟不及羣魚樂，虛作人間半世人。」[42]加強喚起遊人對舊主的記憶，文典的意涵也與滄浪亭典故孺子之歌相呼應結合，提供更多對於蘇舜欽的說明。因為以蘇舜欽作為此一空間的主要定義者，所以對於前代其他舊主，宋犖有不同的處理方式，孫、章、龔三家置之不論，至於韓世忠，雖然也重修了韓蘄王廟，但他在〈重修滄浪亭記〉中只記重修蘇公祠，另在〈滄浪亭用

---

[37] 如明・《崇禎吳縣志》（上海：上海書店，1990年），卷23，頁7。然梅摯（994-1059）或梅堯臣（1002-1060）在慶曆四年（1044）前後皆在宦途，恐未與舜欽結鄰。

[38] 宋犖：〈重修滄浪亭記〉，《滄浪小志》，卷下，頁2a。

[39] 同前註。

[40] 同前註，頁1a-b。

[41] 蘇舜欽：〈滄浪亭記〉，《蘇學士集》，卷13，頁6b，總頁92。

[42] 蘇舜欽：〈滄浪觀魚〉，《蘇學士集》，卷8，頁5a，總頁48。

歐陽公韻〉詩中才言及蘄王廟，以示主從之別。

此外，宋犖引進王陽明作為自我與蘇舜欽的聯結，實為此記最別出之思。蘇舜欽〈滄浪亭記〉自云既造滄浪亭，「予時榜小舟，幅巾以往，至則灑然忘其歸，觴而浩歌，踞而仰嘯，野老不至，魚鳥共樂。形骸既適，則神不煩。觀聽無邪，則道以明」，[43]描述自己遊園時身心灑然舒放的狀態。宋犖亦云自己重修後遊園狀態為：「予暇輒往遊，杖履獨來，野老接席，鷗鳥不驚，胸次浩浩焉落落焉，若遊於方之外者。」[44]二者何其相似，只是蘇云「野老不至」，因為他是方受重挫、刻意避世的鬱困文人；宋云「野老接席」，因為他是「與吏民相恬以無事，而吏民亦安予之簡拙」[45]的地方巡撫。巡撫與遷客身份不同，負有公共事務的責任，何以能有若遊於方之外者？重修廢園，時來遊覽，難道不會耽誤行政職責？宋犖如此自明：

> 夫人日處塵坌，困於簿書之徽纆，神煩慮滯，事物雜投於吾前，憧然莫辨，去而休乎清泠之域、寥廓之表，則耳目若益而曠，志氣若益而清明，然後事至而能應、物觸而不亂。常誦王陽明先生詩曰：「中丞不解了公事，到處看山復尋寺。」先生豈不了公事者，其看山尋寺，所以逸其神明，使不疲於屢照，故能決大疑、定大事，而從容暇豫如無事然。以予之駑拙，何敢望先生百一，而愚竊有慕乎此，然則斯亭也，僅以供遊覽歟？[46]

說明繁瑣的行政事務與文書工作，容易令人神煩慮滯，適當的休閒有助於恢復身心的健康狀態，尤其是「休乎清泠之域、寥廓之表」，不只是消極地休息，更具有磨鍊耳目志氣，涵養生命本體以應接事物的積極作用。他舉出王陽明先生看山尋寺為例，支持自己時來遊園的正當性，更深化了遊園的意義。蓋陽明致良知說揭示「致

[43] 蘇舜欽：〈滄浪亭記〉，《蘇學士集》，卷 13，頁 6b，總頁 92。

[44] 宋犖：〈重修滄浪亭記〉，頁 1b。

[45] 同前註，頁 1a。

[46] 同前註，頁 2a。

吾心良知之天理於事事物物，則事事物物皆得其理」，㊼應接人世事物都可以是致良知的工夫所在，只是人有時不知存養，放而不察，也就形成壅塞昏蔽，但良知本體未嘗不在，所以要存之、察之。㊽用功需要積累純熟，初期下手用功，未必一下即得光明，「須俟澄定既久，自然渣滓盡去，復得清來」。㊾然後事至而能應、物觸而不亂，才能從容決大疑、定大事。陽明又有南鎮觀花的故事：

> 先生遊南鎮，一友指巖中花樹問曰：「天下無心外之物。如此花樹，在深山中自開自落，於我心亦何相關？」先生曰：「你未看此花時，此花與汝心同歸於寂：你來看此花時，則此花顏色一時明白起來。便知此花不在你的心外。」㊿

天下無心外之物，日常生活、職務處理，以及山水遊覽，都是心體的活動察照，所以陽明看山尋寺可以逸其神明，領兵平亂也從容決行。後人涵養澄定工夫未熟，登亭遊園，景物清朗，可以作為初期下手用功之處，獲得「胸次浩浩焉落落焉」的感受，此即宋犖云斯亭豈僅以供遊覽的深意。雖然真實的心性存養工夫無法從言說中檢證，但宋犖很誠懇地揭示了他的努力方向，藉由陽明言行為證，作為自我調和公務與休閒的參考指標，同時也彌合了自己與蘇舜欽身份處境的差異，巡撫與遷客得

㊼ 陳榮捷：《王陽明傳習錄詳註集評》（臺北：臺灣學生書局，1983 年），卷中，第 135 則，頁 172。

㊽ 如云：「心之本體，無起無不起，雖妄念之發，而良知未嘗不在。但人不知存，則有時而或放耳。雖昏塞之極，而良知未嘗不明。但人不知察，則有時而或蔽耳。雖有時而或放，其體實未嘗不在也。存之而已耳。雖有時而或蔽，其體實未嘗不明也。察之而已耳。」

㊾ 學生詢問工夫問題：「近來用功，亦頗覺妄念不生，但腔子裡黑窣窣的，不知如何打得光明？」陽明回答：「初下手用功，如何腔子裡便得光明？譬如奔流濁水，纔貯在缸裡，初然雖定，也只是昏濁的。須俟澄定既久，自然渣滓盡去，復得清來。汝只要在良知上用功。良知存久，黑窣窣自能光明矣。今便要責效，卻是助長，不成工夫。」陳榮捷：《王陽明傳習錄詳註集評》，卷下，第 238 則，頁 310。

㊿ 陳榮捷：《王陽明傳習錄詳註集評》，卷下，第 275 則，頁 332。

以「一樣輕舟野服心」。[51]

宋犖用心之處，還見於他以大量的書寫和唱和活動，來彰顯此一空間的文學意義。宋犖自己除〈重修滄浪亭記〉外，尚有〈滄浪亭用歐陽公韻〉七古、〈春日雨中同靳熊封兒至過滄浪亭二首〉五律、〈春晚過滄浪亭四絕句〉、〈初冬過滄浪亭寄尤悔庵〉七律、〈雨後由滄浪亭過南禪寺慨然有作〉五古、〈盤山青溝拙道人遠道見訪留住滄浪亭二首〉七律等詩。並通過詩文寄贈、友朋聚會，帶動一股歌詠滄浪亭的風潮。他邀約文友來遊滄浪亭，同鄉者如尤侗、異鄉者如朱彝尊、顧貞觀等，皆在重修之後來遊登滄浪亭，並有詩篇抒懷。有時他也經由寄贈詩文，召喚遠地文友一起參與書寫活動，如王士禛有〈滄浪亭詩二首寄牧仲中丞〉、〈題滄浪高話卷示拙菴禪師兼寄牧仲中丞〉，並非歷遊之作，而是應宋犖邀約而賦，前者詩首即云：「我昔萬里赴秦蜀，書來邀賦滄浪亭。」[52]後者《帶經堂詩話》曾記此事：

> 盤山拙菴智朴和尚自江南還山，以滄浪高唱畫冊來索題。蓋師訪宋牧仲開府于吳門，適朱竹垞彝尊大史自禾中來，會于滄浪亭，共賦詩見懷，而畫史高簡圖之者也。宋詩云：「青溝闢就老烟霞，瓢笠相過道路賒，攜得一餅豆苗菜（菜名出盤山），來看三月牡丹花。因緣大事公能了，潦倒矗官我自嗟。好向滄浪亭子上，栴檀香裏奉袈裟。經行斜日且觀魚，黃鳥綿蠻入耳初。接席金風舊亭長（竹垞），懷人蠶尾老尚書（阮亭）。春深玉版容參悟，歲晚花宮待掃除。拂子一揮仍小住，空林明月暮鐘餘。」[53]

此則文字記存了滄浪亭活動的多元面貌，拙菴智朴和尚、朱竹垞與畫史高簡相會於滄浪亭，詩僧、名士、畫家，三人身份極具代表性，在宋犖的邀約下，以詩、以畫，來和主人的詩詠、園林進行對話，編為《滄浪高唱畫冊》。園林固著空間之

---

[51] 宋犖〈春晚過滄浪亭四絕句〉之三云：「五年白首姑蘇客，一樣輕舟野服心。」《滄浪小志》卷下，頁 4a。

[52] 《滄浪小志》，卷下，頁 9a。

[53] 清・王士禛撰，清・張宗柟輯：《帶經堂詩話》（清乾隆二十七年南曲舊業刻本），卷 26，頁 399。

上，然詩、畫可以異地流傳，於是北方的王士禛，可以閱讀到主客的詩畫，展開紙上臥遊，從而參與滄浪亭的題詠。

宋犖明白詩文流通的功能，後來他更仿地方藝文志的方式編集《滄浪小志》，是書分上下二卷，前有滄浪亭圖、尤侗序。上卷收與蘇欽舜滄浪亭相關之前人詩文，包括傳、志、詩、記、序、誌、祭文等文類。以人為主，以地為輔，雙線並行。蘇舜欽為中心人物，故首列蘇氏〈宋史文苑傳略〉，而不及於其他舊主傳記，下收蘇舜欽〈滄浪亭記〉與七題詩作，歐陽修、梅堯臣〈滄浪亭〉贈詩，更以歐陽修〈蘇氏文集序〉、〈湖州長史蘇君墓誌銘〉、〈祭蘇子美文〉三文作結。記地故引錄方志，雖蒐集未備，僅《蘇州府志》、《長洲縣志》、《名勝志》各一則條文，亦能見孫、蘇、章、龔、韓之歷史遞變。而歸有光〈滄浪亭記〉、黃省曾〈韓蘄王廟碑記〉，則可追溯明代之重修。並因大雲庵附屬南禪寺，遂兼收唐時白居易〈南禪寺千佛堂轉輪經藏石記〉、吳寬〈南禪集雪寺重建大雄殿記〉、文徵明〈重修大雲菴碑記〉，都是順著地域的線索擇要留存提供歷史記憶的文獻。

下卷包括記、詩、賦三類，以宋犖〈重修滄浪亭記〉為首，下收重修之後的唱和詩篇，共二十六人六十五首詩篇，除宋犖六題十一首、尤侗三題十五首之外，另有陳廷敬、王士禛、朱彝尊、范承勳、邵長蘅、顧貞觀、朱載震等二十四人詩，最後以潘耒之〈滄浪亭賦〉壓軸，作者中不乏知名文士，或親身來遊重修後的滄浪亭，或經由詩文投贈，參與了滄浪亭的題詠活動。上下卷以時代古今分，既是以今繼古，在蘇舜欽、歐陽修、沈周、文徵明、歸有光、黃省曾之後，清初文士也參與了滄浪亭歷史的延續和締造；同時在《滄浪小志》的刊刻版面上，上卷二十六版頁，下卷二十八版頁，[54]呈現足以分庭抗禮的均衡分量，儼然有以今日的唱和題詠與古人比美並觀之意。

---

[54] 下卷第二十八頁為空白頁，實有二十七頁。

五、歐陽修與蘇舜欽
——壯士憔悴、文章驚絶的典範認同

《滄浪小志》上卷收有歐陽修（1007-1072）四篇詩文，無論質量都占有極其重要地位，是後人認識蘇舜欽與滄浪亭的重要橋樑。其中〈滄浪亭〉詩作於慶曆七年（1047），[55]蘇舜欽買園構亭賦詩寄贈，歐陽修答詩：

> 子美寄我滄浪吟，邀我共作滄浪篇。滄浪有景不可到，使我東望心悠然。荒灣野水氣象古，高林翠阜相回環。新篁抽笋添夏影，老枿亂發爭春妍。水禽閒暇事高格，山鳥日夕相啾喧。不知此地幾興廢，仰視喬木皆蒼煙。堪嗟人迹到不遠，雖有來路曾無緣。窮奇極怪誰似子，搜索幽隱探神仙。初尋一逕入蒙密，豁目異境無窮邊。風高月白最宜夜，一片瑩淨鋪瓊田。清光不辨水與月，但見空碧涵漪漣。清風明月本無價，可惜只賣四萬錢。又疑此境天乞與，壯士憔悴天應憐。鴟夷古亦有獨往，江湖波濤渺翻天。崎嶇世路欲脫去，反以身試蛟龍淵。豈如扁舟任飄兀，紅蕖綠浪搖醉眠。丈夫身在豈長棄，新詩美酒聊窮年。雖然不許俗客到，莫惜佳句人間傳。[56]

此詩前半描繪園林景象，草木紛彩，禽鳥啾喧，於蒼古幽隱中自饒生機，而又因多水澤，呈現一片清光瑩淨。乍看來彷如親身歷遊，然歐陽修其實未到滄浪亭，他是藉由閱讀蘇舜欽及其相關詩文進行臥遊，強調幽隱瑩淨，似也有人身的投影。隨後轉而議論人事，對仕途顛簸、廢退為民的詩友，提出安慰與期許。當時歐陽修亦經歷政治風波，外放滁州太守，[57]《醉翁亭記》中一派與民同樂熙和景象，那是他儒者襟懷的小規模實踐，可以安慰個人的委屈。然而蘇舜欽不同，他完全失去了政治舞臺，面臨人生方向的大轉折，歐陽修一方面直言其「壯士憔悴天應憐」，是人世

---

[55] 據歐陽修著，李逸安點校：《歐陽修全集》（北京：中華書局，2001 年），卷 3，頁 49。

[56] 歐陽修：〈滄浪亭〉，《歐陽修全集》，卷 3，頁 48-49。並見《滄浪小志》，卷上，頁 11a-11b。

[57] 參見胡柯編：《歐陽修年譜》，《歐陽修全集》附錄卷 1，頁 2604。

波濤翻天覆地的受害者，表達同其情的了解；一方面則試圖以較輕鬆風趣的口吻來引領氣氛，「清風明月本無價，可惜只賣四萬錢」、「雖然不許俗客到，莫惜佳句人間傳」，在語氣轉折中帶來突兀的喜感，想是期待舜欽生活也能淚中帶笑吧。

在宋犖倡導的題詠滄浪亭的活動中，歐陽修此詩成為書寫的典範，在《滄浪小志》中，自宋犖以下，尚有尤侗、陳廷敬、范承勳、朱載震、顧圖河、梅庚、洪昇、殷譽慶、汪繹、吳暻、劉石齡、曹銓、李必恆等人皆以用歐陽公韻之七古體式寫作。〈滄浪亭用歐陽公韻〉成為書寫的基型，以相同的題目和用韻，表達對歐陽修〈滄浪亭〉詩的認同，其中應雜揉著對歐陽修的敬重、對蘇舜欽的同情，以及對二人友情的肯定。

歐陽修另有〈蘇氏文集序〉、〈湖州長史蘇君墓誌銘〉、〈祭蘇子美文〉，諸文陸續作於蘇舜欽謝世多年以後，致力辨明其所受冤屈憤鬱，彰顯其始終仁義的人格，以及雄豪放肆令人驚絕的詩文成就。案慶曆四年（1044）進奏院事件，論者多謂太子中舍李定等人挾怨報復，用以打擊宰相杜衍代表的陣營，當時多人一起獲罪，後來紛紛重獲進用，唯有舜欽於四年後得湖州長史，旋以疾卒。舜欽既逝，歐陽修為撰祭文；逝後四年，歐陽修為編次遺稿，成文集十卷，為之作序；又數年，卜葬於潤州丹徒縣，歐陽修再為撰墓誌銘。蘇舜欽由生至死，歐陽修可謂生死金湯，成為蘇家最為信賴託付的友人。

歐陽修力圖重新建立蘇舜欽的人格形象與文學評價，諸文主要涉及幾個層面：一是以始終仁義斷定其人格，將進奏院事件定位為「酒食之過」，批判在位者摒沒人才，致其蒙冤而死，未能及時獲得平反：

> 哀哀子美，命止斯耶？小人之幸，君子之嗟。……欲知子心，窮達之際。金石雖堅，尚可破壞。子於窮達，始終仁義。惟人不知，乃窮至此。蘊而不見，遂以沒地。[58]

---

[58] 〈祭蘇子美文〉，《歐陽修全集》，卷 49，頁 695。繫於慶曆八年（1048）。並見《滄浪小志》，卷上，頁 25b。

嗟吾子美，以一酒食之過，至廢為民而流落以死。此其可以歎息流涕，而為當世仁人君子之職位宜與國家樂育賢材者惜也。[59]

初，君得罪時，以奏用錢為盜，無敢辯其冤者。自君卒後，天子感悟，凡所被逐之臣復召用，皆顯列於朝。而至今無復為君言者，宜其欲求伸於地下也，宜予述其得罪以死之詳，而使後世知其有以也。[60]

其次宣揚其詩文、書法造詣，肯定其為家國賢材，錄次文集傳世，蘇舜欽的才華透過歐陽修得以較顯著地為世人所發現：

獨留文章，照耀後世。嗟世之愚，掩抑毀傷；譬如磨鑑，不滅愈光。一世之短，萬世之長；其間得失，不待較量。[61]

斯文金玉也，棄擲埋沒，糞土不能銷蝕，其見遺於一時，必有收而寶之於後世者，雖其埋沒而未出，其精氣光怪，已能常自發見，而物亦不能掩也。故方其擯斥摧挫流離窮厄之時，文章已自行於天下，雖其怨家仇人及嘗能出力而擠之死者，至其文章則不能少毀而揜蔽之也。[62]

君攜妻子居蘇州，買木石作滄浪亭，日益讀書，大涵肆於六經，而時發其憤懣於歌詩。至其所激，往往驚絕。又喜行草書，皆可愛，故其雖短章醉墨，

---

[59] 〈蘇氏文集序〉，《歐陽修全集》，卷 43，頁 614。繫於皇祐三年（1051）。並見《滄浪小志》，卷上，頁 22a。

[60] 〈湖州長史蘇君墓誌銘〉，《歐陽修全集》，卷 30，頁 456，「辯其冤」作「辨其冤」。繫於嘉祐元年（1056）。並見《滄浪小志》，卷上，頁 24b-25a。

[61] 〈祭蘇子美文〉，同註[58]。

[62] 〈蘇氏文集序〉，同註[59]。

落筆爭為人所傳。[63]

同時歐陽修也以痛惜之心體察其處境與心境，出以激切哀辭如前引：「哀哀子美，命止斯耶。小人之幸，君子之嗟」或「善百譽而不進兮，一毀終世以顛擠。荒孰問兮杳難知，嗟子之中兮，有韞而無施」，[64]指出舜欽受到小人無情排擠至死的經歷，如此具體痛切，荒謬而無從補救，蘇舜欽的際遇透過歐陽修傳遞了一份天下士人感同身受的孤憤。

歐陽修對蘇舜欽的了解和評價為後代讀者所接受，成為公論，試讀宋犖及其文友在《滄浪小志》中的詩篇，即往往可見類似的評論，如陳廷敬云：「公乎避讐如避寇，雒陽豈無二頃田。嵩邱萬古疊蒼翠，洪河清濟波淪漣。賢妻孺子飽蔬食，那肯浪用公紙錢。惜哉與時自齟齬，洶洶人怒天須憐。」[65]王士禛云：「奈何一眚輒棄置，古來謠諑生蛾眉。遠放江湖禦魑魅，遣來吳會觀漣漪。」[66]都相信蘇舜欽的清廉，為小人所中傷。朱彝尊云：「湖州謫司馬，賦才本雄驁。詩逼梅歐陽，文亦師訓誥。……舉事偶不慎，眾口逞狂譟。故紙錢區區，乃誣名士盜。茲事近千年，識者尚憤懊。」[67]顧圖河云：「滄浪之文金玉也（原注：見歐序），弃擲糞土能昭宣。足知文士有光價，富貴了不直一錢。生前摧壓百僚底，既歿乃反躋其顛。」[68]洪昇云：「飲食小過誤一失，終身淪棄吳江邊。……賦詩往往發感憤，高風峻節垂遺編。」[69]也都順承著歐陽修對其文章才華的讚美，既肯定其稱名千古，卻終有一份飽受摧壓終身淪棄的感傷。

而宋犖以江蘇巡撫的身份重修滄浪亭，使他和歐陽修另行建立一隱微的關係。重修後的滄浪亭開放向群體百姓，尤侗曾撰〈滄浪竹枝詞八首〉記當時樵夫野老、

---

[63] 〈湖州長史蘇君墓誌銘〉，同註[60]。

[64] 同註[60]。《滄浪小志》「顛隮」作「顛擠」。

[65] 陳廷敬：〈滄浪亭用歐陽公韻〉，《滄浪小志》卷下，頁 8a。

[66] 王士禛：〈滄浪亭詩二首寄牧仲中丞〉之二，《滄浪小志》卷下，頁 9b。

[67] 朱彝尊：〈滄浪亭為牧仲中丞作〉，《滄浪小志》卷下，頁 10b。

[68] 顧圖河：〈滄浪亭用歐陽公韻〉，《滄浪小志》卷下，頁 13b。

[69] 洪昇：〈滄浪亭用歐陽公韻〉，《滄浪小志》卷下，頁 15a。

遊人茶客自由去來滄浪亭的盛況，試舉其中三首：

> 我輩原無四萬錢，買山賴有令公賢。宋家不占蘇家地，雉兔芻蕘皆往焉。
>
> 春日遊人遍踏歌，茶坊酒肆一時多。何當新製滄浪曲，孺子歌殘漁父歌。
>
> 吳儂好事太芒芒，白地排當作戲場。元墓虎邱人幾許？早分一半到滄浪。[70]

開放與百姓共同來遊，各依其身份、方式得其樂趣，滄浪亭不只是蘇舜欽代表的憔悴壯士藉以調心自勝的幽境，它同時也疊合上歐陽修醉翁亭的影子，是儒士實現理想政績後與民同樂的處所。可以說，因為有歐陽修的居中聯結，巡撫重臣宋犖與罪廢文人蘇舜欽的身份矛盾得到調和，他們一前一後遊走於滄浪亭的身影也就不致太過突兀了。

六、結語——刮除與重寫

命名作為一種有意義的言說方式，古園重修的作為中，標取舊名，透露一份以群體信念彌補個人缺憾的努力，記憶的時間長度取代自然的時間推移，持續累積參與者的共同信念、價值與實踐。從諸位短暫擁有旋被替換的歷來主人中，「滄浪亭」聯結著「蘇舜欽」被選取出來，自宋犖以降，穩定地為歷次重修者及廣大社會群眾所認同。

消極地說，這是文士與社會群體拒絕章惇、迴避韓蘄王的結果，「輞川本宋之問別業，而千古專屬摩詰者，以之問之名辱山水也。滄浪亭後屬章惇，而千古專屬

---

[70] 尤侗〈滄浪竹枝詞八首〉之一、二、三，另〈宋漫堂中丞重修滄浪亭和歐陽公韻紀事〉亦云：「芻蕘往焉宜種樹，漁父過此時臨淵。西堂老翁聞之喜，亦攜杖屨思高眠。」同樣可見宋犖與民同樂的作風。見《滄浪小志》卷下，頁 7a、5b-6a。

蘇子美者，以惇之名辱山水也。」(71)不以先後為去取，而以人品定高下，文士與社會群體的價值判斷，欲將章惇從滄浪亭的記憶歷史中驅逐出境。韓世忠的設祠從祀，仍表達對其忠義精神的肯定，但他為抗金名將，在滿人入主的清朝，若標舉蘄王，恐難迴避敏感的族群問題。積極而言，則是清朝文士與社會群體接受文瑛、宋犖的典範認同，地為滄浪亭，名歸蘇舜欽，「富貴無德而稱，勳業有時而盡，未若文章之不朽。」(72)「足徵畸士嘯歌，動人憑弔為倍深。地系子美而不系章韓，猶此志哉。」(73)有關蘇舜欽的歷史記憶特別深刻而動人，環繞著蘇舜欽的記憶，聯結起歐陽修、王陽明、釋文瑛、宋犖等人的相關言行，一波波擴展增添了追憶蘇舜欽的記憶的豐富性。弔詭的是：當某些基本意涵在一次次被複寫下來之際，認同的意義邊界同時也會有所挪移調整。

宋犖重修滄浪亭後，清朝官方人物先後相繼進行了數次增建與修復工作。今日文獻可考者，先是康熙五十八年（1719），巡撫吳存禮建御書碑亭，增修濠上觀、鏡中遊，悉以前人石刻列之廊壁，擴大了滄浪亭的景象規模。而後道光七、八年間（1827-28），布政使梁章鉅重修此園，巡撫陶澍創建五百名賢祠，搜集吳郡名賢五百七十八人，選工匠鉤摹刻石，以時致祭。於咸豐十年（1860）滄浪亭毀於兵火。同治十二年（1873）巡撫張樹聲結合前後任布政使、按察使之力再度重修，訪遺補佚，集費用人，十年始成。此次重修，「惟亭在山巔，仍宋中丞之制，餘則以意為之，不特非子美舊觀矣」。(74)吳存禮、梁章鉅、陶澍、張樹聲諸人，如同響應宋犖的呼籲：「後之來者登斯亭，豈無有與余同其樂而謀所以永之者歟！」(75)但在大規

(71) 清·王士禛撰：《分甘餘話》（臺北：臺灣商務，影印文淵閣四庫全書，1983 年），卷 3，頁 27。另在《帶經堂詩話》（清乾隆二十七年南曲舊業刻本）亦有類似的評論，以章惇、蔡京為園林之恥。卷 15，頁 211。唯將滄浪亭與南園誤為一園，請參見註❺。

(72) 尤侗：〈滄浪小志序〉，《滄浪小志》卷首，頁 2b。

(73) 梁章鉅：〈重修滄浪亭記〉，蔣瀚澄輯，沈戴華校：《滄浪亭新志》（蘇州美術館等經售，1929 年），卷 2，頁 4a。又見於邵忠、李瑾選編：《蘇州歷代名園記、蘇州園林重修記》（北京：中國林業出版社，2004 年），頁 43。

(74) 張樹聲：〈重修滄浪亭記〉，蔣瀚澄輯，沈戴華校：《滄浪亭新志》，卷 2，頁 5a。又見於邵忠、李瑾選編：《蘇州歷代名園記、蘇州園林重修記》，頁 45。

(75) 宋犖：〈重修滄浪亭記〉，《滄浪小志》，卷下，頁 1b。

模的重修工程裡，除了滄浪亭仍在山巔，維持宋犖之舊制，其餘或用舊名，或新品題，都是重新規劃的園林景象。

清朝次第重修的滄浪亭，隨著主持者的不同，空間景象迭有變化，張樹聲所修者已非梁章鉅之舊貌，除亭仍在山巔外，亦非宋犖之舊觀，而若叩之蘇舜欽，則連滄浪亭都非舊址，清朝的滄浪亭除地勢隆坳猶有遺意，儼然已是一座陌生的新園。何況在這些重修過程中，時時可見許多新元素的加入，除了蘇公祠、韓王祠、商丘祠外，如吳存禮建御書碑亭，恭奉清聖祖所賜御製詩，「欲鐫諸石，以宣揚皇上德意，為三吳士林光寵」，[76]是對於政治權力核心的全面擁戴；梁章鉅、陶澍建五百名賢祠，是對於在地文化的整理與肯定。這些新地景的增設都與蘇舜欽當年買地構亭，追尋自勝之道的原始規劃互不相干，甚至於與蘇舜欽在政治場域遭受否定的際遇相背反。蘇舜欽與滄浪亭，在被記憶的過程中，作為一個意涵鬆動的符號系統，意義的邊界可以挪移調整、縮小或擴大。所以到了清末，張樹聲重修滄浪亭時，所認取的重要意義是：

> 蘇子美滄浪亭，自宋至明季，興廢之不常也久矣。國朝康熙間，宋中丞犖葺而復之，為觴詠之所，風流文采，藉甚於時。迨巡撫吳存禮，恭奉聖祖皇帝賜詩御書，勒碑建亭於其地。高宗南巡，駐蹕留題，即滄浪自取之旨，往復申警，訓誡臣工，於是縉紳、學士、壤叟、衢童，與夫寓公、過客、遠方之人，莫不瞻眺嘆誦，以斯亭為榮寵。而官斯土者，典守景式，尤不敢以或忘。[77]

在清人的記憶裡，蘇舜欽之後，滄浪亭的大地上覆寫了宋犖的風流文采，更覆寫了清聖祖、清高宗南巡遊園的足跡。御書碑亭、帝王訓誡，以石碑、文字、語言的各種形式駐留在滄浪亭的空間中，成為最醒目的標誌，占有了所有眺望滄浪亭的目

---

[76] 吳存禮：〈重修滄浪亭記〉，蔣瀚澄輯，沈戴華校：《滄浪亭新志》，卷 2，頁 3a。御書碑上所刻詩、聯為康熙所作，詩云：「曾記臨吳十二年，文風人傑並堪傳。予懷常念窮黎困，勉爾勤箴官吏賢。」聯曰：「膏雨足時農戶喜，縣花明處長官清。」《滄浪亭新志》，卷 4，頁 9a。

[77] 張樹聲：〈重修滄浪亭記〉，同註[73]。

光。那刻印著「以罪廢」恥辱與鬱憤的蘇舜欽所避居的滄浪亭，此時沐浴著帝王眷顧的榮光，走入張樹聲等人記憶的歷史。在不斷重修的過程中，滄浪亭的歷史文化記憶也在不斷擴展延伸之中。[78]

園林景象的頹敗與主人的更替原是不可逃的宿命。就滄浪亭的地理空間而言，或者為前代主人從山水一隅中截取出來，開池構亭成為園林；或者踘為荊棘瓦礫之墟，重領廢沼荒丘的原始身份；或者獲得朝廷命臣的眷顧，踵事增華地擴增景象、賦與新意；都是人世因緣離合中偶然的際遇。滄浪亭沒有永遠的主人，也沒有不變的定義，它是一處群體構築且不斷流動的地景，關涉著歷代文士的物質文化、審美心態與人生取向。地景作為一個可供解讀的文本（text），一套由不同的人群習俗、信仰和實踐所塑造的表意系統（signifying system）。[79]那麼，滄浪亭這座迭經重修的古園，可說是一個開放的文本，正呈現了「地景是張刮除重寫的羊皮紙」，先前銘寫文字永遠無法徹底清除，卻也不斷地被重寫的字跡所覆蓋，隨著時間的流逝，呈現出的結果是舊跡新痕的混合，一次次的刮除重寫都重新修正了表意系統的象徵意涵，呈現了截至此時的所有消除與覆寫的總合，然後等待著下一時間段落的刮除與重寫。

後記：此文為教育部補助「文學典範的建立與轉化」整合型計畫之分項計畫成果，於會議宣讀與論文審查過程中，承蒙多位學者惠賜卓見，謹此一併致謝。

---

[78] 石守謙曾以姑蘇台為例，提出「記憶性古蹟」與「史料性古蹟」二種概念，「史料性古蹟」重在古蹟本身建築所保存的史料意義，「記憶性古蹟」則因為其中蘊含著過去歷史文化的回憶，特別易於觸發人們的感慨，無形古蹟的價值可超越其原有形相而存在。並指出歷史記憶具有擴延性，隨著時間推移，產生一波波新的添加，形成龐大而豐富的記憶。論析深刻，請參見〈古蹟・史料・記憶・危機〉，《當代》第 92 期，「古蹟保存論述專輯」，1993 年 12 月，頁 10-19。入清以來重修的過程中，滄浪亭綜合了「記憶性古蹟」與「史料性古蹟」的性質，歷史文化記憶也快速地擴展與延異，許多相關議題還可再作深論，請俟諸他日。

[79] Mike Crang 著，王志弘、余佳玲、方淑惠譯：《文化地理學》，頁 35-55。

The rehabilitation of the Cang-Lang Ting (Great Wave Pavilion) and its Cultural Historical Memory

*Tsao Shu-chuan**

Abstract

Garden, the space of vicissitude, in fact represents a continum formed by traces of repeated rebuilding and rehabilitation on the same site among different periods of time. It stands as the process of de-construction and re-placement. In this sense,by the restructuring both the material and cultural aspects of the garden, the rehabilitation of ancient gardens is then the mimicry of the historical traces. At the same time, these rehabilitated gardens also demonstrate the unique socio-cultural contexts that belong to the time of rehabilitation. Therefore, the mimicry of the historical traces are not merely identical copies but interpretations of those traces, which form the reservoir of ever-generating interactions and reflections among these compiling traces.

Ever since the Cang-Lang Ting (the Great Wave Pavilion) was established by Sun Chen-iou in the Five Dynasties, the owner of the garden had been changed from Su Shun-Qin, Zhang Dun (or Zhang Jie) to Han Shi-Zhong. From the Yuan Dynasty to the Ming Dynasty, the garden gradually turned into a monastery. In the Jia-Jing Reign of the Ming Dynasty, the monk Shi Wen-Ying rebuilt the Cang-Lang Ting and set forth the cultural

* Professor, Department of Chinese Literature, National Taiwan University.

historical significance, which nevertheless fell away due to the lack of followers. It was not until the Ching Dynasty that officials such as Song Luo, Liang Zhang-Ju and Zhang Shu-Sheng rebuilt this garden. Their rehabilitations of the garden reflect the legacy of Shi Wen-Ying's. Being in charge of the rehabilitation of the garden, these officials identified the legacy set by Su Shun-Qin. Meanwhile, they also left a large number of texts related to the rehabilitation. The aim of the present paper is to see how Cang-Lang Ting successfully combined the beliefs and legacy of the rebuilders and their followers with their actual practices and techniques; how these rebuilders chose elements to be represented; and how the cultural historical memory of the garden was being conducted by the tracing and imitation. In fact the re-writing process by tracing and imitation is also the de-writing process of the original work. With some writings being scrapped off and some being left intentionally, these writings not only echo with the rebuilding and rehabilitation of the garden but also generate following writings.

As a scenic spot, the Cang-Lang Ting is an open text. By the repeated scrapping and rewriting process, not only the paradigm of Su Shun-Qin and the Cang-Lang Ting have been gradually formed, but the borders of significance have also been re-trimmed and adjusted again and again.

Keywords: Cang-Lang Ting, Su Shun-Qin, Song Luo, Memory, Identity, The rehabilitation of garden

《中國佛教文學史》建構方法芻議

蕭麗華

提 要

佛學研究在歐美和日本的大學中已有百年以上的歷史，成績斐然。反觀國內，從事佛學研究的工作仍只是佛學院與少數宗教所與哲研所的學者參與佛教思想與經典的研究，至於佛教文學，在各大學文學系、所幾乎乏人問津，最大的原因是缺乏一部《中國佛教文學史》來提供相關視野。

然而作佛教文學研究可以針對局部性的問題一部分、一部分，慢慢梳理，作《中國佛教文學史》建構，卻必須面對全部範疇的釐清與全面性方法論的檢討等問題，這是本文難以完整掌握的地方。基於這是一篇引導作用與呼籲性功能的文章，本文權且指出部分觀點，權稱之為「芻議」。

本文基本上從《中國文學史》建構的發展歷程入手，以之作為參考對照的觀察依據，一方面參酌一般《中國文學史》的建構方法，一方面對照思考文學材料取材範疇的相關問題；其次，本文以中國佛教文學「範疇論」與「建構方法論舉隅」為討論內容，範疇論方面，本文主張「一、文人創作；二、佛經文學；三、僧人創作」三大範疇，範疇釐定後，《中國佛教文學史》的主體內涵便能呈現；最後，關於方法論方面，因為文學歷史建構方法繁複，本文目前只討論到「輯佚、辨偽與文獻學、目錄學的運用」和「史觀的考量」兩大方向。

總之，文學史乃是一個複雜的巨系統運動的結果，它是多種合力的產物。建構佛教文學史應該在「範疇論」和「方法論」中考慮橫向擴展的種種因素和縱向發展的史觀運用，使作品篇什的擴增與輯佚更能呈現文化發展之開闔動蕩、遷躍斷裂的過程中，在無序之流中成長出有序的意識構築。

關鍵詞：文學史　佛教文學　史觀　方法論　範疇論

【作者簡介】臺灣苗栗人，1958 年生，1992 年臺大中文所博士。曾任臺灣大學佛學研究中心主任、《臺大佛學研究中心學報》主編、《臺大中文學報》主編、現代佛教學會第四屆理事長、中國唐代學會第九屆理事長。2005 年為中央研究院文哲所短期訪問學人，2009 年為捷克查理士大學短期訪問學人。現任臺大中文系教授兼副主任。學術專長有：中國詩學、佛學、文學理論、教育等。

近年主要研究領域為詩歌與禪學，著有《唐代詩歌與禪學》等專著，散篇論文有〈試論王維官隱與大乘般若空性的關係〉、〈宴坐寂不動，大千入毫髮——唐人宴坐詩析論〉、〈禪與存有——王維輞川詩析論〉、〈李白青蓮意象考〉、〈出山與入山——李白廬山詩的精神底蘊〉、〈唐代僧詩中的文字觀〉、〈佛經偈頌對蘇東坡詩的影響〉、〈杜甫「詩史」意涵重估〉、〈從莊禪合流的角度看東坡詩的舟船意象〉、〈中日茶禪的美學淵源〉、〈中國佛教文學史建構方法芻議〉、〈全唐五代僧人詩格的詩學意義〉等五十餘篇。

《中國佛教文學史》建構方法芻議

蕭麗華*

一、前言

佛學研究在歐美和日本的大學中已有百年以上的歷史，成績斐然。反觀國內，從事佛學研究的工作仍只是佛學院與少數宗教所與哲研所的學者參與佛教思想與經典的研究，至於佛教文學，在各大學文學系、所幾乎乏人問津，最大的原因是缺乏一部《中國佛教文學史》來提供相關視野。

從文學的立場而言，中國文學以時代為背景，便有漢賦、唐詩、宋詞、元曲雜劇、明清小說、韻聯、戲曲等演變程式。這些文學作品，即所有文章、辭、賦、詩、歌的傳統內容與意境，大抵不出儒、道、釋的義理。尤其在魏晉到隋、唐之間，佛教學術思想輸入之後，引起翻譯經典事業的盛行，由名僧慧遠、道安、鳩摩羅什、僧肇等人的創作，更是構成別幟一格的中國佛教文學，其影響歷經千餘年而不衰，是難得希有之事。但因後世一般文人，不熟悉佛學的義理與典故，遂強不知以為知，就其所不知的為不合格，將這些名僧高作列在文學的門牆之外，使佛教文學這一朵奇葩，被淹埋於典冊之間，殊為可惜。

「中國文學史」是大學文學院中國文學系的一門必修科目，但大部份的《中國文學史》書籍卻沒有佛教文學。這等於注定讓佛教文學於中文系的殿堂中缺席，究竟該如何補救？這是本文寫作首先要思考的問題。我認為只有提供一部豐富而優秀

---

* 國立臺灣大學中國文學系教授。

的《中國佛教文學史》才能解決這個問題。然而作佛教文學研究可以針對局部性的問題一部分一部分慢慢梳理，作《中國佛教文學史》建構卻必須面對全部範疇的釐清與全面性方法論的檢討等問題，這是本文難以完整掌握的地方。基於這是一篇引導作用與呼籲性功能的文章，本文權且指出部分觀點，權稱之為「芻議」。

二、《中國文學史》建構歷程的反思

「文學史」作一個學科概念的名稱，是在二十世紀初才出現的。目前學界對中國最早出現的文學史是否為林傳甲在 1904 年寫成的《中國文學史》，並未論定，但以這本書的面世時間和流通過程來說，可以算是早期中國文學史著的代表。❶林氏的文學史建立在文學教育的意義上，是一部教科書。證明民族文化的記憶，需要以不同形式的教育傳遞、組織成篇，由是「過去」才會與「現在」構成血脈的關聯。❷在這種歷史擔承的意識底下，書寫民族文學的過去，是使當前不絕如縷的文化體認得以維繫的有力行動。雖然過去這些文學史「觀點陳舊」、「體例不純」，❸但它已經是國人認識文學歷史的藍本。問題是在這漫汗的文學歷史中，大部分的文學史編纂者，或囿於自己的學養視野、或因為篇幅的限制、或材料取得的不易，往往漠視影響中國兩千年以上的佛教文學。由於草創者開啟先鋒，已經粗定規模，後繼者在踵繼增華的過程中又無人加以修訂調整，因此從清末至今，除了臺靜農先生的《中國文學史》有一節「佛教與佛經翻譯對文學的影響」和晚近袁行霈主編的《中國文學史》第二卷有兩節「佛教與佛經翻譯對文學的影響」、「佛、道二家對唐文學的影響」之外，沒有一本書有專章專節討論到佛教文學。

省思這個問題的同時，必須對《中國文學史》建構過程所存在的問題一併思考。

---

❶ 陳玉堂：《中國文學史書目提要》（合肥：黃山書社，1986 年），頁 1-4。

❷ 陳國球：〈文學史的思考〉，收入陳國球、王宏志、陳清僑編著：《書寫文學的過去——文學史的思考》（臺北：麥田出版社，1997 年），頁 3-16。

❸ 陳伯海：《中國文學史之宏觀》（北京：中國社會科學出版社，1995 年），頁 178。梁容若：《中國文學史研究》（臺北：東大圖書，2004 年），頁 123。

據筆者的觀察，縱觀中國文學史的編寫，大體經歷了五個歷史階段。

第一階段從 1901 年至 1949 年。據陳玉堂《中國文學史舊版書目提要》所輯，這 50 年間出版各類文學史約 320 餘種，數量十分可觀。最先出現的是 1904 年林傳甲的《中國文學史》與 1910 年黃人的《中國文學史》。林著是用紀事本末體裁，以文體為主編著而成，多仿日本早稻田大學講義。黃著雖為一部多達一百七十萬言巨帙，但作者本人的論述無幾，大都為所引錄的原文。這個階段提供「歷史意識與民族文化書寫」、「文本為第一手資料」的重要思考，但明顯缺乏詮釋，或者詮釋錯亂，只做了資料的選錄與粗呈範疇的工作。

第二時期以「五四」前後胡適《中國文學史》（後另撰《白話文學史》）和魯迅《中國小說史略》最為著名。胡適提出了「歷史進化」、「演進」、「革命」等原則。魯迅對小說發展演變的鉤稽和深入分析，前無古人。此時出現文學進化論與分體文學的視野，但所出現的文學卻缺乏全面性與整體性。

第三時期以鄭振鐸《插圖本中國文學史》、劉大杰《中國文學發展史》、林庚《中國文學史》為代表，運用社會學批評方法和西方某些文學觀念結合個人獨特見解，每部文學史都有個性特色與獨立的學術品格。整體來看，這一階段是文學史研究的真正開創期，成績斐然。由於這一時期思想上較少受限於社會政治方面的因素，學術空氣比較自由，個人的學術品格比較活潑且充分的體現在由個人獨立完成的文學史著作中，因此呈現出百花齊放的局面，各部研究也有某些內在規律的探討。胡適、魯迅、鄭振鐸、劉大杰、林庚的成果都有很高學術價值，可以為後代文學史的編寫積累豐富的經驗。

第四階段是突破期。從 1988 年王鍾陵出版《中國中古詩歌史》[4]開始迄今。重要的文學史除了王鍾陵出版《中國中古詩歌史》外，還包括袁行霈《中國文學史綱要》和《中國文學史》、[5]郭預衡《中國古代文學史長編》[6]和最新問世的臺靜

---

[4] 王鍾陵：《中國中古詩歌史》（南京：江蘇教育出版社，1988 年）。

[5] 袁行霈：《中國文學史綱要》（臺北：曉園出版社，1991 年）和《中國文學史》（臺北：五南圖書，2002 年）。

[6] 郭預衡：《中國古代文學史長編》（北京：首都師範大學，2000 年）。

農《中國文學史》❼等。這些著作中，有的在方法論上突破前人的思考，有的在範疇上已融入「佛教文學」的小部分討論。

第五階段是廿一世紀以來，西方文學史的反思期。孫康宜和宇文所安（Stephen Owen）等人合編的《劍橋中國文學史》（*The Cambridge History of Chinese Literature*）❽的出現，代表著二十一世紀重寫文學史的呼聲，也就是對現有的《中國文學史》的反思。孫康宜說：「一般說來，美國的漢學家習慣於專攻某個時代的某種文體，忽視了同一時代的其他文體（genres）。我一直以為很有必要改正這種思維方式。」❾因此，孫康宜和宇文所安曾分別到世界各地包括海峽兩岸做了好幾場演講，表達他們的《中國文學史》建構理念，對現有文學史提出很多反思。

除了《劍橋中國文學史》之外，此階段另有章培恆、駱玉明主編《中國文學史》和《中國文學史新著》，❿採用韋勒克・沃倫的觀點，打破文學史以政治變化進行分期的模式，嘗試用「上古」、「中世」等大區段貫通的書寫方式；龔鵬程則以「文學的變化」為第一序，「作家與作者」為第二序，重寫了《中國文學史》；⓫王國瓔以新加坡大學和臺灣大學任教之視野，宏觀掌握文學中諸文類作品發展之趨勢，兼顧文學作者之類型與文學場域背景，完成《中國文學史新講》。⓬

以上的文學史專著與文學史方法思考，成為本文重新檢視如何建構一部《中國佛教文學史》的重要依據。換句話說，本文在範疇與方法論方面需要借重《中國文學史》的視野來輔助《中國佛教文學史》如何彌補取材方向、採用何種建構方法等思考。

---

❼ 臺靜農：《中國文學史》（臺北：國立臺灣大學出版中心，2004 年）。臺先生此書出版較晚，進入 2000 年之後，其文學史論述方法則與二十世紀末第四期的其他文學史相類，故歸入這段時間。

❽ Kang-I Sun Chang and Stephen Owen ed., *The Cambridge History of Chinese Literature* (UK: Cambridge Univ Press, 2010.06.30).

❾ 孫康宜：〈新的文學史可能嗎？〉，《清華大學學報》哲社版（2005 年第 4 期）。

❿ 章培恆、駱玉明主編：《中國文學史》（上海：復旦大學，1996 年）和《中國文學史新著》（上海：復旦大學出版社、上海文藝出版社，2007 年）。

⓫ 龔鵬程：《中國文學史》（上）（臺北：里仁書局，2009-2010 年），「自序」，頁 V。

⓬ 王國瓔：《中國文學史新講》（臺北：聯經出版公司，2006 年），「總序」，頁 1-20。

究竟代表民族文化書寫的文學史應該如何融入佛教文學作品與詮釋？是以歷史變動為觀察？還是文體滋生演進的紀錄？這是下兩節範疇論和方法論上要慎思的。

三、「中國佛教文學」範疇論

由過去《中國文學史》建構的歷程可知，文學史是書寫民族文學的過去，使和現代連成血脈。換言之，中國文學史是中國文化史的過去和現在，是世界文學史的一部分，既要把握大勢，總合全局，也要分析條理，在人、時、地的差別上作考究、作探索。研究的對象，是過去已有的事實和作品；研究的目的是從經驗得到啟示，從陳跡找出新路。所以過去和未來，是要連起來觀察的，大勢和逆流，主流和潛流，萌芽成長和結實，是要高級的大乘智慧加以體認的。廣範圍客觀的蒐羅事實，是第一步；科學的細密的鑑別排比資料，是第二步；哲學的批判形勢，文學的描繪結論，是第三步。唐朝的大史學家劉知幾講史才，標榜「才」「學」「識」缺一不可。「學」是淵博見聞的事，指資料獲得的多少，「才」指資料的安排運用，「識」指資料的鑑別去取論定，和全書所取的「史觀」。這些都是建構一部《中國文學史》所必須的，同時也是建構一部《中國佛教文學史》不可或缺的。

關於第二步和第三步我們留待下節討論。這裡先試著討論第一步「客觀的蒐羅事實」，建構材料範疇。

文學史家所取的文學定義，常常可以影響他的取材範圍。大約周秦所謂文學，是泛指學術。《論語・先進篇》記孔門分四科，「文學」和「德行」、「政事」、「言語」並列。從漢魏到南北朝隋唐，「文學」是個官名，或掌校訂典籍，侍奉文章，或掌以五經、教生徒，也是極廣義的用法。直到《世說新語・文學篇》所述，限於詩人文士。文學的範圍，縮小多了。梁《昭明文選》所收，限於「事出於沉思，義歸乎翰藻。」狹義純文學的看法，在南朝已經近乎成立。

我認為從漢魏以下，文學自覺，狹義的純文學觀已萌生，它雖非籠罩全面的文獻典籍，但也無法與文化史分開。而漢魏以下，當世活動的文人已經出現詩僧、文僧典型，意味著文學工作者已經有僧有俗，因此文學範疇應該涵蓋僧俗作品；而漢魏以來佛經翻譯是中國文化史上的大事，因此佛經中的文學性，如同先前諸子散

文、哲理寓言或兩漢史傳文學一樣，具有影響文學或自成文學作品的特色。⓭

所以，所謂「中國佛教文學」，其範疇應該如筆者在過去一篇文章所討論的，⓮涵蓋三大範疇：一、文人創作；二、佛經文學；三、僧人創作。其中僧人創作，諷詠悟境的證道詩文，有部分已入禪藏、經藏中，可視為佛經文學；而僧人或兼為文士；文人中或因筆受關係或因著作涉及佛教者，也有不少作品收入佛經中。因此，這三大範疇實互有交涉如下圖。

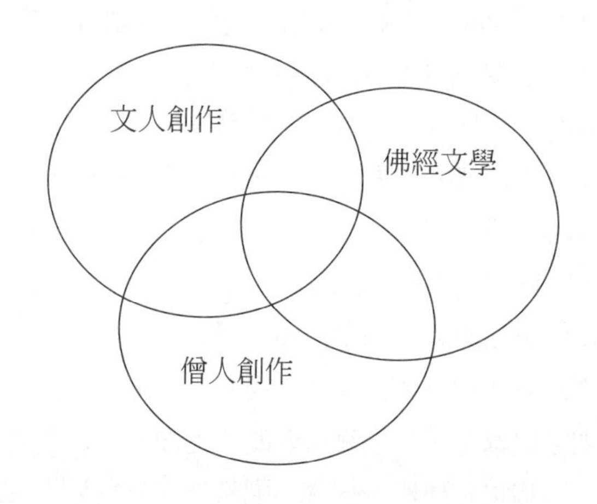

綜合來說，佛教文學的產生要從佛經傳入中國的漢代開始。

以文人創作的文學來說，包括民間文人與廟堂文人之作。東漢流傳的〈孔雀東南飛〉已經有受到佛教影響的痕跡。⓯因著佛教思想之超越，翻譯文學之優美，素

⓭ 侯傳文：《佛經的文學性解讀》一書認為「佛經文學」分為三類，第一類是佛經最初的結集者——回憶錄式的紀實文學、第二類是大乘佛典——虛構性的文學、第三類是收入佛經中的雜著——中土僧人、文士的文學。（北京：中華書局，2004 年），頁 3-4。

⓮ 蕭麗華：〈佛教文學網路建構的現在與未來〉，臺灣大學「佛學數位資源之應用與趨勢」研討會論文，2005 年 9 月 16 日。

⓯ 參考李立信：〈論偈頌對我國詩歌所產生之影響〉一文指出，偈頌篇幅動輒二、三百句，有多達九千多句的空前巨著，確實比我國傳統詩歌篇幅要長很多，對我國詩歌是有相當正面的影響。〈悲憤詩〉和〈孔雀東南飛〉兩首長詩出現在佛經廣為流布的時候，實受到佛經偈頌有意無意的影響。見中國古典文學研究會主編：《文學與佛學的關係》（臺北：臺灣學生書局，1994 年），頁 63-65。

來吸引不少文人，從兩晉、南北朝、唐宋以降，一直有不少文人從事佛教活動，佛教思想成為文士文學作品中的一大內涵。而文士中不乏詩僧文僧，如東晉南北朝時期的支遁、慧遠、湯惠休，唐代的皎然、寒山、齊己、貫休，宋代的九僧、宗杲、慧洪，元代的三隱（元隱、天隱、笑隱），明代的藥地禪師等等。

這是從僧、俗創作的角度來看，也就是文人創作與僧人創作。他們的作品，目前六朝詩歌、文章全部保留在逯欽立《先秦漢魏晉南北朝詩》、⑯《漢魏六朝百三家集》⑰中；唐宋詩文則見諸《全唐詩》、《全唐文》、《全宋詩》、《全宋文》⑱中；明清以下則未見完整的總集，須一家、一家耙梳。其他詞曲、散文、小說、戲曲等文學，也須全面性檢視文集或仰賴相關總集來搜羅補充。

從佛經翻譯的角度來看，佛經翻譯的中堅時代是東漢至盛唐六百年間，佛教《大藏經》中，五六千卷的經典，皆是此時的產品，宋元以後，雖間有所譯，但已微不足道。中國南北朝至隋唐之間，大師輩出，翻譯的人物，不下數百，其中最傑出，而對中國文學貢獻最大的，當推羅什與玄奘。羅什的翻譯，形成譯經史上所謂「古譯」，範圍較廣於玄奘，譯文精美，文、質兼重，⑲文字又帶有極豐富的西域天然語趣，⑳不但為中國思想界開闢出一片新天地，而且對中國文學之影響尤巨；而玄奘的翻譯，號稱「新譯」，除了補充、重譯一部份原有經典外，更擴大了翻譯

---

⑯ 逯欽立：《先秦漢魏晉南北朝詩》從魏詩開始都有專卷輯錄釋仙方外詩作，如晉詩卷二十康僧淵、佛圖澄、支遁……等、齊詩卷六釋寶月等（臺北：木鐸出版社，1983 年）。

⑰ 〔明〕張溥編：《漢魏六朝百三家集》（臺北：世界書局，1986 年）。

⑱ 《全唐詩》清康熙四十五年敕編，目前以北京中華書局 1999 年本最為流通；《全唐文》〔清〕董誥等奉編（臺北：大通書局，1979 年）；《全宋詩》北京大學古文獻研究所傅璇琮等主編（北京：北京大學出版社，1991-1998 年）；《全宋文》四川大學古籍整理研究所曾棗莊、劉琳主編（成都：巴蜀書社，1988-1994 年）。

⑲ 中國譯經史上，自安世高開始到鳩摩羅什這兩個半世紀的譯績，統稱「古譯」，到唐代，玄奘開創新譯風，被稱為「新譯」。孫昌武稱鳩摩羅什所譯為「舊譯」，認為其譯經方面的貢獻在大、小乘三藏全面地得到傳譯，佛典翻譯的質量大為提高，形成了文、質兼重、流利暢達的譯風，也建立起具有相當規模的譯場。見孫昌武《中國佛教文化史》第二冊「鳩摩羅什『舊譯』的成就」一章（北京：中華書局，2010 年），頁 437-466。

⑳ 鳩摩羅什（？-412）天竺人，贊寧：《高僧傳・譯經篇》論其翻譯「有天然西域之語趣矣」。

經典的規模，所譯卷帙繁複，趨向「印印皆同，聲聲不別」，㉑除追求佛法真意，更講究文字之精確，㉒文筆之生動有趣，格式之新穎，詞語之創新，結構之精美，也使中國文學，為之產生變化。

因此，漢譯經典中處處有文學，是列舉不盡的。據學者的統計，佛經中有不少中國少見的長詩。㉓也有的是長短篇敘事體文學、有的是短篇寓言故事和詩偈形式等等樣式。長短篇敘事體部分，有的在展現佛陀本行，如《修行本起經》、《普曜經》、《佛本行集經》、《太子瑞應本起經》等；有的在揭示佛本生故事或緣起故事，如《太子須大拏經》、《佛說大意經》、《長壽王經》、《佛說九色鹿經》、《佛本行集經》、《大莊嚴論經》、《六度集經》、《撰集百緣經》等，都頗能製造曲折的情節和形塑新奇的風格，比起中國中古時期所見敘事性作品的精彩度有過之而無不及。短篇寓言故事部分，都用在勸諭或諷刺，如《舊雜譬喻經》、《雜譬喻經》、《眾經撰雜譬喻》、《百喻經》、《雜寶藏經》、《天尊說阿育王譬喻經》等，充分顯示聯類取譬的本事。此外，「偈頌」部分又稱「偈陀」和「祇夜」，簡稱「偈」、「頌」，是四言、五言或七言形式的詩歌，重疊為四句、五句、六句或七句，屬於經文重頌者稱「祇夜」，整體指對禪門的詩偈、頌古、銘贊、歌詠等的總稱。凡此，詩、文、小說乃至《弘明集》《廣弘明集》中的「與人書」之類，㉔作品就繁複多元、無法勝數了。

㉑ 贊寧：《宋高僧傳》卷三〈譯經論〉，頁 52-53。

㉒ 見孫昌武：《中國佛教文化史》第四冊「玄奘與佛典『新譯』的成就」一章（北京：中華書局，2010 年），頁 1721-1742。

㉓ 據王晴慧：《六朝漢譯佛典與詩歌之研究》的統計，六朝漢譯經藏中含偈頌者有 273 部，其中《分別善惡所起經》有五言偈 670 句、八言偈 8 句；《維摩詰經》有五言偈 160 句、七言偈 40 句；《正法華經》有 49 偈，其中四言偈動輒上百句，最長多達 912 句、五言偈也有 112 句者。靜宜大學 88 年碩論，頁 53、348-390。

㉔ 這個分類指佛典中非印度原典翻譯的部分，也就是中土高僧、筆受文士的文字被納入佛典中的部分。見加地哲定著、劉衛星譯：《中國佛教文學》（北京：今日中國出版社，1990 年），頁 24-46。

四、「中國佛教文學史」方法論舉隅

本節所要討論的方法論指上文提到第二步「科學的細密的鑑別排比資料」，和第三步「哲學的批判形勢，文學的描繪結論」。借用梁容若《中國文學史研究》批評劉大杰《中國文學發達史》的幾點重心來看，一部好的文學史應該避免㈠體例編排的失當；㈡材料去取的偏頗；㈢襲前人之誤說；㈣引用作品的疏失；㈤地理的錯誤；㈥事實的錯誤；㈦字句錯誤㉕等等。這是指文學史應該「科學的細密的鑑別排比資料」；張晶〈文學史研究的重要突破〉一文也提出㈠鮮明的理論性與有機的整體性；㈡對於重要作家及文學現象的新視點觀照；㈢抉隱發微，填補文學研究上的空白等等。㉖這是指文學史應該「哲學的批判形勢，文學的描繪結論」。

由於晚近的文學史研究對方法論的考察多元，而且文學史研究本身存在的問題極複雜，方法自然不一，這篇小文章只能略述大端，以舉隅方式呈現。

㈠輯佚、辨僞與文獻學、目錄學的運用

《中國佛教文學史》的建構，牽涉文學材料的選取，如何選取豐富、精確而周延的素材，則涉及輯佚、辨偽與目錄學的運用。

例如，唐初王梵志的詩，在中國亡佚，傳到日本也失傳。藤原佐世編《日本國見在書目》時在唐僖宗乾符二年，即西元八七五年，載有《王梵志詩集》，可見日本平安時代此書已東渡，以後卻亡佚未見，乃至《全唐詩》未能收錄王梵志的作品。但目前學者在敦煌卷子中再發現，故而有新校編的《王梵志詩》。㉗這就是輯佚、辨偽功夫的重要性，我相信中國有許多佛教文獻，需要借輯佚功夫重見天日。

再如，寒山詩在文學上有相當高的價值。據說寒山詩的作者不止一人。它是一種集體創作，作者至少包括寒山本人、拾得和豐干禪師。根據竹田益州所考，《寒山詩》是唐太宗時浙江省臺州官員閭丘胤囑一個稱為道翹的僧人所採集成編的。其

㉕ 梁容若：〈再評《中國文學發達史》〉，收入氏著：《中國文學史研究》（臺北：東大圖書公司，2004年），頁134-154。

㉖ 張晶：〈文學史研究的重要突破〉，《中國社會科學》（1990年第2期）。

㉗ 見〔唐〕王梵志著、項楚校注：《王梵志詩校注》（上海：上海古籍社出版，1991年）。

詩的成立，約在初唐七、八世紀間。[28]但也有學者考訂《寒山詩》是中唐曹洞宗上堂詩之總集等等。[29]這也需要辨偽功夫的鑑定。

此外，文獻學是研究整理研究材料不可或缺的。吳汝鈞曾指出：「現代的佛學研究，特別是西方學者，幾乎全是文獻學的研究。」[30]文獻學是文獻資料研究之事，它的一般工作項目是校訂整理資料的原典，把它出版。西方佛教文獻學研究所得的成果，實在是一個汪洋大海，一時難以盡述。日本的佛學研究基本上也是採用這種方法，因此有《大正新修大藏經》的編纂，成了佛教文學很重要的資料來源。[31]

《大藏經》又稱一切經，是古代中國人所編輯的大型佛教叢書，也是漢傳佛教研究者最應重視的一手材料，上節所謂「佛經文學」的資料來源即是藏經。《大藏經》的編纂工作其實在唐代以前已經陸續在進行，在宋太祖刊行《開寶藏》之前，《大藏經》的內容都是寫本。自《開寶藏》起，大藏經開始用印刷的方式編輯。因此刊行數量較大，流傳地區較廣，流傳年代也較易持久。自宋代迄今，中國、韓國、日本等地，共刊印了大約三、四十種《大藏經》。其中，有些已經全然佚失，有些殘缺不全。但是，內容大都份保存、或全藏完整保存的也有若干部，如《中華大藏經》、《高麗大藏經》、《磧砂大藏經》、《卍正藏經》、《卍續藏經》、《嘉興大藏經》……等，[32]其中保留大量的文學性作品。

致於一般文學史材料的選取所常借重的詩文選本，文選總集如《文選》、《古文苑》、《文苑英華》、《漢魏六朝百三家集》、《唐文粹》、《元文類》……等，詩選總集如《玉臺新詠》、《樂府詩集》、《全漢三國晉南北朝詩》、《御定全唐詩》……等，戲曲選集如《樂府新編陽春白雪》、《朝野新聲太平樂府》、《覆元古今雜劇三十種》、《永樂大典本戲文殘本三種》……等，小說選本如《太

---

[28] 日本學者竹田益州所著〈寒山詩〉，載於西谷啟治編：《講座禪第六卷——禪の古典：中國》一書，昭和四十九年六月。

[29] 寒山生平的考辯極多，可參考葉紅珠：《寒山資料考》（臺北：秀威資訊，2005 年）和崔小敬：《寒山：一種文化現象的探尋》（北京：中國社會科學出版社，2010 年）等專著。

[30] 吳汝鈞：《佛學研究方法論》（臺北：臺灣學生書局，2006 年），頁 97。

[31] 同前註，頁 97-102。

[32] 藍吉富：《佛教史料學》（臺北：東大圖書公司，1997 年），頁 1-4。

平廣記》、《唐人小說》、《全像古今小說》……等，[33]過去文學史家從總集與選本中取材多半忽略佛教文學，如果建構《中國佛教文學史》，這些總集與選本仍可耙疏出許多精采的僧俗文學作品。其他如《大藏經》中的文學、《禪門逸書》中的文集等等，許多重要目錄學的常識都是必須的。

《中國佛教文學史》的素材基本上必須先以廣博臚列為首要。葛兆光評論1918年出版的謝旡量《中國大文學史》說：

> 這種較少攙入主觀見解，匯集古人評論以顯當時文學觀念，載錄古代傳記以存當時文學歷史，摘引大段作品以明當時創作的「陳列」方式，無意中正好瓦解了強迫性的敘述語言與觀察角度。

又說：

> 基本上是中國傳統的「目錄學」與「史傳體」的自然延伸。[34]

周月評論劉師培的《中國中古文學史》「所引群書，以類相從，各附案詞，以明文軌」的寫法也說：

> 讀這部書像走入一條關於中古文學的卡片長廊。……這種作法的確更凸現了史本身，至少造成了一種純客觀的姿態。[35]

---

[33] 重要選本目錄，初步可參考梁容若：〈中國文學重要選本目錄〉，收入氏著：《中國文學史研究》（臺北：東大圖書公司，2004 年），頁 214-275。但有近代新編的選本與總集，如《全宋詩》、《元詩選》等，則須另外再增補。

[34] 見葛兆光：〈陳列與敘述——讀謝旡量《中國大文學史》〉，收入陳國球、王宏志、陳清僑編著：《書寫文學的過去——文學史的思考》（臺北：麥田出版社，1997 年），頁 351-357。

[35] 周月亮：〈輯錄與案語——讀劉師培《中國中古文學史》〉，收入《書寫文學的過去——文學史的思考》，頁 367-371。

這種目錄、史傳、學案的方式，基本條件都是需要輯佚、辨偽與目錄學的功夫。

但是，這種功夫固然可以呈現客觀的資料，文學史編著者組合資料的方式仍是主觀的，這就牽涉到「史觀」的思考角度。

㈡史觀的考量

如果我們同意文學史的一種書寫傾向是將「文學的過去」圖式化，以便於觀察認知，教育後輩，我們可以想像到作為繪圖者的文學史作者，必然是站在圖外，以權威客觀的姿態口講手畫，他是處於「現在」，描畫的對象是客體化了的「過去」。㊱我們的「現在」，則比所有文學史作者的「現在」更為「現在」，所以，我們有能力看出更客觀的「過去」。這也就是近年來重議文學史聲浪的起因，同時也是筆者建議建構《中國佛教文學史》的主要原因。

魯迅在談及文學史的寫作時，主張「以時代為經」，「以文章的形式為緯」，㊲這正是《文心雕龍·時序》篇中所說的：「文變染乎世情，興廢繫乎時序。」但學者認為魯迅之注重「時序」與「世情」，另有學術淵源——丹麥評鷩家「勃蘭兌斯」。勃蘭兌斯作為文學史家，主要受泰納（H. Taine）和聖伯夫（A. Sainte-Beure）的影響，泰納強調一個國家的文化藝術是由種族、環境和時代三個因素決定的，勃蘭兌斯相對更注重「時代」而忽略種族和環境。勃蘭兌斯把文學史的職責界定為「研究人的靈魂，是靈魂的歷史」，這點與聖伯夫堅持「自傳說」，通過作家身世與心理來分析作品的方法異曲同功。勃蘭兌斯著作給魯迅的啟示，或許是其對影響作家成長的知識界文化氛圍的重視。㊳

另一個值得參考的文學史觀是布拉格學派的文學史理論，以穆卡洛夫斯的文學演化系列中的「進化價值」（developmental value）最具省思意涵。穆氏指出：

> 對文學史家來說，作品的價值決定於該作品的演化動力：要是作品能重新整

㊱ 陳國球：〈文學史的思考〉，收入《書寫文學的過去——文學史的思考》，頁 3-16。

㊲ 魯迅：〈致王冶秋〉，《魯迅全集》，第十三卷，頁 243。

㊳ 陳平原：〈作為文學史家的魯迅〉，《書寫文學的過去——文學史的思考》，頁 111-113。

頓組合前人作品的結構，它便有正面的價值，要是作品只接受了以前作品的結構而不加改變，那便只有負面的價值。㊴

換句話說，隨著歷史演化，作品也在進化著。柯慶明先生曾引用到 Rene Wellek 和 Austin Warren 在 1942 年出版的 "*Theory Of Literature*"，也提到 David Perkins 1992 年在哈佛出版的 "*Is Literary History Possible*" 和 Marshall Brown 在 1995 年主編出版的 "*The Uses of Literary History*"，來說明「文學史」作為一種學術領域與專業訓練所具有的徘徊交涉於「文學」與「歷史」之間的處境。柯先生也提到 R. S. Crane 在 1971 年出版的 *Critical and Historical Principles Of Literary History* 一書雖屬於芝加哥學派，仍與「歷史主義」（historicism）的學術立場不可分割。後來 H. A. Taine 的 *History of English Literature* 不但將「文學」視為「歷史文獻」，更將其中的思想與感情，歸因於「種族」（race）、「環境」（milieu）、「時代」（moment）等影響歷史的三個要素。這裡正反映了從「歷史主義」到「新歷史主義」（New Historicism）的發展。其中潛藏著的正是「進化」理論。㊵

除了丹麥學派的「靈魂說」與布拉格學派的「進化價值」之外，二十世紀西方文學理論，在歐陸哲學思潮的激盪下，發展極為迅速。粗略來說，現代文學理論是從重視作者主體性的一端，過渡到肯定文學作品的獨立性和客體性，再轉移到突出讀者作為一個感知主體的另一端。這是「接受美學」（aesthetics of reception）和「讀者反應批評」的共同理論立場。在接受美學的陣營裏，姚斯（Hans Robert Jauss）和依薩

㊴ 引自 F. W. Galan, *Historic Structures: The Prague School Project, 1928-1946* (Austin: U of Texas P,1985), p.46。

㊵ 柯慶明先生提供關於進化論的思考，他說：任何「進化」的敘述，基本上總是一種朝向一個頂點發展的思維；另一種以周代的經典為「本」，以後代的發展為「末」（《小戴禮記·大學》）的思維則衍生「正變」（《毛詩·序》）與「代降」（《日知錄·詩文代降》條》）說。但是「歷史主義」的困難，往往在於它未必具有「真實性」，我們很難尋求作品的「原意」（meaning），其實，掌握作品所涵蘊之深刻的人性洞識與美感知覺的「意義」（significance）才是「文學」研究真正的目標。參考柯慶明：〈關於文學史的一些理論思維〉，《臺靜農先生百歲冥誕學術研討會論文集》（臺北：里仁書局，2002 年）。

（Wolfgang Iser）是兩個核心人物。㊶在〈文學史作為向文學理論的挑戰〉一文裏，姚斯提出需要從「讀者接受」的角度來更新文學史。㊷這也就涉及作品如何被正典化的過程。

另外，王鍾陵《文學史新方法論》提出：歷史真實的兩重存在性原理、㊸歷史研究與理論創造的關係、整體性原則、㊹民族思維的特徵及其演化與文學發展道路的關係、民族文化－心理結構的變動與審美風尚之轉移的關係、歷史發展觀、文學的原生態㊺的把握、代際傳播的社會性的文本讀解與意義、文化衍生、文壇浮沉、㊻雅與俗文學的懸膈與匯通、民族融合與文學傳統的新構、選評家的文學史作用等

㊶ 參考 Hans Robert Jauss, *Toward an Aesthetic of Reception*, trans. By Timothy Minneapolis, 1982, pp.28-32. 和 Wolfgang Iser, *The Implied Reader: Patterns of Communication from Bunyar to Beckett*, 1787.

㊷ H.R. 姚斯、R.C. 霍接勃著；周寧、金元浦合譯：《接受美學與接受理論》（遼寧：遼寧人民出版社，1987 年），頁 23-24。

㊸ 王鍾陵所謂歷史的兩重性，乃指歷史存在於過去的時空之中，這是歷史的第一重存在，是它的客觀的、原初的存在。這種過去時空中的存在已經消失在歷史那日益增厚的層累之中。然而，書籍、文物、我們的生活和思維方式以及民族的文化一心理結構中，仍然留存著過去的足跡。真實的歷史依賴於人們對這些存留的理解來復現，所以歷史便獲得了第二重存在，即它存在於人們的理解之中。其哲學根據源自《愛因斯坦文集》第一卷（北京：商務印書館，1976 年版），頁 221。

㊹ 王鍾陵所謂整體性原則又可以區分為以下幾個層次：1.就個別詩人、作家而言，要求對其全部的作品作客觀而全面的把握；2.從橫向上說，對任何一個時代，我們不僅應該重點注意那些優秀作家，而且也應該注意其他一些較為次要的作家從而達到對一個時代文學史全貌的把握；3.就文學同政治、哲學、社會風習等各個方面的關係來說，整體性原則要求著一種更大的綜合。見王鍾陵：《文學史新方法論》（臺北：文史哲出版社，2003 年），頁 14。

㊺ 王鍾陵指出原生態式的把握方式，是文學史家盡力貼近於歷史之原初的存在的一種思維方式。原生態式的把握方式有三個重要的哲學基礎：一是主客體的渾融與相互生成，二是時空別係，三是非線性的發展觀。《文學史新方法論》，頁 77-79、151。

㊻ 文壇浮沉是一個十分複雜的現象：紛紜渾淪，必然性和偶然性交互作用，雅與俗遞相轉換——雅向俗流動，俗裝扮為雅；而文學家、理論家們的地位也就隨潮起落：大家夷為小家，後秀超越前賢，從而一種結構構轉換成了另一種結構。有原先顯名而後不顯者，如唐詩人沈亞之；有原不甚顯名而後一時或長久甚顯者，如陶淵明、杜甫；有後來居上者，有幾經起落者，不一而足。除了作家地位的升降，還有一種起伏則表現為詩文集的散佚與行世之轉換，舊的讀解的衰減、斷裂和新的讀解的興起是並行的。見王鍾陵：《文學史新方法論》，頁 229。

等觀點與視角。[47]

二十一世紀的文學史反思裏，孫康宜和宇文所安都提出新的史觀。宇文所安說：「文學史總是『史中有史』，歷史知識本身具備著不確定性，我們無法直接接觸到文學的過去。例如曹植的〈野田黃雀行〉、《古詩十九首》有鍾嶸《詩品》五十九首說。重新審視文本證據帶來不確定性，這種不確定性最終瓦解了標準的文學史敘事。……唯一能夠真正解決問題的方法是理論性的，而且必須以理解『史中有史』作為開端。我們必須審視那些對我們熟悉的敘事構成挑戰的證據。」[48]孫康宜則說：

> 我們的目標不是要寫一本傳統的文學史，而是想寫一本文學文化史，想把它搞得有趣一點。譬如唐朝文學，我們不像普通的文學史那樣，把它分成詩、文等各種不同的文類，而是分成不同的時代（如每一個皇帝執政時期的文學文化情況）來討論。如在某個時代有一種政治上的集權（centralization）它是怎麼樣影響到文學的。在討論這一時期不同文學的時候，不同的文體也同時作出討論。同時，另一個時代或許會有一種「去集權化」（decentralization）的現象，這樣一種情形對文學又會有什麼不同的影響呢？這都是我們所關注和要討論的。[49]

宇文所安的「史中之史」說和孫康宜的「文學文化史」構成一種變動的歷史觀，文學史不再以經典化（cannon formation）作品為局限，而更注重一種傾向（tendency）或者一種潮流（trend）。

從總體上說，沒有永恆不變的歷史面貌，然而在變動的歷史面貌中又總有真實的歷史存在於其中。從魯迅以來的「靈魂說」與「進化論」，到宇文所安「史中有史」說和孫康宜所謂的「文學文化史」，文學歷史的研究永遠可以貫穿作家靈魂到

[47] 以上綜論又見王鍾陵：《文學史新方法論》「引言」，頁5。
[48] 宇文所安：〈史中有史：從編輯《劍橋中國文學史》談起〉，《讀書》（2008年第5、6期）。
[49] 孫康宜：〈新的文學史可能嗎？〉，《清華大學學報》哲社版（2005年第4期）。

雙重歷史觀，一代又一代無止境地做下去；既然客觀事物（第一重歷史）總是在一定的視角上被認識的，每一個時代人們的視角不同，則所認識的歷史之面貌（第二重歷史）自然各不相同，每一個時代的人都可以建立自己的歷史觀。人類的前進，永遠是在瞭望未來和回顧過去的雙重視野中前進的。這種雙重視野正是文學歷史必然藉多元視角呈現為雙重存在的最為深刻的原因之所在，這也是建構佛教文學史最適用的史觀。

五、結語

我們知道歷史政治不斷變動、社會文化心理不斷的轉換、文體文集不斷有浮沉衰興，文學讀解不斷有斷裂變化，加上不同民族文化融合往往形成文學發展的新方向，以至造成新文體的崛起。文學的發展必然有其內部雅與俗的審美風氣的差異，有其代際嬗變的痕跡，因此，文學的發展乃是非線性跳躍的。在這種非線性跳躍中，舊的讀解被打破，新的讀解再興起。某些新的文學家應該更向文學的中心邁進，文學秩序也應該隨時變動。

代序相繼的讀解中，還經常發生一種片面化和符號化的情況。一是由於文獻的佚失，二是許多有多方面才能和成就的人在歷史的傳播中，往往只被突出了其一個方面，民族文化的積累往往只取一個人最具價值的一面，文人有佛教思想方面的文學成就面向，常常被棄而不顧。三是僧人不入文學史久矣，我們常忽視文化衍生的其他形式，特別是緇流文學。佛教文學就在這種種忽視中，很難登上文學主流。

文學史乃是一個複雜的巨系統運動的結果，它是多種合力的產物。它根生在社會經濟、政治生活和民族文化與心理結構中，並以此同種種社會風習以及哲學、宗教、藝術等意識形態各部門相伴生長、互相滲透。重構佛教文學史應該在「範疇論」和「方法論」中考慮橫向擴展的種種因素和縱向發展的史觀運用，使作品篇什的增加與輯佚更能呈現文化發展之開闔動蕩、遷躍斷裂的過程中，在無序之流中成長出有序的意識構築。

本文只是一個呼籲性的開端，除了先釐析範疇，劃清入手的版圖外；權且臚列一些參考的方法論，目的在等待有識之士未來能攜手合作，共同完成一部《中國佛教文學史》的建構。

附記：

本文承兩位匿名審查者指教，做了不少修改，謹此致謝。

其中有一建議希望參納佛教文學研究的成果，頗有建設性。然而這是個大議題，本文無法包容現有的佛教文學研究成果，遑論其中所呈現的研究方法論。其實現有的佛教文學研究成果必然是未來建構《中國佛教文學史》的重要參考藍圖，此一理想願伺來日結合同好，群力擘畫，共同完成。

Preliminary discussion on the Methodology of constructing "The History of Chinese Buddhist Literature"

Hsiao Li-hua[*]

Abstract

Buddhist studies, which have been researched for over one hundred years in European and Japanese universities, have obtained an outstanding outcome. Back to Taiwan, Buddhist studies are researched merely by the scholars of Buddhist colleges, several graduate institutes of religious studies and philosophy. The crucial reason that Buddhist Literature is extremely neglected in all the literature departments of universities is lacking a "History of Chinese Buddhist Literature" to provide the relative vision.

One could deal with specific topics for researching on Buddhist Literature while one has to clarify the categories and analyze the problems of methodology to construct "History of Chinese Buddhist Literature." However, the latter is definitely the most difficult part for this paper to master. Due to the introductive and propositional functions of this paper, it is named "preliminary discussion."

To offer a reference and an antithesis for observation, this paper starts with the progression of constructing "History of Chinese Buddhist Literature," on one hand consulting with the construction method of "History of Chinese Literature," comparing

* Professor, Department of Chinese Literature, National Taiwan University.

and reflecting upon the domain of literary material on the other hand. Second, this paper discusses Chinese Buddhist literature through 'theory of categories' and 'methodology of construction.' There are three categories disserted here, including literati's composition, Buddhist literature, and monks' composition. The content of "History of Chinese Buddhist Literature" would be presented only if the categories are determined. Finally, as to methodology, due to the complication of constructing the literary history, only "compiling, editing and discriminating scattered documents and manuscripts, application of philology and bibliography" and "consideration of historical views" are two aspects currently discussed in this paper.

However, literary history, the result of a complicated macro-system dynamics, is the production of multi-power combination. Synchronic reasons and diachronic historical views should be considered within 'theory of categories' and 'methodology' to construct Buddhist literary history. Therefore, the amplification, compilation and editing of literary works could represent more the turbulent and interrupted process of culture development and form a meaningful well-ordered construction out of disordered chaos.

Keywords: literary history, Buddhist literature, historical view, methodology and reflecting upon the domain of literary material on the other hand. Second, this paper discusses Chinese Buddhist literature through theory of categories and methodology of construction. There are three categories discussed here, including literati's composition, Buddhist literature, and monks' composition. The content of "History of Chinese Buddhist Literature" would be presented only if the categories are determined. Finally, as to methodology, due to the construction of constructing the literary history, only "compiling, editing" and the [illegible] documents and [illegible] of philology and bibliography" and "[illegible]" [illegible] correctly discussed in this paper.

However, literary history, the result [illegible] participants [illegible] [illegible] work [illegible] and future [illegible] construction [illegible] of [illegible].

Keywords: literary history, Buddhist literature, historical data, methodology

詩境想像、辭氣諷詠與性情涵濡
——《詩集傳》展示的詩歌詮釋進路

陳志信

提　要

在當代學科範疇的分類下，經學與文學大抵被界定成兩門各有脈絡、別具系統的學科。然若從貼近古代情狀的視角觀察，從前儒者的經典詮釋活動，也可能透過類同文藝批評的型態發生，特別是在向以藝術性見稱的《詩經》身上。朱熹（1130-1200）的《詩集傳》或者就是個典型案例。透過悉心體會，並具質感地再現《詩集傳》展演的詩歌詮釋語境，我們發現在講說詩旨之際，朱熹演出了某種具親切引領特質的讀詩進路：藉著富想像力的詩境勾勒以及富感染力的辭氣諷詠，朱熹將《詩集傳》的預定讀者，也就是那些希聖希賢的後進，漸次引入詩人吟詠當下的領略感動裡，讓他們可能在美的品味中涵養出厚實崇高的心性；並在風雅頌的依序誦讀中，一路體驗修道進德的斑斑過程。這個發生在宋代的《詩經》詮釋事件，向我們揭示了一條藉藝術感悟體察生命美善境界的修持進路；這或者正是傳統經學活動的某種樣態，也可視作是中國文藝批評的另種固有範式。

關鍵詞：經學　文藝批評　詩經　朱熹　詩集傳

【作者簡介】國立中正大學中文所博士，現任國立臺灣大學中國文學系副教授。留心於經學、文學、藝術等相關課題研究，著有《朱熹經學志業的形成與實踐》及〈游移於通脫與抒憤之間——論柳宗元的山水文學〉、〈從文以載道到文道合一〉、〈理想世界的形塑與經典詮釋的形式——以朱熹《詩集傳》對〈二南〉的詮釋為例〉、〈禮制國家的組構——以《二戴記》的論述形式剖析漢代儒化世界的形成〉、〈從經學的學術性質論朱熹的注經成就〉、〈憶寫，一種符號人生的展示——論余承堯的生命姿態〉等論文多篇。

詩境想像、辭氣諷詠與性情涵濡——《詩集傳》展示的詩歌詮釋進路

陳志信*

一、前言：文藝批評與經學活動

以思想史研究著稱的前輩學者徐復觀，教人驚艷地，曾在〈環繞李義山（商隱）〈錦瑟詩〉的諸問題〉一文裡，透過對〈錦瑟詩〉的詮釋操演了深刻精采的文藝批評；於結論末段，饒有意味地，徐先生分享了如斯的心得：

> 以上對〈錦瑟詩〉的解釋、分析，並不是先拿一個什麼格套，硬把這種格套用上去。我的解釋分析，更不能說是對詩作解釋或鑑賞時的範例。不過，我願向對詩有欣賞興趣的人，指出下面一點：即是讀者與作者之間，不論在感情與理解方面，都有其可以相通的平面；因此，我們對每一作品，一經讀過、看過後，立刻可以成立一種解釋。但讀者與一個偉大作者所生活的世界，並不是平面的，而實是立體的世界。於是，讀者在此立體世界中只會佔到某一平面；而偉大的作者，卻會從平面中層層上透，透到我們平日所不曾到達的立體中的上層去了。因此，我們對一個偉大詩人的成功作品，最初成立的解釋，若不懷成見，而肯再反復讀下去，便會感到有所不足；即是越讀

* 國立臺灣大學中國文學系副教授。

> 越感到作品對自己所呈現出的氣氛、情調，不斷地溢出於自己原來所作的解釋之外、之上。在不斷地體會、欣賞中，作品會把我們導入向更廣更深的意境裏面去，這便是讀者與作者，在立體世界中的距離，不斷地在縮小，最後可能站在與作者相同的水平，相同的情境，以創作此詩時的心來讀它，此之謂「追體驗」。在「追體驗」中所作的解釋，才是能把握住詩之所以為詩的解釋。或者，沒有一個讀者真能做到「追體驗」；但破除一時知解的成見，不斷地作「追體驗」的努力，總是解釋詩、欣賞詩的一條道路。❶

相當謙遜地，徐先生表示自己並未設下什麼放諸四海皆準的解詩套式；十分中肯地，他卻為我們點出了千古來讀詩、解詩活動中存在著的，那名之為「追體驗」的共通經驗，亦即：我們所以如是醉心、著迷某篇傑出詩歌，實因詩篇寄寓了卓越的、堪為後人反覆咀嚼誦詠的生活體驗或生命感悟；於是作為讀者的解詩人，或得奮力掙脫原初尚淺薄的解讀和體會，漸次潛入詩作淵深遼敻的意蘊奧底，以期在某一刻，真切融入封存詩歌裡那沁人身心的領略與感動；由是，解詩人終得在不懈不輟的「追體驗」努力中，讓枯燥貧乏的生活釀出耐人尋味的醇熟味道。❷

徐先生的陳述，大抵對文藝批評活動作出樸質、中的的描繪。其觀察，實亦對關注經學活動的筆者有所啟發。試想：文藝欣賞者面對詩篇的情狀，很容易讓人聯想到注經者看待、對待經籍的態度和做法，因二者均認定、認同詮釋對象具高度價值，且都歷經「追體驗」過程渴求某詩或某經的珍貴啟示以提升自我。進一步說，如果一個解詩人在「追體驗」中逐漸達成自足、自得的感通領會，卻有意識將詮釋心得公諸於世，甚至將自身閱讀經歷立作足供後人參照依循的範式及程序，那麼，

---

❶ 徐復觀：〈環繞李義山（商隱）〈錦瑟詩〉的諸問題〉，《中國文學論集》（臺北：臺灣學生書局，1974 年），頁 254。

❷ 徐復觀曾說：「文學史，是『文學地歷史』；是通過文學作品以發現有代表性的心靈活動，及在此活動中所真切反映出的人類生活狀態的歷史。只有在值得稱為『文學地作品』中，才顯得出人類的心靈活動。」（見氏著，〈自序〉，《中國文學論集》，頁 3）這話語，扼要精確地指出文學作品的可貴，在它們呈現值得讓人類永續持存的代表性心靈活動及生活狀態。這道理實與前述引文相呼應。

他不就可能從文學鑑賞領域跨身進類同傳統經學活動的範疇？畢竟，先儒進行的經典詮釋活動，正是儒者於經旨已有圓熟體味之餘，進而展布其識見，並將自我讀經經驗脫胎轉成足教後進取資的範例歟！從自足回饋，到分享以致垂下典範，其間或本一線之隔。如是說來，經學活動和文藝批評可說是性質類通的知識活動。

職是，我們或能透過某典型案例詳加說明。向以藝術性見稱的典籍《詩經》，應是適合的觀察文本；以注經成就著稱、影響古代思維世界甚鉅的朱熹（1130-1200），也該是合適的研究對象。於是，著述期跨越朱熹壯年以至中、晚年的《詩集傳》，或將成為我們鎖定的經學要籍了。❸在研究進展、論文推演的進程中，我們力求盡可能重現朱子解詩時，於字句章旨訓講之際展延出的特定語境：看看他如何設定和預想讀者的關係，採取何種說話姿態、鋪設何種言說場域氣氛，對引領讀者的方法、步驟與節奏，又有怎樣的度量和安排。藉由這儘量貼近先儒注經情狀的論述，我們期許能多些契機，體察、洞識朱熹開示經旨、垂訓後進的斑斑用心及斐然成果。❹親為朱子女婿的弟子黃榦（1151-1221），曾以「終日儼然，端坐一室，討

---

❸ 束景南對朱熹《詩集傳》的述作，作出精密考證：孝宗隆興元年（1163，朱子時年三十四）草成《詩集解》（亦稱《詩集傳》），即今本《詩集傳》前身；經多次改正，淳熙四年（1177，朱子時年四十八）完成《集解》定本；再經大規模刪削改定，淳熙十三年（1186，朱子十年五十七）《詩集傳》脫稿。（見氏著：《朱熹年譜長編》，上海：華東師範大學出版社，2001 年，卷上，頁 591-593，卷下，頁 851-854）又據錢穆考述，朱子三十歲前後投入詮解《詩經》工作，四十六歲透露強烈改作心念，年近六十大致定稿，晚年亦時時改動（見氏著：《朱子新學案》，臺北：三民書局股份有限公司，1971 年，第 4 冊，〈朱子之詩學〉，頁 74-78）。錢先生有云：「朱子之《詩集傳》，其最先用意，亦猶於《論》《孟》之有《集注》。初不過兼綜眾說，期於融會以定一是，其後乃益不信《詩序》，見解變而書之體例亦不得不隨而變。就今本《詩集傳》觀之，已不見其先為《詩集傳》之痕跡，實乃朱子一家之言。而『集傳』舊名仍而不革，後人亦可因此想像朱子最先草創此書之用意……。」（頁 73-74）可見《詩集傳》成書經過，實與朱子治學、成學歷程共相伴隨。

❹ 簡要地說，本文研究進路是對《詩集傳》進行文學批評。我們的預想是：透過體味文本的語氣、節奏、姿態，以及把捉其言說次第、敘述脈絡和篇章結構等等，作者的意欲、想望，還有對預設讀者的態度，都能活潑潑顯現；是以下文對《詩集傳》的品評，我們將戮力呈現朱熹面對、闡釋《詩經》的獨到見地，還有他怎麼將這些感受想法，妥貼傳遞、傳染給《詩集傳》的預想讀者。

論典訓，未嘗少輟」❺數語，栩栩描繪其師究心經義研討的平日生活，這側寫實突顯朱熹作為經學家的生命形象。由是，通過論述該解經案例，吾人期待得相當程度揭示傳統經學活動的某種面貌。

二、吾道之所寄不越乎言語文字之閒：親授、親炙語境的設定與凝結

翻開今傳《詩集傳》，映入眼簾的，是置諸卷首的〈詩集傳序〉；大致瀏覽，留予我們最初印象的，是通篇採用了對答形式來傳遞作《詩集傳》的相關訊息。如果我們肯認，序跋一類文字除信息表達功能外，亦可能在有、無意間引導、規範了往後閱讀論著的態度及方式；那麼，我們就得設想朱子對此形制當別有用心，不容輕忽小覷，就如同面對其他以特定、特殊形式呈現的文章篇目般。❻

有關〈詩集傳序〉的應答主要區分為四大段。首先，是關乎詩歌為何產生的大哉問與解惑：

或有問於予曰：詩何為而作也？

予應之曰：人生而靜，天之性也；感於物而動，性之欲也。夫既有欲矣，則

---

❺ 宋・黃榦：《黃勉齋先生文集》（北京：中華書局，1985 年），卷 8，〈朝奉大夫文華閣待制贈寶謨閣直學士通議大夫諡文朱先生行狀〉，頁 182。

❻ 錢穆對〈詩集傳序〉與今本《詩集傳》的關聯作過考據和評述：「此文成於淳熙四年丁酉，即《論孟集注》《易本義》成書之年。《論》《孟》《易》三書皆無序，惟《詩》有之。朱子孫鑒《詩傳遺說》注云：『《詩傳》舊序，乃丁酉歲用〈小序〉解經所作，後乃盡去〈小序〉。』則此序並不為今傳《詩集傳》作。《詩集傳》在丁酉亦尚未動稿。然此序闡詩學，陳治道，歸本於心性義理，證之以歷史實事，治經學文學史學理學於一罏，此乃治經大綱宗所在。後人即以此序置《詩集傳》前，似亦無傷。」（見氏著：《朱子新學案》，第 4 冊，〈朱子之詩學〉，頁 55）可知今〈詩集傳序〉蓋為其壯年「用〈小序〉解經」的《詩集傳》前稿（即《詩集解》）所作。然誠如錢氏所言，該序文旨在宏論《詩》三百的大旨大要，本與尊〈序〉廢〈序〉無甚關聯，故後人挪序之舉方「似亦無傷」。又該序所言讀詩之方法、進程，實與今傳《詩集傳》內容若合符節（證諸本文後頭論述），吾人或可說，後人沿用初稿是序冠諸定稿卷首，同樣作為引領後進讀《詩集傳》之指南，殆可謂妥適之舉。

不能無思。既有思矣，則不能無言。既有言矣，則言之所不能盡，而發於咨嗟咏歎之餘者，必有自然之音響節族（音奏）而不能已焉。此詩之所以作也。

其次，乃詩教如何形成的課題與解答：

曰：然則其所以教者何也？

曰：詩者，人心之感物而形於言之餘也。心之所感有邪正，故言之所形有是非。惟聖人在上，則其所感者無不正，而其言皆足以為教。其或感之之雜，而所發不能無可擇者，則上之人必思所以自反，而因有以勸懲之，是亦所以為教也。昔周盛時，上自郊廟朝廷而下達於鄉黨閭巷，其言粹然無不出於正者，聖人固已協之聲律，而用之鄉人，用之邦國，以化天下。至於列國之詩，則天子巡狩，亦必陳而觀之，以行黜陟之典。降自昭穆而後，寖以陵夷。至於東遷，而遂廢不講矣。孔子生於其時，既不得位，無以行勸懲黜陟之政，於是特舉其籍而討論之，去其重複，正其紛亂，而其善之不足以為法，惡之不足以為戒者，則亦刊而去之，以從簡約，示久遠，使夫學者即是而有以考其得失，善者師之而惡者改焉。是以其政雖不足以行於一時，而其教實被於萬世，是則詩之所以為教者然也。

再來，是對風雅頌三體的提問與分疏解說：

曰：然則國風雅頌之體，其不同若是，何也？

曰：吾聞之，凡詩之所謂風者，多出於里巷歌謠之作，所謂男女相與詠歌，各言其情者也。惟〈周南〉〈召南〉親被文王之化以成德，而人皆有以得其性情之正，故其發於言者，樂而不過於淫，哀而不及於傷，是以二篇獨為風詩之正經。自〈邶〉而下，則其國之治亂不同，人之賢否亦異，其所感而發者，有邪正是非之不齊，而所謂先王之風者，於此焉變矣。若夫雅頌之篇，則皆成周之世，朝廷郊廟樂歌之辭，其語和而莊，其義寬而密，其作者往往

> 聖人之徒，固所以為萬世法程而不可易者也。至於雅之變者，亦皆一時賢人君子，閔時病俗之所為，而聖人取之，其忠厚惻怛之心，陳善閉邪之意，尤非後世能言之士所能及之。此詩之為經，所以人事浹於下，天道備於上，而無一理之不具也。

最後，乃針對後進如何讀詩之問拈出的精要指南，還有那點醒作序緣起的短短尾聲：

> 曰：然則其學之也當奈何？
>
> 曰：本之二南以求其端，參之列國以盡其變，正之於雅以大其規，和之於頌以要其止，此學詩之大旨也。於是乎章句以綱之，訓詁以紀之，諷詠以昌之，涵濡以體之，察之情性隱微之間，審之言行樞機之始，則修身及家，平均天下之道，其亦不待他求而得之於此矣。
>
> 問者唯唯而退。余時方輯詩傳，因悉次是語以冠其篇云。❼

面對作功十足的這篇文章，且讓我們既著眼行文形式、亦善體其中義理來鑑賞一番。承上所言，全文乃由「詩何為而作」、「其所以教者何也」、「國風雅頌之體，其不同若是，何也」和「其學之也當奈何」四次提問所引發的答應作為主體；於是就形式效果說，環繞《詩經》的諸多信息，就被置諸非單向傾訴的互動語境裡生動展開。再就文意細細體味，我們發覺四次提問實有「詩教」理念貫穿其間：如詩歌乃性情感物生成之說，是為了陳說歷經往聖先賢與孔子方成書的《詩經》何以飽富教化價值；而風雅頌的分項說明非但全由詩教觀點道來，該詮解更直接構成後學讀詩的種種要領及次第流程。於是，這四次問答實為自詩本源處說起且愈加迫近儒者切身修為的循循指引。再搭配上序文開頭「或有問於予曰」和篇末「問者唯唯而退」二呼應句勾勒出的問道講學背景，我們赫然發現，朱子藉文章經營的，是請益者汲汲提問、曉諭者娓娓道來的活潑潑言談空間，某種氣氛敬慎然不失溫度的授

❼ 宋・朱熹：《詩集傳》（香港：中華書局香港分局，1961 年），〈詩集傳序〉，頁 1-2。

受場域於焉形成。

在尚未進入《詩經》諸詩說解前，朱熹訴說《詩》相關課題之同時，他戮力安排著一個課堂氛圍濃厚的授受語境；大膽推想，這當也是朱子設想的，爾後與《詩集傳》可能讀者相應對的關係狀態。❽所以如是烘托請益者、曉諭者間的親授、親炙場域，殆與朱熹畢生執持的思維意識密切關聯；於其耳順之年脫稿的〈大學章句序〉和〈中庸章句序〉，保藏了朱子縝密圓熟的道學思想，這裡頭或將提供我們關鍵消息。❾

展讀是二序文，可想見地，內容當然旨在陳訴〈大學〉、〈中庸〉二記文之源起、流傳情狀以及所以注解緣由，論述間，朱子亦坦蕩暢言其領會的賢聖大道。不過，引發吾人注意的，主要是二者雷同的論述形式。緊密對照二文，我們看出通貫其間的，是力圖呈現道統相傳綿延未絕的，那三部曲式的陳述格式：其一，秉資「聰明睿智」，身居「君師」政教要位的古聖王賢相，總能「繼天立極」，揭明天地至道於人間世，以開展教化遍行四海的興隆王業；朱子〈周易序〉裡的「開物成務」說，講的就是這個道理。❿再者，未得君師位置的孔子還有孔門數代弟子們，

---

❽ 在此，我們可舉〈太史公自序〉作對照案例。作為《史記》這鉅著的序文，太史公穿插了多次言談以傳遞撰史相關信息：除有父親司馬談囑託遺命場景外，尚有回應上大夫壺遂詰問的對話（漢・司馬遷：《史記》，北京：中華書局，1982 年，卷 130，頁 3297-3300）。著眼該對談形制，我們發現：這是個社會地位、學識程度均對等的論辯場域，全不同〈詩集傳序〉裡請益者與曉諭者的授受關係；此外，在《史記》正文揭示史事奧義的過程中，司馬遷和千古讀者同樣維持著相對對等關係，而沒有往後我們在《詩集傳》裡屢屢感受到的接引語境。

❾ 〈大學章句序〉、〈中庸章句序〉分別有「淳熙己酉二月甲子」、「淳熙己酉春三月戊申」（宋・朱熹：《四書章句集注・大學章句》，臺北：長安出版社，1990年，頁2，《四書章句集注・中庸章句》，頁 16）的時間誌記。孝宗淳熙十六年，歲次己酉，公元 1189 年，朱子時年六十。

❿ 〈大學章句序〉推溯學校淵源有言：「蓋自天降生民，則既莫不與之以仁義禮智之性矣。然其氣質之稟或不能齊，是以不能皆有以知其性之所有而全之也。一有聰明睿智能盡其性者出於其間，則天必命之以為億兆之君師，使之治而教之，以復其性。此伏羲、神農、黃帝、堯、舜，所以繼天立極，而司徒之職、典樂之官所由設也。」（宋・朱熹：《四書章句集注・大學章句》，頁 1）〈中庸章句序〉亦以「蓋自上古聖神繼天立極，而道統之傳有自來矣」展開對儒道淵藪處的探索。（《四書章句集注・中庸章句》，頁 14）而朱子論《易》謂：「《易》之為書，卦爻彖象之義備而天地萬物之情見。聖人之憂天下來世其至矣，先天下而開其物，後天下而成其務，是故極其數以定天下之象，著其象以定天下之吉凶，六十四卦，三百八十四爻，皆所以順性命之理，

在周道寖微之際，藉由著述、講學的辛勤志業將處危墜間的儒道扶正，甚至使之綻放更大光明。⓫其三，自老佛迭代興起，儒學廢微千百年來，程氏二夫子乃透過先代篇章的發掘、論講，終教聲息沉寂甚久的儒道再度活躍昌盛起來；〈大學章句序〉有謂「有以接乎孟氏之傳」，〈中庸章句序〉有謂「吾道之所寄不越乎言語文字之間」、還有「因其語而得其心」云云，指的就是程氏兄弟「得不傳之學於遺經」，終得復興吾道的作為。⓬必得留心的是，朱熹在每個段落裡，都發揮了相當

盡變化之道也。」（宋·朱熹：《易本義》，臺北：世界書局，1988 年，〈周易序〉，頁 1）睿哲聖人出意義世界方建立的論述顯通用諸序文。

⓫ 〈大學章句序〉云：「及周之衰，賢聖之君不作，學校之政不修，教化陵夷，風俗頹敗，時則有若孔子之聖，而不得君師之位以行其政教，於是獨取先王之法，誦而傳之以詔後世。若〈曲禮〉、〈少儀〉、〈內則〉、〈弟子職〉諸篇，固小學之支流餘裔，而此篇者，則因小學之成功，以著大學之明法，外有以極其規模之大，而內有以盡其節目之詳者也。三千之徒，蓋莫不聞其說，而曾氏之傳獨得其宗，於是作為傳義，以發其意。及孟子沒而其傳泯焉，則其書雖存，而知者鮮矣！」（宋·朱熹：《四書章句集注·大學章句》，頁 1-2）〈中庸章句序〉謂：「若吾夫子，則雖不得其位，而所以繼往聖、開來學，其功反有賢於堯舜者。然當是時，見而知之者，惟顏氏、曾氏之傳得其宗。及曾氏之再傳，而復得夫子之孫子思，則去聖遠而異端起矣。子思懼夫愈久而愈失其真也，於是推本堯舜以來相傳之意，質以平日所聞父師之言，更互演繹，作為此書，以詔後之學者。蓋其憂之也深，故其言之也切；其慮之也遠，故其說之也詳……世之相後，千有餘年，而其言之不異，如合符節。歷選前聖之書，所以提挈綱維、開示蘊奧，未有若是之明且盡者也。自是而又再傳以得孟氏，為能推明是書，以承先聖之統，及其沒而遂失其傳焉。」（《四書章句集注·中庸章句》，頁 14-15）孔門師弟藉著述講學傳繼聖道的用心努力，二文均大力描述之。

⓬ 〈大學章句序〉云：「天道循環，無往不復。宋德隆盛，治教休明。於是河南程氏兩夫子出，而有以接乎孟氏之傳。實始尊信此篇而表章之，既又為之次其簡編，發其歸趣，然後古者大學教人之法、聖經賢傳之指，粲然復明於世。」（宋·朱熹：《四書章句集注·大學章句》，頁 2）〈中庸章句序〉謂：「則吾道之所寄不越乎言語文字之閒，而異端之說日新月盛，以至於老佛之徒出，則彌近理而大亂真矣。然而尚幸此書之不泯，故程夫子兄弟者出，得有所考，以續夫千載不傳之緒；得有所據，以斥夫二家似是之非。蓋子思之功於是為大，而微程夫子，則亦莫能因其語而得其心也。」（《四書章句集注·中庸章句》，頁 15）二程所以得越千古「接乎孟氏之傳」，實因「吾道之所寄不越乎言語文字之閒」故得「因其語而得其心」這講法，顯為二文共同論述。又「得不傳之學於遺經」，乃程頤（1033-1107）對其兄程顥（1032-1085）的描述，詳見宋·程顥、程頤：《二程集》，第二冊，《河南程氏文集》（北京：中華書局，1981 年），卷 11，頁 640。

文才，精確、傳神描繪賢哲聖王、孔門師徒以及程氏夫子揭明大道、興廢繼絕的戮力情狀：或者「聖聖相承」、「丁寧告戒」，或者設「司徒之職」、立「典樂之官」，或者「獨取先王之法，誦而傳之以詔後世」，或者「作為傳義，以發其意」，或者「歷選前聖之書」、「提挈綱維、開示蘊奧」，或者「次其簡編，發其歸趣」，或者「得有所考，以續夫千載不傳之緒；得有所據，以斥夫二家似是之非」；⓭不是憑君師之位化行宇內，就是就人師之職承繼聖道，所為所行面貌殊異，然豈不都是一次次或發生於面見議談、或交心於字紙書卷的授受場域歟！「吾道之所寄不越乎言語文字之閒」，「吾道之所寄不越乎言語文字之閒」，朱熹是語談的雖是〈中庸〉穿越漫漫時空的永續傳承，興許執筆揮翰之際，閃爍其心頭的，竟是那前賢授、後進受的動人圖畫！二文終結處，朱熹有言其「蚤歲即嘗受讀」程門論著以致「幸私淑而與有聞焉」，這豈非坦言，他正是在字裡行間親炙程氏曉諭講疏而終有得於學的嗎！如是說來，當朱子承接千古來的詮經事業，或「會眾說而折其中」、或「采而輯之，閒亦竊附己意」「以俟後之君子」時，他與那預想中的「後之君子」，或當也處於某種親授、親炙氛圍裡頭。⓮是以〈詩集傳序〉裡費心

⓭ 〈中庸章句序〉言：「夫堯、舜、禹，天下之大聖也。以天下相傳，天下之大事也。以天下之大聖，行天下之大事，而其授受之際，丁寧告戒，不過如此。則天下之理，豈有以加於此哉？自是以來，聖聖相承：若成湯、文、武之為君，皋陶、伊、傅、周、召之為臣，既皆以此而接夫道統之傳……。」（宋·朱熹，《四書章句集注·中庸章句》，頁 14）故所謂「聖聖相承」、「丁寧告戒」，指得是堯、舜、禹、湯以來心法相傳情狀。設「司徒之職」云云見註⓾〈大學章句序〉，「獨取先王之法」、「作為傳義」云云見註⓫〈大學章句序〉，「歷選前聖之書」、「提挈綱維」云云見註⓫〈中庸章句序〉，「次其簡編」云云見註⓬〈大學章句序〉，「得有所考，以續夫千載不傳之緒」云云見註⓬〈中庸章句序〉。

⓮ 〈大學章句序〉云：「雖以熹之不敏，亦幸私淑而與有聞焉（指程氏對〈大學〉的整編和闡述）。顧其為書猶頗放失，是以忘其固陋，采而輯之，閒亦竊附己意，補其闕畧，以俟後之君子。極知僭踰，無所逃罪，然於國家化民成俗之意、學者修己治人之方，則未必無小補云。」（宋·朱熹：《四書章句集注·大學章句》，頁 2）〈中庸章句序〉謂：「熹自蚤歲即嘗受讀而竊疑之（指程門弟子傳述二程〈中庸〉見地的著作），沉潛反復，蓋亦有年，一旦恍然似有以得其要領者，然後乃敢會眾說而折其中，既為定著章句一篇，以竢後之君子。而一二同志復取石氏書，刪其繁亂，名以《輯略》，且記所嘗論辯取舍之意，別為《或問》，以附其後。然後此書之旨，支分節解、脈絡貫通、詳略相因、巨細畢舉，而凡諸說之同異得失，亦得以曲暢旁通，而各極其趣。雖於道統之傳，不敢妄議，然初學之士，或有取焉，則亦庶乎行遠升高之一助云爾。」

經營的請益、諭曉語境，實源出朱熹秉持終生的儒道授受接續未已的信念。

作為朱門重要弟子的蔡沉（1167-1230），承師命囑託、耗費時日完成了《書經集傳》。於〈書經集傳序〉裡，蔡沉標舉了充滿道學意味的，那所謂「二帝三王之治本於道，二帝三王之道本於心；得其心，則道與治，固可得而言矣」⑮的《尚書》要義；然有意思的是，蔡沉是把這段精要識見包覆在如斯滿溢溫情的回憶裡陳說：

> 慶元己未冬，先生文公令沉作《書集傳》。明年，先生歿。又十年，始克成編，總若干萬言……沉自受讀以來，沉潛其義，參考眾說，融會貫通，迺敢折衷。微辭奧旨，多述舊聞。二典三謨，先生蓋嘗是正，手澤尚新。嗚呼！惜哉！⑯

流動於整個作傳歷程裡的時間，在此被蔡沉賦予了某種溫度：遠自初受《書經》以來，至先師晚年的鄭重託命，⑰再歷經會通、折衷的悠悠歲月來到撰寫序文的某刻，蔡沉忽地念及逝者手澤猶存的遺稿，先師悉心注疏、講論諭示的歷歷場景，遂彷若方才地栩栩浮現；如斯心象就這麼停格下來，所剩的，只是數聲惋歎。這般有意味的回憶，或者教我們明白，充溢著飽滿明道精神的授受場域，將發揮何等影響，留下多少餘韻！於是，《詩集傳》的正文將如何展開，益發引起吾人的關注與期待了。

三、依止辭氣諷詠、體味的詮詩進路

覽讀《詩集傳》正文，眼前款款鋪陳的，自是朱熹留予後輩的，種種他對《詩》三百旨趣的解讀與開示。檢視《詩集傳》注解形制，相當整齊地，朱熹總先

（《四書章句集注・中庸章句》，頁 15）可見毋論〈大學〉或者〈中庸〉，朱熹均在程門傳述中有所領略，爾後方興起注經傳道的念頭和行動。

⑮ 宋・蔡沉：《書經集傳》（臺北：世界書局，1981 年），〈書經集傳序〉，頁 1。

⑯ 同前註。

⑰ 寧宗慶元五年，歲次己未，公元 1199 年，朱子時年七十；生命邁入尾聲，故有此囑託。

羅列某詩章當訓釋字詞，緊接著講明章旨，最後方闡發當細讀省思的奧妙意蘊。猶記得〈詩集傳序〉裡，正以「章句以綱之，訓詁以紀之，諷詠以昌之，涵濡以體之」這掌握章句訓詁以品味詩意的程序，作為垂示後進讀詩法程；是以我們可說《詩集傳》的經旨闡說，實亦正是朱熹在示範、演出他認可的，那通貫風雅頌三體的理想讀詩進路。⓲

配合前節言及的親授、親炙氛圍，《詩集傳》正文由詞語訓講通向詩旨領略的解詩進程，的確能讓〈詩集傳序〉精心營造的授受語境舒泰延展開來。故在此，就讓我們以〈關雎〉詩為例，看看朱熹如何按表操作，以將冠三百篇首的〈關雎〉旨趣漸次曉諭給《詩集傳》預想讀者們。說到這首童蒙多能諷誦的詩歌，朱熹承《毛傳》章法，將其分為段落清晰的三章，⓳分別是「關關雎鳩，在河之洲。窈窕淑女，君子好逑」的首章，「參差荇菜，左右流之。窈窕淑女，寤寐求之。求之不得，寤寐思服。悠哉悠哉，輾轉反側」的次章，還有「參差荇菜，左右采之。窈窕淑女，琴瑟友之。參差荇菜，左右芼之。窈窕淑女，鍾鼓樂之」的終章。⓴除標識某些音讀，並於各章末揭明或賦或比或興作法外，於各章詩文後，《詩集傳》先鋪展了足稱詳贍的字詞訓說。如〈關雎〉首章末云：

> 興也。　關關，雌雄相應之和聲也。　雎鳩，水鳥，一名王雎，狀類鳧鷖，今江淮間有之。生有定偶而不相亂，偶常並遊而不相狎，故《毛傳》以為摯而有別，《列女傳》以為人未嘗見其乘居而匹處者，蓋其性然也。　河，北方流水之通名。　洲，水中可居之地也。　窈窕，幽閒之意。　淑，善也。女者，未嫁之稱，蓋指文王之妃大姒為處子時而言也。　君子，則指文王

⓲ 自訓詁學史角度觀察，《詩集傳》由訓詁解讀通往義理掌握的講疏進程，確實是朱熹治經特色所在。故李建國即以「守注疏以治訓詁，由訓詁以通義理」（見氏著：《漢語訓詁學史》，合肥：安徽教育出版社，1986 年，頁 132）二言，簡明把捉朱熹經注特質。

⓳ 對此詩，《鄭箋》云：「〈關雎〉五章，章四句。《故》言三章，其一章四句，二章章八句」（漢·鄭玄：《毛詩鄭箋》，臺北：新興書局，1990 年影校相臺岳氏本，卷 1，頁 3 下）。《詩集傳》言：「〈關雎〉三章，一章四句，二章章八句。」（宋·朱熹：《詩集傳》，卷 1，頁 2）朱子顯從《毛傳》章法。

⓴ 宋·朱熹，《詩集傳》，卷 1，頁 1-2。

也。　好，亦善也。逑，匹也。　《毛傳》云：摯字與至通，言其情意深至也。[21]

次章末謂：

興也。　參差，長短不齊之貌。　荇，接余也，根生水底，莖如釵股，上青下白，葉紫赤，圓徑寸餘，浮在水面。　或左或右，言無方也。　流，順水之流而取之也。　或寤或寐，言無時也。　服，猶懷也。　悠，長也。　輾者，轉之半。轉者，輾之周。反者，輾之過。側者，轉之留。皆臥不安席之意。[22]

終章末言：

興也。　采，取而擇之也。　芼，熟而薦之也。　琴，五弦或七弦。瑟，二十五弦。皆絲屬，樂之小者也。　友者，親愛之意也。　鍾，金屬。鼓，革屬。樂之大者也。　樂則和平之極也。[23]

三章末羅列著紛紜條陳的各樣訓詁，乍讀下，不免予人濃濃學究氣；然秉氣靜心，參照詩文交相觀覽，我們或能感受，種種富質感的字詞訓解或將讀者引進詩章栩栩世界裡：如那勾動詩人詩興的溫良雎鳩的和合鳴聲，那參差漂浮、誘使詩人採擷無方，烹煮薦陳之的潤滑赭荇，那貞靜嫻雅、教詩人日夜思懷的美善淑女，那悠長無垠黑夜裡，輾轉未安、不得歇息的軀體與靈魂，還有那隨弦音流轉，鐘鼓共鳴烘襯出的，或親愛、或欣悅的和樂家居氣氛；這些狀貌刻鏤有餘的訓釋，難道不開啟片片景致，在讀者腦海勾勒、渲染出幅幅立體動人的詩境圖畫嗎！[24]

---

[21] 宋・朱熹，《詩集傳》，卷 1，頁 1。

[22] 宋・朱熹，《詩集傳》，卷 1，頁 2。

[23] 同前註。

[24] 對注經，朱熹曾言：「凡解釋文字，不可令注腳成文，成文則注與經各為一事，人唯看注而忘

稍稍閱讀朱熹留下的其他經注，我們發覺，連帶出圖畫想像的訓講功力確為其所擅長。如對「賢哉，回也！一簞食，一瓢飲，在陋巷。人不堪其憂，回也不改其樂。賢哉，回也」，㉕這輯錄《論語・雍也篇》的著名讚語，《論語集注》即以「簞，竹器。食，飯也。瓢，瓠也」㉖數語扼要狀貌出物資簡陋、生活質樸的清貧環境；緊接著，朱熹遂敷衍出全章精要意旨乃：「顏子之貧如此，而處之泰然，不以害其樂，故夫子再言『賢哉回也』以深歎美之。」㉗對照《詩集傳》，我們發現訓詁鋪陳完結，朱子亦暢言道說各章旨趣。唯一不同，且尤其重要的是，在《詩集傳》衍說章旨之際，當為配合詩歌音聲本色，其詮說乃集中於體味、甚或操演詩人辭氣、口吻的面向發揮。且看朱子對〈關雎〉首章旨意講說是：

> 興者，先言他物以引起所詠之詞也。　周之文王生有聖德，又得聖女姒氏以為之配。宮中之人，於其始至，見其有幽閒貞靜之德，故作是詩。言彼關關然之雎鳩，則相與和鳴於河洲之上矣。此窈窕之淑女，則豈非君子之善匹乎。言其相與和樂而恭敬，亦若雎鳩之情摯而有別矣。㉘

點明該章興筆手法後，朱子先設想鋪說詩人作詩當下情狀，遂及講明因王雎關關和鳴勾動詩人君子淑女匹配的遙思冀望；然有意思的是，朱熹的章旨諭曉乃用「言彼關關然之雎鳩，則相與和鳴於河洲之上矣。此窈窕之淑女，則豈非君子之善匹乎」

經。不然，則須各作一番理會，添卻一項工夫。竊謂須只似漢儒毛、孔之流，略釋訓詁名物及文義理致尤難明者，而其易明處更不須貼句相續，乃為得體。蓋如此則讀者看注即知其非經外之文，卻須將注再就經上體會，自然思慮歸一，功力不分，而其玩索之味益深長矣。」（宋・朱熹：《朱熹集》，成都：四川教育出版社，1996 年，卷 74，〈記解經〉，頁 3886）案此話乃針對經注獨立成文的傾向而發。值得注意的是朱熹既回歸漢注古制，那麼，我們在看待《詩集傳》訓詁詞條時，就得對照回詩文相參看；如此「將注再就經上體會」，方能「玩索之味益深長」，切不可將其訓詁直視作學究知識。

㉕ 宋・朱熹：《四書章句集注・論語集注》，卷 3，頁 87。

㉖ 同前註。

㉗ 同前註。

㉘ 宋・朱熹：《詩集傳》，卷 1，頁 1-2。

這模擬詩人曉悟辭氣的句式呈現，「彼……，則……矣，此……，則豈非……乎」，一嗟一歎間，豈不將本可用尋常說明句論講的旨意，套入具演出味的、足教讀者產生臨場感的語境來陳說！再看看類似情形是否持續發生，《詩集傳》對該詩後二章的詮解分別是：

> 此章本其未得而言。彼參差之荇菜，則當左右無方以流之矣。此窈窕之淑女，則當寤寐不忘以求之矣。蓋此人此德，世不常有，求之不得，則無以配君子而成其內治之美，故其憂思之深，不能自已，至於如此也。

> 此章據今始得而言。彼參差之荇菜，既得之，則當采擇而亨芼之矣。此窈窕之淑女，既得之，則當親愛而娛樂之矣。蓋此人此德，世不常有，幸而得之，則有以配君子而成內治，故其喜樂尊奉之意，不能自已，又如此云。㉙

面對句式相類的二詩章，朱子遂用格式類同的段落講說之。通用二章的「彼參差之荇菜，則當……矣。此窈窕之淑女，則當……矣」句式，當然又是某種帶有戲味的，意欲表述詩人誦詠心緒的句子；爾後由「蓋此人此德，世不常有」這相同領句推衍的兩段說明，竟讓人興許感受絲絲導演意味：是人是德既世所罕有，是以求之未得，詩人憂思之深隱隱難銷，或幸而得之，詩人悅樂之意亦難掩抑；由是荇菜淑女之詠或應發諸伏動未平的憂愁，或當源自波動未已的歡心。詩人婉轉曲折的詩心，或即在朱熹這入木三分、亦入戲匪淺的詮說中斑斑透露。

在此，我們發掘了很有意思的東西。〈詩集傳序〉裡所謂的「章句以綱之，訓詁以紀之」，應是清楚掌握章節結構，並藉質量感十足的字詞訓釋勾畫栩栩詩境圖像，以對章句旨趣產生依稀卻實在的想像感受；所謂「諷詠以昌之」，乃是就詩章意境的想像領會，悉心體察詩人吟詠當下的伏動情思，乃至盡可能模擬、甚至重演詩人諷誦或抑或揚的萬變辭氣。要緊的是，〈詩集傳序〉既開宗明義以「詩者，人心之感物而形於言之餘也」是語為詩歌斷下界說，那麼，由情思感物盪漾終而形諸

㉙ 宋・朱熹：《詩集傳》，卷1，頁2。

「音響節族」的詩歌，自是藉音響聲情表述的人類至密心緒。是以唯歷經諷詠唱之這再現詩人誦詠表情的階段，讀詩人才真融攝進詩裡最微妙動人的潛伏性情，於是乎「涵詠以體之」，詩歌敦厚吾人心性的詩教功能方得生發。表現在《詩集傳》，我們正看到往往得通過諷誦詠唱過程，朱熹方拈出當珍重品味的珍貴詩心；故於〈關雎〉詩末詩題下，朱子不才道出「德如雎鳩，摯而有別，則后妃性情之正固可以見其一端」、「寤寐反側，琴瑟鍾鼓，極其哀樂而皆不過其則焉。則詩人性情之正，又可以見其全體」㉚的終極心得！要之，「諷詠以昌之」這法門，巧妙地在章句訓詁與詩旨涵濡間架起一道橋樑，引領讀詩人透過揣度詩人辭氣的過程，自詩境想像過渡到詩篇蘊藏的奧義世界裡去。㉛

綜觀《詩集傳》全書，可發現朱熹言國風明示二南乃周公「采文王之世風化所及民俗之詩，被之筦絃，以為房中之樂」㉜者，十三國風則「亦領在樂官，以時存肄、備觀省而垂監戒耳」，㉝雅乃「正樂之歌也……正小雅，燕饗之樂也，正大雅，會朝之樂，受釐陳戒之辭也」，㉞頌則「宗廟之樂歌，〈大序〉所謂美盛德之

㉚ 同前註。案朱熹對〈關雎〉詩旨的詮釋既是：「周之文王生有聖德，又得聖女姒氏以為之配。宮中之人，於其始至，見其有幽賢貞靜之德，故作是詩。」故其方將「得其性情之正」的正向品評，齊同施諸作為詩中主人翁的「聖女姒氏」，以及身為詩歌作者的「宮中之人」身上。

㉛ 許元指出朱熹的字詞詮釋，是擺在整個文本脈絡裡來考量，故多能「進一步、深一層，勾勒出整體圖像」（第 2 節「字與詞的釋義」）；還有，朱熹的詩旨詮說總是「朝著體會情景」以「進入內心的路向」（第 6 節「心性義理與歷史論述」）邁進。（參見氏著：〈朱子《詩集傳》中的歷史論述〉，http://teaching.hist.nthu.edu.tw/Publish/000180.php，2009 年 9 月 22 日下載）此外，寧宇亦概括《詩集傳》釋詩進程，即「採取分析串講的形式」展開「類似向學生傳授知識」的解詩活動：「先從整體上閱讀文本，準確理解其中的字詞，然後將『文本』反覆閱讀，並漸漸地把握到語脈」；這也就是就各章「內容採取串講的形式進行引申和想像」，接著串聯數章「反覆閱讀」，以促使讀者「從情感上與作者產生共鳴」，終至「把握住詩篇的基本感情傾向」。於是，「分明已是一種文學賞析」的讀詩方式得以完成（參見氏著：〈朱熹接受《詩經》過程中的複雜現象〉，中國詩經學會編：《詩經研究叢刊（第五輯）》，北京：學苑出版社，2003 年，頁 209-210）。二者說法，確實點明了朱傳釋詩特色所在。

㉜ 宋・朱熹：《詩集傳》，卷 1，頁 1。

㉝ 同前註。

㉞ 宋・朱熹：《詩集傳》，卷 9，頁 99。

形容，以其成功，告於神明者也」。㉟或言樂，或言歌，或言諷誦房中，或言領諸樂官、奏諸燕饗、施諸會朝以及先祖宗廟，是以對多數人直視為卷紙文獻的先代詩篇，朱熹戮力申揚曉明的，仍舊是那本諸音聲的詩歌本色歟！正因如此，朱熹方於釋詩進程中標舉訴諸音聲體味的諷詠程序。㊱畢竟，即使那存乎先秦的《詩》三百樂譜還有歌者吟哦詠唱的聲腔，早如煙塵般散逸消逝，然對朱熹來說，只要悉心下足工夫，吾人仍可能在詩境圖畫的想像感受中喚回詩人誦詠的種種聲情。㊲

㉟ 宋·朱熹：《詩集傳》，卷 19，頁 223。

㊱ 貼緊經文特質來讀經，是朱熹相當強調的事。如對《論語》，他引述了程子的說法：「學者須將《論語》中諸弟子問處便作自己問，聖人答處便作今日耳聞，自然有得。」（宋·朱熹：《四書章句集注·論語集注》，〈讀論語孟子法〉，頁 44）；對《易經》，朱子有言：「後之君子誠能日取其一卦若一爻者熟復而深玩之，如己有疑，將決於筮而得之者，虛心端意，推之於事而反之於身，以求其所以處此之實，則於吉凶消長之理、進退存亡之道將無所求而不得；邇之事父，遠之事君，亦無處而不當矣。」（宋·朱熹：《朱熹集》，卷 81，〈書伊川先生易傳板本後〉，頁 4190）這或回溯師徒間問答語境、或歸本占筮儀式法程的讀經法，豈不與讀詩依止吟詠諷誦的主張如出一轍。

㊲ 我們還可透過兩段文字說明朱熹的理念。在《論語集注》解讀孔子「〈關雎〉，樂而不淫，哀而不傷」這著名詩評時，朱子的注解是：「〈關雎〉之詩，言后妃之德，宜配君子。求之未得，則不能無寤寐反側之憂；求而得之，則宜其有琴瑟鐘鼓之樂。蓋其憂雖深而不害於和，其樂雖盛而不失其正，故夫子稱之如此。欲學者玩其辭，審其音，而有以識其性情之正也。」（宋·朱熹：《四書章句集注·論語集注》，卷 2，頁 66）這說法大抵將夫子對〈關雎〉詩憂、樂各極其致卻不流於肆、濫的體會完滿表述；「欲學者玩其辭，審其音，而有以識其性情之正也」是語，亦傳達出孔子在猶得聞見〈關雎〉音響聲情的環境所示諭的讀詩進路，亦即同時掌握詞情和音律以探曉、識察伏動詩句裡的動人性情。然在《詩集傳》詮釋〈關雎〉詩終了處，朱熹卻寫下帶有憾味的話語：「孔子曰：『〈關雎〉樂而不淫，哀而不傷。』愚謂此言為此詩者，得其性情之正，聲氣之和也。蓋德如雎鳩，摯而有別，則后妃性情之正固可以見其一端矣。至於寤寐反側，琴瑟鍾鼓，極其哀樂而皆不過其則焉。則詩人性情之正，又可以見其全體也。獨其聲氣之和，有不可得而聞者，雖若可恨。然學者姑即其詞而玩其理以養心焉，則亦可以得學詩之本矣。」（宋·朱熹：《詩集傳》，卷 1，頁 2）這「獨其聲氣之和，有不可得而聞者」的慨言，充分表達其無從聽聞先代音聲的遺憾。是以朱熹只得另尋出路，「姑即其詞而玩其理以養心焉」，嘗試先著眼詞意體味一途來展開領略詩旨的旅程。對朱熹詮釋《詩經》課題有深刻見解的鄒其昌，亦論述道：「朱熹說：『故之學《詩》固有待於聲音之助，然今已亡之，無可奈何，只得熟讀而從容諷味之耳。』古代的《詩》本與『樂』相攜，但如今卻《詩》與『樂』各自獨立別類而分家，那麼怎樣還原《詩》之本義呢？朱熹認為審美者在審美過程中應該將『詩』（文）與『樂』（音）相結合，『熟讀而從容諷味之』，去感受『詩』所具有的『興起』之本然狀態……朱熹在這裡將

全盤檢閱《詩集傳》，我們確能感受在辭氣品味上朱熹真的用力頗深。有時，他會透過某字詞用語的訓說，點明堪回味的辭氣及心念。如〈邶風・二子乘舟〉末章「二子乘舟，汎汎其逝。願言思子，不瑕有害」，[38]朱子鎖定「不瑕」，言其乃「疑之而不敢遂之辭也」；[39]這含蓄、保留的委婉辭氣，遂將詩人未嘗明言、盡言伋、壽二公子悲慘運命的不忍心念微妙傳遞出。有時，他會借重章法的鳥瞰掌握，教吾人體會通貫通篇吟詠的情思波動。如〈鄘風・君子偕老〉，《詩集傳》載記呂祖謙（1137-1181）的說法：

> 首章之末云：「子之不淑，云如之何。」責之也。二章之末云：「胡然而天也，胡然而帝也。」問之也。三章之末云：「展如之人兮，邦之媛也。」惜之也。辭益婉而意益深矣。[40]

全詩辭氣由責難遞轉為遺憾，卻將詩人對宣姜的惋惜心意渲染得益發濃郁；這引述對詩人心緒之體味何其地道！於〈王風・黍離〉，《詩集傳》引薦了劉安世（1048-1125）的洞見：

> 常人之情，於憂樂之事，初遇之，則其心變焉。次遇之，則其變少衰。三遇之，則其心如常矣。至於君子忠厚之情則不然。其行役往來，固非一見也。初見稷之苗矣，又見稷之穗矣，又見稷之實矣，而所感之心終始如一，不少

《詩》審美接受特徵規定為『諷誦』，突出了『音樂』與『詩歌』之親緣關係，這種詩樂交融的活動無疑是一種審美活動，正是在這『一人唱之，三人和之』的審美氛圍中，我們也才能感受到審美對象的意蘊，才有『意思』。」（參見氏著：《朱熹詩經詮釋學美學研究》，北京：商務印書館，2004 年，頁 134）這同樣說明朱子的詩樂相融理念，和專注「諷味」、「諷誦」的讀詩主張。

[38] 宋・朱熹：《詩集傳》，卷 2，頁 27。

[39] 朱熹釋該詩云：「不瑕，疑詞，義見〈泉水〉。」（宋・《詩集傳》，卷 2，頁 27）於〈泉水〉，朱子解說該辭道：「疑之而不敢遂之辭也。」（頁 24）

[40] 宋・朱熹：《詩集傳》，卷 3，頁 30。

> 變而愈深，此則詩人之意也。[41]

這個與常人情感隨時趨薄的比對，恰恰把〈黍離〉作者歷時未輟的哀吟歎詠、順時轉深的憂思愁緒烘托地愈加感人，詩人顧念故國的忠厚情意不免教人倍加感佩歎賞。是類詮釋的典型例子，或者還有對〈小雅・常棣〉的這段詮說：

> 此詩首章略言至親莫如兄弟之意。次章乃以意外不測之事言之，以明兄弟之情，其切如此。三章但言急難，則淺於死喪矣。至於四章，則又以其情義之甚薄，而猶有所不能已者言之。其序若曰：不待死喪，然後相收，但有急難，便當相助。言又不幸而至於或有小忿，猶必共禦外侮。其所以言之者，雖若益輕以約，而所以著夫兄弟之義者，益深且切矣。至於五章，遂言安寧之後，乃謂兄弟不如友生，則是至親反為路人，而人道或幾乎息矣。故下兩章乃復極言兄弟之恩，異形同氣，死生苦樂，無適而不相須之意。卒章又申告之，使反覆窮極而驗其信然。可謂委曲漸次，說盡人情矣。讀者宜深味之。[42]

案朱子以該詩「蓋周公既誅管蔡而作」，自二章後「專以死喪急難鬭鬩之事為言」，故多體現「志切」、「情哀」調性。[43]面對這發諸先聖吟哦，傳達橫遭家變後悲欣感悟的詩歌，朱熹乃疊合各章旨趣，通貫體察其間詩人意念情思曲折波動。於是，歷經兄弟間從死喪到釁忿種種對應情狀，歷經臨危轉濃、安居趨淡的情誼變化，詩人終於肯認手足恩情堅實不朽，詩篇辭氣亦由哀切轉趨昂揚；完滿掌握〈常棣〉全詩「委曲漸次」聲情，以致體味詩裡曲盡人情的朱熹，誠可謂成功示範了自辭氣品味體味詩中情思的讀詩法程。其終了所言的「讀者宜深味之」，誠可說是朱熹對後進揭示的，發諸他實踐心得的真誠建言。

---

[41] 宋・朱熹：《詩集傳》，卷 4，頁 43。
[42] 宋・朱熹：《詩集傳》，卷 9，頁 103。
[43] 宋・朱熹：《詩集傳》，卷 9，頁 102。

當然於《詩集傳》裡猶常見、且予人深刻印象的，還是前文提及的，那表演味十足的辭氣模擬詠歎。如〈周南・葛覃〉終章「言告師氏，言告言歸。薄污我私，薄澣我衣，害澣害否，歸寧父母」，㊹朱熹的章旨詮解是：

> 此章遂告其師氏，使告于君子以將歸寧之意。且曰：盍治其私服之污，而澣其禮服之衣乎？何者當澣，而何者可以未澣乎？我將服之以歸寧於父母矣。㊺

「盍治其……，而澣其……乎」、「何者當……，而何者可以……乎」，這一連串繚繞問句的擬詠，豈不將詩中貴婦臨行整裝的繁密心思栩栩刻鏤；該婦熟慮禮法、謹守儀止的形象豈不亦呼之欲出。㊻對〈衛風・伯兮〉終章「焉得諼草，言樹之背。願言思伯，使我心痗」，㊼《詩集傳》章旨詮說有云：

> 言焉得忘憂之草樹之於北堂，以忘吾憂乎，然終不忍忘也。是以寧不求此草，而但願言思伯，雖至於心痗而不辭爾。㊽

看看朱傳釋文添了多少轉折語，狀貌出多麼曲折的辭情；作為詩人的居家婦人，其思念服役夫君的豐沛情感，豈不就在「然終」、「是以寧」、「而但」和「雖至於」等等委婉添詞中娓娓傾瀉出來。類同〈伯兮〉情意的，或還有〈王風〉的〈君子于役〉。首章「君子於役，不知其期，曷至哉。雞棲于塒，日之夕矣，羊牛下來。君子于役，如之何勿思」，㊾朱子如斯串講詩意：

㊹ 宋・朱熹：《詩集傳》，卷 1，頁 3。

㊺ 同前註。

㊻ 朱熹謂「此詩后妃所自作」（宋・《詩集傳》，卷 1，頁 3），是種禮儀度量確能表述相當身分。

㊼ 宋・朱熹：《詩集傳》，卷 3，頁 40。

㊽ 同前註。

㊾ 宋・朱熹：《詩集傳》，卷 4，頁 43。

> 大夫久役于外，其室家思而賦之曰：君子行役，不知其還反之期，且今亦何所至哉！雞則棲于塒矣，日則夕矣，羊牛則下來矣。是則畜產出入，尚有旦暮之節，而行役之君子乃無休息之時，使我如何而不思也哉！[50]

很直率的詮說，然或因挾同情心意諷詠，「雞則……矣，日則……矣，羊牛則……矣」，連續的感歎，遂將詩人人乃不如牲畜禽類的感懷愁緒歷歷播蕩出來。再讀讀以男性口吻發聲的其他詩歌。如〈豳風·鴟鴞〉這首被認為周公詠唱的名詩，首章有謂：「鴟鴞鴟鴞，既取我子，無毀我室。恩斯情斯，鬻子之閔斯。」[51]《詩集傳》的闡釋是：

> 武王崩，成王立，周公相之，而二叔以武庚叛。且流言於國曰：周公將不利於孺子。故周公東征，二年，乃得管叔武庚而誅之。而成王猶未知公之意也，公乃作此詩以貽王。託為鳥之愛巢者，呼鴟鴞而謂之曰：鴟鴞鴟鴞，爾既取我之子矣，無更毀我之室也。以我情愛之心，篤厚之意，鬻養此子，誠可憐憫。今既取之，其毒甚矣，況又毀我室乎。[52]

相當程度經營了詠歎背景，朱熹順當地帶領我們進入周公發諸懇切心意的悲鳴：多年執持國政、撫育孺子的懇直忠誠，還有身遭謗言、承受誤解的隱忍委屈，終而形諸詩中句句嫉惡促言；這一切都在朱熹「爾既取……，無更毀……」、「今既取……，況又毀……」一系列激切擬詠中明白彰顯。不同〈鴟鴞〉的慨然，〈小雅〉裡〈白駒〉呈現著另番君子情意。該詩終章「皎皎白駒，在彼空谷。生芻一束，其人如玉。毋金玉爾音，而有瑕心。」[53]朱熹這麼生動地鋪敘道：

> 賢者必去而不可留矣，於是歎其乘白駒入空谷，束生芻以秣之。而其人之德

---

[50] 同前註。

[51] 宋·朱熹：《詩集傳》，卷 8，頁 93。

[52] 同前註。

[53] 宋·朱熹：《詩集傳》，卷 11，頁 123。

美如玉也，蓋已邈乎其不可親矣。然猶冀其相聞而無絕也。故語之曰：毋貴重爾之音聲，而有遠我之心也。[54]

這段詮說，非但淋漓呈現該章極富詩意的意象圖畫——那秣馬空谷，杳然不惹塵埃的賢者身影，實亦可視作是對最後那句擬歎所作的預備鋪陳；詩人於憾然中猶求賢若渴的不輟心念，就在朱子「毋貴重爾之音聲，而有遠我之心也」的深情誦詠中悠悠播散。最後來看看同出〈小雅〉的〈小弁〉詩，這首被認為太子宜臼所作的詩歌，有這麼一章吟哦：「維桑與梓，必恭敬止。靡瞻匪父，靡依匪母。不屬于毛，不離于裏。天之生我，我辰安在。」[55]該章下朱子的說解是：

言桑梓父母所植，尚且必加恭敬，況父母至尊至親，宜莫不瞻依也。然父母之不我愛，豈我不屬于父母之毛乎！豈我不離于父母之裏乎！無所歸咎，則推之於天曰：豈我生時不善哉！何不祥至是也。[56]

是緊挨著詩文的擬唱，然朱熹藉由「尚且」、「況」、「宜」、「然」、「豈」等幾個連接詞的精確嵌置，將詩人抑鬱甚久、無處宣洩的憂思漸次燃燒加溫；卒句「豈我生時不善哉！何不祥至是也」的悲憤長鳴，不正把「天之生我，我辰安在」原詩文涵蘊的能量整個釋放出來。走筆至此，朱熹一段段模擬諷誦，親切引領我們走遍諸多詩境場景：或為淑女君子，或為孤臣孽子，或者敬慎度日，或者歷經拖磨，或者飽嚐憂患，或者承受遺憾，或者逢遇至痛，吟哦當下詩人種種情思意念的起伏波動，就在朱熹這具現聲情的次次演出中傳神表述著；[57]作為《詩集傳》讀者

---

[54] 同前註。

[55] 宋·朱熹：《詩集傳》，卷 12，頁 140。朱熹謂該詩「舊說幽王大子宜臼被廢，而作此詩」（頁 139）。

[56] 宋·朱熹：《詩集傳》，卷 12，頁 140。

[57] 精確地說，《詩集傳》裡的辭氣諷味殆有兩種基本形式：其一如前引〈葛覃〉傳文，朱熹親身擬詠了詩裡主人翁的詠歎；其二如前引〈伯兮〉傳文，朱熹透過側身說解，體現詩中主人翁曲折情思。兩者縱有別，然都是對詩文辭氣的深刻體味。就如同說書人的故事誦詠，既戮力演說各角色臺詞，其情節講說、事物品評亦通過頗富音聲表情的方式娓娓道來。

的代代後進，不就在這兒與千古詩心心心對印，從而可能在跨時空的照映中涵濡我輩性情麼！如此看來，《詩集傳》尤有意思的地方，當就在這依止辭氣之諷詠、體味的讀詩進路了。58

《朱子語類》「訓門人五」卷，載有朱子垂訓的「觀《詩》之法」：

> 觀《詩》之法，且虛心熟讀尋繹之，不要被舊說粘定，看得不活……《詩》本只是恁他說話，一章言了，次章又從而歎詠之，雖別無義，而意味深長。不可於名物上尋義理。後人往往見其言只如此平淡，只管添上義理，卻窒塞了他。如一源清水，只管將物事堆積在上，便壅隘了。某觀諸儒之說，唯上蔡云「《詩》在識六義體面，卻諷味以得之」，深得《詩》之綱領，他人所不及。59

面對承載千百年來眾家說解的《詩》三百，朱熹「《詩》本只是恁他說話，一章言了，次章又從而歎詠之，雖別無義，而意味深長」之說，誠可謂地道把捉詩篇反覆歌詠湧動中情志的語言特質，由是「觀《詩》之法」，自然落在悉心咀嚼「諷味」

---

58 當朱子善體辭氣、妥貼諷詠，引領讀者漸次領會詩旨奧趣時，涵濡體之的工夫亦隨之生發。且看《朱子語類》「訓門人二」卷裡，朱子針對「陳才卿說《詩》」的評述：「『大凡事物須要說得有滋味，方見有功。而今隨文解義，誰人不解？須要見古人好處……須是看得那物事有精神，方好。若看得有精神，自是活動有意思，跳擲叫喚，自然不知手之舞，足之蹈。這箇有兩重：曉得文義是一重，識得意思好處是一重。若只是曉得外面一重，不識得他好底意思，此是一件大病。如公看文字，都是如此。且如公看《詩》，自宣王中興諸詩至此。至〈節南山〉。公於其他詩都說來，中間有一詩最好，如〈白駒〉是也，公卻不曾說。這箇便見公不曾看得那物事出，謂之無眼目。若是具眼底人，此等詩如何肯放過！只是看得無意思，不見他好處，所以如此。』又曰：『須是踏翻了船，通身都在那水中，方看得出！』」（宋・黎靖德編：《朱子語類》，北京：中華書局，1994 年，卷 114，頁 2755-2756）所謂「跳擲叫喚，自然不知手之舞，足之蹈」，乃指真切品味詩文必將引燃讀者生命感發，所謂「須是踏翻了船，通身都在那水中」，則點出讀者須持真切生命融入詩歌。這些話語都指向讀詩進程和德行修持的融攝關係。鄒其昌亦言：「朱熹的『諷誦涵詠』就不只是關注體驗、直覺等，也要在這種『體驗』中把握其『道理』，提昇審美主體之心靈。」（見氏著：《朱熹詩經詮釋學美學研究》，頁 133）

59 宋・黎靖德編：《朱子語類》，卷 117，頁 2812-2813。

通篇詩歌此道上了。《語類》「自論為學工夫」卷，尚有如斯的應答：

> 器之問「野有死麕」。曰：「讀書之法，須識得大義，得他滋味。沒要緊處，縱理會得也無益。大凡讀書，多在諷誦中見義理。況《詩》又全在諷誦之功，所謂『清廟之瑟，一唱而三歎』，一人唱之，三人和之，方有意思。又如今詩曲，若只讀過，也無意思；須是歌起來，方見好處。」[60]

朱熹話裡當代詩曲「若只讀過，也無意思；須是歌起來，方見好處」的比附，同樣點明《詩經》訴諸音聲的語文本質，故對弟子讀《詩》之方的指引，當然匯歸「全在諷誦之功」的標舉，和「一人唱之，三人和之，方有意思」的申言。兩則紀錄既使吾人得窺見朱門師弟對待《詩》三百的真實情狀，更驗證了通貫《詩集傳》全書的辭氣諷詠、體味進路，的的確確是朱子奉為圭臬且奉行不渝的「觀《詩》之法」。[61]

案《詩集傳》問世前，《毛詩鄭箋》殆為影響甚久遠的《詩經》注解。後人往往以偏於名物考述，或傾向文學性闡說說明二者差異。[62]就注疏體制觀察，兩部《詩》解顯然各在各的意念價值中，展開對三百篇詩旨的詮解：《毛詩鄭箋》的解詩形式，乃先搬引《詩序》直截聲明詩旨，爾後《毛傳》、《鄭箋》即相互掩映、交互證成《序》說，並適時彰明種種攸關禮制的政教意旨；這明顯導向禮樂萬象情狀開顯與展示的詩說，果與本節揭明的《詩集傳》詮詩進路相逕庭。[63]故在《詩

---

[60] 宋·黎靖德編：《朱子語類》，卷 104，頁 2612。

[61] 整體瀏覽朱熹眾多言論，可發現〈詩集傳序〉的讀詩法程，是一路承續下去且益發精采的。錢穆即引述朱熹多則晚年話語說明此事，見氏著：《朱子新學案》，第 4 冊，〈朱子之詩學〉，頁 58-62。

[62] 如莫礪鋒即以「《毛詩》在解釋經文時，常常離開了詩義而對一些名物制度作煩瑣的考證，並因此而生穿鑿。《詩集傳》則一掃此習」（見氏著：《朱熹文學研究》，南京：南京大學出版社，2000 年，頁 258）數語，扼要點出《毛詩》、《詩集傳》的差別，並突顯後者文學成就。

[63] 有關《毛詩鄭箋》與《詩集傳》質性差異，筆者曾以〈二南〉為範圍做過討論，參見拙著：〈理想世界的形塑與經典詮釋的形式——以朱熹《詩集傳》對〈二南〉的詮釋為例〉，《漢學研究》21 卷 1 期（2003 年 6 月），頁 289-295。後筆者亦全面論述《詩序》、《毛傳》和《鄭箋》，揭示透過《詩》與史的勾連，還有「引關連類」的興義發明，《毛詩鄭箋》完成某套以先帝王侯興衰軌跡為框架，以繁多倫常禮教之呈現為內涵的詩旨詮釋。有別《詩集傳》，這是種洋溢王教意

經》詮釋史上，朱子解詩不同從前的獨到性亦讓他留下鮮明的印記。

四、引領生命漸次昇華的讀詩進程

在此，我們可進入最後的觀察重點。那就是「章句以綱之，訓詁以紀之，諷詠以昌之，涵濡以體之」縱是通貫《詩經》的讀詩法程，然於〈詩集傳序〉裡，朱熹亦拈出「本之二南以求其端，參之列國以盡其變，正之於雅以大其規，和之於頌以要其止」為所謂「學詩之大旨」。這遂表明，朱熹肯認風雅頌三體個別質性，故諷誦之際，尚當分別以「本之」、「參之」、「正之」及「和之」待之；此外，由「求其端」、「盡其變」到「大其規」和「要其止」，顯具時序關聯的措辭，亦表明朱熹以為由風、變風一路諷誦至雅和頌，其間當有攸關修身進德的進程在歟！凡斯種種，仍待吾人一一探究。

首先來看二南。朱熹承襲舊說，以〈周南〉、〈召南〉這得諸周、召二公封地，以及江沱汝漢間南方諸國的詩篇，實為諸賢哲聖王恩澤遍潤；[64]對南詩的裒集、施用背景，朱熹釋〈周南〉名義時一并作了描述：

> 武王崩，子成王誦立。周公相之，制作禮樂，乃采文王之世風化所及民俗之詩，被之筦弦，以為房中之樂，而又推之以及於鄉黨邦國，所以著明先王風俗之盛，而使天下後世之修身齊家治國平天下者，皆得以取法焉。[65]

這段概述，實將二南地位更鞏固強化：「親被文王之化以成德」，發諸詩人端正性

涵和品秩美感的詮詩進路，參見拙著：〈倫理神話的闡釋——以《毛詩鄭箋》的詮釋體系試探經學運作的形式與意義〉，李明輝、陳瑋芬編：《理解、詮釋與儒家傳統：個案篇》（臺北：中央研究院中國文哲研究所，2008 年），頁 93-114。

[64] 《詩序》有云：「然則〈關雎〉〈麟趾〉之化，王者之風，故繫之周公。南，言化自北而南也。〈鵲巢〉〈騶虞〉之德，諸侯之風也。先王之所以教，故繫之召公。〈周南〉〈召南〉，正始之道，王化之基。」（漢・鄭玄：《毛詩鄭箋》，卷 1，頁 2 上）案朱熹釋〈周南〉名義，即引述是文並以「斯言得之矣」（宋・朱熹：《詩集傳》，卷 1，頁 1）稱之。

[65] 宋・朱熹：《詩集傳》，卷 1，頁 1。

情的南詩本即具相當價值；經周公親手采輯，並納諸禮樂制度化行天下，這政教行動更突顯二南詩歌的崇高位置。是以面對這兩組詩篇，朱熹強調非但得一一諷詠、盡心體味其中奧意，甚至得通貫諸詩，領會先聖纂輯編次的深切用心。故於二南末尾，朱子分別點明其中深意。《詩集傳》於〈周南〉末載道：

> 按此篇首五詩皆言后妃之德。〈關雎〉，舉其全體而言也。〈葛覃〉、〈卷耳〉，言其志行之在己。〈樛木〉、〈螽斯〉，美其德惠之及人。皆指其一事而言也。其詞雖主於后妃，然其實則皆所以著明文王身修家齊之效也。至於〈桃夭〉、〈兔罝〉、〈芣苢〉，則家齊而國治之效。〈漢廣〉、〈汝墳〉，則以南國之詩附焉，而見天下已有可平之漸矣。若〈麟之趾〉，則又王者之端，有非人力所致而自至者，故復以是終焉，而序者以為〈關雎〉之應也。[66]

於〈召南〉末有謂：

> 愚按〈鵲巢〉至〈采蘋〉，言夫人大夫妻，以見當時國君大夫被文王之化，而能修身以正其家也。〈甘棠〉以下，又見由方伯能布文王之化，而國君能修之家以及其國也。其詞雖無及於文王者，然文王明德新民之功，至是而其所施者溥矣。抑所謂其民皞皞而不知為之者與。[67]

兩段敘述，實將整個南詩回溯至文王德澤源頭，以作出如是通透的梳理：毋論是發端於后妃懿德的〈周南〉群詩，抑或始諸夫人儀行的〈召南〉眾篇，實皆歸本於文王自身精微修持；爾後德化由天子家擴及方伯、諸侯，終施布天下諸國，皆足證成君子身修則家齊國治天下平的德行神效。是以朱熹於南詩終篇〈騶虞〉，方道出此番結論：

---

[66] 宋・朱熹：《詩集傳》，卷 1，頁 7-8。

[67] 宋・朱熹：《詩集傳》，卷 1，頁 14。

> 文王之化始於〈關雎〉，而至於〈麟趾〉，則其化之入人者深矣。形於〈鵲巢〉，而及於〈騶虞〉，則其澤之及物者廣矣。蓋意誠心正之功，不息而久，則其熏烝透徹，融液周遍，自有不能已者，非智力之私所能及也。故序以〈騶虞〉為〈鵲巢〉之應，而見王道之成，其必有所傳矣。[68]

既如斯斷言，那麼二南眾詩實被朱熹標榜成可深可廣、化行之功亦無窮極的君子修為至境的展示。那麼對《詩集傳》的預設讀者，亦即代代希聖希賢的後進來說，有什麼比這更能啟發他們對儒道的堅實信仰呢！「本之二南以求其端」，「本之二南以求其端」，朱熹汲汲曉諭的，豈非就是吾人當歸本南詩師聖法賢的修道根柢歟！

那相對於二南，因「國之治亂不同，人之賢否亦異」形成的十三國風，朱熹又以為當如何對待呢？且看載諸《朱子語類》的這段文字：

> 公不會看詩。須是看他詩人意思好處是如何，不好處是如何。看他風土，看他風俗，又看他人情、物態。只看〈伐檀〉詩，便見得他一箇清高的意思；看〈碩鼠〉詩，便見他一箇暴斂的意思。好底意思是如此，不好底是如彼。好底意思，令自家善意油然感動而興起。看他不好底，自家心下如著槍相似。如此看，方得詩意。[69]

案是段話語當采錄自朱子與某公論詩的場景，就舉例看來，該時蓋在講論〈魏風〉詩篇。有意思的是，如〈詩集傳序〉所言，變風諸詩誠然「有邪正是非之不齊」情狀，然朱子於此強調，邪正是非實亦均有可供觀省處，只要吾人學會用某種超然又細膩的眼光省視。故在這兒，朱熹不正指出，我們得同時從風土風俗人情物態的大格局以及同情共感的體貼之心來閱讀〈魏風〉諸篇。落實於《詩集傳》，我們正看到於某風始處，朱子即先考察論述該國背景概況。如釋「魏」之名目時有云：

---

[68] 同前註。

[69] 宋·黎靖德編：《朱子語類》，卷 80，頁 2082。

> 魏，國名，本舜禹故都，在〈禹貢〉冀州雷首之北，析城之西，南枕河曲，北涉汾水。其地陿隘，而民貧俗簡，蓋有聖賢之遺風焉。[70]

這話實描繪出魏地簡吝然時帶素樸磊落的民風。釋〈魏風·碩鼠〉首章「碩鼠碩鼠，無食我黍。三歲貫女，莫我肯顧。逝將去女，適彼樂土。樂土樂土，爰得我所」，[71]朱子扼要明言：「民困於貪殘之政，故託言大鼠害己而去之也。」[72]釋〈伐檀〉「坎坎伐檀兮，寘之河之干兮，河水輕且漣猗。不稼不穡，胡取禾三百廛兮。不狩不獵，胡瞻爾庭有縣貆兮。彼君子兮，不素餐兮」[73]一章，《詩集傳》更如是發揮：

> 詩人言有人於此，用力伐檀，將以為車而行陸也。今乃寘之河干，則河水清漣而無所用，雖欲自食其力而不可得矣。然其志則自以為不耕則不可以得禾，不獵則不可以得獸，是以甘心窮餓而不悔也。詩人述其事而歎之，以為是真能不空食者。後世若徐穉之流，非其力不食，其厲志蓋如此。[74]

既著眼關涉地理、人文風土風俗之大勢，亦究心個別詩旨詳熟體味，朱子的交叉詮說，遂讓我們將心領會變風諸詩不得不然的頹靡緣由，以及把捉亂世裡生息猶存的君子珍貴性情。前者讀來或將使「自家心下如著槍相似」，足供吾人「備觀省而垂監戒」[75]耳；後者或仍悄然延續求道者對先代聖道永不止歇的信念，且更「令自家善意油然感動而興起」。職是「參之列國以盡其變」，遂被朱熹詮釋為讀詩進程中必經的試煉階段！[76]

---

[70] 宋·朱熹：《詩集傳》，卷5，頁63。

[71] 宋·朱熹：《詩集傳》，卷5，頁66。

[72] 同前註。

[73] 同前註。

[74] 同前註。

[75] 宋·朱熹：《詩集傳》，卷1，頁1。案是語乃朱熹對變風功用的描繪。

[76] 案朱熹曾引用不同說法闡明變風意義。〈陳風〉終了處《詩集傳》有謂：「東萊呂氏曰：變風終於陳靈，其間男女夫婦之詩一何多邪。曰：有天地然後有萬物，有萬物然後有男女，有男女然後

我們再看下個階段：「正之於雅以大其規」。面對小雅、大雅這「或歡欣和說，以盡羣下之情」、「或恭敬齊莊，以發先王之德」[77]的宴饗、會朝正樂，朱熹既謂「正之」、謂當「大其規」，這即說明他認為雅詩蓋可謂君子宏闊胸懷的座標，實將發揮涵養吾人心胸之大用。故於〈小雅·四牡〉首章「四牡騑騑，周道倭遲。㱿不懷歸，王事靡盬，我心傷悲」，[78]朱子即作出如是細緻的詮釋：

> 此勞使臣之詩也。夫君之使臣，臣之事君，禮也。故為臣者奔走於王事，特以盡其職分之所當為而已，何敢自以為勞哉！然君之心則不敢以是而自安也。故燕饗之際，敘其情以閔其勞。言駕此四牡而出使於外，其道路之回遠如此，當是時豈不思歸乎！特以王事不可以不堅固，不敢徇私以廢公，是以內顧而傷悲也。臣勞於事而不自言，君探其情而代之言，上下之間，可謂各

有夫婦，有夫婦然後有父子，有父子然後有君臣，有君臣然後有上下，有上下然後禮義有所錯。男女者，三綱之本，萬事之先也。正風所以為正者，舉其正者以勸之也。變風所以為變者，舉其不正者以戒之也。道之升降，時之治亂，俗之污隆，民之死生，於是乎在。錄之煩悉，篇之重複，亦何疑哉。」（宋·朱熹：《詩集傳》，卷 7，頁 85）這段由男女夫婦之道比對正、變風異同的引述，即讓我們看清正、變間的傾頹趨勢何始何終，以興起所謂戒鑑之意耳。另〈曹風〉終篇〈下泉〉處朱熹有云：「程子曰：易剝之為卦也，諸陽消剝已盡，獨有上九一爻尚存，如碩大之果不見食，將有復生之理。上九亦變，則純陰矣。然陽無可盡之理，變於上則生於下，無間可容息也。陰道極盛之時，其亂可知，亂極則自當思治。故眾心願戴於君子，君子得輿也。詩匪風〈下泉〉，所以居變風之終也。〇陳氏曰：亂極而不治，變極而不正，則天理滅矣，人道絕矣。聖人於變風之極，則係以思治之詩，以示循環之理，以言亂之可治，變之可正也。」（頁 89）是二段分別引自程頤和陳傅良（1137-1203）的看法，表述出變風終究蘊含物極必反、亂極歸正的遙思期盼。又〈豳風〉末尾朱子有謂：「程元問於文中子曰：敢問〈豳風〉何風也？曰：變風也。元曰：周公之際，亦有變風乎？曰：君臣相誚，其能正乎？成王終疑周公，則風遂變矣。非周公至誠，其孰卒正之哉。元曰：居變風之末，何也？曰：夷王之下，變風不復正矣。夫子蓋傷之也，故終之以〈豳風〉。言變之可正也，惟周公能之，故係之以正。變而克正，危而克扶，始終不失其本，其惟周公乎！係之豳，遠矣哉！」（卷 8，頁 98）這段問答引述亦將變風質性，以及其終將復返於正的盼望點明。由三段攸關變風纂輯意蘊的文獻觀之，變風擺盪於垂戒與冀望間的微妙意旨，確實是朱熹切實感受且極欲曉諭吾人的。

[77] 宋·朱熹：《詩集傳》，卷 9，頁 99。

[78] 宋·朱熹：《詩集傳》，卷 9，頁 100。

盡其道矣。[79]

是章既被置諸君探下情以代言的特殊語境，遂將主上深閎胸襟彰明至極：案使臣為公隱忍私情，誠已感動人心，主君乃深探幽情貼心陳說之，這又將烘托何等曲奧襟懷！故《詩集傳》此番說解既能彰顯宴饗雅樂「通上下之情」[80]之意，亦將某崇高人格典型示諭給讀詩後進們，教他們好生體味、品鑑之。又於〈彤弓〉「彤功弨兮，受言藏之。我有嘉賓，中心貺之。鍾鼓既設，一朝饗之」[81]一章，朱熹引述了呂祖謙的見地：

> 此天子燕有功諸侯，而錫以弓矢之樂歌也。東萊呂氏曰：受言藏之，言其重也。受弓人所獻，藏之王府，以待有功，不敢輕予人也。中心貺之，言其誠也。中心實欲貺之，非由外也。一朝饗之，言其速也。以王府寶藏之弓，一朝舉以畀人，未嘗有遲留顧惜之意也。後世視府藏為己私分，至有以武庫兵賜弄臣者，則與受言藏之者異矣。賞賜非出於利誘，則迫於事勢，至於朝賜鐵券而暮屠戮者，則與中心貺之者異矣。屯膏吝賞，功臣解體，至有印刓而不忍予者，則與一朝饗之者異矣。[82]

案是段奠基今昔對比的詮說，道盡了古今治亂迴異緣由，然實不亦將先代聖王慎重、誠摯、果決的治世心胸栩栩狀貌出來。這對久處輕浮、狡詐、優柔政局氛圍的後世君子來說，又將產生何等陶冶功效呢！由是，面對小雅這施諸君臣宴饗的詩歌，吾人又豈能以悅樂功能小覷之。那大雅這施諸會朝的「受釐陳戒」樂詩，對讀詩人又有何啟示呢？讓我們權以朱子議說〈大雅・文王〉章法的段落來進行說明。《詩集傳》有云：

---

[79] 同前註。

[80] 宋・朱熹：《詩集傳》，卷 9，頁 99。

[81] 宋・朱熹：《詩集傳》，卷 10，頁 113。

[82] 同前註。

> 東萊呂氏曰：《呂氏春秋》引此詩，以為周公所作。味其詞意，信非周公不能作也。○今案此詩，一章言文王有顯德，而上帝有成命也。二章言天命集於文王，則不唯尊榮其身，又使其子孫百世為天子諸侯也。三章言命周之福，不唯及其子孫，而又及其羣臣之後嗣也。四章言天命既絕於商，則不唯誅罰其身，又使其子孫亦來臣服于周也。五章言絕商之禍，不唯及其子孫，而又及其羣臣之後嗣也。六章言周之子孫臣庶，當以文王為法，而以商為監也。七章又言當以商為監，而以文王為法也。其於天人之際，興亡之理，丁寧反覆，至深切矣。故立之樂官，而因以為天子諸侯朝會之樂，蓋將以戒乎後世之君臣，而又以昭先王之德於天下也……然此詩之首章言文王之昭於天，而又不言其所以昭，次章言其令聞不已，而不言其所以聞，至於四章，然後所以昭明而不已者乃可得而見焉。然亦多詠歎之言，而語其所以為德之實，則不越乎敬之一字而已。然則後章所謂修厥德而儀刑之者，豈可以他求哉，亦勉於此而已矣！[83]

這一大段論述大抵有兩大重點：其一，梳理出詩篇對照章法，亦即自天命高度、歷史向度彰明殷失道、周得天下道理所在；其二，自詩文相關作法點明所欲突顯的文王德行實匯歸於「敬」。配合是詩乃「周公追述文王之德……以戒成王」[84]的原旨，以及「因以為天子諸侯朝會之樂，蓋將以戒乎後世之君臣，而又以昭先王之德於天下也」的施用情狀來看，朱熹的出色詮釋既開顯周公立定邦國基石的弘遠心意，亦得揭明文王謹依天命的敬慎純德及其深廣影響。讀詩後輩誠能就此深味〈文王〉意蘊，領略其「信非周公不能作也」的詩篇奧旨，其心胸規模又豈能不寬宏悠遠起來！[85]

---

[83] 宋·朱熹：《詩集傳》，卷 16，頁 177。

[84] 宋·朱熹：《詩集傳》，卷 16，頁 175。

[85] 案二雅亦有多篇變雅，對是類詩，徐復觀曾以〈小雅·巷伯〉為例說道：「在反省中，把原先尚未曾觸發到的感憤或感奮，更觸發出來了，此時的理智，便支持著愈燒愈熱的感情，便不知不覺的作出辛辣痛烈的表現，有如〈巷伯〉中對譖人所表現的，這依然是發於人情的自然，而形成詩的另一性格。但這種詩若感到是有如〈巷伯〉這一類的好詩，一定是關涉到政治社會上共同的大

從領略南詩以紮下崇道信念，到縱覽變風洞察世變萬般緣由，再透過諷誦二雅恢弘吾輩胸懷格局，這既是讀詩進程、亦是修道歷練的斑斑過程，終將帶領我們臻至何等境地？朱子既言「和之於頌以要其止」，是以他顯然認為，施用於「美盛德之形容，以其成功，告於神明者」[86]這神人交感場域的頌詩，或將標識最後的至極境界。且讓我們讀讀〈周頌〉首篇〈清廟〉，再看看朱熹是怎麼烘襯瀰漫詩篇的神聖氛圍的。該詩文這麼詠唱著：

> 於穆清廟，肅雝顯相。濟濟多士，秉文之德。對越在天，駿奔走在廟。不顯不承，無射於人斯。[87]

有關詩旨，相關字詞訓釋後，《詩集傳》如是詮說道：

> 此周公既成洛邑而朝諸侯，因率之以祀文王之樂歌。言於穆哉此清靜之廟，其助祭之公侯，皆敬且和，而其執事之人又無不執行文王之德，既對越其在天之神，而又駿奔走其在廟之主。如此，則是文王之德豈不顯乎！豈不承乎！信乎其無有厭斁於人也。[88]

朱傳劈頭點明〈清廟〉乃「周公既成洛邑而朝諸侯，因率之以祀文王之樂歌」，是以該首備極狀貌祭祀肅慎情狀的詩歌，實緣起周人貫徹文王志業終得告慰先祖英靈的深沉心緒：案代代先人多年的辛勤戮力，終於周公「既成洛邑而朝諸侯」這一刻

利大害問題。」（見氏著：〈釋詩的溫柔敦厚〉，《中國文學論集》，頁 447）這段詮說，確實抓到變雅興發於大是大非、且多直切激昂的質性。〈詩集傳序〉亦云：「至於雅之變者，亦皆一時賢人君子，閔時病俗之所為，而聖人取之，其忠厚惻怛之心，陳善閉邪之意，尤非後世能言之士所能及之。」是以朱子以為閱讀這類發諸公義的憤慨詩歌，當能讓吾人更切近體味詩人淳厚的信道心念，絕不會流於發洩不遇私情的效果而已；這豈非「正之於雅以大其規」另個向度的展現！

[86] 漢・鄭玄：《毛詩鄭箋》，卷 1，頁 2 上。

[87] 宋・朱熹：《詩集傳》，卷 19，頁 223。

[88] 同前註。

開花結果，該時周人心裡或翻攪起伏著諸多感觸矣！然於清靜祖廟獻祭當下，一切的一切，都沉澱歸止於對文王德行的誠摯追念；於是那助祭公侯散發的和敬氣象，那執事之人敬慎奔走的儀止，在在顯示世人遵奉、彰顯先人德業的純粹心念歟！這般單純詩境所表述的，或就是君子明道行道的終極境界了：因對所有修德後進來說，所以終身敬謹修持，不就是為了奉行先輩儀則、讓真正值得的道德風範永續傳承下去嗎！由是朱熹方云「和之於頌以要其止」，或就因頌詩飽富著儒道最淳厚也最美麗的意境。饒有意味的是，《詩集傳》於〈清廟〉詩末的標題下敷衍了一段考據：

> 《書》稱王在新邑烝祭歲，文王騂牛一，武王騂牛一，實周公攝政之七年，而此其升歌之辭也。《書大傳》曰：周公升歌〈清廟〉，苟在廟中，嘗見文王者，愀然如復見文王焉。　《樂記》曰：〈清廟〉之瑟，朱弦而疏越，壹倡而三嘆，有遺音者矣。鄭氏曰：朱弦，練朱弦，練則聲濁。越，瑟底孔也，疏之使聲遲也。唱，發歌句也。三歎，三人從歎之耳。漢因奏樂，乾豆上，奏登歌，獨上歌不以筦弦亂人聲，欲在位者遍聞之，猶古〈清廟〉之歌也。[89]

承自《尚書》和《書大傳》的載記揭露了周公獻詩該時「愀然如復見文王焉」的神蹟場景，源於〈樂記〉及鄭注的文獻則復現了〈清廟〉「是質素之聲，非要妙之響」[90]的音聲質地。這段考述置諸詩歌末尾，豈不教方才領略詩旨奧義的我們，腦中再次湧現〈清廟〉幽緲意境；只不過這次，是在周公吟哦詠歎、素樸瑟音鼓蕩這般逼真的情境裡栩栩浮現。

《論語·泰伯》輯錄了一段關涉修道進程的話語：

---

[89] 同前註。

[90] 此為〈樂記〉孔疏釋詞。參見漢·鄭玄注，唐·孔穎達疏：《禮記正義》（臺北：臺灣古籍出版公司，2001年），卷37，頁1261。

子曰：興於詩，立於禮。成於樂。[91]

對夫子的精要諭示，於《論語集注》裡，朱子作了三段精緻的注解。它們分別是：

詩本性情，有邪有正，其為言既易知，而吟詠之間，抑揚反覆，其感人又易入。故學者之初，所以興起其好善惡惡之心，而不能自已者，必於此而得之。

禮以恭敬辭遜為本，而有節文度數之詳，可以固人肌膚之會，筋骸之束。故學者之中，所以能卓然自立，而不為事物所搖奪者，必於此而得之。

樂有五聲十二律，更唱迭和，以為歌舞八音之節，可以養人之性情，而蕩滌其邪穢，消融其查滓。故學者之終，所以至於義精仁熟，而自和順於道德者，必於此而得之，是學之成也。[92]

三段精確切合詩、禮、樂個別符號質性，且切中君子為學初、中、終階段的詮釋，究竟要涵養出多麼圓熟的學識、歷經怎樣的人生體驗才能淋漓道出！案朱熹既對夫子拈出的儒者修德進路有如斯掌握，其對風雅頌三體於修持道路上扮演的角色有如是中的的發揮，便是可以想像瞭解的。於是，對身為求道後進的所有儒生來說，《詩集傳》揭示的「本之二南以求其端，參之列國以盡其變，正之於雅以大其規，和之於頌以要其止」讀詩進程，的確是吾輩當玩賞熟味的珍貴資產了。

五、結論：經學，另種固有的文藝批評範式

在〈答應仁仲〉這封書信裡，朱熹分享了一段耐人尋味的心得：

---

[91] 宋·朱熹：《四書章句集注·論語集注》，卷 4，頁 104-105。

[92] 同前註。

〈大學〉、〈中庸〉屢改，終未能到得無可改處。〈大學〉近方稍似少病。道理最是講論時說得透，纔涉紙墨，便覺不能及其一二。縱說得出，亦無精采。以此見聖賢心事今只於紙上看，如何見得到底？每一念此，未嘗不撫卷慨然也。[93]

這是心得，更是心情。因注疏經籍的斑斑經過，朱熹體認到兩層道理：其一，於面見議談語境裡易激發的智慧火光，總在載諸筆墨的過程裡退去光彩，這使得儒者注經志業常在遺憾中推展；其二，前述情狀或也發生於典籍纂寫的情境中，以致吾人在閱讀經典時，通常難以洞察那「聖賢心事」的幽微光芒。背負兩重感慨的是段文字，或者透露朱熹是何等的敏銳，是何等地看重注解形式可能引發的關鍵作用。回到本文的論述對象《詩集傳》來看，我們可說：標舉「章句以綱之，訓詁以紀之，諷詠以昌之，涵濡以體之」為讀詩進路，以及「本之二南以求其端，參之列國以盡其變，正之於雅以大其規，和之於頌以要其止」為讀詩進程的朱熹，於《詩集傳》中成功示範了一套遍施三百篇，次第井然、節奏徐緩的品詩路數，而由南詩、變風一路諷詠、體味至二雅及頌詩，《詩集傳》更引領讀詩後進歷經修道進德的層層階段，終至有機會領略儒道精微境界；凡斯種種，皆在某種洋溢著授受氛圍的親切語境裡一一生發。職是，於詩旨有圓融體會並以度量精熟的形制呈現之的朱子，真的為讀詩後輩開闢了一條滿溢著文藝氣息的美善修持道路。

回到本文開端論及的前輩徐復觀身上，其晚年脫稿的《中國經學史的基礎》是這麼開場白的：

經學奠定中國文化的基型，因而也成為中國文化發展的基線。中國文化的反省，應當追溯到中國經學的反省；第一步，便須有一部可資憑信的經學史。[94]

這話言之成理，更說得擲地有聲！本文研究或許很難直截和經學史聯想在一起，然

---

[93] 宋・朱熹：《朱熹集》，卷 54，頁 2703。

[94] 徐復觀：〈自序〉，《中國經學史的基礎》（臺北：臺灣學生書局，1982 年），頁 1。

寬汎地講，究明某注疏體制以期再現經學活動固有面貌，實亦廣義經學史工作必得處理的環節。至少透過《詩集傳》講演詩旨的例子，我們不就揭曉了經學活動與文藝批評間可能存在的密切關聯，並由此肯認，傳統經學於某面向的開展，或是中國文藝批評的另種固有範式。這個發生於宋代的《詩經》詮釋案例，證成該現象的存在。

※本文初稿於 2009 年 10 月 23、24 日，發表於中國宋代文學學會、四川大學文學與新聞學院、西南民族大學文學院等主辦之「第六屆中國宋代文學國際學術研討會」，後刊登於《漢學研究》第二十九卷第一期（總第 64 期），2011 年 3 月，經該刊編輯委員會同意後收錄於本書。

Poetic Vision, Affective Rhythm, and the Development of Moral Disposition: Poetry Interpretation in the *Shi Ji Zhuan*

Chen Chih-hsin[*]

Abstract

Under the contemporary system of subject classification, *jingxue* 經學 and*wenxue* 文學 are recognized as two branches of learning each with their own systems and sequences of development. The act of interpreting the Classics as performed by Confucian scholars in ancient times may have resembled a form of literary criticism, particularly in the case of the *Shijing* 詩經, which was famed for its artistry. *Shi ji zhuan* 詩集傳, a work by Zhu Xi 朱熹 (1130-1200), is perhaps a typical example of this. Through close reading and realistic re-creation of the interpretive context of the poetry in the *Shi ji zhuan*, we find that Zhu Xi takes a familiar avenue of approach to explicating the poems of the *Shijing*. His sketches of imaginative poetic vision and the affective rhythm of his writing gradually draws in his target readers, students aspiring Confucian ideals, moving and inspiring them; savoring beauty in this way nourishes their sense of nobility and sincerity. By reciting the Songs, Elegies and Hymns in order, they are engaged in a gradual process of establishing and developing a moral disposition. This example of Song dynasty *Shijing* hermeneutics shows us a way to observe and experience

---

* Associate Professor, Department of Chinese Literature, National Taiwan University.

life's beauty and goodness through appreciating art; indeed, this was perhaps an aspect of traditional study of the Classics, and can also be seen as a typical mode of Chinese literary criticism.

Keywords: jingxue 經學, literary criticism, Shijing 詩經, Zhu Xi 朱熹, Shi ji zhuan 詩集傳

舊詩語的地理尺度——以黃遵憲《日本雜事詩》中的典故運用爲例

鄭毓瑜

提 要

黃遵憲的《日本雜事詩》即使運用平仄較不嚴格、類似民歌性質的竹枝詞來描述海外見聞，依然在語彙中佈滿歷代典實，那麼，透過用典所緊密牽引成的意義的界域，究竟如何與新世界相交接或相妥協？也就是說，當我們要談論的是黃遵憲的詩，而不只是其人其事，比人事經歷更直接相關的就是詩語，寫作當時的時空人事的定位是第一層，而透過詩語中的典故成辭去領略多層次的意義網絡又是另外一個層次。典故連繫起了古、今至少兩個不同時空、事件，讓一個已知成份（典故所在）去聯想出另一個未知成份，透過這種譬類關係去「命名」新事物，一開始就不可能只是對於眼前單一、固定物的翻譯或指涉；已知的典故背後牽涉一套認知世界的方式、組合事物的關係，書寫者在選擇典故的同時，其實已經選擇了一種讓域外的史事、制度或風物「發生」的關係場所，而這不必是地圖上可以指認的地點；上演著新事物的場所，既然是奠基於固有的知識體系來定位這些新事物，當然極有可能是選擇性的傳譯（或錯譯），但同時，傳譯這些新事物也可能對於舊有的知識體系形成衝擊，而反過來重新詮釋「傳統」中的「不傳統」成份。黃遵憲作為拉連起舊詩語與新世界的中介人，舊詩語如同隨身攜帶的準繩，方便「合於尺度」的勾繪，但是有時候詩語提供的這把尺度也可能過短過長、過寬過窄，尺度外的差異反過來也有可能賦予舊詩語以新意義。

關鍵詞：黃遵憲　《日本雜事詩》　舊詩語　典故　地理尺度

【作者簡介】現任國立臺灣大學特聘教授，並兼任中文系主任及研究所所長。曾任美國傅爾布萊特計畫訪問學人、哈佛大學訪問學人、日本京都大學訪問學人、捷克查理大學客座教授等，並曾獲國科會研究傑出獎（2002 年起，三年期）、國科會傑出學者研究計畫補助（2008 年 8 月至 2011 年 7 月）以及國立臺灣大學教學傑出獎。著有《六朝文氣論探究》、《六朝情境美學》、《性別與家國——漢晉辭賦的楚騷論述》、《文本風景——自我與空間的相互定義》等專書，及相關期刊論文數十種。《文本風景》一書並獲得臺大傑出專書獎。

舊詩語的地理尺度——以黃遵憲《日本雜事詩》中的典故運用爲例

鄭毓瑜*

一、前言、舊詩語與新事物

黃遵憲（字公度，1848-1905）作為晚清著名的外交官與詩人，對於他一生著述的評價，大抵也都免不了放在一個東、西方或新／舊世紀的交會與衝突來談，如果以詩作為例，像是周作人談到《日本雜事詩》中改訂舊作的例子，「可以看出作者思想的變換」——黃遵憲承認日本效法西方而卓然有成，而「雜事詩一編，當作詩看是第二著，我覺得最重要的還是看作者的思想，其次是日本事物的紀錄」。❶當代學者鍾叔河特別考察歷代中國官修歷史或私人著述，認為其中或者是多據傳言而非親身經歷，或者是純粹風光遊覽而未深入研究，因此在甲午戰爭以前，黃遵憲可以說是中國人第一個對於日本作認真研究的。而除了新事物的介紹，結合《日本國志》與《日本雜事詩》，鍾叔河認為黃在說明日本民族特別善於學習、看重教育作用，以及在擁護天皇這基礎上的成功維新，都給十九世紀末葉推動變法自強的士大

* 國立臺灣大學中國文學系特聘教授。

❶ 見周作人：〈日本雜事詩〉，收入氏著：《風雨談》（石家莊：河北教育出版社，2001 年），頁 100-105，此處引文見頁 104。

夫許多啟發。❷這樣的看法比較偏向將詩當作歷史看待，或者以詩作為時事的見證，比如梁啟超曾舉公度〈罷美國留學生感賦〉（《人境廬詩草》卷三）一首，認為「是亦海外學界一段歷史也」，而知道當年中國撤銷美國留學生這事件始末原委的本屬少數，能夠說清楚的更少，因此「學生乎，監督乎，當道乎，讀之皆可以自鑒也。豈直詩人之詩云爾哉」。❸

所以分別「詩人之詩」與「非詩人之詩」，梁啟超其實是為了強調黃遵憲詩中憂天下、存國族的深切關懷，並且感嘆黃遵憲自光緒 16、17 年之後（庚、辛之交）「憤天下之不可救，誓將自逃於詩忘天下」。❹丘逢甲的看法也近似，先是稱讚黃詩（尤指出使英美後）乃「新世界詩」（《人境廬》四卷以後），❺黃如同「詩世界之哥倫布」，轉而慨歎黃不能為「世界」之加富洱、俾思麥，僅能為「詩世界」之加富洱、俾思麥，而「世界之國，惟詩國最足以消人雄心、磨人壯志，令人自歌自哭、自狂自盛」，又何須這些革新世局的英雄志士？❻梁、丘的看法反映了變亂世局中慷慨憂憤的聲音，也頗能代表當時對於黃遵憲詩作的理解與詮釋角度。很明顯，這類「新思想」、「新世界」的論述重點，是在於詩中的域外見聞，以及這些見聞與國內政治或社會文化發展的關連，顯然不在於詩本身，而問題也正在於此：我們不能只談黃遵憲所描述的新事物，而不去探察他是如何描繪或是為何如此描繪新事物，尤其，對於一位出使到日本的中國「詩人」來說，他用以描述的工具雖然不是一把具體的量尺，但卻是同樣具有尺度性質而得以估量權衡新事物的詩語。換言

---

❷ 鍾叔河說法請詳參〈論黃遵憲的日本研究〉，《九州學刊》3 卷 4 期（1990 年 9 月），頁 67-92。

❸ 引自梁啟超：《飲冰室詩話》，見《飲冰室文集》之四十五（上）（收入《飲冰室合集》第五冊，北京：中華書局，2003 年），頁 20。

❹ 引自〈人境廬詩跋〉，收入錢仲聯：《人境廬詩草箋注》（上海：上海古籍出版社，1999 年第二次印刷），頁 1086。

❺ 張永芳於〈黃遵憲和新世界詩〉中，認為丘逢甲所以特別稱黃遵憲離日赴美後所作是「新世界詩」，應該不只是指域外，「更指政體全新的國度，即文明之國，實質是寫時代之新」，參見《中國近代文學與海外國際研討會論文集》（澳門：澳門近代文學會，1999 年），頁 268-283。

❻ 引自〈黃公度《人境廬詩草》跋〉，收入《丘逢甲集》（長沙：岳麓書社，2001 年），頁 815-817。

之，就是這兩百首舊詩讓日本的史事、制度、土物有了「發生」的場所，是這些舊詩語賦予「日本」這空間以「在場」（presence）的意義。

如果不單單摘取其中的事物，而是將詩看成一個論述成果，當黃遵憲「以古詩飾今事」，❼所謂「古詩」，即便不是韻律嚴整的律詩絕句，而是使用清代流行的類似七絕且具有民歌風味的竹枝詞來描述海外見聞，❽依然在語彙中佈滿歷代典實，那麼，透過用典所緊密牽引成的意義的界域，究竟如何與新世界相交接或相妥協？也就是說，當我們要談論的是黃遵憲的詩，而不只是其人其事，比人事經歷更直接相關的就是詩語，寫作當時的時空人事的定位是第一層，而透過詩語中的典故成辭去領略多層次的意義網絡又是另外一個層次。典故連繫起了古、今至少兩個不同時空、事件，讓一個已知成份（典故所在）去聯想出另一個未知成份，透過這種譬類關係去「命名」新事物，一開始就不可能只是對於眼前單一、固定物的翻譯或指涉；在中國，「據事類義」不只是文學技巧，典事所在的類書從來都是匯聚「五經群書」的知識寶庫，❾換言之，已知的典故背後牽涉一套認知世界的方式、組合事物的關係，書寫者在選擇典故的同時，其實已經選擇了一種讓域外事物「出現」的關係場所，而這不必是地圖上可以指認的地點；上演著新事物的場所，既然是奠基於固有的知識體系來定位這些新事物，當然極有可能是選擇性的傳譯（或錯譯），但同時，因應傳譯這些新事物時的新關係環境，使用者也許權宜挪借甚或反轉地去使用這些舊典故，就可能對於舊有的知識體系形成衝擊，而反過來重新發現「傳統」中的「不傳統」成份。

無可否認，晚清追新獵奇的風氣，使得域外見聞的書寫幾乎都以介紹異地風物為目的，而標記新事物或新概念的新詞（或所謂外來詞）自然最能符應當時閱讀者的期待。以黃遵憲的《日本雜事詩》為例，絕大多數的新詞出現在詩末的注釋，這使

---

❼ 見曾習經：〈人境廬詩跋〉，收入錢仲聯：《人境廬詩草箋注》，頁 1085。

❽ 如王慎之、王子今輯：《清代海外竹枝詞》（北京：北京大學出版社，1994 年），就蒐集了自康熙二十年至清末述及海外見聞的竹枝詞 18 種 1370 首，可見當時對於這種平仄較不嚴格、類似民歌性質的詩體之喜好，同時似乎偏好以這種格式上較自由的詩體來描述海外見聞。

❾ 一般認為是中國類書之始的《皇覽》，在《三國志·魏志》卷 21〈劉劭〉傳記載「（劭）黃初中，……受詔集五經群書，以類相從，作皇覽」，頁 618。

得注文因為更能有效地識別日本獨特的土俗風物與明治維新的西化狀況，而比詩作受到更多關注。⑩相形之下，《雜事詩》的詩作本身卻往往兩面不討好。如錢鍾書提及《日本雜事詩》「假吾國典實，述東瀛風土，事誠匪易，詩故難工」，⑪又認為以「詩界維新」推崇黃公度，只是因為其詩「差能說西洋制度名物，掎摭聲光電化諸學，以為點綴」，有「新事物」而無「新理致」，「語工而格卑」，「每成俗豔」。⑫錢的說法切中了當時舊詩人的困境：舊詩語不能巧妙地表達新事物，用上新事物也往往弄得不像舊詩；但是有一件事情很清楚，十九世紀後半葉這些出身於傳統知識體系的士大夫，即便嚮往西學、重視洋務，舊詩寫作還是他們表達自我與溝通人我的熟利方式。像錢鍾書所說，黃遵憲作詩時就是會忍不住利用傳統故實，比如由日赴美途中寫下的〈海行雜感〉，其中說到「拍拍群鷗逐我飛，不曾相識各天涯。欲憑鳥語時通訊，又恐華言汝未知」，⑬錢鍾書舉出宋徽宗〈燕山亭〉詞所云「憑寄離恨重重，這雙燕、何曾會人言語」以為對照，⑭認為公度所以不言「人言汝未知」，而說「華言汝未知」，正因為在中國傳統裡，早已將「鳥語」視為「蠻語」、「夷語」的同義詞，也就是說黃遵憲隨手拈來這舊詩語，而且不自覺地透露了這個古來的偏見。⑮

如果以今律古，去批評黃遵憲仍然新舊雜揉、無法認清舊體詩與新世界的經驗之間出現裂痕，甚至無法就放棄文言或舊詩這種表達方式，⑯不但是強人所難，而

---

⑩ 關於《日本雜事詩》中運用了超過 400 個新詞，大多出現在注文中，且其中介紹明治維新的新詞大量且高頻率地出現在爾後的報刊雜誌中，對於開啟民智、傳播新知發揮了重大影響，請詳見蔣英豪：〈日本雜事詩與近代漢語新詞〉，《漢學研究》第 22 卷第 1 期（2004 年 6 月），頁 299-323。

⑪ 出自錢鍾書：《談藝錄》（補訂本）（北京：中華書局，1993 年）補訂「評黃公度詩一節」下所云，頁 348。

⑫ 出自《談藝錄》（補訂本）「王靜安詩」，頁 23-24。

⑬ 見錢仲聯：《人境廬詩草箋注》，卷 4，頁 349。

⑭ 引自唐圭璋編：《全宋詞》（臺北：明倫出版社，1970 年），頁 898。

⑮ 錢鍾書說法詳見《七綴集》（修訂本）（上海：上海古籍出版社，1995 年）〈漢譯第一首英語詩〈人生頌〉及有關二、三事〉，頁 142-143。

⑯ 林崗〈海外經驗與新詩的興起〉一文中，例舉如林鍼、黃遵憲等人的舊詩與海外經驗的格格不入（如只能講「燈」、「鏡」、「線」而不能明言是「幻燈」、「攝影機」或「電線（杆）」），

且壓縮了文化發展中複雜、緩慢的變動狀況，尤其是可能輕易抹消了面對域外風土時，傳統的感知與表達模式如何應變與轉化的問題。錢鍾書對於「鳥語」的解讀，說明了任何關於文化越界或文化發展的討論，恐怕都很難離開語文的問題，而只去鋪陳人物事件；尤其是原本已經成為共識的習慣用語（在舊詩中就是所謂的成辭、典故），這時候就會不自覺地成為觀者熟悉上手的一種地理尺度。這個地理尺度尤其是指如何形成地理認識（包含土地山川、風土民情）的一種社會共識或文化背景，當然也就無形中透露了那個鐫刻在時代脈絡中的「眼界」。因此，本文既非沈湎於遠古時代的懷舊憶往，但是也不贊成要放棄舊詩，才能貼近「新」世界的論調，因為輕率地選擇守舊或趨新，很可能就失去深刻體會十九世紀末的詩人在瞻前顧後之際所激發的想像，以及無可避免的扭曲矛盾。

《日本雜事詩》的詩、注並存，舊詩語與新事物的描述相互對照，正提供了一個最佳的考察範例，本文藉由考察《日本雜事詩》中關於「三神山」、「談天」，以及衍生的所謂「大九州」等典故的運用，對照注文或《日本國志》中相關的說明，希望可以呈現舊詩語及關於新事物的注解在意義指涉上的出入離合，同時也藉此勾勒出黃遵憲及其處身的當代對於日本或因為日本所引發的世界意識。換言之，這篇文章強調，「地方」並非本有而固定的地點，試圖展示關於「地方（比如日本）」的「意義製造」過程（the process of meaning-making），在這過程裡，有一個製造者，但不只是關乎製造者的情志，而是他所熟悉的一種書寫（舊詩）體式與其中的一套慣用語（如典故成詞），才「記錄」了「地方」的過去，也同時「辨認」了現在，甚至「指引」出通往未來的路徑。

二、從遠隔到相接——失落的三山與桃源

黃遵憲〈由上海啟行至長崎〉以輕快地口吻描述了出使日本的第一印象：

而認為正是這個分裂引發了對於文言的反省，並促成白話詩（新詩）的興起，見《文學評論》，2004 年第 4 期，頁 21-29。

> 浩浩天風快送迎，隨槎萬里賦東征。使星遠曜臨三島，帝澤旁流遍裨瀛。大鳥扶搖摶水上，神龍首尾夾舟行。馮夷歌舞山靈喜，一路傳呼萬歲聲。……⓱

所謂「裨瀛」明顯化用鄒衍「大九州」之說，在此泛指中國之外的異域他方，而「三島」則是慣指的蓬萊、方丈、瀛洲三神山，配合大鵬、黃龍的乘風負舟，以及河伯、海神的浮沈出沒，一開始就將日本放置在神話傳說的氛圍裡。這並不只是黃遵憲的個人聯想，同行赴日的公使何如璋在船抵長崎後也有同感：「山谷蒼秀，林木森然，雨後嵐翠欲滴，殘冬如春夏時。沿島徐行，恍入山陰道中，應接不暇。古所謂『三神山』，是耶非耶」？⓲另外《使東雜咏》第五首也如此描繪：

> 縹渺仙山路竟通，停舟未信引回風。煙嵐萬疊波千頃，不在詩中即畫中。⓳

詩的前兩句是反用了《史記》〈封禪書〉中關於「三神山」的記載，〈封禪書〉原來記載齊威王、燕昭王等使人入海求仙，並描繪三神山遠望如雲，接近時卻反在水面下，往往即將上岸，又會被風拉走，無法如願，⓴而何如璋這裡則是快意登臨，處仙山中。表面上看起來，似乎是為了描摹的效果，所以借用《史記》所載的故實以為比擬，但其實徵引神奇傳說原本就歸屬於傳統地理論述的一環，尤其是建構關於域外地理的部份。蓬萊山早見於《山海經》，〈海內北經〉曰：「蓬萊山在海

⓱ 引自《人境廬詩草箋注》，卷3，頁199。

⓲ 引自《使東述略》，收入王曉秋、鍾叔河等點校的《走向世界叢書》之《甲午以前日本游記五種》（長沙：岳麓書社，1985年），頁91。

⓳ 引自《使東雜咏》，收入《甲午以前日本游記五種》，頁110。

⓴ 《史記》（臺北：洪氏出版社，1974年）卷28〈封禪書〉曰：「自威、宣、燕昭使人入海求蓬萊、方丈、瀛洲。此三神山者，其傳在勃海中，去人不遠；患且至，則船風引而去。蓋嘗有至者，諸仙人及不死之藥皆在焉。其物禽獸盡白，而黃金銀為宮闕。未至，望之如雲；及到，三神山反居水下。臨之，風輒引去，終莫能至云」，頁1369-1370。《漢書》〈郊祀志〉亦有類似記載，文字有些許出入：「此三神山者，其傳在勃海中，去人不遠。蓋嘗有至者，諸仙人及不死之藥皆在焉。其物禽獸盡白，而黃金銀為宮闕。未至，望之如雲；及到，三神山反居水下，水臨之。患且至，則風輒引船而去，終莫能至云。」引自《漢書》（臺北：鼎文書局，1977年），卷25上〈郊祀志〉，頁1204。

中」，㉑而《史記》〈封禪書〉總括蓬萊、方丈、瀛洲為三神山，並進一步描述其上有仙人及不死之藥，「其物禽獸盡白，而黃金銀為宮闕」，㉒後來，被認為成書於魏晉的《列子》，在〈湯問〉篇中記述了許多海外奇聞，企圖破除「六合之間、四海之內」的侷促，就將原來〈封禪書〉載在勃海中、去人不遠的神山，推遠到勃海之東億萬里遠處，有一片無底深海曰「歸墟」，海面上漂浮者仙聖所居的「五山」，就是原來的「三山（方丈又稱方壺）」，加上岱輿、員嶠，並承襲《史記》說法，所謂「其上台觀皆金玉，其上禽獸皆純縞」，再增加長滿珠寶的樹，美味的花果等，使得這海外仙山更令人神往。㉓

《史記》與《列子》關於「三山」或「五山」的說法，都可以說是〈海內北經〉「蓬萊山」的踵事增華，而得歸屬於《山海經》論述系列。陳學熙認為，對於中國傳統地理學而言，如果《禹貢》的九州說屬於「域中地理學派」，那麼，《山海經》就是「域外地理學派」的鼻祖了。㉔換言之，在宋、明大量出現異國遊記或國志之前，以及在明清以來西方地文地質等自然地理學家的影響之外，㉕除去方域有內、外之別，《山海經》這類神奇論述是被認可為所謂「（傳統）地理學」的一支，而與其他史籍或子書中的相關記載一起存在，呈現彼此錯綜混雜的情況。而正是這個發源於神話傳說的「域外地理學」，成為晚清如黃遵憲等人「指認」日本的憑藉，也就是說，這套神話傳說的知識，讓黃遵憲在詩語中駕輕就熟地「編排」了日本在「歷史－地理」上的位置。

黃遵憲《日本雜事詩》〈尾聲〉說到「山海經已述倭國事，而歷代史志，于輿

㉑ 引自袁珂：《山海經校注》（成都：巴蜀書社，1993 年）〈海經新釋〉卷 7，頁 378。

㉒ 參見註⑰。

㉓ 參見嚴北溟、嚴捷：《列子譯注》（臺北：書林出版有限公司，1995 年）〈湯問〉篇，頁 115-116。

㉔ 參見陳學熙：〈中國地理學家派〉，《地學雜誌》（中國地學會）第 2 年 17 號（1911 年 8 月），頁 1-7。

㉕ 陳學熙〈中國地理學家派〉中以《山海經》（而不是中譯《職方外記》）為華文的世界地理志之開端，又列舉如「宋裴矩之高麗風俗、宋顧暗之新羅國記……明李言恭、都杰同之日本考，……如宋王策之中天竺國行記，明馬關之瀛涯勝覽，陳倫炯之海國見聞錄皆是」，也屬於現代所稱之外國地理學家。參頁 5a-b。

地風土，十不一真」，㉖所以他要寫《日本國志》與《日本雜事詩》，對於這些中國已有的記載進行一番考辨。比如對於日本這個地方最早的認識，〈鄰交志〉注文說到：

> 《山海經》稱南倭、北倭屬於燕境，《史記・封禪書》云齊威、宣王、燕昭王皆嘗使人入海，至三神山，見所謂仙人不死之藥。渤海東渡，后遂不絕，似即今日本地。㉗

在此公度選取《山海經》搭配《史記》〈封禪書〉「三神山」的傳說，推測這就是中國對於日本記載的發端；他沒有排拒求仙說，反而認為「三神山」的傳說，開啟了中、日的交通往來，成為「渤海東渡，後遂不絕」的關鍵。其次，關於日人先祖的考辨，也在「事理可信」的情況下，再度採用了《史記》所載與三神山相關的徐福渡海求仙一事。〈秦始皇本紀〉曰：「齊人徐市㉘等上書，言海中有三神山，名曰蓬萊、方丈、瀛州，仙人居之。請得齋戒，與童男女求之。於是遣徐市發童男女數千人，入海求仙人」。㉙〈雜事詩〉第五首就完全使用這事典，而寫到「避秦男女渡三千，海外蓬瀛別有天」，並由日本傳國重器：劍、鏡、璽三者乃秦制，以及注文提及的敬神、重方士之術，有徐福墓、徐福祠等，認為日人可能就是徐福後代。

值得注意的是，《史記》中記載的是徐福主動請求出海尋仙，這裡卻寫成「避秦」，是刻意接上了桃花源的典故。陶潛〈桃花源記〉說到：

㉖ 見《日本雜事詩》，引自收錄於《走向世界叢書》之《日本雜事詩廣注》（鍾叔河輯注並點校），頁 789。

㉗ 見《日本國志》卷 4〈鄰交志〉一，收入陳錚編：《黃遵憲全集》（北京：中華書局，2005 年）下，頁 932。

㉘ 《史記》卷 118〈淮南衡山〉列傳中伍被述秦始皇求仙事，曰：「又使徐福入海求神異物」，頁 3086。

㉙ 引自《史記》（臺北：洪氏出版社，1974 年），卷 6〈秦始皇〉本紀，頁 247。

(桃花源中人)自云先世避秦時亂，率妻子邑人，來此絕境，不復出焉，遂與外人間隔。㉚

公度用此典故形容日本，似乎有正反兩義，其一是一般對於桃花源的樂土想像，就如同《日本國志》〈地理志〉「外史氏曰」所提到的，「日本之為國，乃獨立大海中，曠然渺然，不與鄰接」，而因為這樣的地理位置，因此得以「遠隔強國，自成樂土」，彷如歐西之瑞士。㉛在《雜事詩》裡更從風土民俗的角度加以發詠，如〈山水〉一首：

濯足扶桑海上行，眼中不見大河橫。只應拄仗尋雲去，手挈盧敖上太清。㉜

注文說到日本雖少高山大河，然林水丘壑仍有勝景，尤其如松島、宮島等地，「山層雲秀，懷靈抱異」，而詩句最後說「手挈盧敖上太清」，更增其奇麗色彩。所謂「太清」，如劉向〈九歎·遠游〉：「譬若王僑之乘雲兮，載赤霄而淩太清」，王逸注曰「上淩太清，游天庭也」。㉝至於「盧敖」，高誘於《淮南子》〈道應訓〉「盧敖游乎北海」下注曰：「燕人，秦始皇召以為博士，使求神仙，亡而不反也」；㉞〈道應訓〉還述及盧敖見到一位奇士，所游處比盧敖更為廣遠無盡，甚至是到「不名之地」，最後並說到「吾與汗漫期於九垓之外」，也就是游於九天之外。㉟「汗漫」，原意即為「不可知之也」，那麼，說黃遵憲是以仙游成就「樂土化」的日本印象，或者說是以「不可知」甚至「不可名」的行游，模擬桃花源的追尋，應該都可以成立。此〈山水〉詩注末尾說到：「恨蠟屐無緣，未能一游耳」，後來在《雜事詩》已由王韜於香港重印(即第二版)之後，才進行實地遊歷，並稱

㉚ 引自逯欽立校注：《陶淵明集》(臺北：里仁書局，1985年)，卷6，頁165-166。

㉛ 參見《日本國志》卷10〈地理志〉一，《黃遵憲全集》頁1010。

㉜ 引自《日本雜事詩廣注》，頁612。

㉝ 引自洪興祖：《楚辭補註》(臺北：藝文印書館，1977年)卷16，頁511。

㉞ 引自劉文典：《淮南鴻烈集解》(臺北：臺灣商務印書館，1974年)，頁21a。

㉟ 同前注，頁21b-22b。

「念日本山水素稱蓬壺」，故「恣意為汗漫之游」，[36]另外於調任舊金山總領事，而與日本友人辭別詩中，也說到自己當初出使日本，是「來作三山汗漫游」，[37]可見，公度是有意透過與蓬萊、方壺等仙山相關的詞語組，如汗漫、太清、盧敖等，來讓一個原本不為所知的桃花源進入一個可以稱名的已知的領域，也可以說，神山與桃源的典事系列其實就是「呈現」日本的憑藉，是透過舊詩語作為越界溝通的橋樑。

如何利用已知的詞語類組去描摹出一個原本未知的世界，而且還能夠親切近似，當然是書寫者的難題。《雜事詩》中的〈風俗〉一首，就這樣說到：

> 九州地脈阻崑崙，裨海環瀛水作門。圓嶠方壺雖妄語，分明世外此桃源。[38]

這首詩的前兩句是利用鄒衍大九州說與崑崙仙山的傳說，來形容日本的獨立海外（關於鄒衍的說法下節詳談），後兩句則一方面覺得借用仙山傳說（圓嶠方壺）不免虛妄，但是一方面又再次強調日本風俗淳美的確如同世外桃源。其實關於「人崇禮讓，民不盜淫」的風俗，初印本原有一詩如下：

> 夕陽紅樹散雞豚，蕎麥青青又一村。茅屋數家籬犬臥，不知何處有桃源。[39]

此詩明顯仿擬如陶潛以來的田園詩風，描摹一種悠然自得的意境；但是改定後沒有了田園風情，還是回到「三山」一類的傳說。比較這兩首詩的注文，會發現借用仙山傳說的改訂版，也許正是為了強調桃花源的與世隔絕，所以除去民風渾樸之外，

---

[36] 見光緒 6 年（1880 年 7 月 25 日）〈致王韜函〉，《黃遵憲全集》頁 319-320。當年 2 月王韜於香港重印《日本雜事詩》，參見錢仲聯《人境廬詩草箋注》附錄二〈年譜〉，光緒 6 年二月所述。

[37] 引自〈奉命為美國三富蘭西士果總領事留別日本諸君子〉，見錢仲聯《人境廬詩草箋注》卷 4，頁 337。

[38] 引自《日本雜事詩廣注》，頁 608。

[39] 引自《日本雜事詩廣注》〈風俗〉詩後所附，頁 609。

多出以下的說明：

> 四面環海，自德川氏主持鎖港，益與諸國相隔絕；然承平無事，閉戶高臥者二百餘年。

「與諸國相隔絕」，正如桃花源記所述「來此絕境，……遂與外人間隔」。換言之，即便公度已經覺察到使用仙山傳說並非最妥適，但是尤其在描述日本孤懸海上的地理位置，以及因此得以鎖國兩百多年的政局，還是以神山系列的典故最能傳達這個閉關自守的狀態。《雜事詩》中以「蜻蜓洲」總稱日本國土形勢，也如此寫到：

> 巨海茫茫浸四圍，三山風引是耶非？蓬萊清淺經多少，依舊蜻蜓點水飛。㊵

「三山風引」即《史記》〈封禪書〉所言，舟船每近三神山，即為風所引去而不得登臨，公度在此以不確定的語氣，烘托日本的獨立滄茫而不易接近；接著第三句又以葛洪《神仙傳》麻姑所云「向到蓬萊，水又淺於往昔會時略半也」作為映襯，㊶來強調即使仙境也有滄海桑田的變換，日本卻可以一直屹立在海中。這首詩可以說是完全以神山為主軸所衍生的典事（在海中、風引而去、仙人來去等）來配合「蜻蜓點水」這個輕盈悠遠的地理圖象。

但是，如果注意到〈蜻蜓洲〉的注文，卻似乎又推翻了以上這類桃源仙境的美好想像。前半段說到日本立國至今，版圖依舊，即《山海經》、史書或如後來稗官小說之所謂神山仙境，但是後半段話風一轉，說到：

> 今海外方國，舟車悉通，惡睹所謂圓嶠方壺？蓋燕齊間方士，知君房東來蹤

㊵ 引自《日本雜事詩廣注》，頁605。

㊶ 葛洪：《神仙傳》（收入《景印文淵閣四庫全書》，子部，道家類，第1059冊，臺北：臺灣商務印書館，1986年），頁270。

跡，遂借以肆其矯誣，實則今日本地方。

注文所以與詩大異其趣，關鍵點明顯在於：「舟車悉通」，這使得原本隔絕如三神山的日本，變得容易到達而可以實地觀覽。當黃遵憲與何如璋等乘船出使，他必然也同樣感受到「清水洋過黑水洋，羅針向日指扶桑」㊷這種飄洋過海、舟車通達的快感，因此這裡的反問當然不是後知後覺，他要反省的是原本在中國文獻中或傳統域外地理學論述中所累積出來的「日本」印象；在詩中那樣流利的用典，顯然不只牽涉修辭的問題，而是一種熟悉的域外認知方式，亦即是說，由三神山到桃花源所形成的「（遙）遠隔（絕）式」的地理場景，原本就是黃遵憲最上手的論述日本的一把地理尺度。但如今，這遠隔的尺度似乎與換裝改扮後的日本顯得格格不入。

關於這個轉變，在《日本國志》〈鄰交志〉中詳述了西洋諸國率兵劫盟的經過，㊸而〈地理志〉「外史氏曰」，也以感嘆語氣說到：

（而）日本絕門自守，無見無聞，矇然未之知也。直至堅船巨炮還伺于門，乃始知夢之方覺、醉之甫醒。㊹

稱其為「醉」、「夢」，毋寧等於承認了「古稱天險」、「戶無外患」（地理志「外史氏曰」），因此「宜其閉門自守，民至老死不相往來」㊺的桃花源，再也難以存在，其實也等於用船艦跨越了這一系列桃源仙境所以構成的兩個因素：遠在海中，隔如異境。黃遵憲曾撮引仙台處士林子平如此恰切的說法：

自江戶日本橋抵于歐羅巴列國，一水相通，彼駕駛巨艦航大洋如平地，視異

㊷ 出自何如璋《使東雜咏》第3首，《甲午以前日本游記五種》，頁110。

㊸ 詳見《日本國志》〈鄰交志〉四，《黃遵憲全集》頁976以下所述美、英諸國相繼來劫盟之經過。

㊹ 引自《日本國志》卷10〈地理志〉一，《黃遵憲全集》頁1011。

㊺ 引自《日本國志》卷4〈鄰交志〉一「外史氏曰」，《黃遵憲全集》頁932。

域如比鄰，……。[46]

日本橋頭之水，直與英之倫敦、法之巴里相接。古所恃以為藩籬者，今則出入若庭經矣。言念及此，地險足恃乎？[47]

當所謂「地險」不再成為藩籬，林子平強調海防禦外的重要性，而黃遵憲則特別指出，日本轉而騖外交鄰的利弊，如〈鄰交志〉「外史氏曰」：

近世以來，結交歐美，公使之館，衡宇相望，亦上自天時地理、官制兵備，暨乎典章制度、語言文學，至于飲食居處之細，玩好遊戲之微，無一不取法于泰西。……乃至目營心醉，口講指畫，爭出其所儲金帛以購遠物，而己國之所有，棄之如遺，不復齒數，可為騖外也矣。[48]

黃遵憲的觀察其實很細緻地指出，跨越了「地理藩籬」之後，真正被征服的不只是可以丈量的距離，而是從天文曆算到飲食居處的向西看齊，換言之，在黃遵憲的詩與注的矛盾裡，預告一個用三山、桃源架構出的演出場景即將失落了，而那不全是論述策略的錯誤，而其實一種地理尺度及其所範圍（選擇）的景物意義（如遠、隔）的失落，也可以說就是「文化藩籬」的全面棄守。

三、從地理藩籬到文化藩籬——在經濟、天文之外的正朔服色

既然談論的是「文化藩籬」，就不僅是對客觀地點的遠近丈量，反倒要注意的是，針對這地點的「認知（思考）方式」的親疏程度；前者可以利用舟車來跨越，

[46] 引自《日本國志》卷7〈鄰交志〉四，「有仙台處士林子平」下注文，頁974。
[47] 引自《日本國志》卷10〈地理志〉一，「外史氏曰」，《黃遵憲全集》頁1011。
[48] 引自《日本國志》卷4〈鄰交志〉一「外史氏曰」，《黃遵憲全集》頁932。

後者則是在意義詮釋上作進退取捨。換言之，在黃遵憲《日本雜事詩》中所呈現的「距離感」，其實是賦予意義的不同方式，而不應該只是事物的有無、新舊而已。本文選取《雜事詩》中關於「正朔」、「服色」的論述，探討黃遵憲如何聯繫相關事物而建構出一種他心目中充滿意義的「日本」；而這個場所不必然相應於現實環境，也不全然相應於當時社會狀況。我們可以說，在黃遵憲詩中，時時搬演著不同時代與不同場所的拉鋸，正是這些時空差距才真正挑戰著詩人的眼光焦距以及支援此一觀看視野的知識體系。

《雜事詩》有〈銳意學西法〉一首，先是寫到「玉墻舊國紀維新，萬法隨風倏轉輪」，之後特別針對易服色說到：

> 杼軸雖空衣服粲，東人贏得似西人。㊾

公度在此是藉由服飾改用洋式一事，來暗中批評日人一切崇洋，結果輸入大於輸出，在國家財政上出現嚴重貿易逆差，就如同〈食貨志〉「外史氏曰」，特別批評日本開港通商以來，「其所失者，在易服色，變國俗，舉全國而步趨泰西，凡夫禮樂制度之大，居處飲食之細，無一不需之于人，得者小而失者大，……邇年來，杼軸日空，生計日蹙，弊端見矣」。㊿但是，「易服色」顯然又不僅僅牽涉經濟事務而已，《雜事詩》另外有〈禮服〉一首，談到行朝會禮時冠服佩飾的變化，以及相關的跪拜禮改為「小折腰」（鞠躬）、「爭攜手」（握手），在〈食貨志〉裡更詳細說到，日人改著洋服後，散髮、脫刀，以及廢棄剃眉涅齒等舊習。51可見「易服色」是由服式顏色牽涉到裝扮佩飾，乃至於禮儀姿容的整體改觀。而《雜事詩》中〈女子〉一首，就隱約透露公度何等眷戀相對於洋化的「古裝束」：

㊾ 引自《日本雜事詩廣注》，頁 600。

㊿ 引自《日本國志》卷 20〈食貨志〉六，《黃遵憲全集》頁 1235。

51 〈禮服〉一首見《日本雜事詩廣注》，頁 622，〈食貨志〉相關文字見《日本國志》卷 20，《黃遵憲全集》頁 1211。

不環不釧不釵光，鴉頭襪子足如霜。蓬山未至人多少，都道溫柔是婿鄉。[52]

詩注說民家女子多「古裝束」，「耳不環、手不釧，髻不花，足不弓鞋」，尤其舉止大方，不羞澀也不狎昵，「猶古風也」。初印本原作：「十種金仙數曼殊，中多綽約信蓬壺。紅珊簪子青羅傘，散作人間仕女圖」，也是想像綽約處子彷彿是自神仙世界出走的古典仕女。顯然公度透過懷想東瀛古制，仍然不自覺地將鏡頭拉長，將眼光放遠，對於眼前的維新西化並不完全適應。

更確切的說，詩人的眼光其實並不單純反映外在的世界，也常常是探照他所願意看見的景物；詩語不應只是透明的媒介，而其實是設定好的塑型模具。舊詩語中反覆使用的典故，就是不斷聚焦的地理尺度——讓土物民情在整合好的系列共識中出現，以完全符合這個調整好焦距的鏡頭。因此「易服色」這件事，當也必然牽引了一起入鏡的相關景致氛圍。比如「鴉頭襪子足如霜」一句，表面看來就是描寫日本仕女足穿白色鴉頭襪，與並不特別佩戴飾物的髮髻手耳一起呈現古樸的姿貌。但是在〈兩歧襪〉詩中，公度特別應用了西施、洛神、楊貴妃的典事，為著襪以及連帶的穿屐，塗抹上綺旎無限的風情：

聲聲響屧畫廊邊，羅襪凌波望若仙。繡作蓮花名藕覆，鴛鴦恰似併頭眠。[53]

一開始，其實只聽見屐聲，而且還是彷如春秋時候吳王為西施構築的響屧廊所發出的聲音，[54]接著，彷如凌波微步的神女逐漸進入眼簾，[55]最後，才看清楚那雙足上穿著像是楊貴妃特別喜愛的繡襪「覆藕」。這相關的三個典事的運用，其實不只是如同注文的說明——不論是「人字屐」、「兩歧襪」或「太真作鴛鴦併頭蓮錦褲襪」皆其來有自，甚至「古制正如此也」。比起證驗更重要的是，在詩中有響屧廊

---

[52] 引自《日本雜事詩廣注》，頁695。

[53] 引自《日本雜事詩廣注》，頁733。

[54] 參見范成大：《吳郡志》（南京：江蘇古籍出版社，1999年）卷8所記載：「相傳吳王令西施輩步屧，廊虛而響」（頁106）。

[55] 「羅襪凌波望若仙」一句明顯出自曹植〈洛神賦〉「陵波微步，羅襪生塵」。

的繚繞迴盪，有洛神般的飄忽身影，以及鴛鴦芙渠的纏綿繾綣，這些融會了聲響（相應的遠古場景）、姿態（神仙境界的飄渺）以及情色欲望的整體感知，說明了服式穿著的任一細微改變就可以牽引如此全面的效應。

因此，黃遵憲在詩中留戀不去的可以說就是一種古裝束引生的整片氣氛或情境，改穿洋服後，即便只是屐、襪的改變，整個生活情境也異於往昔。比如，〈禮俗志〉中談到舊幕府時期庶民或賤者是不許穿屐著襪，後來解禁了，不過「近穿革履，無不襪者」，換言之，原來是否穿屐著襪還是分判官民、貴賤的依據，解禁後才能任意穿著，而近來為了適應穿皮鞋，所有的人都必須穿襪，這固然早就無關乎階級，但卻又不免落入時新的象徵或洋化的束縛了。而配合「腳踹烏皮鞋」，又無不「手持邊仗，鼻撐眼鏡」，還得「絨帽氈衣」，黃遵憲認為這使得原來用布用絲的日本人，必須花費巨資輸入羊毛，更不用說「西服緊束」，多麼不適合席地跪坐的日本人了。56說到坐席，原本用莞、絹或獸皮製成，明治維新以來，「多用紅氍毹」，富貴之家「易莞席為地衣」，光怪陸離，豔麗耀眼，同時，由於改用地毯，必須於戶外脫去屐屨的舊習不再，自此「穿革履者許之升堂，橐橐靴聲，時聞於戶內矣」。57而一旦穿著皮鞋可以進入鋪著地毯的室內，室內所從事的活動，以及人際關係當然也不同於往昔。黃遵憲就這樣介紹他所見的維新後的「茶會」：有「靴聲橐橐，軒然以昂」的西洋人，也有「身短趾高，氈衣革履」的日本長官，還有「足踹烏靴，錦椅繡褥」的皇族婦女，於是或并坐而談、群立而語，或「男女相攜，各就舞場」，最後還放煙火、擺筵席，直到三更半夜，盡歡乃散。58於是，一開始也許只是穿不穿襪這件穿著上的細節，接著牽涉到穿木屐或皮鞋，以及進入室內要不要脫鞋；又因為改鋪地毯，可以穿皮鞋進入室內，也不再全是跪坐，而有了或站立或坐椅的交談方式，乃至於可以有紅男綠女、相擁而舞的社交場域。這個由服飾變改至於人際關係的調整（如男女平權59）、生活品味的改變（如室內佈置或宴飲方

---

56 參見《日本國志》卷35〈禮俗志〉二，《黃遵憲全集》頁1450-1451。

57 見《日本國志》卷35〈禮俗志〉二，《黃遵憲全集》頁1457。

58 關於「茶會」，參見《日本國志》卷36〈禮俗志〉三，《黃遵憲全集》頁1472-1473。

59 參見《雜事詩》〈夫婦〉詩後所注：「維新以來，有倡男女同權之說者，豪家貴族，食則并案，行則同車……為跳舞之戲，多婦媚士依，雙雙而至」，《日本雜事詩廣注》，頁697。

式）所建構的嶄新生活空間，顯然再也難以相應於清靜優雅的舊式園庭。

《雜事詩》有〈園亭〉一首，說到：

覆院桐陰夏氣清，汲泉烹茗藉桃笙。竹門深閉雲深處，盡日惟聞拍掌聲。[60]

關於「惟聞拍掌聲」的靜謐，注文如此描述：「門設常關，行其庭，闃然如無人者。余嘗訪友，筆談半日，不聞人聲，呼童點茗，亦拍手而已，使人翛然有出塵之想」。如果對比〈食貨志〉裡描述日本人在穿皮鞋、執鞭仗、帶眼鏡之後，「若入而居家，不以巴黎斯之葡萄酒，古巴之淡巴菰餉客，輒若有慚色」，而不但大戶人家「墻被文繡，地鋪毾㲪」，連小戶下民「亦購猩紅氈為褥，碧琉璃嵌窗，以之耀鄉里」，[61]在這樣外物叢集、奢華豔麗的環境裡，品茗的閒情、筆談的沈靜，甚至所謂「出塵之想」當然愈形遙遠。當時王韜赴日，也曾羨慕日人「屋宇雖小，入其內，紙窗明淨，茵席潔軟。庭前必有方池蓄魚，荇藻繽紛，令人有濠濮間想」，[62]不論是王韜所稱的「濠濮間想」或是黃遵憲的「出塵之想」，都可以說是一廂情願地藉由老莊之道的恬澹閒適，作為描繪日本圖景的一種尺度，而這恬靜的尺度其實奠基於由紙窗、茵席、木屐、兩歧襪等等事物聯繫而成的生活體系與意義。我們當然很容易想到，公度由原本屬於中國古制的屐、襪出發，至於席地跪坐方式，乃至於「門設常關」的陶淵明式的隱逸風情，是這些屬於中國文化的事物及其典實所構成的意義關係，讓黃遵憲的舊詩書寫彷彿一直在這套已經成系統的關係上遊刃有餘的運作。而當皮鞋取代木屐，茵蓆由地毯取代、琉璃窗取代了紙窗，加上笙歌樂舞取代烹茗談心，不只是新事物以及新語詞的出現，而是這些新出的事物（及其命名）所逐步成形的體系（皮靴、襪－鞭仗、眼鏡、香煙－地毯、琉璃窗－男女共舞……）時時挑戰著已經被認定的舊有的事物關係，以及表達這套關係意義的舊詩語。

如果「易服色」（包括服飾到生活所處的庭園）是在新事物場景之上召喚古典風

---

[60] 引自《日本雜事詩廣注》，頁 707。

[61] 見《日本國志》卷 20〈食貨志〉六，《黃遵憲全集》頁 1211。

[62] 引自《走向世界叢書》所收錄之王韜《扶桑游記》，頁 399。

情，就像在同一個地方（都是日本）「疊套」出「異場所（如古風、古制）」的效應，那麼所謂「改正朔」，則是將曆法使用的這一個事件，放置回不同的時代社會之中，進行「異時序」的意義追尋。在黃遵憲《雜事詩》中有〈舊曆〉、〈新曆〉兩首詩，〈舊曆〉一首明顯反對曆法變更，痛心日人「數典祖先忘」，後來在《雜事詩》定本詩注中還加入一段關於日官（掌天象之官）號「羲和」的傳說，認為日人先祖精於天象歷算，故「以國為氏，復以氏名官」，如今竟然廢棄了先祖古制。[63]同一時期也有不少人對於日本改曆這件事不以為然，薛福成在《日本國志》序文中，除了稱讚日本效行西法、氣象一新，也提到：「其（日人）改正朔易服色，不免為天下譏笑」，[64]而梁啟超在 1910 年也曾回想自己當年曾嘲笑明治初年廢夏曆而改用陽曆一事，謂「國家所務，自有其大者遠者。何必鰓鰓為正朔服色之間，舉一國人數千年所安習者，一旦舍棄，而貿然以從人，毋乃太自輕而失為治之體乎」？[65]

這些「自輕」或「為天下譏笑」的批評，很容易理解為是中國知識份子基於華夏文明優越感的必然表現。[66]但是如果由黃遵憲初印本與定本的兩首〈新曆〉詩看來，黃遵憲真正在意的可能不只是中華文化圈傳播範圍的減縮，而是牽涉在一套曆法中最根本的政治象徵與生活秩序的失落。定本的〈新曆〉詩云：

紀年史創春王月，改朔書焚夏小正。四十餘周傳甲子，竟占龜兆得橫庚。[67]

---

[63] 關於〈舊曆〉一詩詩注，在定本的增補，請參見李玲：〈黃遵憲改曆觀的思想歷程〉，《學術月刊》（2004 年 12 月），頁 88-96，此處增補說明見頁 90。

[64] 引自《日本國志》序，《黃遵憲全集》，頁 817。

[65] 引自〈改用太陽曆法議〉，見《飲冰室文集》之 25（下）（收入《飲冰室全集》第三冊頁），頁 1。關於此文係年，文集目錄標記為宣統 2 年，在文中已由各種政經制度以及教育制度的需要等，說明改採陽曆的重要性。

[66] 李玲〈黃遵憲改曆觀的思想歷程〉中亦徵引如李圭、薛福成、梁啟超與日人山室信一等人的看法，並總說這是「漢文化優越感受到強大的挑戰」、「體現了一個愛國者的最樸素的情感」。參見頁 94。但李玲亦認為黃遵憲有其作為史家的立場，因為夏曆在中國有其穩定政治、適合農業社會的因素，本文認為這部份還值得深入討論。

[67] 引自《日本雜事詩廣注》，頁 603。

「改朔」其實不只是「改曆」，同時也是「改政」，《周禮》〈春官·太史〉有言：「頒告朔於邦國」，鄭玄注云：「天子頒朔于諸侯」，也就是賈公彥所說，天子將「十二月厤及政令」頒佈給天下諸侯；[68]換言之，「朔」或即稱「朔政」是政權的象徵，「改朔」當然也就具有權力興替的宣示意味。所以像「春王月」的典故，談到《春秋》載魯隱公攝政之始，稱「元年春王正月」，是特別說明魯國仍奉行周天子頒佈的朔政，有別於當時如鄀、鄧等小國諸侯似乎已經各行其是、不奉周曆的狀況。[69]《史記》〈曆書〉中說到：「王者易姓受命，必慎初始，改正朔，易服色，推本天元，順承厥意」，[70]亦即只有在易姓稱王、改朝換代的時候，為了宣示主權，才會改正朔、易服色，以正視聽；[71]因此黃遵憲借用漢孝文帝為代王時，諸呂為亂以危劉氏，眾人擁立代王，並卜得龜兆大橫（龜文正橫），占曰：「大橫庚庚，余為天王」，亦即意謂代王將由諸侯而即位為帝也，[72]來暗示除非是皇族宗室遭遇威脅，否則如何能逕行改變與國統相存續的兩千多年的曆法。如黃遵憲在〈國統志〉所言，日本皇位「傳世百二十，歷歲二千餘，一姓相承」，從來沒有「傳之異姓」，[73]因此詩中使用「改（朔）」、「焚（夏小正）」、「竟（占龜兆得橫庚）」等字眼進一步透露「數典忘祖」的嚴重性，並不只是曆法不同，還是關乎國祚絕續、宗室存亡的問題。

但是，當時日本廢夏曆改採西曆的原因，似乎完全不同於黃遵憲視曆法為政治符碼的這套固有說法。定本〈新曆〉詩後注文描述陽曆曰：

---

[68] 見《周禮注疏》（臺北：藝文印書館，十三經注疏本，1955 年），卷 26〈春官·太史〉，頁 402。

[69] 關於「元年春王正月」的解釋，參見楊伯峻：《春秋左傳注》（臺北：源流出版社，1982 年），頁 5-6。

[70] 引自《史記》卷 26〈曆書〉，頁 1256。

[71] 孔穎達注解《春秋》「元年春王正月」句，曰：「言王正月者，王者革前代馭天下，必改正朔、易服色，以變人視聽。……三代異制，正朔不同，……故以王字冠之，言是今王之正月也」，見《春秋左傳正義》（臺北：藝文印書館，十三經注疏本，1955 年），卷 2，頁 30。

[72] 關於「竟占龜兆得橫庚」一句之典事，詳見《史記》卷 9、10 之〈呂太后本紀〉及〈孝文本紀〉，尤其見頁 410-414。

[73] 見《日本國志》卷 1〈國統志〉，《黃遵憲全集》，頁 892。

每四歲置一閏日，七十年後，僅生一日之差，比太陰曆實為精密。[74]

《日本國志》〈天文志〉[75]中也詳述與日本友人討論改曆一事，日人以改曆為維新第一美政，因為「太陽曆歲有定日，于制國用，頒官祿，定刑律，均精核劃一，絕無參差」，換言之，計日「精密」或定日「精核劃一」，正是採行陽曆的關鍵。至於黃遵憲在詩中批評日人擅行改朔，其人則答以「三代之時，三正迭用」，認為改朔乃常有之事，為何不批評古人卻非薄今人？黃遵憲在此雖自謙「無以難之」，但其實詩意中已表明了中、日兩國在曆法詮釋角度上的差異，日人顯然不將改朔的原因推諸易代鼎革。那麼，是不是講究精確就一定只能遵照西曆，而使用舊曆僅僅為了政權象徵嗎？公度對於這兩個問題，一方面舉出宋代沈括以十二氣代替十二月，以解決陰曆置閏月而氣朔交爭、四時失位的弊病，說明其實中國早有「不必置閏而歲歲齊盡」的精密曆法，只是沒有施行而已；一方面，則進一步說到改朔除了政治考量（不論是宣示主權或便於施政），更需要考量的其實在於是否便民，尤其是否便於農。對於以農立國的中日兩國而言，黃遵憲認為節氣變化以及聯繫在其中的物候推移，反而更為關鍵，所以在〈天文志〉末尾，還特別對照陽曆做了一份節氣表，企圖讓物候曆以另外一種形式繼續存在。換言之，這不全是天文計算或科學實證的問題，而是在節氣以及動植物的循序變化中，寄託著一種生活模式與日用準則。這也就難怪初印本的〈新曆〉一詩，如此描述到：

梧桐葉落閏難知，蓂莢枝抽不計期。只記看花攜酒去，明朝日曜得閑時。[76]

有以為此詩顯示黃遵憲站在局外人的立場，不直接評論改曆，只樂得享受周日的休

---

[74] 引自《日本雜事詩廣注》，頁 603。

[75] 以下關於公度與日本友人論改曆，參見《日本國志》卷 9〈天文志〉自注，見《黃遵憲全集》，頁 1007-1008。

[76] 引自《日本雜事詩廣注》，頁 604。

閒。(77)這種看法當然比較容易說明後來定本〈新曆〉詩因此改得口吻激昂（所謂「改朔書焚夏小正」等），以便與〈舊曆〉批判日人數典忘祖相互符應。不過，初印本這首詩並不必然就是一個年輕旅者逍遙浮滑的表現，如果注意前兩句的典故運用，就會發現「梧桐」、「蓂莢」原都是計數年月的植物，《竹書紀年》中如此記載「蓂莢」：

> 有草莢階而生，月朔始生一莢，月半而生十五莢，十六日以後日落一莢，及晦而盡，月小則一莢焦而不落，名曰「蓂莢」，一曰「曆莢」。(78)

至於「梧桐」，在《花鏡》中描述到：

> （梧桐）每枝生十二葉，一邊六葉，從下數一葉為一月，有閏則十三葉，視葉小處，則知閏何月也。(79)

顯然，在原本熟悉節氣物候的生活環境中，是可以透過蓂莢的莢數多少而定月中日數，透過梧桐葉數而知閏計月，公度所謂「不計期」、「閏難知」，一方面對應所謂「精密」計日的西曆，一方面也可以說是隱約表示了物候曆已不再為人熟悉。這可以部份地解釋為何後來這首詩被刪去而重作，也許不能說是改去浮滑口吻，反倒是掩藏了些許感嘆。

這感嘆當然不只是因為物類知識或相關詞語逐漸被遺忘，而是因為物類知識或指涉的詞語所標誌、建構而成的特定時空環境以及相應的感知方式的逐漸模糊消逝。如「只記看花攜酒去，明朝日曜得閑時」就是一個例子，當西曆施行後，一週

(77) 參李玲：〈黃遵憲改曆觀的思想歷程〉，認為此詩表現公度年輕時「逍遙浮滑」的態度，見頁89、90。

(78) 引自王國維：《今本竹書紀年疏證》（收入方詩銘、王修齡：《古本竹書紀年輯證》（修訂本），上海：上海古籍出版社，2005年），卷上「帝堯陶唐氏」條下，頁208。

(79) 引自陳淏子：《花鏡》（收入任繼愈主編：《中國科學技術典籍通彙》農學卷第四冊，鄭州：河南教育出版社，1994年），頁105。

有七天，再訂出周日休假，於是攜酒看花等休閒活動就與日曜日相聯繫，成為一種不同以往的生活常態；如此由小見大，當然，同時也就會出現舊俗與西法相出入或此消彼長的狀況。比如，〈禮俗志〉中談到日本開國以來極為重視祭祀，其中關於「時祭」就有十三種，像是仲春行「祈年」，「欲令歲疢不作，時令順序」，季春行「鎮華」，因為「春日華散，疫癘流行，乃祭以鎮」，又如「大忌」於孟夏、孟秋，「欲令山谷之水變而為甘澤，潤苗稼，有福祥焉」，另外，如「鎮火」行於季夏、季冬，在宮城四個角落祭祀，以防火災，仲冬還有「鎮魂」，因為「陽氣曰魂，招其所離，以鎮於身體中也」，而如「神嘗」、「相嘗」、「道飨」等則是依隨時節不同而行的神鬼祭祀。這些四時祭祀，顯然是依循節候變換，尤其是一套對於陰陽消長、寒暖差異、燥溼不同所構成的整體感知，來次第引生出生活中的種種祈願——如稼穡農功、祈福防災乃至於招魂攝魄等，可以說這是一個由節候－時物－人情所連類而出的天人秩序。而黃遵憲感嘆「自王政衰微，祀典疏怠」，尤其近日如耶穌教「視一切神明皆若誕妄，則有以古人之祭典為鄙陋、為愚昧者」，當然更不可能去體會古先哲王四時祭祀的精義，所謂「上以恪恭嚴肅事神，下以清靜純穆報上，固有非後世之所能及者矣」。[80]除了國朝儀典，民間許多歲時習俗，也日漸消逝之中，如《雜事詩》〈歲時〉一首說到：

> 蛭子神叢奏鼓笳，花糕分餉到千家。鳳音紀月元豬日，誰記東京錄夢華？[81]

此詩注文先提到日本「舊俗」凡三月三、五月五、七月七、九月九謂之節供（依《日本國志》〈禮俗志〉[82]），略如「華俗」，惟十月稱為「上無」月，「上無」為日本樂律名，本名「鳳音」，相傳這就是中國的十月律「應鐘」，又亥日謂之「元豬日」，士庶皆作糕以相贈送。十月「應鐘」蓋即《淮南子》〈天文訓〉所謂「（斗

---

[80] 以上關於日本國的祭祀，見《日本國志》卷34〈禮俗志〉一「外史氏曰」，《黃遵憲全集》，頁1437-1438。

[81] 引自《日本雜事詩廣注》，頁725。

[82] 見《日本國志》卷35〈禮俗志〉二，《黃遵憲全集》，頁1460。

柄）指亥，亥者閡也，律受應鐘」，[83]此時陽氣仍阻藏於黃泉下，所以「萬物應時聚藏」；[84]而許慎說：「亥者，荄（草根）也，十月微陽起接盛陰」，將陽氣根藏於下的節候狀態具體化於草物，[85]而「亥」同時又可以指十二生肖之「豬」，或許也與稱為「元豬日」有關。[86]那麼由此推測，「上無月」由樂律體現節候，乃至於進行作糕相贈、商賈罷市、燕集祈福等所構成的系列習俗，應該還是在物候節氣基礎上所進行的衍申。而此詩最後一句說到「誰記東京錄夢華」，以彷彿是北宋汴京回憶錄的《夢華錄》作為比擬，公度所要追尋的往昔，顯然不能單單透過「精密」的天文曆法去計算出來，而是包含在物候節氣與人情禮俗相互感通、共同依存的世界觀之中，對於黃遵憲而言，那曾經是如此自然而然、不假思索的處身世界，如今卻已經是難以重現的「華胥之國」了。[87]

四、用典與地理尺度——「大九州」與新發現

前兩節談論了《雜事詩》中運用「三神山、桃源」的典事來描繪日本印象，或者在詠新／舊曆與和／洋服的時候藉助了「改正朔、易服色」的制度來進行褒貶，這些顯然是在既定的認知體系中搜尋「日本」的所在，然後在所謂「日本」這地方疊映了經過選擇的「異場所」或「異時序」的意義。我們可以說這些舊詩寫作的知識背景以及用語習慣，一方面成為呈現日本的憑藉，亦即，是透過這些舊詩語讓原來隱匿或認識不足的日本成為可知、可見的地方，舊詩語彷彿成為越界所必須搭起的橋樑或道路；但另一方面，卻也可能因此成為理解新世界的一道界限，因為這些

[83] 引自劉文典：《淮南鴻烈集解》（臺北：臺灣商務印書館，1974 年），卷 3〈天文訓〉，頁 20b。

[84] 出自〈天文訓〉「音比應鐘」句下高誘注，同前注，頁 12b。

[85] 見《說文解字》（北京：中華書局，1995 年），〈亥部〉，頁 314。

[86] 王充《論衡》〈物勢〉曰：「亥、水也，其禽豕也」，引自黃暉：《論衡校釋》（收入王雲五主編：《萬有文庫薈要》，臺北：臺灣商務印書館，1965 年），頁 140。

[87] 孟元老述說自己書寫《夢華錄》就如同「古人有夢遊華胥之國，其樂無涯者。僕今追念，回首悵然，豈非華胥之夢覺哉！」，見〈夢華錄序〉（孟元老撰，伊永文箋注：《東京夢華錄箋注》，北京：中華書局，2006 年），頁 1-2。

詩語承載了豐富知識體系，無形中限制（可能偏重某部份而割捨其餘）了眼下所見的日本。可以說是這些熟悉的詩語典故「建造」（不必然是見證）所謂「可知」者，也某種程度「切割」掉「未可知」（舊詩語無法指陳）的部份。在保留與切割之間、可知（見）與未可知（見）之間，黃遵憲作為拉連起舊詩語與新世界的中介人，舊詩語如同隨身攜帶的準繩，方便「合於尺度」的勾繪，但是有時候詩語提供的這把尺度也可能過短過長、過寬過窄，尺度外的差異反過來也有可能重新詮釋這些舊詩語。換言之，舊詩語的使用與再詮釋，也是一種知識體系的轉換史，更是新舊知識如何擴張或減縮的領地變遷史。

《雜事詩》有〈法律〉一首，談到古今律法不同，初印本與定本所作呈現了態度的隱約轉換，初印本云：

> 禊祠拜手誦中臣，國罪湔除仗大神。訟許探湯刑剪爪，無懷長億葛天民。[88]

這大抵如詩後所注：「古無律法，有罪，使司祝告神」，所用如探湯、剪爪法一類，皆所謂「方士法門」也。初印本此首結束在「無懷長億葛天民」，與詩注所讚嘆「刑於無刑，真太古風哉」，都採取稱揚的態度。但是，改作之後，除了前兩句大抵也是描述方士告神一類的處理方式，後兩句則有了不同語氣：

> 竟將老子篋中物，看作司空城旦書。[89]

這兩句所用的典實出自《史記》〈儒林〉傳所記載的竇太后與轅固生的對話：

> 竇太后好老子書，召轅固生問老子書。固曰：「此是家人言耳」。太后怒曰：「安得司空城旦書乎」？[90]

---

[88] 引自《日本雜事詩廣注》，頁631。

[89] 同前注。

[90] 引自《史記》卷121（臺北：洪氏出版社，1974年），〈儒林·轅固生〉傳，頁3123。

司空原為主刑徒之官，「城旦」為刑罰名，在此「司空城旦」相對於「家人」，是指兩種身分——一般平民與受刑人，轅固生從儒家立場批評《老子》並非為君侯所寫的治國用世之書，不過是「為普通老百姓而寫的家常話」，竇太后站在道家的立場，反問轅固生，如果《老子》只是一部平民用書，「難道還有一部受刑人手冊嗎」？[91]這是擬諸「律令」以對比出儒家治世之急切。原典裡其實並未直接針對律法而言，而是儒、道兩家治世之道有緩急不同，黃遵憲是借用兩造強烈對比的詞鋒，在定本詩中用了「竟」字，即便是延續讚嘆的立場，卻也有了不可思議的語氣；而從訝異的口氣，更多是透露了公度對於律法的鄭重其事，已經不再只是竇太后式的詰問或嘲諷。詩注最後只是籠統比較日本在採用中國大明律或近來用法蘭西律後，監獄囚犯數量增多了，但是在《日本國志》〈刑法志〉中曾經有深切的反省，坦言中國士大夫好談古治，尤其推崇皇帝神農以及三代之盛，總認為古風重道德，所以刑法簡疏，末俗以刑法為道德，故趨於繁密。黃遵憲仔細考察的結果，一方面發現中國的律法其實也是愈來愈細密，蓋「事變所趨，中有不得不然之勢」；另一方面，從前由西域、北狄諸國的刑簡令行，猜測泰西諸國大抵如是，後來由日本學西法的詳細，繼而出使美國親見其用法施政之精密，才驚覺自己的識見淺薄。最後又如此慨嘆：

> 余觀歐美大小諸國，無論君主、君民共主，一言以蔽之，曰以法治國而已矣。自非舉世崇尚，數百年來觀摩研究、討論修改，精密至於此，能以之治國乎？嗟夫，此固古先哲王所不及料，抑亦後世法家之所不能之者矣。[92]

定本〈法律〉一首既是後來改作，從「無懷長億葛天民」的一味追慕，到對比「老子篋中物」與「司空城旦書」，顯然對於西人律法有所理解後，已經某種程度讓公度反省中國士大夫趨簡避繁的傳統風尚，是否仍足以對應這個針對「權限」平衡的

[91] 關於《史記》中竇太后與轅固生這段對話的解釋，詳見勞榦：〈論「家人言」與「司空城旦書」〉，收入氏著：《古代中國的歷史與文化》（臺北：聯經出版公司，2006 年），頁 225-237。

[92] 引自《日本國志》卷 27〈刑法志〉一，《黃遵憲全集》，頁 1322-1323。

討論日益講究的社會；這同時也可以說是「以今視古」，從西法的「精密」，重新權衡典故中轅固生、竇太后所爭辯的儒、道兩家的治世態度，並明顯將竇太后所嘲諷的「司空城旦書」，轉化成治國理政的必要手段。

由前文講究精準的曆法，到此處講究精密的律法，所以讓黃遵憲覺得失落或必須轉變的原因，不能僅僅籠統歸之於古今、新舊或東西方的差異，更確切得說，是來自於建構整個生活秩序（意義）的關鍵——知識體系與其中價值觀的差異。而《雜事詩》中對於漢學、西學的興衰消長，其實交揉著既感嘆又踴躍的複雜心境。如〈西學〉、〈學校科目〉兩首，認為日本學校專以西學教人，卻「不知盡是東來法」，竟然認為漢學無用；尤其感嘆經典束之高閣，如：

> 五經高閣竟如刪，太學諸生守兔園。猶有窮儒衣逢掖，著書掃葉老名山。[93]

所謂「兔園」相對於五經，喻指所學淺陋，黃遵憲曾於光緒二年於煙台與龔靄人、張樵野論世局時事，[94]感嘆當時士人只知追求利祿，自從八股取士以來，「諸書束高閣，所習唯兔園」，[95]可見當時在國內，科考制藝也讓經典學習變得了無生意。至於所言「猶有窮儒衣逢掖，著書掃葉老名山」兩句，原意雖是「隱居不仕，高材博學，固大有人在」，[96]但其中的「窮」、「老」二字，更讓布衣大袖、皓首窮經的儒者形象顯得失意零落。以這時期黃遵憲對於中、日知識分子學習態度上趨易避難的批判看來，分科專精、由淺入深的西式教育法的確讓公度雀躍不已。《雜事詩》〈留學生〉此首說到：

> 化書奇器問新編，航海遙尋鬼谷賢。學得黎鞬歸善眩，逢人鼓掌快談天。[97]

---

[93] 〈西學〉、〈學校科目〉兩首詩分別參見《日本雜事詩廣注》，頁 643、649。

[94] 關於生平繫年，參見錢仲聯：《人境廬詩草箋注》，附錄二〈年譜〉，光緒 2 年條下所述，頁 1179-1180。

[95] 見〈述懷再呈靄人樵野丈〉，《人境廬詩草箋注》卷 2，頁 178。

[96] 出自初印本此首詩注之結語，見《日本雜事詩廣注》，頁 650。

[97] 引自《日本雜事詩廣注》，頁 646。

根據詩注，當時日本課程教法皆仿西制，所教科目如性理學、天文學、地學、史學、數學、文學、商賈等，採分級教學、循序漸進，公度對於泰西學校培養人才的功效大為讚嘆。而詩中以「鬼谷」、「黎鞬」代表新學奇術，《史記》記載戰國洛陽蘇秦、魏人張儀皆到潁川陽城師事鬼谷先生，[98]公度借以指稱日本當時爭遣藩士留學，回國後又破格晉用的狀況；「黎鞬」即漢時所指大秦國，至於所謂自大秦學得「善眩」，公度《人境廬詩草》有「黎鞬善眩人，變態尤詭譎」句，[99]出自《漢書》〈張騫傳〉所說「而大宛諸國發使隨漢使來，觀漢廣大，以大鳥卵及犛靬眩人獻於漢，天子大說」，[100]顏師古注曰：「眩讀與幻同，即今吞刀吐火，植瓜種樹，屠人截馬之術皆是也」，[101]蓋誇飾留洋所學之新奇。然而，不論是「黎鞬善眩人」或「鬼谷」遊說之術，重點在於取悅君王或說服君王，其實與〈留學生〉詩注中總說西學所趨「皆歸實用」，有著不小的距離，換言之，這明顯是舊詩語的新用法，甚至是對反了典故的理解取向，比方稱鬼谷為「賢」。雖然司馬遷曾經為蘇秦辯護，以其出生閭里而可以說服六國抗秦，必定才智過人，但是時人「諱學其術」，甚至認為縱橫之術乃傾危變詐的佞人所為。[102]黃遵憲以「鬼谷」之術作為西學的代名詞，某種程度是輾轉曲折地反映了自己對於西學的興趣及其實用價值的認同，[103]當然，這個背離典實共識的用法，其實還可以視作是活化了舊語詞來對應新世界，

---

[98] 《史記》卷 69〈蘇秦〉、卷 70〈張儀〉列傳記載二人「俱事鬼谷先生」，又裴駰《集解》引徐廣曰：「潁川陽城有鬼谷，蓋是其人所居，因為號」，分見頁 2241、2279。

[99] 引自〈春夜招鄉人飲〉，《人境廬詩草箋注》卷 5，頁 410。

[100] 見《漢書》卷 61〈張騫傳〉，頁 2696。

[101] 同前注。

[102] 見《史記》卷 69〈蘇秦〉「太史公曰」，頁 2277，又王充《論衡》〈答佞〉篇以為「佞人自有知以詐人，及其說人主，須術以動上，……術則從橫，師則鬼谷也」，引自《論衡校釋》，頁 528。

[103] 《日本國志》卷 32〈學術志〉一的「外史氏曰」，可見公度如何將西學與墨子、中國古文獻一一對應，認為西學本出中土，如今學習西洋器用技術，不但不會喪失先王之道，反而是將古代失傳之術找回來，一點都不必覺得害怕或可恥，見《黃遵憲全集》，頁 1414-1415。而關於公度借用墨學或如「鬼谷」呈現其接受西學或對於異文化興趣的委屈歷程，可參見張偉雄：《文人外交官の明治日本》（東京：柏書房，1999 年），第四部第一章〈異文化理解の苦闘〉前兩節「東来の法」、「未だ著さざるの書」，頁 173-182。

西學彷彿是原本奇幻狡詐的非正統之術，竟然成為趨之若鶩的新學了。

我們可以體會到黃遵憲在使用這些舊詩語的時候，並不是那麼輕易地從知識記憶中揀選成辭典故，更需要考慮的是，如何選用一個可以因為類比或對比等作用而被理解的舊詞語，或甚至是選用一個仍然繼續在當今的環境中使用，而且可以方便從古義過度到今義的語詞，以便「重現」或「重建」得以被認可的（或「真實的」）指陳。比如「談天」這個語詞，在〈留學生〉詩最後一句是「逢人鼓掌快談天」，由詩注來解釋，這裡的「談天」應該是指西方天文學，這句是描繪日本留學生如何興高采烈地談論天文學說。另外在《雜事詩》及《日本國志》的序文中，也都出現了「談天」一詞：

> 嗟夫，中國士夫，聞見狹陋，于外事向不措意。……況于鼓掌談瀛，虛無縹緲，望之如海上三山可望而不可及者乎。又況于排斥談天，詆為不經，屏諸六合之外，謂當存而不論，論而不議者乎。[104]

> （而中國士夫）好談古義，足以自封，于外事不屑措意。……即日本與我，僅隔一衣帶水，……亦視之若海外三神山，可望而不可即，若鄒衍之談九州，一似六合之外荒誕不足議論也者，可不謂狹隘歟？[105]

這兩則序文基本上差異不大，第一則反省自己有了親歷海外的經驗，仍須窮年累月的考證檢核，才能明瞭是非對錯，更何況是總將日本視為不可到達的神山，或者就像鄒衍所說的大九州，認為根本不值得討論的一般士人。在這裡不論是「談瀛」、「談天」或是「三山」、「九州」，是指代一般人視為荒誕不經而不屑於談論者，但同時卻也可以說是一般人刻意不去探尋就一味排斥的藉口。黃遵憲說「三山風引是耶非」或是何如璋的「停舟未信引回風」，都以見證者的身分，揭開了三神山的神祕面目，而某種程度反思這渺如仙境的遠隔形象是否依然如舊。至於「談瀛」、

---

[104] 引自《日本雜事詩廣注》，頁 572。

[105] 引自《日本國志》序，《黃遵憲全集》，頁 819。

「談天」或「九州」，即如〈由上海啟行至長崎〉所說「（使星遠曜臨三島，）帝澤旁流遍裨瀛」，都可以說是出自鄒衍的說法。黃遵憲對於鄒衍「大九州」的徵引，更早於出使日本之前，在〈和周朗山（琨）見贈之作〉即已批評當時讀書人眼中仍只看到萬戶侯，眼光短淺如此，「烏知今日稗瀛大海還有大九州」[106]。此詩作於〈香港感懷〉之後，黃遵憲在第二次落第後歸家途中經過香港，不但感嘆鴉片戰敗後割地議和的恥辱，也對於紙醉金迷的社會氣氛無限感慨。因此所謂「大九州」之說，不能僅僅視作用典，[107]也不妨視為是面對中國以外的各國狀況更積極的探詢的開始。

但是，為什麼鄒衍的「談天」或「（大）九州」說，會成為黃遵憲面向世界的一種起點？根據《史記》〈孟荀〉列傳，齊人稱美鄒衍為「談天衍」，[108]但是鄒衍的學說不只是關於天文而已，王夢鷗先生認為鄒衍學說可以說是綜合了春秋以來星氣、龜卜方面的種種知識，再加以巧妙地利用類推法，組織起關於（古往今來的）時間與（上下四方的）空間兩方面的龐大宇宙觀，比如司馬遷所記載的：

> 先序今，以上至黃帝，學者所共術，大並世盛衰，因載其機祥制度，推而遠之，至天地未生，窈冥不可考而原也。
> 先列中國名山大川，通谷禽獸，水土所殖，物類所珍，因而推之，及海外人之所不能睹。稱引天地剖判以來，五德轉移，治各有宜，而符應若茲。以為儒者所謂中國者，于天下乃八十一分居其一分耳。中國名曰赤縣神州。赤縣神州內自有九州，與之序九州是也，不得為州數。中國外如赤縣神州者九，乃所謂九州也。於是有裨海環之，人民禽獸莫能相通者，如一區中者，乃為

[106] 引自錢仲聯：《人境廬詩草箋注》（上海：上海古籍出版社，1999 年第二次印刷），卷一，頁 83-84。

[107] 錢仲聯此句注文引用《史記》卷 74〈孟荀〉傳所說「中國外如赤縣神州者九，乃所謂九州也。於是有裨海環之，人民禽獸莫能相通者，如一區中者，乃為一州。如此者九，乃有大瀛海環其外，天地之際焉」，頁 2344。

[108] 同前注，頁 2348。

一州。如此者九，乃有大瀛海環其外，天地之際焉。[109]

從時、空雙方面由近至於遠的類推，一方面，每一個時代總是處於五德終始運行的一環，因此可以推算朝代興衰；另一方面，中國實際上是「大九州」的一部份而已，因此將空間擴大至於天地之際的海外他方，[110]「大九州」的部份下文會再詳談。黃遵憲非常清楚，鄒衍說法的核心其實是關乎政教的天、人（地）相應的部份，而面對西方天文學，在《日本國志》的〈天文志〉裡，他肯定中國古天文記述中「因天變而寓修省」的目的，亦即藉天象變化來惕勵君王施政，但是卻不同意附會災異、妄言吉凶。因為，「近者西法推算愈密」，「占星之謬，更不待辯而明矣」，「蓋實驗多則虛論自少也」。[111]

從這裡可以看出，黃遵憲其實是將中國古天文學當成一種「社會天文學史」來看待，呈顯的是「傳統的天文學濃厚的人文精神及其豐富的社會性格」，[112]而不全然忙著檢討天文儀器是否進步或觀測資料是否可以驗證，這應該也是他無法全然贊同日本改採西曆的原因；也可以說，「談天」這個舊語詞及其所代表的舊學正處於一個新、舊用法的交界處，公度認為，牽引著星象曆算、政事良窳、日用禮俗的「談天」，是可以在新時代中被適宜地理解或進行調整，而希望它仍然可以有效地傳達這一個社會天文的關係網。換言之，使用詞語本身也就是在選擇一種面向世界的角度。如果注意到一個幾乎同時期的相對狀況是，根據英國天文學家侯失勒（John Herschel）1849 年的著作《天文學綱要》，在 1859 年由傳教士偉烈亞力翻譯、

---

[109] 引自《史記》卷 74〈孟子荀卿〉列傳，頁 2344。

[110] 關於《史記》所載鄒衍說法的分析，詳參王夢鷗：《鄒衍遺說考》（臺北：臺灣商務印書館，1966 年），此處說解見於頁 50-51。

[111] 參見《日本國志》卷 9〈天文志〉「外史氏曰」，《黃遵憲全集》，頁 1003。

[112] 此處所謂「社會天文學史」的角度，參考黃一農先生的說法，在其〈通書——中國傳統天文與社會的交融〉文中，以清代通書為例，談到當時曆日的種類如何因為趨吉避凶等宜忌考量而變得繁雜多樣，甚至近乎百科全書，最後並總結「由於通書包含大量與鋪註行事吉凶或生活禮俗有關的內容，……我們也有相當好的機會將其變成為一把開啟通俗文化和日常生活研究之門的鎖鑰」，並認為結合科技史與傳統歷史研究而成的「社會天文史」，可能是一個新的研究角度。該文發表於《漢學研究》第 14 卷第 2 期（1996 年 12 月），頁 159-186。

李善蘭刪述而刊行的中文版，（並於 1874 年再版且不斷印行）就以《談天》為題，在這裡直接用「談天」代表西方天文學，而且將中國天文學切劃出這個詞語的指涉範圍，認為中國天學「測器未精，得數不密」，「未嘗精心考察，而拘牽經義，妄生議論」；[113]比如李善蘭所強調，「地與五星皆繞日」，就有人會說這是「動靜顛倒，違經畔道，不可信也」。當偉烈亞力、李善蘭這麼義正詞嚴地將「談天」抽離出中國天學傳統的時候，黃遵憲使用可以推溯至於鄒衍的「談天」一詞，似乎就不是那麼理直氣壯，所謂「此中自有深意」，「彼外人者，不足語此」，這衝擊顯然不只是委屈而已。

其實當時中國士人反對地動說的理由，當然不只是因為西學違反中國自古天動地靜、天圓地方等說法，更重要的是違反了一套由陰陽五行、四方四時乃至於方圓、動靜的類推所組織成的天地社群的關係網，也可以說違反了已經成為最終根源的「天道」。葛兆光先生曾經用「天崩地裂」來形容西方天學自明末傳入以來，對於中國人所熟悉的宇宙秩序所造成的巨大衝擊，因為，天學不僅是「器」的學問，而且是「道」的基礎，從天象歷算歸納出玄妙的道理，再依循這道理去規範政教人倫，這是一個相互牽連、彼此依存的整體的世界觀，「器」的變化牽動「道」，那麼「天」如何能不變？[114]從這個角度來說，當黃遵憲使用「談天」一詞，就不是為了類分事物，反倒是整合事物，亦即不只是為了指認某一個別的事物，反而是為了聯繫起所有關乎天地人事的整個架構。於是，面向新世界，可能不只在於新、舊詞語的選用，而在於是否要放棄整個熟知的世界觀，當然還有在這套世界觀中生存的秩序與價值。其實不只是黃遵憲透過徵引鄒衍的說法、亦即站在傳統人文知識的架構中去看待新世界，自明末西方地理學譯著在中國流傳以來，許多為這些西方地理學譯著做序的士人，也同樣從鄒衍的九州說找到對應新世界的一扇窗口。比如中國第一次與西方地理學接觸在明末清初，其中艾儒略所撰譯的《職方外紀》可以說是

---

[113] 此二引號內文字，分別出自偉烈亞力、李善蘭的序文，見《談天》（收入《續修四庫全書》，子部，西學譯著類，第 1300 冊，上海：上海古籍出版社，2002 年），頁 499-501。

[114] 葛兆光：〈天崩地裂——中國古代宇宙秩序的建立與坍塌〉，收入《葛兆光自選集》（桂林：廣西師範大學出版社，1997 年），頁 107-116，此處說法尤其見於頁 111-113。

當時中譯西文地理學著作中影響最大的。[115]而從當時人所寫的序文可見，中國知識分子還是從熟悉的鄒衍九州說談起，甚至是透過今日的五大洲說來為鄒衍被認為荒誕不經的大九州進行平反。如瞿式穀〈職方外紀小言〉：

> 鄒子九州之說，說者以為閎大不經。彼其言未足盡非也。天地之際，赤縣神州之外，奚啻有九？則見猶未墮方隅。獨笑儒者未出門庭，而一談絕國，動輒言夷夏。……嘗試按圖而論，中國居亞細亞十之一，亞細亞又居天下五之一，則自赤縣神州而外，如赤縣神州者且十其九，而戔戔持此一方，胥天下而盡斥為蠻貉，得無紛井蛙之誚乎？曷徵之儒先，曰東海西海，心同理同。[116]

即便到了晚清道光、咸豐年間，立基於西方地理學來撰寫世界地理的著作已經幾乎成了一個時代的顯學，像是可以視為當時世界地理著作中的代表——《瀛環志略》，開宗明義就先說「地形如球」，南北極之外，赤道橫繞其中，為太陽所「正照（直射）」，這當然不再是鄒衍所說的「天地剖判以來，五德轉移」的架構，然而當時為此書作序者，仍然不脫傳統域外地理的論述框架，如劉韻珂、彭蘊章的序文：

> 粵自兩儀奠位，八級造基，……周髀設四隤之喻，鄒衍創九州之說，固知高卑夐絕，縱橫可度。……然而洪荒悠遠，甄索實難，禹貢紀要荒之域，未擴寰垠；周官志職方之典，僅賅中寓。……六朝以降，載籍屢傳，顧欲極亥章之步……。[117]

> 其疆域之延袤，道里之遠近，創建因革之故，山川民物之名，前史所未詳、

---

[115] 關於《職方外紀》如何成書，請參見《晚清西方地理學在中國》第一章，頁 19-20。

[116] 引自謝方：《職方外紀校釋》（北京：中華書局，1996 年），頁 9。

[117] 劉韻珂序文引自余繼畬：《瀛環志略》（臺北：京華書局，1968 年），頁 3。

博物所不紀，靡不瞭如示掌，浩若吞胸。聽鄒衍之談天，小儒咋舌；覽木華之海賦，小儒傾心。[118]

而曾經為遵憲《日本國志》作序的薛福成，在使歐期間因攜有《瀛環志略》，在閱讀後也重新思考這「大九州」說，並且而提出這樣的感想：「偶閱《瀛環志略》地圖，念昔鄒衍談天⋯⋯（引述司馬遷所載鄒衍說法）。司馬子長謂其（鄒衍）語閎大不經，桓寬、王充並譏其迂怪虛妄。余少時亦頗疑，六合雖大，何至若斯遼闊？鄒子之推之至於無垠，以聳人聽聞耳。今則環遊地球一周者，不乏其人，其形勢萬里，皆可核實測算。余始知鄒子之說，非盡無稽；或者古人本有此學，鄒子從而推闡之，未可知也」。[119]

從瞿式穀一直到黃遵憲、薛福成，他們所以借用鄒衍「大九州」說，其實與傳統地理學以《山海經》為論述起源一樣，都是方便於代表一種新奇隔絕、渺遠無限的他方，但是更重要的是，到了晚清，所謂「九州」說已經不只是成為批評荒誕或借喻新奇同時可用的符號，這個舊語詞的原意，不論認為中國是居天下的九分之一或八十一分之一，[120]到了清末這些使用者的手裡，明顯表現由以自我為中心的夷夏傳統，到建立一種世界意識，承認域外多元族裔、文化存在的態度，所謂「環地球一周」、「東海西海，心同理同」；可以說十九世紀的中國人已經「開始拋棄傳統的天下觀念，而建立起一種全球意識」，這固然不見得是新事物、新大陸的發現，卻是新的地理意識的產生，因此這足以稱之為是晚清中國的一次「地理大發現」。[121]以黃遵憲為例，尤其是在日本與王韜相識之後，因為有這位具有行旅經驗又對於

---

[118] 同前注，頁 7。

[119] 引自《出使英法義比四國日記》，收入鍾叔河主編：《走向世界叢書》（長沙：岳麓書社，1985 年），頁 76-77。薛福成後來主持編譯《續瀛環志略》，詳參鄒振環：〈薛福成與瀛環志略續編〉，收入王元化主編：《學術集林》（上海：遠東出版社，1998 年），卷 14，頁 271-290。

[120] 王夢鷗先生曾引用《鹽鐵論》與《論衡》所載鄒衍相關說法，而比較同意《論衡》中鄒衍以中國乃居天下九州之一，見《鄒衍遺說考》頁 129-130。

[121] 鄒振環認為「發現」可以是新事物、新大陸，也可以是新思想，如地理意識，因此他認為晚清透過西方地理學譯著而展開對域外文化的發現，從而改變傳統封閉自大的天下觀念，這就是中國歷史上重要的「地理大發現」的意義。參見《晚清西方地理學在中國》，頁 139-145。

西學譯著極為注意的朋友，可以合理推論黃也因此聽聞更多十九世紀以來傳入中國的某些西方地理書籍，並更有機會反省傳統的地理論述，而逐步拓展更全備的萬國視野，因此在《日本國志》〈國統志〉可以說出「還地球而居者，國以百數十計」[122]這樣的話來。王韜早在 1859 年的日記[123]中就提及裨治文（EliJah Coleman Bridgman）的《大美聯邦志略》的翻譯，有助於海外輿地學的考索；裨治文在自序也談到「既於粵東，領略華書數載，時與其地之文士相談論，乃嘆華人不好遠遊，以至我國（美國）風土人情，茫無聞見，竟不知海外更有九州也」。[124]顯然，所謂海外「九州」或者說是對於鄒衍「大九州」的重新體會，其實是當時士人之間甚至是中西士人之間可以形成對話的重要議題；鄒衍的「大九州」說是否納入值得信任的地理學說範圍，可以說是對於一個傳統地理學譜系的界限與詮解範圍的調整問題。那麼，黃遵憲在《雜事詩》與《日本國志》的自敘都由鄒衍「閎大不經」的「談天」、「大九州」說起，可以說是參與了這個融會天文、地理的知識體系的調整過程，這不只是以今證古或存古，而應該是透過挪借類比而提供了舊詩語重新使用的環境；也可以說是藉助傳統中這類原本被視為詭奇迂怪而如今卻因為新世界意識的形成而獲得重新檢視機會的知識系統，而在「舊詩」中巧妙的傳達了與「新世界」接軌的意圖。

五、結語：舊詩體與地理「種類」

黃遵憲的《日本雜事詩》既以「日本」為題，很容易讓人將它視為「走向世界」的「海外經驗」，是「介紹」或「呈現」異國風情的著作，亦即單純從實際的空間移動去討論不同於中國的日本文化。但是，如果注意到黃遵憲根本是運用中國的一套累積各種人、事、物、地所構成的典故系統去描述日本，就會發現雜事詩並

---

[122] 出自《日本國志》卷一〈國統志〉，引自《黃遵憲全集》，頁 892。

[123] 見《王韜日記》（北京：中華書局，1987 年），「十有三日癸未（4 月 15 日）」下，頁 107。

[124] 引自裨治文〈重刻聯邦志略敘〉，見《大美聯邦志略》（上海：墨海書館，1861 年），無標明頁碼。關於王韜對於《大美聯邦志略》的稱許，亦參見《晚清西方地理學在中國》所述，頁 84-85。

不是全然開放向日本或西方的現實地理記錄，反而是早有一張出於自覺或不自覺的策略性的清單在手上。換言之，除了將《日本雜事詩》視作「日本」這空間中的風物記述，其實也可以說是中國傳統的文化論述賦予或建構了「日本」這空間的意義。《日本雜事詩》中固然不乏黃遵憲親自收集的原始資料（raw material），但是不可否認，這些所謂親身聞見其實也必須藉助黃遵憲熟知的一套配方來收羅與料理，因此《雜事詩》是論述某「一種」日本，卻不是為了指認「唯一」的日本，日本的「真實」建立在黃遵憲所採用的論述模式中。

尤其，當時日本正處於一意學西的明治時期，由「文化地理」的角度出發，可以說《雜事詩》中的日本就正是上演西學與漢學、新詞與舊語彼此交接爭競的具體場所，這使得「日本」成為必須推敲探詢而不是早已存在無誤的地方。《雜事詩》中往往在注文中利用新詞標示新事物，卻在詩中用典事成詞去解釋新事物，如使用「三神山」與「桃花源」來談日本所在與風土，「改朔」、「橫庚」談曆法變更，用「鬼谷」、「黎鞬」比喻西學，用「談天」代指天文學、用「（大）九州」代表海外萬國。這些舊語詞與新事物之間很顯然難以要求精準的一一對應，反倒可以視作是去探詢新學說或器用與舊體制之間能有的出入、離合，同時也反省新／舊知識系統對於生活日用所造成的熟悉與生澀程度，以及這種適應程度的深淺在新世界會如何被考量或該如何被體驗？簡單來說，傳統知識當中建立的種種意義乃至於作為實踐的依據，突然都變成了必須重新對待的問題。

當十五世紀的歐洲因為航海探險的活動，而突然接觸到源源不絕的新資料、新經驗，以致於關於海陸起源、地形變化、動植物分類以及太陽中心說等各項說法風起雲湧之際，其實也同時必須重新面對原來所信任（或信仰）的傳統知識。比方說原來的宇宙世界為一個主宰者所創造，但是現在反而要去思考人類有沒有可能是（接受天意）去征服或控制這個環境，乃至於完成所謂創造世界的工作？十五世紀以後，對於地球的種種新發現，使得西人進入了「一個摸索時期，在這個時期內，人們力圖掙脫舊框框的壓制，去為諸如秩序、協調、含義等老問題尋求新的答案」。[125]

---

[125] 關於十五世紀之後，歐洲因地理發現而重新思索老問題，主要是綜和 Preston E. James and Geoffrey Martin 在 *All Possible Worlds: A History of Geographical Ideas* (New York: Bobbs-Merrill,

如前述，中國在清末民初也經歷了類似「意識上」的地理大發現，可以合理推想當時的中國士人也同樣面臨這樣的狀況——如何回答這些本來理所當然的問題，或者這些傳統知識體系怎麼會變成是問題？而解決的方法當然很多樣，但不只是頑固守舊或開明趨新的區分而已，因為反省這些老問題不只是針對思想觀念或知識內容，同時還應該反省傳述這些知識、思想並且定型化的語文論述方式。換言之，從西方講求精密的實證角度，去尋求數據計量式的解答，是一種方式，而像黃遵憲從文學的角度，尤其像舊詩，透過成辭典故與新事物之間的離合異同，表達出在新舊衝擊間相互拉鋸而尚未一刀兩斷的灰色地帶，當然也是一種珍貴的文化圖景。[126]

這牽涉整個知識體系及其施用的語文問題，其實黃遵憲早就因為對於科舉制藝的反感而有所思考，在出使日本後，眼見日本力行西法的成效並親歷西學的衝擊，中／日與東／西的交接參錯，一方面印證了這種思考的必要性，一方面卻同時也暴露了黃遵憲面對這些老問題的糾纏與窘迫。從同治七年黃遵憲二十一歲時所作的〈雜感〉[127]一詩，除了被奉為「詩界革命」之宣言的「我手寫我口，古豈能拘牽」之外，[128]其實還應該看到黃遵憲對於舊學因家門派別而相互是非（如漢／宋學之爭）或是結合科考的舊學如何敗壞人才，乃至於「儒生用口擊，國勢幾中殆」的感慨，另一方面，公度更在詩篇一開頭，就提出了與整個舊學體系息息相關的「古語」或

1975) 的說法，ch. 5, pp.117-144。中譯參見李旭旦譯：《地理學思想史》（北京：商務印書館，1989 年），第五章，頁 114-142。

[126] 王德威先生在《被壓抑的現代性——晚清小說新論》（臺北：麥田出版社，2003 年）一書中特別強調所謂「現代性」是許多求新求變的可能的顯現，而不是單一走向的進化論，當我們要去追索現代性生成的因素，我們尤其需要注意那些曾經有可能卻未能發展成的走向。而這些「多重」的現代性，正可以讓我們看到在定於一尊的五四文學口味之外，晚清的傳統文學是多麼喧譁多樣，當然所謂近現代文學研究也就應該有更廣闊嶄新的論述面貌。參見該書導論「沒有晚清，何來五四」，頁 15-34。

[127] 參見錢仲聯：《人境廬詩草箋注》，卷 1，頁 40-52。

[128] 所謂「詩界革命」是梁啟超於戊戌變法後所提出，參見〈夏威夷遊記〉，出自《飲冰室專集》之 22 附錄 2（收入《飲冰室全集》第 7 冊，頁 185-196）：頁 189-191「25 日」下討論「詩界革命」，「詩界革命」一詞則見於頁 191。胡適後來於〈五十年來中國之文學〉中，以「我手寫我口」作為詩界革命的一種宣言，見《胡適古典文學研究論集》（上海：上海古籍出版社，1988 年），頁 115-121。

「古文」，進入舊學須先通古語，然而，今人學古語，「竟如置重譯，象胥通蠻語」，換言之，舊學在輾轉的傳譯中有可能早已失去原意。更進一步，公度甚至嗤笑古代文人殫精竭慮於形式體制（如句式、排偶）的講求，所謂「可憐古文人，日夕雕肝腎」，「眾生殉文字，蚩蚩一何愚」。可以說在出使日本之前，黃遵憲對於傳統知識體系及其論述、表達方式不但有了反省，而且明顯採取對抗或企圖改革的態度。然而，出使日本期間，面對異地他方，相對的處境，讓黃遵憲護衛漢學之心時時可見，不但宣稱「泰西之學」乃「墨翟之學」也，[129]也一改之前憤慨的語氣，轉而苦口婆心地向日人分析漢學仍有其用。認為日人正賴「習辭章、講心性之故，耳濡目染，得知大義」，而「尊王攘夷之論起」，一唱百和，正賴漢學之力。[130]其中原因，當然可能是出自於民族自尊，或是中日國情不同以致於態度有別等等，但是還有一個原因，也可能是黃遵憲自己也還沒有摸索出一套足以面對新世界的新論述方式。

光緒十一年，當黃遵憲已出使過美、日，而距離〈雜感〉的寫作又經過了十數年，在〈春夜招鄉人飲〉[131]詩中，對於日本、美洲新大陸或是太平洋等等的描述，仍然沒有脫離初抵日本時以神話、典故、成辭來呈現域外的方式。比如說太平洋是「下有海王宮，蛟螭恣出沒」，而可倫坡所以發現牛貨州（以佛典所說的西牛貨州為美洲）乃是「巨鼇戴山來，再拜請手接」，這巨鼇典出前述《列子》〈湯問〉將三神山增為五神山後，為免五山在海中漂蕩，因此由十五隻巨鼇舉頭頂住，[132]若說到日本，仍根據《史記》〈封禪書〉對於三神山的記載，描述為「珊瑚交枝柯，金銀眩宮闕」、有「長生訣」及「不死藥」的「神仙窟」。雖然這首詩是假借鄉人的口吻，陳述當時社會民間口耳相傳的海外異域，但仍然掩飾不了公度自己在舊學、古詩基礎上極盡所能的縱意揮灑；[133]所以陳三立稱揚公度此詩「一氣震蕩，萬象森

---

[129] 見《日本國志》卷32〈學術志〉一，「外史氏曰」，《黃遵憲全集》，頁1414。

[130] 見《日本國志》卷32〈學術志〉一，「外史氏曰」，《黃遵憲全集》，頁1410。

[131] 見錢仲聯：《人境廬詩草箋注》，卷5，頁409-421。

[132] 見嚴北溟、嚴捷：《列子譯注》，頁116。

[133] 林崗〈海外經驗與新詩的興起〉一文中也提起黃遵憲此首詩，認為此詩在陳述角度上做了很好的掩飾，「並不是親歷海外的本人，而是道聽途說的鄉親」，但林崗主要批評公度「天方夜譚式」

列，合韓、杜為一手，始有此奇觀大觀」。[134]此詩末尾，公度藉鄉人口吻而如此自嘲也如此自許：

> （鄉人口吻）子如誇狄強，應舉巨觥罰。……試披地球圖，萬國僅蟣蝨。豈非談天衍，妄論工剽竊。……（公度自言）山經伯翳知，坤圖懷仁說。足跡未遍歷，安敢盡排訐。……尚擬汗漫游，一將耳目豁。再閱十年歸，一一詳論列。

自嘲的是，在他人眼中，公度的描述已經是超越常情常理的範圍，就像一直以來被視作荒誕不經的鄒衍說法；自許的是，也許未來再透過十年經歷，原本如同汗漫仙游的不可知、不可名的域外見聞，可以論列的更詳盡，而成為公度心中像《山海經》、《坤輿圖說》那樣被認可的地理論述。我們可以說，在舊詩語或舊學基礎上，極盡所能地去烘托出新世界的奇異閎闊，這已經是黃遵憲當時表達方式的極限，他雖然感覺到這描述方式似乎過大過遠，但是如何說得更切近、更可信，除了寄望來日，公度在此並沒有提出具體辦法。

而早在二十一歲就感覺到的「今人學古語」的傳譯差距，要到光緒二十八年，已經五十五歲，黃遵憲於〈致嚴復函〉[135]中才終於提出「造新字」、「變文體」兩項改革方案。但是，這就能解決古／今語必須重譯的問題嗎？甚至可以進一步彌縫漢學／西學在整個知識體系上的連類、分疏以及重道、重器的差異嗎？關於「變文體」，所提出的包括夾注、倒裝語、自問自答以及附表附圖等，其實古已有之，而且這些項目究竟如何變改傳統詩、文體裁，公度並未進一步說明。至於「造新字」部份，舉出如「塔」、「僧」字乃魏晉以後因佛教盛行而製造，至於其他輔助辦法如假借、附會（如擬音）、謰語（連綿字）等，無疑也是傳統造字法。黃遵憲顯然要鼓吹造新字，但是所想到的方法，大部分未脫古典文獻知識的背景。這與梁啟超在

的表達，並將新經驗表達的障礙歸咎於古詩語，見頁25；本文卻認為古詩語就已經是這個時期的黃遵憲所極力設想出來的表達方式了。

[134] 引自錢仲聯：《人境廬詩草箋注》，卷5，〈春夜招鄉人飲〉最後一句之註解所錄，頁421。

[135] 見《黃遵憲全集》第三編所收錄，頁434-436。

光緒22年也提出的造新字方法其實近似：

> 如六十四原質，鋅鉑鉀等之類，造新字也。傅蘭雅譯化學書，取各原質之本名，擇其第一音譯成華文，而附益以偏旁，屬金屬類者加金旁，屬石類者加石旁，此法最善。他日所譯名物，宜通用其例，乃至屬魚類者加魚旁，屬鳥類者加鳥旁，……[136]

這種造字法很容易讓人連想到漢賦中為了鋪聚山川鳥獸，而在表音部份加上形旁以分門別類並無二致，換言之，這就像是西漢初期書寫字形未定案之前的權宜之計，是口語文學轉移到書面文學的一個過程。可見，黃遵憲所論與梁啟超的造新字接近，一方面還是不出於古文獻中已有的文字現象，一方面似乎著重透過原有漢字去對譯新事物，相對就忽略了構造新語詞而不只是新單字，可能會是更確實可行的方法。義大利語言學家馬西尼在《現代漢語詞彙的形成》一書中，也徵引了梁啟超上述引文，並認為這個造新字的方法，只能限於很小的應用範圍，更好的方法是當時已經呈現潛在優勢的「多音節新詞」的創造。[137]而黃興濤先生在〈近代中國新名詞的研究與詞彙傳統的變革問題〉文中，更列舉清末民初詞彙傳統的數項重大變革，除了馬西尼已經提到的「雙音節、三音節乃至四音節詞空前增加」（如：政治、唯物論、民族問題等），還有「前綴、後綴的構詞法的發展」、「動補結構的新詞大量出現」、「動詞的名詞化現象突出」等，而這些種種的現象，因此「增強了漢語表達的邏輯性，促使漢語向更加縝密、更加清晰明朗、準確細緻的方向前進」。[138]

從黃遵憲《日本雜事詩》（尤其注文）、《日本國志》中大量使用源出西方或日

---

[136] 引自《變法通譯·論譯書》，收入《飲冰室文集》之1（見《飲冰室全集》第1冊，頁64-76），頁74。依文集目錄所標記，梁此文作於光緒22年，1896年。

[137] 參見馬西尼（Federico Masini）著、黃河清中譯：《現代漢語詞彙的形成——十九世紀漢語外來詞研究》（上海：漢語大詞典出版社，1997年），頁94-95。

[138] 參見黃興濤：〈近代中國新名詞的研究與詞彙傳統的變革問題——譯輸入日本新名詞為中心的討論〉，《日本學研究》（北京日本學研究中心編，北京：世界知識出版社），第12期（2003年3月），頁11-17，此處說明尤見於頁14-15。

本的新詞看來，黃遵憲當然是意識到了新詞語的大量出現，但是，我們卻不必然僅能以今律古地批評公度為何不選擇構造新詞這個方向；也就是說，當黃遵憲一方面在《雜事詩》的注文使用新詞，一方面卻熟利地在詩中運用典故成辭這些系列相關連的舊語詞時，這毋寧也是一種選擇，也可以說是一種在他看來可以行得通的解決方式；尤其這些典故如前所述，一方面作為傳統文化的基因元素，成為各種知識與秩序交互錯綜的關鍵點，一方面竟也可以被挪借翻轉而為新世界代言，如鄒衍的「大九州」甚至彷彿早已預言了未來。在日後完全使用所謂精密的新語詞之前，黃遵憲並列了如此被誇大形容的域外印象、如此將曆法服色進行政教寓意的聯繫，如此整片式地體驗天人間的相感應，以及，曾經還可以如此周旋於新舊之間的書寫實踐。換言之，黃遵憲不只是在進行「翻譯」的工作，中、日或東、西與古、今之間不是只有對應事物的詞語問題，還有更重要的是「文化」詮釋模式的傳承與重建的問題。

正因為採用了舊體詩，並且在其中嵌入大量的典故，《雜事詩》中拉引出或遠或近、或簡或繁、或精或疏的種種距離感，也在字裡行間浮現了種種不必然相應於眼下所見、所處的不同「種類」（different kinds of places）[139]的地方；這是將日本置位（situate）於一套舊詩語所在的環境脈絡中，獲取這種環境脈絡所認定的可信度，而如同所期待或所信賴的「真實」地存在。換言之，是這套熟悉上手的論述模式，再現、翻轉或新建了自我認同與世界視域，也可以說，正是這套舊詩體式及其背後龐大的知識體系，彷彿三菱鏡般使得所有通過它的事物，產生了意義上的折射作用，才出現如此交錯疊映的情境、曲折繁複的意味，如此可以回應古、今或新、舊的多面向寄託的「異域」、「他方」。除了黃遵憲，我們可能還要面對像是王闓運、陳

[139] 關於營造不同「種類」的地方，而不只是注意「地方」差異，參考了 Neil Smith 的說法。在 'Homeless/global: scaling place' 一文中，Smith 認為「營造彼此有別的地方，便意謂著地理尺度的產生，而尺度與其說是地方之間的差異判準，還不如說是不同『種類』地方的差異判準」，原文見 J. Bird, B. Curtis, T. Putnam, G. Robertson, L. Tickned (eds). *Mapping the Futures: Local Cultures, Global Change.* London: Routledge. pp.87-119. 中譯參考 Linda Mcdowell 著，徐苔玲、王志弘合譯：《性別、認同與地方》（*Gender, Identy and Place: understanding Feminist Geographies*）（臺北：群學出版公司，2006 年）所引用 Smith 此文的說法，〈導論〉頁 5。

三立、鄭孝胥等所謂「舊派詩人」的大量作品，[140]這些舊體詩作，也許正是以其所擅長操作的多層次時空效應，在即將進入精準劃一的新世界中，反向式地揭露了像萬花筒般的文化演進的真相與意義。

[140] 關於王闓運、陳三立、鄭孝胥等所謂「舊派詩人」的詳細討論，可以參考 Jon Kowallis 新近出版的 *The Subtle Revolution:Poets of the 'Old Schools' during Late Qing and Early Republican China* (Berkeley: Institute of East Asian Studies, University of California, 2006)，書中的結論亦強調必須重新檢討所謂「現代」的起始時間（1919-），除了將焦點放在表面的政治事件，尤其應該注意「傳統」文學如何參與這文化變遷的過程；並且認為這些文學作品不僅呈現當時中國人的價值觀，同時也是以一種在文化上認可的方式（culturally authentic way）（而不是一種翻譯的語言）來表達他們對於現代情境的反應，參見 pp.232-245。

The Geographical Scale of Traditional Poetic Language: On the Use of Allusion in Huang Zunxian's "Poems on Miscellaneous Events in Japan"

*Cheng Yu-yu**

Abstract

Although Huang Zunxian's "Poems on Miscellaneous Events in Japan" are written in a form of *zhuzhi ci* similar to popular songs, and are not strict in their tonal prosody, they are still rich in historical allusion. But how can one use a semantic range bound closely by allusions to confront the circumstances of a new age? If what we would like to discuss is Huang Zunxian's poetry, and not just his biography, his poetic language may be more relevant than his personal experiences: though the first level of poetic language describes contemporary people and events, at another level his poetic language is a multilayered web of meaning that one comprehends only by means of allusion. Allusions relate events, times, and places from past and present (at least two but sometimes more). They relate one fact from previous knowledge, the content of the allusion, to another fact previously unknown, using this analogy to "name" a new event or object. This allusion is not merely a translation or reference for a single fixed object: behind an allusion, properly understood, lies a whole set of different ways of

* Distinguished Professor, Department of Chinese Literature, National Taiwan University.

understanding the world, and relations that make sense of disparate events. When the writer selects an allusion, he has actually already chosen the relevant site where some foreign historical event, institution, or custom "occurs," and this is not necessarily a site that one can identify on a map. Since the site where new objects or events are enacted must be determined by a pre-existing body of knowledge, there will almost certainly be some cases of discretionary translation, or even mistranslation, in the process, but at the same time, the translation of these new concepts can also conflict with the prior body of knowledge, and end up reinterpreting the "untraditional" components of "tradition." Huang Zunxian served as an intermediary who created new links between the traditional poetic language and the new age he lived in. Traditional poetic language was like a set of measuring equipment, convenient for sketching whatever "conformed to scale," but sometimes the scale provided by traditional poetic language could be too short or too long, too wide or too narrow. Distinctions that lay beyond the scale could in turn invest traditional poetic language with new significance.

Keywords: Huang Zunxian, "Poems on Miscellaneous Events in Japan", Traditional Poetic Language, Allusion, The Geographical Scale

[illegible]

自西徂東：林樂知與《萬國公報》的文明論述

楊芳燕

提　要

盛行於十九世紀歐洲的「文明」理念，並非僅是用以指認、安排價值的一種方式。它一方面極力宣揚「啟蒙」（the Enlightenment）的諸多普遍性價值，另一方面卻又與歐洲中心論的意識形態結合，從而成為西方既用以區分我者與他者，又用以將他者含括於我者之內的一個重要手段。十九世紀末，這個唯西方馬首是瞻的文明理念，開始被越來越多的中國知識份子所接受，終導致中國文明觀的典範轉移。本文立意回到此劇變的前夜，透過晚清重要刊物《萬國公報》所開展的新教傳教士的文明論述，以見此一理念最初是如何被引介崁入中國的語言及文化語境的。本文想要深究的是：在傳教士的論述裡，是否信奉基督宗教的信仰問題（亦即異教問題），如何被轉換成更廣泛的文化或文明的問題（中西差異與優劣問題），以及歷史的問題（從特殊到普遍、從傳統到現代的變革過程）？透過這些問題的討論，本文將著重說明：在前述的這一連串轉換之中，傳教士作者如何一方面既複製了「啟蒙」的文明化（civilizing）邏輯，張揚基督教文明的普世性，一方面又在在強化中西二元論（China-West binary）的建構，以及中西文化辨異的必要性？其次，在建構這套論述時，傳教士作者如何與中國的文化語境發生交互作用？他們如何在中文語境下談論「文明」？更具體地說，他們如何挪用中國固有的語彙、概念，甚至是當時方興未艾的富強論述，進而入室操戈，藉由發明自己的詮釋架構（hermeneutic framework）——例如本文將詳論的「三倫」架構——來進行思想與價值的顛覆與翻轉？

關鍵詞：《萬國公報》　林樂知　花之安　文明　三倫

【作者簡介】國立臺灣大學中國文學系畢業，美國威斯康辛大學麥迪遜校區歷史學碩士、博士。曾任中央研究院近代史研究所博士後研究，現任臺大中文系助理教授。專長領域為近代中國思想史，目前研究主題為近代西方社會契約論與晚清政治思想激變的交涉。論著散見《臺大歷史學報》、《開放時代》、《知識分子論叢》、《中國思潮評論》，論文集預定於2012年出版。

自西徂東：林樂知與《萬國公報》的文明論述

楊芳燕*

一、前言

晚清在華傳教士透過翻譯、書寫、出版、辦學、講學與任職於中國洋務機構等多方管道所從事的文化生產，其目的自然不僅在於傳播各種學科部門的知識，更在於根據他們的世界觀而對這些知識以及中西相遇的意義提出詮釋。如果將十九世紀以降西方文化霸權的建立，理解為一個巨大溝通網絡不斷從零星據點的迸發而逐漸連結、延展與滲透的過程，則對於這個網絡的形成、網絡所流通的知識的篩選及其意義的詮釋，則傳教士作為截至二十世紀初為止，西方人當中於非西方社會散佈最廣的一群，同時又是最致力於跨文化溝通的一群，無疑有著不容忽略的左右力量。當然，不管在何時何地，這個過程無不充滿歷史偶然性，亦從不缺乏衝突、角力、協商甚至暴力。借用 Elleke Boehmer 對於殖民的描述，它可說是一個「以生命，以資金，尤其是以意義為賭注與試驗」的過程。[1]對手持《聖經》並自命為西方文化代表的傳教士而言，尤其是對本文所關注的那些積極承擔文明化任務（civilizing

---

* 國立臺灣大學中國文學系助理教授。

[1] Elleke Boehmer, *Colonial and Postcolonial Literature: Migrant Metaphors*, 2nd ed. (Oxford & New York: Oxford University Press, 2005), pp. 14-15.

mission）的新教傳教士而言，以「意義為賭注與試驗」的詮釋活動——不論是對陌生的異邦文化的意義解碼，或是在陌生的異邦語境下，而對熟悉的西方文化的意義予以重構——恐怕是他們海外事業中最核心的一樁文化實踐，因它正攸關著他們海外事業的正當性，同時亦牽動著基督宗教在其本國社會甚至整個現代世界的地位問題。❷

當然，上述的這個溝通與知識網絡的功能，毋寧像把雙刃刀。西方文化霸權固可藉由它而紮根、滲透、鞏固，非西方社會亦可藉由它而進行反制。換言之，透過詮釋的活動，晚清在華傳教士儘管嘗試，但並未能壟斷西學以及中西相遇之意義的詮釋權。不過，後殖民研究的學者也一再提醒我們，非西方社會往往透過模仿學舌（mimicry）來反制西方的自我表述（self-representations），並營建自己（不管是集體或個人）的主體性故事。❸中國本土自我表述的論述雖不在本文討論範圍，但回溯十九世紀在華傳教士的論述原型，將有助於我們較全面地掌握前者崛起的歷史脈絡，以及可能有的模仿對象與模式。❹其次，一如中國本土論述可以透過模仿來反制西方，中國這個相對而言——相對於西方的殖民地而言——較強勢的「他者」文化環境，亦處處制約著傳教士的論述，從而突顯傳教士兼具傳播者與接受者的雙重角

---

❷ 十八世紀末以降歐美社會傳教運動的興起與茁壯，並非單純是宣教熱情再次湧現或是西方擴張的結果，而是與歐美社會內部世俗主義（secularism）以及世俗化發展息息相關。世俗主義與世俗化的重要指標是政教分離（separation of church and state）以及公私領域的分化，這些社會、政治、以及意識型態的發展，引發了宗教在歐美社會中之地位的重新界定。十八世紀後期以降宗教復興以及傳教運動的崛起，既是這些發展的產物，也是這些發展的推動力。參見：Peter van der Veer, *Imperial Encounters: Religion and Modernity in India and Britain* (Princeton: Princeton University Press, 2001), pp. 14-29; Peter van der Veer, ed., *Conversion to Modernities: The Globalization of Christianity* (N.Y. & London: Routledge, 1996), 特別 Peter van Rooden 的論文："Nineteenth-century Representations of Missionary Conversion and the Transformation of Western Christianity," pp. 65-87；Talal Asad, *Formation of the Secular: Christianity, Islam, Modernity* (Stanford: Stanford University Press, 2003)。

❸ Homi Bhabha, *The Location of Culture* (London & New York: Routledge, 1994), pp. 85-92; Boehmer, *Colonial and Postcolonial Literature*, pp. 132-171. Partha Chatterjee, *Nationalist Thought and the Colonial World: A Derivative Discourse* (Minneapolis: University of Minnesota Press, 1993).

❹ 筆者在另一篇文章中，即以體用論與中國觀的嬗變為切入點，探討晚清士人的論述與傳教士論述的依違關係。參見拙作〈晚清士人體用論與中國觀之嬗變〉（未刊稿）。

色。❺以這個雙重角色的特質為立足點，回頭檢視傳教士論述的發展，可提出一些饒富意義但較為過往研究忽略的問題：❻中國本土的文化環境如何形塑傳教士的論述？傳教士的跨文化論述實踐如何具體顯現「全球」與「在地」的角力與協商？他們如何在傳播一些聲稱具有普世性的現代文明的構成範疇——諸如國族、理性、科學與科技、自主的個人、宗教等等——之際，亦引發了文化辨異意識的發展？❼

---

❺ 有關傳教士作為接受者的理論性探討，參見 Ryan Dunch, "Beyond Cultural Imperialism: Cultural Theory, Christian Missions, and Global Modernity," *History and Theory* 41 (October 2002): 301-325; Nicolas Standaert (鐘鳴旦), "Methodology in View of Contact between Cultures: The China Case in the Seventeenth Century," 香港中文大學崇基學院，《宗教與中國社會研究中心專文報告系列》II期，CSRCS Occasional Paper No. 11, 2002。陳慧宏對於 Standaert 的方法論系列文章有詳盡的分析與延伸討論，參見她的〈「文化相遇的方法論」——評析中歐文化交流的新視野〉，《臺大歷史學報》第 40 期（2007 年 12 月），頁 239-278。

❻ 或許是拜晚清研究熱潮之賜，近十年間中國大陸湧現一系列傳教士的相關研究，包括：盧明玉：《譯與異：林樂知譯述與西學傳播》（北京：首都經貿出版社，2010 年）；王兵：《丁韙良與中國》（北京：外語教學與研究出版社，2008 年）；何紹斌：《越界與想像：晚清傳教士譯介史論》（上海：上海三聯書店，2008 年）；王立新：《美國傳教士與晚清中國現代化（修定版）》（天津：天津人民出版社，2008 年）；段懷清：《傳教士與晚清口岸文人》（廣州：廣東人民出版社，2007 年）；鄒振環：《西方傳教士與晚清西史東漸：以 1815 至 1900 年西方歷史譯著的傳播與影響為中心》（上海：上海古籍出版社，2007 年）；顧長聲：《從馬禮遜到司徒雷登：來華新教傳教士評傳》（上海：上海書店，2005 年）；姚興富：《耶儒對話與融合：《教會新報》（1868-1874）研究》（北京：宗教文化出版社，2005 年）；張西平：《傳教士漢學研究》（鄭州：大象出版社，2005 年）；王林：《西學與變法：《萬國公報》研究》（濟南：齊魯書社，2004 年）；顧長聲：《傳教士與近代中國》（上海：上海人民出版社，2004 年）（原版於 1991 年面世）；楊代春：《《萬國公報》與晚清中西文化交流》（長沙：湖南人民出版社，2002 年）。以上這些研究為吾人更詳備地測繪了晚清傳教士知識生產的版圖，確實有功於深化吾人對晚清傳教士文化實踐的理解。至於本文關注的傳教士所從事的西學與中西相遇之意義的詮釋活動，學者們雖能指出其基督教世界觀的立足點，但除王立新、盧明玉等人之外，似乎都無意於深掘其跨文化溝通的歷史意義及意涵。整體而言，晚清傳教士的書寫雖是跨文化文本的顯著範例，但如何以更細緻的方式，運用它們來理解一些中西跨文化溝通的重大歷史現象，而非僅止於用「文化交流」一語帶過，尚待識者持續思考。

❼ 關於十九世紀中葉以降的文化全球化（cultural globalization）問題，晚近人類學學者有一個新的共識：異質性與文化差異化（differentiation）不僅始終頑強地迎面全球化，事實上，它們正不斷由全球化所催生與支撐。參見 J. Boli and F. J. Lechner, "Globalization and World Culture," in Neil J. Smelser and Paul Baltes, eds., *International Encyclopedia of the Social and Behavioral Sciences*

那麼，相對於他們深深涉入其間的中西相遇，以及他們透過各方管道所傳播的西學，十九世紀在華傳教士是如何在中國的文化語境下，透過論述的經營來詮釋並範限其意義？他們如何穿梭於陌生與熟悉、差異與類同、特殊與普遍之間，進而協商出關於自我與他者的意義與界線？從這些問題出發，本文將追溯 1874-1907 年間《萬國公報》所見傳教士作者的一套文明論述。由美國傳教士林樂知（Young John Allen, 1836-1907）創辦，發行歷時近二十八年之久的《萬國公報》，匯聚了晚清多位知名傳教士作者，❽亦對彼時中國士人的改革思想多所影響，因此深具歷史代表性。該刊力行「以學輔教」的間接傳教策略，不僅長期從事西方知識與世界時事訊息的傳播，亦在林樂知以及德國傳教士花之安（Ernst Faber, 1838-1899）的主導下，開展出一套以詮釋西學以及中西相遇的意義為導向的文明論述。在這套論述的詮釋之下，西學的意義乃在於它是所謂「基督教文明」的一個構成部分，並且是以基督宗教作為其思想與精神的源頭。至於這個文明對中國的意義，以及中西相遇的意義，則在於帶來了「解放」與「富強」的允諾：中國人將自其傳統文化習俗的束縛解放出來，營建「自主之人」與「自主之國」，從而使中國臻至「富強之境」，並得以加入世界的文明社群。

本文想要深究的是：在這套論述裡，是否信奉基督宗教的信仰問題（亦即異教問題），如何被轉換成更廣泛的文化或文明的問題❾（中西差異與優劣問題），以及歷史的問題（從特殊到普遍、從傳統到現代的變革過程）？透過這些問題的討論，本文將著重

(Amsterdam: Elsevier, 2001), vol. 9, pp. 6261-6266。另可參見同一書中 Arjun Appadurai 的 “Globalization, Anthropology of”。Appadurai 指出，晚近的研究顯示：即便是國際間經濟互動已達史無前例境況的當代世界，文化差異化仍遠超過同質化的步履。作為跨文化實踐的顯著範例之一，傳教士的書寫與活動，正可用以理解「全球」與「在地」如何交互作用，以及全球化的複雜樣貌。Ryan Dunch 在反思「文化帝國主義」的詮釋視野之際，亦根據上述這些學者的洞見而提出傳教士研究的新取徑。參見他的 “Beyond Cultural Imperialism,” pp. 317-325。

❽ 這些傳教士包括韋威廉（Alexander Williams, 1829-1890）、艾約瑟（Joseph Edkins, 1823-1905）、花之安（Ernst Faber, 1838-1899）、李提摩太（Timothy Richard, 1845-1919）、李佳白（Gilbert Reid, 1857-1927）等人。

❾ 在本文所涵蓋的歷史時期，文化、文明二詞的涵義並無區別，因此本文在分析時亦不做嚴格區分。詳見本文第三節的討論。

說明：在前述的這一連串轉換之中，傳教士作者如何一方面既複製了「啟蒙」的文明化邏輯，張揚基督教文明的普世性，一方面又在在強化中西二元論（China-West binary）的建構，以及中西文化辨異的必要性？其次，在建構這套論述時，傳教士作者如何與中國的文化語境發生交互作用？他們如何在中文語境下談論「文明」？更具體地說，他們如何挪用中國固有的語彙、概念，甚至是當時方興未艾的富強論述，進而入室操戈，藉由發明自己的詮釋架構（hermeneutic framework）——例如本文將詳論的「三倫」架構——來進行思想與價值的顛覆與翻轉？

對於上述問題的討論，本文將以兩大議題作為行文組織的軸心：一為「三倫」詮釋架構的發明；二為「文明化」意識型態及其地理圖譜與歷史敘事的開展情況。首先，「三倫」是傳教士挪用中國的「三才」（天地人）概念，藉以表述宗教、道德與科學三體合一的「基督教文明」的文明體系概念。[10]林樂知、花之安等人即是在三倫的架構下，詮釋西方基督教文明的基本內容與意義，以及中國文明的「不足」。其次，「文明化」的意識型態，是在基督教宣教任務的前提下稼接了「啟蒙」的文明化任務，它界定了傳教士面對「世界」（包括中國）而以「文明使者」自居的發言位置。地理圖譜即是傳教士從空間的角度，用以揭示文明化全球路徑的一套修辭。至於歷史敘事，則是他們從歷史的角度，向中國讀者解釋中西文明差異的概念建構與工具。就整個文明論述的開展進程而言，本文將彰顯1896-1900年間出現的重大轉折：首先是civilization的新對譯詞「文明」開始出現，繼而是1900年以降，文明化的歷史敘事亦從新教的「原初、墮落、復興」的模式，轉變為世俗的「未教化、有教化、文明教化」的線性進化論模式。後者的這項轉變，強化了原論述中已存在的中西二元論，因此大大削弱了傳教士原對中國文化所持較為寬容的態度。這樣的轉變，自然是中日甲午戰爭（1894-1895）中國戰敗的一個效應，同時亦折射出戰前傳教士的論述，在很大程度上乃受中國本土環境的制約。

本文涉及的原始資料，涵蓋1874-1907年間出刊的各期《萬國公報》。[11]礙於

---

[10] 三體合一的文明論，最初是形諸「三理」的名目，後來才易為「三倫」。詳見本文第三節的討論。為求行文方便，本文概以「三倫」通稱之。

[11] 本文使用的《萬國公報》是1968年臺北華文出版社刊行的合訂本。

篇幅所限，並為了提供相關思想的深度解析，討論將以林樂知為主、花之安為輔，在適當地方並兼及其他傳教與華人作者的看法。部分傳教士作者的少數著作雖未刊載於或僅部份刊載於《萬國公報》，但由於主題相近，亦將納入討論。

二、文明化與福音化

在中文語境下，林樂知等人對於西學以及中西相遇之意義的詮釋，從分析的角度來看，其最根本的一個前提或步驟，是在「文明」概念下重新闡述基督教的涵義，而「三倫」則是他們為了滿足這個前提所發明的一個詮釋架構。從基督教的普遍主義出發，傳教士聲稱基督教義具有普世性意義，因此他們有義務將世界「福音化」（evangelization）；但文明概念的引進，則使得他們對於基督教的再詮釋（「基督教」意謂「基督教文明」），稼接了當代西方社會的自我理解與自我表述。換言之，《萬國公報》傳教士作者對於基督教的再詮釋，同時也是一種西方的自我理解與自我表述。在討論他們如何在中文語境下進行再詮釋之前，讓我們先扼要檢視與此一再詮釋息息相關的西方背景，以及林樂知個人的背景與選擇如何形塑《萬國公報》的宗教與世俗取向。

㈠文明、文明化任務、新教傳教團體

在歐洲，源起於十八世紀中葉的現代「文明」（civilization）概念，基本上意指人類脫離某種被稱為「自然」、「蒙昧」（savagery）或「野蠻」（barbarism）的原初狀態後，物質與精神生活的進步發展。⓬它成為此後歐洲人在思考「歐洲」的涵

⓬ 關於文明概念的起源與發展，相關討論參見：Jean Starobinski, "The Word Civilization," in Arthur Goldhammer, trans., *Blessings in Disguise; or The Morality of Evil* (Cambridge, M.A.: Harvard University Press, 1993), pp. 1-35; Lucien Febvre, "*Civilization*: Evolution of a Word and a Group of Ideas," in P. Burk, ed., K. Folca, trans., *A New Kind of History: From the Writings of Febvre* (London: Routledge & Kegan Paul, 1973), pp.219-257; Peter Bugge, "Asia and the Idea of Europe - Europe and Its Others," *Kontur - Tidsskrift for Kulturstudier*, 1.2 (2000): 3-13; Brett Bowden, *The Empire of Civilization: The Evolution of an Idea* (Chicago: The University of Chicago Press, 2009), pp. 23-100。根據 Starobinski 與 Bowden，法文語境中最初出現的文明概念，乃直接將「宗教」視為文明的根

義，以及歐洲人與其他社會的文化相遇問題時，經常援用的新興概念。從一開始，這個概念即與「進步」（progress）理念緊密相關，其自身並呈現兼指過程與結果、事實與理想的多重涵義的特質。時至十八世紀末、十九世紀初，文明已明確成為一個綜合性概念，幾乎涵蓋了人類生活的所有面向，包括社會、政治、經濟、法律、科學、技藝、文學、藝術、宗教、道德等等。其次，此時歐洲人一方面既肯認世界上有其他文明（如中國文明、印度文明）的事實，一方面又視自身的文明為絕對的評價尺度，發展出一種西方中心論的文明觀。在中文語境裡，「文明」作為 civilization 的對譯詞雖零星見於十九世紀，但其普及則是在中日甲午戰爭（1894-1895）之後。⓭幾乎伴隨著文明一詞而同時流通於晚清知識界的一種對於文明的特定理解，即是西方中心論的文明觀。這種文明觀成為十九世紀西方帝國主義全球擴張有力的意識形態後盾，同時亦左右了來華新教傳教士的世界觀。根據這種文明觀，文明是具有單一價值尺度的普世現象，而人類自脫離野蠻狀態以降的歷史進程，即是此單一的、普世的文明進步發展的過程。這個過程同時被理解為以西方為先行者的線性歷程，西方的歷史進程因而被投射為全人類的歷史進程。⓮相應於這種文明觀的崛起與發展，十八世紀後期以降，歐洲人一反先前對中國文明的肯定，轉而視中國為落後於

源（見 Bowden, *The Empire of Civilization*, p. 27）。這個想法，正與林樂知等人以宗教為本位的三體合一文明論完全合轍。

⓭ 參見方維規：〈近現代中國「文明」、「文化」觀：論價值轉換及概念嬗變〉，《史林》，1999 年第 4 期，頁 69-83；黃興濤：〈晚清民初現代「文明」和「文化」概念的形成極其歷史實踐〉，《近代史研究》，2006 年第 6 期，頁 1-43。另參見石川禎浩：〈梁啟超與文明的視點〉，收在狹間直樹編：《梁啟超·明治日本·西方——日本京都大學人文科學研究所共同研究報告》（北京：社會科學文獻出版社，2001 年），頁 95-119。

⓮ 參見 Bowden, *The Empire of Civilization*, pp. 23-75。關於「進步」理念的討論，參見 Robert Nisbet, *History of the Idea of Progress* (London: Heinemann, 1980)。Nisbet 指出：「至遲從十九世紀初以降……對於人類進步之理念以及西方文明之先鋒角色的信念，在大西洋兩岸已形同是一種普遍的宗教（a universal religion）」（ibid., p. 7）。Georg G. Iggers 檢視啟蒙以降史學與社會思想中的進步理念，發覺該理念自始即蘊含了「歐洲國家之文明化任務」的觀念。參見 Iggers, "The Idea of Progress in Historiography and Social Thought since the Enlightenment," in Gabriel A. Almond, Marvin Chodorow, and Roy Harvey Pearce, eds., *Progress and Its Discontent* (Berkeley: University of California Press, 1982), pp. 41-66。

西方。⑮孟德斯鳩（Charles de Montesquieu, 1689-1775）所描述的基於威嚇（而非理性）的中國法律，黑格爾（G.W.F. Hegel, 1770-1831）筆下只知依循外在禮法規範、缺乏道德自主性的中國人形象，彌爾（John Stuart Mill, 1806-1873）筆下中國官員與農民作為暴君制度（tyranny）之工具與產物的奴隸形象，馬克思（Karl Marx, 1818-1883）建構的亞細亞生產模式論，以及許多人不約而同描繪的「停滯中國」（stagnated China）的整體社會形象，不過是這種文明觀的副產品——負面中國觀——的少數幾個著名範例。

無庸置疑，西方中心論的文明觀賦予了西方社會承擔文明化任務的世界性角色：處於落後階段的非西方社會，終將透過西方帶領的文明化過程而進入文明的世界社群。杜贊奇（Prasenjit Duara）在追溯這種文明觀的興衰時，曾指出它所指涉的文明價值具有兩方面的重要特質。⑯首先，它所想像的文明雖是單一的、普世的，但它所規定的若干核心的、實質的文明價值，卻是鞏固了歐洲模式的現代主權國家（sovereign state）的組織。所謂文明的狀態，必然是指具備現代主權國家組織的一種社會政治狀態，⑰同時也意指這類型的國家組織所必備的若干特定能力與意願，包括：保護境內住民（尤其是外國人）的生命權、財產權與自由權，以及追求從物質進步到文明的禮儀與服飾等等的目標、價值與實踐。其次，上述這種文明之所以被認為具有全球性的權威，乃因它具有一個超越文化差異的普世性精神或道德內核。⑱這個超越性內核界定了此文明的本真性（authenticity），同時也賦予它普世性權威。十九世紀西方帝國主義國家，即是仰仗這個文明的道德的、精神的權威，以文明化任務之名而遂行征服之實。

上述這種文明觀的承載者、傳播者，自然不限於帝國主義國家的官方殖民勢力。崛起於十八世紀末的海外傳教團體，儘管它們真正的利益不見得與本國的或西

---

⑮ 關於西方中心論與負面中國觀之發展的一個簡要的討論，參見夏伯嘉：〈從天儒合一到東西分歧——歐洲中國觀的演變〉，《新史學》，12卷3期（2001年9月），頁1-18。

⑯ Prasenjit Duara, "Civilizations and Nations in a Globalizing World," in Dominic Sachsenmaier, Jens Riedel, Samuel N. Eisenstadt, eds., *Reflections on Multiple Modernities: European, Chinese and Other Interpretations* (Leiden, Boston, Loln: Bill, 2002), pp. 79-99.

⑰ 關於這種以社會政治組織之樣態作為文明判準的觀念，Brett Bowden 亦有詳論。參見他的 *The Empire of Civilization*, pp. 40-46, 117-128。

⑱ Starobinski 亦提出類似論點，參見他的 "The Word Civilization," p. 17, pp. 29-30。

方的帝國主義利益一致，甚至有所衝突，但基於傳教士本身的世界觀，以及傳教士乃是整個十九世紀西方人於全球擴散最廣的一群的事實，它們也成了這種文明觀的重要媒介，少部分甚至選擇積極承擔起文明化的任務。事實上，稍後我們將看到，《萬國公報》傳教士作者從三倫架構所提出的對於文明與文明化的詮解，恰恰證實了上述杜贊奇的兩點觀察。

不過，正如西方社會並非鐵板一塊，西方的海外傳教團體亦無單一聲音可尋。眾所周知，在十九世紀來華的基督教傳教團體當中，天主教會遠比新教會統一，後者並無統整的單一單位，各個差會有自己的組織、財源與教義理念。新教傳教士當中，英美國籍者佔大部分；到了 1905 年，總人數為 3445 人，超過百分之九十即是來自英美。整體而言，大部份的新教傳教士和天主教傳教士一樣，是以施洗收徒為日常要務，僅極少數的新教傳教團體關心中國文化與制度的變革問題。⓳後者的世俗取向，不僅在新教傳教士之間引發自由派與保守派的爭論，若干自由派傳教士——例如與後期《萬國公報》密切相關的李提摩太（Timothy Richard, 1845-1919）以及李佳白（Gilbert Reid, 1857-1927）——甚至因採取了這種取向而與原屬差會分道揚鑣。1877 年在上海舉辦的第一屆在華新教傳教士大會上，始終力主直接傳教並已在 1868 年創辦了「中國內地會」（China Inland Mission）的戴德生（J. Hudson Taylor, 1832-1905），即批評李提摩太之輩的作法是「非正統且背叛了基督教的原則」。⓴戴德生之外，英國倫敦傳道會的楊格非（Griffith John, 1831-1912）是另一位力主直接傳教的代表人物。1877 年的大會上，他的演講即強調：「我們來這裡，不是為發展這個國家的資源，不是為促進商業，不僅是提升文明，而是為與黑暗的勢力爭戰，為拯

⓳ Paul A. Cohen, “Christian Missions and Their Impact to 1900,” in John King Fairbank, ed., *Cambridge History of China,* vol. 10*, Late Ch'ing, 1800-1911,* part I (Cambridge: Cambridge University Press, 1978)；王立新：《美國傳教士與晚清中國現代化（修定版）》，頁 17-33。

⓴ 參見 Valentin H. Rabe, *The Home Base of American China Mission, 1880-1920* (Cambridge, M.A.: Harvard University Press, 1978), pp. 177-178; William Edward Soothill, *Timothy Richard of China: Seer, Statesman, Missionary and the Most Distinguished Adviser the Chinese Ever Had* (London: Seeley Service, 1924), p. 118; Lauren Pfister, “Rethinking Mission in China: James Hudson Taylor and Timothy Richard,” in Andrew Porter, ed., *The Imperial Horizons of the British Protestant Missions, 1800-1914* (Grand Rapids, MI: William B. Eerdmans Publishing Company, 2003), pp. 210-211。

救罪人，以及為基督征服中國」。㉑饒富興味的是，楊格非也曾在《萬國公報》發表文章，只不過所論皆是單純的基督教義。㉒由此可見《萬國公報》一定程度的多元性。

戴德生及楊格非二人與李提摩太之間的衝突，顯然是 William R. Hutchison 所指十七世紀以降基督教擴張史上典型的「福音化與文明化」論爭的翻版。Hutchison 指出，歷來傳教士或多或少都被這樣囑咐：他們的工作是傳播信仰，至於傳教地區的本土風俗習慣，除非它們有違「〔基督〕宗教與合理的道德」（religion and sound morals），否則不當嘗試改變它們，而是要尊重它們並竭盡所能做自我調適。儘管有此囑咐，如何對待當地文化始終是個爭議性話題，而傳教士的實際立場也總是呈現從尊重到蔑視的光譜差異。㉓根據他對美國新教傳教士的研究，Hutchison 提醒我們：傳教士面對傳教地區文化差異的障礙而又必須努力推動傳教工作的處境，使得「文化」問題對他們而言絕非無關痛癢的理論問題，反而是密切關乎他們的日常教務，並深切影響到他們的責任感與目的感。㉔不僅如此，「福音化與文明化」的兩難絕非單純的二選一的問題。不論立場若何，傳教士都會面臨如下問題：「為了接受基督教，信徒要放棄自己文化的傳承到什麼地步？哪一些西方的習慣與思想是基督教的要素，必須成為教會團體不可缺少的東西？」㉕傳教士（例如前已提及的戴德生）即使反對過問中國的改革問題，亦非絕對反對教育、醫療、慈善救濟等世俗性工作。㉖而傳教士即使選擇致力於文明化的目標，但誠如

㉑ 楊格非：〈中國人最大的需要——從罪中得救〉，收在 Jessie G. Lutz 編，王成勉譯：《所傳為何？——基督教在華宣教的檢討》（臺北縣新店市：國史館，2000 年），頁 46。

㉒ 這些文章包括〈略論萬物之原質以彰上帝之經綸〉、〈總論天地之大局以見上帝之尊榮〉等，見《萬國公報》，冊 14。

㉓ William, R. Hutchison, *Errand to the World: American Protestant Thought and Foreign Missions* (Chicago: University of Chicago Press, 1987), pp. 15-42.

㉔ Hutchison, *Errand to the World*, pp. 4-5, p. 12.

㉕ Jessie G. Lutz 編，王成勉譯：《所傳為何？——基督教在華宣教的檢討》，頁 49。引文出自 Lutz 為該書一篇選文所寫的卷頭說明。該篇選文的作者是美國傳教士武林吉（Franklin Ohlinger, 1845-1919），文章題為〈教會——使中國文明基督化的機構〉，內容即是選錄自武林吉 1890 年在上海第二屆新教傳教士大會中的演講。多位《萬國公報》的傳教士作者亦出席了這次大會。

㉖ 王立新：《美國傳教士與晚清中國現代化（修定版）》，頁 20。

Hutchison 所言，他們隨後所面臨的問題並無現成的解答。首先，文明化的內容到底該包括什麼樣的西方質素？傳教士儘管對海外傳教地區有文化偏見，但他們不可能因當了傳教士而無視於本國文化的問題，同時他們也不時與當地的本國（或其他西方國家）的商業、軍事甚至外交代表發生衝突。他們深知，即使他們再怎麼努力，西方社會自身的缺陷將無時不威脅著他們傳教工作的推展。事實上，從十六世紀到二十世紀，傳教史上不乏偶有傳教士起而質疑所謂的西方的優越性。其次，在實踐層面上，福音化與文明化二者該是怎樣的次序？是文明化必須先於福音化，這樣福音化才可能奏效？還是只專注於福音化，然後相信文明化終將隨之發生？又或者是兩個過程應該齊頭並進？㉗

上述「福音化與文明化」問題的出現及其複雜的情況，在在提醒我們一件事實：相較於薩伊德（Edward W. Said）筆下那些身處於西方社會的東方學專家，㉘《萬國公報》的傳教士作者即使承襲了本國的東方主義偏見，但他們乃是直接涉入中國這個「他者」的日常空間以及幾乎時時刻刻都在發生的跨文化溝通當中。這樣的特殊處境，加上傳教志業的主觀驅力（missionary imperative），使得他們置身於一個「全球」與「在地」、「普遍」與「特殊」不斷地交鋒，而他們也必須不斷地進行「意義」——不管是「中國」或「西方」的意義，或者是中西相遇的意義——的協商的論述空間。在這樣的日常與論述空間裡，所謂的東方主義偏見，以及任何有關中國與西方的既定認知，往往必須有所妥協與重塑，否則傳教工作註定很快就會以失敗收場。稍後我們會看到一個現象：甲午之後，《萬國公報》對於中國文化的態度，由原來較為容忍的態度轉變為廣泛的批判。從跨文化溝通的歷史角度來看，我們與其據此轉變的「結果」，論斷先前傳教士的容忍態度是虛假的、工具性的，㉙不如專注於「過程」本身，深掘其整個演變歷程的協商內容、模式與機制。㉚唯有如

㉗ Hutchison, *Errand to the World*, pp. 9-12.

㉘ Edward W. Said, *Orientalism* (New York: Pantheon, 1978).

㉙ 這是人們從民族主義或文化帝國主義的視角經常做出的典型結論。相關討論參見 Dunch, "Beyond Cultural Imperialism," pp. 302-313。

㉚ 在「文化相遇」的文化史研究中，有關「過程」相對於「結果」的研究重點的強調，就方法論層面所做的討論，可參考黃俊傑：〈作為區域史的東亞文化交流史——問題意識與研究主題〉，

此，我們方能具體說明傳教士的中文書寫作為跨文化文本的意義，以及前述的文明觀是通過怎樣的歷史過程而現身於中文語境。

㈡林樂知與《萬國公報》

甲午戰爭之前，《萬國公報》及其前身《教會新報》，可謂中國境內出版以思想傳播為宗旨的最重要刊物。㉛在洋務運動以及早期變法思潮興起的脈絡下，它們的西學內容、長期出刊的紀錄、以及相對寬廣的流通網絡（不限於沿海的一兩個通商口岸）等方面的特質，造就了它們獨特的重要性，成為彼時中國士人認識西方與西學的一個主要管道，對清末思想變革起了可觀的影響。㉜作為外國傳教士創辦的中文刊物，《教會新報》與《萬國公報》之所以有非凡的歷史意義，雖得力於當時中國

《臺大歷史學報》第 43 期（2009 年 6 月），頁 192-198。

㉛ 甲午戰爭之前，中國境內尚有其他近代報刊見世，但或因宗旨不在思想傳播，或因出刊時間有限，皆無法與林樂知的刊物相提並論。這些刊物主要包括：中國境內第一份中文報刊《東西洋考每月統記傳》（*Eastern Western Monthly Magazine*），由德國傳教士郭實臘（Charles Gutzlaff, 1803-1851）創刊於 1833 年，1838 年停刊；上海第一份中文報刊《六合叢談》，由英國傳教士麥都思（Walter Henry Medhurst, 1796-1857）創刊於 1857 年，韋烈亞力（Alexander Wylie, 1815-1887）擔任主編，一年多即告停刊；上海道台馮俊光（1830-1877）主持的《上海新報》，創刊於 1876 年，1882 年停刊；出刊長達七十五年的《申報》，創刊於 1872 年（同治十三年），但性質為商業報。此外尚有若干中國境外出版的刊物，例如第一份以華人為對象的《察世俗每月統記傳》（*Chinese Monthly Magazine*），發行地在麻六甲，由英國傳教士馬禮遜（Robert Morrison, 1782-1834）、米憐（William Milne, 1782-1834）創刊於 1815 年，1821 年停刊。1832-1851 年間由美國傳教士裨治文（Eliza C. Bridgman, 1801-1861）創立的 *Chinese Repository*（《中國叢報》），雖在中國境內發行，但是以西方讀者（包括在華的西方人）為對象。值得順帶一提的是：前述主要由傳教士負責的中國境內出版的刊物，其發行所倚賴的自西方輸入的現代印刷科技與組織，亦誘發了中國印刷技術、印刷商業與印刷文化的現代轉型，參見 Christopher A. Reed, *Gutenberg in Shanghai: Chinese Print Capitalism, 1876-1937* (Vancouver, Toronto: The University of British Columbia Press, 2004), pp. 25-87。

㉜ 相關研究參見：梁元生：《林樂知在華事業與《萬國公報》》（香港：中文大學出版社，1978 年）；Adrian A. Bennett, *Missionary Journalist in China: Young J. Allen and His Magazines, 1860-1883* (Athens: University of Georgia Press, 1983)；楊代春：《《萬國公報》與晚清中西文化交流》；王林：《西學與變法：《萬國公報》研究》；姚興富：《耶儒對話與融合——《教會新報》(1868-1874) 研究》；朱維錚：《萬國公報文選·導言》（香港：三聯書店，1998 年）。

社會的客觀歷史條件，但最關鍵的因素仍在於創辦人林樂知個人的選擇與經營。

眾所周知，新英格蘭地區是美國第二次大覺醒運動（The Second Great Awakening）㉝的重鎮，十九世紀派遣傳教士來華的美國各個差會，即是在這波復興運動中陸續誕生的，而新英格蘭地區也就成為來華美籍傳教士的大本營。相對地，長期以來美國南方對於海外傳教運動即抱持冷漠的態度，喬治亞州的情況尤其落後。㉞林樂知生長於喬治亞州的帛爾克郡（Burke County），㉟他的中國之行，一則緣於 1850 年代以降來自北方福音運動的「差傳精神」（mission spirit）已漸滲透進入南方，二則緣於美南監理會決定致力於改善南方落後的情況。1859 年 12 月，林樂知在妻子及五個月大的女兒陪同下從紐約搭船赴華，次年 7 月抵達上海。㊱抵滬後，一家人居住於租界中美南監理會的一處房舍，林樂知亦開始學習中文。最初他中文取名為林約

㉝ 第二次大覺醒運動大致涵蓋 1790 至 1840 年代，它並非單純的宣教熱情的再次展現，而是與彼時美國社會世俗化的發展與庶民文化的崛起緊密相關，同時在思想上也深受歐洲啟蒙與美國革命的影響，否定了喀爾文教派正統的命定說（doctrine of predestination）。相關討論參見：Thomas S. Kidd, *The Great Awakening: The Roots of Evangelical Christianity in Colonial America* (New Haven: Yale University Press, 2007); Nathan Hatch, *The Democratization of American Christianity* (New Haven: Yale University Press, 1989); George M. Thomas, *Revivalism and Cultural Change: Christianity, Nation Building, and the Market in the Nineteenth-Century United States* (Chicago: University of Chicago Press, 1989); Donald G. Mathews, "The Second Great Awakening as an Organizing Process, 1780-1830: An Hypothesis," *American Quarterly*, vol. 21, no. 1 (Spring, 1969), pp. 23-43。

㉞ 截至 1850 年代，由美南監理會派遣赴華的傳教士只有四位（含林樂知），而美北監理會已派出九位，林樂知則是喬治亞洲派出的第二位。參見 Bennett, *Missionary Journalist in China*, p. 3。

㉟ 相較於工業化與現代教育快速發展的新英格蘭地區，1840 至 1850 年代（亦即林樂知早年時期）的喬治亞州雖仍是一個以棉業為主且教育相對落後的農業州，但變遷的腳步已悄然降臨。有限的工業化發展的結果，不只該州顯見經濟成長，並且在教會力量的助長下，各級學校教育日漸改良與擴增，課程內容則漸強調科學教育的份量。不過，一如黑奴解放問題在 1844 年終導致監理教會的南北分裂所示，直到林樂知離美赴華前夕，喬治亞州的社會體制仍屬保守，文化仍處於變遷的過渡階段，遠不如已躍升為解放黑奴及婦女運動重鎮的新英格蘭地區。在這樣的環境下成長，日後林樂知之所以會展現自由派的思想與作為，主要乃拜艾默蕾學院（Emory College）教育之賜；而日後當他目睹中國社會僵化的體制，往往也令他聯想起自己的家鄉面臨變革陣痛的過渡處境。參見 Bennett, *Missionary Journalist in China*, pp. 3-15。

㊱ 關於此趟旅程的描述，參見 Young J. Allen, *Diary of the Voyage to China, 1859-60* (Atlanta: Emory University Press, 1953)。

翰，1864 年任職於同文館後才改為林樂知，取「一物不知，儒者之恥」之意。1868 年他創辦《中國教會新報》（1868 年 9 月 5 日發行創刊號），旨在傳播福音、聯絡信徒，宗教色彩濃厚，但亦包含少量世俗消息及科技知識的內容。1872 年該刊更名為《教會新報》，1874 年始定名為《萬國公報》（*The Global Magazine*），此後雖然傳教宗旨不變，但宗教性內容明顯變少，世俗性內容則越來越多。㊲ 1883 年 7 月至 1889 年初曾停刊近五年半，而後於 1889 年 1 月 31 日復刊。復刊後中文刊名不變，英文則易為 *A Review of the Times*。林樂知仍繼續主持編務，但該刊改為隸屬於廣學會（The Christian Literature Society for China），由該會負責籌措經費與發行，從而成為該會推廣西學的一個重要平台。㊳此後不只華人作者漸增，透過廣學會的發行通路，該刊亦更擴大其影響力，於甲午至戊戌年間達到顛峰。

自始至終，林樂知都是《萬國公報》的靈魂人物。王林把《萬國公報》所有的作者分為三類：林樂知與華人編輯、傳教士、華人作者；他統計並比較三類作者的文章數量，發現第一類作者居冠。㊴數量之冠說明了林樂知對《萬國公報》論述取

㊲ 關於《萬國公報》兩個階段的沿革以及內容體例、編輯群、作者群與發行情況，王林已有詳論，此處不贅，請見《西學與變法：《萬國公報》研究》第一章。

㊳ 廣學會的前身是 1887 年英國長老會傳教士韋廉臣（Alexander Williamson, 1829-1890）成立於上海的同文書會（The Society for the Diffusion of Christian and General Knowledge Among the Chinese）。該會於 1891 年秋由英國浸禮會傳教士李提摩太接手，次年始稱廣學會，其基本任務在於發行、贈閱寓含基督教義的世俗性譯著。成員以英美人士為主，除傳教士之外，還包括外交官、律師、醫生、報刊編輯、洋行代表。林樂知曾參與該會的籌設，並獲選第一屆協理。李提摩太接掌會務後，《萬國公報》作為該會機關報的色彩益發鮮明。他與林樂知的合作使得該刊的影響力達到巔峰，其中有獎徵文的設置不僅吸引中國士人購閱，亦使該刊容納更多的華人作者。參見梁元生：《林樂知在華視業與《萬國公報》》，頁 89-119；楊代春：〈略論《萬國公報》的徵文〉，《西南交通大學學報（社會科學版）》2 卷 3 期（2001 年 9 月），頁 43-48；王樹槐：《基督教與清季中國的教育與社會》（臺北：宇宙光出版社，2006 年），頁 115-158；Paul Cohen, "Missionary Approaches: Hudson Taylor and Timothy Richard," *Harvard Papers on China*, vol. 11 (1957)。

㊴ 王林：《西學與變法：《萬國公報》研究》，頁 39。根據王林的分析，華人編輯先後任職的主要有四位，其中沈毓桂（1807-1907）獨立署名發表了較多的文章，其他三位——蔡爾康（1858 年生）、任廷旭、范禕——則多是與林樂知合作撰述。總括林樂知個人文章及其與華人編輯合撰的文章，共得 121 篇，其中近半數（59 篇）的文章內容是討論時事、外交與變法。

向的支配性角色，他的言論不只構成該刊篩選所登文章的標準，[40]甚至形塑其他作者的論述取向。[41]無庸置疑，林樂知來華的目的在於傳播福音與辦理教務，透過創辦刊物引介西學、西政只是他的手段，從而衍生學者所謂「以學輔教」、「以政輔教」的間接傳教取徑。這樣的取徑，不只見於停刊前林樂知獨立經營的《萬國公報》；復刊之後，該刊雖改隸屬於廣學會，但該會成立以來的傳教取徑即與林樂知一致，並且林樂知仍舊負責總編輯的工作，因此直至 1907 年正式停刊，《萬國公報》一直都維持間接傳教的取徑。

早在創辦《中國教會新報》之前，林樂知即已開始思索間接傳教的方式。在來華最初的六年間，他亦致力於直接傳教，[42]但不久即深刻體悟其中的艱難——六年內，只有七名中國人在他施洗下歸信基督教。這樣的經歷，加上逐漸認識到「西學」對於中國官員及士人的莫大吸引力，使得他在傳教策略上有了新的想法。1866 年 12 月，在一封私人書信中他表示：為了擴大對華人的接觸，也為了培植一批高素質的華人得以充當「在地代理人」（native agents），傳教事業必須啟動一個長遠的教育計畫，包括學校的建置與閱讀材料的出版。他尤其強調科學教育的重要性，認為中國人「對於自然哲學、化學與天文學最簡單的法則都無知到無以覆加的地步，這充分應證於他們含糊的觀念、不可理喻的迷信（superstitions）以及禮制（rituals）當中」。林樂知甚至直接聲稱：「神蹟」（miracles）的時代已經過了，在中國，「科

[40] 例如稍後我們將詳論的花之安的《自西徂東》，即是因與林樂知個人見解相近而獲重視，創下在該刊連載最久（前後共 48 期）的紀錄。

[41] 最明顯的例子莫過於林樂知對與他合作的華人編輯個人著述的影響，尤其是他發表於「中西關係論略」專欄的系列文章。這些堪稱他早期代表作的文章，從不同方向討論、界定了歐美社會的世界角色以及中西相遇的意義（詳見本文第四節的討論），啟發並形塑了華人編輯談論中西關係的模式。另外，1881 年底舉辦的「中西學院之益」徵文活動中，投稿的華人作者張書紳、孫有穀、嚴麟等人的言論，亦清楚反映林樂知的影響。王林認為這些文章堪稱代表了八十年代中國開明派士人對於中西學關係的認識。見王林：《西學與變法：《萬國公報》研究》，頁 167。另見楊代春：〈華人編輯與《萬國公報》〉，《湖南大學學報（社會科學版）》，22 卷 6 期（2008 年）。

[42] 直接傳教是指透過宣講教義（preaching）、遊行佈道（touring）、以及散發單張（distributing tracts）的傳統傳教技巧直接宣揚福音，以期增加信徒數量與更多教堂的建立。這種方式排斥間接傳教所採用的救濟、辦報與興學等途徑，認為肉體需求的照顧與社會制度的改造並非當務之急。

學」將發揮如神蹟般所向披靡、點石成金的奇妙效果。㊸雖然直到 1881 年他創辦中西書院（Anglo-Chinese School）之後，㊹上述的教育計畫方告實現，但在此之前，《教會新報》與《萬國公報》實已日漸走上以學輔教的方向。1874 年《教會新報》正式更名為《萬國公報》，即標誌此一方向的確立。此後三十餘年間，林樂知始終致力於世俗取向的傳教計畫。

在創辦刊物之前的數年間，林樂知除了忙於教務，亦因美國內戰（1861-1865）導致教會經濟支援中斷的緣故，幾度受聘於清政府的洋務機構。㊺ 1864 年 3 月，經由馮桂芬（1809-1874）的引介，他進入上海同文館㊻擔任英文教習，為期六個月。1867 年 3 月他重返同文館舊職，㊼直至 1881 年辭去館務為止。而在創辦了刊物之後，1871 年他亦曾入江南製造局擔任譯書工作，與傅蘭雅（John Fryer, 1839-1928）、韋烈亞力（Alexander Wylie, 1815-1887）等人共事。此後十餘年間，他身兼教習、譯員、編輯與傳教士四職。㊽教習與譯員的工作資歷不止舒緩他的經濟窘境，對於他日後的傳教及刊物編輯事業亦多所助益，尤其是藉此得以與中國官員與士人有更多的接觸，㊾並對他們在中國社會中的地位、角色有了更深入的認識，從而影響到他選擇「由上而下」的傳教取徑。

㊸ Allen to Edward W. Sehon, December 7, 1866. 參見 Bennett, *Missionary Journalist in China*, p. 30。

㊹ 關於中西書院的討論，參見 Bennett, *Missionary Journalist in China*, pp. 89-95。

㊺ 除了任職於洋務機構，此期間林樂知尚從事過米行代理與棉販的工作。

㊻ 1862 年恭親王奕昕等奏準於北京設立同文館，附屬於總理各國事務衙門，設有管理大臣、專管大臣、提調、幫提調、總教習、副教習等職位元，目的在於培植翻譯人才，另開有格致學門課程。上海同文館於次年成立。

㊼ 1867 年 1 月底，林樂知因經濟仍顯窘迫，遂主動探尋重返同文館舊職的可能性。最初遭拒，次月因上海道台應寶時（1821-1890）的支持才得以成事。應寶時是當時清政府中少數懂洋務的官員之一。

㊽ 此四職正可概括林樂知一生在華開創的事業。1903 年底，來華已屆 43 年的他如此自述：「鄙人來華，四十餘年矣，無一日不作傳道之工，無一事出於譯書、撰報、設塾、興學之外，因念此等功夫，皆為開通民智，可藉以多儲播道之人才，為尤有益也。」見〈論女學之關係〉，《萬國公報》，35 冊，頁 22229。

㊾ 這些人士包括變法思想先驅馮桂芬、上海道台兼洋務官員應寶時、清政府第一位使外大臣郭嵩燾（1818-1891）。

林樂知終其一生以中國官紳為訴求對象的以學輔教、以政輔教的傳教取徑，是十九世紀後半期在華自由派新教傳教士的典型作風，[50]同時亦呼應了美國本土相關思想的發展。如前所述，美國海外傳教活動乃崛起於第二次大覺醒運動蔓延之際。這個對於日後美國宗教文化有著深遠影響的福音復興運動，其重大意義之一，在於催生了喀爾文教派神學思想的轉化。在美國革命民主思潮以及歐洲啟蒙哲學的人文主義衝擊之下，這股新興的福音復興思潮，否定了傳統喀爾文教派的上帝預選論，代之以對個人自由意志的推崇，認為靈魂的重生與救贖端賴個人內在信仰以及持續過著合乎倫理的生活，從而奠定普世救贖與傳教運動的神學依據。時至 1850 年代，新教自由主義（Protestant liberalism）的勃興，更加強化了傳教運動中原已存在的文明化取向，使得人們強調耶穌作為教師、醫者與救主的多重角色，認為宗教不當只關心人的屬靈事務，而當注重人的肉體與物質需求。此一發展賦予「世界福音化」最寬廣的解釋，它貶抑保守派堅信的千禧年論（millennialism）與「異教毀滅」（perishing heathen）論，[51]充分發揮神學家霍勒思·布希內爾（Horace Bushnell, 1802-1876）所提倡的一個理念：「救贖是一個環境影響扮演了主要角色的漸進過程」。[52]相對於保守派以拯救個人靈魂為致力的目標，自由派的「歸信」（conversion）概念結合了對十九世紀新興社會科學的信心，衍生出一種社會性（societal）歸信的概念，意指一個向異教國度引介西方教育、科技與世俗性思想的文明化過程，亦即是一個漫長的、漸進的環境改造工程。套用亞瑟·皮爾森（Arthur Pierson）的話：「福

---

[50] 如前所述，清末傳教方式的主流是直接傳教，因此《萬國公報》的代表性僅限於自由派。不過，誠如費正清（John King Fairbank）所言，相較於十七八世紀耶穌會士謀求與統治階級作思想對話的傳教策略，十九世紀新教傳教士的傳教事業不只多改以一般民眾為標的，印刷品的傳播也普遍變成了關鍵的管道。因此，就印刷品所代表的「文字傳教」策略而言，《萬國公報》的歷史意義卻又有其普遍性。參見 Fairbank, "Introduction," *Christianity in China: Early Protestant Missionary Writings*, p. 6。

[51] William R. Hutchison, *Errand to the World*, pp. 91-124.

[52] Ibid., p. 104. 有關布希內爾的自由神學思想，參見 Gary Dorrien, *The Making of American Liberal Theology: Imagining Progressive Religion, 1805-1900* (Louisville, London: Westminster John Knox Press, 2001), pp. 111-178。

音化就是文明化」。[53]這類想法造就了 1880 年代「社會福音」（Social Gospel）運動的勃興，此運動的基本信念即是：欲使一個社會接受基督教，所需致力的將不只是讓社會中的個人皈依上帝，而且是要改變該社會的制度與結構。新教自由主義亦形塑 1890 年代以降，以東亞為主要佈道對象的 YMCA 學生自願運動（Student Volunteer Movement），對清末民初中國教育的現代化起了先導作用。[54]

林樂知的世界觀以及傳教策略的相關思維，即是在上述美國傳教思想發展的脈絡下孕育而生的。他既受到這個發展的影響，也是它的主動參與者，而「中國」這個海外環境，則是他作為參與者所直接涉入的文化場域。[55]質言之，他的中文書寫所展現的世界觀，最為核心的構成元素有二：「三倫」的文明體系概念，以及「文明化」的意識形態。此二者不只界定了林樂知個人對於西學與中西相遇之意義的詮釋方向，亦透過他而形塑了《萬國公報》的文明論述。以下兩節將分別以此二者為焦點，探討 1874-1907 年間《萬國公報》的文明論述如何在中文語境中開展。

三、從「教化」到「三倫」：中文語境下的西方自我表述

如前所述，歐洲啟蒙思想興起之後，「文明」開始成為歐洲人思考他們與歐洲以外其他社會的文化相遇問題時援用的一個新興概念。《萬國公報》傳教士作者對

---

[53] 這樣的立場普遍見於來自歐洲北美的自由派新教傳教士。參見：Brian Stanley, *The Bible and the Flag: Protestant Missions and British Imperialism in the Nineteenth and Twentieth Centuries* (Leicester, Eng;: Apollos, 1990); John and Jean Comaroff, *Of Revelation and Revolution*; Peter van der Veer, *Imperial Encounters*; Peter van der Veer, ed., *Conversions to Modernities*。

[54] 參見 Emily S. Rosenberg, *Spreading American Dream: American Economic and Cultural Expansion, 1890-1945* (New York: Hill and Wang, 1982), pp. 28-33; Paul Varg, *Missionaries, Chinese and Diplomats: American Missionary Movement in China, 1890-1952* (Princeton: Princeton University Press, 1958); Ryan Dunch, *Fuzhou Protestants and the Making of a Modern China, 1827-1927* (New Haven: Yale University Press, 2001); Lian Xi, *The Conversion of Missionaries: Liberalism in American Protestant Missions in China, 1907-1923* (The Pennsylvania State University Press, 1996)。

[55] 這方面的另一個代表人物是李提摩太。參見 Ralph Covell, *W.A.P. Martin: Pioneer of Progress in China* (Washington: Christian University Press, 1978)。

於中西相遇問題的理解與詮釋，亦援用了此一概念。他們一方面是在文明概念下重新闡述基督教的涵義，另一方面是在這個重新詮釋的基督教（意謂「基督教文明」）的參照下，一則闡述西學與中西相遇的意義，二則批判中國文明的「不足」。不過，不同於西方社會裡的本土論述，林樂知等人必須在中文的環境之下操作，是以有「三倫」概念與詮釋架構的發明。底下本節將以林樂知個人的思想為主要線索，在前節所述「文明化與福音化」的問題脈絡下，探討信奉基督宗教與否的信仰問題如何被轉換為文明的問題，以及催生三倫概念的文化機制與思想理路。

(一)傳教士作爲文明使者

1872 年 4 月，在一封致 *Christian Advocate* 編輯的信中，林樂知指出，雖然中日兩國人民並不懂得傳教士真正的角色在於宣揚福音，但他們都很瞭解傳教士對於引介西學以及更廣泛的西方文明的貢獻。在他看來，傳教士是「我們〔指西方〕的文明對異教政府與人民足以發揮的所有影響之主要媒介」，而中日人民亟於追求的科學與歷史等西方知識，則「終將使他們的心智得到鬆綁與自由」。[56]同年底，在另一封致 *Christian Advocate* 編輯的信中，林樂知重申傳教士作為西方文明傳播者的角色。他指出中日兩國正期待教會能提供他們教師與傳教士，「以便打開我們的知識寶藏，導引他們從目前的黑暗，走入**我們較為榮耀的文明與宗教**的光明之中。」[57]這裡所說的對於脫離「黑暗」的期待，毋寧是林樂知（及其母國的對話者）的期待，而「黑暗 vs. 光明」的二元修辭，則清楚顯示他對中西相對地位的特定認知：兩者構成了被解放者與解放者的關係。

當然，我們必須指出一個事實：上述這兩封英文書信的預設讀者是西方（教會）人士。一如其他的在華傳教士，林樂知送回母國社會的報告或書信，不管是否因欲爭取更多資源的援助而刻意為之，往往流露出迎合母國社會的東方主義偏見。相對地，他的中文著作（尤其是 1895 年之前的著作）則含蓄許多。這樣的落差既說明了

---

[56] Allen to editor, *Christian Advocate*, April 13, 1872, p. 2.

[57] Allen to editor, dated December 10, 1872, in *Christian Advocate*, February 8, 1873, p. 2. 引文中的粗體字體強調，為筆者所加。

西方社會主流的中國觀的樣態，也說明了林樂知在面向中文環境時必須採取的調適主義。後者是稍後我們將討論的一個焦點議題，這裡先再回到傳教士作為文明使者的問題。

林樂知之所以深信傳教士是傳播西方文明的「主要媒介」，最根本原因在於他對「西方文明」有著特定的理解方式，亦即：將西方文明理解為以基督宗教為基礎的宗教、道德與科學三體合一的文明體系。這個理解影響到他如何看待西方在華的另兩大類人員：外交官與商人。另外，他對於傳教事業與西方政商勢力之關係的特定理解方式，以及他以中國士人與官員（而非一般老百姓）為主要訴求對象的選擇，也促使他強調傳教士的文明使者的角色。

在一封寫於 1882 年的英文書信中，林樂知指出，西方外交與商業勢力業已日漸撼動中國官員與士人的文化高牆，不只使他們願意開眼看世界，也為他們展示了西方文明的實際益處。[58]不過，林樂知認為，關於中西相遇的真正意義，西方外交官與商人並無能予以正確的闡述，唯有傳教士方能擔負起此一重責大任。林樂呼籲傳教士必須承擔起教師的責任，向中國人解釋中西的差異，並且是要透過追溯此差異的精神與思想源頭（亦即基督宗教）來予以解釋，如此方能讓中國人正確理解中西相遇的真正意義。他深信傳教士若能同時兼顧宗教與世俗的活動，必能清除中國人的「異教迷信」（heathen superstition）。[59]林樂知自然也理解到，西方政治、外交與商業勢力在中國的擴展，確實對傳教事業有莫大助益；然而相對於西方的政商利益，他期許傳教事業能保持其自主性。[60]在他看來，此自主性的意義有二：其一，使中國人免除對傳教事業的戒心；其二，如實反映傳教士的真正角色。所謂傳教士的真正角色，林樂知心中所構想的，並非只是西方政教分離原則下傳教士的宗教角色，尚且包括傳教士作為西方（基督教）文明守護者與代言人的角色。換言之，當林樂

---

[58] Allen to Dr. Oscar P. Fitzgerald, dated June 23, 1882, in *Christian Advocate*, August 19, 1882, p. 10.

[59] 林樂知的這些想法，相關討論參見 Bennett, *Missionary Journalist in China*, pp. 85-86, 93-94。

[60] 舉例而言，1875 年林樂知於「中西關係略論」專欄中寫道：「傳教者所到之處如此之廣，並非奉國家之命，亦無利己之心，無非本耶穌遺訓，為救人之證應」；傳教者「與通商者雖同往異邦，而視通商謀利者迥然不同矣」（《萬國公報》，冊 3，頁 1780）。相關討論見 Bennett, *Missionary Journalist in China*, pp. 52-54。

知強調在華傳教士作為西方文明使者的角色時，他同時也在界定傳教士在西方社會的角色。就前一角色的界定而言，它正好呼應了林樂知以中國官員與士人——儒家文明的守護者與代言人——為訴求對象的選擇。相對於這樣的對象，西方文明的傳遞自然也應當出自於與他們地位相當的傳教士。

如果林樂知之所以堅信唯有傳教士方能詮釋中西相遇的真正意義，是與他認知西方文明的特定方式直接相關，那麼接下來我們需探討的問題是：他（以及其他在華傳教士）如何在中文語境下談論西方文明，或者更廣泛地說，如何談論「文明」？我們可以想見：三倫概念的提出，乃是源於他欲精準傳達前述他對西方文明的特定的理解。為了充分掌握這個概念的複雜意義，底下讓我們先思考這個問題：相對於他所欲傳達的西方文明的內容，林樂知何以認為，一個與文明概念相近的現成中文語彙——教化——是有所不足的？

(二)「教化」vs.「文明」：新教化觀的出現與傳教士的辨異意識

即使傳教士在抵達中國之際即已抱定「文明化」的目標，但很快他們就會察覺到如何在中文語境下談論文明的難題。這個難題不僅涉及文明概念的傳譯問題，並且關乎如何對待中國文明的態度或評價問題。這些傳教士遲早會發現，即使中國文明具有致命的缺陷，但中國人絕非白紙一張。尤其當面對中國官員與士人時，傳教士必須思考：如何以他們可以理解且不感到被嚴重冒犯的方式談論文明？

就林樂知的案例而言，前已述及，1872 年他在英文書信中使用「黑暗 vs.光明」的措辭，說明了他所認知與認可的文化上中西的不對等關係。然而當他從英文讀者轉向中文讀者時，我們發現，他毫不猶豫地承襲了早期耶穌會士的調適主義，[61]不只大量援用中國固有詞彙來傳達基督教的世界觀，亦壓抑了他對中國文化的偏見，使得原來「黑暗 vs. 光明」的強烈措辭，柔化為「不足 vs. 完備」的說法。不過，不同於耶穌會士的天儒合一論，《萬國公報》雖偶見（尤其是早期的時候）林樂

---

[61] 關於耶穌會士的調適主義，參見 Erik Zürcher 的討論：“A Complement to Confucianism: Christianity and Orthodoxy in Late Imperial China,” in Chun-chieh Huang and Erik Zürcher, eds., *Norms and the State in China* (Leiden: Brill, 1993), pp. 71-92; “Confucian and Christianity Religiosity in late Ming China,” *The Catholic Historical Review* 83.4 (1997), pp. 615-22。

知與其他傳教士作者採用耶儒附會的修辭，但正如「不足 vs. 完備」的說法所暗示的，更多時候他們強調的是中西辨異的必要性。後者這項特質的緣由與意義是我們必須深掘的，第四節將論證它如何是內建於文明化意識型態的一個基本前提。這裡我們先透過《萬國公報》的一個關鍵詞——教化——來一窺辨異意識的作用，藉以說明三倫概念湧現的論述脈絡。

《萬國公報》透過西方事物的引介而投射出的「文明」的圖像，明顯具有綜合性的內涵，它包括了社會、政治、經濟、法律、文藝、科學、技藝、宗教、道德等方面的發展與成就。相對於此，在形諸論述而予以再現時，林樂知、花之安等人則僅標舉宗教、科學、道德三大項，以便對應於中國「三才」概念的天、地、人。其次，甲午之前，《萬國公報》和當時所見中外編者所撰的英漢詞典一樣，是使用「教化」一詞來對譯 civilization。[62]事實上，甲午之後，當「文明」一詞開始見於《萬國公報》，「教化」一詞仍被沿用。[63]然而從辭書到《萬國公報》，論述場域不啻有著可觀的轉變，因為後者基於成立的宗旨，必須更直接且積極地介入在地的教化論述，進而開拓出自己的論述空間。

十九世紀後半葉，儘管部份中國開明派士人的世界觀已逐漸發生微妙變化，但在甲午之前，中文語境裡的「教化」一詞，基本上仍指儒家的人倫教化。在討論清末「宗教」一詞的興起時，陳熙遠指出，中國士大夫的「原教」論述傳統，向來是以儒家禮教來規範「教」的涵義，「儒教不僅是『原教』的典範，更是『正教』的判準」。[64]引申而言，教化的正統涵義，是指以五倫為核心的儒家倫理價值與規範的教導與宣揚，或是指接受、涵化了儒家倫理價值與規範的一種成果或狀態。在擁護傳統天下觀的晚清保守派人士心中，「教化」意謂著以天下為範圍、以儒家倫理

---

[62] 參見方維規：〈近現代中國「文明」、「文化」觀：論價值轉換及概念嬗變〉；黃興濤：〈晚清民初現代「文明」和「文化」概念的形成及其歷史實踐〉。

[63] 舉例而言，1986 年林樂知翻譯《文學興國論》時，已使用「文明」對譯 civilization，但 1905 年他翻譯艾默孫的〈教化論〉時，卻仍沿用「教化」一詞。〈教化論〉中寫道：「考英文教化之本意，譯即教化野人而使之改良長進之謂。故長進者，教化之標誌。」（《萬國公報》，37 冊，頁 23357）

[64] 陳熙遠：〈「宗教」——一個中國近代文化史上的關鍵詞〉，《新史學》13 卷 4 期（2002 年 12 月），頁 43。

為內涵的普世性道德秩序。即使在馮桂芬（1809-1874）以降開明派士人為回應西學而倡議的道器論、本末論中，儒家倫理亦界定了所謂不可變的「道」與「本」。

不過，也就是在開明派人士當中，教化一詞開始有了新意。方維規的研究顯示，魏源（1794-1857）、徐繼畬（1795-1873）、郭嵩燾（1818-1891）、李圭（1842-1903）、鄭觀應（1842-1922）等人的著作裡，已使用多種傳統語彙來狀寫中國以外世界各國的發展狀況，包括：「聲明文物」、「政教修明」、「向化」、「文藝」、「文教」、「開化」、「風化」、「教化」等。[65]另外，根據黃興濤的研究，中外人士編輯的英漢詞典之外，「甲午以前的其他西文翻譯文獻中，以『文明』、『文化』兩詞來直接對譯〔civilization 與 culture〕的也是極少，而大多是將其翻譯成『開化』、『風化』、『教化』、『文雅』、『文教興盛』、『政教修明』、『有教化』、『有化』等辭彙。」[66]作為以上這些中外人士用以傳譯 civilization 的眾多意符之一，「教化」顯然已抽離了儒家倫理價值的內容，成為一種通稱之詞，泛指脫離粗野境域之後的文明化狀態。

伴隨著上述新教化觀的出現，在開明派人士當中，中國的自我理解亦有了微妙變化。在政治上，現代萬國觀的興起，打破了以中國為天下的傳統想法，轉而承認中國只是世界上萬國中的一國，並且挪用西方國際法與主權概念來界定「中國」的涵義。[67]在文化上，儘管華夏中心主義的影響力持續至甲午前後，但第一次鴉片戰爭以降開眼看世界的結果，已不斷帶來衝擊：從正視西夷的器物成就，到辯解「本末」、「道器」與「體用」的內容，再到「西學源於中土」的附會論，期間甚至出現如馮桂芬那般明言承認中國「四不如夷」，以及郭嵩燾直接斷言不是中國而是西

---

[65] 方維規：〈近現代中國「文明」、「文化」觀：論價值轉換及概念嬗變〉，頁 76。方氏認為，近代中國的文明概念「既來自『東洋』，更來自『西洋』」，不過關於晚清時期的「西洋」來源，他只討論了辭書與《東西洋考每月統記傳》，並未觸及傳教士的案例。

[66] 黃興濤：〈晚清民初現代「文明」和「文化」概念的形成及其歷史實踐〉，頁 7。

[67] 參見金觀濤、劉青峰：〈從「天下」、「萬國」到「世界」——兼談中國民族主義的起源〉，收入氏著：《觀念史研究——中國現代重要政治術語的形成》（北京：法律出版社，2009 年），頁 226-251；佐藤慎一著，劉岳兵譯：《近代中國的知識分子與文明》（南京：江蘇人民出版社，2006 年），頁 32-71。

國「本末」兼備的驚世見解。[68]不管是形諸怎樣的評價措辭或容受策略，從 1840 年代到 1870 年代，中國開明派人士所認知（進而接受）的西方文明的內容，顯然不斷在擴大之中。而這樣的認知上的發展，不啻是林樂知及其刊物所致力的目標。

由以上所論可知，《萬國公報》與部分中國開明派人士，實共享了同一個教化概念：「教化」泛指脫離草昧的文明化狀態。不過，前者的教化概念畢竟尚有一個基本涵義，亦即人群的物質與精神成果的總和。並且，在現實裡，基於它意圖影響中國社會的使命感，《萬國公報》毋寧更須在意位居主流的中國保守人士。對後者而言，教化無非是指儒家的人倫教化。由郭嵩燾公開刊行《使西紀程》而引起士人巨大的負面反響，致使他被迫於 1878 年返國，可以窺知當時保守的文化氛圍。面對保守人士先入為主的教化概念，以及開明派人士不完整的教化概念，林樂知與花之安等傳教士作者必須克服論述上的一個問題：單單使用教化一詞，並無法精準傳達「文明」的綜合性涵義。即使是挖空了儒家倫理的內容而泛指文明化狀態的教化概念，仍是比 civilization 指涉的範圍狹隘許多；何況林樂知與花之安等傳教士迫切的關懷所在，並非是泛論各國的文野之別，而是要向中國人宣揚世界上最完備的泰西教化，同時論證中國的教化只有道德而沒有宗教與科學的內涵。

三倫概念的出現，即是為了解決上述這個論述上的問題，而辨異意識正構成它背後的催促力量。透過三倫概念來界定教化的內容，中文語境中教化一詞的涵義，遂獲得史無前例的延展，逼近了現代的文明概念。[69]並且，不僅所謂「『正教』的判準」從中國傳統士人所認定的儒教轉變成耶教，教化的普世性典範亦從中國轉移至西方。

---

[68] 參見金觀濤、劉青峰：〈從「天下」、「萬國」到「世界」——兼談中國民族主義的起源〉。另見拙作：〈晚清士人體用論與中國觀之嬗變〉（未刊稿）；佐藤慎一著，劉岳兵譯：《近代中國的知識分子與文明》，頁 32-71。

[69] 這裡僅說是「逼近」，因為單靠三倫概念尚不足以道盡現代文明概念的涵義。林樂知等人還必須引進線性進化論的歷史敘事，方得以表達文明概念所意味的不斷的變動與發展。後者在 1896 年之後始見於《萬國公報》，詳見本文第四節的討論。

㈢從「三理」到「三倫」：基督教文明體系的自我表述

中國傳統士人論述安邦治國之道，往往從天、地、人說起，三者被置於同一個宇宙框架之下，形成相互感應相通的有機關係。《萬國公報》藉由挪用三才概念來闡述西方文明的內容與意義，既有貼近中文語境以及當代士人經世懷抱的本土化（domestication）效果，又有舊瓶裝新酒的價值顛覆作用。三才概念的挪用最初是形諸「三理」的名目，1890 年代以降才易為「三倫」。不論標舉的名目為何，以宗教、科學、道德對應於天、地、人所形構而成的文明論述，代表了中文語境中的一種三體合一式的西方的自我表述。它投射出一個統合在基督教之下，從而成為完整體系的西方文明的圖像。林樂知與花之安認為，這個體系無所不包的完備性是世界上獨一無二的。林樂知尤其明言強調：唯有透過三倫架構重新詮釋的基督教，方能如實地傳達基督教的全貌，從而能正確地向中國人闡述中西相遇的意義。基於這樣的看法，三倫的文明論及其所挾帶的西方中心的世界觀，遂不只貫穿林樂知個人的中英文論述，也成為《萬國公報》闡述中西關係的一大基設。而由於林樂知所認知的基督教是一個涵蓋宗教、道德與科學的文明體系，並且他認為其中的宗教是此一體系的精神與思想源頭，因此他得以聲稱傳教士足以充當西方文明守護者與代言人的角色。

三理說最早見於 1875 年林樂知在《萬國公報》「中西關係略論」專欄發表的〈論謀富之法〉。[70]文中他指出，當今中國「重耕讀而輕工商」的弊病正「與西國當年相同」，不過後來西國「有賢者出，剔其弊而與其利」，亦即打破士人「只謀富貴於一身」，轉而思謀四民並進的國富之法。相對地，他認為中國士人長期以來缺乏「獨標新穎」的創造力，泥古而不知與時俱進。除了直接以西方為對比，林樂知並從普遍主義的立場豎立一個「士」的理想型，藉以對照出中國士人的缺失。他認為理想的士人必須具備「三理」的「大學問」。他寫道：

> 古今來之大學問有三：一曰神理之學，即天地萬物本質之謂也。一曰人生當

---

[70] 該專欄所載各篇文章後來集結成書，題為《中西關係略論》，1882 年由申報館代印。

> 然之理，即誠正修齊治平之謂也。一曰物理之學，即致知格物之謂也。三者並行不悖，缺一不足以為士也。[71]

通過三理所界定的理想士人的知識圖像，不啻翻轉了中國傳統貫通天、地、人的通儒理想，使其具有特定的西方內容，但同時又仍有普世的權威性。根據這個改寫了的通儒理想，林樂知指出，中國士人的缺失在於：「神理固不知矣，即格致亦存其名而已」，甚至連誠正修齊治平的「人生當然之理」亦「茫乎莫解」。此處他直接明言的缺失尚僅限於中國士人的「學問」，但稍後的論述他將擴大範圍，視神理、格致的闕如以及人理的缺失為整個中國教化的致命傷。

在 1879 年夏發表的〈教化論〉中，林樂知進一步闡述三理說，並且轉而從更寬廣的人群競存的觀點來論述其意義。該文的寫作有一個直接的背景，亦即花之安《教化議》一書的問世。《教化議》成於 1875 年末，林樂知隨即獲贈一冊，次年並於《萬國公報》上轉載花之安的書序。時至 1879 年夏，《教化議》的部分內容亦開始於《萬國公報》連載。[72]首度刊載之前，林樂知還特地發表一篇長文來呼應，此即〈教化論〉。該文所闡述的教化觀，一則是直接紹述花之安書序的理念，一則又做了巧妙的轉化，藉以引入三理說。讓我們先簡述花之安書序的要義。花之安首先揭示一個教化之有無的對比。他認為人之所以異於禽獸，「固在降衷之性，尤在教化之良」。證諸各國的發展，既有因「任教」而終至「制度文章，彬彬郁郁」者，亦有因「不教」而處於「草昧未開，榛榛狉狉」者。接著花之安揭示一個結合中國古今對比與中西對比的歷史視野。中國的古今對比顯然是挪用中國尊古的修辭結果。花之安認為，「中國教化莫善於成周」，「形上形下之道備，興賢興能之法詳」，然而「後世不能師其法以變化，反昧其法而失傳」，降及今日則「所教

---

[71] 《萬國公報》，冊 3，頁 1583。

[72] 《教化議》共分為「養賢能」、「正學術」、「善家訓」、「正學規」和「端師範」等五卷，部份內容陸續以如下標題轉載於《萬國公報》：〈養賢能論〉（連載四期）；〈學術論〉（連載三期，第二、三次時改題〈正學術〉）；〈善家訓〉（首刊時，文末預告後期將續刊，但實際上並未見續刊）。1897 年，《教化議》與花之安另一部著作《泰西學校》合併為《泰西學校教化議合刊》，由上海商務印書館出版。

者不過詞章之學，於德行道藝全不講求」，因此「廉能之士寡，而經濟之才疏」。相對於當代中國，花之安認為，「今泰西諸國，蒸蒸日上，全在教化。是求有善道以節民性，有善學以治民生。如是則民不至陷於左道以害其心，遞於虛學以誤其才」。[73]

一如林樂知的〈論謀富之法〉，花之安書序所勾勒的中西對比亦蘊含了以西為師的立場。這個立場貫穿《教化議》全書，而尊古則成了無關基本論旨的表面修辭。舉例而言，在〈學術論〉一章中，花之安雖稱讚「國治平天下，為儒道之功極」，然而他認為，「論歸宿之道」，儒道僅知人之「身」而不知人之「靈」。花之安並提出「教化之源」與「教化之末」的區別，認為「耶教之道，為眾道之宗。苟不本耶穌以教，皆膚陳之教」，亦即皆僅得「教化之末」，「猶而貌徒存，精神不在」。言下之意是：中國唯有接受講究人之「靈」的耶教，其教化方能超越「膚陳」而獲致「精神」。[74]本文第四節討論花之安的代表作《自西徂東》（*China, Christianity, and Civilization*）時，將有機會進一步細究他這套論述模式的文化意涵。現在讓我們聚焦於林樂知的〈教化論〉，探討他如何延續並轉化上述花之安的理念，進而提出三理說。

〈教化論〉開篇即呼應花之安的說法，認為萬物中人之所以獨貴，「一在降衷之性，一在教化之良」。接著林樂知引進一種擬似社會達爾文主義的修辭，藉以發揮花之安對於教化之有無的區別。他認為教化不僅讓人類脫離「草昧未開」的狀態，並且使人群得以延續命脈：古今中外人群的演進，都脫離不了「受教化者生，不受教化者滅」的鐵律，而「所謂滅者，非因爭而滅，乃不從教化，特自滅而已」。他並以土耳其、埃及、印度與中國為例，指出它們如今都面臨「不從教化而將滅」的危機。林樂知自然深知這些國家並非無教化，因此他提出一個教化的理想型作為他的理據。一如先前他以「三理」界定理想士人的知識圖像，現在他亦稱「完備無缺」的教化應當涵蓋「三理」：「上為天理，中為人理，下為物理」；「言夫天理，教之以拜神。言夫物理，教之以格物。言夫人理，教之以友愛」。林

---

[73] 《萬國公報》，冊 4，頁 2378。

[74] 《萬國公報》，冊 11，頁 6700-6701。

樂知並以這個理想型來對照中國的教化，藉以指出後者的不足。換言之，他是以理想與不足的對比，取代前述花之安的中國古今對比。兩人對於中國教化的評價都秉持西方中心論的立場，但花之安是以尊古修辭來加以沖淡，林樂知則是以理想主義修辭來予以遮蔽。後者認為，相對於三理兼備的理想型教化，中國的教化「所缺者有二，一不拜真神，一不窮格致」，其結果是中國今日陷入「既弱且窮」的困境。中國若欲「奮發為雄」，就必須「先折衷耶穌之道，後忝以格致之學。如是而不富強者，未之有也」。為了說明「耶穌之道」的重要性與優越性，林樂知進一步援引花之安的「源末」之辨。他認為中國雖亦有教化，然因未得「教化之源」，致使釋道二家「束縛人心」。儒家雖擅長「國治天下平」之法，然僅重視人之「身」而忽略人之「靈」，遂衍生諸如歧視女性的鄙陋習俗。言下之意是：中國所獨貴的「人理」教化亦有嚴重缺失。他的結論是：中國若能「去舊時之習俗，從今日之教化，必可轉弱為強」。[75]所謂「今日之教化」，無非是指三理兼備的泰西教化。

前已提及，林樂知寫作〈教化論〉的部分原因是為了呼應花之安的《教化議》。事實上，稍後花之安自己在《自西徂東》一書中所揭示的對於基督教的詮釋，與林樂知的三體合一論完全合轍。《自西徂東》於 1884 年發行單行本，但絕大部分內容已在 1881 年 4 月至 1883 年 7 月連載於《萬國公報》。1889 年 2 月，復刊後《萬國公報》所發行的第一冊，還續登了《自西徂東》其中的〈西家準繩〉一章，足見身為主編的林樂知對該書的重視。相對於林樂知三體合一的文明體系論，在《自西徂東》中，花之安將這個體系稱為「耶穌之理」。他認為耶穌之理「無所不備、不所不包」，貫通「上天之奧旨、人間之倫紀、地中之萬物」。[76]天、地、人三才所結構而成的「理想教化」（意指基督教文明）的詮釋架構，籠罩《自西徂東》全書，成為花之安藉以論斷中國教化之不足的根據。

三理說另見於林樂知的英文著作。1880 年 6 月，在一篇題為 “Our China Mission”（我們在中國的差傳任務）的手稿中，他提出一個廣義的基督教的概念，亦即基督教作為一個無所不包的「體系」（system）的概念。他指出，歷來人們都認為基

---

[75] 《萬國公報》，冊 3，頁 6576、6594-6596、6611、6631-6632、6666。

[76] 花之安：《自西徂東》（上海：上海書店，2002 年），頁 3。

督教義包括了人與人、人與神的關係，這固然不錯，但作為一個體系，基督教義其實還包括了科學所涵蓋的人與自然的關係。接著他指出宗教、道德與科學對於人的個別意義：「宗教聯繫他與神，道德規範他與他人的交互關係，科學教導他萬物的性質與用途」。林樂知認為，三者完整地涵蓋了人生的各個面向，使人得以獲得整全的發展。相較於世界上其他的體系，唯有基督教具有這樣的「整全性」（comprehensiveness），因此它既能造就「我們（指西方）的思想與物質資源的極致發展」，也能回應中國一切的需求。[77]

1883 年 7 月《萬國公報》停刊之前，三理架構不僅見於林樂知與花之安的論述，亦見於 1881 年華人作者「吉吳志道老人」發表的〈耶穌聖教中國所不可缺〉。文中分別闡述了「人與天主交」的「天道」，「人與物交」的「地道」，以及「人與人交」的「人道」。作者認為，「天主為聖父，則天主與人當列為首倫。而耶穌為聖子，實與聖父一體，則耶穌與人亦當列為首倫也。」[78]據筆者所知，這應當是《萬國公報》中首次將「人神關係」與「五倫」相提並論的案例，當可視為「三倫」名目的發軔。[79]

由以上所論可知，至遲到了 1880 年代初期，林樂知與花之安都已從三理的架構來表述西方文明，進而在這個西方自我表述的基礎上評斷中國，指出中國文明的不足。林樂知積極介入中國政治事務的論述尤其值得重視。他不僅熟捻地挪用隨著洋務運動而興起的富強論述，並做了一個重要轉換：所謂「自強」，倘若汲汲於道器、體用的辨別，而無視於西方文明本末具備的三體合一格局，將難逃「不從教化

---

[77] 林樂知此篇手稿成於 1880 年 6 月，一年半後正式發表於美南監理會的機關報 *Methodist Review*, 4 (January 1882): 34-50。參見 Bennett, *Missionary Journalist in China*, pp. 56-57。

[78] 《萬國公報》，冊 14，頁 8310。

[79] 吉吳志道老人的首倫之說，或許受到美國傳教士丁韙良（W. A. P. Martin, 1827-1916）的影響。丁氏於 1854 年出版的《天道溯原》，已將基督教義所言之人神關係界定為「首倫」。他批評儒教「言人有五倫，而不知神與人實為首倫」，「其教雖正而且美，究非全璧」。值得一提的是，一如林樂知與花之安，丁氏亦將歐洲各國的興盛歸因於基督教信仰，並且認為基督教因具有「真而且全」的特質，遂得以普世流傳。他寫道：「或問耶穌教，何以如此化世之速。曰：其道真而且全，故教行而且速」；「猶太拒之而亡，歐羅巴諸國從之而興」。見《天道溯原》（合肥：黃山書社，2006 年），頁 62-64。

而將滅」的厄運。

1889 年 2 月，《萬國公報》歷經五年半停刊後再次面世。復刊後，林樂知積極向中國介紹「西學」的熱忱有了全幅的開展。呼應甲午戰敗所引發的中國士人的思想遽變，該刊不只於 1895-1897 年間密集推出大量鼓吹變法的文章，[80]對於中國文化的批判亦明顯轉烈（詳見第四節）。不過，直至 1907 年停刊為止，「三理」——此時易名為「三倫」——依舊是林樂知詮釋西方文明的架構，並且更廣泛地見於其他外籍作者的文章。

1895 年 12 月，林樂知在〈基督教有益於中國說〉一文中寫道：「道之大原出於天，而教之大本存乎愛。」這裡所謂的「道」純然是基督教的內涵，「天」則被解釋為天父上帝，「教」則是天父上帝所傳「愛」的宗教。接著他便以「三大綱領」來分論「道」的內涵，並聲稱「一切有益於中國之事，皆推本於此三端而擴充之」。[81]「三端」無非是就三倫的別名，到了次年 3 月發表的〈險語對〉，林樂知便直揭三倫的名目。他寫道：

> 人生有三大倫焉，一曰神，一曰人，一曰物。自古迄今，由中暨外，不論智愚賢否，欲闡發教化之大旨，其口之所道，手之所書者，俱不能出此三字之範圍。[82]

> 要之之三倫者，名雖別其為三，實則皆一以貫之者也。泰西之教化，以真實無妄為宗。……天人物三倫，悉歸於真實無妄，然後國勢日強，民心日以明，本分盡而諸事備矣。[83]

以三倫概括「教化之大旨」，並以教化之全、真與否來解釋國勢的強弱，這裡林樂知全然是複述了他早先於〈論謀富強之法〉、〈教化論〉等文所揭的論點。另外，

---

[80] 有關《萬國公報》的變法主張，參見王林：《西學與變法》，頁 90-128。

[81] 《萬國公報》，冊 25，頁 15670。

[82] 《萬國公報》，冊 25，頁 15875-15876。

[83] 《萬國公報》，冊 25，頁 15952。

由於〈險語對〉標舉的名目是三倫，因此林樂知特別針對中國的五倫提出批評。他認為，「中國專重人事，有五常之德，而發之於五倫。不知天之生人，厥有三大倫焉」。[84]以三倫為判准，中國的五倫其實僅有一倫，亦即人倫。[85]教化既然未全，儒家的修齊治平之道即使再怎麼精進，亦無法使中國臻至泰西的富強、文明之境。

三倫說另散見於林樂知稍後的論著，包括 1897 年的〈廣學興國論〉與〈論格致為教化之源〉，以及 1903 年的〈論中國變法之本務〉、〈論中國維新之正路〉等文。舉例而言，〈論中國變法之本務〉聲稱「天人物三倫，世界所由承，文明教化所由致也」。[86]〈論中國維新之正路〉指出教育為中國維新的首要之務，但由於朝野講求的教育至今皆未得教化的三倫真諦，因此難逃「偽言維新，尤自速其敗」的下場。[87]總之，自 1875 年首次揭示三理說之後，林樂知在闡述西方文明的內容及意義時，三體合一說始終構成他的基本架構。

三倫的詮釋架構並見於花之安晚年的力作《十三經考理》。該書緣起於 1890 年新教傳教士大會委託花之安撰寫一部有關中國經書的著作。花之安原來計劃撰寫五卷本的《經學不厭精》，而《十三經考理》即為其中的一卷。1898 年，就在他辭世前一年，他完成並出版了《十三經考理》。[88]全書共分天地人三卷，顯見三倫架構的支配力量。民國初年，該書由漢津基督聖教協和書局再次發行，但改題為《天地人三倫》，並於書尾加綴英文書名：*The Scope of Christianity with Regard to Religion, Culture and Ethics in China*，以及三卷章節細目的英譯。三卷的標題分別譯為：

---

[84] 《萬國公報》，冊 25，頁 15951。

[85] 《萬國公報》，冊 25，頁 15883。

[86] 《萬國公報》，冊 34，頁 21547。

[87] 《萬國公報》，冊 35，頁 21799-21806。早在 1898 年底，廣學會集團即公開表達了對康梁維新派的批評。見〈廣學會第十一屆年會記略〉，《萬國公報》，冊 29，頁 18243。相關討論見王林：《西學與變法》，頁 123-128。王林指出，康有為（1858-1927）的變法主張多出自《萬國公報》，但立孔教會一事正與該刊立場水火不容，致使 1898 年該刊所見談論變法的文章數量驟降。

[88] 參見張碩：《花之安在華傳教活動及其思想研究》（北京大學歷史系博士論文，2008 年）。

On "HEAVEN" or Spiritual Things—RELIGION
On "EARTH" or Material Things—CULTURE
On "MAN" or Human Relations—ETHICS

筆者查閱哈佛燕京圖書館所藏 1898 年上海美華書局出版的《十三經考理》微捲，並未發現英文書名與目次。上述協和版所見的英文書名與目次，究竟是出自花之安之手還是由他人代筆，筆者尚無法確定，不過它們確實精準傳達了花之安原書的構想。由該書三卷的內容結構，以及協和版所附英文標題，可以得知：Religion（指基督宗教）、Culture（涵蓋物質文化、科學與技藝）與 Ethics（倫理道德）三者正構成花之安對「文明」的基本想像。換言之，他完全是根據文明的概念來賦予基督教一個廣義的解釋，並在三倫架構下進行中西比較。一如先前的《教化議》與《自西徂東》所示，這樣的比較架構使得《天地人三倫》的中西會通淪為表象，反而是西方中心主義的觀點獲得再次的揮灑。

除了林樂知與花之安，三倫說亦散見於其他外籍作者的文章。例如，1902 年，美國公理會傳教士謝衛樓（D. Z. Sheffield, 1841-1913）所撰〈論基督教於中國學術更變之關係〉一文中云：「人倫之上，尚有天倫，儒教未嘗言及。」[89]謝衛樓雖僅明言標舉「天倫」，但他批評儒學「昧於物理」、「不知人去惡成善之難」，可見含括宗教、科學與道德的三倫亦是他據以評斷儒學的框架。1903 年，另一位美籍作者蓋樂惠所作〈論政教之關係〉一文中云：「文明教化貫通三倫。孔子儒教，祇盡一倫，其偏全為何如哉。」[90]個別作者之外，《萬國公報》復刊後所屬的廣學會亦持相同看法。1896 年的〈廣學會年報〉有如下一段深具代表性的文字：

> 把西方知識和西方文明如實地作為真正基督教的成果和具有明顯的基督教特性予以引入，這對中國和西方都是極端重要的。……使中國人在接受自然科

---

[89] 《萬國公報》，冊 35，頁 21333。
[90] 《萬國公報》，冊 34，頁 21672。

> 學教育的同時接受道德和宗教教育，這是非常重要的一件事。[91]

所謂西方文明「作為真正基督教的成果」，不止呼應林樂知的三體合一論，更道出此論的核心特質：以宗教作為整個體系的思想源頭。林樂知自己即說：「西方之政原於教，西方之教本與愛。新舊二約，詳哉言之。」[92]

將西學、西政或整個西方文明溯源至基督宗教的源頭——這個不斷出現於《萬國公報》以及其他地方的晚清傳教士的著名命題，雖為學界所週知，至今卻未得應有的重視。如果將這命題僅僅視為策略性修辭，自然就跨出了上述三體合一的世界觀，衍生出類似 1895 年嚴復（1854-1921）在〈救亡決論〉中所陳述的論點：

> 西學之與西教，二者判然絕不相合。……「教」崇「學」卑，「教」幽「學」顯，崇幽以存神，卑顯以適道，蓋若是其不可同也。

或是如 1902 年梁啟超（1873-1929）在〈保教非所以尊孔論〉中否定馬丁·路德的宗教改革是近代文明起點的觀念，並宣稱各種宗教「與將來之文明決不相容」，因為宗教「惟以儀式為重」、「惟以迷信為歸」。他說：

> 科學之力日盛，則迷信之力日衰；自由之界日張，則神權之力日縮。今日耶穌教勢力之在歐洲，其視數百年前，不過十之一二耳。[93]

---

[91] 〈廣學會年報〉（1896 年），收在《出版史料》，1990 年第 3 期。

[92] 林樂知：〈重回華海仍主公報因獻芻言〉（1899 年 3 月），《萬國公報》，冊 29，頁 18388。

[93] 類似的看法另見易鼐：〈論西政西學治亂興衰俱與西教無涉〉，《湘學報》，29 冊，頁 32-36。必須指出，梁啟超從「迷信」的觀點批判「宗教」，背後實有深刻的歷史意涵，代表甲午戰後經由日本的管道而引進中文語境的一個嶄新的宗教論述。巴斯蒂（Marianne Bastid-Bruguière）已指出，直到 1901 年，梁氏才在日文書刊的影響下，真正掌握到「宗教」一辭的現代涵義。在此之前，他乃是將「宗教」等同於「思想體系」或「意識型態」。參見巴斯蒂：〈梁啟超與宗教問題〉，收入狹間直樹編：《梁啟超·明治日本·西方——日本京都大學人文科學研究所共同研究報告》（北京：社會科學文獻出版社，2001 年），頁 417。另外，Vincent Goossaert 指出，清末

嚴復與梁啟超的言論代表的是另一種世界觀的觀點，但就林樂知與花之安而言，正由於他們是從「體系」的觀點去看待西方文明，將它看成是一個整體觀的（holistic）整體，並以宗教（基督教）去界定這個整體的本質或根本源頭，從而有如上命題的出現。值得玩味的是，關於「西方富強」的秘密以及解決中國問題的途徑，嚴梁二人的看法，卻也呈現如新教傳教士一般的本質論、思想決定論的傾向，只不過他們所指認的本質或源頭並非宗教思想，而是自由、平等、民主等世俗性思想。[94]相對地，同樣具有本質論、思想決定論傾向的康有為（1858-1927），他的「儒教國教論」恰恰是以林樂知等人的三體合一論做為取法對象，差別只在於基督教被置換成儒教。[95]

四、文明化的空間與時間：全球化敘事與中西辨異之必要

第三節的討論清楚顯示，三倫的架構具有同步闡述西方文明之內容以及中國文明之缺失的雙重功能。換言之，當林樂知、花之安等人透過這個架構進行西方的自我表述時，他們同時亦透過它而將中國「他者化」。後者是「文明化任務」的意識形態必然導致的結果，並且必須時時刻刻仰賴中西不對等（亦即「中劣西優」）的差異建構來予以維繫和正當化。通過三倫架構所建構的中西差異只是靜態的類型對

新宗教觀興起之際，「迷信」的概念亦從日本傳入。見 Goossaert, "1898: The Beginning of the End for Chinese Religion," *Journal of Asian Studies*, 65.2 (May 2006): 307-336; and his "Republican Church Engineering: The National Religious Associations in 1912 China," in *Chinese Religiosities: Afflictions of Modernity and State Formation* (Berkeley and Los Angeles: University of California Press, 2008), p. 211。

[94] 參見 Benjamin Schwartz, *In Search of Wealth and Power: Yen Fu and the West*; Hao Chang, *Liang Ch'i-ch'ao and the Intellectual Transition in China*; Lin Yusheng, *The Crisis of Chinese Consciousness*。

[95] 相關討論參見 Vincent Goossaert, "1898: The Beginning of the End for Chinese Religion"。康有為曾自述，1882 年他「道經上海之繁華，益知西人之治術有本。舟車行路，大購西書以歸講求焉……自是大講西學，始盡釋故見」；次年又「購《萬國公報》，大攻西學書，聲光化電重學及各國史志，諸人遊記，皆涉焉」。見《康南海自編年譜》（北京：中華書局，1992 年），頁 11。

比，但林樂知等人尚從動態的「文明化過程」（civilizing process）的角度來闡述中西差異。本節將聚焦於這套文明化的論述，分別從空間與時間的面向，探討它如何將中西差異的建構，組織到一套以「世界」為客體的基督教全球計劃（global project）的敘事（narrative）。

㈠文明化的地理圖譜：世界、西方與中國

1875 年，林樂知為《萬國公報》的「中西關係論略」專欄寫了一系列文章。首篇〈論歐洲人分佈天下之意〉，開篇即引入「地球」的視野：「地面本圜，而水陸分焉」，「合而言之為天下，分而言之為各國」。在此一全球的視野之下，林樂知繼而勾勒出一幅十五世紀以降，歐洲人因通商而逐漸遍布全球的發展圖譜。他將這樣的發展歸諸「自然」之理，認為各國因所處之地有寒溫熱帶之別而有不同的產物，然「無之而聽其無，非天所以養人之道，必也以有易無，互相交易，此通商之意所由起也」。林樂知進一步指出，歐洲人因掌握了「天所以養人」的自然之理，遂遠至異域拓土殖民，後又歷經工業革命，終使得歐洲「富強甲天下」。然而環顧天下，「有一大國未全到者，惟中國耳」，因此他們不遠千里而來，為的就是要努力發揮「通商之意猶未足」之處。[96]

林樂知所勾勒的這幅「歐洲人分佈天下」的圖譜，看似了無新意，卻是他用以界定「中西關係」的一套重要的詮釋性敘事。它雖立足於「世界」的視野，但明顯具有歐洲中心論色彩，並且蘊含目的論傾向。在它的詮釋之下，西方的先趨角色、中國的落後角色、以及西人來華通商傳教的活動都一一被自然化（naturalized），西人東來的趨勢亦被賦予飽滿的善意。[97]在系列文章第三篇〈中外交接宜如何聯絡如何維持〉一文中，林樂知進一步發揮這套敘事的詮釋性功能。他不僅將「各西國人之來中原」的現象歸諸「天下自然之理」，並且聲稱「西人無欲中國土地之心，其

[96] 《萬國公報》，冊 3，頁 1442-1443。

[97] 當然，林樂知並不認為自己有我族中心主義的問題。他還特別在專欄文章中澄清：他的議論乃出自「局外旁觀」，秉持的是「大公無我」的「實心」，絕無「干預中國事」的野心。見《萬國公報》，冊 3，頁 1612。

所欲者，通商也」，「所望於中國者，一曰非強不可……二曰非富不能」。[98]當然，林樂知不只關心西人的全球通商，他更關心基督教的普世化。而正如他將全球通商理解成一股勢不可擋的「自然之理」，他亦將基督教的全球傳播視為當然之理。〈論神理之學〉一文便轉而聚焦於基督教的全球流通，並強調「傳教一事」乃「中西關係之最重者」。[99]林樂知認為，基督教的神理「非但行之於泰西各國而已，乃天下萬國所公共之理也」，因此傳教士「周流列國，以神理覺斯世之民，而為耶穌救人之證」。[100]而正如傳教事業在當今中國所遭遇的草創難局，「耶穌之理，在西國當年行之，亦頗不易」；不過「耶穌之理出，足以挽頹風而振靡俗，故西國前此之邪說一掃而空矣」。[101]言下之意是：假以時日，耶穌之理必然亦能在中國發揮同樣的功效。

以上所論林樂知以通商與傳教為主軸所鋪陳的全球化敘事，精準反映了《萬國公報》中慣見的一套有關基督教與世界之關係的敘事。這是一套鑲嵌於地理空間座標系的雙焦點敘事：一方面，透過將傳教描繪成一個遍及全球的事業，[102]投射出「世界」作為單一整體的形象；另一方面，又在在強調此世界圖像中的一個地理區分：西與中。前者所彰顯的，不只是對於基督教作為一種普世性道德力量的信念，而且是「為基督征服世界」的野心；後者則反映了對於基督教獨一無二優越性的信念，以及隨之而來的面對中國這個「他者」時辨異之必要。兩種焦點所勾勒的基督教與世界之關係，交織成一套典型的基督教全球計劃的敘事。在這套敘事中，「全

---

[98] 《萬國公報》，冊 3，頁 1500。

[99] 《萬國公報》，冊 3，頁 1690。

[100] 《萬國公報》，冊 3，頁 1719。

[101] 《萬國公報》，冊 3，頁 1720-1721。

[102] 1895 年底，林樂知在〈基督教有益於中國說〉一文中甚至說：「基督之教傳於中國，今已無地無之矣。」（《萬國公報》，冊 25，頁 15670）此言雖然誇張，但筆者認為，它的重要性倒不在於真實與否，而在於反映了本文此處所言傳教論述中慣見的全球化敘事的驅力。另可參見同年稍早發表的〈耶穌聖教入華說〉。該文由林樂知與楊格非等人共同執筆，文中描繪基督教的流傳橫跨了亞、非、歐、北美、南美、澳洲、紐西蘭、大洋洲、南洋群島等地，「自天涯以至地極，凡舟車所至，人力所通，無論州島絕域、遐陬之所，皆得聞救主之福音」（《萬國公報》，冊 25，頁 15821）。

球化」與「中西辨異」被表述為同步開展的歷史過程——在終極狀態出現之前，兩者必然呈現一體兩面的依存關係。前者指向世界福音化的終極前景，後者則為當下的傳教活動提供正當性理據。其次，所謂的「辨異」，並非僅止於單純的耶教與異教的區別，而且是援用了文明概念，進而將「全球化」的內容擴大為文明（而非僅止於基督教）。換言之，在一個意義上，這套有關「基督教與世界」的敘事，可說是疊合了近代西方的兩種全球計劃的敘事：基督教的差傳任務以及「啟蒙」的文明化任務。⑩不過，疊合了兩種任務的文明化理念，相較於「啟蒙」的文明化理念，不只指涉的文明內容範圍更廣（包括了宗教），並且，誠如本文稍後將指出的，它所開展的歷史敘事亦有所不同。

疊合兩種任務的文明化理念，與三體合一式的西方文明自我表述完全合轍。第三節已指出，林樂知、花之安等人乃是將基督教理解為一個包含宗教、道德與科學的文明體系，其中的宗教則是整個體系的精神與思想源頭。這樣的基督教觀雖是根據文明概念所做出的再詮釋，但同時又保留了「宗教」——亦即上述宣教任務敘事中的主體——的根基性地位。林樂知認為，三體合一的格局使得基督教成為世界上最完備的文明體系，而西方因有基督宗教的信仰傳統遂得以開物成務，發展出世界上最文明、最富強的境界。透過此等比較性修辭所界定的「西方」的獨特性，進一步被林樂知援為致力於中國（以及世界各地）傳教事業的理據。基督教是「愛」的宗教，上帝愛世人，而不是只愛西方人——這是一般傳教士常用的套語，而林樂知與其他主張間接傳教者的創新之處，則在於將「愛的宗教」與「西方的富強」做了因果聯結。⑩此聯結既得以滿足中國追求洋務的訴求，但更重要的是，它完全合乎三體合一的文明觀。其次，通過這樣的因果聯結，不只「西方」被建構成現代世界的

---

[103] 關於這兩種全球計劃的一個簡要而富啟發性的歷史分析，見 Walter D. Mignolo, "The Many Faces of Cosmo-polis: Border Thinking and Critical Cosmopolitanism," *Public Culture* 12.3 (2000): 721-748。

[104] 一個顯著的例子是林樂知的〈基督教有益於中國說〉。該文開篇寫道：「道之大，原出於天。而教之大，本存乎愛。」接著林樂知即以三倫來概括以愛立教的基督教，聲稱「一切有益於中國之事，皆推本於此三端而擴充之」。他進一步指出，「昔在歐洲諸國，當未聞道之先，其愚拙情形，亦如今日之中國」；但聞道之後，歐洲諸國政俗昌明、國富而兵強，因此「今為中國計，惟有基督之道足以救人」。見《萬國公報》，冊 25，頁 15670-15672。

中心，基督教潛在的普世化問題（上帝要成為所有世人的上帝），也被轉換成中西對峙的問題，從而確立、鞏固了中西二元論（China-West binary）的建構。職是之故，我們遂一再看到，當林樂知強調基督教的普世性，他同時也強調中西辨異的必要性；兩者始終如影隨形，以便確認西方由基督宗教所界定的本真性。再者，兩者交織而成的文明化敘事中，西方與中國分別被賦予不同的歷史角色。西方的角色在於領導全球的文明化（涵蓋福音化），中國的角色在於接受西化與基督教化，而自西徂東的傳教士則被賦予了跨越、銜接兩者的文明使者的角色。

在這套文明化的敘事中，面對中國，林樂知所稱的「歸信」（conversion），其實是指整個中國社會的歸信，或者說，是整個中國社會的文明化。在他看來，由於這是一個漫長的改造過程，因此「歸信」最重要的當下意義並不在於宗教歸信，而在於文化思想與社會政治「環境」的改造。到了 1880 年代初期，他對中國的多方觀察與理解，加上他對傳教事業的信心，已使他確信中國正瀕臨一個「革命」（revolution）的時刻。他指的是思想革命，但他相信思想的變革將導致其他方面的變革。他認為透過教育事務的推動，傳教士正領導著中國的思想變革，進而加速中國整體的變革。[105]他對於教育的熱衷與寄望，終使他在 1883 年 7 月以忙於中西書院事務而無暇他顧的理由，作出《萬國公報》停刊的決定。1889 年初《萬國公報》復刊時，復刊詞宣稱該刊今後首要宗旨在於引導中國「敦政本」。[106] 1894 年中日戰爭爆發後，基於敦政本的宗旨，加上最終日本戰勝的結果，[107]該刊更是積極鼓吹

---

[105] 林樂知對於中國變革的樂觀想法，清楚見於 1881-1883 年間的若干英文書信。參見 Bennett, *Missionary Journalist in China*, p. 83。

[106] 復刊詞由資深中文編輯沈毓桂執筆，文中標舉「敦政本」、「誌異聞」、「端學術」為今為後該刊的三大宗旨。見《萬國公報》，冊 16，頁 10113。

[107] 林樂知甚早就措意於中日比較，甲午戰爭的爆發使他得以藉機發揮，大力宣傳日本明治維新的西化成果。1894 年底，中日戰爭尚在進行，林樂知便及時發表了〈中東之戰關係地球全局說〉與〈中日兩國進止互歧論〉等文，從兩國學習西方的進程差異來解釋如今中日強弱的不同。他的這個解釋，隨即成為《萬國公報》積極鼓吹中國變法的一個有力論據。據 1895 年 11 月他於〈書日本新島自歷明證紀略後〉一文中所言，中國當向日本學習者有四端：力行足以致富強的西法、改革教育並大興學校（尤其是女學）、統一全國並鼓吹「忠君愛國」思想、信仰基督教的「真道」以期「民心之改正」。見《萬國公報》，冊 25，頁 15619-15620。另外，戰爭期間，在林樂知的主導下，《萬國公報》發表了一系列戰爭的報導與評述，後集結成《中東戰紀本末》，於 1896

中國變法，認為非變法不足以救中國。[108]

從「思想革命」到「變法」，林樂知透過《萬國公報》在中國所推行的文明化計畫，短中程目標在於改造中國的「環境」，以便為「世界福音化」的終極目的尋求落實的基礎。除了林樂知的相關著作，我們還可以花之安的代表作之一《自西徂東》為例，說明《萬國公報》的文明化論述。該書共分五卷，各卷標題雖以儒家五常命名，中西會通、中西比附的修辭也觸目可見，但全書的論述卻是典型的西方中心論：以西方作為普世的文明尺度，強調中國的不足以及學習西方的必要。稍後將論及由此而浮現的中國觀，這裡僅根據該書自序討論花之安如何在全球的視野下，同時強調宣教以及中西辨異的必要性。

花之安的自序開篇指出，《自西徂東》寫作的目的在於「欲有以警醒中國之人」，接著即揭示一個世界列邦門戶洞開——花之安認為這是勢不可擋——與富強競賽的全球視野。在此視野之下，花之安對於中國的危機與因應之道的描述，一方面既投射出列邦和平共處的理想前景，另一方面又強調列邦辨異的重要性。他寫道：

> 然第一要著，貴有以使列邦和平，不至有齟齬不合，又須辨別列邦之人物，不至混而不分，則同歸交接之中，庶有以知列邦之好尚，而聲名民物政教有可得而考察焉。乃今中國人混而不分，統以外夷視之，豈待友邦之法乎？[109]

所謂「聲名民物政教有可得而考察」者，無非就是列邦辨異的文明基準。花之安接著指出，在回應列邦富強競賽之際，中國雖知追求西學以圖自強，然有二大致命的侷限。其一，「徒得西學之皮毛，而不得西學精深之理」；其二，「徒欲精技藝以益己，而不能充所學以益人，安得仁愛之大道而致天下一家，遠人悅服」。換言

年由上海廣學會刊行。相關討論參見王林：〈《中東戰紀本末》與中日甲午戰爭〉，《福建論壇（人文社會科學版）》，2009 年 4 期。

[108] 參見王林：《西學與變法》，頁 90-128；另見夏良才：〈《萬國公報》〉，收在丁守和主編：《辛亥革命時期期刊介紹》（北京：人民出版社，1982 年），第 1 集，頁 606-642。

[109] 《自西殂東》，頁 1。

之，在花之安看來，中國應當追求國家富強與天下一家的雙重目標，而臻至此雙重目標的根本之道，即在於「耶穌道理」。此雙重目標的界定，恰恰反映了前述宣教任務與文明化任務的疊合，而「耶穌道理」於列邦（包括中國）的傳播，則指向新教重新定義的文明化計畫。

為了論證中國人接受「耶穌道理」的必要性，花之安訴諸兩種論證。首先，他先根據基督教的普遍主義，將中西置於平等位階，皆喻之為果樹，繼而轉入中西二元論的框架，指出中西兩株果樹一枯一榮的差異，根本原因在於基督教信仰之有無。[110]其次，前已指出，一如林樂知的三體合一論，花之安亦認為耶穌之理「無所不備、不所不包」，它貫通「上天之奧旨、人間之倫紀、地中之萬物」。花之安相信，人與生俱來的「心性」，只要不被物欲遮蔽（因此他說基督徒必能「遏欲存理」，而「全書之意具欲以善勝惡」），即能對這個無所不包的「理」有所感發，進而付諸實現。[111]花之安進一步指出，西國之所以能開物成務，非僅依賴西人的智慧，因為智慧猶賴耶穌道理的「感發」，而西國之外其他信仰太陽教、回教的異教國，因其人民與此感發絕緣，遂不能有西國「精妙之技藝」。

以上所述花之安的論證，與林樂知將「愛的宗教」與「西方的富強」做因果聯結的作法如出一轍，兩人皆相信個人歸信（individual conversion）與社會轉化（social transformation）之間有一個辨證的因果關係。不過，一如林樂知，花之安雖認為歸信上帝才能造就終極的救贖，但面對有「頹廢之患」的中國，他也認為以教育為首的世俗性文明化工程是當務之急。因此他寫了一系列介紹歐洲（主要是德國）教育制度的著作，包括《西國學校》、《教化議》、《德國學校論略》等，並倡議中國應當早日建立新式的公立學校，與林樂知對於教育事業的重視與熱忱多所呼應。

---

[110] 花之安寫道：「然則中國欲求西國之美好者，須知其從根本而出，其理於何而得乎，非從耶穌道理，何以致此乎？蓋西國從耶穌道理，如一至美生活之樹，其質甚壯，其根甚深，固無憂其戕敗矣。耶穌道理實有生命之氣，到處貫通，中國若得其道理，真一至美之樹，生氣貫通，無處不有，何至有頹廢之患耶？」（《自西徂東》，頁2）

[111] 花之安云：「耶穌道理不外歸於真誠，人能實從耶穌之理，其心自然真誠……人心具此真誠，而千變萬化之理，皆由此心以發，故能開物成務，雖天下至精妙之物，無不能成之。」（《自西徂東》，頁2）

㈡文明化的歷史敘事：1900 年的分水嶺

相較於「啟蒙」的文明化理念，《萬國公報》的文明化理念不只涵蓋的文明內容更廣，在 1900 年之前，它所開展的歷史敘事亦有根本的差異。1896 年以降，civilization 的新對譯詞「文明」開始出現，到了 1900 年，歷史敘事亦從新教的「原初、墮落、復興」的模式，轉變為世俗的「未教化、有教化、文明教化」的線性進化論模式。此一轉變強化了原已存在的中西二元論，因此大大削弱了傳教士原來對中國文化所持較為寬容的態度。這個演變自然是中日甲午戰爭中國戰敗的一個效應，同時亦折射出此前二十年間傳教士論述在很大程度上乃受中國本土環境的制約。

讓我們先追溯 1896 年以降的情況。1896 年 5 月，林樂知出版了譯作《文學興國策》。該書緣起於 1872 年春日本駐美公使森有禮（1847-1889）的一次徵文活動。他提出「富國策」、「商務」、「農務與製造」、「盡倫常、修德行、贍身家」、以及「律例與國政」等五事，向美國學界政界廣發如何振興日本的諮詢函，最後得到十三位人士的回函。森有禮將這些回函加上自己於美國教育部抄錄的教育制度相關資料，編成《文學興國策》並送回日本。[112]林樂知譯本最初是以廣學會的名義印行，由《申報》下屬機構圖書集成局鑄鉛代印出版，同年又與他編撰的《中東戰紀本末》合刊而再次面世。該書一出便引起極大反響，梁啟超立即將它列入〈西學書目表〉，晚近鄒振環還將它列入《影響中國近代社會的一百種譯作》，其風行程度可見一斑。

---

[112] 《文學與國策》的作者包括：耶魯大學校長華爾賽（Theodore P . Wooleey, 1801-1889），安漢斯德大學校長施瑞恩（William A .Steams ,1805-1876），威廉斯大學校長郝普經（Mark Hopkins, 1802-1887），哈佛大學校長歐理德（Charles W . Eliot, 1834-1926），哲學家、教育家西列（Julius H. Seelye, 1824-1895）和麥高希（James Mclosh, 1811-1894），政治家鮑德威（時任美國教育部長，George S . Boutwell, 1818-1905）與加非德（Jams Abram Garfield, 1831-1881），物理學家恩利約瑟（Joseph Henry, 1797-1878），數學與天文學家滿勒（David Murray, 1830-1908），傳教士潘林溪（Octuavius Perinchief, 1829-1877），以及腦德祿（B. G. Northrop, 1821-1898）等知名人士。相關討論參見盧明玉：《譯與異：林樂知譯述與西學傳播》（北京：首都經貿出版社，2010 年），第四章。

林樂知選擇在中日甲午戰後將《文學興國策》譯介給中國知識界，不只是延續了他藉由日本西化的「成功」案例而向中國提出建言的論述旨趣，亦正呼應了戰後《萬國公報》變法主張的轉變。該刊原本的辨法主張不出通商、築路、科舉改革的範圍，甲午戰後則力主中國政治體制的變革。這個轉變的幅度，從《文學興國策》的內容即可窺知一二。黃興濤已指出，該書形同是「美國人向其東方小兄弟日本熱情灌輸其現代『文明』理念的一部教科書」，書中「文明一詞的使用，涉及『文明』內在的進化發展、速度快慢，以及其所包括的政治、經濟、法律、教化等多方面的綜合概念之含義，基本上傳達了現代『文明』概念的主要內涵」。[113]不僅如此，該書首見林樂知使用 civilization 的新對譯詞「文明」，而其中傳教士潘林溪（Octuavius Perinchief, 1829-1877）所撰的長文，亦清楚揭示以西方為頂點的「無教化」、「半教化」、「有教化」的線性進化階段論。[114]隨著《文學興國策》的問世，1896 年以降，「文明」、「文明教化」、「文明之域」等詞開始見於《萬國公報》。[115]至於線性進化論，《文學興國策》雖早於梁啟超「取道東瀛」所發揮的影響力而率先將它介紹到中文語境，不過風氣的大開仍有待梁啟超之輩的本土士人。1900 年以降，在《萬國公報》上，線性進化論的歷史敘事便全面取代原來挪用自新教的一套宗教性歷史敘事。

以林樂知的論著為例，1902 年 12 月發表的〈論美國立國以教道為本〉一文中，他引述法國大臣都基維之言：「今天下萬國，最與基督教有關係者，莫如美國。……余觀美國，實為天下之文明，至釋放、至長進、至有教道之國。」林樂知不只直接標舉美國為西國最先進者，並將美國崇尚自由與自治的傳統追溯至基督教：「美國之政法，條目雖繁，而其大本，則歸於自主，此實從教道中得來。基督之教道，以釋放自主為宗旨。凡信之者，其良心既得釋放，則其矢口之言論，俾得

---

[113] 黃興濤：〈晚清民初現代「文明」和「文化」概念的形成及其歷史實踐〉，頁 13。

[114] 《文學興國策》（上海：世紀出版社，2002 年），頁 14-17、21。

[115] 顯著的例證見以下林樂知所撰諸文：〈論格致為教化之源〉（1897）、〈教化本乎經訓論〉（1898）、〈國家之興衰由於教化之進止議〉（1900）、〈論中國目下自全之策〉（1900）、〈論歐洲進化源流〉（1900）、〈論美國立國以教道為本〉（1902）、〈論中國維新之正路〉（1903）、〈《全地五大洲女俗通考》序〉（1903）。

自由；本身之行為，必能自治矣。」[116] 1903 年 6 月發表的〈論中國維新之正路〉，林樂知則首次依文明進化的程度，將人類分為「未教化」、「有教化」、「文明教化」三等級。[117]這種分類法另見於同年 9 月發表的〈《全地五大洲女俗通考》序〉。通篇序文並使用線性進化論的框架來進行中西辨異。林樂知寫道：

> 且此書又非史記之比，史記必詳載各國之廢興成敗，此書惟查考各國教化之實在地位。……有如東方強國中，在上古之世，不乏開化先進之國，乃積久漸衰，有一蹶不振而寄人肘下者，有千年不長而為定質者。……又如西方諸國，在中古之世何等鄙陋，遠不及東方諸國之開化。乃能一旦崛起自強，超越東方諸國之上，而得為全世界之主人翁。其初終之改轍，不過數百年耳。[118]

所謂「非史記之比」，指的是《全地五大洲女俗通考》的新穎之處，亦即：根據單一的文明尺度，將「中」與「西」的地理空間組織到線性進化階段論的邏輯裡，從而界定中西各自的「實在地位」。而所謂「千年不長而為定質」，則是呼應十九世紀歐洲流行的東方「停滯」論：[119]相對於「一旦崛起自強」的西方，中古以降的東方反而陷入千年的「定質」長夜。林樂知指出，《全地五大洲女俗通考》的宗旨在於「比較長短」，至於為何選擇「女俗」的主題以及「全地五大洲」的比較視野，他有如下一番解釋：

> 茍以此省與他省較，安能有所短長乎？即以古中國與今中國較，亦何嘗有所異同乎？若以同洲四鄰諸國與中國較，則皆卑之無甚高論，又安能得觀摩之益乎？然則欲得比較之益者，自非於萬國中求之不為功矣。且比較必有一定格，如律度量衡之皆有定則也。本書則以各國女人之地位，與其看待女人之

---

[116] 《萬國公報》，冊 34，頁 21401-21402。

[117] 《萬國公報》，冊 35，頁 21799。

[118] 《萬國公報》，冊 35，頁 22032。底線的強調為筆者所加。

[119] 有關停滯論以及十九世紀負面的中國觀之興起的歷史脈絡，相關討論可參見夏伯嘉：〈從天儒合一到東西分歧〉；Eric Reinders, *Borrowed Gods and Foreign Bodies*, pp. 22-38。

法，為比較教化優劣之定格。[120]

新教傳教士往往將女性地位與女學發達與否，看成是文明進化的一個重要指標，因此林樂知選擇「女俗」為題並不足為奇。不過，將「女人之地位」視為一個文明的指標，畢竟是西方觀點的產物，因此林樂知的選擇恰恰反映了其世界觀的西方中心論本質。上段引文對於中國與東亞的一般性議論，亦清楚反映西方中心的評價觀點。林樂知顯然認為，中國自身甚至整個東亞都是同質性的整體，並且毫無歷史質變可言；因此他推論：唯一有意義的比較，是將視野擴大至「萬國」的比較。此推論固然合乎他東方主義的內在邏輯，卻也難掩其西方中心的偏見。

此等偏見的湧現，可謂線性進化論的一個立即效應：它強化了林樂知此前論述中已存在的中西二元論，因此大大削弱了他原來對中國文化所持較寬容的態度。類似於林樂知的偏見，亦見於 1900 年 9 月丁韙良在上海西人合會堂的英文演講。1900 年夏爆發義和團事變，丁韙良身陷北京使館區內。他在合會堂的演講，主旨即在於講述他對事變原因的看法。他的講詞於次月發表在《字林西報》(*North China Daily News*)，後經林樂知與任廷旭譯成中文，刊登於《萬國公報》。文中丁韙良說道：「自泰西新教傳入中國，實為上等文明之教化，非中國老教所及。凡天地萬物之權，皆歸新教人之掌握。且能驅遣水火電氣以為之用，又皆為白色種人，為中國古來所未見，固自知其不敵矣。但不肯效法之，反妒忌之，且痛恨之。」西方中心論的傲慢與偏見，溢於言表。最後，丁韙良並提出中國改革的建言，認為應當重新由光緒帝執政，並「舉西使中之賢者一人，入軍機處，贊襄新政，則中國可安，而後患可免矣。」[121]

西方中心論畢竟是傳教士來華前已形成的世界觀的一個部份，因此 1900 年之前早已或隱或顯地見於《萬國公報》。但就線性進化論而言，1900 之前，在中國移植西學「取道東瀛」的局面打開前的二三十年間，它並未見於《萬國公報》。[122]

---

[120] 《萬國公報》，冊 35，頁 22031。底線的強調為筆者所加。

[121] 林樂知、任廷旭譯：〈丁君韙良演說・北京使館被圍事略〉，《萬國公報》。冊 31，頁 19689、19694。

[122] 這樣的對比與落差，恰恰彰顯甲午戰後「日本」——相對於此前的在華傳教士——作為西學傳播

取而代之的是挪用自新教的一套「原初、墮落、復興」的歷史敘事。

以林樂知為例，來華之前，透過教會影響而將中國視為為「黑暗的、毀滅中的」異教之邦——這種觀點見於他的論述，自然不在話下。我們更當關注的是：異教論之外，西方社會有關中國的世俗性偏見對他的影響。1859 年底他搭船來華的旅程中，他閱讀了第一本有關中國的書：法國傳教士古柏察（Évariste Régis Huc, 1813-1860）根據其十四年在華經驗所寫的《中華帝國紀行》英譯本（*A Journey through the Chinese Empire*）。該書將中國描述為一個食古不化的國度，對林樂知影響甚深。[123]到了 1868 年，當他陸續知悉日本大正奉還、王政復古的發展，中日兩國的對比，讓他想起了古柏察對中國的描述。他認為「明治維新」的快速進展，證實日本是一個有活力的年輕國家，而中國則是一個孱弱的老邁國家。[124]

這個孱弱、老邁的中國印象，似乎始終深深烙印於林樂知心中，亦不時見於他發表於《萬國公報》的文字。不過，青年與老年畢竟只是生物學的隱喻，不足以構成歷史敘事。1900 年之前，《萬國公報》所見他對中西的比較以及對中國的批評，最多只是將中國與埃及、土耳其、印度等所謂的落後之國並列，並未見他將這些比較與批評的見解，組織到歷史進化階段論的敘事裡。此時他所使用的歷史敘事相當簡略，只是綱領式的一個輪廓。例如，在〈基督教有益中國說〉一文中，他說：「在昔歐洲諸國，當未聞道之先，其愚拙情況，亦如今日之中國」；「自聖教興，而人得自主矣。人民既得自主，則見識日以明，學問日以深，即藝術亦日以精，教化之所由上升也」。[125]這個綱領式的歷史敘事，看似稀鬆平常，卻是有所本的：它恰恰是挪用了新教有關基督教歷史的敘事。從新教的觀點來看，基督教的歷史是從一個原初的單純境況，墮落至數世紀的天主教的禮制主義（ritualism），直到

管道的重要性。Benjamin Elman 討論晚清科學史的近作亦注意到這個轉折，參見他的 *A Cultural History of Modern Science in China* (Cambridge, Mass.: Harvard University Press, 2006), pp. 189-200, 216-218。

[123] Bennett, *Missionary Journalist in China*, pp. 14-15.

[124] Bennett, *Missionary Journalist in China*, p. 77.

[125] 《萬國公報》，冊 25，頁 15670。

宗教改革（Reformation）才得到淨化。[126]套用到中國，這套歷史敘事所描述的中國，是一個因長期深陷禮制主義而停滯發展的中國，而相對於被視為「西方的覺醒」的宗教改革，當代的中國也被描述為瀕臨覺醒的時刻。這顯然是林樂知真正的想法，不過，在中文的論述裡，他選擇的籠統措辭，便大大削弱了原來新教敘事中「墮落」一詞所承載的批判力道。

林樂知的敘事模式僅勾勒從墮落到覺醒的過程，花之安在《自西徂東》中所採用的框架則更完整：從原初、失落到覺醒。這個「原初」時點的設置，正呼應了全書的復古說。前已指出，花之安中西辨異的起點，是從基督教普遍主義的角度而將兩者置於平等位階，因此他亦訴諸耶儒會通的觀念：他認為耶儒「雖用萬物，而非逐物，是以物養吾之心性」，此實耶儒「同條共貫」之處。[127]這個說法帶來一個問題：既然耶儒是同條共貫的，那麼中國又何需基督教呢？全書的復古說，即是對此問題的一個回應。卷三「禮集」是復古說的典型範例，其中「吉禮歸真」一章有以下這幾段文字：

> 夫上古祭祀，上帝而外，不過六宗柴望諸數事，然不知獨尊上帝則真禮漸失，迨後世變本加厲，祭祀繁多，更失上古之意。[128]

> 三教神仙佛之名，不能盡數，而所設神仙佛之象，不過泥塑木雕……。[129]

> 西國傳耶穌之道者，不拜偶像，去妄存真……故西國敬上帝，不設品物香燭，惟效耶穌循理遏欲，潔其身心以獻於上帝……中國人不當憬然悟，悵然思，不作無益之事，而從吾主耶穌之訓哉？總之，中國三教之行禮，恆患其虛浮，而西國之行禮，亦有重乎儀文者。但從耶穌之教，多求真實而

---

[126] 參見 Reinders, *Borrowed Gods and Foreign Bodies*, p. 25。

[127] 《自西徂東》，頁 3。

[128] 《自西徂東》，頁 97。

[129] 《自西徂東》，頁 98。

行……。[130]

透過中西對比以及中國古今對比的交織，花之安建構了一個從上古的純真之境到偶像崇拜的虛妄墮落，再到幡然醒悟的歷史敘事。其中的古代對應於新教敘事中的原初境況，中古以降對應於墮落、停滯的禮制時期，當代則被界定為覺醒的時刻，而覺醒時刻的中心思想，正是「以理（耶穌之理）絀禮」。透過這套敘事，花之安不只提出了新教觀點的中國歷史發展圖像，更召喚一個屬於中國的 Reformation 的到來。日後譚嗣同（1865-1898）所撰《仁學》中著名的「以仁黜禮」說，不啻與花之安的想法遙相呼應。

五、代結語：中國的他者化與「儒教中國」的建構

根據第四節有關歷史敘事以及停滯論的討論，足見林樂知與花之安眼中的中國，在一定程度上，乃是透過天主教這面三稜鏡所折射出的中國。這樣的中國觀絕非特例，反而代表了十九世紀歐美社會的主流想法。[131]在先入為主的批評天主教的立場引導下，「禮制」與「迷信」成了《萬國公報》批判中國社會的兩大焦點。傳教士作者對於它們的批評，同時指向中國與天主教，而它們亦成了界定「中國性」或「中國正身」（Chinese identity）的重要指標。透過這樣的選擇性的指標所觀看到的中國自然是不足的，因此《萬國公報》經由中西辨異所得到的結論，從未指向一個文化多元主義的前景，而是一再強調中國的不足以及輸入基督教文明的必要性。作為本文的結尾，底下我們將進一步闡述內蘊於此中西辨異論述的「中國他者化」的機制及其歷史意涵。

首先必須指出，儘管《萬國公報》的作者會具體挑明中國社會偶像崇拜的現象，而在傳教士的外文論述裡也可看到「迷信」的說法，但至少在 1900 年之前，《萬國公報》對於中國文化的批評並未形諸「迷信」的概念，取而代之的是「習

---

[130] 《自西徂東》，頁 98。

[131] 參見本文第二節的討論。另見夏伯嘉：〈從天儒合一到東西分歧〉。

俗」的概念。[132]習俗是現成的中文語彙，但《萬國公報》的使用方法則指向現代的「文化」概念。在「習俗」的大傘下，慣見的論述模式是：中國人因習俗所囿，遂崇拜偶像、推崇禮制，亦無法接受耶穌道理，終導致中國的停滯發展以及當代的「頹廢之患」。換言之，中國的問題，本質上是一個文化的問題。其次，習俗的概念又往往與一些描述中西差異的二元論結合，從而形成一種近似「國民性」的論述。這些二元論包括：動靜、實虛、義利、重商與重農、崇今與尊古。在二元論的架構下，中國文化呈現高度的同質化。放在晚清歷史的脈絡下，這樣的中國文化的再現，與晚近「新清史」研究所挖掘的文化多元主義的清帝國面貌，有著明顯落差，[133]反而更接近 1900 年之後民族主義與反傳統思潮裡中國文化的形象。再者，一如三體合一論的基督教文明觀所示，文明的源頭乃在於「宗教」；因此，《萬國公報》對於中國文明的再現也指向這樣一個源頭：儒教。不過，這兩種源頭的歷史作用是不可以等量齊觀的。基督教得以孕育出一個世界上獨一無二的完整的文明體系，從而使當今的西方躍升為世界上最富強的文明之國。相對於基督教所展現的社會轉型（social transformation）的革命性格，儒教則是保守的，它不只妨礙中國的發展，也將中國帶入貧弱的僵局，致使她在十九世紀世界萬國的富強競賽中節節敗退。

根據以上所論，可以說，「儒教中國」雖是「基督教西方」的一個衍生物，但它乃受制於的中西辨異論述的「他者化」邏輯，因此是以一種不可欲的負面形象現身。其次，「儒教中國」雖是一種對於「傳統中國」的再現，但筆者認為，它的歷史意義恰恰是啟發了晚清士人對於「民族共同體」的想像。「儒教中國」的建構雖然缺少了現代民族主義所預設的目的論的歷史敘事，但它具有後者所預設的本質主義與連續性兩大特質。目的論歷史敘事的闕如毋寧是合理的，因為新教傳教士所想

---

[132] 例如林樂知在〈基督教有益於中國說〉中寫道：「中國向為習俗所囿，致失其治理萬物之靈。」他以「風水之邪說」為例，說明中國因此囿於此習俗而空有優於歐洲之煤鐵礦產，「坐令棄於地中，甘失富強」。見《萬國公報》，冊 25，頁 15671。

[133] 新清史研究的相關討論，參見 Joanna Waley-Cohen, “The New Qing History,” *Radical History Review*, 88 (Winter 2004): 193-206。值得注意的是，林樂知雖然知道當時中國是由滿人統治，但他認為滿人已經漢化。參見 Bennett, *Missionary Journalist in China*, p. 55。

像的傳統中國是一個停滯發展的中國。相對於這個停滯發展的傳統中國，基督教對於中國的歷史意義，就如同馬克思（Karl Marx）眼中的西方帝國主義，是一股摧毀中國的長城而將中國解放並推入「歷史」的革命性勢力。至此我們可以完全理解為何林樂知在在強調：唯有傳教士足以向中國人解釋中西相遇的真正意義，而且是要透過追溯中西差異的精神、思想源頭來予以解釋。

有關「儒教中國」的建構與晚清民族共同體想像的歷史關係，當於日後以專文進行討論。在此姑且援引一個與《萬國公報》所登徵文啟事相關的案例，藉以一窺其中梗概。

1895 年 6 月，《中日馬關條約》甫簽定滿兩月，曾與林樂知共事於江南製造局、時任《格致彙編》主編的英國傳教士傅蘭雅，在《萬國公報》刊登一則「時新小說」（New Age Fiction）的徵文啟事，徵求以小說文體闡述時文、纏足與鴉片之害。[134]在他收到的一百五十多篇來稿中，[135]有一篇李景山所撰的〈道德除害傳〉，最終雖未進入次年 3 月公佈的獲獎名單，但該文對於中國的過去、現在與未來的想像實別具深意，值得予以深究。小說敘述中國境內原本有三小國：金銀國、女才國與人才國。金銀、女才兩國相繼衰亡，倖存的人才國，國王思圖「中興」大業，不只要復興金銀、女才兩國，且要合三國為一「大中國」。他找來臣子「明理」商量大計，「明理」告之曰：「好，國稱大琢，王叫中興王。……王要中興大中國，總得把道德請來。」所謂的「道德」，原來竟是「天國的太子」，他「以愛人為心，以救人為本」。後來果真將「道德」請到了中國，他不只廢除時文、提倡實學（即科學），並且印製四百萬萬冊聖經，「全部分給通國的男女老幼」。就這樣，他把中國推向了國為「光明國」、人為「聖潔人」的全新境界。拯救了中國之後，他即往別處去，因為大道不能限於一方。

1895 年是中國近代史上關鍵的一年。這一年，中國敗給了日本，嚴復也寫下他著名的〈原強〉、〈論世變之亟〉等系列文章。相對於嚴復對戰後中國思想界的

---

[134] 該則廣告同時刊登於《申報》與《教務雜誌》（*The Chinese Recorder*）。

[135] 此批文稿現藏於美國加州大學柏克萊分校東亞圖書館，承蒙周欣平館長惠允以及 Deborah Rudolph 博士、何劍葉女士的協助，筆者得以於 2008 年 11 月到館研閱，謹致謝忱。

巨大影響力，默默無聞的李景山，充其量只是一個關心時務的讀書人。不過，透過虛構的話語，他的〈道德除害傳〉雖然內容修辭十分簡陋，卻精準地預示了此後即將席捲晚清思想界的一個基本訴求：透過文化思想改革來鑄造「中國」共同體。

李景山的生平雖不可考，但可以確定的是：他是《萬國公報》或其他傳教士出版品的讀者。根據本文的討論，我們不難發現，〈道德除害傳〉對於中國的想像，完全複製了傳教士的觀點，它的中興敘事也複製了傳教士的文明化敘事。故事中三小國的國名是「富強」、「女學」與「人才」的轉喻，「大中國」投射了民族共同體的想像，「中興」措辭呼應了新教「從墮落到覺醒」的歷史敘事，終極拯救者「道德」是基督教的化身，最後「道德」行往他處繼續施行教化則是基督教全球化計畫的寫照。這樣精準反映傳教士影響力的論述模式，使得〈道德除害傳〉堪稱傳教士教化的成功樣板。通過它，我們不只看到傳教士論述如何形塑中國人敘述「中國的故事」，也看到它銘刻於中國人心的挫敗感、危機感、以及對全新未來的憧憬。

Journey to the East: Young John Allen and the Missionary Discourse of Civilization in the *Wanguo gongbao*

Yang Fang-yen[*]

Abstract

The idea of civilization as it developed in nineteenth-century European was not just a way of identifying and ordering values in the world. Under the persuasion of Euro-centrism, the idea, while promoting the universal values associated with the Enlightenment, also became an important means for the Western Self both to mark off and to encompass the non-Western Other. At the turn of the century, the idea had successfully captured the imagination of many members of Chinese intelligentsia, resulting in a paradigmic shift in the Chinese conception of civilization. In this article, I attempt to show how the idea was first introduced by the Protestant missionaries into China, via the Chinese language and through the pages of a most prominent journal of the time: *Wanguo gongbao* (*A Review of the Times*). During the 28 years of its existence, the journal had two indispensible minds in Young John Allen (its founder and editor) and Ernst Faber (one of its major contributors). Focusing on their Chinese writings, I explicate how the civilization idea was domesticated and embedded into the Chinese linguistic and cultural contexts. In doing so, I highlight the local-global transaction by

* Assistant Professor, Department of Chinese Literature, National Taiwan University.

offering an account of how in line with their worldview the missionaries appropriated Chinese terms and concepts to invent their own hermeneutic framework centered on the concept of "three relationships" (*san lun*, i.e., the human's relationships to God, nature and other humans). It was within this ingenious framework that the missionaries conveyed to their Chinese audience the meaning of both *jiao hua*, a term they adopted to denote civilization, and the Sino-Western encounter. Furthermore, I examine the geographic mapping as well as the historical narrative of the global project envisaged by the missionaries. I demonstrate how Allen, Faber and their like-minds combined the Christian mission of evangelizing with the Enlightenment mission of civilizing into a global project. Within the vista of this project, China seems forever being marginalized, as the missionaries persistently insisted upon China's inadequacy compared to the West, which according to them embodied the best possible civilization around the globe. The analysis sheds light on the epistemological implication of the missionary discourse in the expansion of Western cultural hegemony. It also makes clear the extent to which the processes of globalization and cultural differentiation were indeed hand in hand, with the latter constantly furnishing a source of imperative as well as legitimation for the former.

Keywords: *Wanguo gongbao* (*A Review of the Times*), Young John Allen, Ernst Faber, civilization, *san lun* (three relationships)

城市華人與歷史時間：梁文福與謝裕民的新加坡圖像

高嘉謙

提　要

新加坡作為殖民地歷史背景下建立的全球城市（global city），以鮮明的地方意識（place consciousness）尋找城市身份及其歷史文化想像之際，我們看到當地華人在建國進程中被擱置或自我放棄的華人歷史意識——華文情結、文化身份和華人史觀，以一種可以稱之為「華人的歷史時間」形式，在各種城市文本中呈現了不同的面貌。

本文嘗試從兩個不同的華語文化媒介——梁文福的音樂和謝裕民的文學展開個案研究。梁文福是 1980 年代興起的新加坡華語校園／流行音樂「新謠」的領銜人物。他在 1990 年代交出的兩張優異的音樂作品，成功描述了城市華人對這塊土地的歷史情懷和族群想像，透過移民記憶、殖民歷史、家國反思、城市變遷等角度，展現華人意識與城市發展的辯證關係。

謝裕民以散文和小說合集的《重構南洋圖像》（2005），則是著眼南洋華人的南來歷史脈絡，回應了 19 世紀末中國文人遷徙，新加坡華人移民社會的組成生態。他書寫新加坡在歷史地理學（historical geography）概念下的意義，凸顯島國的歷史縱深，同時改寫晚清時期的南來遊記，呈現華人移民南遷的複雜路徑，及其衍生的身世之謎和時空錯置。

這兩個具有代表性的文化文本，以不同的呈現方式討論了一種「歷史時間」如何反覆重現在一連串華人凝望和重構新加坡圖像的文化生產中。新加坡華人面對歷史時間的焦慮，在 21 世紀全球化急速發展的時代中，提供我們一個觀察新加坡城市文本的可能。

關鍵詞：歷史時間　新加坡　華人意識　新謠　梁文福　謝裕民

【作者簡介】國立政治大學中國文學博士，現任國立臺灣大學中文系助理教授。主要研究領域為中國近現代文學及馬華文學。期刊與專書論文包括〈帝國、斯文、風土：論駐新使節左秉隆、黃遵憲與馬華文學〉（2010）、〈帝國意識與康有為的南洋漢詩〉（2010）、〈殖民與遺民的對視：洪棄生與王松的棄地書寫〉（2007）、〈丘逢甲與漢文學的離散現代性〉（2007）、〈歷史與敘事：論黃錦樹的寓言書寫〉（2006）等。

城市華人與歷史時間：梁文福與謝裕民的新加坡圖像

高嘉謙*

一、全球城市與華人歷史

1965 年 8 月新加坡脫離馬來西亞獨立建國，一個新興民族國家由此誕生，同時從複雜的歷史和政治身份中重建新的國家與民族認同。新加坡小島自 1819 年萊佛士登陸開埠淪為英國殖民地以來，歷經了十九世紀末中國大量勞動移民的南來，清廷派駐領事、商人和士大夫移民帶動的文化播遷、中國保皇與革命勢力的海外拉據，一個頗具規模的華人移民社會因此形成。作為英國殖民地，新加坡華人仍舊與中國保持密切的關係與互動，尤其在文化公共領域與教化層面，基本上依賴南來知識份子作為華人社會的知識和文化根基。爾後歷經二戰日軍侵略，1949 年國共分家，1959 年脫離殖民政府為自治邦，1963 年併入馬來西亞跟馬來政權合作，兩年後從馬來西亞分家自行獨立，一個由大多數華人人口組成的新加坡社會，經過了多重複雜的政權更替，開始面對新的國民身份。華人的歷史際遇幾經波折，但語文和種族、政治與身份認同一直都是重要議題。❶新加坡在鄰近的馬來人政權和回教國

---

* 國立臺灣大學中國文學系助理教授。

❶ 相關討論參崔貴強：《新馬華人國家認同的轉向 1945-1959》（新加坡：青年書局，2007 年）。李恩涵：《東南亞華人史》（臺北：五南，2003 年），頁 703-750。

家等複雜地緣政治處境下專注經濟發展和建設，並在短短數十年迅速成為東南亞區域最繁華興盛的現代化城市國家。

過去二十年間，新加坡成功躋身亞洲大都會，因此如何在區域城市互動中形塑城市的自我形象是其首要任務。「城市」作為一種凝望自身的主體，成為文學、音樂和影像創作者都無法略過的文化景觀。在眾多以城市角度呈現或論述的新加坡圖像裡，我們一般可以見到新加坡人潛在的族群問題、被壓抑的政治意識、被灌輸培育的國家願景和想像、升學主義的焦慮、中產階級的空虛茫然，以及對未來的不確定性，甚至是城市底層小市民的寫實面孔。這一切都成為 1990 年代以後日益鮮明的新加坡圖像。

但對新加坡這個努力學習西方技術和現代化轉型，且以華人多數的主權國家而言，在追尋城市身份與自我認同的過程中，他們恰恰在一個「華人的歷史時間」議題上展示了某種都市文化生產中的認同焦慮。此處所謂的「歷史時間」至少有兩個面向值得討論。首先，一個由華人移民群體和移民後裔組成的新加坡社會，經歷過英國殖民、日本侵略、馬來政權以及獨立建國，華人在不同歷史階段的家國意識和生存處境相對複雜。他們對於華人社群的想像，文化傳統的信仰和堅持，華語情結、華人身份與國家發展的糾葛，及其衍生的錯置感與邊緣化的歷史意識，構成這個新興國家的華人無法迴避的一種集體心態和族群意識。隨著時代變遷和政治發展的趨勢，政府關閉華校，英語躍升成為官方、社交和工作語言，加上英語教育背景出身的政治菁英與知識階層的西化思維，華人族群的身份認同與文化記憶，隨著華語式微的命運，漸進在國家發展藍圖內消失褪色。對海外華人社會而言，華語尤其被理解為文化傳統與華人身份的重要表徵。作為多數族裔的新加坡華人因此陷入了文化困境，遠遠不如一水之鄰而作為少數族裔的馬來西亞華人。這裡強調的不是華人民族主義的遺緒，而是華人在「新加坡社會」❷生存的情感面向。這樣的文化困局所呈現的精神結構，可以被理解為華人失落的歷史時間。

---

❷ 論者曾以「新加坡社會」和「華人社會」的對立來強調這種群體意識在南洋大學個案所反映的新加坡族群政治。此一對比相當準確描述出新加坡社會在政治權力操作下的族群政策發展方向。詳李威宜：《新加坡華人游移變異的我群觀：語群、國家社群與族群》（臺北：唐山，1999 年），頁 93-97。

另一方面，華人在自我認同的過程中，依然有一種面對「華人歷史」的焦慮。新加坡這座島嶼在歷史／地理層面的發生意義，如何構成華人史觀的一部份，以及華人的南來移民史，華人在這島嶼上的歷史際遇和生存時光，都成為理解華人淵源的重要組成部分。換言之，在面對文化傳統消失與母語斷層危機的同時，歷史的危機感反而使得新加坡變成華人自我認知的人文歷史區位（location），重新辨識和標誌華人「地方」（place）的歷史意義。❸因此追述華人的歷史蹤跡，等同在歷史時間的界面替華人在這片土地附著意義。如此一來，新加坡華人出入歷史夾縫，穿梭於政治與經濟的轉型和動盪，恰恰在成為一個新興資本主義模範國家的同時，華人在建國進程中被擱置或自我放棄的華人歷史意識——華文情結、文化身份和華人史觀，在 20 世紀交替的前後，成為全球化城市的自我身份認知中，一個被凸顯出來的議題。

新加坡作為東西方文化交匯的歷史區域，可視為殖民地歷史背景而建立的全球城市（global city），在全球經濟的結構下追趕和仿照西方大城市的發展藍圖，卻不忘尋求鮮明的地方意識（place consciousness）來形塑城市身份及其歷史文化想像。❹在此之際，我們可以看到「華人的歷史時間」以不同面貌出現在華人生產的城市文本。本文因此嘗試從兩個不同的華語文化媒介，討論「華人的歷史時間」如何成為觀察新加坡地方意識的可能。他們分別是梁文福的音樂和謝裕民的文學。

1980 年代興起的新加坡華語校園／流行音樂「新謠」，被認為在全球化的音樂市場衝擊影響下，成功形塑了新加坡的本土身份認同。❺其中的領銜人物梁文福（1964-）在 1990 年代交出兩張優異的音樂作品，成功描述了城市華人對這塊土地的歷史情懷和族群想像，典型呈現了新謠所代表的在地認同與文化意識。這兩張專輯

---

❸ Tim Cresswell：王志弘、徐苔玲譯：《地方：記憶、想像與認同》（臺北：群學，2006 年）。

❹ 關於全球城市的討論，詳薩斯基亞·薩森（Saskia Sassen）：〈全球性城市概覽〉，收入汪民安、陳永國、馬海良主編：《城市文化讀本》（北京：北京大學，2008 年），頁 42-47。而透過文學和電影文本探討東亞大都會的自我身份書寫的重要研究，可參考黃宗儀：《面對巨變中的東亞景觀》（臺北：群學，2008 年）。

❺ Lily Kong (江莉莉). (1997). Popular music in a transnational world: the construction of local identities in Singapore. *Asia Pacific Viewpoint., 38(1)* ,pp. 19-36.

的前瞻意義尤其值得重視，因為相對後來官方在國慶慶典指定的華語愛國歌曲，歌詞皆清一色的家園、勵志、憧憬等抒情甜美基調，其凝聚的家國意識，顯得平庸和空洞。❻當然，我們有理由相信這是政府從新謠運動取得的靈感，但也暴露出官方為凝聚年輕族群的制式操作。因此梁文福音樂在 90 年代明確處理的「新加坡意識」，顯然就別有懷抱。

在音樂之外，新加坡作家謝裕民（1959-）寫於 90 年代後期和 21 世紀初期的三篇文學創作，在 2005 年以散文和小說合集的《重構南洋圖像》❼成書，隔年此書贏得新加坡文學獎（Singapore Literature Price）。過去處理新加坡華人歷史或在地文化經驗的文學作品不乏其人，王潤華、陳瑞獻、希尼爾、英培安、吳耀宗等作品裡的本土視域，皆凸顯了新加坡作家的島國意識和土地關懷。但謝裕民的特別之處，在於他著眼另一個更大的歷史面向——南洋華人的南來歷史脈絡。他書寫新加坡在歷史地理學概念下的意義，凸顯島國的歷史縱深，同時改寫晚清時期的南來遊記，呈現華人移民南遷的複雜路徑，及其衍生的身世之謎和時空錯置。謝裕民為「城市書寫」❽另闢格局，走入了歷史時間。

兩種不同媒介的文本固然有不同的創作技藝、閱聽對象。但探勘華人認同和歷史議題，卻是不同性質的新加坡文化文本共有的題材。換言之，本文不過是選擇兩個代表性的文化文本，從各自的呈現方式討論一種「華人的歷史時間」如何反覆重現在一連串凝望和重構新加坡圖像的文化生產中。透過上述音樂與文學生產形塑的本土風格與感覺結構，一種歷史時間的焦慮，成為新加坡華人自我面對身份意識與地域認同，一再重現的圖像。在 21 世紀全球化急速發展的時代潮流中，這些有趣

---

❻ 在國慶大典指定華語愛國歌曲，大概始於 1998 年。從〈家〉（1998，陳潔儀）、〈心連心〉（陳毓雲和夢飛船，1999）、〈星月〉（許美靜，2000）、〈屬於〉（蔡健雅，2001）、〈一起走到〉（孫燕姿，2002）、〈全心全意〉（孫燕姿，2003）、〈勇敢向前飛〉（芮恩，2005）、〈幸福的圖形〉（龔詩嘉，2006）、〈晴空萬里〉（蔡淳佳，2008）、〈就在這裡〉（陳偉聯，2009），演唱者雖是從新加坡成功進軍中港臺的當紅歌手，理應有更多的資本和資源可以「創新」。但事實上這些詞曲形式仍不出夢想、幸福、希望的藍圖和格局。愛國歌曲的資訊詳 http://en.wikipedia.org/wiki/National_Day_Parade#Songs。

❼ 謝裕民：《重構南洋圖像》（新加坡：Full House Communications Pte Ltd，2005 年）。

❽ 謝裕民曾以依汎倫的筆名，出版處理城市經驗的第一本小說集《最悶族》（1989）。

的現象提供我們一個觀察新加坡城市文本的可能。

二、我的歌與我的城：梁文福音樂的華人想像

㈠新謠與城的歷史

1980 年代在新加坡興起年輕人創作歌謠的風潮，在校園裡快速蔓延吸引了一批年輕創作者與聽眾。這些創作者及其歌曲經由校園演唱會，登上電臺與電視節目的排行榜和宣傳之後，漸漸促使「新謠」正式成為新加坡廣受歡迎的華語音樂型態。新謠介於校園歌曲和流行音樂之間的特質，正迎合受過華文教育的年輕群眾懷抱，最後成功走向商業製作，發行了多張合輯和歌手個人專輯。❾新謠標榜唱我們自己的歌，確實普遍唱出了新加坡年輕人在青春與成長過程的心情和滋味。尤其新加坡邁入現代都市過程的種種體驗和反思，都成了新謠歌詞裡回顧童年，處理青春的重要參照。

其中被視為新謠靈魂人物的梁文福，在新謠鼎盛時期發行過 5 張個人作品輯。❿在這些廣獲好評的專輯裡，梁文福擅長處裡的青春哀愁、校園情懷、童話般的往昔記憶等青春與成長主題，奠定了新謠的基調和精神。多年後報刊製作的新謠專題報導，受訪者不異而同都提到新謠陪伴度過那段青春成長歲月。新謠成了某個時期新加坡年輕族群的身份印記，或身份認同的載體。學者江莉莉（Lily Kong）告訴我

---

❾ 關於新謠的起源和發展歷程，詳梁文福主編：《新謠：我們的歌在這裡》（新加坡：新加坡詞曲版權協會，2004 年）。戴有均、蔡慧琨：〈新謠：文化的定位〉，收入柯思仁、宋耕主編：《超越疆界：全球性·現代性·本土文化》（新加坡：南洋理工大學中華語言文化中心，2007 年），頁 147-162。

❿ 這五張專輯除了個人演唱，個別還收入不同歌手的演唱。但幾乎所有詞曲都是梁文福一手包辦。這五張專輯分別是《門》（1986）、《好與不好之外》（1987）《愛的名字》（1988）《新加坡派》（1990）《Go East：東方情思錄》（1992）。這些專輯當初是以卡帶發行，2007 年梁文福將 5 張專輯重新整理，並連同替別人寫的歌集合為一張作品薈萃，發行 6 張 CD 版套裝《梁文福：繞梁一世詞曲專輯全紀錄》（新加坡：海蝶唱片，2007 年）。本文後續的文案及歌詞討論，均引自此版本。

們，新謠具備了三種元素：童年回憶、年輕人的關懷和社會批評。他試圖論證這三種元素讓新謠構成新加坡 1980-90 年代成長的那一輩年輕人，集體的身份認同。⓫然而，對比後來蓬勃發展的華語流行音樂，新加坡往中港臺輸出的華語歌手和詞曲創作、編曲等音樂人材不在少數，卻沒有因此成為地域的認同議題。那麼 20 年前影響和發行只侷限在新馬一帶的新謠，為何卻成了可以辨識族群身份的一種標記，或一代新加坡年輕人的集體記憶？這種認同的深沈意義何在？

從梁文福的新謠個案觀察，其表徵了整個年輕人身份認知的內在結構。就一個大眾華文文化現象的層面而言，新謠介於校園與商業之間華語音樂特質，有效填補了某種形式的華文想像（將詩譜曲、歌詞的文化歷史典故、模仿新詩的用詞用語），和說唱華語的慾望（梁文福的演唱被認為有說唱的特色）。相對來說，這些並非詩詞般的純粹雅化、且不特別困難的華文歌詞，以地域色彩填補了新加坡華人的文化想像。就新興城市發展的步調而言，新加坡以英文為主流官方語言形塑上流社會與知識階層，外交政治上往英美靠攏，難免使得城市的建構和國家發展存在西化的潛在焦慮。新謠的誕生因此對新加坡在地華人來說，似乎找到另一種可以依賴與認知的家國與族群框架。清新的校園情懷與記憶，轉化為年輕華語族群對島國的向心力，家園意識和國家認同隨之產生。

然而，對於新謠深入凝聚國家認同的概念，我們可以從更大的歷史背景來理解。1979 年新加坡教育政策大轉彎，實踐全面英語教學成了執政者邁向國家現代化和塑造國民意識的強硬手段。隔年南洋大學關閉，從中學往大學延續的華文教育中斷，華文似已連根拔起。教育媒介語的轉變，意味好幾個華人世代的記憶也隨之消逝、被迫轉型，或成了集體的失落。「華校生」由此成了一個社會意義下可以辨識的某種族群類型，⓬甚至是文化類型或記憶類型。在受到臺灣民歌運動影響，南

⓫ Lily Kong (江莉莉). (1996). Making" music at the margins"? A social and cultural analysis of Xinyao in Singapore. *Asian Studies Review., 19(3)* , pp.99-124. 在本篇論文內討論的文本，大多為梁文福的歌詞，不過討論的例子多屬梁的三張早期作品。

⓬ Sai Siew Yee. *Post-Independence Educational Change, Indentity and Huaxiaosheng Intelectuals In Singapore: A Case Study of Chinese Language Teachers*. Lian Kwen Fee. Ed. Race, Ethnicity, and the State in Malaysia and Singapore. Leiden.Boston: Brill.2006. pp191-218.

大詩樂催生下誕生的新謠運動，被認為是本土特有的華文文化載體。⑬「華校生」作為新謠的生產者與消費者，他們替新謠注入了什麼樣的文化精神和記憶，新謠如何賦予他們一種文化身份的想像？新謠又是如何建構或建構什麼樣的華人身份認同？梁文福的個案提供了一個有價值的參照。

其實梁文福早在第一張專輯就展現了一種處理城市感受的企圖，⑭但相關概念的表達仍屬柔美抒情節奏下的校園世代焦慮，專輯內的主調還是書寫心情。不過，到了 1990 年發行的《新加坡派》，顯然就交出了一張概念清晰，彰顯鮮明家國意識的專輯。由此看來，梁似乎已準備跳脫新謠「校園」格局那種相對「疲軟」的風格，在描述年輕世代的整體青春情懷之後，面對新加坡這片土地悄悄滋長的家國意識，朝向更成熟的音樂反思。梁文福替《新加坡派》寫作的文案強調這是「新生的城市風采」，提醒新加坡人生活在新生的文化氣候裡，有了更多選擇與判斷的自我意識。梁刻意為我們呈現了新加坡的成長和成熟，其實是一個城市的進程史。然而，對這個新的城市誕生，提供的選擇和判斷又在哪裡？

從專輯的同名歌曲〈新加坡派〉的歌詞看來，作者一開始就設定了線性時間進程，從「爸爸說我出生在六十年代／一歲多國家才算誕生出來」勾勒了以我的成長經驗，映照新加坡發展歷程。歌詞細述六十、七十、八十年代種種值得回憶的片段：邵氏在新馬拍攝的黑白粵語片、林青霞電影、鳳飛飛歌曲，卻同時凸顯裕廊煙囪、地鐵傳奇、運動員孫寶玲贏得金牌、搬家住得舒服自在的城市發展軸線。工業化、都市化、國家榮譽、現代化住宅構成的一幅新加坡圖景。梁文福正面處理了新加坡家國意識，卻也紀錄著認同的轉折，並自我質問：「到底是它給了我胸懷／還是我給了它愛？」於是，從前沒人相信的「新加坡牌」，轉眼「我們也可以創造新

---

⑬ 眾多關於新謠的評論和研究都不一而同提到這個論點。詳梁文福主編：《新謠：我們的歌在這裡》，頁 119-122。陳偉萍：《新謠與新加坡人的身份認同》（新加坡：南洋理工大學榮譽論文，2003 年）。關於新謠與詩樂、臺灣民歌運動關係的最新討論，詳徐蘭君：〈唱自己的歌：聲音的跨界旅行和文化的青春互動：淺談新謠與臺灣現代民歌運動之間的關係〉，發表於「交界與遊移」：近現代東亞的文化傳譯與知識生產國際學術研討會，2009 年 9 月 10-11 日，臺北：臺灣大學。

⑭ 梁在第一張專輯《門》的文案裡提到「想寫的是此時此地城市人的某些生活感受。雜匯文化中的徬徨少年、代溝、都市冷漠症、戰爭」。

加坡派」。這個認同基礎建立在挪用／抄襲西方蘋果派的模式，意味著新加坡這個現代國家的發展藍圖，基本以西化為參照，甚至是整個西方生活節奏、生活語言與現代化模式的複製。梁高唱在蘋果派刺激下誕生的新加坡派，尤其在音樂部分特別製作了鬧鐘轉動的特殊音效。城市的進程，同時是時間的焦慮，新加坡追求的現代化，卻是掉入一去不復返的歷史時間。歌詞最後口號式的「I like it Singapore Pie」既喊出了「別人紛紛移民前來」的榮耀與自豪，卻也昭告新加坡進入全球城市潮流下的另一樣版複製。

事實上，〈新加坡派〉表面紀錄著「我」看到的城市現代化進程，背後暗示的則是自我認同的國民身份。梁藉由歌詞提醒「我」具有的雙重眼光。一方面看到城市的變遷和未來，漸進意識到隨之成長而作為國民的「我」。文案中附有一張小孩在組屋前奔跑的照片，另題文「是的，跑不掉了。……我們都已活成輪廓分明，知道自己站在哪裡，清楚自己是誰的新加坡派。」我的來歷和生活成長的整體，嵌入整個新加坡城市變裝過程的背景。狹小的島國及其國民意識，兩者似乎沒有多少迴避的空間。另一方面，這個「我」又彷彿歷史的回眸，寫到「爸爸你再唱一遍往日情懷」。「我」是緊跟時代一步一趨，認為「我們的故事我們自己記載」、「未來就看下一代」，家國願景設定在排好的線性時間進程。於是，父親一輩的往日情懷，顯然昭告上一代華人的記憶已成過眼雲煙，失落在新加坡歷史的舊日情懷，擋不住自信滿滿「新加坡派」的粉墨登場。於是表面上在地化的「新加坡派」不過是代換了西方速食文化的蘋果派，梁唱出父親一輩的懷舊，卻不經意洩漏了一種淡淡的歷史哀愁。那恰恰是新加坡在西化過程的文化鄉愁。梁的在地視角成功「再現」的新加坡，⓯召喚的整體景觀迴異於官方宣傳，卻在城市發展的進化軸線上，試圖喚醒在時代變遷中褪色的華人記憶和情緒。

於是，專輯裡同時出現的另一首〈麻雀銜竹枝〉就帶有重建華人記憶和華人想像的味道。整首歌詞共六段，每段起首句都是「我們這裡是新加坡」。梁接續寫了

⓯ 有趣的是，新加坡學者撰寫文學批評術語的專書，闡述「再現」（Representation）一詞，因地制宜採用了梁文福的〈新加坡派〉為分析對象，討論其中符碼的運用，如何產生想像的共同體。詳柯思仁、陳樂：《文學批評關鍵詞》（新加坡：南洋理工大學中華語言文化中心，2008 年），頁 166-170。

父親住過的海山街、自己度過童年的女皇鎮、求學階段臨時抱佛腳的四馬路觀音廟，再以路上霸王車、一房半廳的組屋，構成日常居住空間的景致。梁間中穿插的廣東童謠「麻雀仔」，以粵語搭配華語的唱法，既勾勒了新加坡華人方言群的歷史背景和生活趣味，也隱約帶動一種祖籍鄉愁的召喚。於是，標示歷史時間的「1941年轟炸機經過／一枚炸彈在街頭降落」，揭示經過二戰洗禮的市井空間，已將私有的家族記憶，交織在新加坡的集體記憶裡。家居空間、原鄉鄉音和歷史時間，三者構成一組我們辨識華人生活的潛在脈絡。〈麻雀銜竹枝〉本屬鄉音童謠新編，卻透過「我們這裡是新加坡」的一再宣示，讓整首歌帶有重新認知、標誌新加坡這「地方」（place）的意味。「地方」作為以「經驗」為機制的主觀的空間感和時間感，傾向安全、穩定、靜止的特質。⑯就離散華人而言，這無異說明了移居者落地生根的歷史大環境。梁藉〈麻雀銜竹枝〉補充了另一種帶有華人來歷和身份意識的城市體驗。

在《新加坡派》專輯裡，除了以上兩首清楚呈現家國意識的歌曲，其他歌曲基本守住梁過去擅長經營的文藝風格。諸如〈紅豆詞 2000〉、〈我讀過了他的酒窩〉，前者改編《紅樓夢》的詩詞，後者為旅美華裔學者周策縱的新詩。當中的青春哀愁，多了歲月喟嘆，好比〈我將背影留給你們〉，回首校園同窗與人事變遷、〈老張的三個女兒〉以三類性格迥異的女生比附新加坡獨立自主的時代女性。歌曲多了滄桑，有了經歷，對應幾乎每首歌前都有梁的簡易說白。梁藉此專輯意圖重述個人在 90 年代城市變遷中的主觀感受。如果「新加坡派」是難以抗拒的城市主調，公開接受的一種國民身份與家國認同。那麼，〈紫竹吹新調〉以江蘇童謠的重新改編，類同他在早期其他專輯出現類童謠性質的歌曲創作，⑰梁其實將童年視作一種回憶、往昔情懷的中介，近似學者江莉莉認為的「神聖的時間與空間」。然而，類童謠的改編和創作，還有更實際的效果。這是召喚和回歸到城市華人所意圖繼承和堅守的純粹（孩童經驗和視域），一個從祖輩、長輩延續的「鄉音」，或一個抵抗城市記憶的時間。尤其歌詞末句意有所指的「寶寶你要繼承紫竹性格骨子裡傲

---

⑯ Tim Cresswell，王志弘、徐苔玲譯：《地方：記憶、想像與認同》，頁 16-19。

⑰ 這些創作包括〈愛的名字〉、〈排排坐〉、〈童謠 1987〉、〈一步一步來〉等。

／任西風吹不動搖」。藉由鄉音童謠對抗城市西化的變遷，梁的意圖不言而喻。

㈡文化身份：南來與鄉愁

1992 年梁文福發行的《Go East：東方情思錄》，展露了相對《新加坡派》更大的企圖心。該年新謠節正式停辦，而《新加坡派》發行的那年，新樂獎也已取消。換言之，梁文福面對的是一個新謠不再受到市場熱烈歡迎與漸趨沒落的處境。但他在專輯裡展示的視野，正好補強了長期以來新謠沒有深刻觸及的家國議題。如果要重新評估新謠的價值和意義，《Go East：東方情思錄》恐怕是最值得重視的一張專輯，正因為在新謠漸漸被市場冷落之際，梁文福的大膽轉向，將專輯置入更具新加坡在地視野和辨識度的音樂面向，新謠被賦予了一種新的「文化身份」。

如果回顧新加坡華人集體記憶的方式，是重述華人在建國過程中失落的「文化身份」。在專輯裡，這體現在對兩種歷史時間的處理：一、華人南來的移民與落地深根。二、從殖民地到建國的身份和空間的錯置。那麼《Go East：東方情思錄》裡至少有四首歌曲直接處理了城市華人的這種複雜心思。

〈赤道河水謠〉以新加坡河的歷史演繹城市身世。新加坡河被當地人視為一條「歷史的河」、「母親的河」，[18]河兩岸殖民地建築的政府大廈，見證了英國人開埠的歷史，早期商貨和苦力也藉由駁船載到河邊上岸。這條河的歷史不僅僅載浮著新加坡身世，卻同時象徵了華人南來的軌跡。歌詞開宗明義給我們一個國民登場的畫面：「當年陪奶奶到那河邊去／領取她國民身份的證據」。然而，國民身份不過是城市歷史有形的部分，箇中有一組意象的比對值得玩味：「萊佛士銅像／高瞻遠矚地」和「岸上的苦力／低頭彎腰地」。透過歷史對照，勾勒了新加坡開埠發展的畫面——殖民者與華人勞動移民。一組畫面道盡幾許說不清的階級壓迫、勞動剝削、人口買賣，以及大量勞動移民為這個島嶼付出的建設。這些由勞動階層組成的新加坡華人社會卻是島國的最初原貌。

因此梁文福歌頌的不是伴隨新加坡河發展的繁榮城市，恰恰是凸顯歷史的異樣

---

[18] 韓山元：〈新加坡河，母親的河〉，收入氏編：《新加坡河，講不完的故事》（新加坡：八方文化，2006 年），頁 viii。1989 年新加坡河作為史詩劇的主題在華族文化月表演。

眼光，令人深思：「當我和同學再到河邊去／駁船和苦力走進圖畫裡／赤道的河口／出現了奇景／人們養出一尾有著獅子頭的魚」。買賣苦力的華人移民史已是走入博物館的歷史畫頁，但《馬來紀年》裡傳說的獅子，卻成了新的神話，在 1970 年初化成雕塑，成了新加坡新興的標誌和象徵，似乎在見證和講述新加坡的全新歷史和引領未來。⓳獅頭魚身的魚尾獅顯然是怪異的組合，以魚尾獅為批判和反思的文學創作不勝枚舉。⓴梁卻進一步暗示我們，這條河與這座城的變造，多了幾重曖昧的身份想像：「換了新名字的人呀換不了膚色／這樣匆匆遺忘匆匆建設」、「河上划龍舟誰爭得第一／划船的人和龍未必有關係」。華人在城市建設的同時，似乎在發展藍圖裡遺忘／重塑了自己的來歷。龍舟的節慶儀式依舊，但「龍的傳人」反成了尷尬的寓言。梁文福呈現的是一種對失落的華人歷史的反諷，抑或面對華人身份的弔詭？從南來移民到在地化的新加坡華人，〈赤道河水謠〉以河的歷史重建了華人身份對這座城市的歷史寓意。從華人視角歌頌的河水謠，作者提醒「是什麼推著大家向前走／是什麼被我們拋在腦袋後／誰在這世紀／盡頭處嘆息／神話城市繼續向前去呀去去去」。其潛在挑戰了官方建設神話城市的歷史盲目，尤其指向政府「浪漫」包裝的新加坡河地景所凸顯的國家意識型態。㉑對照政府對這島嶼城市的企業化、國際化和旅遊的宣傳和追求，梁文福的手筆似帶有幾分本雅明筆下天使在歷史廢墟盡頭回望的眼神。

另外專輯裡有一首梁文福創作，潘盈演唱的〈君自遠海來〉，帶有幾分抒情的

⓳ Brenda S.A.Yeoh and T.C.Chang. *"The rise of the Merlion": Monument and Myth in the Making of the Singapore Story*. Robbie B.H.Goh, Brenda S.A.Yeoh. Ed. Theorizing the Southeast Asian City as Text. Singapore: World Scientific.2003. pp.29-50.

⓴ 魚尾獅與新加坡河同屬文學創作的熱門「意象」。著名的英詩版本是唐愛文（Edwin Thumboo）1979 年發表的〈魚尾獅旁的尤利西斯〉（Ulysses by the Merlion）。這也是後殖民解讀的範本，詳王潤華：〈魚尾獅與橡膠樹：新加坡後殖民文學解讀〉，收入氏著：《華文後殖民文學：中國、東南亞的個案研究》（上海：學林，2001 年），頁 77-100。關於其他華文「魚尾獅」創作的討論，詳朱崇科：《考古文學「南洋」》（上海：上海三聯，2008 年），頁 212-228。

㉑ Shirlena Huang and T.C.Chang. *Selectice Disclosure: Romancing the Singapore River*. Robbie B.H.Goh, Brenda S.A.Yeoh. Ed. Theorizing the Southeast Asian City as Text. Singapore: World Scientific.2003. pp.77-105.

歷史哀愁和餘味。〈君自遠海來〉以類古典詩五和七言體的工整書面語法（五言和七言的雙雙對稱），狀寫的卻是殖民地時期的英國白人雇主重返故地尋找舊日華裔老傭人，彷彿另一種的海外華人離散故事。白人以遊客身份重返新加坡，找尋舊日幫傭彷彿重溫殖民地的帝國舊夢。這種處理白人「優越」和殖民「傷痕」的抒情詩寫作方式，卻凸顯了一種形式與內涵的不協調，但不可否認指向了某段華人歷史中泛黃的殖民地生活情境。

梁文福取自新聞報導的題材，有意營造這種「團聚」溫情感人的戲劇張力。歌詞的「尋我舊時顏」、「一見淚漣漣」使得白人雇主與華人老傭——殖民者與底層社會的華人移民——不對稱的階級，這種身份的尷尬卻抵銷在那帶有鄉愁抒情意味的格式內。然而，白人對華裔老傭的「盼我猶如前」、「問我可有怨」是梁文福對白人內心情緒的主觀設想，卻也同時暴露出一種歷史的矯情，更凸顯後殖民城市的全球消費邏輯。一直名列旅遊酒店頂級招牌的新加坡萊佛士酒店（Raffles Hotel），將殖民地建築風格的政府大廈做為旅遊地標宣傳，不正是殖民地歷史、建築和帝國情調的現代召喚，一個典型的殖民鄉愁與全球經濟的完美結合。換言之，〈君自遠海來〉的美麗與哀愁，可以看做另一種的經濟消費。「昔日此地君是主／今日我於鄉迎遠客」，白人與老傭的主客位置已對調，卻道盡了殖民地歷史的時空錯置。歌詞真正最有歷史批判意識的，當屬歷史情境的還原和反諷：「倘若戎火來似前／君亦舉家歸故園／遺我驚惶歷經變／因我根與此地連」。老傭的告白一針見血，嘲諷殖民者的無情膽怯，同時呈現了華人處在喪亂中的際遇。1942 年日軍入侵新加坡，英殖民政府在吃敗仗的情況下，乾脆打道回府，獨留新加坡共產黨人與百姓展開抗日戰爭。三年後日本投降，二戰結束，當初撤守的英殖民政府，又回來當起了主人。歷史的荒謬在這片土地上演，揭露的卻是被棄置與落地生根的華人歷史命運。

在歷史題材之外，梁文福對祖輩鄉愁的處理，還有〈阿祖的大福餅〉。南來華人對故鄉剪不斷的感情，最常見的是換成經濟的現實援助：「她把一輩子的積蓄寄給他們蓋房子娶親／卻把自己月圓月缺寄給此地」。但這位外曾祖母在梁文福眼裡卻是不朽的「東方」，言下之意，歌詞末段的「今夜月兒圓圓我在樓梯口寫著歌曲／一對情侶分著漢堡包談心／我想起我的阿祖她不懂漢堡包和愛情／卻對我說大福餅情意」，談的已是兩代人的隔閡和記憶的難以傳承。漢堡的速食愛情對比傳統的媒妁婚姻，梁文福在阿祖的大福餅裡，看到了上一代南來華人婦女的心事，以及對故鄉永恆的追憶。歌曲過場時以福建方言唱出「阮阿祖想唐山」、「細漢ㄟ來喫餅」，為祖孫兩代牽起情感的聯繫，也為華人移民在城市生活裡的集體鄉愁記上一筆。

㈢城市記憶與歷史感

城市變遷導致的時間焦慮，始終是梁文福歌詞裡刻意追趕的歷史時間。〈我從東岸走向西〉以更急促的步伐，強調城市發展帶來的陌生感。作者強調「是否不斷地向昨天／借一點空間／就算更好地對待明天」深刻質疑了把集體的歷史時間轉化為建設明天的空間，最後付出的代價卻是「有成千上萬的人／一夜醒來發覺／找不到爸爸童年痕跡」。梁的城市批判依舊，但在歌聲裡為我們勾勒的華人形象，還是那些帶有市井精神的街坊群眾：「吹口琴的老漢／在實龍崗路遊蕩／吹奏一首失傳的旋律」的流浪漢或賣唱老人，「賣黃菜的老婦／比牛車水更梳起／對那拍照的人毫不客氣」的自梳女，都成了遊客獵奇的對象或時代最後的身影。與其說梁文福的創作意圖批判城市現代化，還不如正視他在華人想像裡追回的歷史歲月，或個人的記憶。誠如歌詞俏皮的寫到：「三輪車跑快哦快（哦快）／載走了老太太（不回來）」，那一去不復返的時間、記憶和人事，才是城與歌的珍貴結合。

在這張專輯裡，梁的懷抱不僅於此。〈外面有鬼〉直指華人家國意識內長期潛藏的「鬼」，那個被官方意識型態去之而後快的「鬼」。而此「鬼」所指為何，歌詞裡顯然沒有明說。但對照新加坡建國後在形塑國民意識之際，對於華人強烈的民族主義可能導向認同「共產中國」、「新中國」的恐懼，對左派政治的趕盡殺絕，最終關閉南洋大學以斷絕華人對中華文化的激情想像（李光耀曾追述南洋大學的創辦是「對中國文化的一次大規模的激情承諾」），[22]道盡了這個以反帝國主義起家的人民行動黨政府，在安穩建國的歲月裡，反而感到恐懼的「鬼」，就是外面黃皮膚的那片大

---

[22] 新加坡官方對於華文教育、南洋大學與左翼政治的簡化連結和理解，可以參考李光耀的回憶錄。詳李光耀：〈一種共同語〉，《李光耀回憶錄 1965-2000》（臺北：世界書局，2000 年），頁 167-180。

陸。梁文福歌詞裡有趣的張力顯現在那一連串的質疑和問號：「你說沒騙我／可是你從來／都不肯說你心裡所怕的真正是什麼」、「你說沒愛我／可是你從來／都沒有問一問我所要的真正是什麼」、「你說沒騙我／可是我猜想／鬼住在你心裡所怕的是少年的我」。而歌曲以輕快節奏將長串「鬼喲鬼喲鬼喲鬼喲鬼喲鬼喲鬼喲鬼喲」當作喃喃自語，喋喋不休，穿插為歌曲的底蘊。當「鬼」成為新加坡在建構國民意識而內化的一套認知邏輯，反覆的自我證成，這不禁令人想到梁文福是否從魯迅的「革命、革革命、革革革命、革革革革命」的詭譎吶喊，找到了一種歷史反諷的靈感。

專輯裡除了〈流水詞〉是擅長的時間與青春感悟，另外幾首跳脫新加坡視域，寫作旅行在外時遭遇的「東方」想像。〈躲不過的你：紫禁城情話〉處理走在冬天飄雪的北京故宮，那種面對文化的懷想和悸動。〈哪裡走〉是初次登上萬里長城的心情小品，〈疊情摺義：香港最後的擁抱〉以情話式的隱喻寫作回應 97 回歸前的香港。關於這些題材的意義，也許可以對照其專輯英文序文刻意提及專輯歌曲仍可辨識出的新加坡特色。他似乎在暗示一種不被看見的「新加坡人」的焦慮，儘管他一再宣稱在海外遇到的任何一位華人都是中國的其中一種面貌。換言之，他為新加坡華人在歷史與當下的意義與廣義的東方做了連結，整張專輯似乎在尋找平衡，或一種無關中國鄉愁的新加坡華人鄉愁，凸顯境外華人的多元面貌。因此，梁文福在這兩張專輯展現的關懷，表面上是對都市現代化建設的神話的批判，事實上，真正召喚，或喚醒文化意識的認同，恰恰是那內含在歌詞字裡行間的歷史時間。

面對人民行動黨政府長期掌控歷史的詮釋，以「國家生存」的執政意識型態，將歷史、文化問題和民族價值擱置，投入建設經濟，且以維繫經濟的果實合理化社會的監控。因此保存與解釋歷史，顯然跟鞏固成功的經濟霸權為敵。㉓尤其人民行動黨是透過鎮壓左翼份子起家和執政，對左派華人政治和知識分子歷史的逃避，官方態度的消極是顯而易見的。

其中關閉南洋大學和全面英語化導致華人語言和文化斷層危機的「文化傷

㉓ 蔡明發：〈新加坡：編造歷史，建構國家〉，收入王曉明、陳清僑編：《當代東亞城市》（上海：上海書店，2008 年），頁 31-42。

痕」，㉔官方以為透過雙語教育可以解決華人認同和華語意識的延續，㉕因此長期以來未見政府積極修補「傷痕」。2000 年新加坡文化遺產部門出版的《新加坡圖片史 1819-2000 年》，在獨立建國後的歷史論述，對此議題仍是略過不談。㉖相對香港出版的《海外華人百科全書》在新加坡部分卻有「華校生」的專題報導，以及左派政治歷史和人物林清祥的論述。㉗這印證了新加坡官方對歷史記憶處理的保守，也說明這一切的歷史情懷恰恰是當地華人文化意識的重要組成部分，構成一代新加坡華人的文化情結。於是，當制訂新加坡發展藍圖的李光耀承認雙語教育的失敗，㉘經過數十年培養的新加坡人不但沒有形塑明確的國家認同，在種族意識也已是「失落的一代」。

新加坡華人的「歷史失憶」——曾經在國家發展藍圖內失落的文化身份，形塑了一種華人想像的創傷情結，或華語流亡意識。㉙南大事件背後代表的民族意識、

㉔ 關於南洋大學創辦與關閉過程的描述，其造成新馬兩地華人的文化創傷及其後續影響，詳李元瑾：〈南洋大學圖像：新馬國家疆界的虛擬與現實〉，《南大圖像：歷史河流中的省視》（新加坡：南洋理工大學中華語言文化中心，2007 年），頁 291-334。雷澥編著：《南大春秋》（雪蘭莪：風下文史工作室，2008 年）。

㉕ 新加坡政府意識到雙語教育的推行，本在避免華人的「文化喪失」（deculturation）。但官方卻多次對這項政策可能導致失敗的後果感到憂慮，認為將塑造出沒有自我歷史意識的一代。儘管官方陸續針對華文教學的內容做出調整和變動，但全面英語的政策並未改變。因此華文教學與文化傳統的能否延續有著必然的邏輯，也是雙語教育的內在隱憂。關於新加坡雙語教育的相關討論，詳梁秉賦：〈新加坡的雙語教育：1965-2005〉，收入何啟良、祝家華、安煥然主編：《馬來西亞、新加坡社會變遷四十年（1965-2005）》（柔佛：南方學院，2006 年），頁 89-121。

㉖ 關於新加坡官方在教科書和各方面對左翼政治的歷史建構，有不少反思與批判的聲音，詳《圓切線》第 6 期，2003 年 4 月。該期討論的專題是「歷史眾聲」。葛月贊編著的《新加坡圖片史 1819-2000 年》（新加坡：National Heritage board，2000 年）提及了南洋大學的創立，但 1965 年後的歷史敘述中卻未提及關閉南大等教育政策的轉型，只集中強調新加坡的城市化與現代化。而近期出版的 Mark Ravinder Frost, Yu-Mei Balasingamchow. Singapore: A Biography. Singapore: National Museum of Singapore. 2009. 稍觸及獨立建國前的左翼政治歷史，但仍難掩偏見。

㉗ 潘翎主編，崔貴強編譯：《海外華人百科全書》（香港：三聯書店，1998 年），頁 200-217。

㉘ 〈人民對華文沒興趣　李光耀：星推行雙語錯了〉，《中國時報》2009 年 11 月 18 日。

㉙ 1991 年初到新加坡的中國當代著名作家王安憶，以外人眼光描述她認知的新加坡華人身份認同的華文情結，尤其在南大閉校創傷後的複雜心思：「這些吉卜賽人只能在精神上漫遊，華語是流浪地，南大是流浪地上的堡壘」。詳氏著：〈漂泊的語言〉，《漂泊的語言》（北京：作家出版

左傾與華文教育的複雜連結，[30]指向了華人身份的集體焦慮。這是 1950-80 年代以「華校生」為主的一輩華人，在獨立建國後的歷史上在場的缺席。在此背景下，1980 年代開始音樂創作的梁文福恐怕對華人身份和情懷是有所感覺，並在 90 年代的專輯裡成熟展現了作為雙語教育成長的一輩，對家國與歷史意識的反思。在新加坡人享受著美好的經濟果實之餘，梁文福藉由華語音樂賦予華人的歷史想像，努力「平衡」和「連結」華人在這片土地上的某段時空情境，並藉此展現華人想像與城市發展的辯證關係。他替新謠凝聚年輕一代華人的家國認同的象徵意義，注入了更深刻的歷史厚度和反思。

三、遙想星洲：謝裕民的南洋歷史記憶

1959 年出生的謝裕民，是新加坡戰後與獨立前成長的一代華人。儘管寫作出道甚早（1979 年與齊斯合著散文集《六弦琴之歌》），1995 年還受邀參與愛荷華「國際寫作計畫」，但就一位出道 30 年的寫作者而言，他的作品量始終不多。（這恐怕也是不少新加坡華文作家受大環境限制的集體命運）1989 年以筆名依汎倫出版第一本個人小說集《最悶族》開始，陸續有極短篇《世說新語》（1994）、小說集《一般是非》（1999），以及合集《重構南洋圖像》（2005）的誕生。2007 納入新加坡青年書局主持的「新加坡當代作家選」出版計畫的《謝裕民小說選》，封底文案特別對讀者強調「勾起他們對自己的共同情感——對華語和華文文化的懷念，激起他們為捍衛華語，捍衛本土文化，捍衛各民族的團結而努力的意識」。[31]言下之意，謝裕民作品的文學定位，指向了華人民族意識和文化情結的召喚，華文寫作在新加坡的基本道義和使命感。這當中最重要的印象，恐怕有很大的部分來自於取得 2006 年新加坡文學獎榮譽的《重構南洋圖像》。書名預設了華文寫作的在地視野，同時顯露出華

社，1996 年），頁 220。

[30] 南洋大學學生會的運作和學潮，可以說明南大在意識型態與政府之間的對立。詳丘淑玲：《理想與現實：南洋大學學生會研究 1956-1964》（新加坡：南洋理工大學中華語言文化中心，2006 年）。

[31] 謝裕民：《謝裕民小說選》（新加坡：新加坡青年書局，2007 年）。

文作家面對自身歷史的慾望。尤其從新加坡島嶼出發的歷史，攸關華人移民南來的繁複面貌和精神，象徵了新加坡華文作家在 21 世紀家國書寫的另一種反思，一種對歷史時間的虛構和重構。

雖然《重構南洋圖像》的書名，取自謝裕民同屬作家身份的哥哥希尼爾的建議。但書名的「重構」精神，卻也體現在書內的三篇文章——〈島嶼前身〉、〈民國二十四年的荷蘭水〉和〈安汶假期〉。三篇文章的書寫，基本上都有歷史文獻的參照。〈島嶼前身〉運用了大量中國古典的旅行文獻，〈民國二十四年的荷蘭水〉建立在上海教科書和戰後在新加坡編的《新南洋年鑑》。〈安汶假期〉則直接將清代遊記〈南洋述遇〉重新改編和演繹。這些建立在歷史文獻上的虛構和重構，提醒了我們注意作者寫作南洋圖像的雄心和意義。

面對新加坡這個新興全球城市的歷史記憶，謝裕民的城市書寫策略，自覺或不自覺地將華人歷史附著在過去的文獻上，而歷史文獻上出沒的不過是時間的遺跡。謝裕民藉此追憶失去的華人時間，虛實真假的交錯，賦予了一種可靠的「重構」魅力。同樣的書寫也出現在香港作家。97 回歸之前，港人對香港歷史的焦慮，體現在他們對這座島嶼的空間幻想與虛構。從西西的「我城」到「浮城」，再到董啟章《地圖集》以空間交疊創造香港的立體史觀，〈永盛街興衰史〉以假亂真虛構一條不存在的老街，成功形塑一則香港歷史的空間化敘事。[32]港人面對的是一座城的曖昧歷史，但新加坡華人卻是追尋失落歷史。因此，謝裕民回溯新加坡島嶼的歷史／地理軌跡，重建華人史觀，或以南洋年鑑重述戰後初期的生活熱情和民族熱血，從清代遊記敷衍南來的華人移民史。儘管三個篇章在文字和結構都有顯而易見的瑕疵，小說技藝的侷限。但謝裕民從片段歷史試圖重建或追憶華人在這座島嶼消耗的生存時光，這當中「重構」的南洋圖像，可以看做新加坡華人歷史的時間文本。

嚴格說來，〈島嶼前身〉是一篇類似閱讀筆記或心得報告的散文。置於全書的首篇，看出作者意圖以此作為導論，藉由大量歷史典籍和掌故的考證和複述，重建認識這座小島的歷史眼光，間接帶出一個重構南洋的可能方式。新加坡這座小島最

---

[32] 關於香港的城市書寫，詳王德威：〈香港：一座城市的故事〉，《如此繁華》（香港：天地圖書，2005 年），頁 2-30。

初在中國古代旅行典籍裡發生意義，從「蒲羅中」、「大食」、「龍牙門」、「單馬錫」到「石叻」，這些由古代到近代的新加坡別稱，其中有些可考，有些仍具爭議性，卻不一而同指出了新加坡在中國海洋史上西洋航路的顯要位置。事實上，從早期朝貢關係、海洋貿易到旅行遊歷，南洋對中國而言早已不算陌生地域。但值得注意的是，南海區域仍屬中原意識外的異域或炎荒之地。而新加坡小島作為最初由中國人辨識的域外地理，隱約建立了這座島嶼與中國的歷史聯繫。無論是元代汪大淵《島夷誌略》，還是明代《鄭和航海圖》，這些中國古代交通典籍所呈現新加坡的古代地理位置，無異為當代讀者重新勾勒了一個離散地理的輪廓。根據史家的研究，早在宋元時期早有華人移民到南洋。作者重新在這些典籍裡耙梳新加坡的歷史身影，等於是在中國人的南來航路中「尋一座島」，為離散華人建立一個最早的遷徙地圖。

謝裕民接著為我們敘述「石叻時代」的到來。從個人親身經驗出發，自己父母一代的新客移民，為中國的故鄉匯錢和寄信，父親不在後，這個跟原鄉唯一聯繫的管道成了文化重任，交到作者身上。這個在南來華人身上延續的傳統，揭示了華人「前身」的另一個苦力身份，勞動的移民群體。「石叻時代」最早的文化意義，還包括清廷設置使館和派駐領事。領事左秉隆漢詩裡的「息力」意味著石叻開始進入南來文人墨客的視域，詩文裡的表述。1881 年海峽華人薛有禮創辦《叻報》，成為新加坡最早的華文報紙，文化建制的開始。於是有傳統文化教養的士大夫陸續南來，年輕移居到石叻的文人才子丘菽園，開始以「星洲」命名這座美麗的島嶼。他推動華文教育、創辦報刊、接待亡命的康有為，廣邀各地文人雅士吟詩唱和，最後破產終老此地卻也成了傳奇的符號。後來由胡文虎在新加坡創辦的《星洲日報》，卻未能根留此地，反而成了馬來西亞的最大華文報刊。

〈島嶼前身〉的寫作形式混雜，既有仿論文寫作式的考證，也有抒情的散文筆調。作者藉由全文的七個小節，為我們勾勒歷史的片段，在慨嘆當中，島嶼的前身已是年輕一代的新加坡華人早已遺忘的歷史，或被略過的英國殖民地史前史。[33]從

[33] 作者在接受訪談時，提及寫作動機是針對新加坡人對萊佛士之前的新加坡的不熟悉，而對新加坡歷史做的讀書筆記。詳謝裕民、林康：〈謝裕民與林康對談錄〉，《重構南洋圖像》，頁 135。

地理意義的單馬錫到人文薈萃的星洲，作者為新加坡歷史建立「索引」兼「導讀」，似乎在追回一段華人南來的歷史時間——離散「史觀」。

對於離散華人「史觀」的處理，我以為全書中貫徹這主題的最好作品，該屬壓軸的〈安汶假期〉。故事發生在兩個地點：新加坡與印尼安汶（Ambon）。謝裕民以收入在《小方壺齋輿地叢鈔》裡署名「闕名」的〈南海述遇〉為題材，重述了一個中國商人在安汶遇上明代華人後裔的經過。但作者另有懷抱，將一則他鄉遇故人的海外記聞，改編為當代新加坡華人的尋根故事。

故事從「我」這個敘事者角度，發展成兩條故事軸線。一是將〈南海述遇〉的故事重述一遍，以一個從呂宋島起帆出海準備到新加坡的中國商人，途中遇上風浪，船擱淺在新加坡西邊的印尼群島安汶島，在此竟遇到一位世代定居於島上的華人，而且還是明代朱姓皇親貴族的後裔。有趣的是，朱姓華人的祖先本來在明朝覆亡後準備出海到臺灣投靠鄭成功。後來竟遭遇海上颱風，船隻被吹到印尼安汶，從此回不去則定居於此。這樣的情節，似雷同於南明時期同樣遇上颱風，被送到臺灣宜蘭登岸的沈光文。沈光文入臺後傳播教化，從此被譽為一代文宗。但小說裡的朱姓皇族從此成了海外移民，世代延續華人習俗，且跟當地土著通婚，成了華印混血後裔。中國商人在朱姓華人引介下受到當地酋長和土人的歡迎，見識了異地風土民俗。

而故事的另一條線索，則是講述當下現實生活在新加坡的父子二人到安汶尋根的細節。父親從生長在中國且已過世的弟弟那裡，獲知自己的祖先為明代國族後裔，客居印尼，於是決定在兒子陪同下到安汶尋找親人。二人在安汶尋找「講京話卻作土人裝扮的中年男子」，過程極不順利，途中穿插了父子代溝，以及遇上荷蘭美麗女子的豔遇故事。最終，父子尋訪到故人，那已不通曉華語的華印混血親人，家裡有著世代相傳的古衣冠畫像、古劍等明代古董。他們祭拜祖墳，面對刻上明朝年號的碑石，移民與遺民的歷史錯置感，反而引發了對海外華人身份的思考。

然而，在故事結尾處，作者卻刻意安排一個戲劇性的轉折。首先，〈南海述遇〉的結局遭到改寫，作者讓朱姓華人最終將長子託付闕名，希望將其帶回中國延續香火。後續的故事發展，就是兩條敘述軸線連成一體。那被帶回中國的小男孩，成了這位陪同父親尋根的新加坡男子 Choo 的曾祖父。更離奇的是，這趟尋根之旅似乎冥冥中早有安排。Choo 的父親當初也跟隨著自己父親來到印尼廖內，後來父親因政治因素必須離開印尼回到中國。臨走前決定將長子（Choo 的父親）託付給朋友，為將來的尋根埋下伏筆。不同的歷史時空下，兩個被託付他人的長子，從此帶出了一個家族的飄零史。作者替我們講述一個如此巧合和離奇的尋根故事，重點並非呈現客觀現實中有多少華人移民遭遇雷同的遷徙和飄零。事實上，作者刻意從中召喚或強調華人移民的歷史迷魅，帶出了一種對身份認同的困惑和質疑：「一個人的祖國由不得他自己來決定」。南洋華人移民的第二、第三代，都必須面對父輩或祖輩的南來遷徙故事。當中有的單純，有的複雜曲折。因此對血統的追溯，不過是一種身份的鄉愁。作者藉由執意尋根的父親，說出最後決定身份認同的，始終是「你在一個地方生活久了，就是那裡的人」。換言之，尋根故事不過對華人身份一種曖昧與不確定性的歷史想像。

不過，謝裕民的企圖不僅於此。小說安排荷蘭女子 Jolanda 的出現，在敘事效果上提供了豔遇的浪漫，對應尋根的遐想。但這實際也是一組對照。一個荷蘭人，來到當初荷蘭殖民的印尼尋訪「帝國舊夢」——「我以為歐洲人給東南亞帶來商業與技術上的改革，還有現代化的生活」。而新加坡男子 Choo 顯然是一個對殖民地統治沒有「歷史感覺」，對華人祖先沒有原鄉熱情的移民第二或第三代。不過，他卻陰錯陽差走上了尋根之旅。謝裕民刻意安排的豔遇和對比，恰恰鋪陳一種身份與認同的張力。無論是殖民者或被殖民者的後裔，他們同樣對歷史沒有感覺。這種面對歷史的無知或失憶，道盡「尋根」的虛妄。好比 Jolanda 不過是一個藉由追尋殖民地歷史，卻對異國情調獵奇的外國人。而 Choo 更是一個成長安身於新加坡的城市華人，無從體會上一輩華人離散飄零的經驗。

謝裕民的尋根寓言將故事說得離奇巧合，卻清楚易懂。但小說同時對〈南海述遇〉的可靠性提出質疑。〈南海述遇〉裡沒有提及荷蘭人，跟歷史上荷蘭人為搶奪香料已入侵印尼群島的客觀事實不符。雖然〈南海述遇〉的旅行見聞疑點重重，甚至有創作之嫌，更像是海外筆記小說。沒有來歷背景的「闕名」更是令人懷疑旅行者或作者的身份。但謝裕民將華人南來的海外奇遇，設計成一個尋根故事，對照故事中原籍廣東的「我」，卻有一個鳳陽朱姓的祖輩，且流寓生根於印尼。於是小說裡提出的「隔夜菜」理論，從曲折的遷徙時空來看，這是替海外華人的文化身份下了一個有趣卻又反諷的註腳：「整個安汶島是個電冰箱，我們的家族只是其中一道隔夜菜，我們的旅程是一次「隔夜」行程，隔了十二萬兩千多個夜。」換言之，若「根」不過是隔夜菜，對離散華人而言，祖籍所代表的身份記號，不過就是那個電冰箱。謝裕民替新加坡華人的尋根或文化身份，提供了一個值得深思和辯證的面向。〈安汶假期〉的故事表面陳述在金融風暴中失業的年青股票經紀與父親的尋根旅程，但似乎也暗示新加坡以追求經濟繁榮為導向的國家認同的盲點。資本主義的快速成長和新加坡標榜的「亞洲價值」顯得虛妄，真正的新加坡華人身份認同仍在尋覓。

〈島嶼前身〉和〈安汶假期〉可以看做謝裕民對歷史書寫的企圖。《重構南洋圖像》裡還有一則相對輕鬆的歷史圖像。〈民國二十四年的荷蘭水〉是謝裕民將讀者帶入歷史的日常生活趣味的示範。他將一則教導製作汽水（新馬當地廣東話習稱荷蘭水）的報導，改寫為一個教學生製作汽水的老師和學生的故事，進而牽引出大陸和新加坡兩地青年投入戰亂的民族情懷和歷史淵源。故事講述一個戰爭年代在江南小鎮教書的老師，以教導小學生製作汽水為樂。雖逢亂世，師生卻共享了短暫且甜蜜的小小生活樂趣，但教師仍敵不過時代青年的感召，不辭而別投身到上海去報效國家。而在 1947 年的新加坡，當年對製作汽水頗有心得的小學生，轉眼已是南來的報刊編輯，著手編撰《1947 年新南洋年鑑》。然而，他同樣跟隨老師的腳步，放棄在南洋當汽水實業家的夢想，將汽水製作方法交給老總之後，不辭而別回到中國投入建設祖國的行列。

一個從汽水製作方法引發的題材，道出了早期南來文人微妙的歷史連結和家國意識。無論是投身抗日戰爭的中國青年，或回到國共內戰的祖國加入建設行列的南洋青年。他們的理想願望，或對生活的一點美好想像，往往在動盪年代消耗在報效家國的潮流當中。這樣的故事，重現了一個沒有超級市場而必須學習生活技能的年代，尤其還是一個動亂的年代。作者似在追述一個往日美好時光，一個有能力實踐生活理想，獻身時代洪流的進取精神。無論在中國或南洋，都籠罩在一種微妙的歷史氛圍裡，兩地共享著相同的民族精神和文化情懷。

作者自述寫作的靈感是分別看到兩本同樣紀錄了製作汽水方法的書。一本是 1936 年出版於上海的《新中國教科書師範學校實習指導》，另一本是本地出版的

《1947 年新南洋年鑑》。書裡刊登「家庭工藝」的章節，有一項關於製作汽水的方法。這樣的知識傳承，回應了戰前和戰後初期的新加坡，基本都是由南來文人組成文教領域的規模。因此，中國境內的動盪氛圍，無形之中影響了南來移民的家國意識和身份認同。這段戰後歲月的複雜背景，藉由製作汽水的小故事，提供了讀者重溫一個華人面對「祖國意識」的歷史片段。

四、結語

於是我們回到中文或華文表徵的華人身份認同，無論梁文福的新謠音樂或謝裕民文學的南洋圖像，兩者共同為新加坡華人在歷史的景觀裡，重建了他們對文化身份的潛藏焦慮。這樣的焦慮既來自於在建國過程中逐漸淡薄的華人意識或失去的身份認同，也是延續上一代「華校生」族群記憶的創作人，努力為新加坡這個全球城市注入的「歷史」自我形象。在亞洲大都市的文化網絡裡，新加坡的城市華人值得注意的文化生產，恰恰是一種徘徊於「歷史時間」的「失落」和「懷舊」之間的新興華人面貌和歷史想像。這樣的面貌迥異於同屬華人聚集的臺北或香港，在於新加坡華人尋找的文化「身份證」，帶有後殖民情境下離散華人的歷史情結和遺緒，替新加坡的全球城市形象，形塑另一種弔詭的歷史迷魅。

※本文曾刊載於龔顯宗、王儀君、楊雅惠主編：《移居、國家與族群》（高雄：國立中山大學人文社會科學研究中心，2010 年），頁 215-243。感謝國立中山大學人文社會科學研究中心授權轉載，筆者並藉此做了局部修訂。

Urban Chinese and Historical Time: Liang Wern Fook and Chia Joo Ming's Singapore Image

Ko Chia-cian[*]

Abstract

This study attempts to discuss two Singaporean artists – Liang Wern Fook (Liang Wenfu) and Chia Joo Ming (Xie Yumin) – and the Singapore image developed in their works. Singapore, as a global city having a colonization history, has been attempting to construct, through place consciousness, its identity and historical/cultural imagination. While the nation is searching for its identity, Chinese Singaporeans are devoted, in their own way, to reestablishing the historical consciousness – i.e., the Chinese complex, cultural identity and historical perspective – they were compelled to suppress and leave aside in the process of the nation being built. This historical consciousness – emerging in the form of the so-called "historical time" – is restored and displayed in a great variety of city texts.

Liang Wern Fook's and Xie Joo Ming's works are two such city texts, through which we are enabled to grasp the aforementioned historical consciousness. Liang Wern Fook, a leading figure in "Xinyao" (Singaporean Chinese folk song), produced in 1990s two significant music albums. In his songs, Liang Wern Fook successfully depicts the

* Assistant Professor, Department of Chinese Literature, National Taiwan University.

ethnic imagination Chinese Singaporeans have for and their bond with the land, presenting the interrelation between the establishment of the Chinese consciousness and the development of the city. On the other hand, Xie's anthology "Chongguo Nanyang Tuxiang" (2005) explores historical facets of Chinese migration to Southeast Asia. In the view of historical geography, Xie brings to attention the historical development of the island-state as well as the varied routes of the immigration and the associated sense of displacement Chinese immigrants may have. Such two representative cultural texts represent how the historical time emerges in the process of constructing Singapore image and provide an opportunity for us to read Singapore as text.

Keywords: Historical time, Singapore, Chinese consciousness, Xiangyao, Liang Wern Fook, Chia Joo Ming

國家圖書館出版品預行編目資料

文學典範的建立與轉化

鄭毓瑜主編. – 初版. – 臺北市：臺灣學生，2011.07
面；公分

ISBN 978-957-15-1528-1 (精裝)

1. 中國古典文學 2. 文學評論 3.文集

820.7 100011967

文學典範的建立與轉化（全一冊）

主編：鄭毓瑜
編輯委員會：黃奕珍、康韻梅、曹淑娟、謝佩芬、陳志信
出版者：臺灣學生書局有限公司
發行人：楊雲龍
發行所：臺灣學生書局有限公司
臺北市和平東路一段七五巷十一號
郵政劃撥帳號：00024668
電話：(02)23928185
傳眞：(02)23928105
E-mail：student.book@msa.hinet.net
http://www.studentbook.com.tw
本書局登記證字號：行政院新聞局局版北市業字第玖捌壹號
印刷所：長欣印刷企業社
中和市永和路三六三巷四二號
電話：(02)22268853

定價：精裝新臺幣八〇〇元

西元二〇一一年七月初版

ISBN 978-957-15-1528-1 (精裝)